Две твердыни

летопись вторая из эпопеи

«Властелин колец»

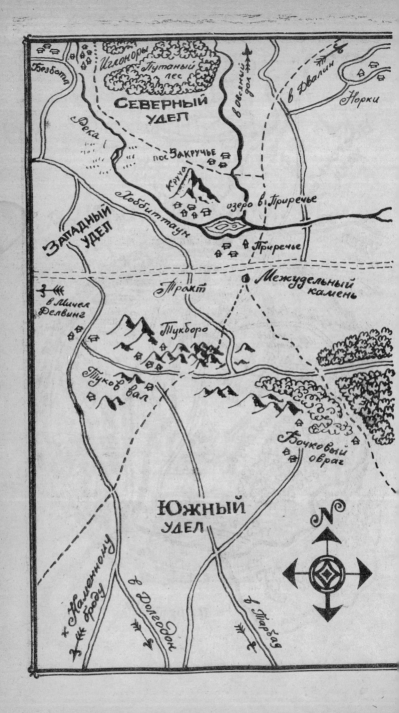

ДЖОН Р. Р. ТОЛКИЕН

J.R.R. Tolkien

Властелин Колец

летопись Вторая и Третья

Vlastelin kolets

OLIMP

Баку
Концерн «Олимп»
1993

ББК 84.4

Ответственный за выпуск
Р. Ю. ДАМИРЛИ

Концерн «ОЛИМП» выпускает серии:

«Библиотека приключений» — «БП»
«Волшебная полочка сказок» — «ВПС»
«Super present» — «SP»
«Галактика фантастов» — «ГФ»

*Мы будем счастливы, если книги этих СЕРИЙ
украсят полки вашей библиотеки.*

Т $\dfrac{4703010100-094}{93}$ без объявл.

ISBN 5-87860-014-5

Книга 3

Глава 1

ОТПЛЫТИЕ БОРОМИРА

Арагорн взбегал крутою тропой, приглядываясь к земле. Хоббиты ступают легко: иной Следопыт и тот, бывало, сбивался с их следа. Но близ вершины тропу увлажнил ручей, и наконец нашлись едва заметные вмятинки.

«Все верно,— сказал он сам себе.— Фродо побывал наверху. Что ему оттуда открылось? А вот и обратный след».

Он замешкался: не взойти ли на Пост, не там ли ждет его путеводное озарение? Правда, время не ждет... Внезапно решившись, Арагорн ринулся по массивным плитам, по мшистым ступеням к Сторожевому Посту, сел в Караульное Кресло и поглядел окрест.

Но солнце точно померкло; расплылись и отодвинулись блеклые дали. Глаза его неотразимо притягивал север: там среди угрюмых вершин парил в поднебесье огромный орел, снижаясь широким оплывом.

Так он осматривался и вдруг замер: чуткое ухо его уловило смутный гомон в подножном лесу у берега Андуина. Послышались крики, и он насторожился. Кричали орки, истошно и грубо. Потом зычно затрубил рог: раскаты его прогремели по горным склонам и огласили ущелья своей горделивой яростью, заглушая тяжкий гул водопада.

— Рог Боромира! — воскликнул он.— Боромир, Боромир зовет на помощь!

Он в три прыжка одолел ступени и помчался по тропе.

— Горе мне! — повторял он.— Неверный выпал мне день, и, что я ни делаю, все невпопад. Где же наконец Сэм?

Он бежал со всех ног, а кричали все громче, и все слабее с грозным надрывом трубил рог. Неистово-злобные вопли орков разразились торжеством — и зычный призыв осекся. У последнего откоса, возле самого подножия, заглохли и крики. Стихая, они отдалились влево, и влево обратился Арагорн, но его обступило безмолвие. Он обнажил сверкнувший меч и с кличем «Элендил! Элендил!» бросился напролом сквозь чащу.

В миле от Парт-Галена, что по-эльфийски означает Зеленый Луг, на приозерной прогалине отыскался Боромир. Он сидел, прислонившись к могучему стволу, будто отдыхал. Но Арагорн увидел, что он весь истыкан черноперыми стрелами; в руке он сжимал меч, обломанный у рукояти, рядом лежал надвое треснувший рог. И кучами громоздились у ног его трупы изрубленных орков.

Арагорн опустился возле него на колени. Боромир приоткрыл глаза, силясь заговорить. И наконец сказал:

— Я хотел отобрать Кольцо у Фродо. Я виноват. Но я расплатился.

Он обвел взглядом груду мертвецов: их было тридцать с лишним.

— Невысокликов... я не уберег. Но их не убили... только связали.— Веки его смежились, и он тяжело промолвил: — Прощай, Арагорн! Иди в Минас-Тирит, спасай наших людей. А я... меня победили.

— Нет! — воскликнул Арагорн, взяв его за руку и целуя холодеющий лоб.— Ты победил. И велика твоя победа. Покойся с миром! Минас-Тирит выстоит.

И Боромир, превозмогая смерть, улыбнулся.

— Куда? Ты видел, куда они побежали? — допытывался, склонившись к нему, Арагорн.— Фродо был с ними?

Но Боромир замолк навеки.

— Увы мне! — сказал Арагорн.— Вот так отошел к предкам наследник Денэтора, блюстителя Сторожевой Крепости! Горестный конец ждал его. И Отряд наш распался по моей вине — напрасно Гэндальф мне доверился. Что же мне теперь делать? Предсмертным веленьем своим Боромир позвал меня в Минас-Тирит, и сердце мое зовет меня туда же. Но где Кольцо и где Хранитель Кольца? Как мне найти их, как спасти великий замысел от крушенья?

Он стоял на коленях, роняя слезы на мертвую руку Боромира. Так их увидели Леголас и Гимли, охотники на орков, неслышно пробравшиеся западным склоном. Гимли держал в руке окровавленный топор; Леголас — длинный кинжал: стрел у него больше не было. Выйдя на прогалину, они в изумленье застыли — и горестно понурили головы, ибо, как им показалось, поняли, что произошло.

— Увы! — сказал Леголас, став рядом с Арагорном.— Мы охотились за орками и немало перебили их в лесу, но лучше б мы были здесь. Мы услышали рог и явились, но, кажется, поздно. Обоих вас постигла жестокая гибель.

— Да, Боромир мертв,— глухо сказал Арагорн.— Я невредим, ибо меня с ним не было. Он погиб, защищая хоббитов; я в это время был на вершине.

— Хоббитов? — воскликнул Гимли.— Где же они? И где Фродо?

— Не знаю,— устало обронил Арагорн.— Перед смертью Боромир сказал мне, что орки их связали; будто бы не убили. Я послал его за Мерри и Пином, и я не спросил его, куда подевались Фродо и Сэм; а когда спросил, было поздно. Что я ни сделал сегодня, все обернулось во зло. Что делать теперь?

— Теперь — хоронить павшего,— сказал Леголас.— Не оставлять же его среди падали!

— Только без промедления,— добавил Гимли.— Он бы и сам велел не медлить. Надо бежать за орками, коли есть хоть какая-то надежда, что узники живы.

— Да мы же не знаем, с ними ли Хранитель Кольца,— возразил Арагорн.— А если нет? Его ведь нам и надо искать — первым делом! Да, трудный перед нами выбор!

— Что ж, в таком случае начнем с неотложного,— сказал Леголас.— Нет у нас ни времени, ни даже лопат, чтобы схоронить, как подобает, нашего соратника, чтобы насыпать над ним курган. Разве что сложить каменную гробницу.

— Трудно и долго будет складывать гробницу,— заметил Гимли.— Камни придется таскать от реки.

— Ну что же, тогда возложим его на ладью,— сказал Арагорн,— а с ним его оружие и оружие поверженных врагов. Доверим его останки водопадам Рэроса и волнам Андуина. Река Гондора убережет тело гондорского витязя от осквернителей праха.

Они наспех обыскали убитых орков и собрали в кучу их ятаганы, рассеченные щиты и шлемы.

— Взгляните! — вдруг воскликнул Арагорн.— Это ли не знаменье? — И он извлек из грязной груды оружия два ясных клинка с червлено-золотой насечкой, а за ними и двое черных ножен, усыпанных мелкими алыми самоцветами.— У орков нет таких кинжалов, а у наших хоббитов были. Орки, конечно же, их обшарили, но кинжалы взять побоялись, учуяли, что добыча опасная: ведь они откованы мастерами Западного Края, исписаны рунами на погибель Мордору. Стало быть, наши друзья если и живы, то безоружны. Прихвачу-ка я их с собой, эти клинки: может, вопреки злой судьбе они еще вернутся к владельцам.

— А покамест,— сказал Леголас,— я подберу какие ни на есть целые стрелы, а то мой колчан пуст.

Он перерыл оружие, поискал кругом и нашел добрый десяток целых стрел — но древко у них было куда длиннее, чем у обычных стрел орков. Леголас задумчиво пригляды- вался к ним.

Между тем Арагорн разглядывал убитых и сказал:

— Многие тут у них явились не из Мордора. Есть, как я понимаю — а я в этом понимаю,— северные орки, с Мглистых гор. А есть и такие, что совсем невесть откуда. Да и снаряжены по-особому.

Среди мертвецов простерлись четыре крупных гобли- на — смуглые, косоглазые, толстоногие, большерукие. При них были короткие широкие мечи, а не кривые ятаганы, какими рубятся орки, и луки из тиса, длиной и выгибом хоть бы и человеку впору. Щиты их носили незнакомую эмблему: малая белая длань на черном поле; над налични- ками блистала светлая насечка: руническое «С».

— Такого я прежде не видывал,— признался Ара- горн.— Что бы это значило?

— «С» значит «Саурон»,— сказал Гимли.— Тут и га- дать нечего.

— Ну нет! — возразил Леголас.— Саурон — и эльфий- ские руны?

— Подлинное имя Саурона под запретом, его ни пи- сать, ни произносить нельзя,— заметил Арагорн.— И бе- лый цвет он не жалует. Нет, орки из Барад-Дура мечены Огненным Глазом.— Он призадумался.— «Саруман» — вот что, наверно, значит «С»,— наконец проговорил он.— В Изенгарде созрело злодейство, и горе теперь легковер- ному Западу. Этого-то и опасался Гэндальф: предатель Саруман так или иначе проведал о нашем Походе. Узнал, наверно, и о гибели Гэндальфа. Не всю погоню из Мории перебили эльфы Лориэна, да и на Изенгард есть окольные пути. Орки медлить не привыкли. А у Сарумана и без них хватает осведомителей. Помните — птицы?

— Много тут загадок, и не время их разгадывать,— перебил его Гимли.— Давайте лучше воздадим последние почести Боромиру?

— А все же придется нам разгадать загадки, чтобы сделать правильный выбор,— отвечал Арагорн.

— Сколько ни выбирай — все равно ошибешься,— сказал гном.

Своим боевым топором Гимли нарубил веток. Их связали тетивами, настелили плащи. Получились носилки, и на этих грубых носилках отнесли они к берегу тело соратника, а потом — груду оружия, немое свидетельство последней, смертельной брани. Идти было недалеко, но трудно дался им этот ближний путь, ибо тяжел был покойный воитель Боромир.

Арагорн остался на берегу, у погребальной ладьи, а Леголас и Гимли побежали к Парт-Галену. Дотуда была всего миля или около того, но вовсе не так уж скоро пригнали они две лодки.

— Чудны́е дела! — сказал Леголас.— Две у нас, оказывается, лодки, и не более того. А третьей как не бывало.

— Орки, что ли, похозяйничали? — спросил Арагорн.

— Какие там орки! — отмахнулся Гимли.— Орки ни одной бы лодки не оставили и с поклажей разобрались бы по-своему.

— Ну, я потом погляжу, кто там побывал,— обещал Арагорн.

А пока что они возложили Боромира на погребальную ладью. Серая скатка — эльфийский плащ с капюшоном — стала его изголовьем. Они причесали его длинные темные волосы: расчесанные пряди ровно легли ему на плечи. Золотая пряжка Лориэна стягивала эльфийский пояс. Шлем лежал у виска, на грудь витязю положили расколотый рог и сломанный меч, а в ноги — мечи врагов. Прицепленный челн шел за кормой: его плавно вывели на большую воду. Со скорбною силой гребли они быстрым протоком, минуя изумрудную прелесть Парт-Галена. Тол-Брандир сверкал крутыми откосами: перевалило за полдень. Немного проплыли к югу, и перед ними возникло пышное облако Рэроса, мутно-золотое сияние. Торжественный гром водопада сотрясал безветренный воздух.

Печально отпустили они на юг по волнам Андуина погребальную ладью; неистовый Боромир возлежал, навек упокоившись, в своем плавучем гробу. Поток подхватил его, а они протабанили веслами. Он проплыл мимо них, черный очерк ладьи медленно терялся в золотистом сиянье и вдруг совсем исчез. Ревел и гремел Рэрос. Великая Река приняла в лоно свое Боромина, сына Денэтора, и больше не видели его в Минас-Тирите, у зубцов Белой Башни, где он, бывало, стоял дозором поутру. Однако же в Гондоре повелось преданье, будто эльфийская ладья проплыла водопадами, взрезала мутную речную пену, вынесла свою ношу к Осгилиату и увлекла ее одним из несчетных устьев Андуина в морские дали, в предвечный звездный сумрак.

Трое Хранителей безмолвно глядели ей вслед. И сказал Арагорн:

— Долго еще будут высматривать его с высоты Белой Башни — и ждать, не придет ли он от горных отрогов или морским побережьем. Но он не придет.

Первым начал он медленное похоронное песнопение:

По светлым раздольям Ристании, по ее заливным лугам
Гуляет Западный Ветер, подступает к стенам.
«Молви, немолчный странник, Боромир себя не явил
В лунном сиянии или в мерцании бледных светил?» —
«Видел его я, видел: семь потоков он перешел,
Широких, серых и буйных, и пустошью дальше ушел,
И, уходя в безлюдье, шел, пока не исчез
В предосеннем мареве, в сонном сиянье небес.
Шел он к северу: верно, наверно, Северный Брат
Знает, где странствует витязь, не ведающий преград».—
«О Боромир! Далёко видно с высоких стен,
Но нет тебя в неоглядной, в западной пустоте».

И продолжал Леголас:

От ста андуинских устьев, мимо дюн и прибрежных скал
Южный несется Ветер: как чайка, он застонал.
«Какие же вести с Юга? Стоны и вскрики — к чему?
Где Боромир-меченосец? Стенаний я не пойму».—
«Где бы он ни был — не спрашивай
Над грудами желтых костей,
Усеявших белый берег и черный берег — как те,
Как древние костные груды, рассыпавшиеся в прах.
Спроси лучше Северный Ветер, чтó он сберег впотьмах!» —
«О Боромир! Далёко вопли чаек слышны,
Но тебя не дождутся с юга, с полуденной стороны».

И опять вступил Арагорн:

От Княжеских, от Приврáжьих, непроходимых Врат
Грохочет Северный Ветер, обрушиваясь, как водопад.
«Какие вести оттуда, могучий, ты нам принес?
Ты трубишь горделиво — за громом не ливень ли слез?» —
«Я слышал клич Боромира, и рог его слышал я,

11

Пролетая над Овидом, где гладью помчалась ладья,
Унося его щит разбитый и его сломанный меч,
Его непреклонный лик и мертвую мощь его плеч».—
«О Боромир! Отныне и до конца времен
Ты пребудешь на страже там, где ты был сражен».

Так они проводили Боромира. Потом развернули лодку, изо всех сил выгребая против течения, к Парт-Галену.

— Восточный Ветер вы оставили мне,— сказал Гимли,— но я за него промолчу.

— И правильно сделаешь,— сказал Арагорн, спрыгнув на берег.— В Минас-Тирите лицом встречают Восточный Ветер, но о вестях его не спрашивают. Что ж, вот мы и снарядили в путь Боромира, наш-то путь где? — Он обошел приречный луг, обыскал его скорым и пристальным взглядом.— Орков здесь не было. Они бы все истоптали. Зато мы сами прошлись по своим следам. Я уж теперь не знаю, были тут наши хоббиты или нет с тех пор, как потерялся Фродо.— Он вернулся к берегу, к тому месту, где в реку впадал медлительный ручей.— Вот здесь следы отчетливые,— заметил он.— Хоббит забрел в реку и вышел назад; только не знаю, давно ли это было.

— Ну и как, тебе что-нибудь понятно? — спросил Гимли.

Арагорн ответил не сразу: он прошел к месту ночевки и осмотрел поклажу.

— Двух мешков не хватает,— сказал он.— Сэмова мешка уж точно нет — он был самый большой и тяжелый. Понятно: Фродо взял лодку, и его самый верный друг, его слуга уплыл вместе с ним. Должно быть, Фродо возвратился, пока мы его разыскивали. Я встретил Сэма на склоне и велел ему бежать за мной, но он, значит, не побежал. Он догадался, что́ на уме у хозяина, и вернулся в самую пору. Нет, не вышло у Фродо — от Сэма так просто не избавишься!

— От нас-то зачем ему избавляться, слова не молвив на прощанье? — полюбопытствовал Гимли.— Опять загадка!

— Не загадка, а разгадка,— возразил Арагорн.— Похоже, Сэм был прав. Фродо решил не вести нас — никого из нас — на верную смерть в Мордор. А сам пошел — понял, что должен идти. Видно, что-то случилось — и он одолел свой страх и сомнения.

— Может быть, он бежал от орков,— предположил Леголас.

— Он бежал, это верно,— согласился Арагорн,— но думаю, что не от орков.

12

А отчего Фродо решил бежать, этого Арагорн не сказал, хоть и догадывался отчего. Надолго осталось в тайне горькое признание Боромира.

— Ну, уж одно-то нам ясно,— сказал Леголас.— Ясно, что Фродо на нашем берегу нет: лодку взял он, больше некому. И Сэм уплыл вместе с ним: иначе кто бы взял его мешок?

— И выбор простой,— подтвердил Гимли.— Либо погнаться за Фродо на последней нашей лодке, либо за орками пешим ходом. Так и так затея безнадежная. Да и время все равно упущено.

— Погодите, дайте подумать! — сказал Арагорн.— Надо мне на этот раз выбрать правильно, а то нынче все не так.— Он постоял, точно прислушиваясь, потом вымолвил: — В погоню за орками. Я повел бы Фродо в Мордор и охранял бы его до конца, но теперь другое дело: искать его в заречной пустоши — значит отдать на смертную пытку двух пленников. Сердце вещает мне твердо: за судьбу Хранителя Кольца я больше не в ответе. Вдевятером и ввосьмером мы исполнили, что сумели. Втроем мы должны выручать товарищей. Скорее в путь! Спрячем где-нибудь лишнюю поклажу — бежать придется почти без роздыху, днем и ночью!

Они вытянули на берег последнюю лодку и укрыли ее в чаще, а под нею — все, что могло обременить в дороге. И, покинув Парт-Гален, под вечер, вернулись на берег озера, туда, где в неравном бою пал Боромир. След орков искать не понадобилось.

— Сразу видать, кто прошел,— сказал Леголас.— Неймется им, лишь бы нагадить, вытоптать, выломать, вырубить — даже в стороне от своего пути.

— Однако же скороходы они изрядные,— заметил Арагорн,— и неутомимые. Пока что след как на ладони, но зелени скоро конец, дальше камни да осыпи.

— Ну, так за ними! — сказал Гимли.— Гномы тоже ходоки привычные и двужильные, не хуже орков. Только догоним мы их не скоро: давно уж они припустились отсюда.

— Да,— согласился Арагорн,— не худо бы нам всем троим быть двужильными гномами. Но будь что будет, нечего загадывать: идем вдогон. И горе врагам, если наши ноги быстрее! Тогда погоня кончится побоищем и станет сказанием трех свободных народов: эльфов, гномов и людей. Вперед же, трое гончих!

Он протянул, точно олень, и замелькал меж деревьев. Сомненья его сменились решимостью, и он мчался без устали, а Леголас и Гимли не отставали. Приозерный лес остался далеко позади. Они бежали предгорьем вверх по каменистой тропе, и справа, на рдяном закатном небе, темнели зубчатые хребты. Мимо сумеречных скал проносились три серые тени.

Глава II

КОННИКИ РИСТАНИИ

Смеркалось. Позади, у лесистых подножий, деревья тонули в тумане, и туман подползал к светлым заводям Андуина, но в небесах было ясно. Высыпали звезды. Новорожденная луна проплывала на западе, и скалы отбрасывали угольно-черные тени. Возле крутых откосов пришлось замедлить шаг, чтобы не сбиться со следу. Взгорье тянулось далеко на юг двумя прерывистыми цепями. Западные их склоны были крутые, обрывистые, а восточные — пологие, изрезанные балками и узкими лощинами. Всю ночь напролет взбирались они по осыпям на ближний возвышенный гребень, а потом спускались темными провалами к извилистой ложбине.

Там и остановились — в глухой и стылый предутренний час. Луна давно уже зашла, звезды еле мерцали, за восточным кряжем смутно брезжил рассвет. Арагорн постоял в раздумье: едва заметные следы, приведшие в низину, пропали начисто.

— Куда они, по-твоему, свернули? — спросил, подошедши, Леголас.— То ли на север, а там побегут прямиком к опушкам Фангорна и лесом почти до самого Изенгарда — ну, если они и правда оттуда? То ли, может быть, на юг, к Онтаве?

— Куда бы они ни бежали, к реке их путь не лежит,— отозвался Арагорн.— И коли все в Ристании прахом не пошло и Саруман здесь не воцарился, то орки, по-моему, опрометью кинутся через равнины Мустангрима. Пойдемте-ка на север!

Ложбина пролегала, точно каменный желоб, между ребристыми кряжами, и неспешно струился по дну ее, среди массивных валунов, убогий ручеек. Справа нависали скалы; слева высился серый склон, расплывчатый в ночном неверном свете. Добрую милю к северу прошли они наудачу. Приникая к земле, Арагорн пядь за пядью обследовал балки и впадины слева; Леголас ушел вперед. Вдруг эльф вскрикнул, и к нему тотчас подбежали.

— За иными уж и гнаться не надо,— сказал Леголас.— Глядите!

Скопленье валунов у медленного ручья оказалось грудой мертвецов. Пять жестоко изрубленных орков, два из них безголовые. Кровавая лужа еще не совсем подсохла.

— Вот тебе и на! — воскликнул Гимли.— Впотьмах не разберешь, что тут случилось.

— Что бы ни случилось, а нам это на руку,— сказал Леголас.— Кто убивает орков, тот наверняка наш друг. Люди живут здесь в горах?

— Не живут здесь люди,— сказал Арагорн.— И мустангримцам здесь делать нечего, и от Минас-Тирита далековато. Разве что с севера кто-нибудь забрел — только зачем бы это? Нет, никто сюда не забредал.

— Ну и как же тогда? — удивился Гимли.

— Да они сами себе злодеи,— нехотя отвечал Арагорн.— Мертвецы-то все северной породы, гости издалека. Ни одной нет крупной твари с бледной дланью на щите. Повздорили, должно быть: а у этой погани что ни свара, то смертоубийство. Решали, куда бежать дальше.

— И не убить ли пленников,— прибавил Гимли.— Их-то лишь бы не тронули.

Арагорн обыскал все вокруг, но попусту. Они пошли вдоль русла; бледнел восток, тускнели звезды, и расползался серый полусвет. Немного севернее обнаружилось ущелице с витым, упругим ручейком, проточившим сквозь камни путь в ложбину. По откосам кое-где торчала трава, шелестели жесткие кусты.

— Ну вот! Нашлись следы: вверх по ручью,— сказал Арагорн.— Туда они и побежали, когда разобрались друг с другом.

И погоня, свернув, ринулась в ущелье — бодро, будто после ночного отдыха, прыгали они по мокрым, скользким камням. Наконец взобрались на угрюмый гребень — и порывистый ветер весело хлестнул их предутренним холодом, ероша волосы и тормоша плащи.

Обернувшись, они увидели, как яснеют дальние вершины над Великой Рекой. Рассвет обнажил небеса. Багряное солнце вставало над черными враждебными высями. А впереди, на западе, по бескрайней равнине стелилась муть; однако ночь отступала и таяла на глазах, и пробуждалась многоцветная земля. Зеленым блеском засверкали необозримые поля Ристании; жемчужные туманы склубились в заводях, и далеко налево, за тридцать с лишним лиг, вдруг воссияли снежно-лиловые Белые горы, их темные пики, блистающие льдистыми ожерельями в розовом свете утра.

— Гондор! Вот он, смотрите, Гондор! — воскликнул Арагорн.— Если бы довелось мне увидеть тебя, о Гондор, в иной, в радостный час! Покамест нет мне пути на юг к твоим светлым потокам.

О белокаменный Гондор! С незапамятных пор
Западный веял Ветер от Взморья до Белых гор,
И сеял Серебряный Саженец серебряный свет с ветвей —
Так оно было в давние времена королей.
Сверкали твои твердыни, и с тех, с нуменорских времен
Был славен венец твой крылатый и твой золотой трон.
О Гондор, Гондор! Узрим ли Саженца новый свет,
Принесет ли Западный Ветер горный отзвук, верный ответ?

— Вперед! — сказал он, переводя взгляд на северо-запад и свою дальнюю дорогу.

Погоня стояла над каменным обрывом. Сорока саженями ниже тянулся широкий щербатый уступ, а за ним — скалистый отвес: Западная Ограда Ристании. Последний обрыв Приречного взгорья: дальше, сколько хватало глазу, раскинулась пышная степь.

— Гляньте! — вскричал Леголас, указывая на бледные небеса.— Снова орел — высоко-высоко! Летит вроде бы отсюда, возвращается к себе на север. Летит — ветер обгоняет! Гляньте, вон он!

— Нет, друг мой Леголас,— отозвался Арагорн,— незачем и глядеть. Не те у нас глаза. Выше высокого, должно быть, летит. Наверно, он — вестник, и хотел бы я знать, с какими вестями, не его ли я вчера и видел? А ты лучше вон куда погляди! Туда, на равнину! Уж не наша ли это погань там бежит? Вглядись-ка толком!

— Да,— согласился Леголас,— там-то все как на ладони. Бежит целое полчище — все пешим ходом. А наша ли это погань — не разобрать. Далековато до них, лиг двенадцать, не меньше. Если не больше: степь — она обманчива.

— Лиг до них, сколько ни есть, все наши,— проворчал Гимли.— Ладно, теперь хоть след искать не надо. Бежим вниз — любой тропой!

16

— Любая тропа длиннее оркской,— возразил Арагорн.

При дневном свете след нельзя было потерять. Орки, видно, неслись со всех ног, разбрасывая корки и обглодки мякинного хлеба, изодранные в клочья черные плащи, засаленные тряпицы, разбитые кованые сапоги. След вел на север, вдоль по гребню, и наконец подвел к глубокой стремнине, откуда низвергался злобный ручей. Тропка вилась по уступам, резко ныряла вниз и пропадала в густой траве.

Так они окунулись в живые зеленые волны, колыхавшиеся у самых отрогов Приречного взгорья. Ручей расструился в зарослях желтых и белых водяных лилий — и зазвенел где-то вдали, унося свои притихшие воды покатыми степными склонами к изумрудной пойме дальней Онтавы.

Зима отстала, осталась за хребтом, а здесь веял резвый, ласковый ветерок, разносил едва уловимое благоуханье весенних трав, наливающихся свежим соком. Леголас полной грудью вдохнул душистый воздух, точно утоляя долгую и мучительную жажду.

— Травы-то как пахнут! — сказал он.— Всякий сон мигом соскочит. А ну-ка, прибавим ходу!

— Да, здесь легконогим раздолье,— сказал Арагорн.— Не то что оркам в кованых сапогах. Теперь мы, пожалуй, немного наверстаем!

Они бежали друг за другом, точно гончие по горячему следу, и глаза их сверкали восторгом погони. Справа пролегала загаженная полоса, окаймленная истоптанной травой. Вдруг Арагорн что-то воскликнул и свернул с пути.

— Погодите! — крикнул он.— За мной пока не надо!

Он кинулся в сторону, завидев следы маленьких босых ног. Далеко они его не увели: кованые подошвы явились следом и по кривой выводили обратно, теряясь в общей грязной неразберихе. Арагорн прошел до обратного поворота, наклонился, выудил что-то из травы и поспешил назад.

— Ага,— сказал он,— дело ясное: хоббитские это следы. Должно быть, Пина; Мерри повыше будет. А вот на что поглядите!

И на ладони его заблистал под солнцем как будто кленовый лист, неожиданно прекрасный здесь, на безлесной равнине.

— Застежка эльфийского плаща! — наперебой воскликнули Леголас и Гимли.

— Листы Кветлориэна падают со звоном,— усмехнулся Арагорн.— И этот упал не просто так: оброне́н, чтобы найтись. То-то, я думаю, Пин и отбежал в сторону, рискнув жизнью.

— Живой, значит,— заметил Гимли.— И голова на плечах, и ноги на месте. Спасибо и на том: не зря, стало быть, бежим.

— Лишь бы он не очень поплатился за свою смелость,— сказал Леголас.— Скорее, скорее! А то я как подумаю, что наши веселые малыши в лапах у этой сволочи, так у меня сердце не на месте.

Солнце поднялось в зенит и медленно катилось по небосклону. Облака приплыли с моря, и ветер их рассеял. Незаметно приблизилась закатная пора. Сзади, с востока, наползали длинные цепкие тени. Погоня бежала ровно и быстро. Сутки прошли с тех пор, как они схоронили Боромира, а до орков было еще далеко. Невесть сколько: в степи не разберешь.

В густых сумерках Арагорн остановился. За день у них было две передышки, и двенадцать лиг отделяли их от того обрыва, где они встречали рассвет.

— Трудный у нас выбор,— сказал он.— Заночуем или поспешим дальше, пока хватит сил и упорства?

— Вряд ли орки сделают привал, а тогда мы от них и вовсе отстанем,— отозвался Леголас.

— Как это не сделают, им отдохнуть-то надо? — возразил Гимли.

— Где это слыхано, чтобы орки бежали степью средь бела дня? А эти бегут,— сказал Леголас.— Стало быть, и ночью не остановятся.

— Мы же в темноте, чего доброго, со следа собьемся,— заметил Гимли.

— С такого следа не собьешься, он и в темноте виден, и никуда не сворачивает,— посмотрел вдаль Леголас.

— Идти по следу напрямик немудрено и впотьмах,— подтвердил Арагорн.— Но почем знать, вдруг они все-таки свернут куда-нибудь, а мы пробежим мимо! Попадем впросак, и волей-неволей придется ждать рассвета.

— Тут еще вот что,— добавил Гимли.— Следы в сторону заметны только днем. А может, хоть один из хоббитов да сбежит или кого-нибудь из них потащат на восток, к Великой Реке — ну, в Мордор; как бы нам не проворонить такое дело.

— Тоже верно,— согласился Арагорн.— Правда, если я там, на месте распри, не ошибся в догадках, то одолели орки с белой дланью на щите, и теперь вся свора бежит к Изенгарду. А я, видимо, не ошибся.

— Пес их, орков, знает,— сказал Гимли.— Ну а если Пин или Мерри все-таки сбежит? В темноте мы бы давешнюю застежку не нашли.

— Вдвойне теперь будут орки настороже, а пленники устали вдвое пуще прежнего,— заметил Леголас.— Вряд ли кому из хоббитов удастся снова сбежать, разве что с нашей помощью. Догоним — как-нибудь выручим, и догонять надо не мешкая.

— Однако даже я, бывалый странник и не самый слабосильный гном, не добегу до Изенгарда без передышки,— сказал Гимли.— У меня тоже сердце не на месте, и я первый призывал не мешкать; но теперь хорошо бы отдохнуть, а потом прибавить ходу. И уж если отдыхать, то в глухие ночные часы.

— Я же сказал, что у нас трудный выбор,— повторил Арагорн.— Так на чем порешим?

— Ты наш вожатый,— сказал Гимли,— и к тому же опытный ловчий. Тебе и решать.

— Я бы не стал задерживаться,— вздохнул Леголас,— но и перечить не стану. Как скажешь, так и будет.

— Не в добрый час выпало мне принимать решение,— горько молвил Арагорн.— С тех пор как миновали мы Каменных Гигантов, я делаю промах за промахом.

Он помолчал, вглядываясь в ночную темень, охватывающую северо-запад.

— Пожалуй, заночуем,— наконец проговорил он.— Тьма будет непроглядная: беда, коли и вправду потеряем след или не заметим чего-нибудь важного. Если б хоть луна светила — но она же едва народилась, тусклая и заходит рано.

— Какая луна — небо-то сплошь затянуто,— проворчал Гимли.— Нам бы волшебный светильник, каким Владычица одарила Фродо!

— Ей было ведомо, кому светильник нужнее,— возразил Арагорн.— Фродо взял на себя самое тяжкое бремя. А мы — чтó наша погоня по нынешним грозным временам! И бежим-то мы, может статься, без толку, и выбор мой ничего не изменит. Но будь что будет — выбор сделан. Ладно, утро вечера мудренее!

Растянувшись на траве, Арагорн уснул мертвым сном — двое суток, от самого Тол-Брандира, ему глаз не привелось сомкнуть; да и там не спалось. Пробудился он в предрассветную пору — и мигом вскочил на ноги. Гимли спал как сурок, а Леголас стоял, впиваясь глазами в северный сумрак, стоял задумчиво и неподвижно, точно стройное деревце безветренной ночью.

— Они от нас за тридевять лиг,— хмуро сказал он, обернувшись к Арагорну.— Чует мое сердце, что уж они-то прыти не сбавили. Теперь только орлу их под силу догнать.

— Мы тоже попробуем,— сказал Арагорн и, наклонившись, пошевелил гнома.— Вставай! Пора в погоню! А то и гнаться не за кем будет!

— Темно же еще,— разлепив веки, выговорил Гимли.— Небось, пока солнце не взошло, Леголас их тогда и с горы не углядел.

— Теперь гляди не гляди, с горы не с горы, при луне или под солнцем — все равно никого не высмотришь,— отозвался Леголас.

— Чего не увидят глаза, то, может, услышат уши,— улыбнулся Арагорн.— Земля-то, наверно, стонет под их ненавистной поступью.

И он приник ухом к земле, приник надолго и накрепко, так что Гимли даже подумал, уж не обморок ли это — или он просто снова заснул?

Мало-помалу забрезжил рассвет, разливаясь неверным сиянием. Наконец Арагорн поднялся, и лицо его было серое и жесткое, угрюмое и озабоченное.

— Доносятся только глухие, смутные отзвуки,— сказал он.— На много миль вокруг совсем никого нет. Еле-еле слышен топот наших уходящих врагов. Однако же громко стучат лошадиные копыта. И я вспоминаю, что я их заслышал, еще когда лег спать: кони галопом мчались на запад. Скачут они и теперь, и еще дальше от нас, скачут на север. Что тут творится, в этих краях?

— Поспешим же! — сказал Леголас.

Так начался третий день погони. Тянулись долгие часы под облачным покровом и под вспыхивающим солнцем, а они мчались почти без продыху, сменяя бег на быстрый шаг, не ведая усталости. Редко-редко обменивались они немногими словами. Их путь пролегал по широкой степи, эльфийские плащи сливались с серо-зелеными травами: только эльф различил бы зорким глазом в холодном полуденном свете бесшумных бегунов, и то вблизи. Много раз возблагодарили они в сердце своем Владычицу Лориэна за *путлибы*, съеденные на бегу и несказанно укреплявшие их силы.

Весь день вражеский след вел напрямик на северо-запад, без единого витка или поворота. Когда дневной свет пошел на убыль, они очутились перед долгими, пологими, безлесными склонами бугристого всхолмья. Туда, круто свернув к северу, бежали орки, и след их стал почти незаметен: земля здесь была тверже, трава — реже. В дальней дали слева вилась Онтава, серебряной лентой прорезая степную зелень. И сколько ни гляди, нигде ни признака жизни. Арагорн дивился, почему бы это не видать ни зверя, ни человека. Правда, ристанийские селенья располагались большей частью в густом подлесье Белых гор, невидимом за туманами; однако прежде коневоды пасли свои несметные стада на пышных лугах юго-восточной окраины Мустангрима и всюду было полным-полно пастухов, обитавших в шалашах и палатках, даже и в зимнее время. А теперь почему-то луга пустовали, и в здешнем крае царило безмолвие, недоброе и немирное.

Остановились в сумерках. Дважды двенадцать лиг пробежали они по ристанийским лугам, и откосы Приречного взгорья давно уж сокрыла восточная мгла. Бледно мерцала в туманных небесах юная луна, и мутью подернулись тусклые звезды.

— Будь сто раз прокляты все наши заминки и промедленья! — сказал в сердцах Леголас.— Орки далеко опередили нас: мчатся как ошалелые, точно сам Саурон их подстегивает. Наверно, они уже в лесу, бегут по темным взгорьям, поди сыщи их в тамошней чащобе!

— Зря мы, значит, надеялись и зря из сил выбивались,— сквозь зубы проскрежетал Гимли.

— Надеялись, может, и зря, а из сил выбиваться рано,— отозвался Арагорн.— Впереди долгий путь. Но я и вправду устал.— Он обернулся и взглянул назад, на восток, тонущий в исчерна-сизом мраке.— Неладно в здешних землях: чересчур уж тихо, луна совсем тусклая, звезды еле светят. Такой усталости я почти и не припомню, а ведь негоже Следопыту падать с ног в разгар погони. Чья-то злая воля придает сил нашим врагам и дает нам незримый отпор: не так тело тяготит, как гнетет сердце.

— Еще бы! — подтвердил Леголас.— Я это почуял, лишь только мы спустились с Привражья. Нас не сзади оттягивают, а теснят спереди.— Он кивком указал на за-

пад, где над замутненными просторами Ристании поблескивал тонкий лунный серп.

— Сарумáново чародейство,— проговорил Арагорн.—
Ну, вспять-то он нас не обратит, но заночевать придется,
а то вон уже и месяц тучи проглотили. Пусть наш лежит
между холмами и болотом; выступим на рассвете.

Первым, как всегда, поднялся Леголас; да он едва ли
и ложился.

— Проснитесь! Проснитесь! — воскликнул он.— Уже
алеет рассвет. Диковинные вести ждут нас у опушки Фангорна. Добрые или дурные, не знаю, но медлить нельзя.
Проснитесь!

Витязь и гном вскочили на ноги; погоня ринулась
с места в карьер. Всхолмье виделось все отчетливее, и еще
до полудня они подбежали к зеленеющим склонам голых
хребтов, напрямую устремленных к северу. Суховатая земля у подошвы поросла травяной щетиной; слева, миль за
десять, источали холодный туман камышовые плесы и
перекаты Онтавы. Возле крайнего южного холма орки
вытоптали огромную черную проплешину. Оттуда след
опять вел на север, вдоль сохлых подножий. Арагорн
обошел истоптанную землю.

— Тут у них был долгий привал,— сказал он,— однако
же изрядно они нас опередили. Боюсь, что ты прав, Леголас: трижды двенадцать часов, не меньше, прошло с тех
пор. Если они прыти не поубавили, то еще вчера под вечер
добежали до опушки Фангорна.

— И на севере, и на западе только и видать, что траву
в дымке,— пожаловался Гимли.— Может, заберемся на
холмы — вдруг оттуда хоть лес покажется?

— Не покажется,— возразил Арагорн.— Холмы тянутся к северу лиг на восемь, а там еще степью все пятнадцать
до истоков Онтавы.

— Тогда вперед,— сказал Гимли.— Лишь бы ноги не
подвели, а то что-то на сердце так и давит.

Бежали без роздыху, и к закату достигли наконец
северной окраины всхолмья. Но теперь они уж не бежали,
а брели, и Гимли тяжело ссутулился. Гномы не ведают
устали ни в труде, ни в пути, но нескончаемая и безнадежная погоня изнурила его. Угрюмый и безмолвный Арагорн
шел за ним следом, иногда пытливо склоняясь к черным

отметинам. Один Леголас шагал, как всегда, легко, едва будоража траву, словно летучий ветерок: лориэнские дорожные хлебцы питали его сытней и надежней, чем других, а к тому же он умел на ходу, с открытыми глазами забываться сном, недоступным людям или гномам,— эльфийским мечтаниям о нездешних краях.

— Взойдемте-ка на тот вон зеленый холм, оглядимся! — позвал он усталых друзей и повел их наискось к лысому темени последней вершины, высившейся особняком. Тем временем солнце зашло, и пал вечерний сумрак. Густая серая мгла плотно окутала зримый мир. Лишь на дальнем северо-западе чернелись горы в лесной оправе.

— Вот тебе и огляделись,— проворчал Гимли.— Зато уж здесь как-никак, а заночуем. Крепко что-то похолодало!

— Северный ветер дует, от снеговых вершин,— сказал Арагорн.

— К утру подует восточный,— пообещал Леголас.— Отдохните, раз такое дело. Только ты, Гимли, с надеждой зря расстался. Мало ли что завтра случится. Говорят, поутру солнце путь яснит.

— Яснило уж три раза кряду, а толку-то? — сказал Гимли.

Холод пробирал до костей. Арагорн и Гимли засыпали, просыпались — и всякий раз видели неизменного Леголаса, который то стоял недвижно, то расхаживал взад-вперед, тихо напевая что-то на своем древнем языке, и звезды вдруг разгорались в черной небесной бездне. Так проплыла ночь, а рассвет они встретили вместе: бледная денница озарила мертвенно-безоблачное небо; наконец взошло солнце. Ветер дул с востока, туманы он разогнал и обнажил угрюмую равнину в жестком утреннем свете.

Перед ними далеко на восток простерлось ветреное раздолье Ристании. Эти степи они мельком видели много дней назад, еще плывучи по Андуину. На северо-западе темнел Великий Лес Фангорн; до его неприветных опушек было не меньше десяти лиг, а там холмами и низинами стояло в мутно-голубой дымке несметное древесное воинство. Дальше взблескивала, точно поверх серой тучи, высокая вершина Метхедраса, последней из Мглистых гор. Из лесу, между крутыми берегами, струила ключевые воды еще узкая и быстрая Онтава. К ней сворачивал след орков от всхолмья.

Арагорн пригляделся к следу до самой реки, потом

проводил взглядом реку к истокам и вдруг заметил вдали какое-то пятно, смутное перекати-поле на бескрайней зеленой равнине. Он кинулся на землю, прижался к ней ухом и вслушался. Но рядом стоял Леголас: из-под узкой, длинной ладони он увидел зорким эльфийским оком не тень и не пятно, а маленьких всадников, много-много всадников, и копья их поблескивали в рассветных лучах, точно мелкие звезды, сокрытые от смертных взоров. Далеко позади за ними вздымался и расхлестывался черный дым.

Пустая степь хранила безмолвие, и Гимли слышал, как ветер ворошит траву.

— Всадники! — воскликнул Арагорн, вскочив на ноги.— Большой отряд быстроконных всадников близится к нам.

— Да,— подтвердил Леголас,— всадники. Числом сто пять. У них желтые волосы, и ярко блещут их копья. Вожатый их очень высок.

— Далеко же видят эльфы,— с улыбкой сказал Арагорн.

— Тоже мне далеко,— отмахнулся Леголас.— Они от нас не дальше чем за пять лиг.

— За пять лиг или за сто саженей,— сказал Гимли,— все равно нам от них в степи не укрыться. Как, будем их ждать или пойдем своим путем?

— Ждать будем,— сказал Арагорн.— Я устал, и орков мы не нагоним. Вернее, их нагнали раньше нашего: всадники-то возвращаются вражеским следом. Может, они встретят нас новостями.

— Или копьями,— сказал Гимли.

— Три пустых седла, но хоббитов что-то не видать,— заметил Леголас.

— А я не сказал — добрыми новостями,— обернулся к нему Арагорн.— Добрые или дурные — подождем, узнаем.

Слишком были бы заметны и подозрительны их черные силуэты на палевом небе; и они неспешно спустились северным склоном, облюбовали у подножия блеклый травянистый бугорок, укутались в плащи, сели потеснее. Налетал пронизывающий ветер. Гимли было не по себе.

— А что ты про них знаешь, Арагорн, про этих коневодов? — спросил он.— Может, мы здесь сидим и ждем, пока нас убьют?

— Народ мне знакомый,— отвечал Арагорн.— Заносчивые они, своевольные; однако ж твердые и великодушные, слово у них никогда не расходится с делом; в бою неистовы, но не кровожадны, смышленые и простоватые: книг у них нет, лишь песни помнит каждый, как помнили их в седой древности сыны и дочери человеческие. Давно я здесь, правда, не был и не знаю: может, их подкупили посулы предателя Сарумана или подкосили угрозы Саурона. С гондорцами они искони в дружбе, хоть и не в родстве: некогда их привел с севера Отрок Эорл, и они, наверно, сродни обитателям краев приозерных, подвластных Барду, и лесных, подвластных Беорну. Там, как и здесь, тоже много высоких и белокурых. И с орками тамошние и здешние враждуют.

— А Гэндальф говорил, есть слух, будто они здесь данники Мордора,— заметил Гимли.

— Боромир этому не поверил, я тоже не верю,— отозвался Арагорн.

— Сейчас разберетесь, чья правда,— сказал Леголас.— Их вон уже слышно.

Вскоре даже Гимли заслышал, как близится топот копыт. Всадники свернули от реки к всхолмью и мчались по черному следу наперегонки с ветром.

Издалека звенели сильные, юные голоса. Вдруг они общим громом грянули из-за холма, и показался передовой: он вел отряд на юг, мимо западных склонов. Длинной серебристой вереницей мчались за ним кольчужные конники, витязи как на подбор.

Высокие, стройные кони с расчесанной гривой, в жемчужно-серых чепраках, помахивали хвостами. И всадники были под стать им, крепкие и горделивые; их соломенножелтые волосы взлетали из-под шлемов и развевались по ветру; светло и сурово глядели их лица. Ясеневое копье было в руках у каждого, расписной щит за спиной, длинный меч у пояса, узорчатые кольчуги прикрывали колени.

В строю по двое мчались они мимо, и хотя иной из них то и дело привставал в стременах, озирая окрестность по обеим сторонам пути, однако же безмолвные чужаки, следившие за ними, остались незамеченными. Дружина почти что миновала их, когда Арагорн внезапно поднялся и громко спросил:

— Конники Ристании, нет ли вестей с севера?

Всадники мигом осадили своих скакунов и рассыпались вкруговую. Трое охотников оказались в кольце копий, надвигавшихся сверху и снизу. Арагорн стоял молча, и оба его спутника замерли в напряженном ожидании.

Конники остановились разом, точно по команде: копья наперевес, стрелы на тетивах. Самый высокий, с белым конским хвостом на гребне шлема, выехал вперед; жало его копья едва не коснулось груди Арагорна. Тот не шелохнулся.

— Кто вы такие, зачем сюда забрели? — спросил всадник на всеобщем языке Средиземья, и выговор его был гортанный и жесткий, точь-в-точь как у Боромира, у гордого гондорского витязя.

— Я зовусь Бродяжником,— отвечал Арагорн.— Я пришел с севера. Охочусь на орков.

Всадник соскочил с седла. Другой выдвинулся и спешился рядом; он отдал ему копье, обнажил меч и встал лицом к лицу с Арагорном, изумленно и пристально разглядывая его.

— Поначалу я вас самих принял за орков,— сказал он.— Теперь вижу, что вы не из них. Но худые из вас охотники, ваше счастье, что вы их не догнали. Бежали они быстро, оружием их не обидели, и ватага была изрядная. Догони вы их ненароком, живо превратились бы из охотников в добычу. Однако, знаешь ли, Бродяжник, что-то с тобой не так.— И он снова смерил усталого Следопыта зорким, внимательным глазом.— Не подходит тебе это имя. И одет ты диковинно. Вы что, исхитрились спрятаться в траве? Как это мы вас не заметили? Может, вы эльфы?

— Есть среди нас и эльф,— сказал Арагорн.— Вот он: Леголас из Северного Лихолесья. А путь наш лежал через Кветлориэн, и Владычица Цветущего Края обласкала и одарила нас.

Еще изумленнее оглядел их всадник и недобро сощурился.

— Не врут, значит, старые сказки про Чародейку Золотого Леса! — промолвил он.— От нее, говорят, живым не уйдешь. Но коли она вас обласкала и одарила, стало быть, вы тоже волхвы и чернокнижники? — Он холодно обратился к Леголасу и Гимли: — А вас что не слышно, молчуны?

Гимли поднялся, крепко расставил ноги и стиснул рукоять боевого топора; черные глаза его сверкнули гневом.

— Назови свое имя, коневод,— сказал он,— тогда услышишь мое и еще кое-что в придачу.

Высокий воин насмешливо посмотрел на гнома сверху вниз.

— Вернее было бы тебе, чужаку, назваться сначала,— сказал он,— но так и быть... Имя мое — Эомер, сын Эомунда, а звание — Третий Сенешаль Мустангрима.

— Послушай же, Эомер, сын Эомунда, Третий Сенешаль Мустангрима, что скажет тебе Гимли, сын Глоина: вперед остерегайся глупых речей и не берись судить о том, до чего тебе как до звезды небесной, ибо лишь скудоумие твое может оправдать тебя на этот раз.

Взгляд Эомера потемнел, глухим ропотом отозвались ристанийцы на слова Гимли, и вновь надвинулись со всех сторон острия копий.

— Я бы одним махом снес тебе голову вместе с бородищей, о достопочтенный гном,— процедил Эомер,— да только вот ее от земли-то едва видать.

— А ты приглядись получше,— посоветовал Леголас, в мгновение ока наложив стрелу и натянув лук,— это последнее, что ты видишь в жизни.

Эомер занес меч, и худо могло бы все это кончиться, когда б не Арагорн: он встал между ними, воздев руку.

— Не взыщи, Эомер! — воскликнул он.— Узнаешь побольше — поймешь, за что так разгневались на тебя мои спутники. Мы ристанийцам вреда не замышляем: ни людям, ниже́ коням. Может, выслушаешь, прежде чем разить?

— Выслушаю,— сказал Эомер, опуская меч.— Но все же лучше бы мирным чужестранцам, забредшим в Ристанию в наши смутные дни, быть поучтивее. И сперва назови мне свое подлинное имя.

— Сперва ты скажи мне, кому вы служите,— возразил Арагорн.— В дружбе или во вражде вы с Сауроном, с Черным Властелином Мордора?

— Я служу лишь своему властителю, конунгу Теодену, сыну Тенгела,— отвечал Эомер.— С тем, за дальней Завесой Мрака, мы не в дружбе, но мы с ним и не воюем; если ты бежишь от него, то скорее покидай здешние края. Границы наши небезопасны, отовсюду нависла угроза; а мы всего и хотим жить по своей воле и оставить свое при себе — нам не нужно чужих хозяев, ни злых, ни добрых. В былые дни мы привечали странников, а теперь с непрошенными гостями велено быстро управляться. Так кто же ты такой? *Ты-то* кому служишь? По чьему веленью преследуешь орков на нашей земле?

— Я не служу никому,— сказал Арагорн,— но прислужников Саурона преследую повсюду, не разбирая границ. Вряд ли кому из людей повадки орков знакомы лучше меня, и гонюсь я за ними не по собственной прихоти. Те, кого мы преследуем, захватили в плен двух моих друзей. В такой нужде мчишься без оглядки, конный ты или пеший, и ни у кого на это не спрашиваешь дозволения. И врагам заранее счет не ведешь — разве что потом по отсеченным головам. Я ведь не безоружен.

Арагорн сбросил плащ. Блеснули самоцветные эльфийские ножны, и яркий клинок Андрила взвился могучим пламенем.

— Элендил! — воскликнул он. — Я Арагорн, сын Араторна, и меня именуют Элессар, Эльфийский Берилл, Дунадан; я — наследник великого князя гондорского Исилдура, сына Элендила. Вот он, его сломанный и заново скованный меч! Кто вы — подмога мне или помеха? Выбор за вами!

Гимли и Леголас не верили глазам — таким своего сотоварища они еще не видели: Эомер словно бы умалился, а он точно вырос, лицо его просияло отблеском власти и величия древних изваяний. Леголасу на миг почудилось, будто чело Арагорна увенчала белая огненная корона.

Эомер отступил и почтительно потупил гордый взор.

— Небывалые настали времена, — проговорил он. — Сказанья и были вырастают навстречу тебе из травы. Скажи мне, о господин, — обратился он к Арагорну, — что привело тебя сюда? Речи твои суровы и темны. Давно уж Боромир, сын Денэтора, поехал за ответом на прорицанье, и конь, ему отданный, вернулся назад без всадника. Ты — северный вестник рока: что же он велит нам?

— Велит выбирать, — ответствовал Арагорн. — Скажи Теодену, сыну Тенгела, что войны не минуешь, в союзе с Сауроном или против него. Жить по-прежнему никому больше на дано, и оставить при себе то, что мнишь своим, — тоже. Но об этом потом, если мне приведется — а надо, чтоб привелось, — говорить с самим конунгом. Теперь же время не терпит, и мне нужна твоя помощь, хотя бы твои вести. Ты слышал уже, мы гнались за ватагой орков, чтобы освободить друзей. Каков твой совет?

— Мой совет — оставить погоню, — сказал Эомер. — Орки перебиты все до единого.

— А наши друзья?

— Были одни лишь трупы орков.

— Да, что-то непонятно, — сказал Арагорн. — А вы хорошо искали? Точно ли не было других мертвецов, только орки? Наши друзья — маленькие, на ваш взгляд почти что дети, босые, в серой одежде.

— Ни детей, ни гномов не было среди мертвых,— сказал Эомер.— Мы пересчитали убитых и, как велит наш обычай, свалили падаль грудою и подожгли ее. Останки, наверно, еще дымятся.

— Они не дети и не гномы,— сказал Гимли.— Друзья наши были хоббиты.

— Хоббиты? — удивился Эомер.— Какие такие хоббиты? Чудно́ вы их называете.

— Они и народец-то чудной,— сказал Гимли.— Но с этими двумя мы очень сдружились. А про хоббитов вы слыхали в том прорицании, которое встревожило Минас-Тирит. Там сказано было: «...невысоклик отважится взять...» Хоббиты и есть невысоклики.

— Невысоклики! — расхохотался спешенный всадник рядом с Эомером.— Ох, невысоклики! Это коротышки-то из детских песенок и северных побасенок? Ой-ой-ой! Мы что, заехали в сказку или все-таки ходим средь бела дня по зеленой траве?

— Бывает, что не различишь,— сказал Арагорн.— Ведь сказки о нашем времени будут слагаться потом. Ты говоришь — по зеленой траве? Вот тебе и сказка средь бела дня!

— Замешкались мы,— сказал всадник Эомеру, не обращая внимания на Арагорна.— Надо нам торопиться на юг, Сенешаль. А они пусть тешатся выдумками, эти дикари. Или, может, связать их и доставить конунгу?

— Спокойствие, Эотан! — распорядился Эомер на здешнем наречии.— Оставь меня с ними. И выстрой эоред на дороге, сейчас пойдем к Онтаве.

Эотан что-то буркнул под нос, потом отдал команду, всадники отъехали и построились поодаль. На склоне остались лишь трое путников с Эомером.

— Удивительны речи твои, Арагорн,— сказал он.— Однако же говоришь ты правду, это ясно: мы ведь не лжем никогда, так что нас нелегко обмануть. Правду ты говоришь, но не договариваешь. Не расскажешь ли все толком, чтобы я знал, как мне быть?

— Много недель назад выступили мы из Имладриса, куда прорицание — помнишь? — привело Боромира из Минас-Тирита,— начал Арагорн.— Сыну Денэтора я был попутчиком: мы готовились биться бок о бок в грядущей войне с Сауроном. Но вышли мы не вдвоем, и Отряд наш имел совсем иное поручение, о котором я пока не вправе говорить. Вел Отряд Гэндальф Серый.

— Гэндальф! — воскликнул Эомер.— Как же, Гэндальф Серая Хламида у нас повсюду известен, однако нынче, знай это, именем его тебе не снискать милости конунга. Сколько люди помнят, он то и дело вдруг наведывался: бывало, по многу раз в год, а бывало, пропадал и на десять лет. И всегда приносил тревожные вести — теперь его только горевестником называют.

Да и то сказать — вот был он у нас прошлым летом, и с тех пор все пошло вкривь и вкось. Начались нелады с Саруманом. Дотоле мы Сарумана считали другом, а Гэндальф сказал нам, что в Изенграде точат на нас мечи. Ортханк, сказал он, был его узилищем и он чудом спасся. Он просил помощи у Теодена, но Теоден отказал. Будешь у конунга — ни слова о Гэндальфе! Гнев его не остыл. Ибо Гэндальф выбрал себе коня по имени Светозар, благороднейшего из отборного табуна Бэмаров, коня, чьим седоком может быть лишь конунг. Прародителем этой породы был жеребец Эорла, понимавший человеческий язык. Правда, семь суток назад Светозар воротился, но конунг пуще прежнего гневен: конь одичал и никому не дается в руки.

— Стало быть, Светозар добрался в отчий край один из дальних северных земель,— сказал Арагорн.— Там расстались они с Гэндальфом. Но Гэндальфу уж не быть его седоком. Он сгинул навеки в бездонных копях Мории.

— Скорбная весть,— сказал Эомер.— Скорбная для меня и для тех, кто мыслит схоже; но, увы, многие мыслят иначе — узнаешь, представши пред конунгом.

— Боюсь, даже и тебе невдомек, какая это скорбная весть,— отозвался Арагорн.— Месяца не пройдет, как ее страшная тяжесть ляжет на сердце всем и каждому. Однако ж если гибнут великие, то с малых великий спрос. Вот я и повел наш Отряд от здешних ворот Мории через Кветлориэн — о нем ты, Эомер, сначала узнай истину и больше не роняй пустых слов — и оттуда по Великой Реке до водопадов Рэроса. Там был убит Боромир — теми орками, которых вы истребили.

— О, горе нам! — тоскливо воскликнул Эомер.— Какого воина лишился Минас-Тирит, и все мы — какого лишились воина! Первейший был богатырь — всюду пели ему хвалу. У нас-то он бывал редко — воевал на восточных окраинах Гондора,— но я его все-таки видел. Он больше походил на резвых сынов Эора, чем на суровых витязей Гондора, и стал бы, наверно, в свой час великим полководцем. Однако же Гондор не прислал вести о его гибели. Когда это случилось?

— Четвертые сутки пошли,— отвечал Арагорн.— Вечером того дня мы бросились в погоню от подножия Тол-Брандира.

— Как, пешие? — не понял Эомер.

— Да, как видишь, пешие.

Изумленно распахнулись глаза Эомера.

— Неверно прозвали тебя, о сын Араторна,— вымолвил он.— Тебе бы не Бродяжником зваться, а Крылоногом. Придет время — песни сложат об этом вашем походе. За неполные четверо суток одолели вы четырежды двадцать и пять лиг! Крепки же мышцы у потомков Элендила! Но, господин мой, что прикажешь мне делать? Конунг ждет; медлить мне не пристало. Перед дружиной я в своих речах не волен; однако по правде сказал тебе, что покамест мы не воюем с Черным Властелином. Конунг преклонил слух к малодушным наперсникам, и все же войны нам не избежать. Гондор — наш старинный союзник, мы его в беде не покинем и будем сражаться бок о бок; так мыслю я, и многие скажут подобно. Я в ответе за западные пределы Ристании, и я приказал отогнать табуны за Онтаву; за табунами снялись пастушеские селенья, а здесь остались одни сторожевые дозоры.

— Так вы, значит, не платите дани Саурону? — вырвалось у Гимли.

— Не платим и никогда не платили,— отрезал Эомер.— Слыхал я отзвуки этой лжи, но не знал, что она разнеслась так далеко. Было вот что: несколько лет тому назад посланцы Черных Земель торговали у нас лошадей и давали большую цену, но понапрасну. Нельзя им лошадей продавать: они их портят. Тогда к нам заслали орков, ночных конокрадов, и те угнали немало коней — вороных, только вороных: у нас теперь их почитай что и нет. Ну, с орками-то наша расправа была и будет короткая, и с одними орками мы бы управились.

А управляться надо с Саруманом. Он объявил себя хозяином всех здешних земель, и вот уже много месяцев мы с ним воюем. И такие ему орки подвластны, и сякие, на волколаках верхом, да только ли орки! Он перекрыл Проходное Ущелье, и теперь поди знай, откуда грянет напасть — с востока или с запада.

Трудный это неприятель: хитроумный и могущественный чародей, мастер глаза отводить — гибель у него обличий. Где только, говорят, его не увидишь: является там и сям, старец-странник, в плаще с капюшоном, ни дать ни взять Гэндальф — с тем и Гэндальфа припоминают. Его земные лазутчики проникают повсюду, а небесные зловеще парят над нами. Не знаю, что нам выпадет, но хорошего не предвижу: по всему видать, есть у него среди нас незнаемые союзники. Ты и сам их увидишь в хоромах конунга, если поедешь с нами. Поедем с нами, Арагорн! Неужели напрасно мелькнула у меня надежда, что ты явился нам в помощь посреди невзгод и сомнений?

— Буду, как только смогу,— глухо отвечал Арагорн.

— Нет, поедем сейчас! — заклинал Эомер.— Как воспрянули бы сыны Эорла, явись среди них в эту мрачную пору наследник, преемник Элендила! Ведь и сейчас идет битва за битвой на Западной Окраине, и боюсь, худо выходит нашим.

Да и в северный этот поход я выступил без позволения конунга, под малой охраной оставив его дворец. Разведчики доложили мне, что большая ватага орков спустилась с Западной Ограды трое суток назад, и среди них замечены были дюжие, с бледной дланью на щите: Саруманово воинство. Я заподозрил то, чего пуще всего опасаюсь,— что Ортханк и Черный Замок стакнулись, что они против нас заодно,— и вывел свой эоред, личную свою дружину, и мы нагнали орков на закате, тому двое суток, у самой опушки Онтвальда. Там мы их окружили и вчера с рассветом взяли на копья. Погибли, увы, пятнадцать дружинников и двенадцать коней! Ибо орков оказалось больше, нежели мы насчитали: немалая свора подошла к ним с востока, из-за Великой Реки. След их виден к северу отсюда. Еще свора выбежала из лесу: огромные твари и тоже мечены бледной дланью. Они уж нам знакомы, они крупнее и свирепее прочих.

Словом, мы их всех порешили. Но долгая вышла отлучка. Копья нужны на юге и на западе. Неужели же ты не пойдешь с нами? Есть для вас кони, сам видишь. И твой из времен пробудившийся меч без дела не останется. Найдется дело и для топора Гимли, и для лука Леголаса, да простят они мне опрометчивые слова о Владычице Золотого Леса. Я ведь говорил по нашему разумению, а ежели что не так, то рад буду узнать лучше.

— Спасибо тебе на добром слове,— сказал Арагорн,— и сердце мое рвется за тобой, однако я не могу оставить друзей, покуда есть надежда.

— Надежды нет,— сказал Эомер.— Ты не найдешь тех, кого ищешь, в северных пределах.

32

— Однако же они позади не остались. Неподалеку от Западной Ограды нам был явный знак, что хотя бы один из них жив и ждет. Правда, оттуда до самого всхолмья нет никакого их следа, ни напрямик, ни по сторонам, если только не изменил мне напрочь глаз следопыта.

— Тогда что же, по-твоему, с ними случилось?

— Не знаю. Может статься, они убиты и похоронены вместе с орками; но ты говоришь, не было их среди трупов, и вряд ли ты ошибаешься. Вот разве что их утащили в лес до начала битвы, даже прежде чем вы окружили врагов. Ты вполне уверен, что никто из них не выскользнул из вашего кольца?

— Могу поклясться, что ни один орк никуда не выскользнул после того, как мы их окружили,— сказал Эомер.— К опушке мы подоспели первыми и сомкнули кольцо, а после этого если кто и выскользнул, то уж никак не орк, и разве что эльфийским волшебством.

— Друзья наши были одеты так же, как мы,— заметил Арагорн,— а мимо нас вы проехали средь бела дня.

— И правда,— спохватился Эомер,— как это я позабыл, что когда кругом чудеса, то и сам себе лучше не верь. Все на свете перепуталось. Эльф рука об руку с гномом разгуливают по нашим лугам; они видели Чаровницу Золотолесья — и ничего, остались живы: и заново блещет предбитвенный меч, сломанный в незапамятные времена, прежде чем наши праотцы появились в Ристании! Как в такие дни поступать и не оступаться?

— Да как обычно,— отвечал Арагорн.— Добро и зло местами не менялись: что прежде, то и теперь, что у эльфов и гномов, то и у людей. Нужно только одно отличать от другого — в дому у себя точно так же, как в Золотом Лесу.

— Поистине ты прав,— сказал Эомер.— Но тебе я и так верю, верю подсказке сердца. Однако же я — человек подневольный. Я связан законом: он запрещает чужакам проезд и проход через Ристанию иначе как с дозволения самого конунга, а в нынешние тревожные дни кара ослушнику — смерть. Я просил тебя добром ехать с нами, но ты не согласен. Ужели придется сотнею копий одолеть троих?

— Закон законом, а своя голова на плечах,— ответствовал Арагорн.— Да я здесь и не чужак: не единожды бывал я в ваших краях и бился с вашими врагами в конном строю Мустангрима — правда, под другим именем, в ином обличье. Тебя я не видел, ты был еще мальчиком, но знался с твоим отцом Эомундом, знаю и Теодена, сына Тенгела. В те времена властителям Ристании на ум бы не пришло чинить препоны в столь важном деле, как мое. Мой долг мне ясен, мой путь прям. Поторопись же, сын Эомунда, не медли с решением. Окажи нам помощь или на худой конец отпусти нас с миром. Или же ищи исполнить закон. Одно скажу: тогда дружина твоя сильно поредеет.

Эомер помолчал, потом поднял голову.

— Нам обоим надо спешить,— сказал он.— Кони застоялись, и с каждым часом меркнет твоя надежда. Я принял решение. Следуй своим путем, а я — я дам тебе лошадей. Об одном прошу: достигнешь ли своего или проездишь впустую, пусть кони вернутся в Медусельд за Онтавой, к высокому замку в Эдорасе, где нынче пребывает Теоден. Лишь так ты докажешь ему, что я в тебе не ошибся. Как видишь, ручаюсь за тебя — и, может статься, ручаюсь жизнью. Не подведи меня.

— Не подведу,— обещал Арагорн.

Недоуменно и мрачно переглядывались всадники, когда Эомер велел отдать чужакам свободных лошадей, но один лишь Эотан осмелился поднять голос.

— Ладно,— сказал он,— витязю Гондора,— поверим, что он из них,— впору сидеть на коне, но слыханное ли дело, чтоб на ристанийского коня садился гном?

— Неслыханное,— отозвался Гимли.— И уж будьте уверены — ни о чем таком никогда не услышите. В жизни на него не полезу — куда мне такая огромная животина? Коль на то пошло, я и пешком не отстану.

— Отстанешь, а нам задерживаться некогда,— сказал ему Арагорн.

— Садись-ка, друг мой Гимли, позади меня,— пригласил Леголас.— Ведь и то правда: тебе конь не нужен, а ты ему и того меньше.

Арагорну подвели большого мышастого коня; он вскочил в седло.

— Хазуфел имя ему,— сказал Эомер.— Легкой погони, и да поможет тебе прежний, мертвый его седок, Гарульф!

Резвый и горячий конек достался Леголасу. Арод звали его. Леголас велел его разнуздать.

— Не нужны мне ни седло, ни поводья,— сказал он и легко прянул на коня, а тот, к удивлению ристанийцев, гордо и радостно повиновался каждому его движению: эльфы и животные, чуждые злу, сразу понимали друг друга. Гимли усадили позади приятеля, он обхватил его, но было ему почти так же муторно, как Сэму Скромби в лодке.

— Прощайте, удачного поиска! — напутственно крикнул Эомер. — Скорей возвращайтесь, и да заблещут наши мечи единым блеском!

— Я вернусь, — проронил Арагорн.

— И меня ждите, — заверил Гимли. — Так говорить о Владычице Галадриэли отнюдь не пристало. И если некому больше, то придется мне поучить тебя учтивости.

— Поживем — увидим, — отозвался Эомер. — Видать, чудны́е творятся дела, и в диво не станет научиться любезности у гнома с боевым топором. Однако же покамест прощайте!

С тем они и расстались. Ристанийским коням не было равных. Немного погодя Гимли обернулся и увидел в дальней дали муравьиный отряд Эомера. Арагорн не оборачивался, чтобы не упустить след под копытами, и склонился ниже холки Хазуфела. Вскоре они оказались близ Онтавы, и обнаружился, как и говорил Эомер, след подмоги с востока.

Арагорн спешился, осмотрел следы и снова вскочил в седло, отъехал влево и придержал коня, чтобы ступал осторожнее. Потом будто что-то приметил, опять спешился и долго расхаживал, обыскивая глазами израненную землю.

— Что ясно, то ясно, а ясно немного, — выговорил он наконец. — Конники на обратном пути все затоптали, подъехавши строем от реки. Только восточный след свежий и нетронутый, и назад, к Андуину, он нигде не сворачивает. Сейчас нам надо ехать помедленнее и глядеть в оба, не было ли бросков в стороны. А то орки, видать, здесь как раз и учуяли погоню: того и гляди, попробуют подевать куда-нибудь пленников, пока не поздно.

День понемногу мрачнел. С востока приплыли тяжелые тучи. Темная муть заволокла солнце, уходившее на запад, а Фангорн приближался, и все чернее нависали лесистые склоны. Ни налево, ни направо никакие следы не уводили, путь устилали трупы и трупики, пронзенные длинными стрелами в сером оперенье.

Тускнели сумерки, когда они подъехали к лесной опушке; в полукружье деревьев еще дымился неостывший пепел огненного погребенья. Рядом были свалены грудой шлемы и кольчуги, рассеченные щиты, сломанные мечи, луки, дротики и прочий воинский доспех. Из груды торчал высокий кол, а на нем гоблинская башка в изрубленном шлеме с едва заметной Белой Дланью. Поодаль, у берега реки, вытекавшей из лесной чащи, возвышался свеженасыпанный холм, заботливо обложенный дерном; в него были воткнуты пятнадцать копий.

Арагорн с друзьями принялись обыскивать поле боя, но солнце уже скрылось, расползался густой туман. Ночью нечего было. и надеяться набрести на след Пина и Мерри.

— Все попусту, — угрюмо сказал Гимли. — Много загадок выпало нам на пути от Тол-Брандира, но эта — самая трудная. Наверно, горелые кости наших хоббитов смешались с костями орков. Тяжко придется Фродо, коли весть эта застанет его в живых, и едва ли не тяжелее будет тому старому хоббиту в Раздоле. Элронд им идти не велел.

— А Гэндальф решил — пусть идут, — возразил Леголас.

— Ну, Гэндальф тоже пошел и сам же сгинул первым, — заметил Гимли. — Ошибся он на этот раз в своих расчетах.

— Не в том был расчет Гэндальфа, чтобы спастись от гибели или уберечь нас, — сказал Арагорн. — Тут не убережешься, а берись за дело волей-неволей, чем бы оно ни кончилось. Так вот: отсюда мы пока никуда не тронемся. Непременно надо оглядеть поутру.

Заночевали чуть дальше от кровавого поля, под раскидистыми ветвями гостеприимного дерева, совсем бы каштан, да только многовато сберег он широких, бурых прошлогодних листьев, нависших отовсюду, точно хваткие старческие руки; они скорбно шелестели под легким ночным ветерком.

Гимли поежился. У них было всего-то по одеялу на каждого.

— Давайте разведем костер, — сказал он. — Ну, опасно, ну и ладно. Пусть их орки сбегаются на огонь, как мотыльки на свечку!

— Если вдруг наши несчастные хоббиты блуждают в лесу, они тоже сюда прибегут, — сказал Леголас.

— Мало ли кого притянет наш костер, не орков, может статься, и не хоббитов, — сказал Арагорн. — Мы ведь неподалеку от горных проходов предателя Сарумана. И на опушке Фангорна, где лучше, как говорится, веточки не трогать.

— Подумаешь, а мустангримцы вчера большой огонь развели, — сказал Гимли. — Они не то что веточки, деревья рубили, сам видишь. Сделали свое дело, переночевали здесь же, и хоть бы что.

— Во-первых, их было много,— отвечал Арагорн.— Во-вторых, что́ им гнев Фангорна, они здесь бывают редко, и в глубине леса им делать нечего. А нам, чего доброго, надо будет углубиться в Лес. Так что поосторожнее! Деревья не трогайте!

— Деревья и незачем трогать,— сказал Гимли.— Конники их и так тронули, вон сколько лапника кругом валяется, да и хвороста хоть отбавляй.

Он пошел собирать хворост и лапник и занялся костром; но Арагорн сидел безмолвно и неподвижно, прислонившись к мощному стволу, и Леголас стоял посреди прогалины, наклонившись и вглядываясь в лесную темень, будто слушал дальние голоса.

Гном понемногу развел костер, и все трое обсели его, как бы заслоняя от лишних взглядов. Леголас поднял глаза и посмотрел на охранявшие их ветви.

— Взгляните! — воскликнул он.— Дерево радуется теплу!

Может быть, их обманула пляска теней, однако всем троим показалось, что нижние, тяжкие ветви пригнулись к огню, а верхние заглядывали в костер; иссохшие бурые листья терлись друг о друга, будто стосковавшись по теплу.

Внезапно и воочию, как бы напоказ, была им явлена безмерная, чуждая и таинственная жизнь темного, неизведанного Леса. Наконец Леголас прервал молчание.

— Помнится, Келеборн остерегал нас против Фангорна,— сказал он.— Как думаешь, Арагорн, почему? И Боромир тоже — что за россказни слышал он про этот Лес?

— Я и сам наслышался о нем разного — и от гондорцев, и от других,— отвечал Арагорн,— но, когда бы не Келеборн, я бы по-прежнему считал эти россказни выдумками от невежества. Я-то как раз хотел спросить у тебя, есть ли в них толика правды. Но коль это неведомо лесному эльфу, что взять с человека?

— Ты странствовал по свету больше моего,— возразил Леголас.— А у нас в Лихолесье о Фангорне ничего не рассказывают, вот только песни поют про онодримов, по-вашему онтов, что обитали здесь давным-давно — ведь Фангорн древнее даже эльфийских преданий.

— Да, это очень древний Лес,— подтвердил Арагорн,— такой же древний, как Вековечный у Могильников, только этот вдесятеро больше. Элронд говорил, что они общего корня: останки могучей лесной крепи Предначальных Времен — тех лесов без конца и края, по которым бродили Первородженные, когда люди еще не пробудились к жизни. Однако есть у Фангорна и собственная тайна. А что это за тайна, не знаю.

— Я так и знать не желаю,— сказал Гимли.— Пусть Лес не тревожится за свои тайны, мне они ни к чему.

Кинули жребий, кому оставаться на часах: первым выпал черед Гимли. Остальные двое улеглись, и сон мгновенно оцепенил их; однако Арагорн успел проговорить:

— Гимли! Не забудь — здесь нельзя рубить ни сука, ни ветки. И за валежником далеко не отходи, пусть уж лучше костер погаснет. Чуть чего — буди меня!

И уснул как убитый. Леголас покоился рядом с ним: сложив на груди легкие руки, лежал с открытыми глазами, в которых дремотные видения мешались с ночной полуявью, ибо так спят эльфы. Гимли сгорбился у костра, задумчиво поводя пальцем вдоль острия секиры. Лишь шелест дерева нарушал безмолвие.

Вдруг Гимли поднял голову и в дальнем отблеске костра увидел сутулого старика, укутанного в плащ; он опирался на посох, шляпа с широкими обвислыми полями скрывала его лицо. Гимли вскочил на ноги, потеряв от изумления дар речи, хотя ему сразу подумалось, что они попали в лапы к Саруману. Арагорн с Леголасом приподнялись, пробужденные его резким движением, и разглядывали ночного пришельца. Старик стоял молча и неподвижно.

— Подходи без опаски, отче,— выпрямившись, обратился к нему Арагорн.— Если озяб, погреешься у костра.

Он шагнул вперед, но старец исчез, как провалился. Нигде поблизости его не оказалось, а искать дальше они не рискнули. Луна зашла; костер едва теплился.

— Кони! Наши кони! — вдруг воскликнул Леголас.

А коней и след простыл. Они сорвались с привязи и умчались неведомо куда. Все трое стояли молча, бессильно опустив руки, ошеломленные новой зловещей бедой. До единственных здешних соратников, ристанийских витязей, сразу стало далеко-далеко: за опушками Фангорна простиралась, лига за лигой, необъятная и тревожная степь. Откуда-то из ночного мрака до них словно бы донеслись ржанье и лошадиный храп; потом все стихло, и холодный ветер всколыхнул уснувшую листву.

— Ну что ж, ускакали они,— сказал наконец Арагорн.— Ни найти, ни догнать их не в нашей власти: если сами не вернутся, то на нет и суда нет. Отправились мы пешком, и ноги пока остались при нас.

— Ноги! — устало фыркнул Гимли.— Пускать свои ноги в ход — это я пожалуйста, только есть свои ноги не согласен.— Он подкинул хворосту в огонь и опустился рядом.

— Совсем недавно тебя и на лошадь-то было не заманить,— рассмеялся Леголас.— Ты погоди, еще наездником станешь!

— Куда уж мне, упустил свой случай,— отозвался Гимли.

— Если хотите знать,— сказал он, мрачно помолчав,— то это был Саруман, и никто больше. Помните, Эомер как говорил: является, дескать, старец-странник в плаще с капюшоном. Так и говорил. То ли он, Саруман, лошадей спугнул, то ли угнал, ничего теперь не поделаешь. И попомните мое слово, много бед нам готовится!

— Слово твое я попомню,— обещал Арагорн.— Попомню еще и то, что наш старец прикрывался не капюшоном, а шляпой. Но все равно ты, пожалуй что, прав, и теперь нам не будет покоя ни ночью, ни днем. А пока все-таки надо отдохнуть, как бы оно дальше ни вышло. Ты вот что, Гимли, спи давай, а я покараулю. Мне надо немного подумать, высплюсь потом.

Долго тянулась ночь. Леголас сменил Арагорна, Гимли сменил Леголаса, и настало пустое утро. Старец не появлялся, лошади не вернулись.

Глава III

УРУКХАЙ

Пин был окован смутной и беспокойной дремой: ему казалось, что он слышит собственный голосок где-то в темных подвалах и зовет: «Фродо, Фродо!» Но Фродо нигде не было, а гнусные рожи орков ухмылялись из мрака, и черные когтистые лапы тянулись со всех сторон. Мерри-то куда же делся?

Пин проснулся, и холодом повеяло ему в лицо. Он лежал на спине. Наступал вечер, небеса тускнели. Он поворочался и обнаружил, что сон не лучше яви, а явь страшнее сна. Он был крепко-накрепко связан по рукам и ногам. Рядом с ним лежал Мерри, лицо серое, голова обмотана грязной кровавой тряпкой. Кругом стояли и сидели орки, и числа им не было.

Трудно складывалось былое в больной голове Пина, еще труднее отделялось оно от сонных видений. А, ну да: они с Мерри бросились бежать напропалую, через лес. Куда, зачем? Затмение какое-то: ведь окликал же их старина Бродяжник! А они знай бежали, бежали и орали, пока не напоролись на свору орков: те стояли, прислушивались и, может, даже не заметили бы их, да тут поди не заметь. Заметили — вскинулись: визг, вой, и еще орки за орками выскакивали из ольшаника. Они с Мерри — за мечи, но орки почему-то биться не желали, кидались и хватали за руки, а Мерри отсек несколько особо хватких лап. Эх, молодчина все-таки Мерри!

Потом из лесу выбежал Боромир: тут уж оркам, хочешь не хочешь, пришлось драться. Он искрошил их видимо-невидимо, какие в живых остались, бежали со всех ног. Но они втроем с Боромиром далеко не ушли, их окружила добрая сотня новых орков, здоровенных, с мечами и луками. Стрелы так и сыпались, и все в Боромира. Боромир затрубил в свой огромный рог, аж лес загудел, и поначалу враги смешались и отпрянули. Но на помощь, кроме эха, никто не спешил; орки расхрабрились и освирепели пуще прежнего. Больше Пин, как ни силился, припомнить ничего не мог. Последнее, что помнил,— как Боромир, прислонясь к дереву, выдергивал стрелу из груди; и вдруг обрушилась темнота.

«Ну, наверно, дали чем-нибудь по голове,— рассудил он.— Хоть бы Мерри, беднягу, не очень поранили. А как с Боромиром? И с чего это орки нас не убили? Где мы вообще-то и куда нас волокут?»

Вопросов хватало — ответов не было. Он озяб и изнемог. «Зря, наверно, Гэндальф уговорил Элронда, чтоб мы пошли,— думал он.— Какой был от меня толк? Помеха, лишняя поклажа. Сейчас вот меня украли, и я стал поклажей у орков. Вот если бы Бродяжник или хоть кто уж догнали бы их и отобрали нас! Да нет, как мне не стыдно! У них-то ведь дела поважнее, чем нас спасать. Самому надо стараться!»

Пин попробовал ослабить путы, но путы не поддавались. Орк, сидевший поблизости, гоготнул и сказал что-то приятелю на своем мерзостном наречии.

— Отдыхай, пока дают, ты, недомерок! — обратился он

затем к Пину на всеобщем языке, и звучал он чуть ли не мерзостнее, чем их собственный.— Пока дают, отдыхай! Ножками-то зря не дрыгай, мы тебе их скоро развяжем. Наплачешься еще, что не безногий, соплями и кровью изойдешь!

— Моя бы воля, ты бы и щас хлюпал, смерти просил,— добавил другой орк.— Ох, попищал бы ты у меня, крысеныш вонючий!

И он склонился к самому лицу Пина, обдав его смрадом и обнажив желтые клыки. В руке у него был длинный черный нож с зубчатым лезвием.

— Тише лежи, а то ведь не выдержу, пощекочу немножечко,— прошипел он.— Еще чухнешься — я, пожалуй, и приказ малость подзабуду. Ух, изенгардцы! *Углук у багронк ша пушдуг Саруман-глоб бубхош скай!* — И он изрыгнул поток злобной ругани, щелкая зубами и пуская слюну.

Пин перепугался не на шутку и лежал без движения, а перетянутые кисти и лодыжки ныли нестерпимо, и щебень впивался в спину. Чтоб легче было терпеть, он стал прислушиваться к разговорам. Кругом стоял галдеж, и, хотя орки всегда говорят, точно грызутся, все же ясно было, что кипит какая-то свара, и кипела она все круче.

К удивлению Пина, оказалось, что ему почти все понятно: орки большей частью изъяснялись на общем наречии Средиземья. Тут, видно, был пестрый сброд, и, говори каждый по-своему, вышла бы полная неразбериха. Злобствовали они недаром: не было согласья насчет того, куда бежать дальше и что делать с пленниками.

— И убить-то их толком нет времени,— пожаловался кто-то.— Прогуляться — прогулялись, а поиграться некогда.

— Тут ладно, ничего не поделаешь,— сказал другой.— Убьем хоть поскорее, прямо щас и убьем, а? Чего их с собой тащить, раз такая спешка. Завечерело уже, надо бежать дальше.

— Приказ есть приказ,— отозвался басистый голос.— ВСЕХ ПЕРЕБИТЬ, КРОМЕ НЕВЫСОКЛИКОВ. ИХ ПАЛЬЦЕМ НЕ ТРОГАТЬ. ПРЕДСТАВИТЬ ЖИВЬЕМ КАК МОЖНО СКОРЕЕ. Что непонятно?

— Непонятно, зачем живьем,— раздалось в ответ.— С ними что, на пытке потеха?

— Да не то! Я слышал, один из них что-то там знает или есть у него при себе что-то, какая-то эльфийская штуковина, помеха войне. А допрашивать всех будут, вот и живьем.

— Ну и что, ну и все? Давайте щас обыщем и найдем! Мало ли что найдется, самим еще, может, понадобится!

— Забавно разговариваете,— мягко сказал жуткий голос.— Пожалуй, донести придется. Пленников НЕ ВЕЛЕНО ни мучить, ни обыскивать: такой У МЕНЯ приказ.

— У меня такой же,— подтвердил басистый голос.— ЖИВЬЕМ, КАК ВЗЯЛИ: НЕ ОБДИРАТЬ. Так мне было велено.

— А нам ничего такого никто не велел! — возразил один из тех, кто начал спор.— Мы с гор прибежали убивать, мстить за наших: все ноги отбили. Вот и хотим — убить, и назад.

— Мало ли чего вы хотите,— раздался ответный рык.— Я — Углук. Я над вами начальник. И веду вас к Изенгарду самым ближним путем!

— А что, Саруману уже и Всевидящее Око не указ? — спросил жуткий голос.— Мы что-то не туда бежим: в Лугбурзе ждут нас и наших вестей.

— Да как же через Великую Реку,— возразил кто-то.— А к мостам не пробьемся: маловато нас все-таки.

— А вот я переправился,— сказал жуткий голос.— Крылатый назгул ждет-поджидает нас там, на севере, на восточном берегу.

— Может, и поджидает! Ты-то с ним улетишь, прихватишь пленников и будешь в Лугбурзе молодец молодцом; а мы пробирайся как знаешь через эти края, где рыщут коневоды. Не-ет, нам надо вместе. Края опасные: кругом разбойники да мятежники.

— Ага, вместе нам надо,— прорычал Углук.— С вами, падалью, вместе только в одну могилу. Как с гор спустились, так обделались. Где бы вы были, не будь нас! Мы — бойцы, мы — Урукхай! Мы убили большого воина. Мы взяли в плен эту мелюзгу. Мы — слуги Сарумана Мудрого, Властителя Белой Длани, подающей нам вкусную человечину. Мы — посланцы Изенгарда, вы шли за нами сюда и за нами пойдете отсюда, нашим путем. Я — Углук, слышали? Я свое слово сказал.

— Многовато наговорил ты, Углук.— В жутком голосе послышалась издевка.— Ох, как бы в Лугбурзе совсем не решили, что умной башке Углука не место на его плечах. А заодно и спросят: откуда ж такое завелось? Уж не от Сарумана ли? А Саруман-то кто такой, с чего это *он* свои поганые знаки рисует? Властитель Белой Длани, ишь ты! Спросят они у меня, у своего верного посланца Грышнака, а Грышнак им скажет: Саруман — паскудный глупец, а то и предатель. Но Всевидящее Око следит за ним и уж как-нибудь его устережет.

— «Падаль» он говорит? Про кого, про нас? Слыхали, ребята, они человечину жрут: да не нас ли они едят, не нашу ли мертвечину!

Орки загалдели, залязгали обнаженные мечи. Пин осторожно крутнулся в путах: не будет ли чего видно. Охранники оставили хоббитов и подались поближе к заварушке. В сумеречном полусвете маячила огромная черная фигура — должно быть, Углук,— а перед ним стоял Грышнак, приземистый и кривоногий, но неимоверно широкоплечий, и руки его свисали чуть не до земли. Их обступили гоблины помельче. «Не иначе как северяне»,— подумал Пин. Они выставили мечи и кинжалы, но нападать на Углука не решались.

А тот гаркнул, и, откуда ни возьмись, набежали десятка полтора орков его породы. Внезапно Углук прыгнул вперед и короткими взмахами меча снес головы паре недовольных. Грышнак шарахнулся в темноту. Прочие попятились, один споткнулся о Мерри и с проклятием растянулся плашмя. Зато спас свою жизнь: через него перепрыгнули меченосцы Углука, рассеивая и рубя противников. Охранника с желтыми клыками распластали чуть не надвое, и труп его с зубчатым ножом в руке рухнул на Пина.

— Оружие отставить! — рявкнул Углук.— Хватит с них! Бежим на запад, вниз проходом и прямиком к холмам, дальше по берегу до самого леса. Бежать будем днем и ночью, понятно?

«Давай-давай,— подумал Пин,— пока ты, гнусное рыло, будешь их собирать да строить, мы тут авось кое-что свое провернем».

И было что провертывать. Острие черного ножа полоснуло его по плечу, скользнуло к руке. Ладонь была вся в крови, но холодное касание стали бодрило и обнадеживало.

Орки понемногу строились, но кое-кто из северян опять заартачился, двоих изенгардцы зарубили, остальные понуро повиновались. Стояла ругань, царила неразбериха. За Пином почти наверняка никто не следил. Ноги его были спутаны плотно, руки — только в кистях, и не за спиной, а впереди. И хотя узел затянули нестерпимо, пальцами он шевелить мог. Он подвинул мертвеца и, сдерживая дыхание, стал тереть перетяжку об отточенное лезвие: рука трупа крепко сжимала нож. Перерезал! И по-хоббитски ловко наладил и затянул двойную петлю на прежний манер;

только теперь она, если надо, мигом развязывалась. А уж потом лежал смирнее смирного.

— Пленных на плечи! — рявкнул Углук.— И без штучек! Если кто из них по дороге подохнет, отправитесь за ними!

Дюжий орк ухватил Пина, точно куль муки, продел башку между его связанными руками, поддернул руки книзу, приплюснув хоббита лицом к чешуйчатой шее, и побежал со всех ног. Так же было — углядел он одним глазом — и с Мерри. Орковы лапы-клешни сжимали руки Пина мертвой хваткой, когти впивались в тело. Он зажмурил глаза и постарался снова заснуть.

Вдруг его опять бросили на камни. Ночь едва надвинулась, и тощий полумесяц плыл на запад. Они были на краю скалы, тусклая мгла расстилалась впереди. Где-то рядом журчала вода.

— Вот они, дозорные, вернулись,— сказали рядом.

— Ну, что видели? — рыкнул Углук.

— Да ничего не видели, один только всадник, удрал на запад. Впереди никого нет.

— Пока нет, а потом чего будет? Ну дозорные из вас! Почему не подстрелили? Он же поднимет тревогу, и подлюги коневоды нас еще до утра перехватят. Теперь бежать надо вдвое шибче прежнего.

На Пина пала черная тень Углука.

— Давай вставай! — велел орк.— Не всё моим ребятам тебя таскать. Сейчас дорога пойдет под гору, беги сам, только смотри у меня! Не вздумай кричать, удрать тоже не пробуй — не выйдет. А в случае чего я из тебя жилы-то повытяну, не рад будешь, что жив остался.

Одним махом перерезав ременные путы, он освободил ноги Пина, схватил его за волосы и поставил перед собой. Пин упал как подкошенный, и Углук снова вздернул его стоймя за волосы. Орки заливались хохотом, Углук сунул ему в зубы фляжку, и горло Пина обожгла какая-то скверная, горькая и вонючая жидкость. Ноги, однако, выпрямились; боль пропала, он мог стоять.

— Где там другой! — сказал Углук. Он отошел к Мерри и дал ему здоровенного пинка. Мерри застонал, а Углук рывком посадил его, сдернул перевязь с пораненной головы и смазал рану каким-то черным снадобьем из деревянной коробочки. Мерри вскрикнул от боли, яростно отбиваясь. Орки свистели и улюлюкали.

— Лечиться не хочет, вот обалдуй! — гоготали они.—
Сам не знает, чего ему надо! Ох, ну мы с ними потом
и позабавимся!

Покамест, однако, было не до забав. Нужно было
скорее бежать и чтобы пленники бежали наравне. Углук
лечил и вылечил Мерри на свой манер: ему залили в глотку
мерзкое питье, перерезали ножные путы, вздернули на
ноги, и Мерри стоял, чуть пошатываясь, бледный, угрюмый,
но живехонький. Лоб был рассечен, но боль унялась, и на
месте воспаленной, кровоточащей раны появился и остался
навсегда глубокий бурый шрам.

— А, Пин, вот и ты! — сказал он.— Тоже решил немного прогуляться? Не вижу завтрака, а где твоя постель?

— А ну, заткни глотку! — рявкнул Углук.— Языки не
распускать! Молчать, пока зубы торчат! Обо всем будет
доложено, и с рук вам ничего не сойдет. И постелька вас
ждет, и лакомый завтрак — кости свои сгрызете!

Спускались тесниной в туманную степь. Мерри и Пина
разделяла дюжина или больше орков. Наконец под ногами
зашелестела трава, и сердца хоббитов воспрянули.

— Прямо бегом марш! — скомандовал Углук.— Держать на запад и чуть к северу. Лугдуш ведущий — не
отставать!

— А что нам делать, когда солнце взойдет? — спросил
кто-то из северян.

— Брать ноги в руки! — ощерился Углук.— А ты как
думал? Может, сядем на травку, подождем бледнокожих?

— Мы же под солнцем не можем бежать!

— У меня побежите сломя голову! — пообещал Углук.— Помните, мелюзга: кто начнет спотыкаться, тому,
клянусь Белой Дланью, не видать больше своей берлоги.
Навязали вас, гнид, на мою голову, эх вы, горе-вояки!
Давай живей шевелись, покуда не рассвело!

Орки сорвались с места и припустились звериной побежкой. Это был не воинский строй, а гурьба: бежали
вразброд, натыкаясь друг на друга и злобно переругива-
ясь,— бежали, однако ж, очень быстро. К хоббитам было
приставлено по три охранника. Пин оказался в хвосте
ватаги. «Долго так не пробегу,— думал он,— с утра маковой росинки во рту не было». Один из охранников держал
наготове плеть-семихвостку, но пока что в ней не было
нужды: глоток мерзостного бальзама по-прежнему горячил
и бодрил. И голова была на диво ясная.

Снова и снова виделось ему, как наяву, склоненное над их прерывчатым следом суровое лицо Бродяжника, без устали бегущего вдогон. Но даже и Следопыт, опытный из опытных,— чтó он разберет в этой слякотной каше? Как различит его и Мерри легкие следы, затоптанные и перетоптанные тяжелыми коваными подошвами?

За откосом, через милю или около того, они попали в котловину, под ногами была сырая мягкая земля. Стелился туман, осветленный косым прощальным светом месяца. Густые черные тени бегущих впереди орков потускнели и расплылись.

— Эй там! Поровнее! — рявкнул сзади Углук.

Пина вдруг осенил быстрый замысел, и медлить он не стал. Он бросился направо, увернулся от простершего лапы охранника, нырнул в туман и, споткнувшись, растянулся на росистой траве.

— Стой! — завопил Углук.

Орки спутались и смешались. Пин вскочил на ноги и кинулся наутек. Но за ним уже топотали орки; кто-то обошел его спереди.

«Спастись и думать нечего! — соображал Пин.— Главное-то сделано — я оставил незатоптанные следы на сырой земле!»

Он схватился за горло связанными руками, отстегнул эльфийскую брошь и обронил ее в тот самый миг, когда его настигли длинные руки и цепкие клешни.

«Пролежит здесь, наверное, до скончания дней,— подумал он.— И зачем я ее отстегнул? Если кто-нибудь из наших и спасся, наверняка они охраняют Фродо!»

Ременная плеть со свистом ожгла ему ноги, и он подавил выкрик.

— Будет! — заорал подоспевший Углук.— Ему еще бежать и бежать. Обои вшивари пусть ноги в ход пустят! Помоги им, только не слишком!.. Получил на память? — обратился он к Пину.— Это так, пустяки, а вообще-то за мной не заржавеет. Успеется, а пока чеши давай!

Ни Пин, ни Мерри не помнили, как им бежалось дальше. Жуткие сны и страшные пробуждения сливались в один тоскливый ужас, и где-то далеко позади все слабее мерцала надежда. Бежали и бежали — со всех ног, кое-как поспевая за орками; выбивались из сил, и плеть подгоняла их, жестоко и умело. Запинались, спотыкались и падали — тогда их хватали и несли.

Жгучее оркское снадобье потеряло силу. Пину опять стало зябко и худо. Он споткнулся и упал носом в траву. Когтистые лапы подхватили его и подняли, опять его несли, как мешок, и ему стало темным-темно: ночь ли наступила, глаза ли ослепли, какая разница.

Он заслышал грубый гомон: должно быть, орки требовали передышки. Хрипло орал Углук. Пин шлепнулся оземь и лежал неподвижно, во власти мрачных сновидений. Но скоро снова стало больно: безжалостные лапы взялись за свое железной хваткой. Его бросали, встряхивали, наконец мрак отступил, он очнулся и увидел утренний свет. Его швырнули на траву; кругом выкрикивали приказы.

Пин лежал пластом, из последних сил отгоняя мертвящее отчаяние. В голове мутилось, в теле бродил жар: верно, опять поили снадобьем. Какой-то орк, подавшись в его сторону, швырнул ему кусок хлеба и обрезок сухой солонины. Тронутый плесенью черствый ломоть Пин жадно сглодал, но к мясу не прикоснулся. Он, конечно, с голоду и сапог бы съел, но нельзя же брать мясо у орка, страшно даже подумать чье.

Он сел и осмотрелся. Мерри лежал ничком неподалеку. Они были на берегу бурливой речонки, впереди возвышались горы: ранние солнечные лучи брызнули из-за вершины. Ближний склон оброс понизу неровным лесом.

У орков опять был яростный галдеж и свара: северяне ни за что не хотели бежать дальше с изенгардцами. Одни показывали назад, на юг; другие — на восток.

— Ладно, хватит! — заорал Углук.— Дальше мое дело! Убить нельзя, вам сказано, а хотите их бросить, бросайте: понабегались, мол, так и мы понабегались не меньше вашего — бросайте! А уж я присмотрю, никуда они не денутся. Урукхай потрудится и повоюет, ему не привыкать. Боитесь бледнокожих, так и бегите! Вон туда — в лес! — зычно указал он.— Может, и доберетесь — больше-то вам некуда. Давай шевелись! Да живо, пока я не оттяпал башку-другую: то-то взбодритесь!

Еще ругань, еще потасовка — и больше сотни орков отделились и опрометью кинулись по речному берегу в сторону гор. При хоббитах остались изенгардцы: плотная, сумрачная свора, шесть-семь дюжин здоровенных, черномазых и косоглазых орков с большими луками и короткими, широкими мечами,— и с десяток северян, посмелее и покрупнее.

— Ну, теперь разберемся с Грышнаком,— объявил Углук, но даже самые стойкие его заединщики поглядывали через плечо, на юг.

— Знаю, знаю,— прорычал он.— Лошадники распроклятые нас унюхали. А все из-за тебя, Снага. Тебе и другим дозорным надо бы уши обрубить. Погодите, бой за нами, а мы бойцы. Мы еще поедим ихней конины, а может, и другого мясца, послаще.

Пин обернулся: почему это иные урукхайцы указывали на юг? Оттуда донеслись хриплые вопли, и явился Грышнак, а за ним с полсотни таких же, кривоногих и широкоплечих, с руками до земли. На их щитах было намалевано красное око. Углук выступил им навстречу.

— Явились — не запылились! — хохотнул он.— Никак передумали?

— Вернулся приглядеть, как выполняются приказы и чтобы пленников не тронули,— проскрежетал Грышнак.

— Да неужели! — издевался Углук.— Зря беспокоился. Я и без тебя как-нибудь распоряжусь: и приказы выполним, и пленников не тронем. Еще-то чего надо: уж больно ты запыхался. Может, забыл что-нибудь?

— Забыл с одним дураком посчитаться,— огрызнулся Грышнак.— Он-то и сам на смерть наскочит, да с ним крепкие ребята остались, жаль, если сгинут без толку. Вот я и вернулся им помочь.

— Помогай нашелся! — реготал Углук.— Если только драться помогать, а то лучше бегите-ка в свой Лугбурз, нас бледнокожие окружают. Ну и где же твой хваленый назгул? Опять под ним коня подстрелили, а? Ты бы его, что ли, сюда позвал, может, и пригодился бы, если россказни про назгулов не сплошь вранье.

— Назгулы, ах, назгулы,— произнес Грышнак, вздрагивая и облизываясь, точно слово это мучительно манило его могильной гнилью.— Помалкивай лучше, Углук, серая скотинка,— вкрадчиво посоветовал он.— Тебе такое и в самом паскудном сне не привидится. Назгулы! Вот кто всех насквозь видит! Ох и нависишься ты вверх ногами за такие свои слова, ублюдок! — лязгнул он зубами.— Ты что, не знаешь? Они — зрачки Всевидящего Ока. А тебе подавай крылатого назгула — не-ет, подождешь. По эту сторону Великой Реки им пока что не велено показываться — рановато. Вот грянет война — тогда увидите... но и тогда у них будут другие дела.

— Ты зато больно много знаешь, умник! — отозвался Углук.— Не на пользу тебе это, вовсе не на пользу. Тоже ведь и в Лугбурзе могут призадуматься, не слишком ли много ума у тебя в башке. А пока что ты языком болтаешь, а мы, Урукхай, посланцы грозного Изенгарда, должны разгребать за вами, и разгребем! Кончай хайлом мух ловить! Строй свое отребье! Прочая сволочь вон уже драпает к лесу. Давай за ними — все равно не видать тебе Великой Реки как своих ушей. Бегом марш, да живо! Я от вас не отстану.

Изенгардцы снова схватили Пина и Мерри и мешками закинули их за плечи. Земля загудела под ногами. Час за часом бежали они без передышки, приостанавливаясь, только чтобы перебросить хоббитов на новые спины. То ли бежалось им, здоровякам, быстрее, то ли план особый был у Грышнака, но постепенно изенгардцы обогнали мордорских орков, и свора Всевидящего Ока сгрудилась позади. Немного осталось догонять северян, а там и до леса почти что рукой подать.

Пина обдавали болью синяки и ушибы на всем теле, и горело лицо, исцарапанное о гнусную чешуйчатую шею и волосатое ухо. Впереди убегали, не убегая, согнутые спины, и толстые крепкие ноги топали, топали, топы-топы, без устали, точно кости, скрученные проволокой, отмеряя жуткие миги нескончаемого сна.

Под вечер углуковцы северян обогнали. Те мотались под лучами солнца, хотя и солнце-то уже расплылось в холодном, стылом небе, но они бежали, свесив головы и высунув языки.

— Эй вы, слизни! — хохотали орки Изенгарда.— Каюк вам. Щас бледнокожие вас догонят и слопают. Гляньте, вон они!

Донесся злобный крик Грышнака: оказалось, что это не шутки. Появились конники, и мчались они во весь опор, еще далеко-далеко, но нагоняя быстро и неотвратимо, словно накат прибоя застрявших в песке ленивых купальщиков.

Вдруг изенгардцы, на удивление Пину, кинулись бежать чуть не вдвое быстрее прежнего: того и гляди, добегут, одолеют первые. И еще он увидел, как солнце заходит, теряется за Мглистыми горами и быстро падает ночная тень. Солдаты Мордора подняли головы и тоже прибавили ходу. Лес надвигался темной лавиной. Навстречу выплеснулись перелески, тропа пошла в гору, забирая все круче и круче. Орки, однако, шагу не сбавляли. Впереди орал Углук, сзади — Грышнак: призывали своих молодцов наподдать напоследок.

«Добегут, успеют, а тогда все»,— думал Пин и, чуть не вывернув шею, исхитрился глянуть через плечо. И увидел краем глаза, что на востоке всадники уже поравнялись с орками, мчась по равнине. Закат золотил их шлемы и жала копий; блестели длинные светлые волосы. Они окружали орков, сбивая их в кучу, оттесняя к реке.

«Что же за люд здесь живет?» — припоминал Пин. Было б ему в Раздоле-то поменьше слоняться, а побольше смотреть на карты и вообще учиться уму-разуму. Но ведь тогда какие головы дело обмозговывали: откуда ему было знать, что в недобрый час придется думать самому, без Гэндальфа, без Бродяжника, да что там, даже и без Фродо. Про Мустангрим ему помнилось только, что отсюда родом конь Гэндальфа Светозар; это, конечно, уже хорошо, но одного этого все-таки маловато.

«От орков-то они нас как отличат? — задумался Пин.— Они ведь небось про хоббитов здесь слыхом не слыхали. Хорошо, конечно, ежели они истребят гадов-орков всех подчистую, но лучше бы нас заодно не истребили!»

А между тем очень было похоже, что его и Мерри, как пить дать, стопчут вместе с орками, убьют и похоронят в общей куче.

Среди конников были и лучники, стрелявшие на скаку. Они подъезжали поближе и одного за другим подстреливали отстающих, потом галопом отъезжали, и ответные стрелы орков, не смевших остановиться, ложились под копыта их коней. Раз за разом подъезжали они, и наконец их меткие стрелы настигли изенгардцев. Один из них, пронзенный насквозь, рухнул перед самым носом Пина.

Подошла ночь, однако ристанийские всадники битвы не начинали. Орков перебили видимо-невидимо, но осталось их все же сотни две с лишком. Уже в сумерках орки взбежали на холм, ближний к лесу, до опушки было саженей триста, только дальше ходу не было: круг конников сомкнулся. Дюжины две орков не послушались Углука и решили прорваться, вернулись трое.

— Вот какие у нас дела,— гадко рассмеялся Грышнак.— В хорошую переделку угодили! Ну ничего: великий Углук нас, как всегда, вызволит.

— Недомерков наземь! — скомандовал Углук, как бы не расслышав грышнаковской подначки.— Ты, Лугдуш, возьми еще двоих и неси охрану. Не убивать, пока бледнокожие, суки, не прорвутся. Понятно, нет? Покуда я живой, они тоже пусть поживут. Только чтоб не пискнули, и не вздумай упустить. Ноги им свяжи!

Последний приказ выполнили злобно и старательно. Однако же Пин впервые оказался рядом с Мерри. Орки галдели и ссорились, орали и клацали оружием, а хоббиты тем временем ухитрились перемолвиться словечком.

— Голова у меня совсем не варит,— сказал Мерри.— Укатали, сил больше никаких нет. Если даже окажусь на свободе, далеко не уползу.

— А путлибы-то! — шепнул Пин.— Путлибы! Слушай: у меня есть. У тебя ведь тоже? Они же не обыскивали, мечи забрали, и все.

— Да были вроде у меня в кармане,— отозвался Мерри,— раскрошились только, наверно. Какая разница: я же ртом в карман не залезу!

— Ртом лезть и не надо. У меня...— Но тут ему с размаху пнули в ребра: галдеж прекратился и охранники снова были начеку.

Ночь стояла тихая и холодная. Вокруг холма, на котором сгрудились орки, вспыхнули сторожевые костры, рассеивая золотисто-красные отблески. Костры были неподалеку, но всадники возле костров не показывались, и много стрел было растрачено впустую, пока Углук не велел отставить стрельбу.

А всадники вовсе исчезли. Потом уж, когда луна как бы нехотя взошла из туманного сумрака, они порой мелькали в огневых просветах — несли, должно быть, неусыпный дозор.

— Солнца, падлы, дожидаются! — процедил один из охранников.— А мы, может, не будем дожидаться, рванем, слушай, а? Углук-то о чем думает, где у него башка?

— Башка у меня где, говоришь? — рыкнул Углук, вынырнув из темноты.— Я, значит, ни о чем не думаю? Гады вы все-таки! Не лучше тех желтопузых с севера или горилл из Лугбурза. Какие из них бойцы — завизжат, и наутек, а вонючих коневодов тринадцать на дюжину, не управимся мы с ними, тем более на ровном месте. Одно только умеют эти желтопузые вшивари: видят в темноте, что твои совы, но тут и это без пользы. Белокожие, слышно, тоже мастера глазом темень буровить, да у них еще кони! Говорят, на пару с конем они и ночной ветерок углядят. Но кое-чего они покамест не учуяли: Маухур и с ним отборные ребята идут на подмогу лесом, вот-вот подоспеют.

Изенгардцев Углуку вроде бы удалось приободрить; прочие орки по-прежнему роптали и артачились. Выставили дозорных, но те большей частью улеглись наземь, стосковавшись по спасительной темноте. А темно стало хоть глаз выколи: на луну наползла с запада черная туча, и собственные ноги исчезли из виду. Тьма сгущалась между кострами. Но отдыхать до рассвета оркам не дали, от восточного склона донесся гвалт, и, верно, неспроста. Действительно: конники беззвучно подъехали, спешились, ползком пробрались в лагерь, перебили с десяток орков и растворились в ночи. Углук кинулся наводить порядок.

Пин и Мерри сели. Охранники-изенгардцы убежали с Углуком. Однако помышлять о спасении было рановато: обоих перехватили под горло волосатые лапищи, и, притянутые друг к другу, они увидели между собой огромную башку и мерзостную харю Грышнака; пасть его источала гнилой смрад. Стиснув хоббитов до костного хруста, он принялся ощупывать и обшаривать их. Пин задрожал, когда холодная клешня проехалась по его спине, обдирая кожу.

— Шшто, малышатки? — вкрадчиво прошептал Грышнак. — Как отдыхается? Ну да, ну да, неуютненько. Тут тебе ятаганы и плети, а там — гадкие острые пики. А не надо, не надо мелюзге соваться в дела, которые им не по мерке.

Крюковатые пальцы рыскали все нетерпеливее. Глаза орка светились бледным огнем добела раскаленной злобы.

Внезапно Пин разгадал, точно учуял, умысел врага: «Грышнак знает про Кольцо! Углук отлучился, вот он нас и обыскивает: ему оно самому нужно!» Сердце Пина сжималось от ужаса, и все же он изо всех сил соображал, как бы им половчее обойти ослепленного алчностью злыдня.

— Зря ищешь — не найдешь его, — шепнул он. — Не так-то это просто.

— Не найдешь его? — мигом отозвался Грышнак, вцепившись в плечо Пина. — Чего это не найдешь? Ты о чем говоришь, лягушоночек?

Пин немного выждал и вдруг едва слышно заурчал:

— *Горлум, горлум*. Ни о чем, моя прелесть, — прибавил он.

Хватка Грышнака стала судорожной.

— Ого! — тихо-тихо протянул гоблин.— Так ты вот о чем, а? Ого! Оч-чень опас-сно слишком много знать, оч-чень.

— Еще бы,— подхватил Мерри, поняв, куда клонит Пин.— Еще бы не опасно: тебе не меньше нашего. Но это уж твое дело. Лучше скажи, хочешь его заполучить или нет? А если хочешь — что дашь за это?

— Заполучить? Заполучить? — повторил Грышнак как бы в недоумении, но дрожь выдавала его.— Что я дам за это? Как то есть — что дам?

— Да вот так,— сказал Пин, отцеживая слово за словом.— Чего тебе без толку-то шарить в темноте. Времени нет, возни много. Ты только ноги нам поскорее развяжи, а то не скажем больше ни словечка.

— Козявочки вы несчастненькие,— зашипел Грышнак,— да все, что у вас есть, и все, что вы знаете, вы в свое время выложите: наизнанку вывернетесь! Об одном жалеть будете — что вам больше нечем ублажить Допросчика, ох как будете жалеть и как скоро! Куда спешить? Спешить-то некуда. Думаете, почему вас до сих пор не распотрошили? Уж поверьте мне, малявочки вы мои, что не из жалости: такого даже за Углуком не водится.

— Чего-чего, а этого нет,— согласился Мерри.— Только добычу-то еще тащить и тащить, к тому же все равно не в твое логово, как дело ни обернись. Притащат нас в Изенгард, и останется большой гоблин Грышнак с преогромным носом, а руки нагреет Саруман. Нет, хочешь подумать о своей выгоде, думай сейчас.

Грышнак вконец остервенел. Особенно взъярило его имя Сарумана. Время было на исходе, гам затих. Того и гляди, вернется Улук или охранники-изенгардцы.

— Ну, говорите: у тебя оно, что ли? Или у тебя? — повел он глазами-угольями.

— Горлум, горлум! — отвечал Пин.

— Ноги развяжи! — отозвался Мерри.

Лапищи орка содрогнулись.

— Ладно же, гниды недоделанные! — скрежетнул он.— Ножки вам развязать? Да я вас лучше вашими кишками удавлю. Вы что, думаете, я вас до костей не обыщу? Обыщу! Изрежу обоих на мелкие вонючие клочья! И ножки ваши не понадобятся, я и так вас унесу туда, где нам никто не помешает!

Он подхватил и притиснул под мышками обоих хоббитов до костного хруста; неимоверная силища была в его руках и плечах. Пришлепнув им рты ладонями, он втянул голову в плечи и прыгнул вперед. Быстро и бесшумно добрался он до ската, а там проскочил между орками-дозорными и темным призраком смешался с ночью, сбегая по холму на запад, к реке, вытекавшей из леса. Серел мутный широкий простор, и одинокое пламя колыхалось впереди.

Пробежав с десяток саженей, он остановился, всматриваясь и вслушиваясь. Ничего было не видно, ничего не слышно. Он медленно пробирался вперед, согнувшись чуть не вдвое, потом присел на корточки, снова вслушался — и выпрямился: настал миг рискнуть и прорваться. Но вдруг перед ним возник темный конный силуэт. Конь заржал и вздыбился. Всадник что-то прокричал.

Грышнак бросился наземь плашмя, подминая под себя хоббитов, и обнажил ятаган. Он, конечно же, решил на всякий случай убить пленников, но решение это было роковое. Ятаган брякнул и блеснул в свете дальнего костра слева. Из мрака свистнула стрела: то ли пущена она была очень метко, то ли судьба ее подправила — но стрела пронзила его правую руку. Он уронил ятаган и вскрикнул. Топотнули копыта, и едва Грышнак вскинулся и побежал, как его насквозь прободало копье. Он дико взвыл и тяжело рухнул, испуская дух.

Хоббиты лежали ничком, как их бросил Грышнак. Другой конник подъехал на помощь товарищу. То ли конь его видел по-особому, то ли особое было у него чутье, только он перепрыгнул хоббитов, а седок не заметил их, прикрытых эльфийскими плащами, прижавшихся к земле, испуганных до полусмерти.

Наконец Мерри шевельнулся и тихо прошептал:

— Ну ладно, это вышло, а теперь же что?

Ответа ждать не пришлось. Орки услышали предсмертные вопли Грышнака. На холме раздались еще и не такие вопли: обнаружилось, что хоббиты исчезли, и Углук, должно быть, оттяпал виновным одну-другую башку. Ответные крики орков вдруг послышались справа, за сторожевыми кострами, со стороны леса и гор. Явился, верно, долгожданный Маухур и с ходу кинулся на конников. Пронесся топот коней. Ристанийцы стянули кольцо вокруг холма, подставившись под стрелы орков, лишь бы никто из них не ушел; кое-кого отрядили разобраться с новоприбывшими. Мерри и Пин оказались за пределами битвы: путь к бегству никто им не преграждал.

— Ишь ты,— сказал Мерри,— будь у нас руки и ноги

свободны, мы бы, пожалуй что, и спаслись. Но я до узлов не дотянусь, их не перегрызу.

— Была нужда их грызть,— возразил Пин.— Зачем бы это? Я же тебе начал говорить: руки-то у меня свободны. Связаны так, для виду. Ты не болтай зря, а поешь-ка вот путлибов.

Он высвободил кисти и залез в карман. Путлибы раскрошились, конечно, однако никуда не делись, обернутые листами. Хоббиты съели по две, если не по три раскрошенные галеты. Вкус их был давний и вызвал на память милые светлые лица, веселый смех и вкусную, полузабытую еду. Они сидели и вкушали, медленно и задумчиво, не обращая внимания на крики и лязги битвы, происходившей рядом. Первым опомнился от забытья Пин.

— Бежать надо,— сказал он.— Погоди-ка!

Ятаган Грышнака лежал рядом, но он был тяжелый и неудобный; пришлось проползти к трупу гоблина, нащупать и вытащить длинный острый нож. Этим ножом он мигом разрезал все их путы.

— Поехали! — сказал он.— Вот малость разогреемся, тогда уж можно и на ноги, а дальше своим ходом. Только знаешь, для начала лучше все-таки ползком.

И они поползли. Земля была сырая и мягкая, ползти было легко, только ползлось медленно. Они сильно приняли в сторону от сторожевого костра и продвигались совсем потихонечку, пока не добрались до речного берега: внизу, под кручей, клокотала вода. Хоббиты обернулись.

Шум битвы стих. Наверно, Маухура с его «ребятами» искрошили или прогнали. Конники возобновили свою безмолвную зловещую стражу. Недолго им оставалось нести ее. Ночь уходила. На востоке, по-прежнему безоблачном, побледнели небеса.

— Надо нам куда-нибудь спрятаться,— сказал Пин,— а то ведь, чего доброго, заметят. Или стопчут нас конники, а потом увидят, что мы не орки,— утешительно, конечно.— Он встал и потопал ногой.— Ну и веревки, почище проволоки — но у меня ноги понемногу оживают. Поковыляем, что ли. Ты как, Мерри?

Мерри поднялся на ноги.

— Да,— сказал он,— пожалуй, попробуем. Ай да путлибы — не то что это оркское снадобье. Из чего, интересно, они его делают. Хотя вообще-то лучше не знать из чего. Давай-ка глотнем водички, чтобы отбить его вкус!

— Нет, здесь к речке не спустишься, берег уж больно крутой,— возразил Пин.— Пойдем к лесу, там посмотрим.

Бок о бок побрели они вдоль берега. За спиной у них светлел восток. Они беседовали и перешучивались, как истые хоббиты, сопоставляя впечатления последних дней. Никто со стороны и вдомек бы не взял, что они еле держатся на ногах, чудом избавились от неминуемой пытки и смерти, а теперь очутились одни в дальнем, диком краю, и надеяться им было не на что и не на кого.

— Ну, сударь мой Крол, вы лицом в грязь не ударили,— подытожил Мерри.— В книге Бильбо тебе причитается чуть ли не целая глава: уж я ему тебя при случае распишу. Молодец, нечего сказать, здорово ты раскусил этого волосатого бандюгу и ловко ему подыграл. Хотел бы я знать, найдет ли кто-нибудь твой след и сыщется ли твоя брошь. Я-то свою буду беречь пуще глаза, а ты, пожалуй что, пиши пропало. Да, надо мне подсуетиться, чтоб ты нос не задирал. Настал черед братана Брендизайка, а он, глядите, уж тут как тут. Ты вот небось туго смекаешь, куда это нас занесло: скажи спасибо, что я в Раздоле чуть поменьше твоего ворон насчитал. Идем мы вдоль Онтавы. Вон южные отроги Мглистых гор, а это — Фангорн.

И точно: впереди зачернела мрачная широкая опушка. Казалось, ночь отползает и прячется от рассветных лучей в непроглядную лесную глубь.

— Вперед, бесстрашный Брендизайк! — предложил Пин.— А может, все-таки назад? Вообще-то в Фангорн нам не велено соваться. Это из твоей ученой головы не вылетело?

— Не вылетело,— отвечал Мерри,— но лучше уж в чащу леса, чем в гущу битвы.

Он первым вступил под сень обомшелых многовековых деревьев, под низко склоненные гигантские ветви; до земли свисали с них седые бороды лишайника, чуть колыхаясь от предутреннего ветерка. Хоббиты робко выглядывали из лесного сумрака: две крохотные фигурки в полусвете были точь-в-точь малютки эльфы, изумленно глазевшие с опушки Диколесья на первые рассветы мироздания.

За Великой Рекой, за Бурыми Равнинами алым пламенем вспыхнула денница, озаряя степные просторы. Звучной и дружной перекличкой приветствовали ее охотничьи рога. Конники Ристании воспрянули к бою.

Мерри и Пин слышали, как звонко разнеслось в холодном воздухе ржание боевых коней и многоголосое пение. Огненный солнечный край возник над землей. И с громким кличем ринулись конники с востока; кровавым блеском отливали их панцири и копья. Орки завопили и выпустили навстречу им тучу стрел, опустошив колчаны. Хоббиты видели, как несколько всадников грянулись оземь; но строй сомкнулся, лавина промчалась по холму, развернулась и помчалась обратно. Уцелевшие орки разбегались кто куда; их настигали и брали на копья. Однако небольшой отряд, сбившись черным клином, упорно и успешно продвигался к лесу. Им оставалось одолеть с полсотни саженей, и ясно было, что они их одолеют, они сшибли трех всадников, преградивших им путь.

— Что-то мы с тобой загляделись,— сказал Мерри.— Смотри, Углук! Как бы нам с ним опять не встретиться!

Хоббиты повернулись и бросились без оглядки подальше в лес.

Поэтому и не видели они, чем кончилась битва, как Углука и его свору нагнали и окружили возле самой опушки Фангорна, как, спешившись, бился с Углуком на мечах и зарубил его Эомер, Третий Сенешаль Мустангрима. А на равнине зоркие конники догоняли и прикалывали последних беглецов.

Они предали погребению павших друзей и спели над могильным курганом похвальную песнь их доблести. Потом спалили вражеские трупы и рассеяли пепел. Тем и кончился набег орков, и ни в Мордоре, ни в Изенгарде вестей о нем не получили; но дым от кострища вознесся к небесам, и не одно недреманное око заметило его.

Глава IV

ДРЕВЕНЬ

Между тем хоббиты поспешно и бестолково пробирались напрямик темной лесной чащобой близ тихоструйной речки к западным горным склонам, все дальше и дальше уходя в глухую глубину Фангорна. Становилось не так страшно, и спешить вроде было уже незачем. Однако же задышка не проходила, а усиливалась, точно не хватало воздуха или воздух сделался таким, что его не хватало.

В конце концов Мерри потерял всякую прыть.

— Все, больше сил нет,— выговорил он непослушным ртом.— Глоток бы воздуха!

— Глотнем хотя бы воды,— сказал Пин.— А то у меня глотка совсем пересохла.

Он спустился к воде по извилистому толстому корню,

присел и зачерпнул пригоршню. Вода струилась чистая и студеная, он никак не мог нахлебаться. Мерри рядом с ним — тоже. Питье освежило их, и на сердце полегчало; они посидели на берегу, омывая речной водой измученные ноги и поглядывая на молчаливые деревья, ряд за рядом возвышавшиеся над ними, тонувшие в сером сумраке.

— Заблудиться-то пока не успел? — спросил Пин, прислонившись спиной к могучему стволу.— А то смотри, пойдем обратно по течению и выйдем, где вошли.

— Оно бы можно,— сказал Мерри,— да на ноги плоха надежда, а тут еще и дышать нечем.

— Да, тускловато здесь и малость затхловато,— подтвердил Пин.— Мне, знаешь, припоминаются заброшенные палаты Старинной норы Кролов — ну, в смиалах. Дворец дворцом, запущенный только, мебель там отродясь не двигали, как стояла, так и стоит. Говорят, будто жил там сам Старый Крол, жил и жил, дряхлел вместе с палатами, а потом умер — и никто туда ни ногой вот уже лет сто. Старик мне доводится прапрадедушкой; дела, сам понимаешь, давние. Но с этим лесом сравнить — так вчера это было! Ты только посмотри на лишайник: всюду вырос, все оплел, висит-качается, точно бородой трясет. Деревья тоже, глянь, в сухой листве: листопадов для них словно и не бывало! Неприбранно, в общем. Вот уж не знаю, какая здесь может быть весна, а тем более весенняя уборка.

— Однако же солнце сюда порой заглядывает,— заметил Мерри.— Помнишь, Бильбо расписывал Лихолесье — так здесь вовсе, совсем даже не то. Там все черно и гадко, там всякая мразь ютится. А здесь тускло, глухо, и одни деревья. Зверья никакого нет, зверье здесь жит не станет, им здесь не житье.

— И хоббитам не житье,— согласился Пин.— Взять хоть меня,— мне и идти через Фангорн ох как неохота. Идти миль сто, а есть нечего. Запас у нас как, имеется?

— Имеется, только пустяковый,— сказал Мерри.— Побежали-то мы как дураки, с пачкой-другой путлибов в карманах. Остальной припас в лодках остался.

Они проверили, сколько у них было эльфийских галет: крошево, дней на пять, да и то впроголодь.

— И ни тебе одеяльца,— вздохнул Мерри.— Ох и озябнем мы нынче ночью, куда бы нас ни понесло.

— Впору подумать, куда нас понесет,— заявил Пин.— Утро уж, поди, разгорается.

Лес впереди вдруг просиял золотистым светом: где-то, должно быть, лучи просквозили древесный шатер.

— Ишь ты! — сказал Мерри.— Пока мы тут с тобой торчали, солнце, наверно, пряталось за облаком, а теперь вот выглянуло. А может, взошло так высоко, что ему листва и ветки не помеха. Вот оно где сквозит — пойдем-ка поглядим!

Неблизко оно сквозило, пришлось попотеть: склон стал чуть ли не круче прежнего и уж куда каменистей. А свет разливался, и вскоре навис над ними скалистый откос: то ли обрез холма, то ли скос длинного отрога дальних гор. Он был голый — ни деревца,— и солнце вовсю искрилось на каменном сломе. Лес у подножия распростер ветви, точно согреваясь. Только что все казалось серым и тусклым, а тут проблеснуло густо-коричневое, и чернопятнистые стволы засверкали, залоснились, словно зверьи шкуры. Понизу они отливали зеленью под цвет юной травы: ранняя весна, не во сне ли увиденная, оставила им свой блеск.

Откос, однако, был вроде лестницы, грубой и неровной, образовавшейся, должно быть, по милости погоды, услужливо выветривавшей камень. Высоко-высоко, почти вровень с древесными вершинами, тянулся широкий уступ, по краям обросший жесткими травами, а на нем стояло одинокое дерево — обрубок с двумя склоненными ветвями, ни дать ни взять какой-то корявый человечище: выбрался и стоит, греется на солнышке.

— А ну-ка, наверх! — воскликнул Мерри.— Глотнем воздуху, а заодно и оглядимся!

Оскользаясь, карабкались они по скалистому склону. Если и правда здесь проложили лестницу, то уж точно не для них: чьи-то ноги были побольше и шагали пошире. Они очень спешили и поэтому не заметили, что их раны и порезы, ссадины и ушибы сами собой зажили и сил против прежнего прибавилось. Наконец они добрались до уступа возле того самого высокого обрубка; вскочили и обернулись спиной к взгорью, передохнули немного и поглядели на восток. Стало видно, что они прошли по лесу всего лишь три или четыре мили: судя по верхушкам деревьев, никак не больше. От опушки вздымался черный дым, крутясь и стремясь вслед за ними.

— Переменился ветер,— сказал Мерри.— Снова дует с востока. Холодно здесь.

— Да, холодно,— сказал Пин.— И вообще: вот погаснет солнце, и все снова станет серое-серое. Жалость какая!

Лес прямо засверкал под солнцем в своих ветхих обносках. Мне уж даже показалось, что он мне нравится.

— Даже показалось, что Лес ему нравится, ах ты, скажите на милость! — произнес чей-то неведомый голос. — Ну-ка, ну-ка, обернитесь, дайте я на вас спереди посмотрю, а то вот вы мне прямо-таки совсем не нравитесь, сейчас не торопясь порассудим да смекнем, как с вами быть. Давайте, давайте обернемся-ка!

На плечи хоббитам легли долгопалые корявые ручищи, бережно и властно повернули их кругом и подняли к глазам четырнадцатифутового человека, если не тролля. Длинная его голова плотно вросла в кряжистый торс. То ли его серо-зеленое облачение было под цвет древесной коры, то ли это кора и была — трудно сказать, однако на руках ни складок, ни морщин, гладкая коричневая кожа. На ногах по семь пальцев. А лицо необыкновеннейшее, в длинной окладистой бороде, у подбородка чуть не ветвившейся, книзу мохнатой и пышной.

Но поначалу хоббиты приметили одни лишь глаза, оглядывавшие их медленно, степенно и очень проницательно. Огромные глаза, карие с прозеленью. Пин потом часто пытался припомнить их въяве: «Вроде как заглянул в бездонный колодезь, переполненный памятью несчетных веков и долгим, медленным, спокойным раздумьем, а поверху искристый блеск, будто солнце золотит густую листву или мелкую рябь глубокого озера. Ну вот как бы сказать, точно земля проросла древесным порожденьем и оно до поры дремало или мыслило сверху донизу, не упуская из виду ни корешочка, ни лепестка, и вдруг пробудилось и осматривает тебя так же тихо и неспешно, как издревле растило самого себя».

— Хррум, хуум, — прогудел голос, густой и низкий, словно контрабас. — Чудные, чудные дела! Торопиться не будем, спешка нам ни к чему. Но если бы я вас увидел прежде, чем услышал — а голосочки у вас ничего, милые голосочки, что-то мне даже как будто напоминают из незапамятных времен, — я бы вас попросту раздавил, подумал бы, что вы из мелких орков, а уж потом бы, наверно, огорчался. Да-а, чудные, чудные вы малыши. Прямо скажу, корни-веточки, очень вы чудные.

По-прежнему изумленный Пин бояться вдруг перестал. Любопытно было глядеть в эти глаза, но вовсе не страшно.

— А можно спросить, — сказал он, — а кто ты такой и как тебя зовут?

Глубокие глаза словно заволокло, они проблеснули хитроватой искринкой.

— Хррум, ну и ну,— пробасил голос,— так тебе сразу и скажи, кто я. Ладно уж, я — онт, так меня называют. Так вот и называют — онт. По-вашему если говорить, то даже не онт, а Главный Онт. У одних мое имя — Фангорн, у других — Древень. Пусть будет Древень.

— Онт? — удивился Мерри.— А что это значит? Сам ты как себя называешь? Как твое настоящее имя?

— У-у-у, ишь вы чего захотели! — насмешливо прогудел Древень.— Много знать будете — скоро состаритесь. Нет уж, с этим не надо спешить. И погодите спрашивать — спрашиваю-то я. Вы ко мне забрели, не я к вам. Вы кто такие? Прямо сказать, ума не приложу, не упомню вас в том древнем перечне, который заучил наизусть молодым. Но это было давным-давно, может статься, с тех пор и новый перечень составили. Погодите-ка! Погодите! Как бишь там, а?

Слух преклони к изначальному Перечню Сущих!
Прежде поименуем четыре свободных народа:
Эльфы, дети эфира, встречали зарю мирозданья;
Горные гномы затем очнулись в гранитных пещерах;
Онты-опекуны явились к древесным отарам;
Люди, лошадники смелые, смертный удел обрели.

Хм, хм, хм-м-м...

Бобр — бодрый строитель, баран быстроног и брыклив,
Вепрь — свирепый воитель, медведь — сластена-мохнач,
Волк вечно с голоду воет, заяц-затейник пуглив...

Хм, хм-м-м...

Орлы — обитатели высей, буйволы бродят в лугах,
Ворон — ведун чернокрылый, олень осенен венцом,
Лебедь, как лилия, бел, и, как лед, холоден змей...

Н-да, хм-хм, хм-хм-хм, как же там дальше? Там-тарарам-татам и татам-тарарам-там-там. Неважно, как дальше, вас все равно там нет, хотя список и длинный.

— Вот так и всегда нас выбрасывали из списков и выкидывали из древних легенд,— пожаловался Мерри.— А мы ведь не первый день живем на белом свете. Мы — хоббиты.

— Да просто надо вставить! — предложил Пин.

Хоббит хоть невелик, но хозяин хорошей норы —

ну, в этом роде. Рядом с первой четверкой, возле людей, Громадин то есть,— и дело с концом.

— Хм! А что, неплохо придумано, совсем неплохо! — одобрил Древень.— Пожалуй, так и будем соображать. Вы, значит, в норках живете? Хорошее, хорошее дело. М-да, а кто же это вас называет хоббитами? Звучит, знаете ли, не по-эльфийски, а все старинные имена придумали эльфы: с них и началось такое обыкновение.

— Никто нас хоббитами не называет, мы сами так себя зовем,— сказал Пин.

— У-гу-гу, а-га-га! Ну и ну! Вот заторопились! Вы себя сами так называете? Ну и держали бы это про себя, а то что же — вот так бряк первому встречному. Эдак вы невзначай и свои имена назовете.

— А чего тут скрывать? — засмеялся Мерри.— Если уж на то пошло, так меня зовут Брендизайк, Мериадок Брендизайк, хотя вообще-то называют меня просто Мерри.

— А я — Крол, Перегрин Крол, и зовут меня Пин, короче уж просто некуда.

— Эге-ге, да вы и впрямь, как я погляжу, сущие торопыги,— заметил Древень.— Что вы мне доверяете, за это спасибо, но вы бы лучше поосторожнее. Разные, знаете, бывают онты; а вернее сказать, онты онтам рознь, со всеми всякое бывает, иные, может, вовсе и не онты, хотя, по правде сказать, похожи, да, очень похожи. Я буду, если позволите, звать вас Мерри и Пин — хорошие имена. Но свое-то имя я пока что вам не скажу — до поры до времени незачем.— И зеленый проблеск насмешки или всеведения мелькнул в его глазах.— Начать с того, что и говорить-то долговато: имя мое росло с каждым днем, а я прожил многие тысячи лет, и длинный получился бы рассказ. На моем языке, по-вашему, ну скажем, древнеонтском, подлинные имена рассказывают, долго-долго. Очень хороший, прекрасный язык, однако разговаривать на нем трудно, и долго надобно разговаривать, если стоит поговорить и послушать.

Ну а если нет,— тут его глаза блеснули здешним блеском и как бы немножко сузились, проницая,— тогда скажите по-вашему, что у вас нынче творится? И вы тут при чем? Мне отсюда кое-что и видно, и слышно (бывает, и унюхаешь тоже) — ну отсюда, с этой, как ее, с этой, прямо скажу, *а-лалла-лалла-румба-каманда-линд-ор-буруме*. Уж не взыщите: это малая часть нашего названья, а я позабыл, как ее называют на других языках,— словом, где мы сейчас, где я стою погожими утрами, думаю, как греет солнце, как растет трава вокруг леса, про лошадей думаю, про облака и про то, как происходит жизнь. Ну так как же? При чем тут Гэндальф? Или эти — *бурарум*,— точно лопнула контрабасная струна,— эти орки, что ли, и молодой Саруман в Изенгарде? Новости я люблю. Только без всякой спешки.

— Большие дела творятся,— сказал Мерри.— И как ни крути, а долгонько придется нам тебе о них докладывать. Ты вот нас просишь не спешить — так что, может, и правда спешить не будем? Не сочти за грубость, только надо бы тебя сперва спросить, как думаешь с нами обойтись, на чьей ты вообще-то стороне? Ты что, знаешь Гэндальфа?

— А как же, знаю, конечно: вот это маг так маг — один, который по-настоящему о деревьях заботится. А вы его тоже знаете?

— Очень даже знали,— печально выговорил Пин.— Он и друг наш был, и вожатый.

— Тогда отвечу и на другие ваши вопросы,— сказал Древень.— «Обходиться» я с вами никак не собираюсь: обижать вас, что ли? Нет, зачем же. Может, у нас вместе с вами что-нибудь да получится. А насчет «сторон», простите, даже и в толк не возьму. У меня своя, ничья сторона: хорошо, коли нам с вами окажется по дороге. Да, а про Гэндальфа вы почему так говорили, будто его уж и в живых нет?

— Нет его в живых,— угрюмо сказал Пин.— Вроде бы и надо жить дальше, а Гэндальфа с нами уж нет.

— Ого-го, ничего себе,— сказал Древень.— Хум, хм, вот тебе и на.— Он примолк и поглядел на хоббитов.— Н-да, ну извините, не знаю, что и сказать. Дела, дела!

— Захочешь подробнее, мы тебе и подробнее расскажем,— пообещал Мерри.— Только это много времени займет. Ты опусти-ка нас на землю, а? Посидим, погреемся на солнышке, пока оно не спряталось. Устал, поди, держать-то нас.

— Хм, *устал*, говоришь? Нет, я не устал. Со мной такого почти что не бывает. И сидеть я не охотник. Я, как бы сказать, сгибаться не люблю. Но солнце и правда норовит спрятаться. Давайте-ка уйдем с этой — как вы ее называете?

— С горы, что ли? — предположил Пин.

— С уступа, с лестницы? — не отстал Мерри.

Древень медленно и задумчиво взвесил предложенные слова.

— Ну да, с *горы*. Вот-вот. Слово-то какое коротенькое, а она ведь здесь стоит спокон веков. Ну ладно, ежели вам так понятней. Тогда пошли, уйдем отсюда.

— Куда уйдем-то? — спросил Мерри.

— Ко мне домой, домов у меня хватает,— отвечал Древень.

— А далеко это?

— Вот уж не знаю. По-вашему, может, и далеко. А какая разница?

— Видишь ли, мы ведь чуть не нагишом остались,— извинился Мерри.— Еды и той почти что нет.

— А! Хм! Ну, это пустяки,— сказал Древень.— Я вас так накормлю-напою, что вам только расти да зеленеть. А если наши пути разойдутся, я вас доставлю куда захотите, на любую свою окраину. Пошли, пошли!

Бережно и плотно примостив хоббитов на предплечьях, Древень переступил огромными ногами и оказался у края уступа. Пальцы ног его впивались в камень, точно корни. Осторожно и чинно прошел он по ступеням и углубился в лес.

Широкими, ровными шагами шествовал он напрямик сквозь чащу, не отдаляясь от реки, все выше по лесистому склону. Из деревьев многие словно дремали, не замечая его: ступай, мол, своей дорогой; но были и такие, что с радостным трепетом вздымали перед ним ветви. Он шел и разговаривал сам с собой, и долгий, мелодичный поток странных звуков струился и струился мимо ушей.

Хоббиты помалкивали. Им почему-то казалось, что пока все более или менее в порядке, и надо поразмыслить, прикинуть на будущее. Пин наконец решился и заговорил.

— Древень, а Древень,— сказал он,— можно немного поспрашивать? Вот почему Келеборн не велел к тебе в Лес соваться? Он сказал нам, мол, берегитесь, а то мало ли.

— Н-да-а, вот что он вам сказал? — прогудел Древень.— Ну и я бы вам то же самое сказал, иди вы от нас обратно. Да, сказал бы я, вы поменьше плутайте, а главное — держитесь подальше от кущей Лаурелиндоренана! Так его встарь называли эльфы; нынче-то называют короче, Кветлориэн нынче они его называют. Так-то вот: звался Золотозвончатой Долиной, а теперь всего лишь Дремоцвет, если примерно по-вашему. И недаром, должно быть: ихнему бы краю цвести да разрастаться, а он, гляди-ка, чахнет, он все меньше и меньше. Ну, словом, неверные те места, и не след туда забредать, вовсе даже незачем, ни вам, ни кому другому. Вы оттуда выбрались, а зачем туда забрались, пока не знаю, и такого что-то ни с кем, сколько помню, не бывало. Да, неверный край.

Наши места тоже, конечно, хороши. Худые здесь случались дела со странниками, ох, худые, иначе не скажешь. М-да, от нас не выберешься: *Лаурелиндоренан линдолорендор малинорнелион орнемалин*,— как бы нехотя произнес он.— За Кветлориэном они, похоже, уж и света белого не видят. Колеборн застрял в своей юности, а с тех пор что у нас, что вообще за опушками Златолесья много чего переменилось. Но все же верно, что

Таурелиломеа-тумбалеморна Тумбалетауреа Ломеанор, это да, это как и прежде. Да-да, многое переменилось, однако же это по-прежнему, хоть и не везде.

— Ты это о чем? — спросил его Пин.— Что не везде?

— Деревья с онтами, онты и деревья,— ответствовал Древень.— Сам-то я не очень понимаю, что происходит, и не смогу, наверно, толком объяснить. Однако попробую: вот некоторые из нас как были онты, так и есть, и живут по-положенному; а другие призаснули, вроде бы одеревенели, что ли. Деревья — наоборот, они все больше деревья как деревья, а некоторые, и очень таких многовато, пробуждаются. Иные даже и совсем пробудились: из этих кое-какие ни дать ни взять онты, хотя куда им до онтов. Да, дела, что ни говори.

Вот тебе дерево: растет-зеленеет как ни в чем не бывало, а сердцевина-то у него гнилая. Древесина — нет, древесина добротная, я не о том. Да взять те же древние ивы у нижнего тока Онтавы: их уж нет теперь, только в моей памяти навечно остались. Совсем они прогнили изнутри, держались еле-еле, а были тихие и простые, мягкие и легкие, что твой весенний листочек. И есть, наоборот, деревья в предгорьях — ядреные, как орех, а на поверку — дрянь дрянью. Сущая это зараза. Нет, правда, пожалуй что, очень опасно к нам зазря забредать. Есть у нас черные, угрюмые лощины, как были, так и есть.

— Вроде как там на севере, в Вековечном Лесу? — робко осведомился Мерри.

— Ну да, ну да, вроде как там, только гораздо хуже, чернее. Оно конечно, Великая Тьма и там, на севере, обрушилась, и там у вас тоже дурной памяти хватает. Только у нас кое-где Тьма изначально как· лежала, так и лежит, а деревья-то иной раз постарше меня. Ну, мы, конечно, делаем, что можем. Отгоняем чужаков, не подпускаем кого не надо, учим и умудряем, выхаживаем и ухаживаем.

Мы, онты, издревле назначены древопасами. Теперь нас маловато осталось. Говорят, пастух и овца преподобны с лица, но и это вовсе не сразу, а жизнь им отмерена короткая. Зато онты с деревьями — живое подобие друг друга: века они обвыкают рядом. Ведь онты, они вроде эльфов: сами себе не слишком-то и любопытны, не то что люди, и уж куда лучше людей умеют вникать в чужие дела. И однако же люди нам, может, и больше сродни: мы, как бы сказать, переменчивей эльфов, видим снаружи, не только изнутри. Вообще-то что эльфы, что люди нам не чета: онты тверже ходят и дальше смотрят.

Кое-кто из моей близкой родни совсем уж одеревенел, им хоть в ухо труби, а сами только шепотом и разговаривают. Но есть и деревья, которые разогнулись, и с ними у нас идет разговор. Разговор, конечно, эльфы завели: они, бывало, будили деревья, учили их своему языку и учились по-ихнему. Древние эльфы, они были такие, им лишь бы разговоры выдумывать — ну со всеми обо всем говорили. А потом пала Великая Тьма, и они уплыли за Море или обрели приют в дальних краях, там сложили свои песни о веках невозвратных. Да, о невозвратных веках. В те давние времена отсюда до Лунных гор тянулся сплошной лес, а это была всего лишь его восточная опушка.

То-то было времечко! Я распевал и расхаживал день за днем напролет, гулким эхом вторили моему пению лесистые долы. Тогдашний лес походил на Кветлориэн, однако ж был гуще, мощнее, юнее. А какой духовитый был воздух! Я, помню, стоял неделями и надышаться не мог.

Древень примолк, вышагивая размашисто и бесшумно, потом снова забормотал, бормотание стало напевом, в нем зазвучали слова, и хоббиты наконец расслышали обращенное к ним песнопение:

У ивняков Тасаринена бродил я весенней порой.
О пряная свежесть весны, захлестнувшей Нантасарион!
И было мне хорошо.
К вязам Оссирианда на лето я уходил.
О светлый простор Семиречья, о звонкоголосица вод!
И радостней мне не бывало.
А осенью я гостил в березняках Нелдорета.
О Таур-на-Нелдор в осеннем, златобагряном уборе!
Я не видел прекрасней тебя.
На взгорьях Дортониона я встречал холода.
О ветер, о белоснежье, о зимний Ород-на-Тхон!
И я возвысил голос и восславил творенье.
А теперь эти древние земли сокрылись на дне морском,
Остались мне Амбарон, Тауреморне и Аладоломэ,
Брожу по своим краям и обхожу свой Фангорн,

Где корни впились глубоко-глубоко,
Где годы слежались, как груды палой листвы,
У меня, в Тауреморналомэ.

Отзвучали медленные слова; Древень шествовал молча, а кругом стояла непроницаемая тишь.

День померк, и дымкой окутывались деревья у корней. В вышине возникли из полусвета и надвинулись темные взлобья: они подошли к южной оконечности Мглистых гор, к зеленым подножиям великана Метхедраса. От высокогорных истоков неслась по уступам и прыгала с круч шумливая, резвая Онтава. По правую руку тянулся отлогий, сумеречно-серый травянистый склон. Ни деревца на нем, сливавшемся с облачными небесами; уже мерцали из бездонных промоин ранние звезды.

Древень пошел вверх по склону, почти не сбавляя шага. Внезапно, хоббитам на изумление, гора расступилась. Два высоких дерева явились по сторонам прохода, точно неподвижные привратники, но никаких ворот не было, вход преграждали лишь переплетенные ветви. Перед старым онтом ветви разомкнулись и поднялись, приветственно всплеснув листвою, темной, крупной, вечнозеленой; она лоснилась в тусклом сумраке. Открылась широкая травяная гладь — пол горного чертога с наклонными стенами-скалами высотою до полусотни футов; вдоль стен, крона за кроной, выстроились густолиственные стражи.

Дальней стеной чертога служила отвесная скала, прорезанная сквозной аркой — входом в сводчатый внутренний покой; остальной чертог от небосвода заслоняли одни воздетые ветви, и деревья так столпились возле арки, что видна была только широкая входная тропа. От реки оторвался ручеек и, угодив на отвесную скалу над аркой, расструился, затенькал, сделался серебристой занавесью. Внизу вода стекалась в каменный водоем, осененный деревьями, и, переполняя его, бежала к откосу, а там опять становилась ручьем, и мчалась вниз, и догоняла Онтаву в лесистых предгорьях.

— Кгм! Ну вот и пришли! — промолвил Древень, прерывая долгое молчание. — Отмерили мы с вами тысяч эдак семьдесят моих, онтских шагов, а сколько это будет вашим счетом, того не ведаю. Словом сказать, мы у гранитных корневищ Последней горы. Как это место называется? Ну, если маленький кусочек его названия перевести на ваш язык, то оно, пожалуй что, называется Ключищи. Я здесь люблю бывать. Здесь и переночуем.

Он опустил хоббитов на травяной ковер, и они побежали вслед за ним к дальней арке. Снизу им стало видно, как он шагает, почти не сгибая колени, впиваясь в землю широкими пальцами, а потом уж опускаясь на всю ступню.

Древень постоял под струистой завесой, глубоко-глубоко вздохнул, рассмеялся и вошел в покой. Там стоял большой каменный стол, но никаких сидений возле него не было. Из углов ползла темнота. Древень поставил на стол две каменные чаши, должно быть с водой, повел над ними ладонями, и одна засветилась золотым, другая — темно-зеленым светом. Покой озарился, по стенам и своду забегали зелено-золотые блики, точно лучистое летнее солнце пронизывало молодую листву. Хоббиты огляделись и увидели, что стали светиться деревья во всем чертоге, сначала чуть-чуть, а потом все ярче, и наконец всякий лист оделся ореолом — зеленым, золотым, медно-красным, а стволы казались колоннами, изваянными из прозрачного камня.

— Ладно, теперь и поговорим,— сказал Древень.— Только вам ведь, наверно, пить хочется. А может, вы, чего доброго и устали. Ничего, сейчас освежитесь!

Он отошел в угол, в цветной полумрак: там обнаружились высокие корчаги с массивными крышками. Древень поднял и отложил крышку, запустил в корчагу черпак и наполнил три кубка, один огромный и два маленьких.

— В домах у онтов,— сказал он,— сидений не бывает. Так что вы давайте садитесь пока что на стол.

Он разом поднял обоих хоббитов и посадил их на гранитную плиту футах в шести над землей; они сидели, болтали ногами и прихлебывали из кубков.

В кубках была вода, на вкус вроде такая же, как из Онтавы близ опушки, но был в ней другой, какой-то несказанный привкус и запах, точно вдруг повеял свежий ночной ветерок и пахнуло дальним лесом. От пальцев ног свежая, бодрящая струя разлилась по всему телу, аж до корней волос. Да и волосы взаправду шевельнулись, стали расти, виться, курчавиться. А Древень пошел за арку к водоему и подержал ноги в воде, потом вернулся, взял наконец свой кубок и опорожнил его одним долгим, прямотаки нескончаемым глотком.

И поставил на стол пустой кубок.

— У-ух, а-ах,— выдохнул он.— Гм, кгм, мда-а, поговорим. Слезайте, садитесь на пол, а я прилягу, чтоб мне питье-то в голову не бросилось, не заснуть бы.

У правой стены была большая кровать фута два вышиной, застланная сеном и хворостом. Древень медленно опустился на нее, чуть-чуть прогнувшись посредине, и улегся в свое удовольствие, заложив руки за голову и глядя в потолок, на цветные зайчики. Мерри с Пином пристроились возле него на пышных копнах.

— Давайте рассказывайте, только без спешки! — приказал Древень.

И хоббиты принялись рассказывать с самого начала, с тех самых пор, как они покинули Норгорд. В рассказе их не было порядка, они все время перебивали друг друга, да и Древень то и дело останавливал рассказчика вопросами о том, что было раньше и что случилось после. Про Кольцо они ни слова не сказали, не сказали и о том, зачем они пустились в путь и куда направлялись.

А он ужас как любопытствовал обо всем: выспрашивал и про Черных Всадников, и про Элронда, и про Раздол, про Вековечный Лес, Тома Бомбадила, копи Мории, про Кветлориэн и про Владычицу Галадриэль. Хоббитанию, Норгорд и вообще свои места им пришлось описать не один раз. Древень слушал-слушал, а потом вдруг спросил:

— Вы там у себя не видели, кгм, онтов, нет? Онтов-то нет, я не о том, онтицы вам не встречались?

— Онтицы? — удивился Пин.— Они какие, вроде тебя?

— Ну да, вроде меня, хотя, кгм, нет, не вроде. Пожалуй что, уж и не помню, какие они,— задумчиво проговорил Древень.— Но им бы ваши края понравились, я потому и спросил.

Особенно же он любопытствовал насчет Гэндальфа и еще того пуще — про Сарумана и про все его дела. Хоббиты переглядывались и огорчались, что так мало об этом знают: только со слов Сэма, что говорилось на Большом Совете, что Гэндальф сказал. Одно они знали точно: Углук со всей его сворой — извенгардцы, и хозяин их — Саруман.

— Гм, кгм! — сказал Древень, когда их рассказ кое-как подошел к концу и они наперебой повествовали о битве орков с ристанийскими конниками.— Н-да, нечего сказать, целая груда у вас новостей. Рассказали вы мне, конечно, не все, чего там, очень много пропустили, это сразу видно, н-да. Ну, Гэндальф вам, наверно, так бы и велел. У вас там, видать, большие дела творятся, большие, н-да, а что за дела, узнается в свое время, лишь бы не позже. Ах ты, корни-веточки, вот ведь штука: откуда ни возьмись, явился народец, даже и в перечень не занесенный, и вот поди ж ты!

Про Девятерых все давно уж и позабыли, кто они такие, а они объявились и гонятся · за малышами; Гэндальф зачем-то берет малышей с собой в дальний путь, Галадриэль дает им приют в Карас-Галадхэне, орки гоняются за ними по голой степи — н-да, попали детки в большую переделку. Теперь только держись!

— А ты-то с кем? — рискнул спросить Мерри.

— Кгм, гм, мне дела нет до ваших Великих Войн,— отвечал Древень.— Пусть их люди с эльфами разбираются, как умеют. Туда же и маги: чародействуют, хлопочут, о будущем пекутся. Меня будущее не касается. И я — ни с кем, со мной-то ведь, соображайте, никого нет, верно? Моя забота — Лес, а нынче кто о Лесе заботится? Бывало, эльфы заботились, да эльфы давно уж не те. Все же если с кем бы то ни было, так, пожалуй, с эльфами: они ведь нас когда-то излечили от немоты, а такое не забывается, хоть и выпали нам разные пути. Н-да, и уж самой собой, не по пути мне со всякой мразью, вроде этих, эти-то враги всегдашние — («*бурарум*»,— сердито пророкотал он на своем языке) — орки-то эти, и их хозяева тоже.

Когда они захватили Лихолесье, я встревожился, а потом они убрались в Мордор, и я думать о них забыл. Мордор — вон он где, далеко Мордор. Конечно, ежели повеет страшным ветром с востока, то и от лесов ничего не останется. Что тут делать старому онту? Погибай, либо уж как-нибудь.

Однако же вот Саруман! Саруман — наш сосед. Это так оставить нельзя. Надо, наверно, что-то делать. Я уж и то все время думал: как быть с Саруманом?

— А Саруман, он — кто? — спросил Пин.— Ты про него-то много ли знаешь?

— Саруман он,— маг,— объяснил Древень.— Маг, да и все тут. Мало я про них знаю, про магов. Маги эти объявились, когда из-за Моря приплыли большие корабли: может, на кораблях они к нам приехали, а может, и нет, дело неясное. Саруман, помнится, был у них в большом почете. Поначалу он все разгуливал там да сям и совался не в свои дела, в людские и в эльфийские, а потом перестал соваться — давным-давно перестал, вам и не объяснить когда,— и облюбовал крепость Ангреност, по-ристанийски Изенгард. Держал себя тише тихого, а прославился на все Средиземье. Его, говорят, выбрали главою Светлого Совета, ну и, наверно, зря выбрали. Я уж теперь думаю, не тогда ли он стал склоняться ко злу. Однако соседей он до поры до времени никак не задевал. Любил со мной потолковать, по нашим местам гуляючи. Он прежде был учтивый, на все у меня позволения спрашивал, ежели мы встречались, и слушал в оба уха. Много я ему тогда порассказал такого, что сам бы он в жизни не выведал; а он держал язык на привязи. Ни разу не разговорился. Дальше — больше: и глаза-то, как мне помнится (а давненько же я его не видел), стали ни дать ни взять окна в каменной стене, да-да, занавешенные окна.

Теперь-то мне, пожалуй, и понятно, чего ему надо. Власти ему надо, всемогущества. В голове у него одни колесики да винтики, а живое — глядишь, на что и сгодится, а нет — пропадай. Понятно, понятно; предатель он, не иначе. Это ж надо, с орками связался, всякая дрянь у него под началом. Бр-р-р, кгм! Да нет, еще того хуже, он и с ними как-то там чародействует, черные дела творит. Изенгардцы по вашим рассказам выходят не просто орки, а злодеи на людскую стать. Злыдням и нежити, отродью Великой Тьмы, дневной свет невмоготу; а Сарумановы новоявленные орки хоть и злобствуют, да терпят. Что же это такое он там намудрил? Людей, что ли, испортил или орков обчеловечил? Хуже мерзости не придумаешь!

Древень бурчал и рокотал, точно про себя предавал Сарумана неизбывному, земляному, онтскому проклятию.

— То-то я в толк не возьму, с чего это орки так осмелели и средь бела дня шляются у меня по Лесу. Давеча только я додумался, что виною тут Саруман: он давным-давно разведал все лесные тропинки, а я, дурак, раскрывал ему здешние тайны. Вот он теперь и хозяйничает со своими сворами. Деревьев на опушках порубили видимо-невидимо — а хорошие были деревья. Много оставлено бревен — пусть, мол, гниют сорокам на радость, а еще больше оттащили в Изенгард, на растопку тамошних печей. Нынче Изенгард все время дымится.

Да чтоб ему сгинуть от корня до последней веточки! Я с этими порубленными деревьями дружил, я их многих помнил с малого росточка, и голоса их помню, а теперь их нет, как и не было. Где была звонкая чаща, там торчат пни и стелется кустарник. Нет, я, видать, проморгал. Запустил я свои дела. Хватит!

Древень рывком встал с постели, распрямился и ударил кулаком по столу. Огненные чаши вздрогнули и выплеснули цветное пламя. Глаза его тоже сверкнули зеленым огнем, и борода вздыбилась пышной метлою.

— Нет уж, хватит! — загудел он.— И вы со мной пойдете. Глядишь, чем и поможете. Не мне, а своим друзьям:

им-то, в Ристании и Гондоре, каково, ежели враг и спереди, и с тыла. Пока пойдем вместе — на Изенгард!

— Да, мы пойдем с тобой,— согласился Мерри.— И попробуем быть тебе не в тягость.

— Непременно пойдем! — подхватил Пин.— И с ихней Белой Дланью обязательно разделаемся. На что другое, а на это я погляжу, пусть от меня и не будет толку. Углука я не забуду, и как мы бежали — тоже.

— Вот и ладно, и не забывай! — сказал Древень.— Но слова мои были поспешные, а торопиться не надо. Разгорячился я. Надо успокоиться и подумать, а то ведь легко сказать «хватит»! Кому хватит, а кому и нет. Разберемся!

Он пошел под арку и постоял под струйчатой занавесью. Потом рассмеялся и встряхнулся, разбрызгивая зеленые и алые капли. Подумал, возвратился, лег на постель и лежал молча.

Вскоре хоббиты услышали, как он забормотал. И вроде бы считал на пальцах.

— Фангорн, Финглас, Фладриф, ага, всего-то,— вздохнул он.— Н-да, маловато нас осталось, вот в чем печаль.— И обратился к слушателям: — Только трое осталось из тех, что бродили, пока не обрушилась Великая Тьма, ну да, трое: я, Фангорн, а еще Финглас и Фладриф — это их эльфийские имена; можете называть их Листвень и Вскорень, если вам так больше нравится. И вот из нас-то из троих Листвень и Вскорень уже никуда не годятся. Листвень заспался, совсем, можно сказать, одеревенел: все лето стоит и дремлет, травой оброс по колено. И весь в листьях, лица не видать. Зимой он, бывало, встрепенется, да теперь уж и зимой шелохнуться лень. А Вскорень облюбовал горные склоны к западу от Изенгарда — самые, надо сказать, ненадежные места. Орки его ранили, родичей перебили, от любимых деревьев и пней не осталось. И ушел он наверх, к своим милым березам; теперь там и живет, и оттуда его не выманить. А все ж таки, сдается мне, молодых-то я, может, и наберу — вот только объяснить бы им, чтобы поняли, поддеть бы их как-нибудь, а то ведь мы ох как тяжелы на подъем. Экая жалость, что нам счет чуть ли не по пальцам!

— А почему по пальцам, вы же здесь старожилы? — удивился Пин.— Умерли, что ли, многие?

— Да нет! — сказал Древень.— Как бы это вам сказать: сам по себе никто из нас не умер. Ну, бывали, конечно, несчастья, за столько-то лет, а больше одеревенели. Нас и так-то было немного, а поросли никакой. Онтят не было — ну, детишек, по-вашему,— давным-давно, с незапамятных лет. Онтицы-то ведь у нас сгинули.

— Ой, прости, пожалуйста! — сказал Пин.— Прямо все до одной перемерли?

— Не перемерли они! — чуть не рассердился Древень.— Я же не сказал «перемерли», я сказал «сгинули». Запропастились невесть куда, никак не отыщутся.— Он вздохнул.— Я думал, все об этом знают, сколько песен про это: и эльфы их пели, и люди, от Лихолесья до Гондора,— как онты ищут онтиц. Надо же, совсем уж все позабыли.

— Вовсе мы ничего не забыли,— возразил Мерри.— Просто к нам, в Хоббитанию, песни из-за гор не дошли. Ты вот возьми да расскажи поподробнее, как было дело, а заодно и песню бы спел, какая лучше помнится. Расскажи, а?

— Ладно уж, расскажу и даже, так и быть, спою,— согласился явно польщенный Древень.— Поподробнее-то рассказывать некогда, придется покороче: время позднее, а завтра надо совет держать, заводить большой разговор, да, глядишь, и в путь собираться.

— Чудно об этом вспоминать и грустно рассказывать,— вымолвил он, призадумавшись.— В ту изначальную пору, когда повсюду шумел и шелестел дремучий Лес без конца и края, жили да были онты и онтицы, онтики и онтинки, и тогда, в дни и годы нашей давней-предавней юности, не было краше моей Фимбретили, легконогой Приветочки,— где-то она, ах, да! Да! Так вот, онты и онтицы вместе ходили-расхаживали, вместе ладили жилье. Однако же сердца их бились враздад: онты полюбили сущее в мире, а онтицы возжелали иного; онтам были в радость высокие сосны, стройные осины, густолесье и горные кручи, пили они родниковую воду, а ели только паданцы. Эльфы стали их наставниками, и на эльфийский лад завели они беседы с деревьями. А у онтиц под опекой были деревья малые, и радовали их залитые солнцем луговины у лесных подножий; лиловый терновник проглядывал в зарослях, брезжил по весне вишневый и яблоневый цвет, летом колыхались пышные заливные луга, и клонились потом осенние травы, рассеивая семена. Беседовать с ними у онтиц нужды не бывало: те лишь бы слышали, что им велят, и делали, что велено. Онтицы-то и велели им расти как надо, плодоносить как следует; им, онтицам, нужен был порядок, покой и изобилие (ну, то есть нужно было, чтобы все делалось по-положенному). И онтицы устроили роскошные сады. А мы, онты, по-прежнему расхаживали да скитались и только иногда, редко навещали ихние сады. Потом Тьма заполонила север, и онтицы ушли за Великую Реку, разбили там новые сады, распахали новые поля, и совсем уж редко мы стали видеться. Тьму одолели, и тогда еще пышнее расцвела земля у наших подруг, и не бывало изобильнее их урожаев. Разноплеменные люди переняли их уменья, и онтицы были у них в большом почете; а мы словно бы исчезли, ушли в полузабытую сказку, стали темной лесной тайной. Однако же мы вот они, а от садов наших онтиц и следа не осталось. Люди называют тамошние места Бурыми Равнинами, Бурятьем.

И вот еще помню, как сейчас, а сколько времени прошло — когда Заморские Рыцари взяли в плен Саурона, очень мне захотелось повидать Фимбретиль. Я ее помнил все такой же красавицей, хотя в последний раз она была вовсе не та, что в былые времена. И немудрено: они ведь трудились не покладая рук, стали сутулыми и смуглыми, волосы у них выцвели под солнцем, а щеки задубели яблочным румянцем. Но все же глаза у них наши — наши, зеленые глаза. Мы пересекли Андуин, мы явились в тамошний край и увидели пустыню, изувеченную промчавшейся войной. И не было там наших онтиц. Мы их звали, мы их долго искали и спрашивали всех, кто нам ни попадался. Одни говорили, что не видали, другие — что видели, как они уходили на запад, на восток, а может, и на юг. Туда и сюда мы ходили: не было их нигде. Очень нам стало горько. Но Лес позвал нас обратно, и мы вернулись в любимое густолесье. Год за годом выходили мы из Леса и звали наших подруг, выкликали их милые, незабвенные имена. А потом выходили все реже, и выходили недалеко. Теперь наших онтиц как и не было, только и остались, что у нас в памяти, и отросли у нас длинные седые бороды. Много песен сложили эльфы про то, как мы искали наших подруг; потом и люди переиначили эльфийские песни. Мы об этом песен не слагали, мы про них помнили и напевали их древние имена. Наверно, мы с ними все-таки встретимся, и, может быть, еще отыщется край, где мы заживем вместе. Однако же предсказано другое, что мы воссоединимся, потерявши все, что есть у нас теперь. Нынче, кажется, к тому и дело идет. Тот Саурон, прежний, выжигал сады, а нынешний Враг, похоже, все леса норовит извести под корень.

Н-да, и вот эльфы давным-давно сложили про все про это одну такую песню. Пели ее всюду по берегам Великой Реки. Эльфийская это песня: мы бы не так пели, наша была бы очень длинная, чересчур даже длинная, пожалуй. Но эту-то, эльфийскую, мы все помним наизусть. По-вашему вот она как будет:

ОНТ. Березы оделись прозрачной листвой и вешним
соком полны,
Резвится и блещет лесной поток, прыгая
с крутизны,
Шагается вольно, ветер свеж, рокочет эхо
в горах —
Скорей, скорей возвращайся ко мне, в веселый
весенний край!

ОНТИЦА. Весна залила поля и луга, расплеснулась зеленой
волной,
В цвету, как в снегу, блистают сады серебряной
белизной,
Брызжет солнце и плещут дожди, чтоб жажду земли
утолить,
Зачем же я возвращусь к тебе из своих цветущих
долин?

ОНТ. Простерся и млеет летний покой, золотистый,
знойный, дневной,
Под лиственным кровом лесные сны бредут чудной
чередой,
В прохладных чертогах зеленая тишь, и западный
веет ветер —
Приди же ко мне! Возвратись ко мне!
Здесь лучше всего на свете!

ОНТИЦА. Вызревают в летнем тепле плоды, и ягоды все
смуглей,
Золотые снопы и жемчуг зерна вот-вот повезут
с полей,
Наливаются яблоки, соты в меду, и пусть веет
западный ветер —
Я к тебе не вернусь ни за что: у меня лучше
всего на свете!

ОНТ. Но грянет сумрачная зима, и мертвенной станет
тень,
В древесном треске беззвездная ночь поглотит
бессолнечный день,
Ветер с востока все омертвит, обрушится черный
дождь,
И сам я тогда разыщу тебя, если ты сама
не придешь!

ОНТИЦА. Небывалой зимой обомрут поля, кладбищами лягут
сады,
Заглохнут песни, и смех отзвучит, и сгинут наши
труды.
Тогда былое явится вновь, и мы друг друга найдем
И вместе пойдем в подзакатный край

ОБА.   Мы вместе пойдем заповедным путем за дальние

рубежи,

И нам откроется новый край, и снова заблещет

жизнь.

Древень допел и примолк.

— Да, вот такая песня,— сказал он погодя.— Эльфийская, это само собой: траля-ля-ля, словцо за словцом, раз-два, и дело с концом. Однако же неплохо сочинили, ничего не скажешь. Только онтов малость обидели: очень уж коротко они говорят. Н-да, ну ладно, я, пожалуй, постою да посплю. А вы где встанете спать?

— Мы обычно спать не встаем, а ложимся,— сказал Мерри.— Мы бы, если можно, прямо здесь, на ложе, и поспали бы.

— Как то есть ложитесь спать? — удивился Древень.— Ах, ну да, конечно! Гм, кгм, спутался я: пришли мне на память древние времена и показалось, будто я говорю с онтятами, вот ведь как, ишь ты! Что ж, тогда ложитесь и спите. А я постою под ручеечком. Покойной ночи!

Хоббиты пристроились на постели, с головой зарывшись в душистое сено, свежее, мягкое, теплое. Мало-помалу угасли светильники и померкли разноцветные деревья; но все равно было видно, как Древень неподвижно стоит под аркой, закинув руки за голову. Вызвездило, и замерцали струи, тихо стекавшие к его ногам, и тенькали, тенькали, тенькали сотни серебряных звездных капель. Под этот капельный перезвон Мерри с Пином крепко-крепко уснули.

Когда они проснулись, пышнозеленый чертог освещало лучистое утреннее солнце, проникая в укромный покой. Высоко в небесах порывистый восточный ветер рассеивал облачные клочья. Древень куда-то подевался, и Мерри с Пином пока что пошли купаться в бассейне за аркой — и заслышали его гуденье и пенье, а потом и сам он появился на широкой тропе меж деревьев.

— Кгм, кха! Ну, доброе утро, Мерри и Пин,— прогудел он при виде хоббитов.— Вы, однако, поспать горазды! А я уж нынче отшагал шагов под тысячу. Сейчас вот попьем водички и отправимся на Онтомолвище!

Он нацедил им по полному кубку из каменной корчаги, но не из вчерашней, из другой. И вкус у воды был не тот, что вечером: она была гуще и сытнее, вроде и не питье вовсе, а прямо-таки еда. Хоббиты прихлебывали, сидя на краю высокого ложа, и закусывали эльфийскими хлебцами-путлибами (они были вовсе не голодные, но как-никак завтрак, жевать что-то полагается), а Древень стоял дожидался их, напевая то ли на онтском, то ли на эльфийском, то ли еще на каком языке и поглядывая на небо.

— А где оно, ваше Онтомолвище? — отважился наконец спросить Пин.

— Кгм, как? Онтомолвище-то где? — переспросил Древень,— обернувшись.— Это не место, Онтомолвище, это собрание онтов, нынче такие собрания созываются очень-очень редко. Ну, сейчас-то многие, н-да, многие мне накрепко обещали быть. А соберемся мы, где и всегда: людское название этому месту — Тайнодол. Отсюда малость на юг. Надо нам подойти туда к полудню, не позже.

Вскоре они тронулись в путь. Древень, как накануне, усадил хоббитов на предплечьях. Выйдя из чертога, он свернул вправо, шутя перешагнул через бурливый ручей и пошел на юг возле безлесных подножий высоких обрывистых склонов. За каменистыми осыпями виднелись березняк и рябинник, а выше — темное густое краснолесье. Потом Древень отошел от предгорий и подался в Лес, где деревья были такие высокие, раскидистые и толстые, каких хоббиты в жизни не видывали. Поначалу их, почти как на опушке Фангорна, прихватило удушье, но очень скоро дыханье наладилось. Древень с ними не заговаривал. Он раздумчиво бухтел себе под нос, и слышалось только «бум-бум, рум-бум, бух-трах, бум-бум, трах-бах, бум-бум, та-ра-рах-бум» или вроде того — то угрюмей, то радостней, то глуше, то гулче. Иногда хоббитам чудился ответный гул, трепет или звук, не то из-под земли, не то над головой, а может быть, гудели стволы; но Древень знай себе вышагивал, не глядя по сторонам.

Пин принялся было считать мерные «онтские шаги», но сбился со счету на третьей тысяче, а тут и Древень пошел чуть помедленнее. Внезапно остановившись, он опустил хоббитов на траву, раструбом приложил ладони ко рту и, словно из гулкого рога, огласил лес протяжным кличем. «Гу-у-гу-у-гу-умм!» — раскатилось окрест, и деревья явственно вторили зову. Потом со всех сторон издалека донеслось: «Гу-у-гу-у-гу-у-гу-у-гумм!» — и это был уже не отзвук, а отклик.

Древень примостил хоббитов на плечи и опять зашагал, время от времени повторяя громогласный призыв. Отклики слышались все ближе. Так они шли да шли — и наконец уперлись в глухую стену вечнозеленых деревьев неведомой хоббитам разновидности: они ветвились от самых корней, густой темноглянцевитой листвой походили на падуб и были усыпаны крупными, налитыми оливковыми бутонами.

Древень свернул налево, и через несколько шагов живая преграда вдруг разомкнулась: утоптанная тропа ныряла в узкий проход и вела вниз по крутому склону в просторную чашеобразную долину, обнесенную поверху вечнозеленой изгородью. На округлой травянистой глади не было ни деревца, лишь посреди долины высились три белоснежные красавицы березы. По откосам сбегали еще две тропы, с запада и с востока.

Одни онты уже пришли, другие шествовали вдали по тропам, третьи вереницей спускались за Древнем. Пин и Мерри озирались и изумлялись: они-то ожидали, что онты все похожи на Древня, как хоббиты друг на друга (если, конечно, глядеть посторонним глазом), а оказалось — ничего подобного. Они были разные, как деревья: как деревья одной породы, но разного возраста и по-разному возросшие; или совсем уж несхожие, как бук и береза, дуб и ель. Были старые онты, бородатые и заскорузлые, точно могучие многовековые деревья (и все же по виду намного моложе Древня), были статные и благообразные пожилые исполины, но ни одного молодого, никакой поросли. Десятка два их сошлось у берез; с разных сторон брели еще двадцать или около того.

Сперва у хоббитов глаза разбежались от несхожести их фигур и окраски, обхвата и роста — и руки-ноги разной длины, и пальцев на них неодинаково (не меньше трех, не больше девяти). С подобиями дубов и буков Древень все же мог бы, наверно, посчитаться родней, но многие онты вовсе на него не походили. Иные были вроде каштанов: кожа коричневая, разлапистые ручищи, короткие толстые ноги. Иные — вроде ясеней: рослые серокожие онты, многопалые и длинноногие. Были еще пастыри сосен и елей (эти самые высокие), пестуны берез, рябин и лип. Но когда все онты столпились возле Древня, чинно кланяясь и учтиво приветствуя его благозвучными голосами, разглядывая чужестранцев неспешно и пристально, тут хоббитам сразу стало яснее ясного, до чего они друг на друга похожи: глаза-то у всех такие же — ну, не такие, конечно, бездонные, как у Древня, но спокойные, задумчивые, внимательные, с зеленым мерцанием.

Подоспели последние; онты обступили Древня широким

кругом и завели прелюбопытный и загадочный разговор. Полилась плавная молвь: каждый вступал в свой черед, и общий медленный распев притихал по одну сторону круга и гулко гудел по другую. Хотя Пин не различал и не понимал слов — по-онтски все ж таки разговаривали онты,— однако поначалу ему очень понравилось их слушать, пока не надоело. Он слушал и слушал (а они все говорили и пели) и наконец начал думать, что онтский язык слишком уж медленный, интересно, сказали они или нет друг другу «доброе утро», а коли Древень делает перекличку, то когда они доскажут ему свои имена.

«Хотел бы я знать, как по-онтски *да* или *нет*»,— подумал он и зевнул.

Древень мгновенно все учуял.

— Кгм, кха-кха, ты вот что, друг мой Пин,— сказал он, и звучный хоровод онтов вдруг примолк.— Я и забыл, что вы такие несусветные торопыги. Но и то правда, скучновато слушать разговор на непонятном языке. Подите-ка погуляйте. Имена ваши на Онтомолвище названы, все вас разглядели и все согласны, что вы не орки и что нужно добавить строку-другую в древний перечень. На этом мы пока что и порешили, и очень, я вам скажу, быстро порешили, едва ли не чересчур. Вы с Мерри побродите пока по долине, чем вам плохо. Пить захотите — там есть на северном склоне, повыше, очень вкусный источник. А тут еще надо изрядно поговорить, чтобы устроилось настоящее Онтомолвище. Я потом приду вас проведать, тогда расскажу, как у нас чего.

Он опустил Пина и Мерри наземь, а они, не сговариваясь, оба враз сообразили низко и благодарственно поклониться. Онтов это очень позабавило: они о чем-то перемолвились, и зеленые искры замелькали в их взорах. Но вообще-то им, видимо, было уже не до хоббитов. А те побежали наверх западной тропой: надо же поглядеть, что там, за оградой, с этой стороны Тайнодола. Там громоздились лесистые откосы, и за высокогорным ельником сверкал сахарно-белый пик. Слева, на юге, тоже виднелся лес, лес и лес, уходивший в серую расплывчатую даль с бледной прозеленью. «Наверно, ристанийская равнина»,— догадался Мерри.

— А где, интересно, Изенгард? — спросил Пин.

— Знал бы я, куда хоть нас занесло,— отозвался Мерри.— Ну, если это вот вершина Метхедраса, то у подножия его, помнится, как раз и есть Изенгард, крепость в глубоком ущелье. Небось вон там, слева за хребтиной. Видишь, не то дым сочится, не то туман?

— Изенгард, он какой? — выспрашивал дальше любопытный Пин.— Он ведь онтам, поди, не по зубам.

— Да и я тоже думаю — куда им,— согласился Мерри.— Изенгард — это скалистое кольцо, внутри каменная гладь, а посредине торчит высоченная гранитная башня, называется Ортханк. Там и живет Саруман, гранит на граните, на возвышении. Кругом скалы, во сто раз толще любых стен, ворот не помню сколько, может и не одни, и в каменном русле бежит горная речка, которая пересекает Врата Ристании. Да, онтам вроде бы там делать нечего. Но про онтов, понимаешь, как-то мне странно думается: не такие они смирные, не такие смешные. С виду-то, оно конечно,— чудаковатые тихони, терпеливые, опечаленные, обиженные, обойденные жизнью; но, если их обидишь, тогда хватайся за голову и смазывай салом пятки.

— Ага, ага,— подтвердил Пин.— Сидит себе старая корова и жует свою жвачку; и глазом не успеешь моргнуть, как это не корова, а бык, и не сидит он, а вскачь несется на тебя. Да, хорошо бы старик Древень их расшевелил. Затем, видать, и.собрал, только трудное это дело. Вчера, помнишь, как он сам собой разошелся, а потом пых-пых — и выкипел.

Хоббиты вернулись в долину. Онтомолвище продолжалось вовсю: то глуше, то громче звучала напевная неспешная беседа. Солнце поднялось над оградой, брызнули серебром кроны срединных берез, и желтоватым светом озарился северный склон. Блеснул незаметный родник. Хоббиты пошли закраиной круглой долины, возле вечнозеленой изгороди — так отрадно было не спеша брести по свежей мягкой траве,— и напрямик спустились к искристому фонтанчику. От кристальной студеной воды щемило зубы; они уселись на обомшелый валун и смотрели, как бегают по траве солнечные блики и проплывают тени облаков. Онтомолвище не смолкало. Какие-то все ж таки непонятные, совсем уж чужедальние это были места, точно все былое осталось в другой жизни. И чуть не до слез захотелось увидеть лица и услышать голоса друзей — особенно Фродо, особенно Сэма и особенно Бродяжника.

Вдруг стихли голоса онтов, и невдалеке появился Древень, да не один, а со спутником.

— Кгум, кгу-гум, вот и я,— сказал Древень.— А вы тут, поди, притомились, всякое терпенье у вас кончается, кгмм, а что, разве не так? Нет уж, терпеньем вы запаситесь как следует. На первый случай мы все проговорили, это да; однако еще надо много чего растолковать и разжевать, довести до ума тех наших, кто живет далеко-далеко от Изенгарда, и еще тех, кого я не застал дома, когда утром приглашал на разговор; потом уж будем сообща решать, что нам делать. Ну, правда, онты не слишком долго решают, что им делать, ежели перед тем все как есть обговорено и разобрано до последнего листочка-корешка. Но толком-то если, еще поговорить надо: день-другой, не меньше. Так вот, я вам пока что товарища привел. Он здесь живет неподалеку. По-эльфийски зовут его Брегалад. Он говорит, решенье, мол, у него готово, на Онтомолвище ему, дескать, делать нечего. Гм, гм, таких торопливых онтов прямо-таки свет не видывал. Вы с ним поладите. Вот и до свидания! — И Древень удалился.

Брегалад стоял замерши, пристально разглядывая хоббитов; а те сидели в ожидании, когда-то он заторопится. Высокий, стройный и гибкий, он, наверно, считался у онтов молодым: гладкая, блескучая кора обтягивала его руки и ноги; у него были темно-алые губы и пышные серо-зеленые волосы. Наконец Брегалад заговорил, и звучный, как у Древня, голос был, однако же, тоньше и звонче.

— Кха-ха, эге-гей, ребятки, пойдемте-ка погуляем! — пригласил он.— Меня, как сказано было, зовут Брегалад, по-вашему — Скоростень. Но это, конечно, не имя, а всего-то навсего кличка. Так меня прозвали с тех пор, как один наш старец едва-едва напыжился задать мне важный вопрос, а я ему ответил: «Да, конечно». Опять же и пью я слишком быстро: добрые онты только-только бороды замочили, а я уж губы утираю. Словом, идемте со мной, не пожалеете!

Он протянул им руки — очень красивые, длинные, долгопалые. Весь день пробродили они втроем по лесу — хором пели песни, дружно смеялись. А смеялся Скоростень часто, и смеялся всегда радостно. Смеялся он, когда солнце являлось из-за облаков, смеялся при виде родника или ручья; смеясь, останавливался и кропил водой ноги и голову. Слышал трепет или шепоток деревьев — и тоже заливался смехом. А завидев рябину, стоял, раскинув руки, стоял и пел, гибкий, точно юное деревце.

Под вечер он привел их к себе домой: впрочем, дома-то никакого у него не было, а был мшистый камень в уютной зеленой лощинке. Рябины осеняли ее, и журчал ручей, как в любом жилище онта: этот, звеня, бежал сверху. Они разговаривали, пока не стемнело, а в темноте где-то неподалеку гудело Онтомолвище, басовитое, гулкое и по-новому беспокойное; время от времени чей-нибудь голос звучал громче и тревожнее других, и общий гомон смолкал. Но их слух заполняла тихая речь Брегалада, и шелестели знакомые, понятные слова: он вел рассказ о том, как разорили его древний край, где старейшиной был Вскорень. «Вот оно что,— подумали хоббиты,— с орками у него, стало быть, особые счеты, то-то он долго и не раздумывал».

— Рябинник обступал мой дом,— печально повествовал Брегалад,— и рябины эти взрастали вместе со мною в тишине и покое незапамятных лет. Иные из них, самые старинные, были посажены еще ради онтиц, но те лишь взглянули на них и с усмешкой покачали головами: в наших, мол, землях у рябин и цветы белей, и ягоды крупнее. А по мне, так не бывало и быть не могло деревьев прекраснее и благороднее этих. Они росли и росли, раскидывая тенистую густолиственную сень и развешивая по осени тяжкие, ярко-багряные, дивные ягодные гроздья, и птицы слетались стаями на роскошный рябиновый пир. Я люблю птиц, хоть они и болтушки, и чего-чего, а уж ягод им хватало с избытком. Однако птицы почему-то стали грубые, злые и жадные, они терзали деревья, отклевывали грозди и разбрасывали никому не нужные ягоды. Явились орки с топорами и срубили мои рябины. Я приходил потом и звал их по именам, незабвенным и нескончаемым, но они даже не встрепенулись, они не слышали меня и отозваться не могли, они лежали замертво.

> О Орофарнэ, Лассемисте, Карнимириэ!
> Рябины мои нарядные, горделивые дерева!
> Рябины мои ненаглядные, о, как мне дозваться вас?
> Серебряным покрывалом вас окутывал вешний цвет,
> В ярко-зеленых уборах встречали вы летний рассвет,
> Я слышал ваши приветные, ласковые голоса,
> Венчалась червонными гроздями рябиновая краса.
> Но рассыпаны ваши кроны ворохами тусклых седин,
> Голоса ваши смолкли навеки, и я остался один.
> О Орофарнэ, Лассемисте, Карнимириэ!

И хоббиты мирно уснули, внимая горестным песнопениям Брегалада, оплакивавшего на разных языках гибель своих возлюбленных, несравненных деревьев.

Наутро они снова пошли гулять втроем и провели весь день невдалеке от его жилища. Ходили они мало, больше сидели под зеленой закраиной; ветер стал холоднее, солнце редко пробивалось сквозь нависшие серые облака; и немолчные голоса онтов звучали то гулко и раскатисто, то глухо и печально; то почти наперебой, то медленно и скорбно, как погребальный плач. Настала вторая ночь, а совещанье все длилось; в разрывах мчащихся туч мутно мерцали звезды.

Забрезжил третий рассвет, ветреный и угрюмый. Онтомолвище загремело и снова притихло. Прояснилось утро, ветер улегся, и неподвижный воздух точно отяжелел в ожидании. Хоббиты заметили, что теперь-то Брегалад прислушивался в оба уха, хотя до их лощинки вроде бы доносился лишь смутный гул.

Близился вечер, солнце клонилось к западу, за мглистые вершины, и длинные желтые лучи пронизывали облака. Стало как-то уж очень тихо, кругом ни звука, ни шороха. Ну вот, значит, кончилось Онтомолвище. Чем же оно кончилось? Брегалад напряженно замер, глядя на север, в сторону Тайнодола.

Вдруг по лесу раскатился зычный и дружный возглас: «Тррам-тарарам-тарам!» Деревья затрепетали и пригнулись, словно под могучим порывом ветра. Снова все смолкло, а потом донесся мерный, как будто барабанный рокот, его перекрывало грозное многогласие:

— Идем под барабанный гром: трамбам-барам-барам-бам-бом!

Онты приближались, и все оглушительнее гремел их походный напев:

— Идем-грядем, на суд зовем: трумбум-бурум-бурум-бум-бом!

Брегалад подхватил хоббитов и поспешно выбрался из лощины.

Навстречу им шагали пятьдесят с лишним онтов; широкими, ровными шагами спускались они колонною по двое. Во главе их шествовал Древень, они отбивали такт ладонями по бедрам. Вблизи стало видно, что глаза их полыхают зеленым светом.

— Кхум, кхам! Вот и мы, идем-гремим, не так уж и долго пришлось нас ждать! — возгласил Древень, завидев Брегалада с хоббитами.— Давайте становитесь в строй! Мы выступили в поход. В поход на Изенгард!

— На Изенгард! — подхватила дружина, и грянуло в один голос: — На Изенгард!

На Изенгард! Пусть грозен он,
                    стеной гранитной огражден,
Пусть щерит черепной оскал
                    за неприступной крепью скал,—
Но мы идем крушить гранит,
                    и Изенгард не устоит!
Горит кора, обуглен ствол,
                    бушует лес и мрачен дол —
Обрушим своды и столбы
                    стопой разгневанной судьбы!
        Идем под барабанный гром,
        Идем-грядем, судьбу несем!

Так пели онты, шагая на юг.

Брегалад с сияющими глазами пристроился к колонне возле Древня. Тот пересадил хоббитов к себе на плечи, они торжествующе оглядывали шагавшую вслед за ними онтскую дружину и прислушивались к суровому, монотонному напеву. Они хоть и надеялись, что в конце концов что-нибудь да случится, но такой разительной перемены вовсе не ожидали — точно потоком прорвало плотину.

— А ведь быстро рассудили онты, правда же? — радостно задыхаясь от собственной смелости, спросил Пин, когда онты перестали петь и слышалась лишь тяжкая поступь да гулкое прихлопывание.

— Быстро, говоришь? — отозвался Древень.— Хм! Да, пожалуй что, и быстро. Быстрее, чем я думал. Уж и не припомню, когда мы в последний раз так сердились: много-много веков назад. Мы, онты, сердиться-то не любим и очень редко сердимся, только если почуем, что нашим деревьям и нам самим чуть ли не гибель грозит. Такого в нашем краю не бывало со времен войны Саурона и Заморских Витязей. А всё эти орки, древорубы треклятые — *рарум!* — ишь, размахались топорами, ладно бы уж на дрова рубили, мерзавцы, еще куда бы ни шло, на дрова много не надо,— так ведь нет, для одного изуверства. Тут от соседа впору помощи ждать, а он, смотрите пожалуйста, заодно с ними. Нет, уж коли ты маг, с тебя и спрос особый; и то сказать, другие маги все ж таки не ему чета. Ни на эльфийском, ни на онтском, ни на людских языках и проклятья-то ему .подходящего никак не сыщу. Долой Сарумана, да и только!

— А вы что, взаправду собрались сокрушить изенгардские стены? — осторожно поинтересовался Мерри.

— Ха, хм-м, да как тебе сказать, а почему бы и нет!

Вам ведь небось и невдомек, какие мы сильные? Про троллей когда-нибудь слышали? Они очень сильные, тролли. Но они, тролли, не сами собой на свет появились, их вывел Предвечный Враг под покровом Великой Тьмы: вывел в насмешку над онтами, вроде как орков — над эльфами. Так вот мы гораздо сильнее троллей. Мы — кость от кости самой земли. Как древесные корни впиваются в камень, знаете? Только они впиваются веками, а мы — сразу, ну если, конечно, рассердимся. Изрубить-то нас, сильно постаравшись, можно, сжечь или чародейством каким одолеть — тоже не очень, но все-таки можно, а мы зато, коли захотим, и Изенгард вдребезги разнесем, и от стен его одно крошево оставим, понятно?

— Но Саруман-то не будет смотреть на вас, сложа руки?

— Кгм, да, нет, он не будет, это верно, и я об этом не забыл. По правде сказать, я как раз об этом все время и думаю. Но я из нас самый старый, многие онты куда помоложе, на сотни древесных веков. Сейчас они осерчали и у них одно на уме — сокрушить Изенгард. А потом немного поодумаются, поостынут, выпьют водички на ночь — и начнут успокаиваться. Ох, изрядно водички мы выпьем на ужин! Ну а пока пусть их топают и поют! Идти нам еще далеко, поразмыслить времени хватит. Лиха беда начало.

И Древень подхватил общий напев, раздававшийся с прежней силой. Однако мало-помалу голос его притих и смолк, а нахмуренные лоб глубоко взбороздили морщины. Потом он поднял глаза, и Пин заметил в них скорбь — но не уныние. Казалось, зеленый огонь разгорелся еще сильнее, но светил он как бы издали, из темной глубины его мыслей.

— Оно конечно, друзья мои, может статься иначе,— медленно промолвил он.— Может статься и так, что судьба против нас, что *нас* постигнет рок, что это — последний поход онтов. Но если бы мы остались дома в блаженном бездействии, мы бы своей судьбы не миновали, раньше ли, позже ли, не все ли равно? Мы об этом давно размышляем — потому и в поход двинулись. Нет, спешки тут не было: просто решенье созрело. Зато, глядишь, и песни сложат когда-нибудь о нашем последнем походе. Да,— вздохнул он,— сами, может, и сгинем, но хоть другим поможем. Жаль только, если вопреки старым песням мы никогда больше не встретимся с онтицами. Очень бы мне хотелось еще разок повидать Фимбретиль. Однако ж, друзья мои, песни — они ведь как деревья: плодоносят по-своему и в свою пору, а случается, что и безвременно засыхают.

Онты шагали ровно и размашисто. Вначале путь их лежал на юг длинною логовиной; потом приняли вправо и двинулись наискосок, все выше и выше, к вздымавшимся за верхушками деревьев западным кряжам Метхедраса. Лес отступал; рассыпался купами окраинный березняк, а там лишь кое-где на голом склоне торчали одинокие сосны. Солнце кануло за темный гребень. Стелились сумерки.

Пин оглянулся. То ли онтов прибавилось, то ли — что за наваждение? За ними оставался пустой и тусклый откос, а теперь он был покрыт деревьями. И деревья не росли, не стояли — они двигались! Неужели Фангорн очнулся от вековечной дремы и выслал на горный хребет древесное воинство? Он протер глаза: может, он сам задремал или ему померещилось в сумерках — но нет, серые громады шествовали вверх по склону, разнося глухой шум, гудение ветра в бесчисленных ветвях. Онты всходили на гребень и давно уже не пели. Воцарились темень и тишь: только земля трепетала от поступи древопасов и пробегал шелест, зловещий многотысячелиственный шепот. С вершины стала видна далеко внизу черная пропасть, огромное ущелье между последними отрогами Мглистых гор — Нан-Курунир, Долина Сарумана.

— Изенгард окутала ночь,— вымолвил Древень.

Глава V

БЕЛЫЙ ВСАДНИК

— Ну и ну, до костей пробирает,— выговорил Гимли, стуча зубами, хлопая в ладоши и приплясывая. На ранней зорьке они всухомятку перекусили и теперь дожидались, пока рассветет: вдруг да сыщутся все-таки хоббитские следы. — Да, а старик-то! — вспомнил он.— Вот чей след мне бы ох как хотелось увидеть!

— Зачем бы это? — удивился Леголас.

— Если по земле ходит, значит, он старик и старик, не более того,— пояснил гном.

— Откуда тебе следы возьмутся, трава-то жесткая и высокая.

— Это Следопыту не помеха,— возразил Гимли,— Арагорн и примятую былинку мигом заметит. Другое дело, что нечего ему замечать: призраки следов не оставляют, а являлся нам Саруманов призрак. Что ночью, что поутру я то же самое скажу. Да он и сейчас небось исподтишка следит за нами с той вон лесной кручи.

— Очень может быть,— согласился Арагорн,— однако же вряд ли. Ты, Гимли, помнится, сказал: дескать, спугнули лошадей? Леголас, а ты не расслышал — по-твоему, как они ржали, испуганно?

— Ясно расслышал,— сказал Леголас.— Нет, ничуть не испуганно. Это мы в темноте перепугались, а они — нет, они ржали радостно, точно встречали старинного друга.

— Вот и мне так показалось,— сказал Арагорн.— А что было на самом деле — узнаем, если они вернутся. Ладно! Вон уж светлым-светло. Пойдем искать, думать будем потом! Вкруговую от ночлега и весь склон перед опушкой. Ищем следы хоббитов, с ночным пришельцем отдельно разберемся. Если им каким-нибудь чудом удалось сбежать, то они прятались за деревьями — больше негде. Не найдем ничего отсюда до опушки, тогда придется обыскивать поле битвы и рыться в пепле. Но там надежда плоха: ристанийские конники свое дело знают.

Они прощупывали и разглядывали каждую пядь. Печальное, поникшее над ними дерево шелестело сухими листьями на холодном восточном ветру. Арагорн медленно продвигался к груде золы от дозорного костра над рекой, потом заново обошел холм последней сечи. Вдруг он остановился и нагнулся так низко, что лицо его утонуло в траве. И подозвал Леголаса с Гимли — те прибежали со всех ног.

— Вот наконец и новости! — объявил Арагорн и показал им изорванный бледно-золотистый лист, немного увядший и порыжелый.— Лист лориэнского мэллорна, в нем крошки, и вокруг крошки рассыпаны. А еще — взгляните-ка! — перерезанные путы.

— Здесь же и нож, которым их перерезали! — заметил Гимли и, склонившись, извлек из дерновины вдавленный в нее копытом короткий зубчатый клинок, затем отломанную рукоять.— Оркский кинжал,— прибавил он, брезгливо разглядывая резной черенок с омерзительной харей, косоглазой и ухмыляющейся.

— Да, это всем загадкам загадка! — воскликнул Леголас.— Связанный пленник сбега́ет от орков и ускользает от бдительного ока ристанийских конников. Потом останавливается посередь поля и перерезает путы оркским ножом. Не возьму в толк. Если у него были связаны ноги, то как он сбежал? Если руки — как орудовал ножом? Если ни ноги, ни руки — тогда что это за веревка, зачем разрезана? А каков голубчик-то: едва спасся, тут же уселся и давай закусывать. Сразу видно, что это хоббит, если б и листа мэллорна не было. Дальше, как я понимаю, руки у него обернулись крыльями, и он с песней улетел в лес. Полетим следом и запросто отыщем его: только за крыльями дело стало!

— Нет, видать, без чародейства не обошлось,— заключил Гимли.— Недаром по лесу тот старик шастал. Ну, Арагорн, Леголас нам почти все растолковал, как сумел. Может, ты лучше сумеешь?

— Да попробую,— усмехнулся Арагорн.— Плоховато вы осмотрелись, потому кой-чего и не сообразили. Верно, что пленник этот — хоббит и что либо руки, либо ноги ему еще прежде удалось высвободить. Думаю, что руки,— тогда все понятнее, это первое; а второе — его сюда *притащил* орк. Неподалеку на земле засохшие подтеки черной крови. И кругом глубокие следы копыт: судя по всему, волокли тело. Орка, разумеется, убили конники, и труп его сожгли в общем костре. А хоббита «посередь поля» не заметили: темень, а он в эльфийском плаще. Перерезал кинжалом мертвеца ножные путы; был он голодный и изнуренный, решил отдохнуть и подкрепиться — что здесь удивительного? Мешка при нем наверняка не было; стало быть, путли-бы — из кармана: вот это по-хоббитски, и тут есть чему порадоваться. Я говорю «при нем», хотя, по-моему, спаслись они оба — надеюсь, что так. Пока только надеюсь.

— А как же, по-твоему, удалось одному из них руки высвободить? — спросил Гимли.

— Чего не знаю, того не знаю,— отвечал Арагорн.— Не знаю и того, зачем орк их утащил. Едва ли он помогал им сбежать... Погодите, погодите-ка: я как будто разрешил один вопрос, который донимал меня с самого начала. Кажется, я начинаю понимать, почему орки, одолев Боромира, схватили Мерри с Пином и бросились наутек. Остальных они не искали, скарб наш не разграбили, а припустились прямым путем к Изенгарду. Может, решили, что им в когти попал Хранитель Кольца со своим верным другом? Нет, не так. Не рискнули бы хозяева орков доверить им столь важную тайну, если б даже сами ее проведали.

Нельзя с орками в открытую говорить о Кольце: ненадежные они рабы. Им, должно быть, просто велели любой ценой захватить в плен *хоббитов* — и доставить их живьем. А перед решающей битвой кто-то попытался улизнуть с драгоценными узниками. Пахнет предательством, но это у них в заводе; какой-нибудь ражий и лихой орк решил дать тягу с живой добычей и отличиться в одиночку. Вот вам моя разгадка, можете разгадывать иначе. Ясно только, что хотя бы один из наших друзей спасся, и надо его найти и выручить: без этого нет нам пути в Ристанию. Раз судьба занесла его в Фангорн, придется следовать за ним, отринув страхи и опасения.

— Я уж и не знаю, что меня больше пугает: Фангорн или пеший путь в Ристанию,— проворчал Гимли.

— Тогда пошли в Лес,— сказал Арагорн.

Вскоре отыскались новые, опять-таки еле заметные хоббитские следы: возле берега Онтавы и под раскидистыми ветвями огромного дерева на самой опушке — земля там была голая и сухая.

— Уж один-то хоббит точно стоял здесь и озирался, а потом побежал в Лес,— сказал Арагорн.

— Значит, и нам Леса не миновать,— вздохнул Гимли.— Ох не по нутру мне этот Фангорн; и ведь сказано было — нам в него не забираться! За ними, так за ними, только бы не сюда.

— А я не думаю, что это злокозненный Лес, не внушает он мне опаски,— задумчиво произнес Леголас. Он стоял у лесного порога, подавшись вперед, вслушиваясь и вглядываясь в тусклую чащобу.— Кознями здесь и не пахнет; я, правда, чую слабое и дальнее зловещее эхо — наверно, где-нибудь в темной глуши деревья с гнилой сердцевиной таят недобрые замыслы. Но поблизости нет никакого лиходейства: просто Лес встревожен и рассержен.

— На меня-то за что ему сердиться? — буркнул Гимли.— Я ему худа не сделал.

— Не сделал,— подтвердил Леголас.— Но он и без тебя натерпелся. И еще — что-то такое в этом Лесу то ли творится, то ли готовится. Чувствуешь, как замерло все кругом? Дыханье перехватывает.

— Да, душновато,— согласился гном.— Лихолесье-то ваше куда погуще будет, и дух там спертый, но не такой затхлый, и деревья не такие ветхие.

— Древний Лес, очень древний,— проговорил эльф.—

Я даже словно бы помолодел, а то с вами, детишками, я сущий дед-лесовик. Древний Лес, хранилище памяти. Мне бы здесь гулять да радоваться, кабы не война.

— Тебе-то конечно,— хмыкнул Гимли.— Ты как-никак лесной эльф, хотя все вы, эльфы, и лесные, и прочие, народ чудной. Однако ты меня приободрил. Что ж, куда ты, туда и я. Ты держи лук наготове, а я приготовлю секиру. Только пусть деревья не сердятся,— поспешно добавил он, покосившись на могучий дуб, под которым они стояли,— я их пальцем не трону. Просто не хочу, чтобы тот старик, чего доброго, застал нас врасплох, вот и все. Пойдемте!

Леголас и Гимли не отставали от Арагорна, а тот шел чутьем по грудам сухой листвы, меж ворохами валежника. «Беглецов,— рассудил он,— наверняка потянет к воде»,— и держался близ берега Онтавы. Так они и вышли к тому месту, где Мерри и Пин напились, вымыли ноги и оставили две пары отчетливых следов — побольше и поменьше.

— Добрая весточка,— сказал Арагорн.— Следы, правда, третьегодняшние, и похоже, что затем хоббиты пошли прочь от реки.

— Ну и как же нам быть? — спросил Гимли.— Прочесывать, что ли, весь Фангорн? Припасов у нас маловато. Хороши мы будем, ежели хоббиты найдутся через неделю-другую: усядемся рядком и для пущего дружества вместе ноги протянем.

— Хоть ноги вместе протянем, тоже неплохо,— сказал Арагорн.— В путь!

В свой черед они подошли к отвесу Древенной горы и, запрокинув головы, разглядывали щербленые ступени, ведущие на уступ. Сквозь быстрые рваные облака пробивалось солнце, оживляя и расцвечивая унылый серый лес.

— Взберемся наверх, оглядеться бы надо! — предложил Леголас.— Трудно все-таки дышится, а там воздух посвежее.

Арагорн пропустил друзей вперед и медленно поднимался следом, тщательно осматривая ступени и выступы.

— Почти уверен, что хоббиты здесь побывали,— сказал он.— Но следов их незаметно, а чьи тут небывалые следы — ума не приложу. Ладно, оглядимся, может, что и высмотрим.

Он выпрямился во весь рост и без особой надежды окинул взглядом окрестность. Уступ был обращен на юго-восток, с хорошим восточным обзором. Но виднелись только верхушки деревьев, серо-зеленой лавиной наползавших на степь.

— Изрядного мы крюка дали,— заметил Леголас.— Свернули бы на второй или третий день к западу от Великой Реки — и давным-давно все как один добрались бы досюда. Так ведь почем знать, куда тебе надо, пока не придешь.

— Нам вовсе и не надо было в Фангорн,— возразил Гимли.

— А попали мы сюда, как птички в силок,— сказал Леголас.— Посмотри!

— Куда смотреть-то?

— Вон туда, в чащу.

— Ну и что ты там углядел своими эльфийскими глазами?

— Тише ты разговаривай! Смотри, смотри,— показал Леголас.— В лесу, на тропе, которой мы шли. Это он: видишь, пробирается между деревьями.

— Ага, теперь вижу! — зашептал Гимли.— Гляди, Арагорн! Говорил я тебе? Старик, он самый, в грязном сером балахоне, потому я его сначала и не заметил.

Арагорн присматривался к согбенному путнику: тот уже вышел из лесу у склона горы. С виду старый нищий, брел он еле-еле, подпираясь суковатым посохом; брел, устало понурив голову, не глядя по сторонам. В других землях они бы окликнули его, обратились с приветливым словом, а сейчас стояли молча, напрягшись в непонятном ожидании, чуя смутную и властную угрозу.

Гимли глядел во все глаза, как согбенный старец шаг за шагом приближался, и наконец не вытерпел, крикнул сдавленным шепотом:

— Бери лук, Леголас! Целься! Это Саруман. Не давай ему рта раскрыть, а то околдует! Стреляй сразу!

Леголас нацепил тетиву — медленно, будто вопреки чьей-то воле — и нехотя извлек стрелу из колчана, но к тетиве ее не приладил.

— Чего ты дожидаешься? Что это с тобой? — яростно прошептал Гимли.

— Леголас прав,— спокойно молвил Арагорн.— Нельзя беспричинно и безрассудно убивать немощного старика, чего бы мы ни опасались, что бы ни подозревали. Подождем, посмотрим!

Между тем старец вдруг ускорил шаг, мигом оказался у подножия каменной лестницы, поднял голову и увидел безмолвных наблюдателей на уступе, но не издал ни звука.

Лицо его скрывала накидка и нахлобученная поверх нее широкополая шляпа: виднелся лишь кончик носа да седая борода. Однако Арагорну показалось, что из-под невидимых бровей сверкнули острым блеском пронзительные глаза. Наконец старик нарушил молчание.

— С добрым утром, друзья! — негромко проговорил он. — Я не прочь с вами потолковать. Может, вы спуститесь или я поднимусь к вам?

Не дожидаясь ответа, он двинулся по ступеням.

— Ну же! — вскрикнул Гимли. — Стреляй в него, Леголас!

— Сказал же я, что не прочь потолковать с вами, — настойчиво повторил старик. — Оставь в покое лук, сударь мой эльф!

Лук и стрела выпали из рук Леголаса, и плечи его опустились.

— А ты, сударь мой гном, сделай милость, не хватайся за секиру! Она тебе пока не понадобится.

Гимли вздрогнул и замер, как изваянье, а старик горным козлом взлетел по ступеням: немощь его как рукой сняло. Он шагнул на уступ, сверкнув мгновенной белизной, точно белым одеяньем из-под засаленной ветоши. В тишине было слышно, как Гимли с присвистом втянул воздух сквозь зубы.

— Я повторяю, с добрым утром! — сказал старик, подходя к ним. За несколько футов он остановился, тяжело опершись на посох, вытянув шею и, должно быть, оглядывая всех троих таящимися под накидкой глазами. — Что привело вас в здешние края? Эльф, человек и гном — и все одеты по-эльфийски! Наверно, вам есть о чем порассказать: здесь такое не часто увидишь.

— Судя по твоим речам, ты хорошо знаешь Фангорн? — спросил в ответ Арагорн.

— Какое там! — отозвался старик. — На это ста жизней не хватит. Но я сюда иной раз захаживаю.

— Может быть, ты назовешься, и мы выслушаем тебя? — предложил Арагорн. — Утро на исходе, а мы торопимся.

— Меня вы уже выслушали: я спросил, что вы здесь делаете и что вас сюда привело. А имя мое!..

Старик залился тихим протяжным смехом. Холод пробежал по жилам Арагорна, и он встрепенулся, но это был не холодный трепет ужаса: он точно глотнул бодрящего морозного воздуха, ему точно брызнуло свежим дождем в лицо, прерывая тяжкий сон.

— Мое имя! — повторил старик, отсмеявшись.— А вы разве еще не угадали? Кажется, вам доводилось его слышать. Да наверняка доводилось. Лучше уж вы скажите, какими судьбами вас сюда занесло.

Но никто из троих не вымолвил ни слова.

— Можно подумать, что дела у вас неблаговидные,— продолжал старик.— Но, по счастью, я о них кое-что знаю. Вы идете по следам двух юных хоббитов — так, кажется? Да, хоббитов. Не делайте вида, будто впервые слышите это слово. Вы его слышали прежде, да и я тоже. Они, хоббиты, стояли на этом самом месте позавчера и здесь повстречались... скажем так, неведомо с кем. Любопытно вам это слышать? Или вы вдобавок захотите узнать, куда они после этого делись? Ладно уж, расскажу, что знаю. Однако почему мы стоим? Не так уж вы торопитесь, как вам кажется. Давайте-ка, правда, посидим, потолкуем.

Старик повернулся и отошел к россыпи валунов и высокой скале у отвесной кручи. И сразу же, словно рассеялось волшебство, все трое воспрянули. Гимли схватился за рукоять секиры, Арагорн обнажил меч, Леголас поднял свой лук.

Ничего этого как бы не замечая, старик присел на низкий и плоский обломок; его ветхий балахон распахнулся — да, он был весь в белом.

— Саруман! — крикнул Гимли, подскочив к нему с занесенной секирой.— Говори! Говори, куда упрятал наших друзей! Что ты с ними сделал? Говори живей, колдовством не спасешься, я надвое раскрою тебе череп вместе со шляпой!

Но старик опередил его. Он вскочил на ноги, одним махом вспрыгнул на скалу и внезапно вырос, как слепящий столп, сбросив накидку вместе с балахоном. Сверкало его белое одеяние. Он воздел посох, и секира Гимли бессильно звякнула о камни. Меч Арагорна запламенел в его недрогнувшей руке. Леголас громко вскрикнул, и стрела его, полыхнув молнией, прянула в небеса.

— Митрандир! — возгласил он затем.— Это Митрандир!

— Повторяю тебе: с добрым утром, Леголас! — промолвил старец.

Пышные волосы его блистали, как горный снег, сияло белоснежное облаченье, ярко светились глаза из-под косматых бровей, и мощь была в его поднятой руке. От изумленья, ужаса и восторга все трое приросли к земле и утратили дар речи.

Наконец Арагорн обрел язык.

— Гэндальф! — воскликнул он.— Ты ли это возвратился в час нашего отчаяния! Как мог я тебя не узнать, о Гэндальф!

Гимли молча упал на колени, закрыв руками лицо.

— Гэндальф,— повторил старец, как бы припоминая давно забытое имя.— Да, так меня звали. Я был Гэндальфом.

Он сошел со скалы, поднял сброшенную серую хламиду и снова облачился в нее — будто просиявшее солнце утонуло в туче.

— Да, можете по-прежнему называть меня Гэндальфом,— сказал он, и голос его зазвучал, как прежде, стал голосом, старого друга и наставника.— Встань, мой добрый Гимли! Нет за тобой вины, и вреда ты мне не нанес. Да по правде говоря и не мог: я неуязвим для вашего оружия. Приободритесь же! Вот мы и встретились снова, на гребне вскипевшей волны. Грядет великая буря, но эта волна спадает.

Он возложил руку на круглую голову Гимли; гном поднял глаза и внезапно рассмеялся.

— Точно, Гэндальф! — признал он.— Но почему ты в белом?

— Теперь мне пристало белое одеяние,— отвечал Гэндальф.— Можно даже сказать, что я теперь Саруман — такой, каким ему надлежало быть. Но это потом, расскажите-ка о себе! Я не тот, кого вы знали! Я сгорел в черном пламени, захлебнулся в ледяных подземных водах. Забылось многое из того, что было мне ведомо прежде, и многое ведомо заново — из того, что было забыто. Я отчетливо вижу дали, а вблизи все как в тумане. Рассказывайте о себе!

— Что ты хочешь узнать? — спросил его Арагорн.— Столько всякого приключилось с тех пор, как мы вышли из Мории; это долгая повесть. Скажи нам сперва про хоббитов — ты нашел их, они целы и невредимы?

— Нет, я их не нашел и не искал,— покачал головой Гэндальф.— Долины Привражья были покрыты мглой, и я не знал, что их захватили в плен, пока орел не сказал мне об этом.

— Орел! — воскликнул Леголас.— Я видел орла в дальней выси: последний раз над Привражьем, четвертого дня.

— Да,— подтвердил Гэндальф,— это был Гваигир Ветробой, тот, что вызволил меня из Ортханка. Я послал его в дозор, следить за Великой Рекой и разведать новости. Немало, однако, укрылось от его орлиного глаза в лесах и лощинах, и то, чего он не увидел, потом разузнал я сам. Хранитель Кольца ушел далеко, и подмоги ему не будет ни от меня, ни от вас. Черный Властелин едва не отыскал свое орудие всевластья; но этого не случилось, отчасти и потому, что я из заоблачных высей противился его непреклонной воле и отвел ее от Кольца: Тень пронеслась мимо. Но я тогда обессилел, совсем обессилел — и долго потом блуждал во мраке забвенья.

— Значит, про Фродо ты все знаешь! — обрадовался Гимли.— Где он, что с ним?

— Этого я не знаю. Он избегнул страшной опасности; но впереди его ждут другие, еще пострашнее. Он решился один-одинешенек идти в Мордор и отправился в путь — вот все, что мне известно.

— Не одинешенек,— сказал Леголас.— Похоже, Сэм увязался за ним.

— Вот как! — Гэндальф улыбнулся, и глаза его блеснули.— Увязался, значит? Это для меня новость, впрочем предвиденная. Хорошо! Хорошо, что это сбылось! Мне стало легче на сердце. Присядьте и расскажите подробнее о своих злоключениях.

Друзья уселись у его ног, и Арагорн повел рассказ. Гэндальф долго слушал молча, прикрыв глаза и положив руки на колени, и вопросов не задавал. И лишь когда Арагорн поведал о гибели Боромира и о скорбном отплытии его праха по Великой Реке, старик вздохнул.

— Ты сказал не все, что знаешь или о чем догадался, друг мой Арагорн,— мягко заметил он.— Бедняга Боромир! А я-то недоумевал, что с ним приключилось. Трудное выпало испытание ему, прирожденному витязю и военачальнику. Галадриэль говорила мне, что с ним неладно. Но он победил себя — честь ему и хвала. Значит, недаром мы взяли с собой юных хоббитов — даже если только ради Боромира. На самом же деле — не только ради него. Орки, на свою беду, дотащили их до Фангорна... да, мелкие камушки обрушивают горный обвал. Далекий гул его слышен уже сейчас — и горе Саруману, если он не успеет укрыться от лавины за крепостными стенами!

— В одном ты вовсе не изменился, дорогой друг,— сказал ему Арагорн.— Ты по-прежнему говоришь загадками.

— Да? Разве? — отозвался Гэндальф.— Нет, я просто говорил вслух сам с собой. Стариковский обычай: избирай собеседником мудрейшего — молодежи слишком долго все объяснять.

Он рассмеялся, но теперь и смех его был ласков, как теплый солнечный луч.

— Меня молодым не назовешь, даже в сравненье с королями древности,— возразил Арагорн.— Ты разъясни, попробуй, а я постараюсь понять.

— Как же мне вам разъяснить, чтоб всем троим было понятно? — призадумался Гэндальф.— Ладно, попробую — вкратце и как нельзя проще. Враг, разумеется, давно уже выведал, что Кольцо в наших руках и что оно доверено хоббиту. Он знает, сколько нас отправилось в путь из Раздола, знает, кто мы такие, про всех и каждого. Покамест неведома ему лишь наша цель. Он думает, что все мы держим путь в Минас-Тирит, ибо так он поступил бы на нашем месте. И поступил бы мудро, подрывая и умаляя враждебную мощь. Сейчас он в великом страхе ждет внезапного появления неведомого и могучего недруга, который наденет Кольцо, дабы низвергнуть его былого Властелина и самому воцариться на черном троне. Что мы хотим лишь низвергнуть, а не заменить его — это превыше его разумения. Что мы хотим уничтожить Кольцо — это ему и в самом страшном сне не приснится. Таков неверный залог нашей удачи, зыбкое основанье надежды. Опережая призрак, он поспешил с войной: ведь если первый удар — смертельный, то второго не надо. И вот по мановению его зашевелились — раньше намеченного — давно и втайне снаряжавшиеся полчища. Мудрый глупец! Ему бы всеми силами охранять Мордор, чтоб туда муха не залетела, и всеми средствами охотиться за Кольцом — и не было бы у нас никакой надежды: с помощью самого Кольца он быстро отыскал бы его Хранителя. Но взор его рыщет за пределами Мордора и вперяется в Минас-Тирит. Скоро, очень скоро на Гондор обрушится грозная буря.

Ибо уже известно ему, что лазутчики, высланные наперехват Хранителям, сгинули без следа. Кольцо не отыскалось. И заложников-хоббитов ему не доставили. Если бы удалось хоть это, судьба наша повисла бы на волоске. Но не стоит бередить сердце ужасами испытаний, ожидавших хрупкую стойкость наших малышей в застенках Черного Замка. Пока что планы Врага сорвались — благодаря Саруману.

— Так значит, Саруман — не предатель? — удивился Гимли.

— Предатель, конечно,— сказал Гэндальф.— Вдвойне предатель. Ну не чудеса ли? Из наших недавних горестей горше всего казалось нам измена Сарумана; к тому же, сделавшись владыкой и воеводой, он большую силу набрал. Он сковал угрозой Мустангрим, и отсюда не шлют дружины в Минас-Тирит, на защиту от нашествия с востока. Но изменник всегда сам себе петлю вьет. Саруман возмечтал овладеть Кольцом или же захватить хоббитов и выпытать у них всю подноготную. А удалось ему на пару с Сауроном всего лишь вихрем домчать Мерри и Пина к Фангорну, и они как раз вовремя оказались там, куда бы иначе нипочем не попали!

А обоюдные подозрения путают их планы. В Мордоре о битве у опушки ничего не знают, спасибо ристанийским конникам; зато известно, что в Привражье были захвачены в плен два хоббита и что их умыкнули в Изенгард вопреки веленью Черного Властелина. Теперь ему надо остерегаться Изенгарда на придачу к Минас-Тириту. И если Минас-Тирит падет, худо придется Саруману.

— Как жаль, что наши друзья поневоле мешают им сцепиться! — заметил Гимли.— Будь Изенгард и Мордор соседями, дрались бы они между собой, а нам было бы легче разделаться с обессиленным победителем.

— Мощь победителя возросла бы вдвое, а сомнения исчезли бы,— возразил Гэндальф.— Да и куда Изенгарду воевать с Мордором — разве что Саруман прибрал бы к рукам Кольцо, но теперь это ему больше не грозит. Он и сам еще не ведает, в какую петлю угодил. Вообще ему многое невдомек. Он так спешил ухватить добычу, что не усидел дома, вышел навстречу своим лазутчикам. Но опоздал: лишь куча пепла осталась от его свирепой своры. Недолго он здесь бродил. Его сомнения и помыслы ясны мне до смешного. В лесной науке он не смыслит: что ему Фангорн! Он решил, что конники перебили всех без разбора и спалили все трупы, а были с орками пленники или нет — это ему неизвестно. Он ничего не ведает ни о распре своих молодцов с посланцами Мордора, ни о Крылатом Супостате.

— Какой еще Крылатый Супостат! — перебил Леголас.— Я его подстрелил из лориэнского лука над Взгорным Перекатом; он рухнул в воду. Нагнал он на нас страху. А что это было за чудище?

— Это чудище стрелой не достанешь,— сказал Гэндальф.— Ты спешил всадника, добро тебе, но он опять верхом. Это назгул, один из Девятерых, они теперь носятся на крылатых тварях. Скоро эти невиданные чудища, черной тучей затмевая небеса, нависнут над последними ратями Запада, и ужас оледенит сердца наших воинов. Но пока что им не велено перелетать за Великую Реку, и Саруман еще не проведал о новом обличье Кольценосцев. В мыслях у него одно Кольцо: а вдруг его нашли на поле брани? Что, если оно теперь у Теодена, конунга Мустангрима, что, если он распознает Кольцо и сумеет им воспользоваться? Это страшит Сарумана больше всего; потому он и кинулся назад в Изенгард, чтобы удвоить и утроить натиск на Ристанию. А угроза таится вовсе не там, куда обращен его воспаленный взор. Угроза у него под боком: про Древня-то и думать забыл.

— Ты опять говоришь сам с собой,— улыбнулся Арагорн.— Я не знаю, кто такой Древень. О двойном предательстве Сарумана я догадался; но какой прок в том, что судьба забросила хоббитов в Фангорн, а мы попусту сбились с ног и потеряли время?

— Погоди, погоди! — вмешался Гимли.— Я сперва хочу про другое спросить. Вчера-то вечером кто был на опушке — ты, Гэндальф, или же Саруман?

— Меня там вчера вечером не было,— отвечал Гэндальф,— стало быть, вы видели Сарумана. Должно быть, мы так схожи, что ты недаром покушался раскроить надвое мою шляпу.

— Ладно, ладно! — сказал Гимли.— Я рад, что это был не ты.

— Еще бы, о досточтимый гном,— опять рассмеялся Гэндальф.— Приятно все-таки хоть в чем-то не ошибиться. Мне ли, увы, этого не знать? Но ты не подумай, я на тебя ничуть не в обиде за приветливую встречу. Разве не я всегда твердил друзьям, чтобы они на всякий случай опасались собственной тени? Так что хвала тебе, Гимли, сын Глоина! Может быть, тебе однажды доведется увидеть рядом меня и Сарумана — тогда и разберешься.

— О хоббитах речь! — напомнил Леголас.— Мы прибежали сюда сломя голову их выручать, а ты, оказывается, знаешь, где они? Говори, где!

— Там же, где Древень и прочие онты,— отвечал Гэндальф.

— Онты! — повторил Арагорн.— Значит, не врут старые небылицы об исполинах-древопасах из лесной глуши? Есть еще онты на белом свете? А я думал, это обманный отзвук былых дней или просто ристанийские байки.

— Ристанийские! — воскликнул Леголас.— Да любой тебе эльф в Глухоманье слышал и помнит жалобные песни про онодримское разлучение! Но даже и для нас это древние были. Вот бы мне встретить живого онта, тогда бы я и вправду помолодел! Но «Древень» — это же «Фангорн» на всеобщем языке, а ты ведь говорил не о Лесе. Кто такой Древень?

— Ну и вопрос,— вздохнул Гэндальф.— Я о нем совсем немного знаю, а начни я рассказывать, и этой незатейливой повести конца не будет видно. Древень — это и есть Фангорн, главный здешний лесовод, извечный обитатель Средиземья. А знаешь, Леголас, возможно, ты с ним еще и встретишься. Вот Мэрри с Пином повезло: они на него наткнулись прямо здесь, где мы сидим. Третьего дня он унес их к себе в гости на другой конец Леса, к горным подножиям. Он сюда частенько захаживает, когда ему неспокойно — а нынешние слухи один другого тревожней. Я видел его четверо суток назад: он бродил по Лесу и, кажется, заметил меня, даже остановился — но я не стал с ним заговаривать; меня угнетали мрачные мысли, и я был изнурен поединком с Оком Мордора. Он промолчал и не окликнул меня.

— Наверно, он тоже принял тебя за Сарумана,— предположил Гимли.— Но ты о нем говоришь так, точно это друг. А вроде бы Фангорна надо остерегаться?

— Остерегаться! — усмехнулся Гэндальф.— Меня тоже надо остерегаться: опасней меня ты в жизни никого не встретишь, разве что тебя приволокут живьем к подножию трона Черного Владыки. И Арагорна надо остерегаться, и Леголаса. Поберегись, Гимли, сын Глоина, да и тебя тоже пусть поберегутся! Конечно, Фангорн-Лес опасен — особенно для тех, кто размахивает топорами; и опасен лесной страж Фангорн — однако же мудрости и доброты ему не занимать. Веками копились его обиды, чаша терпения переполнилась, и весь Лес напоен гневом. Хоббиты с их новостями расплескали чашу и обратили гнев на Сарумана, на изенгардских древорубов. И будет такое, чего не бывало со Дней Предначальных: смирные онты, воспрянув, познают свою непомерную силу.

— А что они могут? — изумленно спросил Леголас.

— Не знаю,— сказал Гэндальф.— Если бы я знал! Должно быть, и сами они этого не ведают.

Он замолчал, низко склонив голову.

Друзья не сводили с него глаз. Проглянувшее солнце озарило его руки и наполнило пригоршни светом, словно живую чашу. Он обратил лицо к небесам.

— Близится полдень,— сказал он.— Пора в путь.

— Пойдем туда, где сейчас Древень и хоббиты? — спросил Арагорн.

— Нет,— отвечал Гэндальф.— Наш путь не туда лежит. Я вас обнадежил, но от надежды до победы как до звезды небесной. Война зовет нас; все наши друзья уже сражаются. Верную победу в этой войне сулит одно лишь Кольцо. Скорбь и тревога обуревают меня, ибо впереди великие утраты, а может статься, и всеобщая гибель. Я — Гэндальф, Гэндальф Белый, но черные силы ныне превозмогают.

Он поднялся и устремил на восток пристальный взор из-под ладони, вглядываясь в непроницаемую даль. И покачал головой.

— Нет,— сказал он тихо,— его уже не вернуть: порадуемся хотя бы этому. Кольцо перестало быть для нас искушеньем. Мы пойдем навстречу отчаянию и гибели, но эта смертельная опасность миновала.— Он обернулся.— Мужайся, Арагорн, сын Араторна! В долине Приовражья, в горестный час ты выбрал свой жребий: не сожалей о выборе, не называй вашу погоню тщетной. В тяжком сомнении ты избрал путь, указанный совестью. Ты поступил правильно, и награда не замедлила: мы с тобой встретились вовремя — беда, если бы разминулись. Спутники твои как хотят; они свое исполнили. Тебе же должно спешить в Эдорас, к трону Теодена, и да заблещет ярче всех молний меч твой Андрил, стосковавшийся по сече! Ристания охвачена войной, но страшнее войны — немощь Теодена.

— Значит, мы больше никогда не увидим веселых малышей-хоббитов? — спросил Леголас.

— Я этого не говорил,— сказал ему Гэндальф.— Почем знать? Иди туда, где ты нужен, наберись терпенья и не теряй надежды. Итак, в Эдорас! Мне с вами пока по пути.

— Пешему путнику — и старому, и молодому — долго отсюда брести до Эдораса,— сказал Арагорн.— Пока мы дойдем, все битвы уже отгремят.

— Посмотрим, посмотрим,— сказал Гэндальф.— Так ты идешь со мной?

— Да, мы пойдем вместе,— ответил Арагорн.— Но ты конечно, опередишь меня, если захочешь.

Он поднялся и долгим взглядом посмотрел на Гэндальфа. Они стояли друг против друга, и в молчанье наблюдали за ними Леголас и Гимли. Суров, как серое каменное изваяние, высился Арагорн, сын Араторна, держа руку на мече; казалось, величавый исполин явился из-за морей на берег своей державы. А перед ним ссутулился согбенный годами старец, весь в белом сияньи, наделенный властью превыше царей земных.

— Поистине сказал я, Гэндальф,— произнес наконец Арагорн,— что ты всегда и везде опередишь меня, если захочешь. И скажу еще вот что: ты — ниспосланный нам предводитель. У Черного Владыки Девятеро приспешников. Но властительней, чем они все, наш Белый Всадник. Он прошел сквозь огонь, бездна не поглотила его; и они рассеются перед ним. А мы пойдем вслед за ним, куда он нас поведет.

— Втроем не отстанем,— подтвердил Леголас.— Только все-таки, Гэндальф, расскажи ты нам, что выпало на твою долю в Мории. Неужто не расскажешь? Велико ли промедленье — а на сердце у друзей как-никак полегчает!

— Я уж и так промедлил, а время не ждет,— сказал Гэндальф.— Да и рассказов тут хватит на год с лишним.

— На год с лишним не надо, а полчаса можно,— попросил Гимли.— Расскажи хотя бы, как ты разделался с Барлогом.

— Не именуй его! — Гэндальф вздрогнул, лицо его мертвенно посерело, и он застыл в молчании.— Падал я очень долго,— наконец выговорил он, припоминая как бы через силу.— Я очень долго падал, а тот падал вместе со мной и опалил меня своим огнем до костей. Потом нас поглотили черные воды, и замогильный мрак оледенил мое сердце.

— Бездонна пропасть под Мостом Дарина, и несть ей меры,— глухо произнес Гимли.

— Она не бездонна, она лишь неимоверна,— сказал Гэндальф.— И однако ж я достиг ее дна, последней каменной глуби. Но он был со мной; лишившись огня, он сделался скользким и могучим, как огромный удав.

И там, в заподземном глухом тупике, мы продолжали

бой. Он сдавливал меня змеиной хваткой, а я разил его мечом, и он бежал от меня по извилистым узким проходам, не кирками народа Дарина прорубленным, о Гимли, сын Глоина. Так глубоко не забирался ни один гном; каменные корневища гор источены безымянными тварями, неведомыми самому Саурону, ибо они древнее его. О тамошнем кромешном ужасе я молчу, чтоб не омрачить дневной свет. Выбраться оттуда я мог лишь вслед за врагом; я гнался за ним по пятам, и волей-неволей он вывел меня наконец к потайным ходам Казад-Дума: вверх и вверх вели они, и мы очутились на Бесконечной Лестнице.

— О ней уж и память изгладилась,— вздохнул Гимли.— Одни говорят, что это — сказка, другие — что Лестницу давным-давно разрушили.

— Это не сказка, и давным-давно ее не разрушили. В ней много тысяч ступеней, и винтом восходит она от каменных подземелий к Башне Дарина, вытесанной в остроконечной скале, вершине Зиракзигила, иначе Среброга, Келебдора по-среднеэльфийски.

Там, за одиноким окном, прорезью в оснеженном льду, был узкий выступ, точно орлиное гнездовье над мглистым покровом гор. Сверху ярилось солнце, внизу залегли облака. Я выпрыгнул наружу вслед за ним, а он вспыхнул огненной головней. Ничьи глаза не видели этого Поединка на Вершине Вершин, а то бы песни о нем, может статься, пережили века.— И Гэндальф вдруг рассмеялся.— Но о чем тут слагать песни? Издали заметили только страшную грозу на вершине Келебдора: грохотал, говорят, гром, и молния за молнией разрывались лоскутьями пламени. Может, для песен и этого хватит? Дым стоял над нами столбом, клубился смрадный пар, сыпалось ледяное крошево. Я одолел врага; он низвергся с заоблачных высот, в паденье обрушивая горные кручи. Но тьма объяла меня, и я блуждал в безначальном безвременье, путями, тайна которых пребудет нерушима.

Нагим меня возвратили в мир — ненадолго, до истечения сроков. И очнулся я на вершине горы. Ни окна, ни самой Башни не было; Лестницу загромоздили груды обожженных каменьев. Я лежал один, не чая спасенья и помощи ниоткуда, на кремнистой крыше мира. Надо мною вершился звездный круговорот, и дни казались мне веками. Я внимал смутному, слитному ропоту земного бытия: предсмертным крикам и воплям рожениц, застольным песням и погребальному плачу и медленным, тяжким стонам утомленного камня. И прилетел Гваигир Ветробой; он меня поднял и понес неведомо куда.

«Ты поистине друг в беде, а я — твое вечное бремя»,— сказа я ему.

«Был ты когда-то бременем,— проклекотал он,— но нынче ты не таков. Лебединое перышко несу я в своих когтях. Солнечные лучи пронизывают тебя. И я тебе больше не нужен: отпущу — и ты поплывешь с потоками ветра».

«Не надо, не отпускай! — попросил я, понемногу возвращаясь к жизни.— Отнеси меня лучше в Кветлориэн!»

«Так мне и повелела Владычица Галадриэль, высылая меня за тобою»,— отвечал он.

И принес он меня в Галадхэн, откуда вы недавно перед тем отплыли. Вы знаете, время там не старит, а целит, и я исцелился. Меня облачили в белые одежды. Я был советчиком и принимал советы. Необычной дорогой пришел я оттуда и принес вам устные посланья. Арагорну сказано так:

> На сумеречном Севере блесни, Эльфийский Берилл!
> Друзей призови к оружию и родичей собери.
> Они увидят, услышат — и откликнутся все, кто жив,—
> И Серая выйдет Дружина на южные рубежи.
> Тебе же сужден одинокий и непомерный труд:
> Прямую дорогу к Морю мертвые стерегут.

А тебе, Леголас, Галадриэль передала вот что:

> Царевич из Лихолесья! Под сенью лесной
> Жил ты себе на радость. Но потеряешь покой!
> Возгласы быстрых чаек и рокот прибрежной волны
> Станут тебе отрадней возлюбленной тишины.

Гэндальф замолк и прикрыл глаза.

— А мне, значит, ничего нет? — спросил Гимли и повесил голову.

— Темны слова ее,— сказал Леголас.— Моему уху они ничего не говорят.

— Для меня это не утешение,— буркнул Гимли.

— Тебе что, больше всех надо? Хочешь, чтобы она предрекла твою гибель?

— Да, хочу, если больше ей нечего мне передать.

— О чем вы там? — спросил Гэндальф.— Нет, моему уху обращенные к вам слова кое-что говорят. Прошу прощенья, Гимли! Я просто сызнова обдумывал эти два ее послания. Но есть и третье, не туманное и не скорбное.

— «Гимли, сыну Глоина,— сказала она,— поклон от

его Дамы. Хранитель моей пряди, мысли мои неотлучно следуют за тобой. Да не остынет твоя доблесть, и пусть рубит твоя секира лишь то, что должно рубить!»

— В добрый час ты вернулся к нам, Гэндальф! — возгласил Гимли и пустился в пляс под диковатый напев на гномьем языке. — Ну, теперь держитесь! — кричал он, вертя топором над головой. — С Гэндальфом я, конечно, дал маху, но уж в следующий раз рубанем кого надо на славу!

— Следующего раза недолго ждать, — пообещал Гэндальф, вставая с камня. — Что ж, поговорили — и будет с нас на первый случай. Пора в путь!

Он снова завернулся в свою ветхую хламиду и пошел первым. Молча и быстро спустились они с горы, добрались до Онтавы и берегом вышли к опушке, на лужайку под развесистым дубом. Лошадей было по-прежнему не видать и не слыхать.

— Не возвратились они, — заметил Леголас. — Пешком побредем.

— Некогда мне пешком ходить, — сказал Гэндальф. Он задрал голову и засвистел так пронзительно-звонко, что все на него обернулись — неужто свист этот издал благообразный старец с пышной бородой? Он просвистел трижды; им почудилось, будто восточный ветер донес издалека ржание лошадей, и они изумленно прислушались. Арагорн лег, приложил ухо к земле и почуял дальнее содроганье; вскоре оно превратилось в цокот быстрых копыт, стучавших все четче и ближе.

— Скачет не одна лошадь, — сказал Арагорн.

— Конечно, не одна, — отозвался Гэндальф. — Одной на четверых маловато.

— Их три! — воскликнул Леголас, вглядываясь в степную даль. — Вот скачут так скачут! Да это Хазуфел, и Арод мой с ним! Но третий мчится впереди: огромный конь, я таких в жизни не видывал.

— И не увидишь, — молвил Гэндальф. — Это Светозар, вожак царственного табуна Бэмаров: такой конь в диковинку самому конунгу Теодену. Видишь — он блещет серебром, а бег его плавен, точно живой ручей! Конь под стать Белому Всаднику, мой соратник в грядущих битвах.

Так говорил старый маг; и пышногривый красавец конь на скаку появился вдали, весь в серебряных бликах. Хазуфел и Арод поотстали, а Светозар приблизился легкой рысью, стал, склонил горделивую шею и положил голову на плечо старика. Гэндальф ласково потрепал его по холке.

— Далек был путь от Раздола, друг мой,— сказал он,— но ты не промедлил и примчался в самую пору. Теперь поскачем вместе и уж более не разлучимся до конца дней! Мы спешим в Медусельд, в тронный чертог вашего господина,— обратился Гэндальф к двум другим коням, стоявшим поодаль как бы в ожидании. Они понятливо склонили головы.— Время наше на исходе; позвольте, друзья мои, мы поедем верхом, и просим вас бежать со всею резвостью. Седок Хазуфела — Арагорн, Арода — Леголас. Гимли я посажу перед собою: надеюсь, Светозару будет не в тягость двойная ноша. Тронемся в путь немедля, только напьемся воды у Онтавы.

— Теперь хоть я понимаю, что случилось ночью,— сказал Леголас, взлетев на коня.— Сначала их, может быть, и спугнули, а потом они с радостным ржаньем понеслись навстречу своему вожаку Светозару. Ты знал, что он неподалеку, Гэндальф?

— Знал,— ответил маг.— Я устремил к нему мысль и призывал его поспешить, ибо вчера еще он был далеко на юге. А нынче помчится обратно — серебряной стрелой!

Гэндальф склонился к уху Светозара, и тот прянул с места, оглянувшись на собратьев; круто свернул к Онтаве, мигом отыскал покатый береговой спуск и брод, пересек реку и поскакал на юг по безлесной плоской равнине, колыхавшей от края до края серые травяные волны. Ни дорог, ни тропинок не было и в помине, но Светозар несся, точно летел над землей.

— Скачет напрямик на Эдорас, к подножиям Белых гор,— объяснил Гэндальф.— Так, конечно, быстрее. Есть туда и наезженная дорога, она осталась за рекой, в Остемнете, и сильно забирает на север, а здесь бездорожье, но Светозар каждую кочку знает.

Тянулись дневные часы, а они все ехали приречьем, заболоченными лугами. Высокая трава порой охлестывала колени всадников, и кони их словно плыли в серо-зеленом море. Ехали, минуя глубокие промоины и коварные топи среди зарослей осоки; Светозар скакал как посуху, и оба других коня поспешали за ним след в след.

Солнце медленно клонилось к западу; далеко-далеко, за бескрайней равниной, трава во всю ширь занялась багрянцем и, надвинувшись, озарились багровым отсветом склоны гор. А снизу подымалось и кровянило солнечный диск меж горами дымное облако: закат пламенел, как пожар.

— Это Врата Ристании,— объявил Гэндальф,— они прямо к западу от нас. А вон там, севернее, Изенгард.

— Дым валит тучей,— пригляделся Леголас.— Там что, большой пожар?

— Большая битва! — сказал Гэндальф.— Вперед!

Глава VI

КОНУНГ В ЗОЛОТОМ ЧЕРТОГЕ

Закат догорел, понемногу смерклось, потом сгустилась ночная тьма. Они скакали во весь опор; когда же наконец остановились, чтоб дать отдых лошадям, то даже Арагорн пошатнулся, спешившись. Гэндальф объявил короткий ночлег. Леголас и Гимли разом уснули; Арагорн лежал на спине, раскинув руки; лишь старый маг стоял, опершись на посох и вглядываясь в темноту на западе и на востоке. В беззвучной ночи шелестела трава. Небо заволокло, холодный ветер гнал и рвал нескончаемые облака, обнажая туманный месяц. Снова двинулись в путь, и в жидком лунном свете кони мчались быстро, как днем.

Больше не отдыхали; Гимли клевал носом и наверняка свалился бы с коня, если б не Гэндальф: тот придерживал и встряхивал его. Хазуфел и Арод, изнуренные и гордые, поспевали за своим вожаком, за серой еле заметной тенью. Миля за милей оставались позади; бледный месяц скрылся на облачном западе.

Выдался знобкий утренник. Мрак на востоке поблек и засерел. Слева, из-за дальних черных отрогов Привражья, брызнули алые лучи. Степь озарил яркий и чистый рассвет; на их пути заметался ветер, вороша поникшую от холода траву. Внезапно Светозар стал как вкопанный и заржал. Гэндальф указал рукой вперед.

— Взгляните! — крикнул он, и спутники его подняли усталые глаза. Перед ними возвышался южный хребет, крутоверхие белые громады, изборожденные рытвинами. Зеленело холмистое угорье, и прилив степной зелени устремлялся в глубь могучей гряды — клиньями еще объятых темнотою долин. Взорам открылась самая просторная и протяженная из них. Она достигала горного узла со снежною вершиной, а широкое устье разлога стерегла отдельная гора за светлым речным витком. Еще неблизкое ее взлобье золотилось в утренних лучах.

— Ну, Леголас! — сказал Гэндальф.— Поведай нам, что ты видишь!

Леголас заслонил глаза от рассиявшегося солнца.

— Я вижу, со снеговых высей, блистая, бежит поток, исчезает в разлоге и возникает из мглы у подошвы зеленой горы, близ восточной окраины дола. Гора обнесена мощной стеной, остроконечной оградой и крепостным валом. Уступами вздымаются крыши домов; венчает крепость круглая зеленая терраса с высоким дворцом. Кажется, он крыт золотом: так и сияет. И дверные столбы золотые. У дверей стража в сверкающих панцирях; во всей крепости никакого движенья — видно, еще спят.

— Крепость называется Эдорас,— сказал Гэндальф,— а златоверхий дворец — Медусельд. Это столица Теодена, сына Тенгела, властителя Мустангрима. Хорошо, что мы подоспели к рассвету: вот она, наша дорога. А ехать надо с оглядкой — время военное, и коневоды-ристанийцы не спят и не дремлют, мало ли что издали кажется. Не прикасаться к оружию и держать языки на привязи — это я всем говорю, да и себе напоминаю. Надо, чтобы нас добром пропустили к Теодену.

Стояло хрустальное утро, и птицы распевали вовсю, когда они подъехали к реке. Она шумно изливалась в низину, широким извивом пересекая их путь и унося свои струи на восток, к камышовым заводям Онтавы. Сырые пышные луговины и травянистые берега заросли ивняком, и уже набухали, по-южному рано, густо-красные почки. Мелкий широкий брод был весь истоптан копытами. Путники переправились и выехали на большую колеистую дорогу, ведущую к крепости мимо высоких курганов у подошвы горы. Их зеленые склоны с западной стороны подернуло, точно снегом, звездчатыми цветочками.

— Смотрите,— сказал Гэндальф,— как ярко они белеют! Называются поминальники, по-здешнему *симбельмейны*, кладбищенские цветы, и цветут они круглый год. Да-да, это все могильники предков Теодена.

— Семь курганов слева, девять — справа,— подсчитал Арагорн.— Много утекло жизней с тех пор, как был воздвигнут золотой чертог.

— У нас в Лихолесье за это время пять сотен раз осыпались красные листья,— сказал Леголас,— но, по-нашему, это не срок.

— Это по-вашему, а у мустангримцев другой счет времени,— возразил Арагорн.— Лишь в песнях осталась память о том, как построили дворец, а что было раньше, уж и вовсе не помнят. Здешний край они называют своей землей, и речь их стала невнятна для северных сородичей.

Он завел тихую песню на медлительном языке, неведомом ни эльфу, ни гному, но им обоим понравился ее протяжный напев.

— Послушать, так ристанийское наречие,— сказал Леголас,— и правда звучит по-здешнему, то красно́ и раздольно, то жестко и сурово: степь и горы. Но я, конечно, ничего не понял. Слышится в песне печаль о смертном уделе.

— На всеобщий язык,— сказал Арагорн,— это можно перевести примерно так:

> Где ныне конь и конный? Где рог его громкозвучащий?
> Где его шлем и кольчуга, где лик его горделивый?
> Где сладкозвучная арфа и костер, высоко горящий?
> Где весна, и зрелое лето, и золотистая нива?
> Отгремели горной грозою, отшумели степными ветрами,
> Сгинули дни белые в закатной тени за холмами,
> С огнем отплясала радость, и с дымом умчалось горе,
> И невозвратное время не вернется к нам из-за Моря.

Такое поминанье сочинил давно забытый ристанийский песенник в честь Отрока Эорла, витязя из витязей: он примчался сюда с севера, и крылья росли возле копыт его скакуна Феларофа, прародителя нынешних лошадей Мустангрима. Вечерами, у костров, эту песню поют и поныне.

За безмолвными курганами дорога вкруговую устремилась вверх по зеленому склону и наконец привела их к прочным обветренным стенам и крепостным воротам Эдораса.

Возле них сидели стражи, числом более десятка; они тотчас повскакивали и преградили путь скрещенными копьями.

— Ни с места, неведомые чужестранцы! — крикнули они по-ристанийски и потребовали затем назвать себя и изъяснить свое дело. Изумленье было в их взорах и ни следа дружелюбия; на Гэндальфа они глядели враждебно.

— Добро вам, что я понимаю ваш язык,— отозвался тот на их наречии,— но странники знать его не обязаны. Почему вы не обращаетесь на всеобщем языке, как принято в западных землях?

— Конунг Теоден повелел пропускать лишь тех, кто знает по-нашему и с нами в дружбе,— отвечал самый видный из стражей.— В дни войны к нам нет входа никому, кроме мустангримцев и гондорцев, посланцев Мундбурга.

Кто вы такие, что безмятежно едете в диковинном облаченье по нашей равнине верхом на конях, как две капли воды схожих с нашими? Мы стоим на часах всю ночь и заметили вас издалека. В жизни не видели мы народа чуднее вас и коня благородней того, на котором вы сидите вдвоем. Он из табуна Бэмаров, или же глаза наши обмануты колдовским обличьем. Ответствуй, не ведьмак ли ты, не лазутчик ли Сарумана, а может, ты чародейный призрак? Говори, ответствуй немедля!

— Мы не призраки,— отвечал за Гэндальфа Арагорн,— и глазам своим можете верить. Что кони это ваши — знаете сами, нечего и спрашивать зря. Однако же редкий конокрад пригоняет коня хозяевам. Это вот — Хозуфел и Арод: Эомер, Третий Сенешаль Мустангрима, одолжил их нам двое суток назад. Мы их доставили в срок. Разве Эомер не вернулся и вас не предупредил?

Страж, как видно, смутился.

— Об Эомере у нас речи не будет,— молвил он, отводя глаза.— Если вы говорите правду, то конунга, без сомнения, надо оповестить. Пожалуй, вас, и то сказать, поджидают. Как раз две ночи назад к нам спускался Гнилоуст: именем Теодена он не велел пропускать ни единого чужестранца.

— Гнилоуст? — сказал Гэндальф, смерив его строгим взглядом.— Тогда больше ни слова! До Гнилоуста мне дела нет, дела мои — с повелителем Мустангрима. И дела эти спешные. Пойдешь ты или пошлешь объявить о нашем прибытии?

Глаза его сверкнули из-под косматых бровей; он сурово нахмурился.

— Пойду,— угрюмо вымолвил страж.— Но о ком объявлять? И как доложить о тебе? С виду ты стар и немощен, а сила в тебе, по-моему, страшная.

— Верно ты углядел и правильно говоришь,— сказал маг.— Ибо я — Гэндальф. Я возвратился. И, как видишь, тоже привел коня, Светозара Серебряного, неподвластного ничьей руке. Рядом со мной Арагорн, сын Араторна, наследник славы древних князей, в Мундбург лежит его дорога. А это — эльф Леголас и гном Гимли, испытанные наши друзья. Ступай же скажи своему подлинному господину, что мы стоим у ворот и хотим говорить с ним, если он допустит нас в свой чертог.

— Чудеса, да и только! — пожал плечами страж.— Ладно, будь по-твоему, я доложу о вас конунгу, а там воля его. Погодите немного, я скоро вернусь с ответом. Очень-то не надейтесь, время нынче недоброе.

И страж удалился быстрыми шагами, препоручив чужестранцев надзору своих сотоварищей. Вернулся он и взаправду скоро.

— Следуйте за мною! — сказал он.— Теоден допускает вас к трону; но всякое оружие, будь то даже посох, вам придется сложить у дверей. За ним приглядит охрана.

Негостеприимные ворота приоткрылись, и путники вошли по одному вслед за своим вожатым. В гору поднималась извилистая брусчатая улица: то плавные изгибы, то короткие лестницы, выложенные узорными плитами. Они шли мимо бревенчатых домов, глухих изгородей, запертых дверей, возле переливчатого полноводного ручья, весело журчавшего в просторном каменном желобе. Выйдя к вершине горы, они увидели, что над зеленой террасой возвышается каменный настил, из него торчала искусного ваяния лошадиная голова, извергавшая прозрачный водопад в огромную чашу; оттуда и струился ручей. Длинная и широкая мраморная лестница вела ко входу в золотой чертог; по обе стороны дверей были каменные скамьи для телохранителей конунга: они сидели с обнаженными мечами на коленях. Золотистые волосы, перехваченные тесьмой, ниспадали им на плечи; зеленые щиты украшал солнцевидный герб; их длинные панцири сверкали зеркальным блеском; они поднялись во весь рост и казались на голову выше простых смертных.

— Вам туда,— сказал вожатый.— А мне — обратно, к воротам. Прощайте! Да будет милостив к вам повелитель Мустангрима!

Он повернулся и, точно сбросив бремя, легко зашагал вниз. Путники взошли по длинной лестнице под взглядами молчаливых великанов-часовых и остановились у верхней площадки; Гэндальф первым ступил на мозаичный пол, и сразу же звонко прозвучало учтивое приветствие по-ристанийски.

— Мир вам, пришельцы издалека! — промолвили стражи и обратили мечи рукоятью вперед. Блеснули зеленые самоцветы. Потом один из часовых выступил вперед и заговорил на всеобщем языке:

— Я Гайма, главный телохранитель Теодена. Прошу вас сложить все оружие здесь у стены.

Леголас вручил ему свой кинжал с серебряным черенком, колчан и лук.

— Побереги мое снаряжение,— сказал он.— Оно из Золотого Леса, подарок Владычицы Кветлориэна.

Гайма изумленно вскинул глаза и поспешно, с видимой опаской сложил снаряжение возле стены.

— Можешь быть спокоен, никто его пальцем не коснется,— пообещал он.

Арагорн медлил и колебался.

— Нет на то моей воли,— сказал он,— чтобы расставаться с мечом и отдавать Андрил в чужие руки.

— На то есть воля Теодена,— сказал Гайма.

— Вряд ли воля Теодена, сына Тенгела, хоть он и повелитель Мустангрима, указ для Арагорна, сына Араторна, потомка Элендила и законного государя Гондора.

— В этом дворце хозяин Теоден, а не Арагорн, даже если б он и сменил Денэтора на гондорском троне,— возразил Гайма, преградив путь к дверям. Меч в его руке был теперь обращен острием к чужеземцам.

— Пустые перекоры,— сказал Гэндальф.— Веленье Теодена неразумно, однако же спорить тут не о чем. Конунг у себя во дворце волен в своем неразумии.

— Поистине так,— согласился Арагорн.— И я покорился бы воле хозяина дома, будь то даже хижина дровосека, если бы меч мой был не Андрил.

— Как бы он ни именовался,— сказал Гайма,— но ты положишь его здесь или будешь сражаться один со всеми воинами Эдораса.

— Почему же один? — проговорил Гимли, поглаживая пальцем лезвие своей секиры и мрачно поглядывая на телохранителя конунга, точно примеряясь рубить молодое деревце.— Не один!

— Спокойствие! — повелительно молвил Гэндальф.— Мы — ваши друзья и соратники, и всякая распря между нами на руку только Мордору — он отзовется злорадным хохотом. Время дорого. Прими *мой* меч, доблестный Гайма. Его тоже побереги: имя ему Яррист, и откован он эльфами много тысяч лет назад. Меня теперь можешь пропустить. А ты, Арагорн, образумься!

Арагорн медленно отстегнул пояс и сам поставил меч стоймя у стены.

— Здесь я его оставлю,— сказал он,— и повелеваю тебе не прикасаться к нему, и да не коснется его никто другой. Эти эльфийские ножны хранят Сломанный Клинок, перекованный заново. Впервые выковал его Тельчар — во времена незапамятные. Смерть ждет всякого, кто обнажит меч Элендила, кроме его прямых потомков.

Страж попятился и с изумлением взглянул на Арагорна.

— Вы словно явились по зову песни из дней давно забытых,— проговорил он.— Будет исполнено, господин, как ты велишь.

— Ну, тогда ладно,— сказал Гимли.— Рядом с Андрилом и моей секире не зазорно полежать отдохнуть.— И он с лязгом положил ее на мозаичный пол.— Теперь все тебя послушались, давай веди нас к своему конунгу.

Но страж мешкал.

— Еще твой посох,— сказал он Гэндальфу.— Прости меня, но и его надлежит оставить у дверей.

— Вот уж нет! — сказал Гэндальф.— Одно дело — предосторожность, даже излишняя, другое — неучтивость. Я — старик. Если ты не пустишь меня с палкой, то я сяду здесь и буду сидеть, пока Теодену самому не заблагорассудится приковылять ко мне на крыльцо.

Арагорн рассмеялся.

— Кто о чем, а старик о своей палке,— сказал он.— Что ж ты,— укоризненно обратился он к Гайме,— неужели и вправду станешь отнимать палку у старика? А без этого не пропустишь?

— Посох в руке волшебника может оказаться не подпоркой, а жезлом,— сказал Гайма, пристально поглядев на ясеневую палку Гэндальфа.— Однако ж в сомнении мудрость велит слушаться внутреннего голоса. Я верю, что вы друзья и что такие, как вы, не могут умышлять лиходейства. Добро пожаловать!

Загремели засовы, тягучим скрежетом отозвались кованые петли, и громоздкие створки медленно разошлись. Пахнуло теплом, почти затхлым после свежего и чистого горного воздуха. В многоколонном чертоге повсюду таились тени и властвовал полусвет; лишь из восточных окон под возвышенным сводом падали искристые солнечные снопы. В проеме кровли, служившем дымоходом, за слоистой пеленой виднелось бледно-голубое небо. Глаза их пообвыкли, и на мозаичном полу обозначилась затейливая руническая вязь. Резные колонны отливали тусклым золотом и сеяли цветные блики. Стены были увешаны необъятными выцветшими гобеленами; смутные образы преданий

112

терялись в сумраке. Но один из ковров вдруг светло озарился: юноша на белом коне трубил в большой рог, и желтые волосы его развевались по ветру. Конь ржал в предвкушении битвы, задрав голову, раздувая красные ноздри. У колен его бурлил, плеща зеленоватой пеной, речной поток.

— Вот он, Отрок Эорл! — сказал Арагорн.— Таким он был, когда примчался с севера и ринулся в битву на Келебранте.

Посредине чертога ровно и ясно пламенел гигантский очаг. За очагом, в дальнем конце зала, было возвышение: трехступенчатый помост золоченого трона. На троне восседал скрюченный старец, казавшийся гномом; его густые седины струились пышной волной из-под тонкого золотого обруча с крупным бриллиантом. Белоснежная борода устилала его колени, и угрюмо сверкали глаза навстречу незваным гостям. За его спиною стояла девушка в белом одеянии, а на ступеньках у ног примостился иссохший человечек, длинноголовый, мертвенно-бледный; он смежил тяжелые веки.

Молча и неподвижно взирал на пришельцев с трона венценосный старик. Заговорил Гэндальф:

— Здравствуй, Теоден, сын Тенгела! Видишь, я снова явился к тебе, ибо надвигается буря и в этот грозный час все друзья должны соединить оружие, дабы не истребили нас порознь.

Старик медленно поднялся на ноги, подпираясь коротким черным жезлом со светлым костяным набалдашником; тяжко лежало на конунге бремя лет, но, видно, старческому телу памятна еще была прежняя осанка могучего, рослого витязя.

— Здравствуй и ты, чародей Гэндальф,— отвечал он.— Но если ты ждешь от меня слова привета, то ждешь напрасно: по чести, ты его не заслужил. Ты всегда был дурным вестником. Напасти слетаются вслед за тобой, как вороны, и все чернее их злобная стая. Скажу не солгу: когда я услышал, что Светозар вернулся, потеряв седока, я рад был возвращению коня, но еще больше рад избавлению от тебя; и не печалился я, когда Эомер привез весть о том, что ты наконец обрел вечный покой. Увы, дальнее эхо обычно обманчиво: ты не замедлил явиться вновь! А за тобою, как всегда, беды страшнее прежних. И ты, Гэндальф Зловещий Ворон, ждешь от меня милостивых речей? Не дождешься?

И он опустился на свой золоченый трон.

— Справедливы слова твои, государь,— сказал бледный человечек на ступеньках.— И пяти дней не прошло, как принесли нам скорбную весть о гибели сына твоего Теодреда в западных пределах: ты лишился правой руки, Второго Сенешаля Мустангрима. На Эомера надежда плоха: ему только дай волю, и он оставит дворец твой безо всякой охраны. А из Гондора между тем извещают, что Черный Властелин грозит нашествием. В лихую годину пожаловал вновь этот бродячий козподей! Взаправду, о Зловещий Ворон, неужели радоваться нам твоему прилету? *Латспелл* нареку я тебя, Горевестник — а по вестям и гонца встречают.

Он издал сухой смешок, приподняв набрякшие веки и злобно оглядывая пришельцев.

— Ты слывешь мудрецом, приятель Гнилоуст, и на диво надежной опорой служишь ты своему господину,— спокойно заметил Гэндальф.— Знай же, что не одни козподеи являются в горестный час. Бывает, что рука об руку с худыми вестями спешит подмога, прежде ненадобная.

— Бывает,— ехидно согласился Гнилоуст,— но бывают еще и такие костоглоды, охочие до чужих бед, стервятники-трупоеды. Бывала ли от тебя когда-нибудь подмога, Зловещий Ворон? И с какой подмогой спешил ты сейчас? Прошлый раз ты, помнится, сам явился за подмогой. Конунг оказал тебе милость, дозволил выбрать коня, и, всем на изумленье, ты дерзостно выбрал Светозара. Государь мой был опечален; но иным даже эта великая цена не показалась чересчур дорогой, лишь бы ты поскорее убрался восвояси. И нынче ты опять наверняка явился не с подмогой, а за подмогой. Ты что, привел дружину? Конников, меченосцев, копейщиков? Вот это была бы подмога, надобная нам теперь. А ты — кого ты привел? Троих грязных голодранцев, а самому только нищенской сумы недостает!

— Неучтиво стали встречать странников во дворце твоем, о Теоден, сын Тенгела,— покачал головой Гэндальф.— Разве привратник не поведал тебе имен моих спутников? Таких почетных гостей в этом чертоге еще не бывало, и у дверей твоих они сложили оружие, достойное величайших витязей. Серое облачение подарили им эльфы Кветлориэна: оно уберегло их от многих опасностей на трудном пути в твою столицу.

— Так, стало быть, верно сказал Эомер, что вас привечала колдунья Золотого Леса? — процедил Гнилоуст.—

Оно и немудрено: от века плетутся в Двиморнеде коварные тенета.

Гимли шагнул вперед, но рука Гэндальфа легла ему на плечо, и он замер.

> О Двиморнед, Кветлориэн,
> Где смертных дней не властен тлен!
> Укрыт вдали от смертных глаз,
> Тот край сияет, как алмаз.
> «Галадриэль! Галадриэль!» —
> Поет немолчная свирель,
> И подпевает ей вода,
> И блещет белая звезда.
> Кветлориэн, о Двиморнед,
> Прозрачный мир, где тлена нет!

Так пропел Гэндальф, и вмиг его облик волшебно изменился. Он сбросил хламиду, выпрямился, сжимая посох в руке, и произнес сурово и звучно:

— Мудрые не кичатся невежеством, о Грима, сын Галмода. Но без остатка сгнило твое нутро. Замкни же смрадные уста! Я не затем вышел из огненного горнила смерти, чтобы препираться с презренным холуем!

Он воздел посох, и грянул гром. Солнечные окна задернуло черным пологом, чертог объяла густая тьма. Огонь исчез в груде тускнеющих угольев. Виден был один лишь Гэндальф: высокая белая фигура у мрачного очага.

В темноте послышалось яростное шипенье Гнилоуста:

— Я же говорил, государь, надо было отнять у него посох! Болван и предатель Гайма погубил нас!

Проблистала ветвистая молния; казалось, свод раскололся. Потом все смолкло. Гнилоуст простерся ничком.

— Выслушай же меня, Теоден, сын Тенгела! — молвил Гэндальф.— Ты искал помощи в годину бедствий? — Он указал посохом на высокое окно: в разрыве туч открылась глубокая небесная лазурь.— Еще не всевластен мрак в Средиземье. Мужайся, повелитель Мустангрима! — вот тебе самая верная подмога. Отчаянье к советам глухо; отринь его, и я готов быть твоим советчиком, но лишь с глазу на глаз. А прежде выйди на свое крыльцо, погляди вокруг. Засиделся ты взаперти, внимая кривдам и кривотолкам.

Еще медленней прежнего поднялся с трона Теоден. В чертоге стало светлее. Девушка поддерживала дряхлого конунга; старец неверными шагами сошел по ступеням помоста и, волоча ноги, поплелся через огромную палату.

Гнилоуст остался лежать, где лежал. Наконец они подошли к дверям, и Гэндальф гулко ударил в них посохом.

— Отворите! — крикнул он.— Отворите повелителю Мустангрима!

Двери распахнулись, и свежий воздух с шумом хлынул в чертог. Горный ветер засвистал в ушах.

— Отошли телохранителей к подножию лестницы,— сказал Гэндальф.— И ты оставь его, дева, на мое попечение.

— Иди, Эовин, сестрина дочь! — повелел конунг.— Время страхов миновало.

Девушка отправилась назад, но в дверях обернулась. Суров и задумчив был ее взор; на конунга она глянула с безнадежной грустью. Лицо ее сияло красотой; золотистая коса спускалась до пояса; стройнее березки была она, в белом платье с серебряной опояской; нежнее лилии и тверже стального клинка: кровь конунгов текла в ее жилах.

Так Арагорну впервые предстала при свете дня Эовин, ристанийская принцесса, во всей ее холодной, еще не женственной прелести, ясная и строгая, как вешнее утро в морозной дымке. А она поглядела на высокого странника в серых отрепьях и увидела властителя и воина, величавого и доблестного, умудренного долголетними многотрудными испытаниями. На миг она застыла, не сводя с него глаз, потом повернулась и исчезла.

— Государь,— сказал Гэндальф,— взгляни на свою страну! Вздохни полной грудью!

С крыльца на вершине высокой террасы, далеко за бурливой рекой виднелась зеленая степная ширь в туманном окоеме. Ее застилали косые дождевые полотна. Грозовые тучи еще клубились над головой и омрачали западный край небосвода: там, среди невидимых вершин, вспыхивали дальние молнии. Но все упорнее задувал северный ветер, и гроза, налетевшая с востока, отступала на юг, к морю. Внезапно тучи вспорол яркий солнечный луч, и засеребрились ливни, а река словно остекленела.

— Не так уж темно на белом свете,— молвил Теоден.

— Темно, да не совсем,— подтвердил Гэндальф.— И годы твои не так уж гнетут тебя, как тебе нашептали. Отбрось клюку!

Черный жезл конунга со стуком откатился. А конунг выпрямился устало и медлительно, точно разгибаясь из-под ярма. И стоял, стройный и высокий, а глаза его просияли небесной голубизной.

— Смутные, черные сны одолевали меня,— сказал он,— но я, кажется, пробудился. Да, Гэндальф, пожалуй, надо было тебе явиться пораньше. Боюсь, ты запоздал и подоспел лишь затем, чтоб увидеть крушение Мустангрима, мои последние дни в высоком чертоге, который построил некогда Брего, сын Эорла. Пепелище останется на месте древней столицы. И все же как быть, по-твоему?

— Сперва,— отвечал Гэндальф,— вели послать за Эомером. Ты ведь заточил его в темницу по совету Гримы, которого все, кроме тебя, называют Гнилоустом?

— Да, это так,— подтвердил Теоден.— Он ослушался меня и вдобавок угрожал Гриме смертью у подножия моего трона.

— Твой верноподданный вправе ненавидеть Гнилоуста и презирать его советы,— возразил Гэндальф.

— Может быть, может быть. Пусть свершится по просьбе твоей. Кликни Гайму. Телохранитель он ненадежный, посмотрим, каков на посылках. Обе провинности рассудим заодно,— сказал Теоден, и голос его был суров, но он встретил взгляд Гэндальфа улыбкой, и многие морщины на челе его изгладились бесследно.

Гайму призвали и отправили с порученьем в темницу, а Гэндальф указал Теодену на каменную скамью и сел у ног его на верхней ступени лестницы. Арагорн, Леголас и Гимли стояли неподалеку.

— Нет времени на долгие рассказы,— сказал Гэндальф.— А между тем многое не мешало бы тебе знать. Впрочем, должно быть, вскоре выпадет нам с тобой случай потолковать как следует. А пока открою тебе, что бедствия подлинные не в пример грознее тех, которыми пугал тебя Гнилоуст. Однако же явь — не морок, а ты теперь ожил въяве. Не только Гондор и Мустангрим противостоят Всеобщему Врагу. Полчища его несметны, но нас осеняет надежда, неведомая ему.

Быстрой стала речь Гэндальфа, тихий его голос был слышен одному конунгу, и глаза Теодена разгорались все ярче. Наконец он встал со скамьи и выпрямился во весь рост. Гэндальф стоял рядом, и оба глядели на восток с горной высоты.

— Поистине так,— произнес Гэндальф громко, звонко и раздельно.— Спасение наше там, откуда грозит нам гибель. Судьба наша висит на волоске. Однако надежда есть; лишь бы удалось до поры до времени выстоять.

Трое спутников Гэндальфа тоже обратили взоры к востоку. Неоглядная даль тонула во мгле; но они уносились мыслью за горные преграды, в край, окованный холодным мраком. Где-то там Хранитель Кольца? Тонок же тот волосок, на котором повисла общая судьба! Зоркому Леголасу почудилась точно бы светлая вспышка: должно быть, солнце блеснуло на шпиле гондорской Сторожевой Башни; и в запредельном сумраке зажегся ответный, крохотный и зловещий багровый огонек.

Теоден опустился на скамью: старческая немощь снова обессилила его вопреки воле Гэндальфа. Он обернулся и поглядел на свой дворец.

— Увы! — сказал он.— Увы мне, под старость мою нагрянули скорбные дни, а я-то надеялся окончить жизнь в мире, заслуженном и благодатном. Доблестный Боромир убит! Увы, молодые гибнут смертью храбрых, а мы, старики, догниваем, кое-как доживаем свой век.

— Длань твоя вспомнит былую мощь, если возьмется за рукоять меча,— сказал Гэндальф.

Теоден встал, рука его попусту обшаривала бедро: не было меча у него на поясе.

— Куда его спрятал Грима? — пробормотал он.

— Возьми, государь! — раздался чей-то звонкий голос.— Лишь в твою честь обнажался этот клинок, ты — его хозяин.

Два воина приблизились незаметно и остановились за несколько ступеней. Один из них был Эомер, без шлема и панциря; он держал за острие обнаженный меч и протягивал его конунгу.

— Это что еще такое? — сурово спросил Теоден. Он повернулся к Эомеру, статный и величавый: куда подевался скрюченный гном на троне, немощный старец с клюкой?

— Моя вина, государь,— с трепетом признался Гайма.— По моему разумению, ты простил и освободил Эомера, и я так возрадовался, что не взыщи за ошибку. Освобожденный Сенешаль Мустангрима потребовал меч, и я ему не отказал.

— Лишь затем, чтобы положить его к твоим ногам, государь,— сказал Эомер.

Теоден молча глядел на преклонившего колени Эомера. Все стояли неподвижно.

— Меч-то, может, возьмешь? — посоветовал Гэндальф.

Теоден потянулся за мечом, взялся за рукоять — и рука его на глазах обрела богатырскую силу и сноровку. Меч со свистом описал в воздухе сверкающий круг. Конунг издал клич на родном языке, призыв к оружию, гордый и зычный:

Конники Теодена, конунг зовет на брань!
На кровавую сечу, в непроглядную тьму.
Снаряжайте коней, и пусть затрубят рога!
Эорлинги, вперед!

Взбежав по лестнице, телохранители с изумленьем и восторгом поглядели на своего государя — и сложили мечи у его ног.

— Повелевай! — в один голос молвили они.

— *Весту Теоден хол*! — воскликнул Эомер.— Великая радость выпала нам — узреть возрожденное величье. Уж не скажут более про тебя, Гэндальф, будто приносишь ты одни горести!

— Возьми свой меч, Эомер сестрин сын! — сказал конунг.— Гайма, пойди за моим мечом: он хранится у Гримы. И Гриму приведи. Ты сказал, Гэндальф, что готов быть моим советчиком, но советов твоих я пока не слышал.

— Ты их уже принял,— отозвался Гэндальф.— Доверься Эомеру вопреки подлым наветам. Отбрось страхи и сожаленья. Ничего не откладывай. Всех годных к ратному делу немедля конным строем на запад, как и советовал тебе Эомер: надо, пока не поздно, расправиться с Саруманом. Не сумеем — все пропало. Сумеем — там будет видно. Женщины, дети и старики пусть перебираются из Эдораса в горные убежища — на этот случай они и уготованы. И как можно скорей: побольше припасов, поменьше скарба; лишь бы сами успели спастись.

— Да ты советчик хоть куда,— сказал Теоден.— Снаряжаться и собираться! Но хороши мы хозяева! Верно сказал ты, Гэндальф, неучтиво стали встречать у нас странников. Вы скакали ночь напролет, вот уж и полдень; вам надо поесть и выспаться. Сейчас приготовят покои: отоспитесь после трапезы.

— Нет, государь,— сказал Арагорн.— Не будет нынче отдыха усталым. Сегодня же выступят в поход копейщики Мустангрима, и мы с ними — секира, меч и лук. Не до́лжно оружию нашему залеживаться у твоих дверей. Я обещал Эомеру, что клинки наши заблещут вместе.

— И победа будет за нами! — воскликнул Эомер.

— Посмотрим, посмотрим,— сказал Гэндальф.— Изенгард — страшный противник, но во сто крат гибельнее грядущие напасти. Мы отправимся им навстречу, а ты,

Теоден, поскорее уводи оставшихся всех до единого в Дунхергскую теснину.

— Нет, Гэндальф! — возразил конунг.— Ты сам еще не знаешь, каков ты лекарь. Я поведу ристанийское ополчение и разделю общую участь на поле брани. Иначе не будет мне покоя.

— Что ж, тогда и поражение Мустангрима воспоют как победу,— сказал Арагорн, и рядом стоявшие воины, бряцая оружием, возгласили:

— Да здравствует вождь Теоден! Вперед, эорлинги!

— Однако и здесь нельзя оставить безоружный люд без предводителя,— сказал Гэндальф.— Кого ты назначишь своим наместником?

— Решение за мной, и я повременю,— отвечал Теоден.— А вот, кстати, и мой тайный советник.

Гайма показался в дверях чертога. За ним, между двух стражей, втянув голову в плечи, следовал Грима Гнилоуст. Лицо его было мучнистое, непривычные к солнцу глаза часто моргали. Гайма преклонил колени и вручил Теодену длинный меч в златокованых ножнах, усыпанных смарагдами.

— Вот, государь, твой старинный клинок Геругрим,— сказал он.— Нашелся у него в сундуке, который он никак не хотел отпирать. Там припрятано много пропавших вещей.

— Ты лжешь,— прошипел Гнилоуст.— А меч свой государь сам отдал мне на хранение.

— И теперь надлежит возвратить его владельцу,— сказал Теоден.— Тебе это не по нутру?

— На все твоя воля, государь,— ответствовал тот.— Я лишь смиренно пекусь о тебе и твоем достоянии. Но побереги свои силы, повелитель, они ведь уж не те, что прежде. Препоручи другим назойливых гостей. Трапеза твоя готова. Не пожалуешь ли к столу?

— Пожалую,— сказал Теоден.— И позаботься о трапезе для моих гостей, мы сядем за стол вместе. Ополчение выступает сегодня. Разошли глашатаев по столице и ближним весям. Мужам и юношам — всем, кому по силам оружие и у кого есть кони,— построиться у ворот во втором часу пополудни!

— Ох, государь! — воскликнул Гнилоуст.— Этого-то я и страшился: чародей околдовал тебя. И ты оставишь без

120

охраны золотой чертог своих предков и свою казну? Без охраны останется повелитель нашего края?

— Околдовал, говоришь? — переспросил Теоден.— По мне, такие чары лучше твоих пошептов. Твоими заботами мне бы давно уж впору ползать на четвереньках. Нет, в Эдорасе не останется никого; даже тайный советник Грима сядет на коня. Ступай! У тебя еще есть время считать с меча ржавчину.

— Смилостивись, государь! — завопил Гнилоуст, извиваясь у ног конунга.— Сжалься над стариком, одряхлевшим в неусыпных заботах о тебе! Не отсылай меня прочь! Я и в одиночку сумею охранить твою царственную особу. Не отсылай своего верного Гриму!

— Сжалюсь,— сказал Теоден.— Сжалюсь и не отошлю. Я поведу войско; сражаясь рядом со мной, ты сможешь доказать свою верность.

Гнилоуст обвел враждебные лица взглядом затравленного зверя, судорожно изыскивающего спасительную уловку. Он облизнул губы длинным бледно-розовым языком.

— Подобная решимость к лицу конунгу из рода Эорла, как бы он ни был стар,— сказал он.— Конечно, преданный слуга умолил бы его пощадить свои преклонные лета. Но я вижу, что запоздал и государь мой внял речам тех, кто не станет оплакивать его преждевременную кончину. Тут уж я ничем не могу помочь; но выслушай мой последний совет, о государь! Оставь наместником того, кто ведает твои сокровенные мысли и свято чтит твои веления! Поручи преданному и многоопытному советнику Гриме блюсти Эдорас до твоего возвращения — увы, столь несбыточного.

Эомер расхохотался.

— А если в этом тебе будет отказано, о заботливый Гнилоуст, ты, может, согласишься и на меньшее, лишь бы не ехать на войну? Согласишься тащить в горы куль муки — хотя кто его тебе доверит?

— Нет, Эомер, не понимаешь ты умысла почтенного советника,— возразил Гэндальф, обратив на Гнилоуста пронзительный взгляд.— Он ведет хитрую, рискованную игру — и близок к выигрышу даже и сейчас. А сколько он уже отыграл у меня драгоценного времени! Лежать, гадина! — крикнул он устрашающим голосом.— Лежи, ползай на брюхе! Давно ты продался Саруману? И что тебе было обещано? Когда все воины полягут в бою, ты получишь свое — долю сокровищ и вожделенную женщину? Ты уж не первый год исподтишка, похотливо и неотступно следишь за нею.

Эомер схватился за меч.

— Это я знал и раньше,— проговорил он.— И за одно это я готов был зарубить его в чертоге, на глазах у конунга, преступив древний закон. Так, стало быть, он еще и изменник? — И он шагнул вперед, но Гэндальф удержал его.

— Эовин теперь в безопасности,— сказал он.— А ты, Гнилоуст,— что ж, для своего подлинного хозяина ты сделал все, что мог, и он у тебя в долгу. Но Саруман забывчив и долги платить неохоч: поезжай-ка скорей к нему, напомни о своих заслугах, а то останешься ни при чем.

— Ты лжешь,— прогнусил Гнилоуст.

— Недаром это слово не сходит у тебя с языка,— сказал Гэндальф.— Нет, я не лгу. Смотри, Теоден, вот змея подколодная! Опасно держать его при себе, и здесь тоже не оставишь. Казнить бы его — и дело с концом, но ведь много лет он служил тебе верой и правдой, служил, как умел. Дай ему коня и отпусти на все четыре стороны. Выбор его будет ему приговором.

— Слышишь, Гнилоуст? — сказал Теоден.— Выбирай: либо рядом со мною, в битве, докажешь свою преданность мечом, либо отправляйся, куда знаешь. Только, если мы снова встретимся, милосердия не жди.

Гнилоуст медленно встал, повел глазами исподлобья, взглянул на Теодена и открыл было рот, но вдруг разогнулся и выпрямился. Скрюченные пальцы его дрожали; взор зажегся такой нещадной злобой, что перед ним расступились, а он ощерился, с присвистом сплюнул под ноги конунгу, отскочил и кинулся вниз по лестнице.

— За ним! — распорядился Теоден.— Приглядите, чтоб он чего не учинил, но его не трогать и не задерживать. Если ему нужен конь, дайте ему коня.

— Еще не всякий конь согласится на такого седока,— сказал Эомер.

Один из телохранителей побежал вниз. Другой принес в шлеме родниковой воды и омыл камни, оскверненные плевком Гнилоуста.

— Теперь воистину добро пожаловать! — сказал Теоден.— Пойдемте побеседуем за нашей недолгой трапезой.

Они вернулись во дворец. Снизу, из города, слышались крики глашатаев и пенье боевых рогов: объявляли приказ конунга и уже трубили сбор.

За столом у Теодена сидели Эомер и четверо гостей. Конунгу прислуживала Эовин. Ели и пили быстро и молча; лишь хозяин распрашивал Гэндальфа про Сарумана.

— С каких пор он стал предателем, этого мне знать не дано,— сказал Гэндальф.— Зло овладевало им постепенно; некогда он, я уверен, был вашим искренним другом, и, даже кгда черные замыслы его созрели и сердце ожесточилось, Мустангрим поначалу ему не мешал, а мог быть и полезен. Но это было давно, и давно уже он задумал вас погубить, собираясь для этого с силами и скрывая козни под личиной добрососедства. В те годы Гнилоуст просто-напросто сразу оповещал Изенгард обо всех твоих делах и намерениях. Это было ему нетрудно: чужаки-соглядатаи сновали туда-сюда, но Ристания — край открытый, и никто их не замечал. А он вдобавок советовал да наушничал, отравляя твои мысли, оледеняя сердце, расслабляя волю; подданные твои это видели, но ничего не могли поделать, ибо ты стал его безвольным подголоском.

Но когда я спасся из Ортханка и предостерег тебя, когда личина была сорвана — тут уж тайное сделалось явным, и Гнилоуст принялся опасно хитрить. Он выдумывал препоны, отводил удары, распылял войска. А изворотлив он был на диво: то стыдил за оглядку, то стращал колдовством. Помнишь, как по его наущению все войска впустую услали на север, когда они нужны были на западе? Твоими устами он запретил Эомеру погоню за сворой орков, и если бы Эомер не ослушался твоего, а вернее, Гнилоустова злокозненного запрета, то орки сейчас доставили бы в Изенгард бесценную добычу. Не ту, о которой пуще всего мечтает Саруман, нет,— но двоих из нашего Отряда, сопричастных тайной надежде: о ней я даже с тобой, государь, пока не смею говорить открыто. Подумай только, что бы им довелось претерпеть и что Саруман проведал бы на пагубу нам?

— Я многим обязан Эомеру,— сказал Теоден.— Говорят: словом дерзок, да сердцем предан.

— Скажи лучше: кривой суд всегда правое скривит,— посоветовал Гэндальф.

— Да, судил я вкривь,— подтвердил Теоден.— А тебе обязан прозрением. Ты опять явился вовремя. Позволь одарить тебя по твоему выбору: что ни захочешь — все твое. Лишь меч мой оставь мне!

— Вовремя явился я или нет, это мы увидим,— сказал Гэндальф.— А дар от тебя охотно приму, и выбор мой уже сделан. Подари мне Светозара! Ведь ты его лишь одолжил — таков был уговор. Но теперь я помчусь на нем навстречу неизведанным ужасам: один серебряный конь против девяти вороных. Чужим конем рисковать не след; правда, мы с ним уже сроднились.

— Достойный выбор,— сказал Теоден,— и нынче я с радостью отдаю тебе лучшего коня из моих табунов, ибо нет среди них подобных Светозару и, боюсь, не будет. В нем одном нежданно возродилась могучая порода древности. А вы, гости мои, подыщите себе дары у меня в оружейной. Мечи вам не надобны, но там есть шлемы и кольчуги отменной работы мастеров Гондора. Подберите, что придется по душе, и да послужат они вам в бою!

Из оружейной нанесли груды доспехов, и вскоре Арагорн с Леголасом облачились в сверкающие панцири, выбрали себе шлемы и круглые щиты с золотой насечкой, изукрашенные по навершью смарагдами, рубинами и жемчугом. Гэндальфу доспех был не нужен, а Гимли не требовалась кольчуга, если бы даже и нашлась подходящая, ибо среди сокровищ Эдораса не было панциря прочнее, чем его собственный, выкованный гномами Подгорного Царства. Но он взял себе стальную шапку с кожаным подбоем — на его круглой голове она сидела как влитая; взял и маленький щит с белым скакуном на зеленом поле, гербом Дома Эорла.

— Да сохранит он тебя от стрел, мечей и копий! — сказал Теоден.— Его изготовили для меня еще во дни Тенгела, когда я был мальчиком.

Гимли поклонился.

— Я не посрамлю твоего герба, Повелитель Ристании,— сказал он.— Да мне и сподручней носить щит с лошадью, чем носиться на лошади. Свои ноги — они как-то надежнее. Вот отвезут меня куда надо, опустят на твердую землю — а там уж я себя покажу.

— Увидим,— сказал Теоден.

Конунг встал, и Эовин поднесла ему кубок вина.

— *Фэрту Теоден хал!* — промолвила она.— Прими этот кубок и почни его в нынешний добрый час. Да окрылит тебя удача, возвращайся с победой!

Теоден отпил из кубка, и она обнесла им гостей. Перед Арагорном она помедлила, устремив на него лучистые очи. Он с улыбкой взглянул на ее прекрасное лицо и, принимая кубок, невзначай коснулся затрепетавшей руки.

— Привет тебе, Арагорн, сын Араторна! — сказала она.

— Привет и тебе, Дева Ристании,— отвечал он, помрачнев и больше не улыбаясь.

Когда круговой кубок был допит, конунг вышел из дверей чертога. Там его поджидала дворцовая стража, стояли глашатаи с трубами и собрался знатный люд из Эдораса и окрестных селений.

— Я отправляюсь в поход, может статься, последний на своем веку,— сказал Теоден.— Мой сын Теодред погиб, и нет прямых наследников трона. Наследует мне сестрин сын Эомер. Если и он не вернется, сами изберите себе государя. Однако же надо назначить правителя Эдораса на время войны. Кто из вас останется моим наместником?

Ни один не отозвался.

— Что ж, никого не назовете? Кому доверяет мой народ?

— Дому Эорла,— ответствовал за всех Гайма.

— Но Эомера я оставить не могу, да он и не останется,— сказал конунг.— А он — последний в нашем роду.

— Я не называл Эомера,— возразил Гайма.— И он в роду не последний. У него есть сестра — Эовин, дочь Эомунда. Она чиста сердцем и не ведает страха. Любезная Эорлингам, пусть примет она бразды правления; она их удержит.

— Да будет так,— скрепил Тоден.— Глашатаи, оповестите народ о моей наместнице!

И конунг опустился на скамью у дверей и вручил коленопреклонной Эовин меч и драгоценный доспех.

— Прощай, сестрина дочь! — молвил он.— В трудный час расстаемся мы, но, может, еще и свидимся в золотом чертоге. Если же нет, если нас разобьют, уцелевшие ратники стекутся в теснину Дунхерга: там вы еще долго продержитесь.

— Напрасны эти слова,— сказала она.— Но до вашего возвращенья мне день покажется с год.

И, говоря так, взглянула на Арагорна, стоявшего рядом.

— Конунг вернется,— сказал тот.— Не тревожься! Не на западе — на востоке ждет нас роковая битва!

Теоден и Гэндальф возглавляли молчаливое шествие, растянувшееся по длинной извилистой лестнице. Возле крепостных ворот Арагорн обернулся. С возвышенного крыльца, от дверей золотого чертога смотрела им вслед Эовин, опершись на меч обеими руками. Ее шлем и броня блистали в солнечных лучах.

Гимли шел рядом с Леголасом, держа секиру на плече.

— Ну, наконец-то раскачались! — сказал он.— Ох и

народ эти люди — за все про все у них разговор. А у меня уж руки чешутся, охота секирой помахать. Хотя ристанийцы-то небось тоже рубаки отчаянные. А все ж таки не по мне такая война: поле боя невесть где, как хочешь, так и добирайся. Ладно бы пешком, а то трясись, мешок мешком, на луке у Гэндальфа.

— Завидное местечко,— сказал Леголас.— Да ты не волнуйся, Гэндальф тебя, чуть что, живенько на землю спустит, а Светозар ему за это спасибо скажет. Верхом-то секирой не помашешь.

— А гномы верхом и не воюют. С лошади удобно разве что людям затылки брить, а не оркам рубить головы,— сказал Гимли, поглаживая топорище.

У ворот выстроилось ополчение: и стар, и млад — все уже в седлах и в полном доспехе. Собралось больше тысячи; колыхался лес копий. Теодена встретили громким, радостным кличем и подвели его коня, именем Белогрив. Наготове стояли кони Арагорна и Леголаса. Покинутый Гимли только было насупился, как к нему подошел Эомер с конем в поводу.

— Привет тебе, Гимли, сын Глоина! — сказал он.— Вот видишь, все недосуг поучиться у тебя учтивости. Но, может, мы пока не будем квитаться? Обещаю, что более ни словом не задену Владычицу Золотого Леса.

— Я готов отложить наш расчет, Эомер, сын Эому́нда,— важно отозвался Гимли.— Но если тебе выпадет случай воочию увидеть царицу Галадриэль, ты либо признаешь ее прекраснейшей на свете, либо выйдешь со мной на поединок.

— Да будет так! — сказал Эомер.— До тех пор, однако, прости мои необдуманные слова и в знак прощения изъяви, если можно, согласие быть моим спутником. Гэндальф поедет впереди, вместе с конунгом; а мой конь Огненог, с твоего позволения, охотно свезет нас двоих.

— Согласен и благодарен,— ответил польщенный вежливой речью Гимли.— Только пусть мой друг Леголас едет рядом с нами.

— Решено! — сказал Эомер.— Слева поедет Леголас, справа — Арагорн; кто устоит против нас четверых?

— А где Светозар? — спросил Гэндальф.

— Пасется у реки,— сказали ему.— И никого к себе близко не подпускает. Вон он, там, близ переправы, легкой тенью мелькает в ивняке.

Гэндальф свистнул и громко кликнул коня; Светозар переливисто заржал в ответ и примчался в мгновение ока.

— Западный ветер во плоти, да и только,— сказал Эомер, любуясь статью и норовом благородного скакуна.

— Как тут не подарить,— заметил Теоден.— Впрочем,— повысил он голос,— слушайте все! Да будет ведомый всем вам Гэндальф Серая Хламида, муж совета и брани, отныне и присно желанным гостем нашим, сановником Ристании и предводителем Эорлингов; и да будет слово мое нерушимо, пока не померкнет слава Эорла! Дарю ему — слышите? — Светозара, коня из коней Мустангрима!

— Спасибо тебе, конунг Теоден,— молвил Гэндальф. Он скинул свой ветхий плащ и отбросил широкополую шляпу. На нем не было ни шлема, ни брони; снежным блеском сверкнули его седины и засияло белое облачение.

— С нами наш Белый Всадник! — воскликнул Арагорн, и войско подхватило клич.

— С нами конунг и Белый Всадник! — пронеслось по рядам.— Эорлинги, вперед!

Протяжно запели трубы. Кони вздыбились и заржали. Копья грянули о щиты. Конунг воздел руку, и точно могучий порыв ветра взметнул последнюю рать Ристании: громоносная туча помчалась на запад.

Эовин провожала взглядом дальние отблески тысячи копий на зеленой равнине, одиноко стоя у дверей опустевшего чертога.

Глава VII

ХЕЛЬМОВО УЩЕЛЬЕ

Когда отъезжали от Эдораса, солнце уже клонилось к западу, светило в глаза, и простертую справа ристанийскую равнину застилала золотистая дымка. Наезженная угорная дорога вилась то верхом, то низом, разметав густые сочные травы, истоптанными бродами пересекая быстрые мутные речонки. В дальнем далеке, на северозападе, возникали Мглистые горы, все темнее и выше, обрисованные зарей. Вечерело.

А войско мчалось во весь опор, почти что без остановок: боялись промедлить, надеялись не опоздать и торопили коней. Резвей и выносливей их не бывало в Средиземье, однако же и путь перед ними лежал неблизкий: добрых сорок лиг по прямой, а дорогою — миль сто сорок от Эдораса до Изенгардской переправы, где рати Ристании отражали Сарумановы полчища.

Надвинулась ночь, и войско наконец остановилось; пять с лишним часов проскакали они, но не одолели еще и половины пути. Расположились на ночлег широким кругом, при свете звезд и тусклого месяца. На всякий случай костров не жгли; выставили круговое охранение и выслали дозорных, серыми тенями мелькавших по ложбинам. Ночь тянулась медленно и бестревожно. Наутро запели рога, и дружина в одночасье снова тронулась в путь.

Мутновато-безоблачное небо стояло над ними, и наваливалась не по-вешнему тяжкая духота. В туманной поволоке вставало солнце, а за ним омрачала тусклые небеса черная, хищная, грозовая темень. И ей навстречу, с северо-запада, расползалась у подножия Мглистых гор подлая темнота из Колдовской логовины.

Гэндальф придержал коня и поравнялся с Леголасом, ехавшим в строю возле Эомера.

— У тебя зоркие глаза, Леголас,— сказал он.— Вы, эльфы, за две лиги отличаете воробья от зяблика. Скажи ты мне, видишь ли что-нибудь там, на пути к Изенгарду?

— Далеко еще до Изенгарда,— отозвался Леголас, козырьком приложив ко лбу длиннопалую руку.— Темнотой окутан наш путь, и какие-то громадные тени колышутся во тьме у речных берегов, но что это за тени, сказать не могу. Сквозь темноту или туман я бы их разглядел, но некою властительной силой опущен непроницаемый занавес, и река теряется за ним. Точно лесной сумрак из-под бесчисленных деревьев ползет и ползет с гор.

— И вот-вот обрушится вдогон гроза из Мордора,— проговорил Гэндальф.— Страшная будет ночь.

Духота все сгущалась, под вечер их нагнали черные тучи, застлавши небеса, и уже впереди нависали лохматые клочья, облитые слепящим светом. Кроваво-красное солнце утопало в дымной мгле. Приблизилась северная оконечность Белых гор, солнце озарило слоистые кручи троеверхого Трайгирна, и закатным огнем полыхнули копья ристанийского воинства. Передовые увидели черную точку, потом темное пятно: всадник вырвался к ним навстречу из алых отблесков заката. Они остановились в ожидании.

Усталый воин в изрубленном шлеме, с иссеченным щитом медленно спешился, постоял, шатаясь, переводя дух, и наконец заговорил.

— Эомер с вами? — сипло спросил он.— Прискакали все-таки, хоть и поздно, только мало вас очень. Худо пошло наше дело после гибели Теодреда. Вчера мы отступили за Изен: многие приняли смерть на переправе. А ночью их полку прибыло, и со свежими силами они штурмовали наш берег. Вся изенгардская нечисть, все здесь, и числа им нет, а вдобавок Саруман вооружил диких горцев и заречных кочевников из Дунланда. Десять на одного. Опорную стену взяли приступом. Эркенбранд из Вестфольда собрал, кого мог, и затворился в крепости, в Хельмовом ущелье. Остальные разбежались кто куда. Эомер-то где? Скажите ему: все пропало. Пусть возвращается в Эдорас и ждет изенгардских волколаков, недолго придется ждать.

Теоден молча слушал, скрытый за телохранителями; тут он тронул коня и выехал вперед.

— Дай-ка поглядеть на тебя, Сэорл! — сказал он.— Я здесь, не в Эдорасе. Последняя рать эорлингов выступила в поход и без битвы назад не вернется.

Радостным изумлением просияло лицо воина. Он выпрямился — и горделиво преклонил колено, протягивая конунгу зазубренный меч.

— Повелевай, государь! — воскликнул он.— И прости меня! Я-то думал...

— Ты думал, я коснею в Медусельде, согбенный, как дерево под снежным бременем. Верно, когда ты поехал на брань, так оно и было. Но теперь не так: западный ветер стряхнул снег с ветвей. Дайте ему свежего коня! Скачем на выручку к Эркенбранду!

Тем временем Гэндальф проехал вперед; он глядел из-под руки на север, на Изенгард, и на отуманенный запад.

— Веди их, Теоден! — велел он, вернувшись галопом.— Скорей сворачивайте к Хельмову ущелью! На Изенских бродах вам делать уже нечего. А у меня другие, срочные дела — Светозар не подведет! — И крикнул еще Арагорну, Эомеру и телохранителям конунга: — Во что бы то ни стало сберегите государя! Ждите меня у Хельмовой Крепости! Прощайте!

Он склонился к уху Светозара, и точно стрела сорвалась с тетивы: мелькнул серебристый блик, порхнул ветерок, исчезла легкая тень. Белогрив заржал и вздыбился, готовый мчаться следом, но и самая быстрая птица не угналась бы за Светозаром.

— Это как же понимать? — спросил у Гаймы один из телохранителей.

— Так и понимать, что Гэндальф Серая Хламида кудато очень спешит,— ответствовал Гайма.— Нежданно-негаданно он, Гэндальф, появляется и пропадает.

— Был бы здесь Гнилоуст, он бы живенько это объяснил,— заметил тот.

— Объяснил бы,— согласился Гайма,— да только я уж лучше подожду Гэндальфа, авось все само объяснится.

— Жди-жди, может, и дождешься,— послышалось в ответ.

Войско круто свернуло на юг и помчалось ночной степью. Уже близок был горный кряж, но высокие вершины Трайгирна едва виднелись в темном небе. На юге Вестфольдского низкодолья пролегала, уходя в горы, обширная зеленая логовина, посреди которой струилась река, вытекавшая из Хельмова ущелья. Река звалась Ущелицей, а ущелье носило имя Хельма, в честь древнего конунга-ратоборца, державшего здесь долгую оборону. Узкое, глубокое, извилистое ущелье взрезало склон Трайгирна, уходя на север, и наконец утесистые громады почти смыкались над ним.

На северном отроге у горловины ущелья возвышалась старинная башня, обнесенная могучей стеной древней каменной кладки. По преданию, во времена могущества и славы Гондора крепость эту выстроили заморские короли руками титанов. Горнбург звалась она; и трубный глас с высоты башни стократ откликался позади в ущелье, будто несметное воинство дней былых, хоронившееся в пещерах, спешило на выручку.

Древние строители преградили ущелье от Горнбурга до южных утесов; под стеною был широкий водосток, откуда выбегала Ущелица, огибая скалистое подножие крепости, и ровной ложбиной по зеленому пологому склону стекала от Хельмовой Крепи к Хельмовой Гати, а оттуда — в Ущельный излог, к Вестфольдскому низкодолью. Ныне Горнбург стал оплотом Эркенбранда, правителя Вестфольда, воеводы западного пограничья. В предгрозье последних лет он, опытный и дальновидный военачальник, отстроил стены и обновил укрепления.

Войско еще мчалось низиной, приближаясь к устью излога, когда от передовых разъездов послышались крики и затрубили рога. Потом из темноты засвистали стрелы. Вскоре прискакал разведчик: по ущелью рыскали орки верхом на волколаках и большое полчище надвигалось с севера, от Изенгардской переправы, видимо, к ущелью.

— Много там наших поодиночке перебито,— продолжал разведчик.— Отрядами кое-как отбиваются — но мечутся без толку, собирать их некому. Что с Эркенбрандом, никто вроде бы не знает. До Хельмовой Крепи он едва ли доберется, а может, уже и убит.

— Гэндальфа там не видели? — спросил Теоден.

— Видели, государь. То там, то сям проносился белый старик на серебряном коне: думали, это Саруман. Говорят, он впотьмах ускакал к Изенгарду. Еще говорят, будто видели Гнилоуста, правда, пораньше, этот скакал на север со сворой орков.

— Не завидую Гнилоусту, если он подвернется Гэндальфу,— сказал Теоден.— Зато я дурак дураком: сбежали оба советника, и прежний, и новый. Гэндальф, правда, посоветовал кое-что на прощанье, хоть это и без него ясно: надо пробиваться к Хельмовой Крепи, что бы там ни было с Эркенбрандом. Полчище, говоришь, валит, а каково полчище, не разузнал?

— Огромное полчище,— сказал разведчик.— У страха, конечно, глаза велики, но я говорил с опытными и хладнокровными воинами, и по их словам, даже головной отряд орков во много раз больше всей нашей рати.

— Тогда поторопимся,— сказал Эомер.— Ту сволочь, которая встанет между нами и крепостью, перебьем с первого до последнего. А пещеры за Хельмовой Крепью забыли? Там, может статься, уже собралась не одна сотня воинов, и оттуда есть тайные ходы в горы.

— На тайные ходы надежда плоха,— сурово осек его конунг.— Саруман их небось давным-давно разведал. Однако ж оборонять Крепь можно долго. Вперед!

Арагорн и Леголас, по-прежнему рядом с Эомером, стали теперь передовыми. Понемногу с галопа перешли на шаг, темень сгущалась, а дорога вела все выше, прячась в сумрачных теснинах. Путь был свободен, своры орков мигом рассеивались, избегая малейшей стычки.

— Ох, боюсь, что о прибытии конунга с ополчением уже доложено Саруману или Саруманову главарю, да и точный счет нашим воинам известен,— угрюмо заметил Эомер.

А ратный грохот нарастал и нагонял их. Темнота полнилась многотысячегласым сиплым песенным ревом. Посреди излога, уже на высоте, обернувшись, они увидели бесчисленные факелы, красновато-огнистый ковер, расстилавшийся у горных подножий, и прерывистые огненные струи, всползавшие по склонам. Там и сям вспыхивали мрачные зарева.

— Большое войско идет за нами по пятам,— сказал Арагорн.

— Они несут огонь,— глухо отозвался Теоден,— и поджигают все на своем пути — дома, рощи и стога. Богатый край, благословенная долина, селенье за селеньем. Горе мне и моему народу!

— При дневном-то свете повернули бы мы коней и обрушились на поджигателей с высоты,— сказал Арагорн.— Не по мне это — бежать от них.

— Бежать осталось недолго,— заверил Эомер.— Вот-вот подъедем к Хельмовой Гати: там глубокий ров, надежный вал и до Крепи еще добрая миля. Развернемся и дадим бой.

— Нет, на оборону Гати у нас сил недостанет,— возразил Теоден.— Где нам: она длиннее мили и въезд очень широкий.

— Въезд все равно придется оборонять, значит, нужна тыловая застава,— сказал Эомер.

Ни звездочки не было в безлунном небе, когда передовые конники достигли въезда над рекой по широкой дороге, спускавшейся берегом от Горнбурга к Гати. Из-за черного провала, со смутной высоты стены их окликнул часовой.

— Властитель Ристании ведет ополчение к Хельмовой Крепи,— отозвался Эомер.— Говорю я, Эомер, сын Эомунда.

— Мы такого и не чаяли,— молвил часовой.— Скорей заезжайте! Того и гляди, нагрянут орки.

Вскоре войско выстроилось за Гатью у реки, на пологом склоне. Взбодрившись, передавали из уст в уста, что Эркенбранд оставил в крепости изрядную дружину и ее немало пополнили беженцы.

— Пожалуй, наберется и с тысячу пеших ратников,—

сказал старый Гамлинг, поставленный начальником низовой охраны.— Многие, правда, в чересчур уж почтенных летах, вроде меня, а у других, как у моего внука, молоко на губах не обсохло. Что слышно про Эркенбранда? Вчера говорили, будто он идет сюда с остатками отборной дружины Вестфольда. А нынче о нем ни слуху ни духу.

— Боюсь, что недаром,— сказал Эомер.— Дозорные наши вернулись ни с чем, а где ему быть? Всю долину заполнили враги.

— Худо наше дело, если он погиб,— молвил Теоден.— Могучий витязь — поистине в нем ожила доблесть Хельма Громобоя. Но ждать его здесь мы не можем: надо стянуть все силы к Горнбургу. Как у вас там с припасами? Мы-то налегке: на битву ехали, а не садиться в осаду.

— Три четверти вестфольдцев укрылись в здешних пещерах — стар и млад, женщины и дети,— сказал Гамлинг.— Но припасов все равно хватит надолго: туда согнали весь скот, да и кормов заготовлено в достатке.

— Это хорошо,— сказал Эомер.— Долину они выжгли и разграбили дотла.

— Разграбить Хельмову Крепь куда потруднее, это им дороговато станет,— проворчал Гамлинг.

Спешились у крепостной плотины и по гребню ее, а затем по откосу длинной вереницей провели коней к воротам Горнбурга. Там их тоже встретили с ликованьем и новой надеждой; как-никак вдвое прибавилось защитников крепости.

Эомер быстро распорядился: конунгу с телохранителями и сотней-другой вестфольдцев предоставил оборонять Горнбург, а всех остальных разместил на Ущельной стене и Южной башне, ибо там ожидался главный натиск оголтелых полчищ. И там он был опаснее всего. Конец под малой охраной отвели подальше в ущелье.

Ущельная стена была высотой в двадцать футов и такой толщины, что по верху ее могли пройти рука об руку четверо, а парапет скрывал воинов с головой. На стену можно было спуститься по лестнице от дверей внешнего двора Горнбурга или подняться тремя пролетами сзади, со стороны ущелья. Впереди она была гладко обтесана, и громадные каменья плотно и вровень пригнаны, сверху они нависали, точно утесы над морем.

Гимли стоял, прислонясь к парапету, а Леголас уселся на зубце, потрагивая тетиву лука и вглядываясь во мглу.

— Вот это другое дело,— говорил гном, притопывая.— Насколько же мне легче дышится в горах! Отличные скалы! Вообще крепкие ребра у здешнего края. Как меня опустили с лошади, так ноги просто не нарадуются. Эх, дайте мне год времени и сотню сородичей — да никакой враг сюда после этого даже не сунется, а сунется — костей не соберет.

— Охотно верю,— отозвался Леголас.— Ты ведь истый гном, гном всем на удивленье, любитель горного труда. Мне-то здешний край не по сердцу, что ночью, что наверняка и днем. Но с тобою я чувствую себя надежнее, мне отрадно, что рядом эдакий толстоногий крепыш с боевым топором. И правда, не помешала бы здесь сотня твоих сородичей. Но еще бы лучше — сотня лучников из Лихолесья. Ристанийцы — они стрелки по-своему неплохие, но мало у них стрелков, раз-два и обчелся!

— Темновато для стрельбы,— возразил Гимли.— А если уж на то пошло, так лучше всего бы сейчас как следует выспаться. Честное слово, таких сонных гномов, как я, свет еще не видывал. Маятное дело эта верховая езда. И однако ж секира у меня в руках ну прямо ходуном ходит. Ладно уж, раз спать нельзя, давайте сюда побольше орков, было бы только где размахнуться — и сразу станет не до сна.

Время тянулось еле-еле. В долине догорали далекие пожары. Изенгардское воинство теперь надвигалось в молчании: огненные змеи вились по излогу.

Вдруг от Гати донесся пронзительный вой и ответный клич ристанийцев. Факелы, точно уголья, сгрудились у въезда — и рассыпались, угасая. По приречному лугу и скалистому откосу к воротам Горнбурга примчался отряд всадников: застава отступила почти без потерь.

— Штурмуют вал! — доложили они.— Мы расстреляли все стрелы, ров и проход завалены трупами. Это их задержит ненадолго — они лезут и лезут на вал повсюду, бесчисленные, как муравьи. Но идти на приступ с факелами им впредь будет неповадно.

Перевалило за полночь. Нависла непроглядная темень, душное затишье предвещало грозу. Внезапно тучи распорола ослепительная вспышка, и огромная ветвистая молния выросла среди восточных вершин. Мертвенным светом озарился склон от стены до Гати: там кишмя кишело черное воинство — приземистые, широкозадые орки и рядом рослые, грозные воины в шишаках, с воронеными щитами. А из-за Гати появлялись, наползали все новые и новые сотни. Темный, неодолимый прибой вздымался по скату, от скалы к скале. Гром огласил долину. Хлынул ливень.

И другой, смертоносный ливень обрушился на крепостные стены: стрелы свистели, лязгали, отскакивали, откатывались — или впивались в живую плоть. Так начался штурм Хельмовой Крепи, а оттуда не раздалось ни звука, не вылетело ни единой ответной стрелы.

Осаждающие отпрянули перед безмолвной, окаменелой угрозой. Но молния вспыхивала за молнией, и орки приободрились: они орали, размахивали копьями и мечами и осыпали стрелами зубчатый парапет, а ристанийцы с изумленьем взирали на волнуемую военной грозой зловещую черную ниву, каждый колос которой ощетинился сталью.

Загремели медные трубы, и войско Сарумана ринулось на приступ: одни — к подножию Ущельной стены и Южной башне, другие — через плотину на откос, к воротам Горнбурга. Туда устремились огромной толпой самые крупные орки и дюжие, свирепые горцы Дунланда. В блеске молний на их шлемах и щитах видна была призрачно-бледная длань. Они бегом одолели откос и подступили к воротам.

Крепость, словно пробудившись, встретила их тучею стрел и градом каменьев. Толпа дрогнула, откатилась врассыпную и снова хлынула вперед, опять рассыпалась и опять набежала, возвращаясь упорно, как приливная волна. Громче прежнего взвыли трубы, и вперед с громогласным ревом вырвался плотный клин дунландцев; они прикрывались сверху своими большими щитами и несли два огромных обитых железом бревна. Позади их столпились орки-лучники, держа бойницы под ураганным обстрелом. На этот раз клин достиг ворот, и они содрогнулись от тяжких размашистых ударов. Со стены падали камни, но место каждого поверженного тут же занимали двое, и тараны все сокрушительней колотили в ворота.

Эомер и Арагорн стояли рядом на стене. Они слышали воинственный рев и гулкие удары таранов; ярко сверкнула молния, и при свете ее оба враз поняли, что ворота вот-вот поддадутся.

— Скорей! — крикнул Арагорн.— Настал час обнажить мечи!

Вихрем промчались они по стене и вверх по лестнице во внешний двор Горнбурга, прихватив с собой десяток самых отчаянных рубак. В стене была потайная дверца, выходившая на запад, узкая тропа над обрывом вела от нее к воротам. Эомер и Арагорн бежали первыми, ратники едва поспевали за ними. Два меча заблистали вместе.

— Гутвинэ! — воскликнул Эомер.— Гутвинэ и Мустан-грим!

— Андрил! — воскликнул Арагорн.— Андрил и Дунадан!

Нападения сбоку не ожидали, и страшны были разящие насмерть удары Андрила, пылавшего белым пламенем. Стену и башню облетел радостный клич:

— Андрил! Андрил за нас! Сломанный Клинок откован заново!

Захваченные врасплох горцы обронили бревна-тараны, изготовившись к бою, но стена их щитов раскололась, точно гнилой орех. Отброшенные и разрубленные, падали они замертво наземь или вниз со скалы, в поток. Орки-лучники выстрелили не целясь и бросились бежать.

Эомер и Арагорн задержались у ворот. Гром рокотал в отдаленье, и где-то над южными горами вспыхивали бледные молнии. Резкий ветер снова задувал с севера. Рваные тучи разошлись, и выглянули звезды, мутно-желтая луна озарила холмы за излогом.

— Вовремя же мы подоспели,— заметил Арагорн, разглядывая ворота. Их мощные петли и железные поперечины прогнулись и покривились, толстенные доски треснули.

— Но здесь, снаружи, мы их не защитим,— сказал Эомер.— Смотри! — Он указал на плотину. Орки и дунландцы снова собирались за рекой. Засвистели стрелы, на излете звякая о камень.— Пойдем! Надо завалить ворота камнями и подпереть бревнами. Поспешим!

Они побежали назад. В это время около дюжины орков, схоронившихся среди убитых, вскочили и кинулись им вслед. Двое из них бесшумно и быстро, в несколько прыжков нагнали отставшего Эомера, подвернулись ему под ноги, оказались сверху и выхватили ятаганы, как вдруг из мрака выпрыгнула никем дотоле не замеченная маленькая черная фигурка. Хрипло прозвучал клич: *Барук Казад! Барук ай-мену!*, и дважды сверкнул топор. Наземь рухнули два обезглавленных трупа. Остальные орки опрометью кинулись врассыпную.

Арагорн, почуяв недоброе, вернулся, но Эомер уже стоял на ногах.

Дверцу тщательно заперли, ворота загромоздили бревнами и камнями; наконец Эомер, улучив минуту, обратился к своему спасителю.

— Спасибо тебе, Гимли, сын Глоина! — сказал он.— Я и не знал, что ты отправился с нами на вылазку. Но частенько незванный гость — самый дорогой. А что это тебе вздумалось?

— Да хотел прогуляться, сон стряхнуть,— отвечал Гимли.— А потом гляжу — уж больно здоровы эти горцы: ну, я присел на камушек и полюбовался, как вы орудуете мечами.

— Теперь я у тебя в неоплатном долгу,— сказал Эомер.

— Ночь длинная, успеешь расплатиться,— засмеялся гном.— Да это пустяки. Главное дело — почин, а то я от самой Мории своей секирой разве что дрова рубил.

— Двое! — похвастал Гимли, поглаживая топорище. Он возвратился на стену.

— Вот как, целых двое? — отозвался Леголас.— На моем счету чуть больше, хотя приходится, видишь, собирать стрелы: у меня ни одной не осталось. Но два-то десятка уж точно уложил, а толку что? Их здесь что листьев в лесу.

Небо расчистилось, и ярко сияла заходящая луна. Но лунный свет не обрадовал осажденных: вражьи полчища множились на глазах, прибывала толпа за толпой. Вылазка отбросила их ненадолго, вскоре натиск на ворота удвоился. Свирепая черная рать, неистовствуя, лезла на стену, густо облепив ее от Горнбурга до Южной башни. Взметнувшись, цеплялись за парапет веревки с крючьями, и ристанийцы не успевали отцеплять и перерубать их. Приставляли сотни осадных лестниц, на месте отброшенных появлялись другие, и орки по-обезьяньи вспрыгивали с них на зубцы. Под стеной росли груды мертвецов, точно штормовые наносы, и по изувеченным трупам карабкались хищные орки и озверелые люди, и не было им конца.

Ристанийцы бились из последних сил. Колчаны их опустели, дротиков не осталось, копья были изломаны, мечи иззубрены, щиты иссечены. Трижды водили их на вылазку Арагорн с Эомером, и трижды отшатывались враги, устрашенные смертоносным сверканьем Андрила.

Сзади по ущелью раскатился гул. Орки пробрались водостоком под стену и, скопляясь в сумрачных расселинах скал, выжидали, пока все воины уйдут наверх отражать очередной приступ. Тут они повыскакивали из укрытий, целая свора бросилась в глубь ущелья, рубя и разгоняя коней, оставленных почти без охраны.

Гимли спрыгнул со стены во двор, оглашая скалы яростным кличем: *«Казад! Казад!»*, и сразу принялся за дело.

— Э-гой! — кричал он.— Орки напали с тыла! Э-гей! Сюда, Леголас! Тут их нам обоим хватит! *Казад ай-мену!*

Старый Гамлинг услышал из крепости сквозь шум битвы зычный голос гнома.

— Орки в ущелье! — крикнул он, вглядываясь с высоты.— Хельм! Хельм! За мной, сыны Хельма! — И ринулся вниз по лестнице во главе отряда вестфольдцев.

Смятые внезапной атакой орки со всех ног бежали в теснину и все до единого были изрублены или сброшены в пропасть; и молча внимали их предсмертным воплям и следили за падающими телами стражи потаенных пещер.

— Двадцать один! — воскликнул Гимли, взмахнув секирой и распластав последнего орка.— Вот мы и сравнялись в счете с любезным другом Леголасом.

— Надо заткнуть эту крысиную дыру,— сказал Гамлинг.— Говорят, гномы — на диво искусные каменщики. Окажи нам помощь, господин!

— Тесать камни секирой несподручно,— заметил Гимли.— Ногтями тесать я тоже не горазд. Ладно, попробуем, что получится.

Вестфольдцы набрали булыжников и щебня и под руководством Гимли замуровали водосток, оставив лишь небольшое отверстие. Полноводная после дождя Ущелица вспучилась, забурлила и разлилась среди утесов.

— Авось наверху посуше,— сказал Гимли.— Пойдемка, Гамлинг, посмотрим, что делается на стене.

Леголас стоял возле Арагорна с Эомером и точил свой длинный кинжал. Нападающие покамест отхлынули — наверно, их смутила неудача с водостоком.

— Двадцать один! — объявил Гимли.

— Отлично! — сказал Леголас.— Но на моем счету уже две дюжины. Тут пришлось поработать кинжалом.

Эомер и Арагорн устало опирались на мечи. Слева, от крепостного подножия, слышались крики, грохот и лязг — там вновь разгоралась битва. Но Горнбург стоял незыблемо, как утес в бушующем море. Ворота его сокрушили, однако завал из камней и бревен не одолел еще ни один враг.

Арагорн взглянул на тусклые звезды, на заходящую луну, золотившую холмистую окраину излога, и сказал:

— Ночь эта длится, словно многолетнее заточение. Что так медлит день?

— Да недолго уж до рассвета,— молвил Гамлинг, взобравшийся на стену вслед за Гимли.— Но много ли в нем толку? От осады он нас не избавит.

— От века рассвет приносит людям надежду,— отвечал Арагорн.

— Этой изенгардской нечисти, полуоркам и полулюдям, выпестованным злым чародейством Сарумана,— им ведь солнце нипочем,— сказал Гамлинг.— Горцы тоже рассвета не испугаются. Слышите, как они воют и вопят?

— Слышать-то слышу,— отозвался Эомер,— только их вой и вопли какие-то нечеловеческие, а скорее птичьи, не то зверьи.

— А вот ты бы вслушался, может, и слова бы различил,— возразил Гамлинг.— Дунландский это язык, я его помню смолоду. Когда-то он звучал повсюду на западе Ристании. Вот, слышите? Как они нас ненавидят и как ликуют теперь, в свой долгожданный и в наш роковой час! «Конунг, где ваш конунг? — вопят они.— Конунга вашего давайте сюда! Смерть Форгойлам — да сгинут желтоволосые ублюдки! Северянам-грабителям — смерть всем до единого!» Вот так они нас честят. За полтысячи лет не забылась их обида на то, что Отрок Эорл стал союзником Гондора и властителем здешнего края. Эту застарелую рознь Саруман разжег заново, и теперь им удержу нет. Ни закат им не помеха, ни рассвет: подавай на расправу Теодена, и весь сказ!

— И все равно рассвет — вестник надежды,— сказал Арагорн.— А правда ли, будто Горнбург не предался врагам ни единожды, и не бывать этому, доколе есть у него защитники?

— Да, так поется в песнях,— устало отвечал Эомер.

— Будем же **достойными его защитниками!** — сказал Арагорн.

Их речи прервал трубный вой. Раздался грохот, полыхнуло пламя, повалил густой дым. Шипя, клубясь и пенясь, Ущелица рванулась новопроложенным руслом сквозь зияющий пролом в стене. А оттуда хлынули черные ратники.

— Вот проклятый Саруман! — воскликнул Арагорн.— Пока мы тут лясы точим, орки снова пробрались в водосток и подорвали стену колдовским огнем Ортханка! Элендил, Элендил! — крикнул он, кидаясь в пролом; а тем временем орки сотнями взлезали по лестницам. И сотни напирали с тыла, везде бушевала сеча, приступ накатывался, точно мутная волна, размывающая прибрежный песок. Защитники отступали к пещерам, сражаясь за каждую пядь, другие напропалую пробивались к цитадели.

Широкая лестница вела от ущелья на крепостную скалу, к задним воротам Горнбурга. У ее подножия стоял Арагорн со сверкающим мечом в руке: орки испуганно пятились, а те из своих, кому удавалось прорубиться к лестнице, стремглав бежали наверх. За несколько ступеней от Арагорна опустился на одно колено Леголас, натянув лук, готовый подстрелить любого осмелевшего орка.

— Все, Арагорн, черная сволочь сомкнулась,— крикнул он.— Пошли к воротам!

Арагорн побежал вслед за ним, но усталые ноги подвели: он споткнулся, и тут же с радостным воем кинулись снизу подстерегавшие орки. Первый из них, самый громадный, опрокинулся со стрелой в глотке, однако за ним спешили другие, попирая кровавый труп. Но сверху обрушился метко пущенный тяжкий валун — и смел их в ущелье. Ворота с лязгом затворились за Арагорном.

— Плоховаты наши дела, друзья мои,— сказал он и отер рукавом пот со лба.

— Да хуже вроде бы некуда,— подтвердил Леголас,— а все-таки здорово повезло, что ты уцелел. Гимли-то где?

— Не знаю, где он,— сказал Арагорн.— Я видел, он рубился у стены, а потом нас разнесло в разные стороны.

— Ой-ой-ой! Вот так новости! — огорчился Леголас.

— Да нет, он крепкий, сильный боец,— сказал Арагорн.— Будем надеяться, что он пробился к пещерам и там ему лучше, чем нам. Гном — он в любой пещере как дома.

— Ну ладно, будем надеяться,— вздохнул Леголас.—

Но лучше бы он сюда пробился. Кстати бы узнал, что на моем счету тридцать девять.

— Если он и правда в пещерах, он тебя опять перекроет,— рассмеялся Арагорн.— Секирой он орудовал так, что залюбуешься.

— Пойду-ка я поищу, может, стрелы какие валяются,— сказал Леголас.— Когда-нибудь да рассветет, тут они и пригодятся.

Арагорн поднялся в цитадель и с огорчением узнал, что Эомера в Горнбурге нет.

— И не ищи, не проходил он,— сказал один из стражей-вестфольдцев.— Я видел, как он собирал бойцов в устье ущелья; рядом с ним дрались Гамлинг и гном, но туда было не пробиться.

Арагорн пересек внутренний двор и взошел на башню, в покой, где конунг стоял, ссутулившись, подле узкого оконца.

— Что нового, Арагорн? — спросил он.

— Ущельная стена захвачена, государь, и разгромлена оборона Крепи, но многие прорвались в Горнбург.

— Эомер здесь?

— Нет, государь. Однако и в ущелье отступило немало воинов: говорят, среди них видели Эомера. Может быть, там, в теснине, они задержат врага и проберутся к пещерам. А уж как им дальше быть...

— Им-то ясно, как дальше быть. Припасов, кажется, достаточно. Дышится легко — там воздушные протоки в сводах. Да к пещерам и подступу нет, лишь бы защитники стояли насмерть. Словом, долго могут продержаться.

— Так-то оно так, однако орков снарядили в Ортханке пробойным огнем,— сказал Арагорн.— Иначе бы мы и стену не отдали. Если не пробьются в пещеры, то могут наглухо замуровать защитников. Впрочем, нам и правда надо сейчас думать не о них, а о себе.

— Душно мне здесь, как в темнице,— сказал Теоден.— На коне перед войском, с копьем наперевес я бы хоть испытал в последний раз упоение битвы. А тут какая от меня польза?

— Еще ничего не потеряно, пока ты цел и невредим со своей дружиной в неприступнейшей цитадели Ристании. У нас больше надежды отстоять Горнбург, чем Эдорас или даже горные крепи Дунхерга.

— Да, Горнбург славен тем, что доселе не бывал во

вражеских руках,— сказал Теоден.— Правда, на этот раз я и в нем не уверен. Нынче рушатся в прах вековые твердыни. Да и какая башня устоит перед бешеным натиском огромной орды? Знал бы я, как возросла мощь Изенгарда, не ринулся бы столь опрометчиво мериться с ним силою по первому слову Гэндальфа. Теперь-то его советам и уговорам другая цена, чем под утренним солнцем.

— Государь, не суди раньше времени о советах Гэндальфа,— сказал Арагорн.

— Чего же еще дожидаться? — горько обронил Теоден.— Конец наш близок и неминуем, но я не хочу подыхать, как старый барсук, обложенный в норе. Белогрив, Хазуфел и другие кони моей охраны,— здесь, во внутреннем дворе. С рассветом я велю трубить в рог Хельма и сделаю вылазку. Ты поскачешь со мною, сын Араторна? Может быть, мы и прорубимся, а нет — погибнем в бою и удостоимся песен, если будет кому их слагать.

— Я поеду с тобой,— сказал Арагорн.

Он вернулся на внешнюю стену и обошел ее кругом, ободряя воинов и отражая вместе с ними самые яростные приступы. Леголас не отставал от него. Один за другим полыхали взрывы, камни содрогались. На стену забрасывали крючья, взбирались по приставным лестницам. Сотнями накатывались и сотнями валились со стены орки: крепка была оборона Горнбурга.

И вот Арагорн встал у парапета над воротной аркой, вокруг свистели вражеские стрелы. Он взглянул на восток, на бледнеющие небеса — и поднял руку ладонью вперед, в знак переговоров.

— Спускайся! Спускайся! — злорадно завопили орки.— Если тебе есть что сказать, спускайся к нам! И подавай сюда своего труса конунга! Мы — могучие бойцы, мы — непобедимый Урукхай! Все равно мы до него доберемся, выволокем его из норы. Конунга, конунга подавай!

— Выйти ему или оставаться в крепости — это конунг решает сам,— сказал Арагорн.

— А ты зачем выскочил? — издевались они.— Чего тебе надо? Подсчитываешь нас? Мы — Урукхай, нам нет числа.

— Я вышел навстречу рассвету,— сказал Арагорн.

— А что нам твой рассвет? — захохотали снизу.— Мы — Урукхай, мы бьемся днем и ночью, ни солнце, ни гроза нам не помеха. Не все ли равно, когда убивать — средь бела дня или при луне? Что нам твой рассвет?

— Кто знает, что ему готовит новый день,— сказал Арагорн.— Уносите-ка лучше ноги подобру-поздорову.

— Спускайся со стены, а то подстрелим! — заорали в ответ.— Это не переговоры, ты тянешь время и просто мелешь языком!

— Имеющий уши да слышит,— отозвался Арагорн.— Никогда еще Горнбург не видел врага в своих стенах, не увидит и нынче. Бегите скорей, иначе пощады не будет. В живых не останется никого, даже вестника вашей участи. Бьет ваш последний час!

Так властно и уверенно звучала речь Арагорна, одиноко стоявшего над разбитыми воротами лицом к лицу с полчищем врагов, что многие горцы опасливо оглянулись на долину, а другие недоуменно посмотрели на небо. Но орки злобно захохотали, и туча стрел и дротиков пронеслась над стеной, едва с нее спрыгнул Арагорн.

Раздался оглушительный грохот, взвился огненный смерч. Своды ворот, над которыми он только что стоял, расселись и обрушились в клубах дыма и пыли. Завал размело, точно стог соломы. Арагорн бросился к королевской башне.

Орки радостно взревели, готовясь густой оравой ринуться в пролом, но снизу докатился смутный гомон, тревожный многоголосый повтор. Осадная рать застыла: прислушивались и озирались. И тут с вершины башни внезапно и грозно затрубил большой рог Хельма.

Дрожь пробежала по рядам осаждающих. Многие бросались ничком наземь и затыкали уши. Ущелье отозвалось раскатистым эхом, словно незримые трубачи на каждом утесе подхватывали боевой призыв. Защитники Горнбурга с радостным изумлением внимали немолчным отголоскам. Громовая перекличка огласила горы, и казалось, не будет конца грозному и звонкому пенью рогов.

— Хельм! Хельм! — возгласили ристанийцы.— Хельм восстал из мертвых и скачет на битву! Хельм и конунг Теоден!

И конунг явился: на белоснежном коне, с золотым щитом и огромным копьем. Одесную его ехал Арагорн, наследник Элендила, а за ними — дружина витязей-эорлингов. Занялась заря, и ночь отступила.

— Вперед, сыны Эорла! — С яростным боевым кличем

на устах, громыхая оружием, врезалась конная дружина в изенгардские полчища и промчалась от ворот по откосу к плотине, топча и сминая врагов, как траву. Послышались крики воинов, высыпавших из пещер и врубавшихся в черные толпы. Вышли на битву из Горнбурга все его защитники. А в горах все перекликались рога.

Ни громадные латники-орки, ни богатыри-горцы не устояли перед конунгом и сотней его витязей. Мечи сносили им головы, копья вонзались в спины; без оглядки, с воем и воплями бежали они вниз по склону, ибо дикий страх обуял их с рассветом, а впереди ожидало великое изумление.

Так выехал конунг Теоден из Хельмовой Крепи и отбросил осаждающих за Гать. У Гати дружина его остановилась в рассветном сиянии. Солнце, выглянув из-за восточного хребта, золотило жала их копий. Они замерли и молча глядели вниз, на Ущельный излог.

А тамошние места было не узнать. Где прежде тянулись зеленые склоны ложбины, нынче вырос угрюмый лес. Большие деревья, нагие, с белесыми кронами, недвижно высились ряд за рядом, сплетя ветви и разбросав по густой траве извилистые, цепкие корни. Тьма была разлита под ветвями. От Гати до опушки этого небывалого леса было всего лишь три сотни саженей. Там-то и скоплялось заново великое воинство Сарумана, опасное едва ли не пуще прежнего, ибо мрачные деревья пугали их больше, чем копья ристанийцев. Весь склон от Крепи до Гати опустел, но ниже, казалось, копошился огромный мушиный рой. Направо, по крутым каменистым осыпям, выхода не было, а слева, с запада, близилась их судьбина.

Там, на гребне холма, внезапно появился всадник в белом светоносном одеянии, грянули рога, и тысячный отряд пеших ратников с обнаженными мечами устремился в ложбину. Впереди всех шагал высокий, могучий витязь с красным щитом; он поднес к губам большой черный рог и протрубил боевой сигнал.

— Эркенбранд! — в один голос закричали конники.— Эркенбранд!

— Взгляните! — воскликнул Арагорн.— Белый Всадник! Гэндальф возвратился с подмогой!

— Митрандир! Митрандир! — подхватил Леголас.— Вот это, я понимаю, волшебство! Скорее, скорее, поедем поглядим на лес, пока чары не рассеялись!

Изенгардцы с воплями метались из стороны в сторону, между двух огней. С башни снова затрубил рог, и дружина конунга помчалась в атаку по мосту через Хельмову Гать. С холмов ринулись воины Эркенбранда, правителя Вестфольда. Светозар летел по склону, точно горный олень, едва касаясь земли копытами, и от ужаса перед Белым Всадником враги обезумели. Горцы падали ниц; орки, визжа, катились кубарем, бросая мечи и копья. Несметное воинство рассеивалось, как дым на ветру. В поисках спасения ополоумевшие орки кидались во мрак под деревьями, и в этом мраке исчезали без следа.

Глава VIII

ДОРОГА НА ИЗЕНГАРД

Так ясным весенним утром на зеленом лугу возле реки Ущелицы снова встретились конунг Теоден и Белый Всадник Гэндальф, и были при этом Арагорн, сын Араторна, эльф-царевич Леголас, Эркенбранд из Вестфольда и сановники Златоверхого дворца. Вокруг них собрались ристанийцы, конники Мустангрима, более изумленные волшебством, нежели обрадованные победой: взоры их то и дело обращались к таинственному лесу, который не исчезал.

Но снова раздались громкие возгласы: из-за Гати показались воины, вышедшие из пещер,— и старый Гамлинг, и Эомер, сын Эомунда. А рядом с ними вразвалку шагал гном Гимли: шлема на нем не было, голова обвязана окровавленной тряпицей, но голос звучал по-прежнему задорно и зычно.

— Сорок два как один, любезный друг Леголас! — крикнул он.— Только вот у последнего оказался стальной воротник. Голова его слетела, а секира моя зазубрена. Твои-то как успехи?

— На одного ты меня перегнал,— отвечал Леголас.— Да ладно уж, гордись: коли ты на ногах держишься, то мне и проигрыш не в тягость!

— Привет тебе, Эомер, сестрин сын! — сказал Теоден.— Поистине рад я, что вижу тебя в живых.

— Здравствуй и ты, повелитель Ристании! — отвечал Эомер.— Видишь, рассеялся мрак ночи, и снова наступил день. Однако же диковинный подарок преподнес нам рассвет! — Он удивленно огляделся и, посмотрев на лес, перевел взгляд на Гэндальфа.— А ты снова явился в трудный час, нежданно и негаданно,— сказал он ему.

— Нежданно? — отозвался Гэндальф.— Негаданно? Я, помнится, даже назначил вам место встречи.

— Однако время ты не указал, и не знали мы, с чем ты вернешься, с какой неведомой подмогой. Ты — великий волшебник, о Гэндальф Белый!

— Может быть, и так. Но пока обошлось без моего волшебства. Я всего лишь дал в свое время нужный совет, и Светозар меня не подвел. А победу принесла ваша доблесть и крепкие ноги вестфольдцев, ни разу не отдохнувших за ночь.

Все уставились на Гэндальфа, онемев от изумления. Искоса поглядывали на странный лес и протирали глаза: быть может, ему не видно того, что видят они?

Гэндальф весело расхохотался.

— Ах, вы о деревьях? — сказал он.— Да нет, деревья я вижу не хуже вас. Но это — этот исход вашей битвы от меня не зависел. Здесь растерялся бы даже целый Совет Мудрых. Я этого не замышлял и уповать на это не мог, однако же так вот случилось.

— Не твое волшебство, так чье же? — спросил Теоден.— Не Саруманово, это уж точно. Значит, есть колдун сильнее вас обоих, и надо узнать, кто он таков.

— Тут не волшебство, тут нет колдовского морока,— промолвил Гэндальф.— Встала древняя сила, старинные обитатели Средиземья: они бродили по здешним местам прежде, чем зазвенели эльфийские песни, прежде, чем молот ударил о железо.

Еще руду не добыли, деревья не ранил топор,
Еще были юны подлунные, сребристые выси гор,
Колец еще не бывало в те стародавние дни,
А по лесам неспешно уже бродили они.

— Ты задал загадку, а где на нее ответ? — спросил Теоден.

— Хочешь ответа, поехали со мною в Изенгард,— предложил ему Гэндальф.

— Как в Изенгард? — вскричали все разом.

— Да так вот, в Изенгард,— отвечал Гэндальф.— Туда лежит мой путь, и кто хочет, пусть едет со мной. Странные, должно быть, нас ожидают зрелища.

— Однако ж во всей Ристании,— возразил Теоден,— не найдется довольно ратников — даже если поднимутся на битву все до одного, забыв усталость и презрев раны,— не хватит их, чтобы осадить, а не то что взять неприступную твердыню Сарумана.

— Словом, я еду в Изенгард,— еще раз повторил Гэндальф.— И времени у меня в обрез: на востоке темень смыкается. Увидимся, значит, в Эдорасе, до ущерба луны!

— Нет! — сказал Теоден.— В смутный предрассветный час я усомнился в тебе, но теперь нам расставаться не с руки. Я поеду с тобою, если таков твой совет.

— Я хочу как можно скорее поговорить с Саруманом,— объяснил Гэндальф.— А он — виновник всех ваших бед, и слово теперь за вами. Но уж ехать, так ехать немедля — сможете?

— Воины мои утомлены битвой,— проговорил конунг,— да и сам я, по правде сказать, тоже очень устал: полсуток в седле, а потом бессонная ночь. Увы, старость моя неподдельна, и не Гнилоуст нашептал ее. От этого недуга исцеленья нет, тут и Гэндальф бессилен.

— Что ж, пусть все, кто поедет со мной, сейчас отдохнут,— сказал Гэндальф.— Тронемся ввечеру — да так оно и лучше, а впредь мой вам совет: таитесь, действуйте скрытно. И поменьше людей бери с собой, Теоден,— не на битву едем, на переговоры.

Отрядили гонцов из числа тех немногих, кто остался цел и невредим; на самых быстрых скакунах помчались они по ближним и дальним долам и весям, разнося весть о победе; и повелел конунг всем ристанийцам от мала до велика снаряжаться в поход и поспешать к Эдорасу, на боевой смотр — через двое суток после полнолуния. Он взял с собой в Изенгард Эомера и двадцать дружинников. А с Гэндальфом поехали Арагорн, Леголас и Гимли. Гном, несмотря на рану, не пожелал отстать от своих.

— Удар-то пустяковый, пришелся вкось по шлему,— сказал он.— Да если я из-за каждой поганой царапины...

— Сейчас попробуем подлечить,— прервал его Арагорн.

Теоден вернулся в Горнбург и опочил таким безмятежным сном, каким не спал уж много лет; легли отдыхать и те, кому предстоял с ним далекий путь. А остальные — все, кроме тяжелораненых,— принялись за дело, ибо надлежало собрать под стенами и в ущелье тела павших и предать их земле.

Орков в живых не осталось, и не было числа их трупам. Но многие горцы сдались в плен; в ужасе и отчаянии молили они о пощаде. У них отобрали оружие и приставили их к работе.

— Отстроите вместе с нами заново то, что разрушали с орками, принесете клятву никогда более с враждою не переступать Изенских бродов и ступайте себе восвояси,— сказал им Эркенбранд.— Саруман обманул вас, и дорогой ценой расплатились вы за вашу доверчивость, а если б одержали победу, расплатились бы еще дороже.

Дунландцы ушам своим не верили: Саруман говорил им, что свирепые ристанийцы сжигают пленников живьем.

Подле Горнбурга посреди поля насыпали два кургана: под одним схоронили вестфольдцев, под другим — ополченцев Эдораса. У самой стены был погребен главный телохранитель Теодена Гайма — он пал, защищая ворота.

Трупы орков свалили поодаль, возле опушки новоявленного леса. И многие тревожились, ибо неведомо было, что делать с огромными грудами мертвечины: закапывать — хлопотно, да и некогда, сжечь — недостанет хворосту, а рубить диковинные деревья никто бы не отважился, если б Гэндальф и не запретил строго-настрого даже близко к ним подходить.

— И не возитесь с трупьем,— велел он.— К завтрашнему утру, я думаю, все уладится.

Еще далеко не закончено было погребение, когда конунг со свитою изготовились к отъезду. И Теоден оплакал своего верного стража Гайму и первым бросил горсть земли в его могилу.

— Великое горе причинил Саруман мне и всему нашему краю,— молвил он.— Когда мы с ним встретимся, я ему это попомню.

Солнце клонилось к западному всхолмью излога. Теодена и Гэндальфа провожали до Гати — ополченцы и вестфольдцы, стар и млад, женщины и дети, высыпавшие из пещер. Звонко разливалась победная песнь — и вдруг смолкла, ибо угрюмые деревья внушали страх ристанийцам.

На опушке кони стали: им, как и их всадникам, не хотелось углубляться в лес. Недвижные, серые, зловещие деревья стояли в туманной дымке: их простертые ветви растопырились, точно лапы, готовые схватить и впиться, извилистыми щупальцами застыли корни, а под ними зияли черные провалы. Но Гэндальф тронулся вперед, и за ним последовали остальные, въезжая один за другим под своды корявых ветвей, осенявших дорогу из Горнбурга — а она оказалась свободна, рядом с нею текла Ущелица, и золотистым сиянием лучились небеса. А древесные стволы по обе стороны уже окутывали сумерки, и из густеющей мглы доносились скрипы, трески и кряхтенье, дальние вскрики и сердитая безголосая молвь. Ни орков, ни лесных зверей не было.

Леголас и Гимли ехали на одной лошади и держались поближе к Гэндальфу, а то Гимли сильно побаивался леса.

— Душно как, правда? — сказал Леголас Гэндальфу.— Нас обступает безысходный гнев. Слышишь, воздух трепещет?

— Слышу,— отозвался Гэндальф.

— А что сталось с несчастными орками? — спросил Леголас.

— Этого, я думаю, никто никогда не узнает,— отвечал Гэндальф.

Какое-то время они ехали молча, и Леголас все поглядывал по сторонам: если б не Гимли, он бы охотно остановился и послушал лесные голоса.

— Ничего не скажешь, чудны́е деревья,— заметил он,— а уж я ли их не навидался на своем веку! Сколько дубов знал от желудя до кучи трухи! А что, никак нельзя немного задержаться? Я походил бы по лесу, вслушался бы в их разговор, может, и понял бы, о чем речь.

— Нет, нет! — поспешно возразил Гимли.— Оставь их в покое! Я и так понимаю, о чем речь: им ненавистны все двуногие, вот они и переговариваются, как нас ловчее ловить и давить.

— Нет, не все двуногие им ненавистны, это ты выдумываешь,— сказал Леголас.— Ненавидят они орков, а до эльфов и людей им дела нет, они и не знают, кто мы такие. Откуда же? Они нездешние, они родились и выросли в лесной глуши, в тенистых ложбинах Фангорна. Так-то, друг мой Гимли: фангорнские это деревья.

— Ну да, из самого, стало быть, гиблого леса в Средиземье,— проворчал Гимли.— Спасибо им, конечно, здорово помогли, но не лежит у меня к ним душа. Любуйся на них, коли они тебе в диковинку, а вот мне и правда такое привелось увидеть! Что там все леса и долины на свете! До сих пор не нарадуюсь.

Говорю тебе, Леголас, чудной народ эти люди! Под носом у них диво дивное, на всем Севере не сыщешь подобного, а они говорят — пещеры! Пещеры, и все тут! Убежища на случай войны, кладовки для припасов! Друг мой Леголас, да знаешь ли ты, какие хоромы сокрыты в горных недрах возле Хельмова ущелья? Проведай об этом гномы, они бы стекались сюда со всех концов земли, чтобы только взглянуть на них, и платили бы за вход чистым золотом!

— А я не пожалел бы золота за выход, если б там случайно оказался,— заявил Леголас.

— Ты их не видел, что с тебя взять,— сказал ему Гимли.— Прощаю, так и быть, твою дурацкую шутку. Да ваш царский подгорный дворец в Лихолесье, который, кстати, гномы же и отделывали,— просто берлога по сравненью со здешними хоромами! Это огромные чертоги, в которых звучит и звучит медленная музыка переливчатых струй и вечной капели над озерами, прекрасными, как Келед-Зарам в сиянье звезд.

А когда зажигают факелы и люди расхаживают по песчаным полам под гулкими сводами, тогда, представляешь, Леголас, гладкие стены сеют сверканье самоцветов, хрусталей, рудных жил — и озаряются таинственным светом мраморные кружева и завитки вроде раковин, прозрачные, словно пясти Владычицы Галадриэли. И слушай, Леголас, повсюду вздымаются, вырастают из многоцветного пола причудливые, как сны, витые изваяния колонн — белоснежные, желто-коричневые, жемчужно-розовые, а над ними блещут сталактиты — крылья, гирлянды, занавеси, окаменевшие облака; башни и шпили, флюгеры и знамена висячих дворцов, отраженных в недвижно-стылых озерах,— и дивные мерцающие виденья рождаются в темностеклянной глади: города, какие и Дарину едва ли грезились, улицы, колоннады и галереи, взвешенные над черною глубиной. Но вот падает серебряная капля, круги расходятся по стеклянистой воде — и волшебные замки колышутся, словно морские водоросли в подводном гроте. Наступает вечер — факелы унесли: видения блекнут и гаснут, а в другом чертоге, блистая новой красой, является новая греза. Чертогов там не счесть, Леголас, хоромина за хороминой, своды над сводами, бесконечные лестницы, и в горную глубь ведут извилистые ходы. Пещеры! Хоромы возле Хельмова ущелья! Счастлив жребий, что привел меня сюда! Уходя, я чуть не плакал.

— Ну раз так, Гимли,— сказал немного ошарашенный Леголас,— то желаю тебе уцелеть в грядущих битвах, вернуться в здешние края и снова узреть любезные твоему сердцу пещеры. Только ты своим-то про них не очень рассказывай: судя по твоим словам, здесь трогать ничего не надо, а от семейки гномов с молотками и чеканами вреда, пожалуй, не оберешься. Может, ристанийцы и правильно делают, что помалкивают об этих горных хоромах.

— Ничего ты не понимаешь,— рассердился Гимли.— Да любой гном просто обомлеет от восторга. Нет среди потомков Дарина таких, чтобы принялись здесь добывать драгоценные камни или металл, будь то даже алмазы и золото. Ты ведь не станешь рубить по весне на дрова цветущие деревца? Этот каменный цветник стал бы у нас изумительным, блистающим заповедником. Бережно и неспешно, тюк да тюк, там да сям, бывает, за день только один раз и приладишься с чеканом — мы знаешь как умеем работать! — и через десять лет чертоги явили бы свою сокровенную красоту и открылись бы новые — там, где сейчас за расселинами скал зияют темные пропасти. И все бы озарилось светом. Леголас! Засияли бы такие же невиданные светильники, как некогда в Казад-Думе; и отступила бы ночь, от века заполонившая горные недра; она возвращалась бы только по нашему мановению.

— Удивил ты меня, Гимли,— сказал Леголас.— Раньше я таких речей от тебя не слыхивал. Еще немного — и я, чего доброго, начну сожалеть, что не видел твоих чертогов. Ладно! Давай заключим уговор: если обоих нас минует гибель — что вряд ли,— то немного попутешествуем вдвоем. Ты со мною в Фангорн, а потом я с тобой — к Хельмову ущелью.

— Фангорн-то я бы далеко стороной обошел,— вздохнул Гимли.— Но будь по-твоему, в Фангорн так в Фангорн, только уж после этого — прямиком сюда, я сам тебе покажу пещеры.

— Идет,— скрепил Леголас.— Но пока что, увы, и от пещер мы отъезжаем все дальше, а вот, гляди-ка, и лес кончается. Далеко еще до Изенгарда, Гэндальф?

— Кому как,— отозвался Гэндальф.— Сарумановы вороны летают по прямой, им пятнадцать лиг: пять от Ущельного излога до переправы, а оттуда еще десять до изенгардских ворот. Но мы отдохнем: заночуем.

— А там, на месте, что нас все-таки ожидает? — спросил Гимли.— Ты-то, конечно, знаешь заранее, а я даже не догадываюсь.

— Нет, я заранее не знаю,— отвечал маг.— Я там был вчера ночью; с тех пор могло случиться многое. Но ты, я думаю, сетовать не будешь, что зря проехался, хотя и покинул, не насмотревшись, Блистающие Пещеры Агларонда.

Наконец они выехали из лесу к развилку большой дороги, которая вела от Ущельного излога на восток, к Эдорасу, и на север, к Изенгардской переправе. Леголас остановил коня на опушке, с грустью оглянулся и громко вскрикнул.

— Там глаза! — закричал он.— Из-за ветвей глаза глядят нам вслед! В жизни не видал таких глаз!

Встревоженные его возгласом воины тоже остановились и обернулись, а Леголас поскакал обратно.

— Нет, нет! — завопил Гимли.— Езжай, куда хочешь, коли совсем свихнулся, а меня спусти с лошади! Ну тебя с твоими глазами!

— Стой, царевич Лихолесья! — приказал Гэндальф.— Сейчас не время. Погоди, от тебя этот лес не уйдет.

Между тем на опушке показались три удивительных исполина: ростом с троллей, футов двенадцати, если не больше, плотные, крепко сбитые, как деревья в поре, долгоногие, длиннорукие, многопалые; то ли одежда в обтяжку, то ли кожа была у них светло-бурая, курчавились кронами пышные волосы, торчали серо-зеленые, мшистые бороды. Огромные внимательные глаза глядели вовсе не на конников, взоры их устремлялись к северу. Внезапно они, приставив раструбом руки ко рту, издали громкий клич, похожий на пенье рога, но протяжнее и мелодичнее. Раздались ответные звуки; всадники обернулись в другую сторону и увидели, что с севера к лесу быстро приближаются такие же исполины, вышагивая в траве. Шагали они, точно аисты, но гораздо проворнее. Конники разразились изумленными возгласами, иные из них схватились за мечи.

— Оставьте оружие,— сказал Гэндальф.— Это всего-навсего пастухи. Они не враги наши, да они нас вовсе и не замечают.

Видимо, так оно и было: исполины, даже не взглянув на всадников, скрылись в лесу.

— Пастухи! — сказал Теоден.— А где же их стада? Кто они такие, Гэндальф? Тебе они, по всему видать, знакомы.

— Пастыри деревьев,— отвечал Гэндальф.— Давно ли, о конунг Теоден, внимал ты долгим рассказам у вечернего очага? Многие ристанийские дети, припомнив волшебные сказки и чудесные были, шутя отыскали бы ответ на твой вопрос. Ты видел онтов, конунг, онтов из Фангорнского Леса, который на вашем языке зовется Онтвальд. Может, тебе казалось, что он прозван так ненароком? Нет, Теоден, разуверься: это вы для них мимолетная небыль, столетья,

152

минувшие со времен Отрока Эорла до старца Теодена, в их памяти короче дня, и летопись ваших деяний — как пляска солнечных зайчиков.

— Онты! — вымолвил конунг после долгого молчания.— Да, среди сказочных теней понятней нынешние чудеса, а время нынче небывалое. Век за веком мы холили коней и распахивали поля, строили дома, ковали мечи и косы, выезжали в дальние походы и помогали гондорцам воевать — и называли это жизнью людской, и думали, будто мир вертится вокруг нас. И знать не желали никаких чужаков за нашими рубежами. Старинные песни и сказания мы забывали: одни обрывки их случайно достигали детских ушей. И вот свершилось — древние небылицы ожили и, откуда ни возьмись, явились средь бела дня.

— Вот и радуйся, конунг Теоден,— сказал Гэндальф.— Стало быть, нынче злая беда грозит не только недолговечному роду людскому, но и жизни иной, которая мнилась вам небылицей. Есть у вас союзники и соратники, неведомые вам самим.

— Не знаю, радоваться мне или печалиться,— возразил Теоден.— Ведь даже если мы победим — все равно много дивного и прекрасного исчезнет наверное из жизни Средиземья.

— Исчезнет,— подтвердил Гэндальф.— Лиходейство Саурона с корнем выкорчевать не удастся, и след его неизгладим. Но такая уж выпала нам участь. Поехали дальше, навстречу судьбе!

Обросший лесом излог остался позади, свернули налево, к бродам. Леголас скакал последним, то и дело озираясь. Солнце уже закатилось, но, отъехав от горных подножий, они взглянули на запад и увидели за Вратами Ристании багряное небо и пылающие облака. Стаи черных птиц носились кругами и разлетались врассыпную у них над головой, с жалобным криком возвращаясь на свои скалистые кручи.

— Вдоволь поживы стервятникам на бранном поле,— сказал Эомер.

Они шли на рысях по темнеющей равнине. Медленно выплыла чуть урезанная луна, и в ее серебристом свете степь колыхала неровные серые волны. Часа через четыре подъехали к переправе; под откосом виднелись длинные отмели и высокие травянистые насыпи. С порывом ветра донесся волчий вой, и горестно припомнили ристанийцы, сколько доблестных воинов полегло в этих местах.

Прорезая насыпи, дорога витками спускалась к воде и поднималась в гору на том берегу. Три узкие тропы из тесаных каменьев и конские броды между ними вели через голый островок посредине реки. Конники смотрели на переправу и дивились: обычно там меж валунов клубилась и клокотала река, а сейчас было тихо. Безводное русло обнажило галечники и серые песчаные залежи.

— Унылые места, их и не узнать! — проговорил Эомер.— Саруман изуродовал все, что смог: неужели же запрудил и загадил источники Изена?

— Похоже на то,— сказал Гэндальф.

— Надо ли нам,— молвил Теоден,— непременно ехать этим путем, мимо наших мертвецов, истерзанных и изглоданных?

— Надо,— сказал Гэндальф.— Надо нам ехать этим путем. Скорбь твоя, конунг, понятна; ты, однако, увидишь, что волки с окрестных гор до наших мертвецов не добрались. Они обжираются трупами своих приятелей-орков: такая у них дружба, не на жизнь, а на смерть. Вперед!

Они спустились к реке, и волчий вой притих, а волки попятились: страшен был им вид Гэндальфа, грознобелого в лунном свете, и его гордого серебряного коня Светозара. Конники перешли на островок, а мерцающие глаза тускло и хищно следили за ними с высокого берега.

— Взгляни! — указал Гэндальф.— Друзья твои не дремали.

И они увидели посреди островка свеженасыпанный курган, обложенный каменьями и утыканный копьями.

— Здесь покоятся все мустангримцы, павшие окрест,— сказал Гэндальф.

— Мир их праху! — отозвался Эомер.— Ржа и гниль источат их копья, но курган останется навеки — стеречь Изенгардскую переправу.

— И это тоже ты, Гэндальф, бесценный друг? — спросил Теоден.— Многое ж ты успел за вечер и за ночь!

— Спасибо Светозару и другим безымянным помощникам,— сказал Гэндальф.— Дела было — только поспевай! Одно скажу тебе в утешение возле этого холма: молва троекратно умножила число павших, хотя погибло и правда немало. Больше, однако, рассеялось; и я собрал всех, кого удалось собрать. Одних я отправил с Гримбладом из Вестфольда на помощь Эркенбранду, другим поручил погребение. Теперь они на пути к Эдорасу; твой сенешаль

Эльфхельм ведет их, и вдогон им послана еще сотня-другая конников. Саруман обрушил на Хельмову Крепь все свое воинство; завернул даже мелкие отряды, а все же я опасался, что какая-нибудь банда мародеров или свора волколаков нападет на беззащитную столицу. Теперь-то можешь не тревожиться: дворец твой ожидает тебя в целости и сохранности.

— Радостно будет мне возвратиться под златоверхий кров моих предков, пусть и ненадолго,— сказал Теоден.

Распростившись с островком и скорбным курганом, пересекли реку и взъехали на высокий берег. Едва они отдалились, волки снова злобно завыли.

Еще в седой древности была проложена дорога от Изенгарда к переправе. Она шла подле реки, сворачивая на восток, потом на север и наконец, оставив реку в стороне, вела прямиком к изенгардским воротам на западной окраине долины, миль за шестнадцать от ее устья.

Ехали они не дорогой, а рядом с нею, по целине, густо заросшей свежей травой. Ехали быстрее, чем прежде, и к полуночи проскакали добрых пять лиг. Тут, у подножия Мглистых гор, и заночевали: конунг не на шутку утомился. Длинные отроги Нан-Курунира простерлись им навстречу, и густая темень сокрыла долину; луна отошла к западу, спряталась за холмами. Однако же из долины, затопленной темнотой, вздымался огромный столп дымных паров, клубившихся и опадавших, и под лучами луны черно-серебряные клочья расползались в звездном небе.

— В чем тут дело, как думаешь, Гэндальф? — спросил Арагорн.— Похоже, будто горит вся Колдовская логовина.

— Нынче из этой логовины дым всегда клубами валит,— сказал Эомер.— Но такого и я, пожалуй что, не видывал. Дыма-то, поглядите, маловато, все сплошь пар. Это Саруман готовит что-нибудь новенькое. Наверно, вскипятил воды Изена, оттого и русло сухое.

— Может, и вскипятил,— согласился Гэндальф.— Завтра утром узнаем, в чем дело с Изеном. А пока попробуйте все-таки отдохнуть.

Заночевали неподалеку от бывшего русла Изена, пустого и заглохшего. И спали, кому спалось. Но посреди ночи вскрикнули сторожевые, и все проснулись. Луна зашла. Блистали звезды, но темнее ночи вскрылась темнота — и пролилась по обе стороны реки, и уползала к северу.

— Ни с места! — велел Гэндальф.— Оружие не трогать! Погодите: сейчас минует!

Их окутал сплошной туман; сверху мигала горсточка

серых звезд, но по обе руки стеною выросла темень; они оказались как бы в узкой лощине, стиснутые раздвоенным шествием исполинских теней. Слышались голоса и шепоты, стенания и тяжелый, протяжный вздох; и долгим трепетом ответствовала земля. Казалось, конца не будет их испуганному ожиданию; однако темнота растаяла, и звуки стихли, замерли где-то в горах.

А в южной стороне, близ Горнбурга, за полночь раздался громовой гул, точно ураган пронесся по долине, и содрогнулись недра земные. Всех объял ужас — затворившись, ждали, что будет. Наутро вышли поглядеть и замерли в изумлении: не стало ни волшебного леса, ни кроваво-черной груды мертвецов. Далеко в низине трава была вытоптана, будто великаны-пастухи прогнали там бесчисленные стада; а за милю от Гати образовалась огромная расселина, и над нею — насыпь щебня. Говорили, что там схоронены убитые орки; но куда подевались несметные толпы, бежавшие в лес, никто никогда не узнал: туда, на этот холм, не ступала нога человеческая, и трава на нем не росла. Его прозвали Мертвецкая Запасть. И диковинных деревьев в Ущельном излоге более не видели: как явились они ночью, так и ушли к себе обратно, в темные ложбины Фангорна. Страшной местью отомстили они оркам.

После этого конунгу с дружинниками не спалось; а ночь тянулась тихая, и только под утро вдруг обрела голос река. Валуны и мели захлестнуло половодьем, потом вода схлынула. Изен струился и клокотал деловито, как ни в чем не бывало.

На рассвете они изготовились к походу. За бледно-серою дымкой вставало невидимое солнце. Отяжелела, напитавшись стылым смрадом, сырая утренняя мгла. Медленно ехали по широкой, ровной и гладкой дороге. Слева сквозь туман виднелся длинный горный отрог: въезжали в Нан-Курунир, Колдовскую логовину, открытую лишь с юга. Когда-то была она зеленой и пышной; ее орошал полноводный Изен, вбирая ручьи, родники и дождевые горные потоки,— и вся долина возделывалась, цвела и плодоносила.

Но это было давно. У стен Изенгарда и нынче имелись пашни, возделанные Сарумановыми рабами; но остальной долиной завладели волчцы и терние. Куманика оплела землю, задушила кустарник; под ее густыми порослями гнездились робкие зверьки. Деревьев не было; среди гниющей травы там и сям торчали обугленные, изрубленные пни — останки прежних рощ. Угрюмое безмолвие нарушал лишь Изен, бурливший в каменистом русле. Плавали клочья дыма и клубы пара, оседая в низинах. Конники помалкивали, и сомнение закрадывалось в их сердца: зачем их сюда понесло и добром ли все это кончится?

Через несколько миль дорога превратилась в мощеную улицу, и ни травинки не росло между каменными плитами. По обе стороны улицы текла вода в глубоких канавах. Громадный столб появился из мглы; на черном постаменте был установлен большой камень, высеченный и размалеванный наподобие длинной Белой Длани. Перст ее указывал на север. Недалеко, они знали, оставалось до ворот Изенгарда, и чем ближе к ним, тем тяжелее было на сердце — а впереди стеной стояла густая мгла.

Многие тысячелетия в Колдовской логовине высилась у горных подножий древняя крепость, которую люди называли Изенгардом. Ее извергла каменная глубь, потом потрудились нуменорские умельцы, и давным-давно обитал здесь Саруман, строитель не из последних.

Посмотрим же, каков был Изенгард во дни Сарумана, многими почитавшегося за верховного и наимудрейшего мага. Громадное каменное кольцо вросло в скалистые откосы, и лишь один был вход внутрь: большая арка с юга и под нею — туннель, прорубленный в скале, с обеих сторон закупоренный массивными чугунными воротами. Толстые стальные брусья глубоко впились в камень, а ворота были так подвешены на огромных петлях, что растворялись легко и бесшумно, от легкого нажима. За этим гулким туннелем приезжий оказывался как бы на дне чаши, от края до края которой была добрая миля. Некогда там росли меж аллей фруктовые рощи и журчали ручьи, стекавшие с гор в озерцо. Но к концу владычества Сарумана зелени не осталось и в помине. Аллеи замостили черным плитняком, вдоль них вместо деревьев тянулись ровными рядами мраморные, медные, железные столбы; их сковывали тяжкие цепи.

Громады скал, ограждавшие крепость, были источены изнутри ходами и переходами между тайниками, кладовыми и камерами, кругом обставлены всевозможными постройками; зияли бесчисленные окна, бойницы и черные двери. Там ютились тысячи мастеровых, слуг, рабов и воинов, там хранилось оружие, там, в подвалах, выкармливали волков. Все днище каменной чаши тоже было иссверлено; низкие купола укрывали скважины и шахты, и при луне Изенгард выглядел беспокойным кладбищем. Непрестанно содрогалась земля; винтовые лестницы уходили вглубь, к сокровищницам, складам, оружейням, кузницам и горнилам. Вращались железные маховики, неумолчно стучали молоты. Скважины изрыгали дымные струи и клубы в красных, синих, ядовито-зеленых отсветах.

Дороги меж цепей вели к центру, к башне причудливой формы. Ее воздвигли древние строители, те самые, что вытесали скалистую ограду Изенгарда; казалось, однако же, что людям такое не под силу, что это — отросток костей земных, увечье разверзнутых гор. Гигантскую глянцевито-черную башню образовали четыре сросшихся граненых столпа. Лишь наверху, на высоте пятисот футов над равниной, они вновь расходились кинжальными остриями; посредине этой каменной короны была круглая площадка, и на ее зеркальном полу проступали таинственные письмена.

Ортханк называлась мрачная цитадель Сарумана, и волею судеб (а может, и случайно) имя это по-эльфийски значило Клык-гора, а по-древнеристанийски — Лукавый Ум.

Могучей и дивной крепостью был Изенгард, и многие тысячи лет хранил он великолепие: обитали здесь и великие воеводы, стражи западных пределов Гондора, и мудрецы-звездочеты. Но Саруман медленно и упорно перестраивал его в угоду своим злокозненным планам и думал, что он — великий, несравненный, искусный зодчий; на самом же деле все его выдумки и ухищренья, на которые он разменял былую мудрость и которые мнились ему детищами собственного хитроумия, с начала до конца были подсказаны из Мордора: строил он не что иное, как раболепную копию, игрушечное подобие Барад-Дура, великой Черной Твердыни с ее бастионами, оружейнями, темницами и огнедышащими горнилами; и тамошний властелин в непомерном своем могуществе злорадно и горделиво смеялся над незадачливым и ничтожным соперником.

Таков был оплот Сарумана, так его описывала молва, хотя очевидцев и не было, ибо не помнилось ристанийцам, чтобы кто-нибудь из них проник за крепостные врата; а те немногие, кто там побывал,— те, вроде Гнилоуста, ездили туда тайком и держали язык за зубами.

Гэндальф проехал мимо столба с изваянием Длани, и тут конники заметили, что Длань-то вовсе не белая, а точно испятнанная засохшей кровью, и вблизи стало видно, что ногти ее побагровели. Гэндальф углубился в туман, и они нехотя последовали за ним. Кругом, словно после половодья, разлились широкие лужи, поблескивали колдобины, налитые водой, журчали в камнях ручьи.

Наконец Гэндальф остановился, сделал им знак приблизиться — и они выехали из тумана. Бледный послеполуденный солнечный свет озарил ворота Изенгарда.

А ворот не было; ворота, сорванные с петель и покореженные, валялись поодаль, среди руин, обломков и бескрайней свалки щебня. Входная арка уцелела, но за нею тянулась расселина — туннель, лишенный кровли. По обеим его сторонам стены были проломлены, сторожевые башни сшиблены и стоптаны в прах. Если бы океан во всей своей ярости обрушился на горную крепь — и то бы он столько не наворотил.

А в кольце полуразваленных скал дымилась и пузырилась залитая водой огромная каменная чаша, испуская пары, колыхалось месиво балок и брусьев, сундуков и ларей и всяческой прочей утвари. Искривленные, покосившиеся столбы торчали над паводком; все дороги были затоплены, а каменный остров посредине окутан облаком пара. Но по-прежнему темной, незыблемой твердыней возвышалась башня Ортханка, и мутные воды плескались у ее подножия.

Конунг и его конники глядели и поражались: владычество Сарумана было очевидно ниспровергнуто, но кем и как? Снова посмотрели они на арку, на вывернутые ворота — и рядом с ними, на груде обломков, вдруг заметили двух малышей в сером, почти неразличимых средь камней. Подле них стояли и валялись бутылки, чашки и плошки; похоже, они только-только плотно откушали и теперь отдыхали от трудов праведных. Один, видимо, вздремнул, другой, скрестив ноги и закинув руки за голову, выпускал изо рта облачка и колечки синеватого дымка.

Теоден, Эомер и прочие ристанийцы обомлели от изумления: такое ни в одном сне не привидится, тем более посреди сокрушенного Изенгарда. Но прежде, чем конунг нашел слова, малыш-дымоиспускатель заметил в свою очередь всадников, вынырнувших из тумана, и вскочил на ноги. Ни дать ни взять юноша, только в половину человеческого роста, он стоял с непокрытой головой, на которой курчавилась копна каштановых волос, а облачен был в замызганный плащ, вроде Гэндальфа и его сотоварищей, когда те заявились в Эдорас. Возложив руку на грудь, он низко поклонился. Потом, словно не замечая мага и его спутников, обратился к Эомеру и конунгу:

— Добро пожаловать в Изенгард, милостивые государи! — промолвил он.— Мы тут исполняем должность привратников. Меня лично зовут Мериадок, сын Сарадока; а мой товарищ по оружию, которого — увы! — одолела усталость,— тут он отвесил товарищу по оружию хорошего пинка,— зовется Перегрин, сын Паладина, из рода преславного Крола. Обиталище наше далеко на севере. Хозяин крепости Саруман — он у себя, но затворился, видите ли, с неким Гнилоустом, иначе бы, разумеется, сам приветствовал столь почетных гостей.

— Да уж конечно, приветствовал бы! — расхохотался Гэндальф.— Так это, значит, Саруман поставил тебя стеречь выломанные ворота и принимать гостей, если будет тебе под силу оторваться от бутылки и оставить тарелку?

— Нет, ваша милость, он не изволил на этот счет распорядиться,— ответствовал Мерри.— Слишком он был занят, извините. К воротам нас приставил некий Древень, теперешний управляющий Изенгарда. Он-то и повелел мне приветствовать властелина Ристании в подобающих выражениях. Надеюсь, я не оплошал?

— А на друзей, значит, плевать, на Леголаса и на меня! — воскликнул Гимли, которого так и распирало.— Ах вы мерзавцы, ах вы шерстопятые и шерстолапые лежебоки! Ну и пробежались мы по вашей милости! Двести лиг по лесам и болотам, сквозь битвы и смерти — и все, чтобы вас догнать! А вы тут, оказывается, валяетесь-пируете как ни в чем не бывало, да еще куревом балуетесь! Куревом, это ж подумать только! Вы откуда, негодяи, взяли табак? Ах ты, клещи с молотом, иначе не скажешь! Если я не лопну от радости и ярости, вот это будет настоящее чудо!

— Хорошо говоришь, Гимли,— поддержал его Леголас.— Однако мне вот любопытно, откуда они взяли вино.

— Бегать-то вы гораздны, только ума не набегаешь,— заметил Пин, приоткрыв один глаз.— Видите же, сидим мы, победивши, на поле боя, среди всяческой добычи, и еще спрашиваете, откуда взялись эти заслуженные трофеи!

— Заслуженные? — взъярился Гимли.— Вот уж это никак!

Конники захохотали.

— Сомненья нет, мы свидетели встречи старых друзей,— сказал Теоден.— Это и есть, Гэндальф, твои пропащие спутники? Да, нынче наши дни исполнены чудес. Я уж их навидался с тех пор, как покинул Эдорас, а вот смотрите-ка, опять средь бела дня народец из легенд. Вы кто же, вы, что ли, невысоклики, которых у нас называют хольбитлы?

— Хоббиты, государь, с твоего позволения,— сказал Пин.

— Хоб-биты? — неуверенно повторил Теоден.— Странно изменился ваш язык; однако же имя это вполне вам подходит. Хоббиты, значит! Нет, россказни россказнями, а правда их чудней.

Мерри поклонился; Пин встал и последовал его примеру.

— Приятны слова твои, государь,— сказал он.— Надеюсь, что я их правильно понял. И вот ведь чудо из чудес! В долгом нашем странствии не встречал я никого, кто бы знал хоть что-нибудь о хоббитах.

— Недаром предки мои родом с севера,— сказал Теоден.— Однако не буду вас обманывать: мы тоже о хоббитах знаем мало. Всего-то нам известно, что далеко-далеко, за горами и синими реками, будто бы живут невысоклики, в норах под песчаными дюнами. Но о делах и деяниях ваших речи нет; говорят, не знаю, правду ли, что нечего про них и рассказывать, что вы избегаете людского глаза, скрываясь во мгновение ока, и что не имеете равных в подражании любым птичьим голосам. Наверняка можно бы и еще про вас что-нибудь порассказать.

— Можно бы, государь, золотые твои слова,— сказал Мерри.

— Вот хотя бы,— сказал Теоден,— я и слыхом не слыхивал, что вы умеете пускать дым изо рта.

— Ну, это как раз неудивительно,— заметил Мерри,— этому искусству мы не слишком давно научились. Тобольд Громобой из Длиннохвостья, что в Южном уделе, впервые вырастил у себя в саду истинное табачное зелье, и было это по нашему счисленью примерно в тысяча семидесятом году. А о том, как старина Тоби набрел на эту травку...

— Ты бы остерегся, Теоден,— вмешался Гэндальф.— Хоббитам только дай волю — они усядутся хоть на поле битвы и давай обсуждать кушанья и стряпню, а заодно порасскажут о деяньях своих отцов, дедов и прадедов, девятиюродных родичей с отцовской и материнской стороны. В другой раз послушаем, как они пристрастились к табачному зелью. Мерри, где Древень?

— Я так понимаю, где-нибудь в северной стороне,— задумчиво сказал Мерри.— Он пошел водицы испить — чистой, сказал он, водицы. И онты вместе с ним доламывают Изенгард — вон, где-то там.— И Мерри махнул рукой в сторону дымящегося озера; они прислушались — и точно, оттуда доносился дальний грохот и рокот, будто лавина катилась с гор. Слышалось протяжное *хру-у-умм хуумм!* — как бы торжествующая перекличка рогов.

— А Ортханк, стало быть, оставили без охраны? — сурово спросил Гэндальф.

— Там вода плещется на страже,— возразил Мерри.— Да и не одна вода: Скоростень и еще там ребятушки с ним — они ох как стерегут башню. Да ты погляди как следует — думаешь, это все торчат Сарумановы столбы? А Скоростень, по-моему,— вон он где, возле скалы, у подножия лестницы...

— Да, там стоит высокий серый онт,— подтвердил Леголас,— застыл и руки свесил, не отличишь от воротного столба.

— Уже изрядно за полдень,— сказал Гэндальф,— а мы, в отличие от вас, с раннего утра ничего не ели. Однако же мне бы надо сперва повидаться с Древнем. Он ничего мне передать не просил — или у тебя за питьем и кушаньем память отшибло?

— Он как раз очень даже просил,— сказал Мерри,— и давно бы я тебе это передал, если б меня не перебивали посторонними вопросами. Мне велено сказать вам, что ежели повелитель Ристании и Гэндальф соизволят съездить к северной окраине Изенгарда, то они там имеют встретить Древня, и он будет очень рад с ними свидеться. Смею ли прибавить, что там для них приготовлена отличная трапеза из припасов, отысканных и отобранных вашими покорными слугами.— И он опять поклонился.

— Давно бы так! — рассмеялся Гэндальф.— Что ж, Теоден, поехали со мной, поищем, где там Древень! В обход придется ехать, но все равно недалеко. Зато, увидевши Древня, многое уразумеешь. Ибо он — Фангорн, древнейший и главнейший из онтов; переговоришь с ним — и услышишь первого из ныне живущих.

— Да, я поеду с тобой,— сказал Теоден.— До свидания, холь... хоббиты! Может, еще увидимся у меня во дворце. Вы тогда мирно усядетесь рядом со мною и расскажете обо всем, о чем душа пожелает: и о деяниях ваших предков, обо всем, что памятно из них; поговорим заодно и про старину Тобольда, про его ученье о травах. До свидания, государи мои!

Хоббиты низко поклонились.

— Вот он, значит, повелитель Ристании! — вполголоса проговорил Пин.— Старик хоть куда. А учтивый какой!

Глава IX

ХЛАМ И КРОШЕВО

Гэндальф и конунг с дружиной отправились на поиски Древня и объезд разрушенных изенгардских стен, а Леголас, Гимли и Арагорн отпустили коней щипать, какую найдут, травку и уселись рядом с хоббитами.

— Догнать мы вас, голубчиков, догнали, но как вас сюда занесло — это уму непостижимо,— сказал Арагорн.

— Вот-вот,— подхватил Леголас,— пусть сильные мира сего обсуждают великие дела, а мы, охотники за хоббитами, возьмем-ка их в оборот, раз попались. Ведь что получается — мы их, можно сказать, проводили до самого леса, и все равно загадок не оберешься.

— А нам, наоборот, про вас, охотничков, интересно,— возразил Мерри.— Древень — это который самый старый онт — нам кое-что поразъяснил, теперь очередь за вами.

— За нами? — возмутился Леголас.— Кто за кем гнался? Мы за вами — вот давайте вы сперва и рассказывайте.

— Не сперва, а потом,— сказал Гимли.— После еды оно лучше пойдет. У меня голова с голодухи побаливает, да и время, кстати, самое обеденное. Соберите-ка вы нам, бездельники, какой ни на есть обед: хвастались ведь добычей. Поем-попью — глядишь, и подобрею.

— Сейчас мы тебя задобрим,— пообещал Пин.— Пить-есть-то где будете — здесь или все-таки, для пущего уюта, в Сарумановой бывшей караулке, вон там, под аркой? Мы-то здесь расположились, чтобы вас не проморгать.

— И проморгали, ротозеи! — сказал Гимли.— Но я в гости к оркам, даже к мертвым, не пойду и не стану подъедать за ними объедки.

— А кто тебя зовет в гости к оркам? — осведомился Мерри.— Нам они и самим, знаешь ли, слегка осточертели. В Изенгарде всякой твари было по паре: у Сарумана и у того хватало мозгов не очень-то доверять оркам. Ворота люди стерегли — похоже, это его лейб-гвардия. Ну, так или иначе, а кормили их не худо.

— И табачным зельем снабжали? — ехидно спросил Гимли.

— Нет, не снабжали,— рассмеялся Мерри.— Но это уже другая, послеобеденная история.

— Ладно, уговорили, ведите обедать! — согласился гном.

Следом за хоббитами они прошли под арку налево в широкую дверь за лестницей и очутились в просторном покое с большим очагом и двумя маленькими дверцами в дальней стене. Окна его глядели в туннель, и обычно здесь, должно быть, царила темнота; нынче, однако, свет проливался сквозь разломанные своды. В очаге пылал огонь.

— Это я разжег,— сказал Пин.— Как-никак, все веселей у огонька, тем более в тумане. Только вот хворосту маловато и дрова сыроваты. Спасибо, дымоход треснул, и тяга такая, что лучше некуда. А теперь огонек очень даже пригодится — я вам сделаю гренки. Хлебушек-то, извините, черственький, третьегодняшней выпечки.

Арагорн и спутники его присели к длинному столу, а хоббиты скрылись за дверцами.

— Там у нас ихняя кладовка, ее, по счастью, не залило,— пояснил Пин, когда они вернулись с мисками, кружками, плошками, столовыми ножами и съестными припасами.

— И нечего нос воротить, сударь ты наш Гимли,— сказал Мерри.— Это тебе не орская жратва, а самая настоящая людоеда́, как говорит Древень. Хотите вина или, может, пива? Имеется здоровенный бочонок — и недурное, знаете, пивцо. А это, изволите видеть, отличнейший окорочок. Не угодно ли поджаренного бекону? С гарниром, правда, плохо: последнюю неделю, представьте, никакого подвозу не было! Кроме мясного, могу предложить только хлеб с маслом и медом. Устроит?

— Ай да хоббиты! — сказал Гимли.— На славу задабривают!

Все трое ели так, что за ушами трещало, но и хоббиты от них, как ни странно, не отставали.

— Хочешь не хочешь, а гостям надо составить компанию,— вздохнули они, усаживаясь.

— Фу-ты, ну-ты, какие гостеприимные хозяева! — захохотал Леголас.— Чего дурака-то валяете, не было бы нас, вы бы и друг другу компанию составили.

— А что, почему бы и нет,— ответствовал Пин.— Орки нас чуть не уморили, раньше тоже знай пояс подтягивай. Давненько живем впроголодь.

— Изголодались, бедняжки, а по вам и не скажешь,— заметил Арагорн.— Вид у вас цветущий.

— Да уж,— сказал Гимли, выхлебнув кружку в один глоток и оглядывая их.— И волосы у вас вдвое гуще и кучерявее, чем прежде, и сами вы, помнится, были пониже — выросли, что ли? Расти-то вам вроде уж поздновато. Но Древень этот вас, видать, голодом не морил!

— Чего не было, того не было,— признался Мерри.— Но онты — они только пьют, а ведь иной раз и пожевать что-нибудь не мешает. Даже путлибы и те приедаются.

— Ах, вы напились воды из онтских родников? — сказал Леголас.— Тогда все понятно, и Гимли, стало быть, верно углядел. Про чудесные фангорнские родники у нас и песни поются.

— Я тоже наслышался чудес о тамошних краях,— сказал Арагорн.— И никогда там не бывал. А вы побывали — вот и рассказывайте сперва об онтах!

— Онты, они,— начал Пин и осекся.— Они вообще-то совсем разные, онты. Вот глаза у них у всех — ну, необыкновенные! — Он поискал слов и махнул рукой.— Да что тут говорить, ведь вы онтов уже видели, хоть и издали, а они-то вас уж точно видели и донесли, что вы сюда едете. Ладно, еще насмотритесь на них, тогда, наверно, сами разберетесь.

— Погоди, погоди, ишь расскакался! — сказал Гимли.— Ни складу, ни ладу. Давай по порядку, с того злосчастного дня, когда все пошло кувырком.

— Можно и по порядку, если времени хватит,— сказал Мерри.— Только сначала — если вы наелись, конечно,— набьемте трубки и закурим. И вообразим ненадолго, будто мы, живы-здоровы, вернулись в Пригорье, а то и в Раздол.

Он достал толстенький кожаный кисет.

— Табачку у нас хоть отбавляй. Набивайте карманы, пока мы добрые. Поутру был богатый улов — чего тут только не плавает! Пин изловил два бочоночка: их небось вынесло откуда-нибудь из подвала. Мы их взяли да вскрыли, а там — что бы вы думали? — первейшее трубочное зелье, и ничуть не подмокшее.

Гимли растер табак в ладонях и понюхал.

— Пахнет не худо и на ощупь хорош,— сказал он.

— Да что там не худо, он лучше хорошего! — укорил его Мерри.— Друг мой Гимли, он же из Длиннохвостья! На бочонках-то было, шутка сказать, клеймо Громобоя!

А вот как он сюда попал, ума не приложу. Не иначе, Саруман сам для себя расстарался. Оказывается, наши товары вывозят за тридевять земель. Но ведь как кстати пришелся, а?

— Пришелся бы кстати,— пробурчал Гимли,— будь у меня трубка. А я свою потерял не то в Мории, не то еще раньше. Или, может, вы и трубку тоже выловили?

— Увы,— сказал Мерри,— не выловили. И в кладовках не нашлось ничего похожего. Видно, Саруман не хотел табачком делиться с лейб-гвардией. Можно бы, конечно, сбегать в Ортханк, спросить, не одолжит ли он трубку, да, по-моему, не стоит. Дружить так дружить — обойдемся одной трубкой на двоих.

— В следующий раз! — сказал Пин. Он сунул руку за пазуху и извлек оттуда мешочек на шнурке.— Есть которые на себе Кольца таскают, а у меня другие сокровища. Вот, например: моя старая черешневая трубка. А вот, смотрите-ка, еще одна — необкуренная! Зачем я ее сберегал, сам не знаю. Никак уж не рассчитывал, что мне табачку подбросят, когда мой кончится. А вот поди ж ты — пригодилась.— Он протянул Гимли трубку с широким плоским чубуком.— Ну как, может мы с тобой квиты?

— Скажешь тоже — квиты! — воскликнул Гимли.— О благороднейший из хоббитов, я твой должник навеки!

— Вы как хотите, а я пошел на воздух; там и ветер свежий, и небо над головой,— сказал Леголас.

— Мы тоже пойдем,— поддержал его Арагорн.

Они уселись на каменной россыпи у ворот. Слоистые туманы подымались и уплывали с ветром, открывая долину.

— Ну что ж, давайте и правда немного передохнем! — сказал Арагорн.— Устроимся на развалинах и поболтаем, как выражается строгий Гэндальф,— пока его нету. Устал я, однако, на удивление, давно такого не припомню.— Он запахнул плащ, так что панциря стало не видно, откинулся, вытянул свои длинные ноги и выпустил изо рта струю голубого дыма.

— Глазам не верю,— развел руками Пин.— Явился не запылился Бродяжник-Следопыт!

— А он никуда и не девался,— сказал Арагорн.— Я и Бродяжник, и Дунадан, гондорский воин и северный Следопыт.

До поры до времени курили в молчании; их озаряли косые солнечные лучи из-за перистых облаков на западе. Леголас лежал неподвижно, широко раскрыв глаза, глядя на солнце и светлое небо, что-то медленно напевая себе под нос. Вдруг он сел, окинул взглядом друзей и сказал:

— Ладно, полежали! Время тянется хоть и медленно, но верно, туманы рассеялись, небо ясное; одни вы, диковинный люд, кутаетесь в дымы. Рассказ-то обещанный где?

— Ну, мой рассказ начинается с того, что я очнулся в темноте среди орков, связанный по рукам и ногам,— сказал Пин.— Погодите-ка, сегодня какое?

— По хоббитскому счислению пятое марта [1],— отозвался Арагорн.

Пин посчитал на пальцах.

— Всего-то девять дней прошло! — сказал он.— А кажется, мы уж год как расстались. Трудно порядком припомнить дурной сон, целых три дня, переполненных жутью. Ежели что забуду, Мерри меня поправит, только я все-таки без подробностей: не хватало еще припоминать вонь, гнусь, бичи и всякое такое.

И он рассказал про последний бой Боромира и про бегство от Привражья до Леса. Слушатели кивали, когда рассказ совпадал с их догадками и домыслами.

— Кое-какие свои сокровища вы обронили в дороге,— сказал Арагорн.— Однако же радуйтесь — не потеряли! — Он отстегнул ремень под плащом и снял с него два кинжала в ножнах.

— Батюшки! — воскликнул Мерри.— Вот уж чего не чаял снова увидеть! Немного окровавить свой меч я все-таки успел, но потом Углук чуть не с руками вырвал оба, у Пина и у меня. Ну и скрежетал же он зубами! Я было подумал: сейчас зарежет, но он только отшвырнул мечи, точно горячие уголья.

— Вот и твоя застежка, Пин,— сказал Арагорн.— Я сберег ее для тебя — ей ведь цены нет.

— А то я не знаю,— сказал Пин.— Я с нею расстался скрепя сердце — но что было делать?

— Правильно ты сделал,— отвечал Арагорн.— Кто не может расстаться с сокровищем, тому оно станет в тягость. Так, и никак иначе.

— Ладно, вот что они исхитрились руки освободить — вот это да! — сказал Гимли.— Повезло, конечно; но ведь известное дело — не всяк вывозит, кому везет.

— Вывезти вывезли, а куда следы подевались? — спросил Леголас.— Я уж думал, может, у вас крылья выросли?

---

[1] Согласно хоббитскому календарю, во всех месяцах по тридцать дней.— *Прим. автора.*

— Нет, не выросли,— вздохнул Пин.— Тут не крылья, тут Грышнак потрудился.— Его передернуло, и он замолчал; про самое страшное досказывал Мерри — про цепкое обшариванье, про смрадное и жаркое пыхтенье, про костоломную хватку волосатых лапищ Грышнака.

— Очень.мне все это не по душе насчет орков из Барад-Дура, по-ихнему Лугбурза,— задумчиво сказал Арагорн.— Черному Властелину и его прислужникам и так-то слишком много было известно, а тут еще Грышнак наверняка изловчился оповестить его из-за реки о кровавой стычке с изенгардцами. Теперь он будет буровить Изенгард своим Огненным Оком. Угодил Саруман в переделку, нечего сказать.

— Да, кто бы ни победил, а ему не поздоровится,— сказал Мерри.— Как сунулись его орки в Ристанию, так и пошло у него все наперекосяк.

— Видели мы тут одним глазком этого старого мошенника, если верить Гэндальфу, что это не он был,— сказал Гимли.— На опушке Фангорна.

— Когда видели? — спросил Пин.

— Пять ночей назад,— отвечал Арагорн.

— Погоди-ка, ага,— сказал Мерри,— пять ночей назад — это значит, как раз начинается история, вам с начала до конца неизвестная. Наутро после битвы мы встретили Древня и к ночи попали в один из его домов, Ключищи называется. Утром отправились мы на Онтомолвище, но это не место, а собрание онтов, и такого я в жизни не видал и не увижу. Продолжалось оно весь день и еще два, а мы ночевали у онта по имени Скоростень. Только на третий вечер онты договорились до дела — и вскипели ой-ой-ой как! Лес замер, точно копил грозу, а потом она разразилась. Ох, слышали бы вы их походную песню!

— Слышал бы ее Саруман, он бы драпанул за сто земель, не разбирая дороги,— сказал Пин.

На Изенгард! Пусть грозен он, стеной гранитной огражден,
Но мы идем крушить гранит, и Изенгард не устоит!

Длинная была песня. В ней уж и слов не стало, одни рога распевали да гремели барабаны. Шумим-гремим, идем-грядем! Я было подумал, что они так себе расшумелись, но теперь знаю: они просто так не шумят.

— Стемнело, и мы взошли на гребень над Нан-Куруниром,— продолжил Мерри.— Тогда мне впервые показалось, что за нами движется Лес: ну, думаю, сплю и вижу онтские сны — ан нет, Пин тоже, хоть и раззява, а чего-то такое заметил. И оба мы здорово испугались, но в чем было дело, покамест не разгадали.

А это, оказывается, были гворны — так их онты именуют на «сокращенном языке». Древень про них вскользь упоминал, и я сообразил, что это вроде бы те же онты, только одеревенелые — во всяком случае, с виду. Стоят они там и сям, в лесу или на опушке, стоят-помалкивают и приглядывают за деревьями; а в ложбинах, что поглубже, их, наверно, скопилось многие сотни.

Сила в них тайная и страшная, и они напускают вокруг себя мрак — даже не заметишь, что движутся. А они очень даже движутся, и если рассердятся, то куда как быстро. Стоишь, к примеру, глядишь, какая погода, слушаешь шорох ветра — глядь, а ты уж среди леса, и огромные деревья тянутся к тебе корнями и голыми ветвями. Речь они сохранили, бывает, говорят с онтами — потому и зовутся гворны, как сказал Древень,— но вконец ошалели и одичали. Вот уж не приведи Фангорн с ними встретиться, если поблизости нет настоящего онта.

Ну, в общем, до полуночи мы скрывались в горах на севере Колдовской логовины: онты, а за ними тьма-тьмущая гворнов. Мы их, конечно, видеть не могли; только слышали жуткое поскрипывание и покряхтывание. Темная была ночь, облачная. А с гор они двинулись, словно лавина, и ветер засвистал в ушах. Луна из-за туч не выглядывала, и в первом часу пополуночи на Изенгард с севера надвинулся густой лес. А кругом никого-никого — ни врагов, ни друзей. Только светилось окно высоко на башне — вот и все.

Древень с товарищами подобрался поближе к большим воротам, и мы с Пином никуда не делись — сидели на плечах у Древня, и я чувствовал, как он напрягся. Но онты — они, если даже сильно волнуются, все равно очень осторожные и терпеливые. Они и застыли, как статуи, тихо дышали и молча вслушивались.

Внезапно все кругом загрохотало. Завыли трубы, гул прокатился по стенам Изенгарда. Мы уж думали — все, нас заметили, и сейчас начнется битва. Но не тут-то было. Просто Саруман выпустил из крепости все свое воинство. Я мало чего понимаю про войну, про эту и про любую, ничего толком не знаю про ристанийских конников, что они за люди, но ясное было дело: Саруман задумал одним махом разделаться с конунгом и его подданными. А Изенгард от кого охранять? Я видел, как они шли: орки за орками, черные стальные полчища, и верховые — на громадных волках. Потом люди, и тоже их видимо-невидимо, при свете факелов различались их лица. Вроде бы люди как люди, высокие, темноволосые — мрачные, но не злобные. Жуть-то была не в них; страшно стало, когда пошли другие — росту людского, а хари гоблинские, изжелта-серые, косоглазые. И знаете, мне припомнился тот южанин в Пригорье; тот, правда, был все же скорей человек, чем орк.

— Да, я его тоже припоминал,— сказал Арагорн.— Мы навидались таких полуорков в Хельмовом ущелье. Теперь-то ясно, что тот южанин был шпионом Сарумана, но стакнулся ли он с Черными Всадниками или соблюл верность здешнему хозяину — кто его знает. Да и то сказать: разве их, лиходеев, разберешь, когда они служат верой и правдой, а когда плутуют и мошенничают?

— Короче говоря, набралось Сарумановой рати самое малое тысяч десять,— сказал Мерри.— Час или около того выходили они из ворот. Одни отправились к Бродам, другие — прямо на восток. Там был мост, примерно за милю отсюда, где река глубоко уходит в каменное русло. Да вон он, что там от него осталось: если встанешь, отсюда видно. Они сипло орали песни, гоготали и галдели. Ну, подумал я, ристанийцам-то, пожалуй, худо придется. Но Древень и ухом не повел. Он сказал: «Нынче мне до них дела нет. Я займусь Изенгардом, скалами и стенами».

В кромешной тьме много не увидишь, но мне почудилось, будто гворны помалу двинулись на юг, как только затворились ворота. Должно быть, им-то было дело до орков. А поутру они продвинулись далеко в долину: там лежало темное пятно.

Как только удалилось Саруманово воинство, настал наш черед. Древень опустил нас наземь, подошел к воротам и принялся колотить в них, вызывая Сарумана. Со стен посыпались стрелы и полетели камни. Ну, стрелы онтам нипочем: они их только язвят, будто осиные укусы. Онта можно истыкать стрелами, как игольник, а он почти и не заметит. Отрава их не берет, да и кожа потолще древесной коры. Разве что если изо всех сил рубануть топором: вот топоров они не любят. Много, однако, понадобится дровосеков на одного онта, тем более что, единожды рубанув его, в живых уж точно не останешься. Онтский кулак мнет броню, как жесть.

Ну и вот, обстреляли они Древня, и тот малость осердился, «поспешничать» стал: есть у него такое словечко.

170

Как гаркнет: «Хрру-ум — ху-ум»— и, откуда ни возьмись, явилась ему на подмогу добрая дюжина онтов. А уж сердитый онт — это не шуточки. Пальцами — что рук, что ног — они мало сказать, впиваются в камень: они его крошат, что твой черствый хлеб. Представьте, что сделают со скалами лет за сто древесные корни; так вот, это делалось у нас на глазах.

Они шатали, трясли, дробили, колотили, молотили — бум-бам, тррах-крках,— и через пять минут эти огромные ворота валялись, где сейчас; а стены они рассыпа́ли, как кролики роют песок. Не знаю уж, что там подумал Саруман, понял ли он, какая напасть на него свалилась; но надумать он ничегошеньки не надумал. Нынче он и маг-то, видно, так себе, плохонький, но волшебство побоку, просто кишка тонка, а для храбрости ему нужны рабы в ошейниках и колеса на ремнях, извините, конечно, за красивое выражение. Да уж, не то что старина Гэндальф. Саруман небось потому и прославился, что всех облапошил, запершись в Изенгарде.

— Нет,— возразил Арагорн.— Когда-то он был достоин своей громкой славы. Велики были его познания, победительна сметка, на диво искусны руки, а главное, он имел власть над чужими умами: мудрых он уговаривал, тех, кто поглупей, запугивал. И эту власть он сохранил; во всем Средиземье немногие устоят или поставят на своем, побеседовав с Саруманом, и это даже теперь, после его поражения. Гэндальф, Элронд, пожалуй, Галадриэль, а кто еще — не знаю, даром что козни его и злодейства очевидны и несомненны.

— Онты — они устоят,— сказал Пин.— Однажды ему их удалось объехать на кривой, другой раз не удастся. Да он про них мало что понимает и очень ошибся, исключивши их из расчетов. В его замыслах им места нет, а передумывать уж теперь поздно, когда они сами за ум взялись. Словом, онты пошли на приступ, остатки изенгардского гарнизона разбежались кто куда и, точно крысы, полезли изо всех дыр. Людей онты отловили, выспросили и отпустили; их здесь вылезло дюжины две-три, не больше. А вот из орков, крупных и мелких, вряд ли кто спасся. От онтов — может быть, но от гворнов — никак, а они тогда не все еще покинули долину, Изенгард был наглухо оцеплен.

Так вот, когда онты развалили и искрошили южные стены, а гарнизона и след простыл, откуда-то выскочил и сам Саруман. Он, верно, ошивался у ворот, провожал свое достославное воинство. Поначалу он ловко укрывался, и его не заметили. Но тучи разогнало, звезды засияли; словом, для онтов стало светло, как днем, и вдруг слышу — Скоростень кричит: «Древогуб, древогуб!» Он по натуре тихий и ласковый, Скоростень, но тем страшнее ненавидит Сарумана — его самые любимые рябины погибли под оркскими топорами. Он спрыгнул со стены у внутренних ворот и помчался по дороге к Ортханку: они, когда надо, быстрее ветра. Серенькая фигурка перебегала от столба к столбу и уже была у башенной лестницы, но еще чуть-чуть — и Скоростень сцапал бы и придушил его возле самых дверей.

Забравшись в Ортханк, Саруман тут же запустил на полную катушку все свои прохиндейские машины; а в стенах Изенгарда уже набралось порядком онтов — одних призвал своим криком Скоростень, другие вломились с востока и севера — расхаживали и крушили что ни попадя. И вдруг скважины и шахты повсюду стали изрыгать огонь и вонючий дым. Кого обожгло, кого опалило. Один высокий, красивый онт — Буковец, кажется, его звали — попал в струю жидкого огня и загорелся, как факел: ужас несусветный!

Вот когда они впрямь рассвирепели. Я по глупости думал, что они и так уже здорово сердитые; но тут такое поднялось! Они трубили, гудели, голосили — от одного этого шума камни стали сами трескаться и осыпаться. Мы с Мерри забились поглубже в какие-то щели, заткнув уши плащами.

Точно смерч обрушился на Изенгард: онты выдергивали столбы, засыпали шахты валунами и щебнем; обломки скал летали кругом, как листья, взметенные вихрем. И посреди этого бушующего урагана незыблемо и невозмутимо высилась башня Ортханка: ни малейшего вреда не причинял ей град каменьев и железок, взлетавших на сотни футов.

Спасибо, Древень головы не потерял; его, кстати, по счастью, даже не обожгло. Похоже было, что онты, того и гляди, угробят самих себя, а Саруман улизнет в суматохе каким-нибудь тайным подземным ходом. Они с разгону, как на стену лезли, кидались на черную гладкую башню — и без толку, разумеется. Тут, видно, постарались чародеи почище Сарумана. Ни щелочки в камне не сделали онты, только сами расшиблись и поранились.

Тогда Древень вышел за кольцо стен и затрубил так громко, что перекрыл голосом дикий шум и грохот. Вдруг наступило мертвое молчанье, и из верхнего окна башни донесся злорадный, пронзительный, леденящий хохот. Чудно он подействовал на онтов. Только что они были сами не свои от ярости — и вмиг стали угрюмые, холодные и спокойные. Собрались они в круг возле Древня: тот держал к ним речь, а они молча, неподвижно внимали. Говорил он на их языке; я так понял, что разъяснял им свой план, который был у него готов заранее, а может, и давным-давно. Потом они словно растворились в серой темени; как раз уже начинало светать.

С башни они, конечно, глаз не спускали, но дозорные притаились где-то в тени, невидимые и неслышные. Другие все ушли на север и как в воду канули, а мы остались сами по себе. Денек выдался мрачный; мы бродили, осматривались и хоронились, как умели, от всевидящих и зловещих окон Ортханка. Искали мы хоть чего-нибудь поесть, ничего не находили, присаживались отдохнуть в укромном местечке и заглушали голод разговорами о том, каково-то воюют на юге, в Ристании, и как нынче дышится прочим разнесчастным Хранителям. Время от времени доносилось, будто с каменоломни, гулкое громыханье, и глухо рушились глыбы, раскатывая эхо в горах.

Под вечер мы отправились взглянуть, что там такое делается. Угрюмый лес гворнов вырос у края долины; другой подступил с северо-востока к изенгардскому кольцу. Подойти ближе мы не отважились, только послушали издали треск, грохот и шумы стройки. Онты и гворны копали пруды и канавы, возводили дамбы: скапливали воды Изена, родников, ручьев и речушек. Мы им мешать не стали.

В сумерках Древень явился к воротам. Он ухал, гудел и, кажется, был доволен. Вытянул свои длиннющие руки, размял ноги и продышался. Я спросил его, уж не устал ли он.

«Устал? — повторил он.— Не устал ли я? М-да, нет, не устал: так, разве что заскорузнул. Сейчас бы испить как следует водицы из Онтавы. А вот поработали мы на славу: перебросали камней и разворотили земли больше, чем лет эдак за сто. Зато, почитай, что и кончили дело. Вы ночью-то держитесь подальше от ворот и от этого, как его, туннеля! Вода оттуда хлынет — поначалу гнилая, мутная, пока не вымоет все пакости Сарумана, а уж потом Изен прикатит чистые, свежие воды». Он еще немного постоял, ковыряя стену и так себе, для развлечения, обрушивая стопудовые обломки.

Мы принялись выбирать место, где бы это поспокойней

улечься и вздремнуть, но тут пошли диковинные дела. Раздался стук копыт: всадник мчался по дороге. Мы с Мерри залегли, а Древень укрылся в тени под аркой. Выскочил огромный конь, точно серебро заблистало. Темно уже было, но я разглядел лицо всадника: оно как будто светилось, и он был в белом облачении. Я сел и уставился на него разиня рот. Хотел позвать, да язык не слушался.

Но звать не понадобилось. Он стал рядом и глядел на нас. «Гэндальф!» — выговорил я наконец едва слышным шепотом. Вы думаете, он сказал: «Ах, Пин, привет! Какая приятная встреча!»? Как бы не так! Он гаркнул: «Вставай, лодырь-бездельник Крол! Куда, разрази вас гром, подевался в этой каше Древень? Мне он сейчас же нужен. Сыщи его, да поживее!»

Древень заслышал его голос и вышел на свет: вот встретились так встретились! Меня, главное, поразило, что им хоть бы что. Гэндальф наверняка здесь и искал Древня, а тот, поди, затем и торчал у ворот, чтобы его встретить. А я-то старику рассказывал-разливался про Морию и тому подобное. Помнится, правда, он странным глазом на меня при этом глядел. Только и остается думать, что он то ли виделся с Гэндальфом, то ли что о нем прослышал, да не торопился рассказывать. У него первое дело: «Спешить не надо: поспешишь — людей насмешишь»; но спеши не спеши, а эльфы и те за Гэндальфом не поспеют.

«Кгум! Вот и ты, Гэндальф! — проговорил Древень.— Ты как раз вовремя явился. Вода, деревья, камни, скалы — это мне все под силу; а тут засел маг, и я не знаю, как быть».

«Вот что, Древень,— сказал Гэндальф.— Мне, понимаешь ли, нужна твоя помощь. Ты и так много сделал, но этого мало. Мне надо как-то разобраться с десятком тысяч орков».

Потом они оба куда-то ушли совещаться, чтоб без помех. Наверняка совещание это Древень счел поспешным и торопливым — да Гэндальф и правда очень торопился, он говорил на ходу, потом уж их слышно не стало. Минут, что ли, десять просовещались, самое большее — четверть часа. Потом Гэндальф вернулся — и, видно, отлегло у него от сердца, даже повеселел и сказал, спасибо, что рад нас видеть.

«Слушай, Гэндальф,— воскликнул я,— ты где вообще-то был? Ты остальных наших видел?»

«Где был, там меня уж нет,— отвечал он на гэндальфовский манер.— Да, кое-кого из остальных видел. Но

174

с новостями подождем. Ночь опасная, медлить нельзя, мне еще скакать и скакать. Но с рассветом, может быть, просветлеет; увидимся — поговорим. Берегите себя и от Ортханка держитесь подальше. А пока — прощайте!»

Древень очень задумчиво проводил Гэндальфа глазами. Он, видимо, многое враз узнал и теперь медленно переваривал. Поглядел он на нас и говорит: «Хм, да вы, оказывается, не такие уж и торопыги. Рассказали куда меньше, чем могли, и ровно столько, сколько следовало. Н-да, целый ворох новостей, и никуда от них не денешься! Вот тебе, Древень, и еще куча дел!»

Мы из него все ж таки кое-что вытянули — и новостям не порадовались. Огорчались мы, правда, только из-за вас троих, а про Фродо с Сэмом и беднягу Боромира и думать забыли. Оказывается, вам предстояла великая битва, и почем еще было знать, уцелеете вы или нет.

«Гворны помогут»,— сказал Древень. Потом он ушел и появился только нынче утром.

— Муторная была ночь,— продолжал Мерри.— Мы кое-как пристроились на высокой груде камней, а кругом все заволокло: мгла колыхалась над нами огромным одеялом. Па́рило, слышались шорохи, трески, удалялось медленное бормотание. Не иначе, сотня-другая гворнов отправилась на подмогу своим. Потом с юга донесся страшный громовой раскат, над Ристанией замелькали молнии, на миг выхватывая из темноты далекие черно-белые вершины. У нас в горах тоже гром грохотал, и долина полнилась эхом, но совсем по-другому, не похоже на отзвуки битвы.

После полуночи онты разобрали свои запруды и затопили Изенгард через северный пролом. Гворны ушли, их темень рассеялась, и гром понемногу стих вдалеке. Луна спустилась к западному хребту.

А по Изенгарду расползлись потоки, повсюду вскипали колдобины, черный паводок бурлил в лунном свете. Вода впивалась воронками в сарумановские шахты и скважины, оттуда вырывались столбы пара; свист, шипение, дым валил клубами. Вспыхивали разрывы. Длинный сгусток тумана змея змеей оплел Ортханк; он стал будто снежный пик, огнисто-рдяный внизу и лунно-зеленый сверху. А вода все прибывала; Изенгард кипел, точно кастрюля супа на огне.

— Прошлой ночью Нан-Курунир изрыгнул нам навстречу мутное облако дыма,— сказал Арагорн.— Мы опасались, не Саруман ли это измыслил какое-нибудь новое злодейство.

— Ну да, Саруман! — фыркнул Пин.— Ему уж стало не до смеха: он, поди, задыхался в собственном смраде. Ко вчерашнему утру онтские воды затопили все хитрые провалы, и расстелился плотный вонючий туман. Мы в ту самую караульню и сбежали — и натерпелись там страху. Вода прибывала; по туннелю мчалась река — того гляди, захлестнет, и поминай как звали. Мы уж думали: все, сгинем, как орки в норе; нашлась, спасибо, винтовая лесенка из кладовой, вывела поверх арки. Там мы уселись на камушке над паводком и глядели на великую изенгардскую лужу. Онты подбавляли и подбавляли воды, чтобы загасить все огни и залить все подземные пещеры. Туман прибывал, густел — и склубился в огромный гриб, с милю, не меньше, высотой. Вечером над восточным взгорьем опрокинулась исполинская радуга, и такой потом хлынул грязный ливень, что и заката видно не было. А в общем было довольно тихо, только где-то вдали тоскливо подвывали волки. Ночью онты остановили наводнение и пустили Изен по старому руслу. Тем все покамест и кончилось.

— И вода стала опадать. Небось там в пещерах есть нижние подвальные ярусы. Вот уж не завидую Саруману: из любого окна, смотри не смотри, ничего путного не увидишь, одна грязь да гадость. Мы тоже взгрустнули — кругом ни души, ни тебе онта, и новостей никаких. Так мы и проторчали всю ночь над аркою без сна, в холоде и сырости. Казалось, вот-вот что-нибудь такое приключится: Саруман-то в башне сидит! Ночью и впрямь поднялся шум, будто ветер свищет в долине. Вроде бы онты и те гворны, что уходили, вернулись назад, но куда они подевались, даже не спрашивайте — не знаю, и все тут. Промозглым туманным утром спустились мы вниз, огляделись, а кругом опять никогошеньки. Ну вот, пожалуй, и нечего больше рассказывать. После всей этой катавасии нынче тише тихого. А раз Гэндальф приехал, он и вообще порядок наведет. Эх, соснуть бы сейчас!

Помолчали. Гимли выколотил и заново набил трубку.

— Мне вот что еще интересно,— сказал он, запаливши трут и затянувшись,— про Гнилоуста. Ты сказал Теодену, что он в башне с Саруманом. Как он туда попал?

— Забыл рассказать,— спохватился Пин.— Нынче утром он пожаловал. Только это мы разожгли очаг, немного позавтракали — глядь, ан Древень тут как тут. Слышим: гудит, топочет и нас кличет.

«А,— говорит,— вот и вы, ребятки, ну как, не скучаете? А у меня для вас,— говорит,— новости. Гворны возвратились. Там, в Ристании, все хорошо ·и даже очень не худо! — смеется и хлопает лапищами по ляжкам.— Покончено,— говорит,— с изенгардскими орками-древорубами. К нам сюда с юга едут и скоренько будут здесь — кое с кем вы, пожалуй, не прочь будете свидеться!»

Только он это сказал, как раздался цокот копыт. Мы кинулись к воротам, я глаза растопырил, жду Гэндальфа с Бродяжником во главе победного воинства, но не тут-то было! Из тумана выехал всадник на заморенном коне и виду довольно-таки неприглядного. А за ним — никого. Выехал он из тумана, увидел, что здесь творится, разинул рот и аж позеленел от изумления. Совсем растерялся, сперва даже нас не заметил. А когда заметил, вскрикнул и вздыбил коня, но Древень шагнул раз-другой, протянул свою длинную руку и вынул его из седла. Конь метнулся и умчался, а его Древень отпустил, и он сразу хлоп на брюхо. Ползает и говорит: «Я,— говорит,— Грима, приближенный советник конунга, меня,— говорит,— Теоден послал к Саруману с неотложными вестями. Все,— говорит,— испугались ехать, кругом ведь гады-орки рыщут, я один вызвался. Ужас,— говорит,— что претерпел, до смерти устал, сутки голодаю. За мной,— говорит,— волки гнались, я,— говорит,— к северу крюка дал».

Я примечаю, как он косится на Древня, и думаю: «Все врет». А Древень посмотрел на него медленно-медленно: тот чуть в землю не вдавился. Потом Древень говорит: «Кха, кхм, а я тебя давно поджидаю, сударь ты мой Гнилоуст.— Тот совсем съежился и ждет, что дальше будет, а Древень-то: — Гэндальф уже побывал здесь, я все про тебя знаю и знаю даже, куда тебя девать. Гэндальф сказал, чтоб все крысы были в одной крысоловке: давай поспешай. Хозяин Изенгарда теперь я, а Саруман сидит у себя в башне; ступай к нему, раз у тебя такие неотложные вести».

«Пропусти меня, пропусти! — воскликнул Гнилоуст.— Я дорогу знаю».

«Раньше ты ее знал, это конечно,— сказал Древень.— Но теперь там трудновато пройти. Впрочем, ступай посмотри!»

Гнилоуст поплелся под арку, мы шли за ним следом; миновал он туннель, огляделся, увидел загаженную грязную топь между стенами и Ортханком и попятился.

«Отпустите меня! — заныл он.— Отпустите! Вести мои запоздали!»

«Что правда, то правда,— сказал Древень.— Но тебе предстоит выбирать: либо полезай в воду, либо оставайся со мной, подождем Гэндальфа и твоего государя. Что тебе больше нравится?»

Тот как услышал о государе, задрожал и сунулся было в воду, но отпрянул.

«Я не умею плавать!» — проскулил он.

«А там неглубоко,— сказал Древень.— Вода, правда, гнилая, но уж тебя-то, Гнилоуста, она не осквернит. Ступай вперед!»

И несчастный подлец погрузился в жижу почти по горло; сначала брел кое-как, потом схватился за бочонок, не то за доску. Древень проводил его.

«Добрался-таки,— сказал он, вернувшись.— А полз по ступеням и лязгал зубами — ну крыса крысой. В башне сидят, как сидели: оттуда высунулась рука и затащила его внутрь. Наверняка его встретили по заслугам. А я пойду обмоюсь от этой гнуси. Если кому понадоблюсь, я на северной окраине, а то здесь и воды-то чистой не сыщешь: ни тебе напиться, ни умыться, а онту без этого никак нельзя. А вы, зайчатки, вот что: побудьте-ка у меня привратниками. Тут ведь такие гости ожидаются — не кто-нибудь, а сам хозяин ристанийских угодий! Вы уж его привечайте, как у вас положено. Едет он тем более с победою: войско конунга одолело орков в кровавой битве. Нешто простой лесной онт сообразит, как его надо чествовать? Вы-то небось лучше нашего знаете людские словеса и обычаи. Много перебывало государей в зеленых ристанийских степях, а я не то что языка их не знаю, а и самые имена позабыл. Им, наверно, нужна будет людоеда: позаботьтесь, поищите, чем не стыдно угостить конунга». Ну, мы что могли, то сделали. Но хотел бы я все-таки знать, кто этот Гнилоуст? Неужто он и правда был советником конунга?

— Был,— подтвердил Арагорн.— А заодно шпионом Сарумана, его главным соглядатаем в Ристании. Судьба его, впрочем, не пощадила: ему привелось увидеть поверженным в прах то величие, которому он поклонялся, и пережить крушение всех своих упований. Казалось бы, он довольно наказан, однако худшее у него впереди.

— Да уж едва ли Древень запихал его в Ортханк по доброте душевной! — сказал Мерри.— Очень он угрюмо посмеивался, когда пошел купаться и пить водичку. Ну а мы принялись не покладая рук ворошить плавучий хлам да по каморкам копаться. Нашли мы целых три незатопленные кладовки, и вдруг на тебе — явились онты от Древня да и забрали все чуть не подчистую.

«Нам,— говорят, нужна людоеда, чтоб хватило на двадцать пять человек». Так что, как видите, все поголовно подсчитаны, вы в том числе. Но вы не огорчайтесь, что остались: мы себя не обидели, смею вас уверить. А выпивки онты и вовсе никакой не взяли.

«Пить-то они что будут?» — говорю я им.

«Известно, что,— отвечают,— изенскую воду, она и для онтов, и для людей вполне годится». Наверняка, впрочем, онты состряпали из родниковой воды какой-нибудь свой напиток, и Гэндальф вернется с курчавой бородой. Словом, они отвалили, а мы, вконец усталые и голодные, давай отдыхать и кормиться. Внакладе-то мы не остались: усердствовали в поисках людоеды, а нашли такое, о чем и мечтать не смели. Пин притащил эти бочоночки с клеймом Громобоя, напыжился и говорит: «Поевши и подымить не грех». Ну вот и сказка вся.

— Да, теперь все разъяснилось,— одобрил Гимли.

— Неясно одно,— задумчиво сказал Арагорн,— как хоббитское зелье попало из Южного удела в Изенгард. Что-то я этого в толк не возьму. Положим, в Изенгарде я прежде не бывал, но уж пустынные края между Хоббитанией и Мустангримом исходил вдоль и поперек. Дороги там позаросли, места опасные, товары не возят. Видно, были у Сарумана тайные поставщики из хоббитов. Что ж, гнилоусты водятся не только в золотом чертоге конунга Теодена. Там на бочонках дата не обозначена?

— Обозначена,— сказал Пин.— Сбор тыща четыреста семнадцатого, прошлогодний, значит, то есть, виноват, уже позапрошлогодний, хороший был сбор.

— Ну, пока что он свои лиходейские затеи поневоле отложит, да и нам, по правде, нынче не до них,— сказал Арагорн.— А все ж таки скажу-ка я об этом Гэндальфу: пустяки тоже упускать из виду не след.

— Что он там застрял, хотел бы я знать,— сказал Мерри.— Время уж за полдень. Идемте прогуляемся! Вот тебе, Бродяжник, и представился случай побывать в Изенгарде, только виды там сейчас незавидные.

Глава X
КРАСНОРЕЧИЕ САРУМАНА

Они прошли разрушенным туннелем, выбрались на каменный завал, и перед ними предстала черная громада Ортханка, ее окна-бойницы угрюмо и грозно обозревали разоренную крепость. Вода почти совсем спала. Остались замусоренные, залитые водой ямины в мутной пене, но большей частью дно каменной чаши обнажилось, являя взору кучи ила, груды щебня, почернелые провалы и торчащие вкривь и вкось столбы. У щербатых закраин громоздились наносы, за стенами виднелась извилистая, заросшая темнолохматой зеленью лощина, стиснутая высокими горными отрогами. Со стороны северного пролома к Ортханку приближалась вереница всадников.

— Это Гэндальф и Теоден с охраной,— сказал Леголас.— Пойдем к ним навстречу!

— Только поосторожней! — предупредил Мерри.— Плиты разъехались: того и гляди, оступишься и провалишься в какую-нибудь бездонную шахту.

Они пробирались по расколотым, осклизлым плитам бывшей главной дороги от ворот к башне. Всадники заметили их и подождали, укрывшись под сенью огромной подбашенной скалы. Гэндальф выехал им навстречу.

— Мы с Древнем основательно побеседовали и о том, о сем договорились,— сказал он,— а все прочие наконец-то хоть немного отдохнули. Пора и в путь. Вы тоже, надеюсь, удосужились отдохнуть и подкрепиться?

— Еще бы! — отозвался Мерри.— Подымить и то удосужились — для начала и напоследок. Мы теперь даже на Сарумана не очень сердимся.

— Вот как? — сказал Гэндальф.— А я все-таки сержусь, тем более что с ним-то как раз и придется сейчас иметь дело. Разговор предстоит опасный, а может, и бесполезный, но неизбежный. Кто хочет, пошли со мной — но глядите в оба! Учтите, тут не до шуток!

— Я-то пойду,— сказал Гимли.— Охота мне толком на него поглядеть и сравнить с тобой: будто уж вы так похожи?

— Не многого ли захотел, любезнейший гном? — сказал Гэндальф.— Если Саруману понадобится, ты его от меня ни за что не отличишь. И ты думаешь, у тебя хватит ума не поддаться на его уловки? Ну что ж, посмотрим. Как бы он только не заартачился: чересчур уж много собеседников. Онтам я, правда, велел на глаза не показываться, так что, пожалуй, он и рискнет.

— А чего опасного? — спросил Пин.— Стрелять он, что ли, в нас будет, огнем из окон поливать — или околдует издали?

— Да, наверно, попробует околдовать, в расчете на ваше легкомыслие,— сказал Гэндальф.— Впрочем, кто знает, что ему взбредет на ум и что он пустит в ход. Он сейчас опасней загнанного зверя. Помните: Саруман — коварный и могучий чародей. Берегитесь его голоса!

Черная скала — граненое подножие Ортханка — влажно поблескивала; ее чудовищные острые ребра, казалось, только что вытесаны. Несколько щербин да осыпь мелких осколков напоминали о бессильной ярости онтов.

С восточной стороны между угловыми столпами была массивная дверь, а над нею — закрытое ставнями окно, выходившее на балкон с чугунными перилами. К дверному порогу вели двадцать семь широких и гладких круговых ступеней, искусно вырубленных в черном камне мастерами незапамятных лет. Это был единственный вход в многоглазую башню, исподлобья глядевшую на пришельцев рядами высоких и узких стрельчатых окон.

Гэндальф и конунг спешились у нижней ступени.

— Я поднимусь к дверям,— сказал Гэндальф.— Я бывал в Ортханке, а козни Сарумана не застанут меня врасплох.

— Я тоже поднимусь,— сказал конунг.— Мне, старику, никакие козни уже не страшны. Я хочу лицом к лицу встретиться с врагом, который причинил мне столько зла. Мне поможет взойти Эомер.

— Да будет так,— скрепил Гэндальф.— А со мною пойдет Арагорн. Остальные пусть подождут здесь. Хватит с них и того, что они увидят и услышат отсюда.

— Нет! — воспротивился Гимли.— Мы с Леголасом желаем смотреть и слушать вблизи. У наших народов свои счеты с Саруманом. Мы последуем за вами.

— Ну что ж, следуйте! — сказал Гэндальф и бок о бок с Теоденом медленно взошел по ступеням.

Всадники разъехались по сторонам лестницы и остались на конях, тревожно и недоверчиво поглядывали они на страховидную башню, опасаясь за своего государя. Мерри с Пином присели на нижней ступени, им было очень не по себе.

— Это ж по такой грязище до ворот не меньше полумили! — ворчал Пин.— Эх, удрать бы сейчас потихонечку и спрятаться в караулке! Чего мы сюда притащились? Нас и не звал никто.

Гэндальф ударил жезлом в двери Ортханка: они отозвались глухим гулом.

— Саруман! Саруман! — громко и повелительно крикнул он.— Выходи, Саруман!

Ответа долго не было. Наконец растворились ставни за балконом, но из черного проема никто не выглянул.

— Кто там? — спросили оттуда.— Чего вам надо?

Теоден вздрогнул.

— Знакомый голос,— сказал он.— Кляну тот день, когда впервые услышал его.

— Ступай позови Сарумана, коль ты у него теперь в лакеях, Грима Гнилоуст! — сказал Гэндальф.— И без оттяжек!

Ставни затворились. Они ждали. И вдруг послышался другой голос, низкий и бархатный, очарованье было в самом его звуке. Кто невзначай поддавался этому очарованью, услышанных слов обычно не помнил, а если припоминал, то с восторженным и бессильным трепетом. Помнилась же более всего радость, с какой он внимал мудрым и справедливым речам, звучавшим как музыка, и хотелось как можно скорее и безогляднее соглашаться, причащаться этой мудрости. После нее всякое чужое слово язвило слух, казалось грубым и нелепым; если же ее оспаривали, то сердце возгоралось гневом. Иные бывали очарованы, лишь пока голос обращался к ним, а после с усмешкой качали головой, как бы разгадав штукарский трюк. Многим было все равно, что кому говорится: их покорял самый звук речей. Те же, кому эти речи западали в душу, уносили восторг и сладкий трепет с собой, бархатистый голос слышался им непрестанно — он объяснял, уговаривал, нашептывал. Равнодушным не оставался никто, и немалое требовалось усилие, чтобы отвергнуть вкрадчивые или повелительные настояния этого мягкого и властного голоса.

— Ну, что случилось? — укоризненно вопросил он.— Непременно нужно меня тревожить? Вот уж поистине покоя нет ни днем, ни ночью! — В укоре была доброта — и горечь незаслуженного оскорбления.

Все удивленно подняли глаза, ибо совсем бесшумно невесть откуда у перил появился старец, снисходительно глядевший на них сверху вниз, кутаясь в просторный плащ непонятного цвета — цвет менялся на глазах, стоило зрителям сморгнуть или старцу пошевелиться. Лицо у него было длинное, лоб высокий, темноватые глаза смотрели радушно, проницательно и чуть-чуть устало. В белоснежной копне волос и окладистой бороде возле губ и ушей сквозили черные пряди.

— Похож, да не слишком,— пробормотал Гимли.

— Что ж вы молчите? — молвил благосклонный голос.— Ну, хотя бы двое из вас мне хорошо знакомы. Гэндальф, увы, знаком слишком хорошо: едва ли он приехал за помощью или советом. Но как не узнать тебя, повелитель Ристании Теоден: твой герб горделиво блещет и благородна осанка конунга из рода Эорла. О, достойный отпрыск преславного Тенгела! Отчего ты так промедлил, зачем давно не явился как друг и сосед? Да и сам я хорош! Надо, надо мне было повидаться с тобой, владыкой из владык западных стран, в нынешние грозные годы! Надо бы остеречь тебя от дурных и малоумных советов! Но, может статься, еще не поздно? Тяжкий урон нанес ты мне ради бранной славы со своими буйными витязями, но я не попомню зла и готов, несмотря ни на что, избавить тебя и царство твое теперь уже от неминуемой гибели, ибо в пропасть ведет тот путь, на который тебя заманили. Скажу больше: лишь я один в силах тебе помочь.

Казалось, Теоден хотел что-то ответить, но речь замерла на его устах. Он глядел в лицо Саруману, в его темные строгие глаза, призывно обращенные к нему, потом взглянул на Гэндальфа — видимо, его одолевали сомнения. А Гэндальф не шелохнулся: опустив глаза, он словно бы ожидал некоего знака, терпеливо и неподвижно. Конники заволновались: слова Сарумана были встречены одобрительным ропотом,— потом смолкли и застыли как зачарованные. Никогда, подумалось им, не оказывал Гэндальф их государю такого неподдельного почтения. Грубо и надменно разговаривал он с Теоденом. И сердца их стеснило темное предчувствие злой гибели: Гэндальф по своей прихоти готов был ввергнуть Мустангрим в пучину бедствий, зато Саруман открывал путь к спасению, и в словах его брезжил отрадный свет. Нависло тяжкое безмолвие.

Внезапно его нарушил гном Гимли.

— Да это не маг, а какой-то вертун,— буркнул он, сжимая рукоять секиры.— У этого ортханского ловкача помощь означает предательство, а спасти — значит погубить: тут дело ясное. Только ведь мы сюда не за тем явились, чтобы молить его о помощи и спасении.

— Тише! — сказал Саруман, и голос его на миг потерял обаяние, а глаза метнули недобрый блеск.— Есть у меня и к тебе слово, о Гимли, сын Глоина,— продолжал он по-прежнему.— Далеко отсюда чертоги твои, и не твоя забота — здешние запутанные распри. Да сам бы ты в жизни не стал в них впутываться, и я тебя не виню за твое опрометчивое великодушие, за неуместное геройство. Но позволь мне сперва побеседовать с ристанийским конунгом, моим давним соседом и былым другом.

Что скажешь, конунг Теоден? Быть может, мы все же заключим мир и все мои познания, обретенные за много веков, послужат тебе на пользу? Рука об руку выстоим мы в трудные времена, предадим забвению взаимные обиды, и наши дружественные края расцветут пышнее прежнего!

Но Теоден не отвечал — то ли в сомнении, то ли в гневе. Заговорил Эомер.

— Выслушай меня, государь! — взмолился он.— Нас ведь предупреждали, что так и будет. Неужели же мы одержали многотрудную победу лишь затем, чтобы стоять, разинув рот, под окном у старого лжеца, точащего мед со змеиного жала? Это же волк из норы держит речь перед гончими псами! Какая от него помощь? Он всего лишь тщится избегнуть заслуженной участи. Но тебе ли вести беседу с предателем и кровопийцей, схоронив Теодреда на переправе и Гайму у Хельмовой Крепи?

— Змеиного жала? Да не ты ли норовишь ужалить в спину, змееныш? — не сдержал злобы Саруман.— Но одумайся, Эомер, сын Эомунда! — И речь его вновь заструилась.— Каждому свое. Ты — доблестный витязь, честь тебе и хвала. По велению конунга рази без пощады — таков твой славный удел. Оставь политику государям, ты для нее еще молод. Но если тебе суждено взойти на престол, заранее учись выбирать друзей. Дружбу Сарумана и могущество Ортханка неразумно отвергать во имя обид — подлинных или мнимых. Победа в одной битве еще не победа; к тому же победили вы с чужой и опасной помощью. Лесные чудища — ненадежные и своенравные союзники: в иной, недобрый час они могут обрушиться на вас самих, ибо люди им ненавистны.

Но рассуди, властелин Ристании, можно ли называть меня убийцей потому лишь, что в битве пали отважные воины? Двинув на меня свои рати — к моему великому изумлению, ибо я не желал войны,— ты отправил их на

184

смертоносную брань. И если я — кровопийца, то уж род Эорла запятнан кровью с головы до ног, ибо немало войн в его достославной летописи и случалось конунгам отвечать ударом на вызов. Однако потом они заключали мир, и даже худой мир лучше доброй ссоры. Итак, молви свое слово, конунг Теоден: установим ли мы мир, восстановим ли дружбу? То и другое в нашей власти.

— Да, мы установим мир,— наконец глухо выговорил Теоден, и ристанийцы разразились радостными возгласами. Теоден поднял руку, призывая их к молчанию.— Да, мы установим мир,— сказал он ясно и твердо,— мир настанет, когда сгинешь ты и разрушатся твои козни, когда будет низвергнут твой Черный Властелин, которому ты замыслил услужливо нас предать. Ты лжец, Саруман, а ложь растлевает души. Ты протягиваешь мне руку дружбы? Это не рука: это коготь лапы, протянутой из Мордора, цепкий, длинный, острый коготь! Война началась из-за тебя: будь ты вдесятеро мудрей, все равно не вправе ждать от нас рабской покорности во имя чего бы то ни было; но, даже если б не ты ее начал, это твои орки зажигали живые факелы в Вестфольде и душили детей. Это они изрубили на куски мертвое тело Гаймы у ворот Горнбурга. Да, мир с Ортханком настанет — когда ты будешь болтаться на виселице подле этих окон и станешь лакомой поживой для своих друзей-воронов. Вот тебе приговор Дома Эорла. Предков своих я, может быть, и недостоин, однако холопом твоим не стану. Обольщай и предавай других, правда, голос твой прежней власти уже не имеет.

Ристанийцы недоуменно воззрились на Теодена, точно пробудившись от сладкого сна. После Сарумановых плавных речей голос их государя показался им сиплым карканьем старого ворона. Но и Саруман был вне себя от бешенства. Он пригнулся к перилам, занес жезл, будто вот-вот поразит им конунга, и поистине стал внезапно похож на змею, готовую прянуть и ужалить.

— Ах, на виселице! — процедил он, и вселял невольную дрожь его дико исказившийся голос.— Слабоумный выродок! Твой Дом Эорла — навозный хлев, где пьяные головорезы вповалку храпят на блевотине, а их вшивое отродье ползает среди шелудивых псов! Это вас всех заждалась виселица! Но уже захлестывается петля у вас на горле — неспешная, прочная, жестокая петля. Что ж, коли угодно, подыхайте! — Он с трудом овладел собой, и речь его зазвучала иначе.— Но будет испытывать мое терпение. Что мне до тебя, лошадник Теоден, до тебя и до кучки твоих всадников, которые только удирать и горазды! Давно уж я понапрасну предлагал тебе участь, который ты недостоин, обделенный разумом и величием. И сегодня предложил ее снова лишь затем, чтобы увидели путь спасения несчастные, увлекаемые на верную погибель. Ты отвечал мне хвастливой бранью. Что ж, будь по-твоему. Убирайтесь в свои лачуги!

Но ты-то, Гэндальф! О тебе я скорблю паче всего — скорблю и, прости, стыжусь за тебя. С кем ты ко мне приехал? Ведь ты горделив, Гэндальф,— и недаром: у тебя светлый ум, зоркий и проницательный глаз. Ты и теперь не хочешь выслушать меня?

Гэндальф шевельнулся и поднял взгляд.

— А ты что-нибудь забыл мне сказать, когда мы прошлый раз виделись? — спросил он.— Или, может быть, ты хочешь взять свои слова обратно?

Саруман помедлил, как бы раздумывая и припоминая.

— Обратно? — удивился он.— Что взять обратно? В тревоге за тебя, в заботе о твоем же благе я пытался помочь тебе разумными советами, а ты пропустил их мимо ушей. Я знаю, ты немного заносчив и непрошеных советов не любишь — и то сказать, своим умом крепок. Должно быть, ты ошибся и неверно меня понял — да попросту не дослушал. А я был кругом прав, но, видимо, слегка погорячился — и очень об этом сожалею. Я пекся лишь о твоем благе, да и сейчас зла на тебя не держу, хоть ты и явился с гурьбою невежд и забияк. Разве можем мы с тобой поссориться, разве дано нам такое право — нам, соучастникам верховного древнего ордена, главнейшего в Средиземье! Мы оба равно нужны друг другу — нужны для великих и целительных свершений. Отринем же пустые раздоры, поймем один другого и не будем путать посторонних в дела, которые им не по разуму. Да будут законом для них наши обоюдные решения! Словом, я готов немедля забыть о прежних неурядицах, готов принять тебя, как и должно. А ты — ужели не смиришь ты свою гордыню, не поступишься обидой ради общего блага? Поднимайся, я жду!

Такая сила обольщенья была в этой последней попытке, что завороженные слушатели оцепенели в безмолвии. Волшебный голос все переменил. Они услышали, как милостивый монарх журит за просчеты своего горячо любимого наместника. Они тут были лишними: как нашалившие и невоспитанные дети, подслушивали они речи старших, для них загадочные, однако решающие их судьбу. Да, не чета им эти двое — мудрецы, властители, маги. Конечно же, они поладят между собой. Сейчас Геэндальф войдет в башню и там, в высоких покоях Ортханка, два седовласых чародея поведут беседу о делах, непостижных простому уму. А они останутся у запертых дверей ждать наказанья и дальнейших повелений. Теоден и тот невольно, как бы нехотя подумал: «Да, он предаст и покинет нас — мы пропали».

Но Гэндальф засмеялся, и наваждение рассеялось как дым.

— Ах, Саруман, Саруман! — смеясь, выговорил он.— Нет, Саруман, ты упустил свой жребий. Быть бы тебе придворным шутом, передразнивать царских советников — и глядишь, имел бы ты под старость лет верный кусок хлеба и колпак с бубенцами. Ну и ну! — покачал он головой, отсмеявшись.— Поймем, говоришь, один другого? Боюсь, меня ты не поймешь, а я тебя и так вижу насквозь. И дела твои, и доводы памятны мне как нельзя лучше. Тюремщиком Мордора ты был прошлый раз, и не твоя вина, что я избег Барад-Дура. Нет уж, коли гость сбежал через крышу, обратно в дом его через дверь не заманишь. Так что не жди, не поднимусь. Слушай-ка, Саруман, в оба уха, я повторять не буду. Может, надумаешь спуститься? Как видишь, твой несокрушимый Изенгард лежит в руинах. Не зря ли ты уповаешь и на другие твердыни? Не напрасно ли к ним прикован твой взор? Оглянись и рассуди, Саруман! Словом, не надумаешь ли спуститься?

Тень пробежала по лицу Сарумана; он мертвенно побледнел. Сквозь маску его угадывалось мучительное сомнение: постыдно было оставаться взаперти и страшно покинуть убежище. Он явственно колебался, и все затаили дыхание. Но холодно скрежетнул его новый голос: гордыня и злоба взяли свое.

— Не надумаю ли спуститься? — с издевкой промолвил он.— И отдаться безоружным на милость разбойников и грабителей, чтобы лучше их слышать? Мне и отсюда вас хорошо слышно. Не одурачишь ты меня, Гэндальф. Ты думаешь, я не знаю, где укрыты от глаз подвластные тебе злобные лешие?

— Предателю всюду чудится ловушка,— устало отвечал Гэндальф.— Но ты зря боишься за свою шкуру. Если б ты и вправду меня понял, то понимал бы, что останешься цел и невредим. Напротив, я-то и могу тебя защитить. И оставляю за тобой решающий выбор. Покинь Ортханк своею волей — и ты свободен.

— Чудеса, да и только! — осклабился Саруман.— Вот он, Гэндальф Серый — и снисходителен, и милостив. Еще бы, ведь без меня в Ортханке тебе, конечно, будет куда уютней и просторней. Вот только зачем бы мне его покидать? А «свободен» — это у тебя что значит? Связан по рукам и ногам?

— Тебе, наверно, из окон видно, зачем покидать Ортханк,— отозвался Гэндальф.— Вдобавок сам подумай: твои орды перебиты и рассеяны, соседям ты стал врагом, своего теперешнего хозяина обманул или пытался обмануть и, когда его взор сюда обратится, это будет испепеляющий взор. А «свободен» у меня — значит ничем не связан: ни узами, ни клятвой, ни зароком. Ступай, куда знаешь, даже... даже, если угодно, в Мордор. С одним условием: ты отдашь мне ключ от Ортханка и свой жезл. После ты их получишь обратно, если заслужишь; они берутся в залог.

Лицо Сарумана посерело, перекосилось, и рдяным огнем полыхнули глаза. Он дико, напоказ расхохотался.

— После! — вскрикнул он, срываясь на вопль.— Еще бы, конечно, после! После того как ты добудешь ключи от Барад-Дура, так, что ли? Добудешь семь царских корон, завладеешь всеми пятью жезлами и достанешь головой до небес? Как бы не так! Немного ж тебе надо, и уж без моей скромной помощи ты обойдешься. Я лучше займусь другими делами. А пока что, несчастный глупец, проваливай-ка подобру-поздорову и, если я тебе вдруг понадоблюсь, приходи отрезвевши! Только без этой свиты — без шайки головорезов и жалкого охвостья! Прощай! — Он повернулся и исчез с балкона.

— Вернись, Саруман! — повелительно молвил Гэндальф. И к общему изумлению, Саруман появился снова, точно вытащенный; он медленно склонился к чугунным перилам, с трудом переводя дыхание. В морщинистом, дряхлом лице его не было ни кровинки, а рука, сжимавшая внушительный черный жезл, казалось, истлела до костей.

— Я тебе не дал разрешенья уйти,— строго сказал Гэндальф.— Я с тобой разговор не закончил. Ты ослаб рассудком, Саруман, и мне тебя жаль. Как много принес бы ты пользы, если бы перестал злобствовать и безумствовать. Но ты избрал свою участь — грызть капкан, в который сам себя загнал. Что ж, оставайся в капкане! Но помни, наружу теперь тебе нет пути. Разве что с востока протянутся за тобой ухватистые черные лапы. Саруман! — воскликнул он, и голос его властно загремел.— Гляди, я уж не тот Гэндальф Серый, кого ты предал врагам. Я — Гэндальф Белый, отпущенный на поруки смертью! А ты отныне бесцветен, и я изгоняю тебя из ордена и из Светлого Совета! — Он воздел руку и молвил сурово и ясно: — Саруман, ты лишен жезла!

Раздался треск, жезл преломился в руке Сарумана, и набалдашник его упал к ногам Гэндальфа.

— Теперь иди! — сказал Гэндальф, и Саруман вскрикнул, осел и уполз. И грянулось что-то сверху, тяжелое и блестящее: в перила, едва не задев Сарумана, возле виска Гэндальфа, на лестницу. Перила дрогнули и рассыпались вдребезги, лестница с треском брызнула огнистым снопом искр. А брошенный шар промчался вниз по ступеням: черный, хрустальный, багровеющий изнутри. И покатился к колдобине — там его успел перехватить Пин.

— Подлый негодяй! — воскликнул Эомер. Но Гэндальф пожал плечами.

— Нет,— сказал он,— это не Сарумановых рук дело. Брошено из другого, из высокого окна. Гнилоуст, я так думаю, с нами прощается, но неудачно.

— Потому неудачно, что он толком не знал, в кого метит, в тебя или в Сарумана,— предположил Арагорн.

— Может, и так,— согласился Гэндальф.— Хороша подобралась парочка! Они же заедят друг друга: слова страшнее всего. Впрочем, поделом вору и мука. Но если Гнилоуст выйдет из Ортханка живьем, ему изрядно повезет... Ну-ка, ну-ка, маленький, оставь шарик! Меня бы сначала спросил! — воскликнул он, резко обернувшись и увидев Пина, который медленно всходил по лестнице, точно нес непосильную тяжесть. Он сбежал ему навстречу и поспешно отобрал у хоббита темный шар, обернув его полой плаща.— Дальше мое дело,— сказал он.— Н-да, Саруман бы, пожалуй, не стал такими вещами швыряться.

— У него и без этого найдется чем швырнуть,— сказал Гимли.— Если разговор окончен, так хоть отойдем подальше!

— Разговор окончен,— сказал Гэндальф.— Отойдем.

У подножия лестницы ристанийцы громко и радостно приветствовали своего конунга и склонились перед Гэндальфом. Колдовство Сарумана развеялось: все видели его озлобленное бессилие и жалкий позор.

— Ну, вот и все,— вздохнул Гэндальф.— Надо бы Древню сказать, чем дело кончилось.

— А ему это невдомек? — удивился Мерри.— Могло, что ль, кончиться иначе?

— Да нет, наверно, не могло,— сказал Гэндальф,— хоть и висело на волоске. Но пришлось на это пойти: отчасти из милосердия, а отчасти... Надо было показать Саруману, что голос его теряет привычную власть. Деспоту не стоит прикидываться советником. И уж если тайное стало явным, то дальше его не утаишь. А мудрец наш как ни в чем не бывало принялся обрабатывать нас порознь на слуху друг у друга: нерасчетливо поступил. Но все-таки надо было дать ему последний случай отказаться от мордорского лиходейства, а заодно и от своих замыслов. Загладить постыдное прошлое: он ведь мог бы нам очень помочь. Лучше всякого другого знает он наши дела, и захоти он только — нынче же все пошло бы иначе. Но он предпочел свою бессильную злобу и надежную твердыню Ортханка. Не желает помогать, а желает начальствовать. И живет-то в ужасе перед тенью Мордора, а тянется к верховной власти. Вот уж кто несчастный дурак! Если с востока до него доберутся — пиши пропало. Мы-то не можем, да и не станем крушить Ортханк, а Саурон — тот пожалуй что и сокрушит.

— Ну а если победа Саурону не достанется? Ты тогда что с ним сделаешь, с Саруманом? — спросил Мерри.

— Я? С Саруманом? Да ничего я с ним делать не стану,— сказал Гэндальф.— Всякая власть мне претит. А вот что с ним станется, этого я не знаю. Жалко все-таки: столько добра и столько могущества пропадает задаром. Зато нам-то как повезло! Вот уж не угадаешь заранее, злоба — она сама по себе в ущерб. Если б мы даже вошли в Ортханк, то и среди всех тамошних сокровищ вряд ли нашлось бы равное тому, которое вышвырнул Гнилоуст.

Раздался и осекся яростный вопль из высокого открытого окна.

— Похоже, Саруман со мной согласен,— сказал Гэндальф.— Вот теперь давайте отойдем подальше!

Они вернулись к разрушенному входу, и едва вышли из-под арки, как тут же, откуда ни возьмись, к ним зашагали онты, дотоле скрытые за грудами камней. Древень шел во главе, и Арагорн, Гимли и Леголас в изумленье уставились на лесных великанов.

— Вот, кстати, три моих спутника, Древень,— сказал

Гэндальф.— Я тебе про них говорил, но ты их еще не видел.

И представил их, одного за другим. Старый онт внимательно оглядел каждого и с каждым немного побеседовал. Последним оказался Леголас.

— Так ты, стало быть, сударь мой эльф, явился из так нынче называемого Лихолесья? Как оно ни зовись, а лес там был, помнится, хоть куда!

— Да наш лес — он и сейчас ничего себе,— скромно сказал Леголас.— Но ведь деревьев сколько ни есть, а все мало! Больше всего на свете хочется мне побродить по Фангорну, дальше опушки-то и побывать не привелось, а уж так тянуло!

Радостно замерцали глубокие глаза Древня.

— Ну что ж, авось еще и горы не очень постареют, как твое желанье сбудется,— сказал он.

— Надо, чтоб сбылось,— подтвердил Леголас.— Я условился с другом, что если мы останемся живы, то непременно наведаемся в Фангорн — с твоего позволения, конечно.

— Мы эльфам всегда рады,— сказал Древень.

— Друг мой, как бы сказать — не соврать, не из эльфов,— заметил Леголас.— Это Гимли, сын Глоина, вот он стоит.

Гимли низко поклонился, топор его выскользнул из-за пояса и брякнул о камни.

— Кгм, хм! Вот тебе и на! — сказал Древень, тускло взглянув на него.— Гном, да еще с топором! Ну, не знаю, не знаю! Кгм! Эльфам, я говорю, мы всегда рады, но это уж слишком, а? Н-да, подобрал себе дружка!

— Друзей не выбираешь,— возразил Леголас.— Одно скажу: покуда жив Гимли, я без него в Фангорн — ни ногой. А топор у него не на деревья, о владыка бескрайнего леса! Он им оркам головы рубит. В одном последнем бою четыре с лишним десятка завалил.

— Кхум! Дела, дела! — сказал Древень.— Ну, это, само собой, приятно слышать. Ладно, пусть будет как будет: торопиться нам некуда. А вот расставаться пора. Вечереет, а Гэндальф сказал, что вам надо выехать до ночи: повелитель Ристании торопится в свой золотой чертог.

— Да, да, ехать надо немедля,— сказал Гэндальф.— И твоих привратников я с собой заберу. Ты и без них прекрасно обойдешься.

— Обойтись-то обойдусь,— сказал Древень,— но отпускать их жалко. Мы так с ними быстро, прямо сказать, второпях подружились, что мне и самому удивительно — видно, в детство впадаю. Но ежели порассудить, то, может, и дивиться нечему: сколько уж веков не видел я ничего нового под солнцем и под луною, а тут на тебе. Нет, кто-кто, а они у меня в памяти останутся, и в Перечень я их поместил, велю онтам переучивать:

> Онты-опекуны явились к древесным отарам —
> Исполины собой, земнородные водохлебы;
> И хоббиты-хохотуны, лакомки-объедалы,
> Храбрые малыши, человечьи зайчата.

Так теперь он и будет читаться, покуда листья растут на деревьях. Прощайте же! Если до вашей прелестной Хоббитании дойдут какие-нибудь новости — дайте мне знать! Вам ведь понятно, о чем я? Я про онтиц: вдруг да чего увидите или прослышите. И сами ко мне выбирайтесь!

— Мы выберемся! — сказали в один голос Мерри с Пином и поспешно отвернулись.

Древень молча поглядел на них и задумчиво покачал головой. Гэндальфу же он сказал:

— Саруман, значит, убоялся выйти? Ну, я так и знал. Нутро у него гнилое, как у последнего гворна. Правда, если бы меня одолели и истребили все мои деревья, я бы тоже небось затаился в какой-нибудь дыре и носа не казал наружу.

— Зря сравниваешь! — сказал Гэндальф.— Ты ведь не собирался заполнить мир своими деревьями в ущерб всякой иной жизни. А Саруман — да, он предпочел лелеять свою черную злобу и вынашивать новые козни. Ключ от Ортханка у него не отнимешь, а выпускать его оттуда никак нельзя.

— Не тревожься! Онты за ним приглядят,— пообещал Древень.— Следить будут денно и нощно, и без моего соизволения он шагу не ступит.

— Вот и ладно! — сказал Гэндальф.— Я только на вас и надеялся; хоть одной заботой меньше, а то мне, право, не до него. Но вы уж будьте начеку: воды схлынули, и боюсь, одними часовыми вокруг башни не обойдешься. Наверняка из Ортханка есть глубокие подземные ходы, и Саруман рассчитывает тайком улизнуть. Уж коли на то пошло, затопите-ка вы Изенгард еще разок, да как следует, пока он весь не станет озером или ходы не обнаружатся. Заткните ходы, наводните пещеры — и пусть Саруман сидит в башне и поглядывает из окон.

— Положись на онтов! — сказал Древень.— Мы обшарим каждую пядь и перевернем все камушки до единого! И насадим вокруг деревья: старые, одичалые. Они будут называться Дозорный Лес. Любую белку в тот же миг заприметят. Будь покоен! Семижды минет срок наших скорбей, которых он был виною, но мы и тогда не устанем его стеречь!

Глава XI

ПАЛАНТИР

Солнце опускалось за длинный западный хребет, когда Гэндальф со спутниками и конунг с дружиною покинули Изенгард. Мерри сидел позади Гэндальфа, Арагорн взял Пина. Двое вестовых стрелой помчались вперед и вскоре исчезли из виду в долине. Остальные тронулись мерной рысью.

Онты чинно выстроились у ворот, воздев свои длинные руки и замерши, как истуканы. Мерри и Пин, точно по команде, обернулись у поворота извилистой дороги. Небо еще сияло солнечным светом, но серые развалины Изенгарда сокрыла вечерняя тень. Древня пока было видно: он стоял одиноко, словно древесный ствол, и хоббитам припомнилась их первая встреча на залитом солнцем горном уступе близ опушки Фангорна.

Подъехали к столбу с Белой Дланью: столб высился по-прежнему, но изваяние было сшиблено с верхушки его и расколото на куски. Посреди дороги валялся длинный, мертвенно-белый указующий перст с кроваво-черным ногтем.

— До чего же основательный народ эти онты! — заметил Гэндальф.

Они проехали мимо, сумерки сгущались.

— Долго ли нам нынче ехать, Гэндальф? — спросил Мерри немного погодя. — Тебе-то небось все равно, что сзади тебя болтается жалкое охвостье, а охвостье еще прежде того устало, ему не терпится отдохнуть.

— А-а, расслышал и даже обиделся! — сказал Гэндальф. — Скажи лучше Саруману спасибо за вежливость! Он на вас крепко глаз положил. Если угодно, можешь даже гордиться — сейчас он только про тебя с Пином и думает: кто вы такие, откуда взялись, что вам известно, вас или не вас захватили в плен и как же вы спаслись, когда всех орков перебили,— над такими вот мелкими загадками бьется наш великий мудрец. Так что, любезный друг Мериадок, будь польщен его руганью.

— Благодарствуйте! — сказал Мерри.— Но мне еще более льстит мотаться у тебя за спиной, хотя бы потому, что я могу повторить свой вопрос: долго ли нам нынче ехать?

— Вот неугомонный хоббит! — расхохотался Гэндальф.— К каждому магу надо бы приставить хоббита-другого, дабы они, маги, следили за своими словами. Прости, что оставил тебя без ответа, даром что и ответ проще простого. Сегодня мы не спеша проедем несколько часов и выберемся из долины. Завтра поскачем галопом. Мы хотели ехать от Изенгарда степным путем в Эдорас, да передумали. К Хельмовой Крепи отправили гонцов, оповестить о завтрашнем прибытии конунга и созвать ополчение: на Дунхерг пойдем горными тропами. Отныне в открытую — ночью или днем, все равно,— велено будет ездить по двое, по трое.

— То от тебя слова не допросишься, то получай дюжину,— сказал Мерри.— Я ведь только и спросил, долго ли до ночлега? Почем мне знать, что это за Хельмова Крепь и разные Эдорасы? Я, может, чужестранец!

— Так разузнай, коли хочешь что-нибудь понять! А меня больше не тереби, не мешай мне думать.

— Ладно, ладно: сядем у костра, и я пристану к Бродяжнику, он не такой гневливый. Скажи только, чего ради нам таиться, разве мы не выиграли битву?

— Оттого и таиться, что выиграли: победили мы покамест на свою голову. Изенгард напрямую связан с Мордором — ума не приложу, как они обменивались вестями, а ведь обменивались! Сейчас Око Барад-Дура вперится в Колдовскую логовину и зарыщет по Ристании. Чем меньше оно увидит, тем лучше.

Дорога вилась по долине, то дальше, то ближе слышалось клокотанье Изена. Ночная тень наползала с гор. Туманы развеялись, подул холодный ветер. Бледная полная луна блистала на востоке. Горная цепь справа стала чередой голых холмов. Широкая серая гладь открывалась перед ними.

Наконец повернули коней с дороги налево, на мягкий и упругий травяной ковер, и через милю-другую наехали на лощину за округлым зеленым подножием Дол-Брана, последней горы Мглистого хребта, густо поросшей вереском. Скаты лощины устилал прошлогодний папоротник, сквозь настил из сырой пахучей земли пробивались плотные, крученые молодые побеги. По краям тянулись сплошные заросли боярышника. Примерно за час до полуночи путники спешились и развели костер в ямине под корнями раскидистого куста, большого, как дерево, старого и корявого, однако все ветви его были в набухших почках.

Выставили пару часовых, остальные поужинали, укутались в плащи и одеяла и мигом уснули. Хоббиты приютились в уголку на груде папоротниковой листвы. У Мерри слипались глаза, но Пину почему-то не спалось. Он вертелся с боку на бок, шурша и хрустя подстилкой.

— В чем дело? — спросил Мерри.— На муравейник улегся?

— Да нет,— сказал Пин.— Просто неудобно. Вспоминаю, сколько я уже не спал в постели.

Мерри сладко зевнул.

— Сочти на пальцах! — сонно сказал он.— Чего мудрить-то, от Лориэна и не спал.

— Да, как же! — хмыкнул Пин.— В настоящей постели, в спальне.

— Тогда от Раздола,— сказал Мерри.— А я сегодня и на иголках заснул бы.

— Тебе-то хорошо, Мерри,— тихо сказал Пин, помолчав.— Ты с Гэндальфом ехал.

— Ну и что?

— Ты у него что-нибудь узнал, вытянул из него? Или не удалось?

— Вытянул — куда больше обычного. Но ты же все слышал: ехали рядом и говорили мы громко. Ладно уж, поезжай ты с ним завтра, ежели думаешь больше выспросить — и если он согласится.

— Да? Можно? Вот здорово! А он такой же скрытник? Ничуть не изменился!

— Очень даже изменился! — сказал Мерри, приочнувшись от дремы и не понимая, почему другу неймется.— Правда, это объяснить трудно. По-моему, он стал и добрее, и жестче, и веселее, и суровее. Словом, другой он стал, но вроде и не совсем другой — пока не разберешь. Ты вспомни, чем кончилось с Саруманом! Саруман-то раньше был главнее Гэндальфа в ихнем каком-то Совете, не знаю уж, что это за Совет. Он был Саруман Белый. А теперь Белый — Гэндальф. Саруману велено было вернуться — он и вернулся, и жезл его тю-тю; велели убираться — он и уполз на карачках!

— Не знаю, не знаю, только скрытности у него еще прибавилось против прежнего,— возразил Пин.— Взять хоть этот — ну, хрустальный шар. Вроде он доволен, что его заполучил. То ли он знает, то ли догадывается, что это за шар. И нам — ни полслова, а ведь шар-то я поймал, без меня бы он в пруду потонул. «Ну-ка, маленький, оставь шарик!» — и весь сказ. А правда, что это за шар? Тяжелый такой...— Пин говорил совсем-совсем тихо, точно сам с собой.

— Ага! — сказал Мерри.— Вон ты чего ворочаешься! Слушай, дружище Пин, ты вспомни-ка присловье Гаральда, которое Сэм любил повторять: «В дела мудрецов носа не суй — голову потеряешь!»

— Ну знаешь, за эти месяцы мы в делах мудрецов поневоле по уши завязли,— сказал Пин.— И головой только и делаем, что рискуем. Невелика была бы награда — посмотреть на этот шар!

— Спал бы ты, честное слово! — сказал Мерри.— Все в свое время узнаешь. Между прочим, по части любопытства пока еще ни один Крол Брендизайка не обставил, а ты, значит, решил на ночь глядя постоять за честь рода? Ох, не вовремя спохватился!

— Да ну тебя! Я всего-то и сказал, что хочу на этот шар поглядеть, а на него поглядишь, как же: Гэндальф лежит на нем, будто собака на сене. Тут еще ты заладил: нельзя да нельзя, спи да спи! Спасибо на добром слове!

— Пожалуйста,— сказал Мерри.— Ты меня прости, Пин, но уж как-нибудь потерпи до утра. Отоспимся, позавтракаем, загоримся любопытством — авось на пару и распотрошим мага! А сейчас не могу больше, до ушей зеваю. Покойной ночи!

Пин в ответ промолчал. Лежал он неподвижно, однако сна у него не было ни в одном глазу, и он досадовал на мирно засопевшего Мерри. Чем тише становилось, тем назойливее вертелся у него перед глазами черный шар. Он точно снова оттягивал ему руки, и снова мерещилась ему багровая глубь, в которую Пин успел на миг заглянуть. Он опять принялся ворочаться и старался думать о чем-нибудь другом.

Но это у него никак не получалось. Наконец он сел и огляделся. Его пронизала дрожь, и он запахнулся в плащ.

Ярко-белая луна холодно озаряла лощину, кусты отбрасывали угольно-черные тени. Кругом все спали. Часовых было не видать: может, отошли на гору, а может, укрылись где-нибудь в папоротниках. Движимый какой-то непонятной и неодолимой силой, Пин тихонько подкрался к спящему Гэндальфу и заглянул ему в лицо. Маг хоть вроде бы и спал, но с полуприкрытыми веками: из-под его длинных ресниц поблескивали белки. Пин поспешно отступил, но Гэндальф не шелохнулся, и хоббит, точно его что подталкивало, обошел его со спины. Поверх одеяла маг был укрыт плащом, и рядом, у него под правой рукой, лежал круглый сверток в темной тряпице — казалось, рука Гэндальфа только что соскользнула со свертка на землю.

Едва дыша, Пин подбирался все ближе и ближе, наконец встал на колени, воровато протянул обе руки, ухватил сверток и медленно поднял его: он был вовсе не такой уж тяжелый. «Пустяки, всего-то какая-нибудь стеклянная безделушка»,— со странным облегчением подумал он, однако на место сверток не положил, а выпрямился, прижимая его к себе. Потом его осенило: он отошел на цыпочках и вернулся с большим булыжником. Снова вставши на колени, он разом сорвал тряпицу с круглого предмета, закутал в нее булыжник и подсунул его поближе к руке Гэндальфа.

И наконец посмотрел на гладкий хрустальный шар, черный и тусклый, лежавший возле его колен. Пин поднял его, торопливо обернул полой плаща и хотел было вернуться к своему ложу, но тут Гэндальф зашевелился во сне и что-то пробормотал на чужом языке; рука его вытянулась, ощупала круглый сверток, он вздохнул и опять затих.

«Болван ты стоеросовый,— неслышно увещевал себя Пин.— Вляпаешься — не выберешься! Сейчас же положи обратно!» Но колени его тряслись, он не смел подойти к магу и обменять свертки. «Не выйдет, я его разбужу,— мелькнуло у него в голове,— надо сперва успокоиться. Так что уж ладно, посмотрю хоть, чтобы не зря. Только не здесь!» Он прокрался к зеленому холмику неподалеку от своего травяного ложа. Луна вдруг выглянула из-за края лощины.

Пин сел, сдвинул колени, пристроил на них шар и низко склонился к нему — точь-в-точь голодный мальчишка, стащивший миску с едой,— наконец, отвел плащ и посмотрел. Тишина сомкнулась и зазвенела у него в ушах. Сначала шар был темный, янтарно-черный, сверкающий в лунных лучах, потом медленно засветился изнутри, впиваясь в его глаза, неотвратимо притягивая их. Шар вспыхнул и закрутился, нет, это в нем закрутился огненно-багровый вихрь — и вдруг погас. Хоббит ахнул, застонал и попробовал оторваться от шара, но только скрючился, сжимая его обеими руками. Он приникал к нему все ближе и ближе, потом оцепенел, губы его беззвучно шевелились. С придушенным криком он опрокинулся навзничь.

Крик был ужасающий. Часовые спрыгнули в лощину. Весь лагерь мгновенно пробудился.

— Ах ты, воришка несчастный! — сказал Гэндальф, поспешно набросив плащ на хрустальный шар.— Ну, Пин, вот уж не было печали! — Он опустился на колени подле простертого, застывшего хоббита, чьи раскрытые глаза неподвижно глядели в небо.— Что же он успел натворить и чего нам теперь ждать?

Лицо мага резко осунулось.

Он взял Пина за руку и прислушался к его дыханью, потом возложил ладони ему на лоб. Дрожь пробежала по телу хоббита, и веки его сомкнулись. Он вскрикнул, сел и уставился на склоненные к нему в лунном свете бледные лица.

— Не для тебя эта игрушка, Саруман! — пронзительно и монотонно прокричал он.— Я тотчас же за нею пришлю. Понятно? Так и передай!

Он вскочил и бросился бежать, но Гэндальф перехватил и удержал его — бережно и крепко.

— Перегрин Крол! — молвил он.— Вернись!

Хоббит успокоенно прижался к надежной и твердой руке.

— Гэндальф, это ты! — воскликнул он.— Прости меня, Гэндальф!

— Простить? — нахмурился маг.— Сперва скажи за что!

— Я ук... унес шар и заглянул в него,— запинаясь, проговорил Пин.— И я увидел очень страшное, а уйти было нельзя. Он явился, и допрашивал меня, и стал на меня глядеть, и... и я больше ничего не помню.

— Нет, так не пойдет,— строго сказал Гэндальф.— Что ты увидел, о чем он допрашивал, что ты ему сказал?

Пин закрыл глаза и мелко задрожал, но не произнес ни слова. Все молча смотрели на него, кроме Мерри — тот отвернулся. Лицо Гэндальфа было по-прежнему сурово.

— Отвечай! — велел он.

Пин начал снова — глухим, непослушным голосом, но речь его с каждым словом становилась все отчетливее.

— Я увидел темное небо и высокую зубчатую башню,— сказал он.— И крохотные звезды. Казалось, видится то, что было давным-давно и далеко-далеко, но видится ясно и четко. Звезды меркли, мерцали: их точно гасили какие-то крылатые чудища — казалось, огромные летучие мыши вьются над башней. Я их насчитал девять. Одна полетела прямо на меня, разрастаясь и разрастаясь. У нее было жуткое — нет, нет! Нельзя об этом говорить.

Я хотел отдернуться — вдруг она оттуда вылетит, но она заслонила весь шар и исчезла, а появился *он*. Слов он не говорил, только глядел, и мне было все внятно.

«Ты возвратился? Почему так долго отмалчивался?»

Я не ответил. Он спросил: «Кто ты?», а я все молчал, терпел дикую боль и, когда стало совсем уж невмоготу, сказал: «Хоббит».

А он будто вдруг увидел меня — и его хохот мучил, как медленная пытка. Я противился из последних сил; он сказал: «Погоди немного. Скоро снова свидимся. Пока скажи Саруману, что это игрушка не для него. Я тотчас же за нею пришлю. Понял? Так и передай».

И снова злорадно захохотал, как клещами жилы вытягивал, страшнее всякой смерти... нет, нет! Об этом нельзя говорить. Больше я ничего не помню.

— Посмотри мне в глаза! — сказал Гэндальф.

Пин встретил его взгляд не сморгнув; длилось нестерпимое молчание. Потом лицо мага потеплело, и по нему скользнула тень улыбки. Он погладил Пина по голове.

— Ладно! — сказал он.— Будет! Ты уцелел. Глаза твои, вижу, не лгут. Ну, он недолго с тобой говорил. Олухом ты был и остался, но ты честный олух, Перегрин Крол. Будь на твоем месте кто поумнее, он бы, может, вел себя хуже. Но запомни вот что! Тебя и твоих друзей уберег, что называется, счастливый случай, но другой раз не убережет. Допроси он тебя толком, ты бы не вынес пытки и рассказал ему все, что знаешь, к нашей общей погибели. Но он поторопился. Одних сведений ему показалось мало, он решил немедля заполучить *тебя* и не спеша замучить в темнице Черной Башни. Нет уж, ты не дергайся! Суешь нос в дела мудрецов, так и хвост не поджимай! Ладно уж, я тебя прощаю. Все не так худо обернулось, как могло бы.

Он бережно отнес Пина на папоротниковое ложе. Мерри сел возле друга.

— Лежи смирно и попробуй уснуть, Пин! — сказал

Гэндальф.— А впредь больше доверяй мне! Зазудит опять — скажи, есть от этого средства. И, уж во всяком случае, не вздумай опять подкладывать мне камни под локоть! Побудьте вдвоем, это вам полезно.

Маг вернулся к остальным; они в угрюмом раздумье стояли над ортханским камнем.

— Беда явилась за полночь и застала нас врасплох,— сказал он.— Спаслись мы чудом!

— А что хоббит, что Пин? — спросил Арагорн.

— Думаю, с ним все обойдется,— отвечал Гэндальф.— Пытали его недолго, а хоббиты — на диво стойкий народ. Память о пережитом ужасе и та у него быстро выветрится. Пожалуй, даже чересчур быстро. Не возьмешь ли ты, Арагорн, на сохранение этот камушек? Хранить его, конечно, опасно, но...

— Кому как,— сказал Арагорн.— У него есть законный владелец. Этот камушек — *палантир* Ортханка из сокровищницы Элендила, и установили его здесь гондорские князья. Роковые сроки близятся. И мой палантир может мне пригодиться.

Гэндальф взглянул на Арагорна и затем, к общему изумлению, с глубоким поклоном протянул ему завернутый камень.

— Прими его, государь! — сказал он.— И да послужит он залогом грядущих дней! Но позволь все же посоветовать тебе — до поры не гляди в него! Остерегись!

— Был ли я тороплив и тщеславен хоть раз за долгие годы испытаний? — спросил Арагорн.

— Ни разу. Не оступись под конец пути,— отвечал Гэндальф.— По крайней мере храни его в тайне. И вы все, свидетели ночного происшествия! Пуще всего берегитесь ненароком выдать хоббиту Перегрину, где хранится камень! Он его будет по-прежнему притягивать, ибо, увы, он держал его в руках еще в Изенгарде: это я недоглядел. Но я был занят Саруманом и не догадался, что это за Камень. Потом я был близок к разгадке, но меня сморила усталость и одолел сон. Лишь сейчас все открылось!

— Да, и вне всяких сомнений,— сказал Арагорн.— Теперь воочию видна связь между Изенгардом и Мордором: объяснилось многое.

— Диковинно могущество наших врагов и диковинна их немощь! — сказал Теоден.— Издавна говорят: нередко зло пожрется злом.

— Чаще всего так оно и бывает,— подтвердил Гэндальф.— Но в этот раз нам неимоверно повезло. Проступок хоббита, кажется, спас меня от чудовищного промаха. Я думал было сам изучить этот Камень, проверить его на себе. Сделай я это — и пришлось бы состязаться в чародействе с величайшим колдуном, а я не готов к такому испытанию, оно, может статься, и вообще не для меня. Но если б я и не подпал под его власть, узнан все равно был бы, а это пагубно для нас — пока не настанет время выступить в открытую.

— По мне, так оно настало,— сказал Арагорн.

— Еще нет,— возразил Гэндальф.— Покамест враг в заблуждении, и это нам на руку. Прислужник Саурона думает, будто Камень в Ортханке; с какой стати нет? Значит, там же заключен и хоббит; Саруман для пущей муки принуждает его глядеть в чародейное зеркало. Ему запомнились голос и лицо хоббита, он ждет свою безвольную жертву — и ошибка его обнаружится еще не сейчас. Но мы-то что ж упускаем время попусту? Мы были слишком беспечны. Скорее в путь! Нечего медлить неподалеку от Изенгарда. Я поеду вперед и возьму с собой Перегрина Крола: нынче спать ему не придется.

— При мне останутся Эомер и десять дружинников,— сказал конунг.— Прочие пусть едут с Арагорном и мчатся во весь опор.

— Можно и так,— сказал Гэндальф.— Вместе или порознь — спешите в горы, к Хельмову ущелью!

В этот миг их накрыла огромная тень, яркая луна вдруг погасла. Дружинники с криком припали к земле, закрывая головы руками, словно защищаясь от удара сверху: их обуял слепой ужас и пронизал цепенящий холод. Еле-еле отважились они поднять глаза — и увидели огромную крылатую тварь, черным облаком затмившую луну. Она описала круг и вихрем умчалась на север: звезды тускнели на ее пути.

Ристанийцы поднялись на ноги, но двинуться с места не было сил. Гэндальф провожал чудище глазами, опустив крепко сжатые кулаки.

— Назгул! — крикнул он.— Посланец Мордора! Буревестник Саурона! Назгулы пересекли Великую Реку! Скачите, скачите, не ждите рассвета! И не дожидайтесь отстающих! Скачите!

Он кинулся прочь, кликнув на бегу Светозара. Арагорн быстро помог ему собраться. Гэндальф подхватил Пина на руки.

— На этот раз поедешь со мной,— сказал он.— Светозару лишняя ноша нипочем.

Серебряный скакун уже поджидал его, Гэндальф закинул на плечи свой легкий мешок, вскочил на коня и принял из рук Арагорна укутанного в одеяло и плащ Пина.

— Прощайте. Не мешкайте! — крикнул он.— Вперед, Светозар!

Красавец конь гордо тряхнул головой, его пышный хвост переливчато заблистал в лунном свете. Он прянул, взмыв над землей, и умчался, как северный ветер с гор.

— Приятная и спокойная выдалась ночка! — сказал Мерри Арагорну.— Везет же некоторым! Ему, видите ли, не спалось — он и не спал, захотелось ехать с Гэндальфом — пожалуйста! А надо бы ему окаменеть и остаться здесь в назидание потомкам.

— Если б не он, а ты подобрал ортханкский камень, думаешь, ты бы себя лучше показал? — спросил Арагорн.— Сомневаюсь! Словом, тебе не повезло: повезу тебя я. Иди собирайся и, если Пин что позабыл, прихвати. Мигом!

Светозар мчался по темной степи, его не надо было ни понукать, ни направлять. Прошло меньше часа, а они уже миновали Изенгардскую переправу и высокий серый курган, утыканный копьями.

Пин мало-помалу приходил в себя. Он угрелся, лицо овевал свежий бодрящий ветер. Гэндальф был рядом. Ужас, затягивающий в камень, уродливая тень, затмившая луну,— все это осталось позади, как дурной сон или горный туман. Он вздохнул полной грудью.

— А я и не знал, что ты ездишь без седла и уздечки, Гэндальф! — сказал он.

— Обычно я по-эльфийски не езжу,— отозвался Гэндальф.— Но Светозар не терпит сбруи: либо он берет седока, либо нет. Если берет, то уж позаботится, чтобы ты не упал — разве что нарочно спрыгнешь.

— А быстрота его какая? — спросил Пин.— Ветер так и свищет в ушах, а как плавно едем! Почти не касаясь земли!

— Сейчас он мчится быстрее самого быстрого скакуна,— сказал Гэндальф.— Но для него и это пустяки. Здесь идет подъем, и степь неровная. Однако смотри, как на глазах близятся Белые горы под звездным пологом! Вон та, островерхая, трехрогая — это Трайгирн. Недалеко уж до развилки, а там рукой подать и до Ущельного излога, где две ночи назад бушевала битва.

Пин ненадолго примолк. Он слушал, как Гэндальф мурлычет себе под нос обрывки песен на чужих языках, и миля уходила за милей. Наконец маг пропел целый стишок из понятных слов, и хоббит расслышал сквозь немолчный посвист ветра:

> Короли привели корабли,
>   Трижды их было три.
> А на кораблях — что они привезли
>   Из дальней своей земли?
> Семь светлых звезд, семь зрячих камней
>   И Саженец — белый как снег.

— О чем это, Гэндальф? — спросил Пин.

— Я перебирал в памяти древние стихи и песни,— отвечал маг.— Хоббиты их, наверно, давно позабыли — даже и те немногие, что знали.

— Не все мы позабыли,— возразил Пин.— И сочинили много-много своих, хотя у тебя сейчас не хватит на них любопытства. Но этих стихов я никогда не слышал. Что это за семь звезд и семь камней?

— *Палантиры* королей древности,— отвечал Гэндальф.

— Какие такие палантиры?

— «Палантир» значит «дальнозоркий». Ортханкский камень — из них.

— Стало быть, его вовсе... вовсе не Враг изготовил, этот камень?

— Нет, не Враг,— сказал Гэндальф.— И не Саруман. Такое мастерство недоступно ни ему, ни Саурону. Да и никому в Западном Крае, палантиры — они из Эльдамара, изготовили их эльфы Нолдора. Может статься, это дело рук самого Феанора, дело дней столь давно минувших, что с тех пор потерян и счет векам. Однако же злая воля Саурона все на свете пятнает скверной. На этом и попался Саруман, как мне теперь понятно. Опасны орудия, свойства которых превыше нашего разумения. Однако и сам он не без вины. Он сокрыл этот Камень ради собственных тайных целей и в Совете о нем не заикнулся. А мы за грохотом сотрясающих Гондор нашествий да распрей и думать забыли о древних палантирах. Из людской памяти они тоже едва ли не исчезли: даже в Гондоре мало кто помнит о них, да и в Арноре немногие из дунаданцев поймут загадочные слова древней былины.

— А зачем они были людям древности? — спросил Пин, восхищенный и изумленный тем, что на все его вопросы отвечают, и спрашивая себя, долго ли это продлится.

— Чтобы видеть незримое очами и беззвучно разговаривать издали,— сказал Гэндальф.— Они тайно охраняли целость Гондора. Камни водрузили в Минас-Аноре, в Минас-Итиле и в нерушимом Ортханке, посреди неприступного Изенгарда. Но главенствовал над ними камень в Звездной Цитадели Осгилиата, ныне лежащего в руинах. Остальные три увезли на далекий север. От Элронда я слышал, будто один из них был в столице Арнора Ануминасе, другой — в Амон-Суле, Ветрогорной Башне, а главный Камень, Камень самого Элендила,— на Подбашенных горах, откуда виден Митлонд и серебристые корабли в Полумесячном заливе.

Палантиры отзывались друг другу в круговой перекличке, и во всякое время любой из гондорских был открыт взору из Осгилиата. И вот оказывается, что одна лишь скала Ортханка выдержала напор времени и в тамошней башне сохранился палантир. Сам-то по себе он лишь крохотное зрелище давно минувших времен и событий. Тоже неплохо, но Саруману, видать, этого было мало. Он впивался взором все глубже и глубже и наконец разглядел Барад-Дур. Тут-то он и поймался!

Кто знает, куда подевались пропащие арнорские и гондорские Камни? В земле они схоронены или зарылись в ил на речном дне? Но один из них так или иначе достался Саурону и сделался его орудием. Должно быть, Камень из Минас-Итила, ибо эту крепость он взял давно и превратил ее в обитель ужаса — она стала называться Минас-Моргул.

Теперь-то легко догадаться, как был пленен и прикован блуждающий взгляд Сарумана и как его с той поры исподволь улещивали и запугивали. Изо дня в день, год за годом приникал он к колдовскому зеркалу и под надзором из Мордора впитывал мордорские подсказки. Ортханкский зрячий камень стал волшебным зеркальцем Барад-Дура: ныне всякий, кто взглянет в него — если он не наделен несгибаемой волей,— увидит и узнает лишь то, что угодно Черному Владыке, сделается его добычей. А как он притягивает к себе! Мне ли этого не знать! Меня и сейчас подмывает испробовать свою силу, проверить, не смогу ли я высвободить палантир и увидеть в нем за океанской далью времен прекрасный град Тирион, немыслимое творение зодчества Феанора, увидеть в цвету и Белое Древо, и Золотое!

Он вздохнул и замолк.

— Жалко, я этого ничего не знал,— сказал Пин.— Вот уж истинно не ведал, что творил.

— Отлично ведал,— сказал Гэндальф.— Как же не ведал ты, что поступаешь дурно и по-дурацки! Ведал, и сам себе говорил это, и сам себя не послушал. А я тебя раньше не остерег, потому что сейчас только до всего этого додумался. Но если бы и остерег, тебя бы это ничуть не охладило и не удержало. Напротив! А вот как, ожегшись на молоке, станешь дуть на воду, тут и добрый совет кстати придется.

— О чем говорить! — сказал Пин.— Разложи теперь передо мной все эти семь Камней — я только зажмурюсь покрепче и заложу руки в карманы.

— Рад слышать,— сказал Гэндальф.— Затем и рассказано.

— Вот еще хотел бы я знать...— начал Пин.

— Смилостивись! — воскликнул Гэндальф.— Если ублажать твое любопытство рассказами, то остаток моих дней мне рта закрыть не удастся. Ну, что еще ты хотел бы знать?

— Я-то? Названия звезд небесных и зверей земных, историю Средиземья, Верховья и Нездешних Морей. Всего-то навсего! — рассмеялся Пин.— Но мне это не к спеху, могу и подождать. Я спрашивал про ту черную тень: ты крикнул: «Посланец Мордора!» Какой посланец? Зачем ему надо в Изенгард?

— Это был крылатый Черный Всадник, кольценосец-назгул,— сказал Гэндальф.— А зачем? Ну вот, например, забрать тебя и доставить в Барад-Дур.

— Но он ведь не за мной летел, нет? — пролепетал Пин.— Он же не мог еще знать, что я...

— Никак не мог,— сказал Гэндальф.— По прямой от Барад-Дура до Ортханка добрых двести лиг, и даже назгул их меньше чем часа за три-четыре не пролетит. Но Саруман, конечно, наведывался к Камню после вылазки орков и волей-неволей выдал многие свои тайные помыслы. Вот и полетел посыльный разведать, что он там поделывает. После нынешней ночи и второй наверняка прилетит вдогон. И пропал Саруман, как та птичка, что увязила коготок. Откупиться пленником он не может. Камня у него не стало, он даже не знает, чего от него хотят. А Саурон заведомо подумает, что пленника он прячет и придерживает, а Камня чурается. Даже если Саруман расскажет посланцу всю правду, это Саруману не поможет. Изенгард — верно, разрушен, но он-то отсиживается в Ортханке, почему-то цел и невредим! Словом, Саурон непременно сочтет его мятежником, а ведь он затем и спешил с нами расплеваться, чтобы и тени таких подозрений не было! И как ему быть теперь, это сущая загадка. В Ортханке он, пожалуй, сможет кое-как отбиться от Девятерых: попробует, если придется. Может, даже попробует осадить какого-нибудь назгула, убить под ним крылатую тварь. Если у него это выйдет — пусть ристанийцы получше глядят за своими вороными конями! Как это обернется для нас — тоже не знаю. Может быть, Враг собьется с толку, его на время ослепит гнев против Сарумана. Или же проведает, что я стоял на крыльце Ортханка — а позади невдалеке болтались хоббиты. И что наследник Элендила жив и стоял со мною рядом. Если ристанийские доспехи не обманули Гнилоуста, он вспомнит, кто таков Арагорн. Этого-то я опасаюсь. Поэтому мы и бежим — чтоб как можно скорей попасть из огня да в полымя. Ибо Светозар несет нас с тобой, Перегрин Крол, в сторону Края Мрака.

Пин промолчал, только зябко укутался в плащ, как от порыва холодного ветра. Серая равнина мелькала под ними.

— Смотри! — показал Гэндальф.— Перед нами долины Вестфольда: выезжаем на восточную дорогу. Вон там тень — это устье Ущельного излога: там — Агларонд и Блистающие Пещеры. Но про них ты меня не спрашивай. Вот встретишься с Гимли, спроси у него — узнаешь тогда, какие бывают длинные ответы на короткие вопросы. Самому тебе увидеть их на этот раз не доведется, скоро мы их оставим далеко позади!

— Как это, а я думал, мы остановимся в Хельмовой Крепи! — сказал Пин.— Куда же ты так торопишься?

— В Минас-Тирит, пока его не захлестнуло войной.

— Ого! А это здорово далеко?

— Далековато,— сказал Гэндальф.— Втрое дальше, чем до столицы конунга Теодена, а до нее отсюда к востоку сотня с лишним миль, если считать по прямой, как летают посланцы Мордора. Пусть Светозара длинее — посмотрим, кто кого опередит.

На рассвете, часа через три, где-нибудь передохнем — отдых нужен даже Светозару. В горах где-нибудь: хорошо бы доскакать до Эдораса. Постарайся уснуть! Проснешься — и в глаза тебе блеснет первый рассветный луч на золотой кровле дворца эорлингов. А еще через два дня увидишь лиловую тень горы Миндоллуин и белые стены великой крепости Денэтора в утреннем свете.

Скачи же, Светозар! Скачи, благородный конь, как никогда прежде! Ты возрос в этих краях, ты знаешь здесь каждый камень. Скачи во весь опор! Вся надежда на тебя!

Светозар встряхнул головой и звонко заржал, словно услышал зов боевой трубы. И прянул вперед. Копыта его сыпали искры; ночь расступалась по сторонам.

Пин понемногу засыпал, и ему казалось, будто они с Гэндальфом, неподвижные, как изваяния, сидят на каменной конской статуе, а из-под копыт коня в шуме и свисте ветра уносится земля.

Книга 4

Глава I

ПРИРУЧЕНИЕ СМЕАГОРЛА

— Ну, хозяин, засели мы, что гвозди,— ни туда, ни сюда,— сказал Сэм Скромби. Он стоял подле Фродо, горестно сгорбившись, и без толку пялил глаза в сумрак.

В третий раз смеркалось с тех пор, как они бежали от своих, хотя где там было вести счет дням и часам, карабкаясь и пробираясь по голым обрывистым склонам Привражья, то возвращаясь след в след, потому что вперед уж никакого пути не было, то кружа и кружа на одном месте. Однако ж вперед они все-таки продвигались, держась по возможности ближе к краю путаного, ломаного нагорья. Края у него были отвесные, возвышенные, непроходимые; немо и хмуро взирали обветренные скалы на простершиеся от подножных раздрызганных осыпей гнило-зеленоватые безжизненные болота, над которыми не видать было ни единой птицы.

Хоббиты стояли у скалистого обрыва, далеко внизу серое голое подножие заволок туман, а поверху громоздились кручи, упиравшиеся в облака. С востока дул леденящий ветер. Ночь опускалась на болота: мутно-зеленый их цвет менялся на серо-бурый. Далеко справа был Андуин: днем он судорожно поблескивал в лучах неверного солнца, теперь потерялся в бесцветной мгле. Но за реку они не глядели, хотя где-то там были их друзья и светлые земли, населенные людьми. Они смотрели на юго-восток, откуда надвигалась грозовая ночь, где даль была отчеркнута чернотой, как неподвижно склубившимся дымом. Там, между землей и небесами, мерцал ярко-красный огонек.

— Крепко засели! — сказал Сэм.— Одно было место во всем Средиземье, куда нам не хотелось, так теперь нá тебе, нам туда и надо! Надо-то надо, а не попадешь, похоже, нас вообще малость подзанесло. Вниз поди-ка спустись, а спустишься — как раз увязнешь по уши в непролазном болотище. Фью! А воняет-то как, замечаете? — Он сопнул.

— Уж как не заметить,— отозвался Фродо, не шевельнувшись.

Он глядел на черный окоем и мигающий огонек.

— Мордор! — едва слышно вымолвил он.— Ну что ж, в Мордор так в Мордор. Поскорей бы только дойти, да и дело с концом!

Он зябко повел плечами: холодный ветер обволакивал густым, тяжелым смрадом.

— Ну ладно,— сказал он, устало прикрыв глаза,— засели мы не засели, а всю ночь не торчать же на уступе. Поищем какое ни на есть укрытие, заночуем, а наутро, глядишь, и выберемся.

— Выберемся, как же,— в такую дыру, откуда и вовсе не выберешься,— буркнул Сэм.— Нет, на утро надежда плоха. Говорю же: не туда нас занесло, отсюда пути нет.

— Да нет, путь-то найдется,— сказал Фродо.— Раз уж судьба мне туда попасть, то кривая вывезет. Другое дело — что это будет за кривая. Сказано было нам: промедление смерти подобно. Всякая оттяжка на руку врагу, а мы вот застряли, и ни с места. Может, нас уже водят на крючке из Черной Башни? Эх, что ни делает дурак, все он делает не так: давно надо было мне оставить Отряд, еще на севере, и обойти Привражье с востока посуху, а там как-нибудь и в Мордор горными тропами. А теперь сам посуди — ну разве мы с тобой сумеет вернуться обратно? По восточному берегу Андуина рыщут орки. Да и всякий потерянный день невозместим. Устал я, Сэм, и, честное слово, не знаю, как нам быть. Еда-то у нас осталась?

— Обязательно осталась, сударь: эти, как бишь их там, путлибы. А кроме них — ничегошеньки. На самом-то деле грех жаловаться: я, когда их впервые отведал, вот уж не подумал бы, что приедятся, а приелись. Сейчас бы ломоть ржаного хлеба и кружку — да ладно, полкружки — пивка, это бы да! Волок я, волок свои котелки-сковородки, а что с них толку? И огонь не разведешь — не из чего, и какая стряпня, когда травы и той не сваришь: потому что нет ее, травы!

Они отошли назад, спустились по откосу и подыскали выбоину поуютнее. Закатное солнце потонуло в тучах, настала ночь. Спалось им плоховато: донимал холод, и они ворочались с боку на бок в своем каменном закоулке, стесненном косыми, обкрошенными громадами, с востока хотя бы не дуло, и то спасибо.

— Вы их больше не видели, сударь? — спросил Сэм, когда они, перемогая утреннюю дрожь, сидели в сером сумраке и жевали тоненькие путлибы.

— Нет,— сказал Фродо.— И не видел, и не слышал ничего, вот уже вторую ночь.

— Я тоже,— сказал Сэм.— Бррр! Ну и лупетки, извините за грубое выражение! Но, может, мы и правда от него наконец избавились, от слизняка несчастного. Горлум! Вот попадется он мне, тогда узнает, где у него «горлум»!

— Авось не придется тебе об него руки марать,— сказал Фродо.— Не знаю уж, как он за нами уследил, но, кажется, потерял след — давай вместе порадуемся. На сухих камнях не то что следа — запаха не остается, как он ни принюхивайся.

— Хорошо бы,— вздохнул Сэм.— Выискался тоже спутничек!

— Да уж,— сказал Фродо,— обойдемся, пожалуй, и без него. Однако ж пес с ним. Вот как бы отсюда все-таки спуститься! Я тут сам не свой: с востока смотрят-ищут, а мы, как нарочно, торчим здесь и подставляемся, когда между нами и тамошним мраком ничего нет, одни мертвые болота. И оттуда еще Око поглядывает. Пойдем-ка поищем, не может же быть, чтобы сплошь кручи.

Но прошел день, и свечерело, а они все мытарились поверху: пути вниз, как Сэм и сказал, не было и не предвиделось.

В тиши и запустении им иногда мерещились какие-то звуки: падал камень, шлепали по скале босые ноги. Они останавливались, прислушивались — ничего, лишь ветер грузно вздыхал, ушибаясь о скалы, но даже и этот звук напоминал им, как *тот* с присвистом втягивает воздух, осклабив острые зубы.

Внешний кряж Привражья сворачивал к северу, и они то карабкались над откосами, то брели захламощенной плоской складкой от расселины к расселине, стараясь держаться поближе к тысячефутовому обрыву в длиннущих трещинах. Расселины попадались все чаще, становились все глубже, и Фродо с Сэмом уходили все дальше налево, незаметно спускаясь миля за милей.

И зашли в тупик. Кряж изломом направился к северу, перед ними зияло глубокое ущелье. На той его стороне вздымалась на сто саженей отвесная, точно срезанная, щербатая серая скала. Вперед пути не было, надо было сворачивать на запад или на восток. На запад — значит карабкаться наугад, уходя от цели и забираясь в глубь каменного лабиринта, на восток — значит выйти на край пропасти.

— Вниз, в ущелье, больше некуда, Сэм! — сказал Фродо.— Поглядим, куда оно нас выведет.

— Оно выведет! — мрачно посулил Сэм.

Ущелье оказалось бездонное. Они набрели на пространную поросль чахлых, суковатых деревьев: все больше березки, редко сосенка. Многие иссохли и омертвели на корню — восточный ветер пощады не давал. Видимо, когда-то здесь был целый лесок, но уже ярдов через пятьдесят деревья поредели и сошли на нет, хотя пни торчали до самого края пропасти. Дно ущелья, круто уходившего под скалу, было усеянно битым камнем. Они подошли к просвету: Фродо просунулся и выглянул наружу.

— Смотри-ка! — сказал он.— То ли мы глубоко спустились, то ли скалы осели. Гораздо ниже, чем было, и откос не такой уж крутой.

Сэм опустился рядом с ним на колени и неохотно поглядел за обрыв. Потом покосился налево, на суровый отвес надвинувшейся скалы.

— Н-да, не крутой! — буркнул он.— Ну, вообще-то вниз — не вверх. Летать не все умеют, а прыгать чуть ли не все!

— Прыгать-то высоко все-таки,— сказал Фродо.— Примерно,— он смерил высоту глазами,— так, примерно саженей восемнадцать. Не больше!

— Тоже ничего себе! — заметил Сэм.— Ух! Ну и не люблю же я смотреть вниз с высоты! Смотреть-то пусть, лишь бы не спускаться.

— Ладно, ладно,— сказал Фродо.— Сможем мы здесь спуститься или нет, а попробовать надо обязательно. Погляди, и скала совсем другая: пологая, треснутая.

Скала была не пологая, но и правда как бы осунулась вниз. Она походила на бастион — или на морской берег, оставленный морем: пласты его ссохлись и перекосились, и скосы местами выглядели как огромные ступени.

— И уж ежели спускаться, то прямо сейчас. Темнеет рано. И некстати, по-моему, гроза собирается.

Дымный очерк восточных гор заслонила темень, наползавшая на запад. Предгрозовой ветер донес бормотание грома. Фродо понюхал воздух и с большим сомнением взглянул на небо. Потом опоясался поверх плаща, затянул пояс, приладил на спине вещевой мешок — и ступил на край обрыва.

— Будем пробовать,— сказал он.

— Тогда ладно! — угрюмо согласился Сэм.— Только пробовать буду я.

— Ты? — удивился Фродо.— Ты же вроде ползать по скалам не любитель?

— Ну и что, ну и не любитель. Тут ведь, сударь, головой рассудить надо: пускай вперед того, который первым оскользнется. А то ничего себе — шмякнусь на вас, и обоих поминай как звали!

Фродо и глазом не успел моргнуть, как он уже сидел, свесив ноги над обрывом; протянул их и нашаривал уступ на скале. Такого с ним, сколько ни припоминай, втрезве не бывало, и глупо это было донельзя.

— Да ну тебя! Сэм, не валяй дурака! — крикнул Фродо.— Ты же попросту убьешься — ишь, кинулся, даже не посмотрел куда. Давай назад! — Он подхватил Сэма под мышки и затащил обратно.— Ну-ну, подождем уж малость и обойдемся без спешки! — сказал он, лег на живот, высунулся и осмотрелся: смеркалось, хоть солнце и не село.— Да одолеем мы этот спуск,— сказал он немного погодя.— Я-то уж точно одолею, ты тоже, если хладнокровно и поосторожнее.

— Сами себя, что ль, подбадриваете? — сказал Сэм.— Ничего же не видно: вон как уж смерклось. Занесет где ногу не поставишь и рукой не уцепишься — тогда что?

— Тогда назад,— сказал Фродо.

— Легко сказать,— фыркнул Сэм.— Давайте-ка лучше подождем: утром оно как-никак посветлее будет.

— Нет! Нет, пока меня ноги держат! — сказал Фродо, сверкнув глазами, с каким-то внезапным упорством.— Каждый лишний час мне в тягость, каждая минута! Я пошел вниз. А ты сиди смирно, пока я не вернусь или не позову!

Он ухватился за выступ, осторожно сполз и еще с запасом нащупал ногами опору.

— Нашел! — крикнул он.— Уступ направо тут широкий, можно стоять и не держаться. Я дальше...— И голос его оборвался.

212

Налетевшая с востока сплошная темень охватила небосвод. Над головой раскатисто треснул гром, пламенная молния ударила в нагорье. Взревел шквальный ветер, с ревом его мешался дикий, цепенящий вой — тот самый, слышанный на Болотище, по пути из Норгорда. Он и в лесах Хоббитании замораживал кровь, а здесь, среди каменных дебрей, вонзался во сто крат яростней, ледяными жалами ужаса и отчаяния,— замирало сердце, и дух захватывало. Сэм упал ничком. Фродо невольно отнял руки от скалы, зажал уши, покачнулся, оступился и с жалобным воплем соскользнул вниз.

Сэм услышал этот вопль и, пересилив себя, подполз к краю обрыва.

— Хозяин, хозяин! — позвал он.— Хозяин!

Ответа не было. Его колотила дрожь, и все же он, лязгая зубами, выкрикнул еще раз:

— Хозя-а-а-ин!

Ветер сорвал крик с его губ и унес в глубину ущелья и дальше, в горную глушь, но вдруг слабо донесся ответный возглас:

— Здесь я, здесь, не кричи! Только я ничего не вижу.

Голос был еле слышен, хотя Фродо оказался вовсе не так уж далеко. Он не упал, а проехался животом по скале — благо она была в этом месте пологая и ветер дул в спину, так что он, не опрокинувшись, задержался на уступе еще шире прежнего. Сердце его трепыхалось, он приник лицом к холодному камню. Вокруг было черным-черно: то ли мрак сгустился, то ли глаза отказали — может быть, он ослеп? Фродо с трудом перевел дыхание.

— Возвращайтесь! Возвращайтесь! — голосил Сэм вверху, из непроницаемой темноты.

— Не могу я,— проговорил он.— Ничего не видно: как я взберусь? Мне и двинуться-то невмочь.

— Чем помочь, сударь? Чем помочь? — отозвался Сэм, выставившись по пояс. Почему это хозяину ничего не видно? Ну темень, конечно, но не сказать, чтоб непроглядная. Ему-то Фродо был виден: одинокая серая фигурка, распластавшаяся на уступе. Виден-то виден, а как до него достанешь?

Снова загрохотал гром, и хлестнул ледяной ливень вперемешку с градом, обрыв мигом словно задернуло мутной завесой.

— Сейчас я спущусь к вам! — прокричал Сэм, хотя зачем бы ему спускаться, было неясно.

— Не вздумай! Погоди! — крикнул Фродо, голос его

окреп.— Я скоро оклемаюсь! Мне уже получше. Не торопись! Тут без веревки не обойдешься!

— Веревки! — с несказанным облегчением возопил Сэм и в гневе обрушился на себя: — Эх, вот бы кого на веревке-то подвесить вверх ногами в науку всем остолопам! Ну и недотепа же ты, Сэм Скромби! Сколько раз мне Жихарь это повторял, словцо у него такое. Веревки!

— Да не болтай ты! — закричал ему Фродо, он уже почти пришел в себя и не знал, смеяться ему или сердиться.— Оставь Жихаря в покое! У тебя что, веревка в кармане и ты сам себя распекаешь? Так лучше доставай ее!

— Не в кармане, сударь, а в котомке! Ну и ну, сколько сотен миль проволок, а понадобилась — забыл!

Сэм быстро развязал и перерыл котомку. На дне ее и в самом деле без труда отыскался целый моток шелковисто-серой лориэнской веревки. Тьма перед глазами Фродо словно бы поредела, зрение понемногу возвращалось. Он увидел спускавшуюся к нему по воздуху серую змейку, различил ее серебристый отблеск — и голова его почти перестала кружиться. Фродо поймал конец, обвязался вокруг пояса и схватился за веревку обеими руками.

Сэм отступил назад, уперся ногами в пень и вытянул из-за обрыва что есть мочи карабкавшегося по отвесу Фродо; тот повалился в изнеможении.

Раскаты грома отдалились, но дождь хлестал пуще прежнего. Хоббиты заползли в ущелье и схоронились под каменным навесом, правда, не очень-то это им помогло. Кругом бурлили и пенились ручьи, вода низвергалась со скалы, как по водостоку огромной крыши.

— Я бы там или захлебнулся, или меня бы просто смыло,— сказал Фродо.— Как нам повезло, что ты прихватил веревку!

— Еще больше повезло бы, если бы я, раззява, припомнил о ней раньше,— сказал Сэм.— Ведь когда эльфы грузили лодки, они же положили по три мотка веревки в каждую. Очень мне ихняя веревка понравилась, и я один моток перепрятал к себе. «Наши,— говорят,— веревки не единожды вам пригодятся», вроде это Хэлдар сказал, а может, и другой кто из них. Правильно говорил.

— Жаль, я не захватил еще моток,— сказал Фродо,— но разве упомнишь, такая была неразбериха, когда мы с тобой улизнули. А захватил бы — спустились бы сейчас проще простого. Ну-ка, сколько в ней длины?

Сэм сноровисто промерил веревку на расставленных руках.

— Пять, десять, двадцать, примерно так тридцать локтей, чуть больше, чуть меньше,— сказал он.

— Не может быть! — воскликнул Фродо.

— Ага! Не может? — сказал Сэм.— Дивный народ эти эльфы! С виду-то она тонковата, а прочная какая, упругая и мягкая-мягкая. Моток-крохоток, и весу в нем нет. Дивный народ, иначе не скажешь!

— Тридцать локтей! — соображал Фродо.— А пожалуй что, и хватит. Если гроза до ночи кончится, я возьму да попробую спуститься.

— Дождь уж почти перестал,— заметил Сэм,— да ведь как бы в сумерках снова не обмишулиться! А вой-то каков был — забыли? У меня до сих пор в ушах стоит. Ни дать ни взять Черный Всадник — спасибо, они хоть летать не умеют: а вдруг научились? Давайте лучше отлежимся до свету в этой дыре.

— Самое место здесь отлеживаться, когда из Черной Башни так и зыркают через болота,— сказал Фродо.— Да здесь лишней минуты оставаться нельзя!

С этими словами он встал, снова подобрался к обрыву и выглянул. На востоке разъяснилось: по небу ползли последние, обвислые грозовые лохмотья, и даже над Привражьем, над которым помедлили черные думы Саурона, гроза уже отбушевала. Она посекла градом и осыпала молниями долину Андуина и мрачной, зловещей тенью заволокла Минас-Тирит, сокрывши вершины Белых гор. Медленно прокатилась она по Гондору к Ристании и омрачила закат перед взорами конников, мчавшихся равниной на запад. А здесь, над пустошью и смрадными болотами, расстелился голубой полог вечерних небес, и замерцали бледные звездочки, точно мелкие прорехи возле висячего месяца.

— Хорошо-то как, когда глаза видят,— сказал Фродо, глубоко вздохнув.— Знаешь, я ведь было подумал, что совсем ослеп — от молнии или от чего похуже. И вдруг увидел серую веревку, и она словно светилась.

— И верно, она в темноте вроде как серебрится,— сказал Сэм.— Раньше-то я этого не замечал, да и где ж было заметить: запихнул ее в котомку, там она и лежала, кушать не просила. А как вы ее думаете приспособить, коли уж вам невтерпеж карабкаться по скалам? Тридцать локтей — это, стало быть, от силы восемнадцать саженей: в обрез донизу хватит, и то если вы насчет высоты не ошиблись.

— Обвяжи ее вокруг пня, Сэм! — велел Фродо, немного подумав.— На этот раз пусть будет по-твоему, спускайся первый. Я тебя придержу, а ты знай себе отталкивайся от скалы руками и ногами. Ну если где сумеешь притулиться-постоять — тоже неплохо, я передохну. Спустишься до самого низу, отдашь веревку — и я за тобой. Я уже вполне оправился.

— Как скажете,— угрюмо проговорил Сэм.— Ладно, чему быть, того не миновать!

Он закрепил веревку на ближнем к обрыву пне, другой конец обвязал вокруг пояса, повернулся и нехотя полез в пропасть.

А спуск оказался вовсе не очень страшным. Веревка не только поддерживала, но словно подбадривала Сэма, хотя, ненароком взглянув вниз, он каждый раз зажмуривался. Один был очень трудный участок: отвесная круча, да еще скошенная внутрь, он оскользнулся и закачался на серебристой бечеве. Но Фродо был начеку, он отпускал веревку равномерно и медленно, словом, все кончилось как нельзя лучше. Больше всего ему было боязно, что веревки не хватит, однако в руках у Фродо оставался еще изрядный моток, когда снизу донесся голос Сэма: «Готово!» Слышно его было хорошо, а видно не было: серый эльфийский плащ сливался с сумерками.

Фродо спускался подольше. Он тоже надежно обвязался, узел на пне был проверен, он закоротил веревку — в случае чего повиснет, а не шлепнется. И все же хорошо бы не упасть — в отличие от Сэма, он не слишком доверял тонкой серой бечеве. Однако ж дважды пришлось на нее целиком положиться: уступов поблизости не было и даже цепкие хоббитские пальцы не находили в скале ни трещинки. Но вот и он тоже ступил на землю.

— Ну и ну! — воскликнул он.— Спустились! Прощай, Привражье! Ладно, а дальше-то что? Чего доброго, еще затоскуем по твердой земле, по камням под ногами?

Но Сэм не отвечал: он тоскливо глядел на скалистый обрыв.

— Недотепа я, недотепа! — сетовал он.— Дуботол! Веревочка моя! Завязана ты накрепко вокруг пня там наверху, а мы вон где. Эх и лесенку мы оставили для этого лиходея Горлума! Чего там, надо было вообще указатель поставить: ушли, мол, туда-то. Чуяло мое сердце, что больно все просто получается!

— Просто не просто, а если сумеешь придумать, как нам было спуститься вместе с веревкой, то зови меня недотепой или любым другим Жихаревым словцом,— сказал Фродо.— Коли хочешь, взбирайся обратно, отвяжи ее и спускайся, я на тебя посмотрю!

Сэм почесал в затылке.

— Да нет, чего-то не придумывается, уж не взыщите,— сказал он.— И все же ох как неохота мне ее оставлять! — Он ласково погладил веревку и встряхнул ее.— Жалко расставаться с эльфийским подарком: может, ее сама Галадриэль для нас сплела. Галадриэль...— пробормотал он, грустно покачал головой, взглянул наверх и на прощанье подергал веревку, легкую, крепкую, упругую.

К изумленью обоих хоббитов, веревка сорвалась с пня, Сэм перекувырнулся, и мягкие серые витки укрыли его с ног до головы. Фродо расхохотался.

— Кто, интересно, узел завязывал? — спросил он.— Еще спасибо, что до сих пор продержался! А я-то спокойно висел: Сэм, думаю, не подведет!

— Лазить туда-сюда по горам я, сударь, может, и не обучен,— обиженно сказал Сэм,— но насчет веревок и узлов прощенья просим. Это, с вашего позволения, наше семейное рукомесло. У деда в Канатчиках исстари была сучильня; досталась-то она не Жихарю, а старшему брату, дяде моему Энди, но уж ежели узел завязать — так это лучше меня вряд ли кто спроворит во всей Хоббитании, не говоря уж в Средиземье.

— Ну, значит, веревка порвалась,— перетерлась, наверно, о какой-нибудь острый выступ.

— Прямо — перетерлась! — За веревку Сэм обиделся еще больше, чем за себя. Он поднял ее и осмотрел.— Целехонька!

— Стало быть, все-таки узел подгулял,— настаивал Фродо.

Сэм покачал головой и не ответил. Он задумчиво перебирал веревку.

— Вы, сударь, думайте, как хотите,— наконец сказал он,— а я смекаю, что веревка сама отвязалась и прибежала, когда я ее позвал.

Он ловко смотал бечеву и любовно уложил ее в котомку.

— Прибежала, было дело,— согласился Фродо,— а прочее неважно. Давай лучше подумаем, как дальше быть. Скоро уж и ночь. Какие красивые звезды, а луна-то!

— Посмотришь — и сердцу веселее, правда? — сказал Сэм, взглянув на небо.— Что-то в них есть такое эльфийское. И месяц с прибылью. Мы же его две ночи, почитай что, не видели за тучами. Ишь рассветился!

— Да — сказал Фродо,— а все ж таки пока тускловат.
Придется нам выждать денек-другой, а то при таком свете
недолго и в топь угодить.

Еще не совсем стемнело, когда они тронулись в путь.
Пройдя несколько шагов, Сэм обернулся и поглядел на
обрыв. Издали ущелье казалось черной зазубриной утеса.

— Хорошо, что веревка не осталась там висеть,— сказал он.— Авось оглоед потычется: куда это мы девались?
Пусть-ка попрыгает с уступа на уступ на своих поганых
перепончатых лапах!

Они отошли от подножия скалы и пробирались крутым
откосом среди валунов, по щебняку, мокрому и скользкому
после недавнего ливня. И чуть не свалились в расселину,
которая внезапно разверзлась у них под ногами. Расселина
была неширока, но прыгать впотьмах не стоило: к тому же
где-то в глубине ее бойко журчал ручей. Она изгибалась
влево, к северу, и уходила в горы, безнадежно преграждая
им дорогу — не идти же ночью в обход!

— Пойдемте-ка лучше подле скал на юг,— предложил
Сэм.— Повезет — так сыщется какой-нибудь сухой уголок,
а то и пещерка.

— Может, и сыщется,— сказал Фродо.— Я порядком
устал и еле плетусь, а тут еще сплошные каменья. Волей-
неволей придется отдохнуть: эх, была бы перед нами хоть
тропка — я бы шел и шел до упаду.

Идти по осыпи у подножий оказалось ничуть не легче.
И Сэму не удалось сыскать ни уголок, ни пещерку: тянулся
отлогий каменистый скос, а над ним все выше громоздились угрюмые отвесные кручи. Наконец, почти падая с ног,
они притулились у огромного валуна неподалеку от обрыва.
Сели рядышком, как можно теснее, чтобы как-нибудь
угреться среди холодных камней, и сон начал их одоле-
вать — бороться с ним не было сил. Высоко сиял ясный
месяц: в его беловатом свете поблескивали голые глыбы.
Утесистый обрыв заливал серый полумрак, изборожденный
черными тенями.

— Ну ладно! — сказал Фродо, поднимаясь и зябко
запахивая плащ.— Поспи-ка ты, Сэм, немного, укройся
моим одеялом. А я постою — вернее, поброжу — на часах.— Вдруг он замер и, нагнувшись, крепко взял Сэма за

плечо.— Что это такое? — прошептал он.— Взгляни на утес!

Сэм взглянул и присвистнул.

— Здрасьте! — сказал он.— Не успели соскучиться, чтоб его! Это же Горлум! А я-то думал, мы провели его за нос, спустившись с нашего пригорочка! Нет, вы только посмотрите! Сущий паук!

По бледно озаренному — с виду гладкому и скользкому — отвесу ползло, раскинув тонкие конечности, маленькое черное существо. Наверно, все двадцать его чутких, липучих пальцев цеплялись за любые щели и выступы, но казалось, оно по-насекомьи перебирает клейкими ножками. Спускалось оно головой вниз, точно вынюхивало путь. Время от времени голова вертелась на длинной тонкой шее, и мерцали два бледных огонька — два глаза, смаргивавших в лунном свете и тут же закрывавшихся.

— Вы думаете, он нас видит? — спросил Сэм.

— Не знаю,— тихо отвечал Фродо,— но думаю, что нет. Эльфийские плащи неплохо скрывают даже от взгляда друзей: я, например, не вижу тебя в тени за несколько шагов. А он, помнится, враждует и с солнцем, и с луной.

— А чего ж он тогда прямо сюда ползет? — спросил опять Сэм.

— Тише ты, Сэм! — сказал Фродо.— Может быть, он нас унюхал. И слышит он, кажется, не хуже эльфов. По-моему, он что-то услышал: наверно, наши голоса. Мы там орали, как оглашенные, да и здесь с минуту назад галдели почем зря.

— Ну, мне он малость надоел,— сказал Сэм.— Терпел я, терпел — а теперь хочу перекинуться с ним парой ласковых слов. Удрать-то от него, похоже, все равно не выйдет.

И, надвинув серый капюшон, Сэм бесшумно пополз к утесу.

— Осторожней! — прошептал Фродо, следуя за ним.— Не вспугни его! Он даром что с виду ледащий, с ним шутки плохи!

Черная ползучая тварь уже спустилась на три четверти, до подножия утеса оставалось меньше пятидесяти футов. Недвижно притаившись в тени своего валуна, хоббиты глядели во все глаза. То ли ползти ему стало трудно, то ли он почему-то встревожился. Донеслось его сопенье, потом он злобно зашипел, точно выругался, поднял голову и вроде бы сплюнул, наконец двинулся дальше. И послышался его скрипучий, сиплый голос.

— Ахх, с-с-с! Осторожно, моя прелессть! Поспе-
шишшь — шею ссломаешь, а мы же не сстанем ломать
шею, да, прелессть? Не сстанем, прелесть, — *горлум!* — Он
снова поднял голову, смигнул и быстро закрыл глаза. —
Нам она ненависстна, — прошипел он. — Мерзкий, мерзкий, труссливый свет — с-с-с, — она подсматривает за нами, моя прелесть, она суется нам в глаза.

Он спустился еще ниже, и сиплое бормотанье стало
слышно совсем отчетливо.

— Где же оно, где его спрятали — Прелесть мою, мою
Прелесть? Это наша Прелесть, наша, мы по ней скучаем.
Воры, воры, гнусные воришки. Где они спрятались с моей
Прелестью? Презренные! Ненавистные!

— Да, вроде ему невдомек, что мы здесь, — прошептал
Сэм. — А что еще за прелесть? Это он про...

— Ш-ш-ш! — выдохнул Фродо. — Он уж совсем близко, ему теперь и шепот слышен.

И верно: Горлум опять вдруг замер, и его большая
голова на жилистой шее моталась туда-сюда — видно, прислушивался. Замерцали его бледные глаза. Сэм затих,
только пальцы у него дрожали. С гневом и омерзением он
рассматривал жалкую тварь, а Горлум сполз еще ниже,
шипя и пришептывая.

Он повис у них над головой, футах в двенадцати от
земли, на срезе скалы. Надо было падать либо прыгать —
даже Горлум не находил, за что уцепиться. Видимо, он
хотел повернуться ногами книзу, но сорвался, испустив
пронзительный визг и поджавшись, как падающий паук.

Сэм в два прыжка подскочил к утесу и кинулся на
лежачего Горлума, но тот, ушибленный и захваченный
врасплох, ничуть не растерялся. Сэм глазом не успел
моргнуть, как его неодолимо оплели длинные, гибкие руки
и ноги, липкие пальцы подобрались к горлу, а острые зубы
вонзились в плечо. Он только и сумел крепко ударить
головой в физиономию Горлума. Горлум зашипел и сплюнул, но хватки не ослабил.

Худо пришлось бы Сэму, будь он один. Но Фродо был
тут как тут, с обнаженным мечом в руке. Он схватил
Горлума за редкие сальные космы, запрокинул ему голову,
и налитые злобой бледные глаза поневоле обратились
к небу.

— Отпусти его, Горлум! — велел он. — Это меч Терн,
ты его уже видел, он очень острый. На этот раз смотри не
уколись. Отпусти, а то глотку перережу.

Горлум смяк и отвалился дряблой кучей. Сэм встал,

держась за укушенное плечо и сердито глядя на беспомощного врага, с жалким хныканьем елозящего у ног: таких не трогают.

— Не надо нас обижать! Не позволяй им нас обижать, прелесть! Они ведь нас не обидят, миленькие добренькие хоббитцы? Мы ничего, мы сами по себе, а они шасть на нас, как гадкая кошка на бедненькую мышку, правда, прелесть? Мы такие сиротки, *горлум*. Если с нами по-хорошему, мы будем очень, очень послушненькие, да, прелесть? Да-ссс.

— Ну и что с ним теперь делать? — спросил Сэм.— По-моему, давайте свяжем по рукам и ногам, чтоб неповадно ему было за нами таскаться.

— Это смерть для нас, ссмерть,— захныкал Горлум.— Жестокие хоббитцы! Они нас свяжут и оставят умирать с голоду на холодных, жестких камнях, *горлум, горлум!*

В горле у него клокотали рыдания.

— Нет,— сказал Фродо.— Убивать, так сразу. Но убивать его сейчас стыдно и недостойно. Бедняга! Да он и вреда-то нам никакого не причинил.

— Это точно,— буркнул Сэм, потирая плечо.— Не успел, только собирался. Погодите, причинит. Во сне нас задушит, вот что у него на уме.

— Похоже на то, сказал Фродо.— Но за умысел не казнят.

Он задумался, что-то припоминая. Горлум лежал смирно и даже хныкать перестал. Сэм, насупившись, не спускал с него глаз.

А Фродо послышались далекие, но отчетливые голоса из прошлого:

Какая все-таки жалость, что Бильбо не заколол этого мерзавца, когда был такой удобный случай!

Жалость, говоришь? Да ведь именно жалость удержала его руку. Жалость и милосердие: без крайней нужды убивать нельзя.

Горлума жалеть глупо. Он заслужил смерть.

Заслужить-то заслужил, спору нет. И он, и многие другие, имя им — легион. А посчитай-ка таких, кому надо бы жить, но они мертвы. Их ты можешь воскресить — чтобы уж всем было по заслугам? А нет — так не торопись никого осуждать на смерть. Ибо даже мудрейшим не дано провидеть все.

— Да, ты прав,— сказал он вслух и опустил меч.— Я боюсь оставлять его в живых и все же убивать не стану. Ты и тут прав: нельзя увидеть его и не пожалеть.

Сэм воззрился на хозяина, который разговаривал то ли сам с собой, то ли невесть с кем. Горлум приподнял голову.

— Да, мы бедняжки, бедняжки мы, прелесть,— проскулил он.— Плохо нам жить, плохо! Хоббитцы не убьют нас, добренькие хоббитцы.

— Нет, не убьем,— сказал Фродо.— Но и не отпустим. В тебе уйма злобы и коварства, Горлум. Придется тебе идти с нами: за тобой нужен глаз да глаз. И будем ждать от тебя помощи, коли уж мы тебя пощадили.

— Да, да, да-ссс, мы согласны,— заторопился Горлум и сел.— Добренькие хоббитцы! Мы пойдем с ними и будем искать для них в темноте совсем незаметные тропочки, искать и находить, да, прелесть? А куда идут хоббитцы по жесткой и холодной каменной стране, нам интересненько, нам очень интересненько!

Он поднял на хоббитов глаза — хитрые, жадные, бледно мерцавшие из-под белесых ресниц.

Сэм гневно посмотрел на него и, сдерживаясь, сжал зубы: он чуял, что мешаться не надо, у хозяина свой замысел. И все же ответ Фродо его совершенно поразил.

Фродо взглянул Горлуму прямо в лицо, тот сморгнул и потупился.

— Ты знаешь, куда мы идем, Смеагорл,— сказал он тихо и сурово.— А не знаешь, так догадываешься. Идем мы, разумеется, в Мордор, и путь туда тебе знаком.

— Ахх! Ш-ш-ш-ш! — прошипел Горлум, затыкая уши ладонями, точно слова, сказанные впрямую, язвили его слух.— Догадываемся, да, мы догадываемся и просим их туда не ходить, правда, прелесть? Зачем туда добреньким хоббитцам? Там пепел, зола и пыль, в горле першит, а водицы нет, там всюду нарыты ямы и везде шляются орки, тысячи тысяч орков. В такие места не надо ходить добреньким, умненьким хоббитцам — нет-ссс, не надо.

— Так ты побывал там? — настаивал Фродо.— И тебя снова туда тянет, против воли?

— Снова, да, сснова. Нет! — визгнул Горлум.— Это случилось нечаянно, правда, прелесть? Да, совсем нечаянно. Снова мы не хотим, нет, нет! — И вдруг его голос и речь неузнаваемо изменились; он захлебывался рыданьями и обращался вовсе не к хоббитам.— Оставь, отпусти меня, *горлум*! Мне больно. Бедные мои лапки, *горлум*! Я, мы, нет, я не хочу к тебе возвращаться. Не могу я его найти. Я устал. Я, мы не можем найти его, *горлум, горлум*, его нигде нет. А они подстерегают, не спят: гномы, люди, эльфы, ужасные эльфы с горящими глазами. Не могу я его

222

найти. Аххх! — Он вскочил на ноги и погрозил костистым кулаком, узлом бескровной плоти, в сторону востока.— Не станем его искать! — крикнул он.— Для тебя — не станем.— Он съежился и припал к земле.— *Горлум, горлум!* — скулил он, не поднимая лица.— Не смотри на нас. Уходи! Иди спать!

— По твоему слову, Смеагорл, он не уйдет и не уснет,— сказал Фродо.— Но если ты и правда хочешь от него избавиться, то помоги мне. А для этого придется тебе проводить меня в его страну. Только до ворот: внутрь ты со мной не пойдешь.

Горлум снова сел и поглядел на него из-под полуопущенных век.

— И так известно, где он,— заскрежетал его голос.— Он всегда там, на одном месте. Орки вас доведут: здесь, на восточном берегу, они толпами бродят. Не просите Смеагорла. Бедный, бедный Смеагорл, нет его, он сгинул. У него отобрали его Прелесть, и он пропал.

— Может быть, он найдется, поищем вместе,— сказал Фродо.

— Нет, нет, никогда не найдется! Прелесть его пропала.

— Встань! — велел Фродо.

Горлум встал и прижался спиной к утесу.

— Решай! — сказал Фродо.— Когда тебе легче искать тропу — днем или ночью? Мы очень устали, но если ты скажешь — ночью, мы сейчас пойдем.

— Мерзкий яркий свет жжет нам глаза,— хныкнул Горлум.— А сейчас Белая Морда в небе, сейчас еще рано. Скоро, скоро она скроется за горами, сскоро. Сперва отдохните немножечко, добренькие хоббитцы!

— Тогда садись! — сказал Фродо.— И не вздумай удирать!

Хоббиты уселись с двух сторон рядом с ним, прислонившись к скале и вытянув ноги. Сговариватьсья им нужды не было: оба понимали, что задремать нельзя ни на миг. Луна медленно зашла, и серые скалы почернели. На небо высыпали яркие звезды. Ни один не шевелился. Горлум сидел, упершись подбородком в колени, распластав по земле вялые ладони и ступни, глаза его были закрыты, но он весь подобрался: видно, выжидал, ушки на макушке.

Фродо и Сэм переглянулись, понемногу расслабились, закинули головы и сомкнули веки, как бы засыпая. Вскоре послышалось их ровное дыханье. Пальцы Горлума затрепетали. Он едва заметно повел головой: приоткрылась одна, потом другая бледная щелка. Хоббиты явно спали.

Внезапно Горлум сорвался с места прыжком, как лягушка или кузнечик, и задал стрекача в темноту. Но Фродо и Сэм только этого и ждали. Сэм вмиг нагнал и сгреб его, а Фродо схватил за ногу и повалил.

— Вот и опять твоя веревка пригодится, Сэм,— сказал он.

Сэм вытащил веревку.

— А куда же это вы намылились по холодным жестким камням, моя прелесть, сударь мой Горлум? — грозно спросил он.— Нам интересненько, нам очень интересненько! Голову даю на отсечение, что к своим дружкам-оркам! Ах ты, пакостная, лживая тварь! Тебе бы эту веревку на шею, да петельку потуже затянуть.

Горлум лежал, как колода, точно и не он улепетывал. Сэму он ничего не ответил, только смерил его ненавистным взглядом.

— Нам его просто нужно держать на привязи,— сказал Фродо.— Ноги ему не связывай — идти не сможет, руки тоже не надо, он через раз ходит на четвереньках. Привяжи его за щиколку и сам обвяжись.

Он стоял и смотрел, как Сэм завязывает узел, но тут Горлум изрядно удивил их обоих. Он вдруг разразился диким, пронзительным, несмолкаемым визгом: при этом катался по земле, извивался и тянулся к лодыжке зубами — перекусить веревку.

Фродо наконец понял, что он не притворяется: петля, что ли, слишком тугая? Он проверил: не слишком, и даже вовсе не слишком. Сэм был грознее на словах, чем на деле.

— Да в чем дело-то?! — прикрикнул он.— Раз ты норовишь сбежать, иди на привязи, а больно тебе никто не сделал.

— Нет, нам болестно, болестно! — сипел сквозь зубы Горлум.— Она кусает, она морозит! Гадкие, жестокие хоббитцы! Мы потому и хотели спастись, правда же, моя прелесть? Мы догадались, что хоббитцы станут нас мучить. Они якшались с эльфами, со злыми огнеглазыми эльфами. Снимите ее, снимите! Нам болестно!

— Нет, не сниму,— покачал головой Фродо.— Разве что,— он помедлил,— разве что ты дашь честное слово, а я ему поверю.

— Мы поклянемся слушаться, да, да, да-ссс,— стонал Горлум, корчась и хватаясь за лодыжку.— Болестно нам!

— Поклянешься? — спросил Фродо.

— Смеагорл поклянется,— вдруг сказал Горлум ясным голосом, уставив на Фродо странно заблестевшие глаза.— Смеагорл поклянется на Прелести.

Фродо резко выпрямился, и Сэма снова поразили его слова и суровый голос.

— На Прелести? Да ты что! — сказал он.— Опомнись!

Чтоб разъединить их всех, чтоб лишить их воли
И объединить навек в их земной юдоли,

Ты понимаешь, что тебе грозит, Смеагорл? Что ж, такую клятву ты поневоле сдержишь. Но клятва тебя предаст. Берегись!

Горлум съежился, прижав уши.

— На Прелести, на Прелести! — твердил он.

— И в чем же ты поклянешься? — спросил Фродо.

— Он поклянется быть послушненьким,— сказал Горлум. Он подполз к ногам Фродо и, елозя на животе, сипло зашептал, содрогаясь, точно все кости тряслись у него со страха: — Смеагорл поклянется, что никогда, никогда не отдаст ее Тому. Никогда! Смеагорл ее упасет и схоронит. Только дайте ему поклясться на Прелести.

— Нет! Этого нельзя,— сказал Фродо, строго и жалостливо глядя на него.— Ты жаждешь всего лишь увидеть и потрогать его, хотя сам знаешь, что это безумие. На нем — нельзя. Хочешь, поклянись им, ибо ты знаешь, где оно. Оно перед тобой.

Сэму на миг показалось, что хозяин его вырос, а Горлум совсем усох: величавая тень, могучий властитель, скрывающий тайные знаки избранности под серым облаченьем, и у ног его — скулящая собачонка. Однако же эти двое заведомо были в родстве: они читали в сердце друг у друга. Горлум стоял на коленях, обнимая ноги Фродо, по-собачьи ластясь к нему.

— Прочь! Прочь! — сказал Фродо.— Ну, приноси свое обещанье!

— Мы обещаем, да, я обещаю! — проговорил Горлум.— Обещаю верно служить хозяину Прелести. Добрый хозяин, послушный Смеагорл, *горлум, горлум!*

Он вдруг заплакал и опять потянулся зубами к лодыжке.

— Отвяжи его, Сэм! — приказал Фродо.

Сэм неохотно повиновался. Горлум тут же вскочил и запрыгал вокруг, как нашкодивший пес, которого хозяин простил и приласкал. С этой минуты повадка его хоть ненадолго, а изменилась. Шипеть и хныкать он стал реже и обращался к спутникам, а не к себе и своей прелести. Он поджимался и вздрагивал от их внезапных движений, боялся подходить близко и с ужасом сторонился их эльфийских плащей, но был приветлив и жалко угодлив. Он кряхтел от смеха в ответ на любую шутку, прыгал и ликовал, когда Фродо был с ним ласков, и заливался слезами, если Фродо его корил. Сэм с ним почти не разговаривал и ни в чем ему не доверял: новый Горлум, Горлум-Смеагорл, был ему, пожалуй, чуть не противней прежнего.

— Ладно, Горлум, или как бишь тебя теперь,— сказал он.— Пошли! Луна скрылась, ночь на исходе. Пора в дорогу.

— Пошли, пошли,— вприскочку соглашался Горлум.— Пойдемте скорее! Есть только один путь от каменной страны через болота: ни к северу, ни к югу другого пути нет. Я его нашел, давно уже. Орки там не ходят, орки его не знают. Орки боятся болот, они их обходят за много-много миль. Хорошо вышло, что вы здесь оказались. И хорошо, что нашли Смеагорла, да. Смеагорл вас выведет!

Он побежал вперед и оглянулся, словно пес, зовущий хозяев на прогулку.

— Ты полегче, Горлум! — крикнул ему Сэм.— Не больно-то убегай! Я ведь далеко не отстану, а веревка — вот, наготове.

— Нет, нет, он не убежит! — сказал Горлум.— Смеагорл дал обещание.

И они пустились в путь под звездным пологом ночи. Горлум повел их назад на север, но вскоре они свернули, оставив за спиной обрывы Привражья, и спустились по каменным грудам к окраине необъятных болот. Быстро и бесшумно исчезли они в темноте. В огромной топкой пустыне перед Воротами Мордора царила сумрачная тишь.

Глава II

ТРОПА ЧЕРЕЗ ТОПИ

Горлум двигался одинаково быстро на своих двоих и на четвереньках, вытянув шею вперед и выставив голову. Фродо и Сэм едва поспевали за ним, но он, видно, раздумал улизнуть и, когда они далеко отставали, оборачивался и поджидал их. Они пришли к давешней расселине, но уже вдалеке от горных подножий.

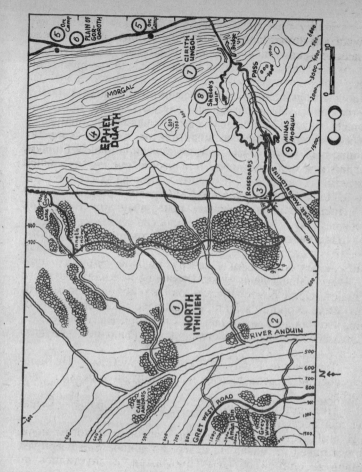

1. Северная Итилия
2. Андуин, или Великая Река
3. Развилок
4. Изгарные горы,
   или Эфель-Дуат
5. Лагерь орков
6. Равнина Горгорота
7. Кирит-Унгол
8. Логово Шелоб
9. Минас-Моргул, или Крепость
   Темных Сил

— Ага, вот она где! — крикнул Горлум.— Там понизу тропочка, мы по ней пойдем-пойдем и выйдем во-он туда.— Он махнул рукой на юго-восток, в сторону болот, гнилое и тяжкое зловоние которых превозмогало ночную свежесть.

Горлум порыскал на краю расселины и подозвал их:

— Сюда! Здесь легко можно спуститься. Смеагорл ходил здесь однажды, я здесь ходил, прятался от орков.

Хоббиты спустились во мглу следом за ним — оказалось и правда легко. Футов двенадцать шириною, не больше пятнадцати в глубину, впадина служила руслом одной из бесчисленных речушек, стекавших с Привражья, пополняя застойные хляби. Горлум свернул направо, более или менее к югу, и зашлепал по ровному каменному дну. Вода ему была явно очень приятна, он радостно хихикал и даже поквакивал себе под нос нечто вроде песенки.

> Ноги грызет холод,
> Гложет кишки голод,
>   Камни больно кусаются —
> Голые, словно кости,
> Грызть их нету корысти —
>   Зубы об них обломаются.
> А мокрая мягкая речка
> Радует нам сердечко,
>   К усталым ногам ласкается.
> И мы говорим с улыбкой...

— Ха-ха! Кому же это мы улыбаемся? — прогнусавил он, покосившись на хоббитов.— А вот сейчас скажем кому. Он тогда сам догадался, треклятый Торбинс.

Глаза его гадко сверкнули в темноте, и Сэму это сверканье очень не понравилось.

> Живет она — не дышит.
> Безухая — а слышит.
> Как мертвая, холодна
> В кольчуге своей она.
> Все пьет и никак не напьется,
> На земле — скачет и бьется.
> Ей водомет — дыра,
> А островок — гора.
> Блестит она и мелькает,
> Гладенькая такая!
> И мы ее кличем с улыбкой:
> Плыви к нам, вкусная рыбка —
>   Жирненькая!

Песенка снова навела Сэма на мысль, которая осаждала его с тех самых пор, как он понял, что хозяин решил взять Горлума в провожатые: мысль о еде. Хозяин-то, наверно, об этом и вовсе не подумал, зато Горлум подумал наверняка. И вообще — как, интересно, Горлум кормился в своих одиноких скитаниях? «Плоховато кормился,— подумал Сэм.— Сразу видно, изголодался. Ох, не побрезгает он, коли уж рыбка не ловится, хоббитским мясцом. Заснем — и ау! — как пить дать слопает обоих. Ну смотри, Сэм Скромби: на тебя вся надежда».

Они долго брели по дну темной извилистой расселины, усталым хоббитам казалось, что и конца этому не будет. Ущельице свернуло к востоку, расширилось, постепенно стало совсем неглубоким. Серая дымка предвещала рассвет. По-прежнему проворный Горлум вдруг остановился и посмотрел на небо.

— День недалеко,— прошептал он, будто День, того и гляди, услышит его и накинется.— Смеагорл спрячется здесь, я спрячусь, и Желтая Морда меня не заметит.

— Мы бы и рады увидеть солнце,— сказал Фродо,— да сил нет выбираться наверх: ноги подкашиваются.

— Не надо радоваться Желтой Морде,— сказал Горлум.— Она нарочно выдаст врагам. Добренькие умненькие хоббитцы спрячутся со Смеагорлом, а то кругом шныряют орки и злые люди — они далеко видят. Прячьтесь, хоббитцы, здесь, со Смеагорлом!

На отдых пристроились у крутого каменного ската расселины, из которой теперь высокий человек запросто мог бы выглянуть. Ручей бежал поодаль, под ногами была сухая гладь. Фродо и Сэм уселись на большом плоском камне, прислонившись к скату. Горлум плескался и копошился в ручье.

— Надо немного покрепиться,— сказал Фродо.— Смеагорл, ты голодный? У нас у самих немного, но мы поделимся.

При слове «голодный» глаза Горлума зажглись зеленоватым светом и вытаращились так, что за ними стало не видно лица — исхудалого и землистого. Он заговорил по-старому, по-горлумски:

— Мы совсем, совсем изголодались, прелессть. А какая у них есть еда? Сочненькая рыбка?

Из-за острых желтых зубов высунулся длинный язык и жадно облизнул бескровные губы.

— Нет, рыбы у нас нет,— сказал Фродо.— Вот только это,— он показал путлиб,— и вода, если здешнюю воду можно пить.

— Да, да, да-ссс, водица чисстенькая,— сказал Горлум.— Пейте, пейте ее досыта, пока она ессть. А что это

такое хрустит у них на зубах, моя прелесть? Это вкус-
ненькое?

Фродо отломил и протянул ему кусок лепешки в листо-
вой обертке. Горлум понюхал лист, и лицо его исказилось
отвращением и застарелой злобой.

— Смеагорл чует, чем пахнет! — процедил он.— Это
листья из страны эльфов, кха! Ф-ф-ф, как они воняют! Он
лазил по тем деревьям, и вонь пристала к его рукам, к моим
милым лапкам.— Он бросил лист, отгрыз кусочек путлиба,
тут же выплюнул его и закашлялся.— Ахxх! Нет,— отплевывался он.— Бедненький Смеагорл из-за вас подавился.
Пыль и зола, это есть нельзя. Ему придется голодать. Но
Смеагорл потерпит. Добренькие хоббитцы! Смеагорл дал
обещание. Он будет голодать. Хоббитская пища ему в рот
не лезет, и он будет умирать с голоду. Бедненький худень-
кий Смеагорл!

— Жаль,— сказал Фродо,— но уж тут я тебе ничем не
смогу помочь. Эта пища, я думаю, пошла бы тебе не
пользу, если б ты себя пересилил. Однако пока что, наверно, даже и пытаться не стоит.

Хоббиты молча хрустели путлибами. Сэм заметил, что
они вроде бы стали гораздо вкуснее: Горлум напомнил,
какая это чудесная еда, но он же и портил ему аппетит,
провожая глазами каждый кусок, точно пес у обеденного
стола. Лишь когда они сжевали по лепешке и разлеглись
отдыхать, он, видимо, убедился, что никаких лакомств от
него не прячут, отошел на несколько шагов, сел и похныкал
от жалости к себе.

— Хозяин! — довольно громко прошептал Сэм, ему
было плевать, слышит Горлум или нет.— Как ни крути,
а поспать нам надо; только обоим зараз спать не дело —
вон он, гад, каким голодным глазом на нас косится.
Мало ли что он «дал обещание»! Горлум он или Смеагор-
лум — один леший: горбатого могила исправит, а он пока
живой. Вы давайте-ка спите, сударь, а я вас разбужу, когда
мне уж совсем невмоготу станет. Будем спать по очереди,
а то не ровен час...

— Что верно, то верно, Сэм,— сказал Фродо, не таясь.— Он *заведомо* изменился, но как и насколько, пока
неизвестно. Однако, по-моему, нынче нам опасаться нечего.
Ну, стереги, если хочешь. Часика два дай мне поспать,
а там и буди.

Фродо так устал, что уронил голову на грудь и заснул,

едва договорив. А Горлум, видать, свои штучки оставил. Он свернулся калачиком и тоже уснул как ни в чем не бывало — и хотя подозрительно присвистывал сквозь сжатые зубы, однако не шевелился, ровно убитый. Сэм послушал-послушал, как его спутники спят наперегонки, и чуть сам не заснул, но вместо этого встал, подошел к Горлуму и легонько его потыкал. Ладони Горлума раскрылись, пальцы задергались — и больше ничего. Сэм наклонился и сказал ему прямо в ухо: «Вкусненькая рыбка», но Горлум даже ухом не повел и присвистывал по-прежнему.

Сэм почесал в затылке.

— Может, и правда спит,— пробормотал он.— Будь я вроде Горлума, одним Горлумом меньше бы стало.

Он со вздохом отогнал заманчивые мысли о том, что и меч вот он, и за веревкой недалеко ходить, пошел и сел рядом с хозяином.

Открыв глаза, он увидел тусклые небеса, гораздо темнее, чем когда он заснул. Сэм вскочил на ноги и понял, что раз он такой бодрый и голодный, значит, проспал весь день, а уж часов-то девять отхватил наверняка. Фродо спал без задних ног, только на бок повернулся. А Горлума было не видать. Сэму припомнились многие нелестные клички, какими исполняя отцовский долг, награждал его Жихарь, никогда не лазивший за словом в карман; потом он сообразил, что хозяин-то был прав — стеречься не от кого. Как-никак оба целы, невредимы и ничуть не удавлены.

— Вот бродяга! — сказал он с некоторым раскаянием за свою подозрительность.— А где же он болтается, хотел бы я знать?

— Недалеко, недалеко! — сказал голос сверху, и Сэм увидел на фоне вечернего неба огромную голову и оттопыренные уши Горлума.

— Э-гей, ты чего там делаешь? — спросил Сэм, мигом став подозрительней прежнего.

— Смеагорл голодный,— сказал Горлум.— Он скоро вернется.

— А ну, воротись! — заорал на него Сэм.— Назад, кому говорю!

Но Горлума и след простыл. Разбуженный криками Фродо сидел и протирал глаза.

— Здрасьте! — сказал он.— Что случилось? Сколько времени?

— Еще не знаю,— сказал Сэм.— Солнце, кажись, закатилось. А он удрал. Говорит, голодный.

— Ладно тебе! — сказал Фродо.— Тут уж ничего не поделаешь. Вернется, не бойся. И обещание заржаветь не успело, да и от своей Прелести он никуда не денется.

Фродо во всем разобрался, когда узнал, что они полсуток мирно проспали рядом с Горлумом, очень голодным и совершенно не связанным.

— Не поминай Жихаря попусту,— сказал он.— Ты был еле живой, и все обернулось не худо: оба мы отдохнули. А впереди трудная дорога, труднее еще не было.

— С едой плоховато,— сказал Сэм.— Сколько нам примерно за все про все времени понадобится? После-то, когда управимся, что будем делать? Я ничего не говорю, эти дорожные хлебцы тебя прямо-таки на ногах держат, спасибо и низкий поклон эльфам-пекарям, хотя в желудке все же ветер свищет, извините за грубость. Но и с ними беда — чем больше их ешь, тем меньше остается. Недельки так на три их, может, и хватит, ежели затянуть пояса и держать зубы на полке. А то мы на них здорово подналегли.

— Я не знаю, сколько нам времени нужно за все про все,— сказал Фродо.— Долгонько мы в горах проторчали. Но вот что я скажу тебе, Сэммиум Скромби — дорогой мой хоббит Сэм, друг из друзей,— по-моему, незачем нам и думать, что будет *после*, когда мы, как ты говоришь, *управимся*. На это нечего и надеяться, но если это нам вдруг удастся, то уж какое там *после*! Представляешь: Кольцо Всевластья упадет в огонь, а мы тут рядышком! Ну посуди сам, до хлеба ли нам будет: нет, хлеб нам больше никогда не понадобится. Дотащимся как-нибудь до Роковой Горы, и дело с концом. Дотащиться бы — мне и это вряд ли по силам.

Сэм молча кивнул, взял хозяина за руку и склонился над ней: не поцеловал, только капнул слезами, отвернулся и утер нос рукавом. Потом встал, прошелся туда-сюда, якобы посвистывая, и выговорил сдавленным голосом:

— Да куда же этот лиходей подевался?

Горлум ждать себя не заставил: неслышно подобрался и, откуда ни возьмись, вырос перед ними. Руки его и лицо были перепачканы черным илом. Он что-то дожевывал и ронял слюну. Что он там жевал, они любопытствовать не стали.

«Жуков-червяков, а может, каких появок,— подумал Сэм.— Бррр! Ну, оглоед, ну, бродяга!»

Горлум тоже помалкивал, покуда не напился и не умылся из ручья. Потом подошел к ним, облизываясь.

— Заморил червячка,— сказал он.— Отдохнули? Пойдем дальше? Добренькие хоббитцы крепенько поспали. Теперь верите Смеагорлу? Вот и хорошо, вот и очень хорошо.

Дальше было как раньше. Расселина становилась все площе и положе, каменистое дно стало глинистым, а скаты превратились в береговые пригорочки; ручей петлял без конца. Ночь была на исходе, но облачная хмарь скрывала звезды и луну, лишь разлитый кругом сероватый отсвет возвестил утро.

В стылый предутренний час они прыгали по мшистым кочкам, а ручей забулькал на последней россыпи каменных обломков и канул в ржавое озерцо. Шелестели и перешептывались сухие камыши, хотя в воздухе не было ни дуновенья.

И впереди, и по обе руки простирались в тусклом свете неоглядные топи и хляби. Тяжелые испарения стелились над темными смрадными мочажинами. Их удушливое зловоние стояло в холодном воздухе. Далеко впереди, на юге, высились утесистые стены Мордора, словно черный вал грозовых туч над туманным морем.

Хоббитам оставалось лишь целиком довериться Горлуму. Ведь им было невдогад, что у них за спиной, в двух шагах, прячется во мгле северная окраина болот. Будь им знакомы эти края, они могли бы, слегка задержавшись, вернуться немного назад, свернуть к востоку и выйти торными дорогами на голую равнину Дагорлада, поле древней битвы у Ворот Мордора. Правда, там они вряд ли пробрались бы, на твердой каменистой равнине укрываться негде, а через нее днем и ночью маршируют туда-сюда орки и прочая солдатня Саурона. Лориэнские плащи и те бы их не спасли.

— Ну и как же мы пойдем, Смеагорл? — спросил Фродо.— Нам обязательно лезть в эти вонючие болота?

— Необязательно, вовсе необязательно,— сказал Горлум.— Хоббиты могут куда быстрее добраться до черных гор и предстать перед Тем. Чуточку назад, немножечко обойти,— его жилистая рука махнула на север и на восток,— и попадете на большую, на жесткую, холодную дорогу, а там все дороги ведут прямо к Тому, да, да. И Тот туда все время смотрит, там он и заметил Смеагорла, давным-давно.— Горлум не сразу совладал с дрожью.— Но Смеагорл тоже с тех пор осмотрелся, да-да: и глаза у него недаром, и нос, и ноги пригодились. Я знаю другие пути. Потруднее, подлиннее, зато безопаснее, если не хотите попасться Тому на глаза. Идите за Смеагорлом! Смеагорл проведет вас через болота в туманах, в густых, хороших туманах. Следуйте за Смеагорлом — и, может быть, Тот еще не скоро, совсем не так уж скоро вас сцапает.

Утро было хмурое и безветренное, болотные испарения лежали недвижными пластами, небо плотно застлали низкие тучи. Горлум радовался, что солнца нет как нет, и торопил их. Едва передохнув, они пустились в путь — и с первых шагов утонули в туманной глуши: позади скрылось из виду Привражье, впереди — хребты Мордора. Они шли гуськом: Горлум, Сэм, Фродо.

Фродо был самый усталый, и, как ни медленно они шли, он все время отставал. Сплошная топь оказалась вблизи ячеистой: окна, заводи, озерца, раскисшие русла реченок. Наметанным глазом можно было прикинуть, а привычной ногой нащупать неверную, петлястую тропу. Уж на что сноровист по этой части был Горлум, но и ему понадобилась вся его сноровка. Голова его на длинной шее вертелась туда-сюда, он принюхивался и бормотал себе под нос. Иногда он поднимал руку: погодите, мол, дальше не суйтесь,— а сам продвигался на четвереньках, осторожно пробуя зыбун руками и ногами, а то и приникая ухом к земле.

Это было нудно и утомительно. Зима с ее мертвенным, цепким холодом еще не отступилась от здешнего захолустья. Никакой зелени и в помине не было, разве что синеватая, пенистая ряска на маслянисто-черных заводях. Сухие травы и сгнившие на корню камыши казались в тумане убогими призраками невозвратного лета.

Посветлело, туман поднялся и поредел. Высоко над гнилостными испареньями, в ясной небесной лазури сияло золотистое солнце, однако свет его едва-едва пробивался сквозь густую волнистую пелену: над головой появилось блеклое пятно. Теплее не стало, мертвенный болотный мир ничуть не ожил, но Горлум все равно ежился, вздрагивал, глухо ворчал и наконец заявил, что идти нельзя. Точно загнанные зверьки, скорчились они на краю буроватых плавней. Стояла глубокая тишина, лишь шелестели жухлые стебли да трепетали невесть отчего сломанные былинки.

— Ну хоть бы одна пташка! — печально проговорил Сэм.

— Нет, птичек здесь нету,— сказал Горлум.— Вкусненькие птички! — Он облизнулся.— Змейсы есть, пиявсы, ползучая и плавучая, совсем невкусная гадость. А птичек нет,— вздохнул он.

Сэм на него брезгливо покосился.

Тянулись третьи сутки их путешествия с Горлумом. В иных, счастливых и светлых краях мягко легли вечерние тени, а они были снова в пути, и редко случалось им присесть, да и то не для отдыха, а из-за Горлума: он продвигался очень-очень осторожно и не слишком уверенно. Они забрели в самую глубь Гиблых, или Мертвецких, Болот, и было уже темновато.

Продвигались медленно, согнувшись в три погибели, держась поближе друг к другу, в точности повторяя движения Горлума. Мшистые ходуны стали широкими водяными окнами, и все труднее было выбирать места потверже, где нога не тонула в булькающей жиже. Легонькие хоббиты шли налегке, а то вряд ли бы и выбрались.

Вскоре совсем стемнело, в плотной черноте, казалось, не продохнуть. Когда кругом замелькали огоньки, Сэм даже протер глаза: подумал, что малость свихнулся. Сперва вспыхнул огонек где-то слева, бледненький и тусклый, вот-вот погаснет, но тут же явились еще и еще — одни точно светлые струйки дыма, другие как мутные язычки пламени, плясавшие над невидимыми свечами, и множество их возникло, точно призрачное шествие. А оба спутника воды, что ли, в рот набрали. И наконец Сэм не выдержал.

— Что это такое творится, Горлум? — шепотом спросил он.— Что это за огоньки? Кругом же обступили — чего мы им дались? Они откуда?

Горлум поднял голову, он полз на четвереньках, прощупывая и обнюхивая черную лужу.

— Обступили, да,— прошептал он в ответ.— Заманивают нас к мертвецам, да, да, шаг в сторону — и засосет. А тебе-то что? Ты на них не гляди! Пусть себе пляшут! Где хозяин?

Сэм обернулся: Фродо снова отстал, его даже и видно не было. Сэм прошел немного назад, оступаясь на каждом шагу и призывая хозяина тихим, сиплым шепотом. И наткнулся на Фродо, который стоял задумавшись, глядя на бледные огоньки. Руки его беспомощно повисли, с них капала вода и стекала слизь.

— Пойдемте, сударь! — сказал Сэм.— Вы на них не глядите! И Горлум то же говорит: чего глядеть? Пес с ними, давайте выберемся поскорее из этих гиблых мест — уж постараемся!

— Хорошо,— сказал Фродо, как бы очнувшись.— Иду. Не задерживайтесь!

Сэм поспешил обратно, запнулся за корень не то за кочку, увязил руки в илистой жиже и чуть не утопил в ней лицо. Послышалось шипенье, его обдало смрадом, огоньки замигали-заплясали, сближаясь. Черная влага перед его глазами вдруг стала темным окном, в которое он заглянул, и, кое-как выдернув руки, отпрянул назад.

— Там же могила! — вскрикнул он, еле очнувшись от ужаса.— Полным-полно мертвецов, и все глядят!

— Мертвецкие Болота, да, да, так они и называются,— гадко хихикнул Горлум.— Не гляди в воду, когда свечки горят!

— Кто они такие? Откуда взялись? — вздрагивая, спрашивал Сэм у Фродо, который их нагнал.

— Не знаю, кто они,— сказал Фродо дремотным голосом.— Но я их тоже видел: в заводях, когда засветились свечки. Они лежат в черной глубине и глядят мертвыми глазами. Злобные, страшные хари, а рядом — скорбные и величавые, гордые и прекрасные лики, и водоросли оплели их серебристые кудри. И все мертвые, сплошь гнилые трупы, и свет от них замогильный.— Фродо провел ладонями по лицу.— Не знаю, кто они такие и откуда: кажется, я видел эльфов, людей — и орков подле них.

— Да, да,— сказал Горлум.— Все мертвые, все сгнили — эльфы, люди, орки. Потому болота и Мертвецкие. Здесь была великая битва, маленькому Смеагорлу об этом рассказывали, мне бабушка рассказывала, когда еще Прелесть не нашлась. Великая битва, которой не видно было конца. Бились высокие люди с длинными мечами, и страшные эльфы, и орки голосили без умолку. Они бились на равнине у Черных Ворот много дней, много месяцев. А потом наползли, наползли болота — проглотили могилы.

— Но это же все было я не знаю сколько тысяч лет назад,— сказал Сэм.— Не может там быть мертвецов! Волшебство, что ли, какое лиходейское?

— Не знаю, не знаю, Смеагорл не знает,— отвечал Горлум.— До них нельзя дорыться, не доберешься до них.

Мы пробовали однажды, да, моя прелесть? — нет, не добрались. Глаз их видит, а зуб неймет, никак, моя прелесть! Они мертвые, их нет.

Сэм угрюмо посмотрел на него и, передернувшись, догадался, зачем Смеагорл хотел до них дорыться.

— Ну, с меня мертвецов хватит! — сказал он.— Как бы нам поскорее отсюда слинять?

— Поскорее, да, да поскорее,— сказал Горлум.— Поскорее и поосторожнее, а то как бы нашим хоббитам не провалиться к мертвецам и не засветить еще по свечечке. Ступайте след в след за Смеагорлом! Не смотрите на огоньки!

Он пополз куда-то вправо, в обход трясины, они старались не отставать от него и тоже поневоле опустились на карачки. «Еще малость поползаем — и будет не одна, а целых три препакостных горлумских прелести, как на подбор!» — подумал Сэм.

Тропа кое-как отыскалась, и они двинулись через топь — то ползком, то прыгая с зыбкой кочки на кочку: оступались, оскользались, шлепались в черную смрадную жижу. Перемазались с головы до ног, и воняло от всех троих, как из выгребной ямы.

В глухой ночной час они наконец миновали трясину и ступили на твердую, хотя и не очень-то твердую, землю. Горлум шипел и шептался сам с собой: видать, он был доволен. Верхнее чутье, особый нюх и необычайная памятливость на очертания помогли ему выбраться к нужному месту, а дальше он знал, как идти.

— Ну вот и пойдемчики! — сказал он.— Умнички хоббитцы! Храбренькие хоббитцы! Совсем-совсем устали, конечно, мы тоже, моя прелесть, мы тоже. Но надо скорее увести хозяина подальше от мертвецких свечечек, да, да, подальше.

С этими словами он пустился чуть не вприпрыжку по длинной прогалине в камышах, а они, спотыкаясь, побежали следом. Внезапно он остановился, снова присел на четвереньки и потянул носом, зашипев не то встревоженно, не то недовольно.

— В чем дело-то? — проворчал подбежавший Сэм, которому почудилось, будто Горлум брезгливо фыркает.— Чего носом водить? Я нос зажимаю, и то у меня глаза на лоб лезут. И ты смердишь, и хозяин смердит — кругом от вони не продохнешь.

— Да, да, и Сэм смердит! — отозвался Горлум.— Бедняжечке Смеагорлу противно нюхать, но послушный Смеагорл терпит, помогает добренькому хозяину. Пусссть воняет! Нет, нет, в воздухе что-то неладное, а Смеагорлу это очень не нравится.

Он побрел дальше, однако становился все беспокойнее, то и дело выпрямляясь, изгибая шею и обращаясь ухом к юго-востоку. Поначалу хоббиты никак не могли взять в толк, что его тревожит. И вдруг все трое разом насторожились. Фродо и Сэму послышался вдалеке протяжный и неистово-злобный леденящий вой. Они вздрогнули и в тот же миг ощутили, как повеяло стужей и колеблется воздух. Потом донесся шум налетающего ветра. Огоньки трепетали, блекли, гасли.

Горлум не двигался. Он стоял, сотрясаясь, и что-то лепетал; ветер с ревом и свистом обрушился на болота, расшвыривая клочья тумана, и высоко в небе показались рваные облака, а между ними заблистала луна.

На мгновение хоббиты обрадовались, но Горлум прижался к земле, ругмя ругая Белую Морду. Фродо и Сэм глядели в небо, вдыхали полной грудью свежий воздух — и увидели облачко, мчащееся от проклятых гор, черную тень, которую изрыгнул Мордор, огромную и жуткую крылатую тварь. Терзая слух смертоносным воем, она затмила месяц и, обгоняя ветер, унеслась на запад.

Они упали ничком, как подкошенные, беспомощно корчась на холодной земле. А призрачный замогильный ужас возвратился и пронесся ниже, прямо над ними, разметая крылами зловонные испарения. Пронесся и умчался обратно в Мордор, куда призывал его гнев Саурона, следом за ним бушующий ветер сорвал остатки туманной пелены с Мертвецких Болот. Впереди, сколько видел глаз, до подножий сумрачных гор простерлась голая пустыня в пятнах лунного света.

Фродо и Сэм привстали, протирая глаза, словно дети, очнувшиеся от дурного сна в обыкновенной темноте. Но Горлум лежал на земле как пришибленный. Они с трудом растолкали его, и все равно он не поднимал головы, стоя на карачках, уткнув локти в землю и прикрывая затылок широкими ладонями.

— Призраки! — стенал он.— Крылатые призраки! Прислужники Прелести! Они все видят, все. Он них не спрячешься. Ненависстная Белая Морда! Они все расскажут

Тому, и он увидит нас, он нас узнает, аххх, *горлум, горлум, горлум!*

И лишь когда луна закатилась далеко на западе за вершины Тол-Брандира, они продолжили путь.

С этих пор Сэм стал замечать, что Горлум снова переменился. Он угодничал и подлизывался пуще прежнего, но в глазах его мелькало странное выражение, особенно когда он поглядывал на Фродо, и говорил он все больше по-горлумски, на старый манер. Но еще тревожнее было то, что Фродо, видимо, совсем изнемог. Он не жаловался, он и вообще-то почти не раскрывал рта, но брел согнувшись, как под непосильным грузом, тащился еле-еле — Сэм то и дело просил Горлума подождать хозяина.

Между тем с каждым шагом к Воротам Мордора Кольцо на шее Фродо все тяжелее оттягивало цепочку и точно пригнетало его к земле. Но куда мучительнее донимало его Око: это из-за него, не из-за Кольца Фродо втягивал голову в плечи и робко сутулился. Оком он называл про себя жуткое, обессиливающее чувство могучей и враждебной воли, которой нипочем земные преграды и воздушные заслоны, которая вот-вот отыщет, обнажит, пригвоздит мертвящим взором. Укрыться от него негде, последние покровы тонки и ненадежны. Фродо в точности знал, откуда исходит этот смертоносный луч — так же как сквозь закрытые глаза знаешь, где пламенеет жгучее и беспощадное солнце. Луч палил ему лицо, поэтому он и опускал голову.

Горлуму, может статься, было немногим легче. Но что творилось в его иссохшем сердце, что его больше мучило — ищущее ли Око, алчная ли тоска по Кольцу, до которого только руку протянуть, или унизительное обещание, наполовину исторгнутое страхом перед холодной сталью,— этого хоббитам знать было не дано. Да Фродо об этом и не думал, а Сэм большей частью думал о хозяине, своих грызущих страхов почти не замечая. Он теперь шел позади Фродо и ни на миг не терял его из виду: поддерживал, когда тот спотыкался, и старался подбодрить неуклюжими шутками.

Когда наконец рассвело, хоббиты с изумленьем увидели, насколько придвинулись угрюмые кручи. В холодном и ясном утреннем свете все же еще далекие стены-утесы

Мордора не нависали угрозой на небосклоне, а исполинскими черными башнями сумрачно взирали окрест. Болота кончились, дальше тянулись торфяники и короста растрескавшейся грязи. К мерзости запустения у Сауроновых Ворот вели длинные, голые, пологие склоны.

Покуда серо-стальной день не угас, они ютились, как черви, под огромным камнем, хоронились от крылатого ужаса, от жестоких пронзительных мертвых глаз. Страх опустошил память этих дней и тех двух ночей, когда они пробирались по унылому бездорожью. Воздух здесь был какой-то колкий, напитанный горечью, от него першило в пересохшем горле.

Наконец на пятое утро путешествия с Горлумом они снова остановились. Перед ними высились в серой мгле огромные утесы; вершины их скрывали дымные тучи, а подножия были укреплены мощными устоями и загромождены скалами, до ближней из них оставалось не более двенадцати миль. Фродо огляделся, и ему стало жутко. Отвратны были Мертвецкие Болота и пересохшая пустошь, но во сто крат чудовищнее то, что теперь открывал его запавшим глазам ползучий рассвет. Даже Могильные Топи весна еще подернет зеленоватой пеленой, но здесь не могло быть ни весны, ни лета. Здесь не было ничего живого, не было даже трупного тлена. Зияли ямины, засыпанные золой, загаженные белесовато-серой грязью, точно блевотиной горных недр. Бесконечными рядами возвышались груды каменного крошева и кучи обожженной, изъязвленной земли,— дневной свет как бы нехотя озарял изнанку смерти, кладбище без мертвецов.

Это была поистине мордорская пустыня, памятник на вечные времена непосильному труду рабских полчищ — цели трудов забудутся, но след их пребудет: опоганенная, неисцелимо изуродованная земля, разве что волны Великого Моря сокроют ее от глаз.

— Сейчас меня вывернет,— сказал Сэм.

Фродо промолчал. Они помедлили как бы на краю неминучего бредового сновидения, которое надо претерпеть, нырнуть во мрак, чтобы пробудиться утром. Между тем светлело — жестоко и безысходно. Провалы и язвы прокаженной земли виднелись с ужасающей четкостью. Между тучами и клоками дыма проглянуло солнце, но и солнечные лучи были осквернены. Хоббиты не обрадовались солнцу: оно, казалось, служило Врагу, высвечивая их во всей беспомощности — крохотные писклявые существа, копошащиеся на мусорной свалке Черного Властелина.

Идти дальше им было невмочь, поискали, где бы отдохнуть. Присели за горой шлака, но она источала удушливый дым, и все трое начали кашлять и задыхаться. Первым встал Горлум; отплевываясь, бранясь и даже не взглянув на хоббитов, он уполз на четвереньках. Фродо и Сэм последовали за ним, и вскоре выискалась большая круглая яма, закрытая с запада насыпью. Там было, как и везде, холодно и гадко, на дне радужно лоснилась маслянистая лужа. Там они и приткнулись, в надежде хоть как-то укрыться от всевидящего Ока.

День тянулся медленно. Нестерпимо хотелось пить, но они лишь смочили губы водой из фляжек, наполненных в ручье — и он, и каменная расселина казались им теперь прекрасным виденьем. Хоббиты караулили по очереди. Сперва, несмотря на усталость, ни один из них уснуть не мог, но, когда солнце утонуло в тяжелой туче, Сэм задремал. Бодрствовать был черед Фродо: он разлегся на спине, но легче ему ничуть не стало, ноша давила все так же. Глядя в дымное небо, он видел странные тени, мчались темные конники, чудились полузабытые лица. Он потерял счет времени, явь смешалась с дремой, и наконец он забылся.

Сэм открыл глаза: ему показалось, будто хозяин зовет его. Но Фродо спал, съехав по скату на дно ямы. Возле него присел Горлум. Сэм было подумал, что он хочет разбудить Фродо, но нет, Горлум разговаривал сам с собой. Смеагорл спорил с кем-то, кто говорил его голосом, сипя и пришепетывая. И глаза его мерцали то бледным, то зеленым огнем.

— Смеагорл дал обещанье,— говорил первый.

— Да, да, моя прелесть,— отвечал другой,— мы обещались сберечь нашу Прелесть, не отдать ее Тому — нет, никогда. Но что ни шаг, мы к Тому все ближе. Что хочет хоббит сделать с нашей Прелестью, интерессненько, да, нам интерессненько.

— Не знаю. Тут уж ничего не поделаешь. Она у хозяина. Смеагорл обещал помогать хозяину.

— Да, да, помогать хозяину нашей Прелести. А если мы сстанем хозяином, то будем помогать себе и ссдержим обещание.

— Но Смеагорл обещал быть очень-очень послушным. Добренький хоббит! Он снял жестокую петлю с ноги Смеагорла. Он ласково говорит со мной.

— Очень-очень посслушным, да, моя прелесть? Давай будем посслушным и сскользким, как рыбка: будем, сладенький мой, сслушаться самого себя! Но мы не ссделаем худа добренькому хоббиту, нет, совсем нет.

— Я же поклялся Прелестью,— возражал голос Смеагорла.

— Так возьми ее себе,— отвечал другой,— и ссдержи клятву! Сстань сам хозяином Прелести, горлум! Тогда другой хоббит, сердитый, неласковый, подозрительный хоббит, он у нас поползает в ногах, горлум!

— А добренького хоббита трогать не будем?

— Нет, не будем, если не понадобится. Он ведь все-таки Торбинс, моя прелесть, да, да, он Торбинс. Торбинс стащил у нас Прелесть. Он нашел ее и ничего нам не ссказал. Ненависстные Торбинсы!

— Но это же не тот Торбинс!

— Все Торбинсы ненависстные. Все, у кого наша Прелесть. Она нам самим нужна!

— Но Тот увидит, Тот узнает. Он отберет ее у нас!

— Тот все видит, все знает. Тот слышал наше безрассудное обещание — мы нарушили его приказ-сс. Надо ее забрать. Призраки всюду рыскают. Забрать ее надо!

— Но Тому не отдавать!

— Нет, ссладенький. Суди сам, моя прелесть: когда она будет у нас, что нам сстоит с ней сскрыться, а? А может, мы сстанем сильные-сильные, сильнее призраков. Властелин Смеагорл? Несравненный Горлум! Горлум из Горлумов! Будем есть рыбку каждый день, три раза в день, свеженькую, вкусненькую, с моря. Самый Прелесстный Горлум! Ее надо забрать. Сскорее, сскорее, сскорее!

— Но их же двое. Они быстро проснутся и нас убьют,— заскулил Смеагорл, сдаваясь.— Не сейчас. Еще рано. Потерпим.

— Сскорее, мы сстосковались! Но сскажем...— И другой замолчал, должно быть раздумывая.— Сскажем — не сейчас? Пусть не сейчас. Она поможет нам. Она поможет, да.

— Нет, нет! Так нельзя! — заныл Смеагорл.

— Да! Нет у нас сил терпеть! Нет сил!

И каждый раз, когда говорил другой, длинная рука Горлума медленно ползла к Фродо — и отдергивалась со словами Смеагорла. Наконец обе скрюченные руки с дрожащими пальцами подобрались к горлу Фродо.

Сэм тихо лежал и внимательно слушал, следя за каждым движением Горлума из-под полуприкрытых век. Раньше он в простоте своей думал, что Горлум — тварь голодная и потому опасная — того и гляди, сожрет, не успеешь чухнуться. Теперь ему стало понятно, что все куда страшнее. Горлума неодолимо притягивало Кольцо. Тот — это, конечно, Черный Властелин, но вот кто такая Она, о которой было упомянуто под конец? Наверно, сукин кот Горлум сдружился тут с какой-нибудь дрянью. Но он оставил эти размышления: дело зашло далековато, пора вмешиваться. Руки-ноги его были как свинцом налиты, но он с усилием поднялся и сел, сообразив попутно, что надо быть поосторожнее и притвориться, будто ничего не слышал. Он шумно вздохнул и зевнул во весь рот.

— Времени-то сколько? — сонным голосом спросил он.

Горлум зашипел сквозь зубы, постоял в угрожающей позе, но потом обмяк, плюхнулся на карачки и пополз к краю ямы.

— Добренькие, хоббитцы! Добренький Сэм! — сказал он.— Заспались, сони, сильно заспались! Один послушный Смеагорл караулил! Вечер уже. Темнеет. Пора идти.

«Да уж! — подумал Сэм.— И пора нам с тобой, друг ситный, расставаться!» Но тут ему пришло в голову, что вернее-то, пожалуй, будет держать Горлума под присмотром.

— Чтоб ему провалиться! Вот еще напасть! — проворчал он, спустился вниз по скату и разбудил хозяина.

А Фродо, как ни странно, отоспался. Его посетили светлые сны. Черная тень словно бы отшатнулась, и посреди прокаженного края ему явились зрелища дальних стран. В памяти ничего не осталось, однако на сердце полегчало, и ноша не так бременила. Горлум по-собачьи обрадовался, он урчал, хихикал, тараторил, щелкал длинными пальцами, оглаживал колени Фродо. Тот ему улыбнулся.

— Хорошо, хорошо,— сказал он.— Ты молодец, ты надежный вожатый. Мы уже почти у цели. Проводи нас к Воротам, дальше не надо. Доведешь до Ворот — и ступай, куда знаешь, только не к нашим общим врагам.

— К Воротам? — Горлум даже привизгнул от испуга и изумленья.— Хозяин говорит: проводи к Воротам? Да, он так сказал, а послушный Смеагорл делает все, что велит хозяин, да, да. Вот мы подойдем поближе, и хозяин, может быть, передумает, посмотрим. Ничего там нет хорошего, у Ворот. Совсем ничего хорошего!

— Ладно, ладно, тебя забыли спросить! — сказал Сэм.— Ты знай веди!

В полутьме они выкарабкались из ямы и двинулись медленно и опасливо. Вскоре их снова охватил страх — тот самый, что на болотах, когда над ними металось крылатое чудище. Они вжались в сухую зловонную землю, но сумеречные небеса не омрачились: видно, зловещий посланец Барад-Дура промчался стороной. Наконец Горлум встал и побрел дальше, вздрагивая и бормоча себе под нос.

Около часу пополуночи страх опять пригвоздил их к земле, но отдаленная угроза и на этот раз быстро миновала: призрак летел выше туч и вихрем унесся на запад. Однако Горлум совсем обессилел от ужаса, он был уверен, что это за ними, что их почуяли.

— Три раза! — прохныкал он.— Целых три раза! Они чуют нас, чуют Прелесть, они — ее прислужники. Здесь нам дальше идти нельзя. Изловят нас, изловят!

Тщетно его уламывали и улещивали. Лишь когда Фродо на него прикрикнул и взялся за рукоять меча, Горлум с глухим ворчаньем поднялся на ноги и потрусил впереди, как наказанный пес.

До конца мучительно долгой ночи и жуткой рассветной порой брели они в молчании, ничего не видя и не слыша, только ветер злобно свистел в ушах.

Глава III

У ЗАПЕРТЫХ ВОРОТ

На рассвете они подошли к Мордору. Болота и пустыня остались позади; перед ними темнели горы, вздымая грозные вершины к белесому небу.

С запада Мордор ограждает сумрачная цепь Эфель-Дуата, Изгарных гор, а с севера — пепельно-серый, обветренный хребет Эред-Литуи. Вместе они образуют великую и неприступную стену вокруг скорбных выжженных равнин — Литлада и Горгорота — и горько-соленого внутреннего моря Нурнен; на северо-западе их длинные отроги сближаются и между ними пролегает глубокая теснина. Это — Кирит-Горгор, Ущелье Привидений, единственный проход во вражеские земли. Возле устья ущелья утесы с обеих сторон чуть пониже, и на двух крайних скалах, крутых, голых и черных, воздвигнуты высокие, массивные башни, именуемые Клыками Мордора. Их построили в давнюю пору, во времена славы и могущества Гондора после разгрома Саурона — дабы сбежавший Властелин не вздумал вернуться в свои былые владения. Но Гондор ослаб, гондорцы обленились, и многие века сторожевые башни пустовали. А потом Саурон возвратился, они были отстроены, наполнены воинством, вооруженным до зубов, и снова стали сторожевыми. Из их темных окон-глазниц глядели на север, восток и запад тысячи бессонных глаз.

Черный Властелин преградил ущелье от утеса до утеса мощной стеной с единственными чугунными воротами, и часовые день и ночь напролет расхаживали по зубчатому верху стены. В подножных утесах были вырублены сотни пещер, высверлены ходы и переходы; там кишмя кишели орки, всегда готовые к бою, как черное муравьиное полчище. Миновать кусачие Клыки Мордора мог лишь тот, кто был призван Сауроном либо же знал тайное заклятие, отмыкающее Мораннон, Черные врата его царства.

Хоббиты смотрели на башни и стену в немом отчаянии. Даже издали, в тусклом предутреннем свете, им были видны часовые на стене и дозорные у ворот. Они притаились в каменной ложбинке под сенью последней северной горы Эфель-Дуата. От их укрытия до черной вершины ближней башни ворон летел бы сотню саженей. Над башней курился дымок, как над исполинской трубой.

Настал день, и красноватое солнце замигало над костистым гребнем Эред-Литуи. Внезапно на сторожевых башнях взревели фанфары; отовсюду, с гор и из ущелий, отозвались невидимые казармы и лагеря, далеко в Барад-Дуре загрохотали барабаны, завыли рога, и по равнине прокатилось зловещее, немолчное эхо. Мордор пробуждался к новому дню, к тяжкому труду и беспросветному ужасу; ночную стражу строем развели по каменным мешкам, и место ее заступила стража дневная, бодрая, свирепая и зоркая. Между зубцами стены тускло блистала сталь.

— Вот тебе и пожалуйста! — сказал Сэм. — Пришли к Воротам, только сдается мне, что и зайти нас не пригласят, и ноги унести не дадут. Попадись я сейчас на глаза Жихарю — он бы нашел, что сказать! И ведь сколько раз говорил мне: не зарывайся, Сэм, выкапывать будет некому! Честное слово, так и говорил. Теперь уж не скажет: вряд ли мы с ним когда свидимся. А жаль, я бы послушал — пусть бы костерил меня день-деньской, я бы на него глядел и радовался. «Ну, Сэм, голова твоя садовая..» Только сперва, конечно, пришлось бы помыться, а то бы он меня не узнал. Без толку небось спрашивать: «Куда мы теперь?» Теперь мы никуда, разве что к оркам на поклон: проведите, мол, ребятушки!

— Нет, нет! — сказал Горлум.— Не надо к оркам. Дальше идти нельзя. Смеагорл так и говорил. Он говорил: подойдем к Воротам, посмотрим. Вот мы и смотрим. Да, моя прелесть, смотрим и видим. Смеагорл знал, что хоббиты здесь не пройдут, о да, Смеагорл это знал.

— Ну и какого же лешего ты нас сюда притащил? — спросил Сэм, хотя вопрос, конечно, был глупый и бессовестный.

— Потому что хозяин велел. Хозяин сказал: проводи нас к Воротам. И Смеагорл послушался. Хозяину видней, он мудренький.

— Да, да, это я велел,— сказал Фродо. У него был угрюмый, суровый и решительный вид. Перепачканный, изможденный, смертельно усталый, он, однако, словно распрямился, и глаза его прояснились.— Велел, потому что мне нужно пробраться в Мордор, а другого пути туда я не знаю. Стало быть, этим путем. С собою я никого не зову.

— Нет, нет, хозяин! — взвыл Горлум, ошалело хватаясь за него, по-видимому, в жуткой тревоге.— Нельзя этим путем! Не надо! Не надо отдавать Прелесть Тому! С Прелестью он всех нас сожрет, он весь свет слопает. Оставь ее себе, добренький хозяин, пожалей Смеагорла. Владей ею, лишь бы Тот ее не заполучил. А еще лучше — уходи, иди, куда тебе хочется, и отдай ее обратно бедненькому Смеагорлу. Да, да, хозяин: отдай, а? Смеагорл ее спрячет, схоронит, он сделает много-много добра, особенно добреньким хоббитцам. А хоббитцы пойдут домой. Не ходи к Воротам!

— Мне сказано идти в Мордор — значит, так надо,— сказал Фродо.— Туда только один путь — значит, нечего и мешкать. Будь что будет.

Сэм помалкивал. Какой толк молоть языком: у хозяина на лице все как есть написано. Да по правде-то он и с самого начала ничего хорошего от этой затеи не ждал, но он был не из нытиков и считал, что коли уж не на что надеяться, то и огорчаться загодя незачем. Теперь дело к концу, ну и что с того: он при хозяине, хозяин при нем: вон сколько вместе протопали — зря, что ли, он за ним увязался. Разве ж можно одному в Мордор? Куда он, туда и Сэм, а Горлум пусть идет гуляет.

Горлум, однако, покамест идти гулять не собирался. Он ползал на коленях у ног Фродо, ломал руки и подвизгивал.

— Здесь не пройти, хозяин! — скулил он.— Есть другой путь. Да, да, совсем-совсем другой: темный, тайный, неприметный. Но Смеагорл его знает. Позволь, Смеагорл покажет тебе его!

— Другой путь? — сказал Фродо с сомнением, приглядываясь к Горлуму.

— Да-ссс! Да, сссовсем другой — был, и Смеагорл его отыскал. Пойдемте поссмотрим — может, он есть и сейчас!

— Ты о нем раньше не говорил.

— Нет, хозяин же не спрашивал. Хозяин не говорил, куда он собрался, ни словечка не сказал бедненькому Смеагорлу. Он сказал: Смеагорл, проводи меня к Воротам и беги своей дорогой! Смеагорл убежал бы — и сделался хорошим и добрым. А сейчас хозяин говорит: здесь я войду в Мордор. И Смеагорлу очень-очень страшно: он не хочет потерять добренького хозяина. И он обещал, хозяин взял с него клятву, что он спасет Прелессть. А теперь хозяин попадется Тому, и Тот схватит ее черной рукой и наденет на черный палец — ессли идти здесь. Смеагорл хочет спасти хозяина и уберечь Прелессть — вот он и вспомнил про другой путь, где однажды шел. Добренький хозяин. Смеагорл хороший, послушный, он хочет помочь.

Сэм нахмурился. Были бы у него не глаза, а сверла, он бы Горлума насквозь просверлил. Очень ему все это было сомнительно. Вроде бы Горлум и вправду встревожился и старается помочь Фродо. Но Сэм-то помнил, как он сам с собой разговаривал: ох, вряд ли без году неделя воскресший Смеагорл одержал победу, да и в том разговоре не за ним осталось последнее слово. Скорее уж, рассудил Сэм, Смеагорл и Горлум (или, как он их называл про себя, Липучка и Вонючка) помирились и договорились: оба одинаково не хотели, чтоб Фродо сцапали и Кольцо досталось Врагу; оно куда вернее до поры до времени ошиваться возле Фродо и поджидать случая — авось Вонючке удастся не мытьем, так катаньем наложить лапу на свою «Прелесть». А насчет другого пути в Мордор — это бабушка надвое сказала.

«Спасибо хоть, обоим невдомек, зачем хозяину в Мордор,— подумал он.— Проведай они, что господин Фродо собрался угробить ихнюю Прелесть,— ох, повело бы кота на мясо! Вонючка-то Врага до смерти боится — тот его и отпустил вроде под зароком. Он бы нас мигом продал с потрохами, чтоб самому не попасться, да и Прелесть свою уберечь от огня. Я так дело понимаю. Хорошо бы, хозяин его толком обмозговал. Ума-то у него палата, а вот что на уме — тут любой Скромби руками разведет. Слишком уж он именно что добренький».

Фродо ответил Горлуму не сразу. Пока Сэм медленно, но верно раздумывал и сомневался, он стоял и смотрел на черные утесы Кирит-Горгора. Их ложбинка была на склоне невысокой горы, над овражиной у мордорских стен, возле западной сторожевой башни. В утреннем свете были отчетливо видны пыльные дороги-большаки от Ворот Мордора: одна витками убегала на север, другая — восточная — терялась в туманах у подножий Эред-Литуи, третья огибала башню, выныривала из ущельица неподалеку от хоббитов с Горлумом, сворачивала к западным склонам Эфель-Дуата, в их густую тень, и, уже не различимая глазом, угадывалась вдоль берега Андуина, между горами и Великой Рекой.

Осматриваясь, Фродо заметил, что вся равнина Дагорлада словно колышется. Повсюду двигались войска, большей частью скрытые за болотными туманами и дымными пеленами. Сверкали шлемы и копья, по дорогам с разных сторон двигались отряды конницы. Он вспомнил, что́ ему открылось с Овида всего неделю назад — а казалось, прошли годы. И понял, что надежда, на миг озарившая его сердце, была тщетной. Они слышали не предбитвенные трубы, а приветственные фанфары. Не поднялись против Черного Властелина из давно заросших травою могил опочившие во славе воины Гондора; нет, это разноплеменное воинство с необъятного Востока спешило на зов своего владыки: заночевали в одном-двух переходах от Ворот и теперь стягивались к крепости, вливаясь в сонмище рабов Саурона. И, точно вдруг поняв, что он одиноко стоит на виду у бесчисленных врагов, что жизнь его висит на волоске, Фродо набросил на голову легкий серый капюшон, спустился в ложбину и обратился к Горлуму.

— Смеагорл,— сказал он,— я еще раз доверюсь тебе. Видно, так надо: должно быть, мне суждено принимать помощь от тебя, от кого я меньше всего ее ожидал, а ты осужден помогать мне во искупление прежних своих злых умыслов. Пока что мне укорить тебя не в чем: ты достойно соблюдал свое обещание. Достойно, говорю я,— прибавил он, оглянувшись на Сэма,— ибо уже дважды мы были в твоей власти, но ты нас не тронул. И не поддался соблазну похитить у меня то, что тебе так желанно. Смотри же, не оплошай в третий раз! И помни, Смеагорл, ты в большой опасности.

— Да, да, хозяин! — сказал Горлум.— В ужасной

опасности! У Смеагорла все поджилки трясутся, но он не убегает. Он знает: надо помочь добренькому хозяину.

— Я не о той опасности, которая грозит всем нам,— сказал Фродо.— Угроза еще страшнее нависла над тобой. Ты поклялся Прелестью, как ты называешь — не скажу что. Помни же: она, Прелесть, принудит тебя сдержать клятву, но извратит ее тебе на погибель. Она уже ищет тебя соблазнить. Ты сейчас невольно, по глупости открылся мне. «Отдай ее обратно Смеагорлу»,— сказал ты. Не повторяй этих слов! Изгони всякое помышленье об этом! Ты никогда не получишь ее обратно. Но если нечистая похоть осилит тебя — ты погиб. Обратно ты ее никогда не получишь, Смеагорл, но если иного выхода не будет, то я надену твою Прелесть, а Прелесть эта давным-давно подчинила тебя. И, надев ее, я буду приказывать, а ты — повиноваться, даже если я прикажу броситься в пропасть или кинуться в огонь. Берегись, потому что таков и будет мой приказ. Берегись, Смеагорл!

Сэм поглядел на хозяина одобрительно и недоуменно: ни такого вида, ни таких речей он за ним не помнил. Он-то всегда думал, что дорогой господин Фродо чересчур добрый и через это малость подслеповат. Причем само собой разумелось, что он все равно умней всех на свете (кроме разве что старого господина Бильбо и, может быть, Гэндальфа). Горлум, видно, тоже подумал — ему это было простительно, он и знал-то Фродо всего пять дней,— что добренького хозяина можно обвести вокруг пальца, и теперь обращенная к нему речь ошеломила и ужаснула его. Он ползал на брюхе и едва мог выговорить два слова: «Добренький хозяин».

Фродо немного подождал, давая ему успокоиться, и сказал уже не так сурово:

— Что ж, Горлум — или, может быть, Смеагорл,— расскажи мне, какой это другой путь, объясни, коли сможешь, чем он надежней того, который лежит передо мной. Поскорей только, я тороплюсь.

Но на Горлума жалко было смотреть: казалось, угрозы Фродо совсем его доконали. Какие там объяснения — он всхлипывал, скулил, снова и снова елозил по земле и умолял их обоих пожалеть «бедненького Смеагорла». Наконец он немного поутих, и Фродо мало-помалу вытянул из него, что если идти от Эфель-Дуата на запад, а потом свернуть к югу, то придешь на перекресток посреди густой рощи. Дорога направо ведет к Осгилиату и андуинским мостам, средняя — дальше на юг.

— Дальше, дальше, дальше,— повторял Горлум.— Мы по этой дороге никогда не ходили, но говорят, если пройти сто лиг, то увидишь Огромную Воду, которая не знает покоя. Там много-много рыбы, большие птицы ее ловят и едят — вкусненькие птицы,— только мы там, аххх, никогда не бывали, далеко очень. А еде дальше есть, говорят, совсем другие страны, но там Желтая Морда очень кусается, туч там почти никогда нет, а люди с черными лицами страшно свирепые. Мы туда не хотим идти.

— Не хотим, не хотим,— подтвердил Фродо.— И не пойдем, но тебя не туда занесло. Что третья дорога?

— Да-да, есть и третья дорога,— сказал Горлум,— дорога налево. Она сразу идет в гору, петляет, заводит высоко-высоко в серую тень. А потом огибает черную скалу — и видишь, вдруг видишь прямо над собой, и хочешь скорее куда-нибудь спрятаться.

— Что видишь-то? Что прямо над собой?

— Старую крепость, очень старую, а теперь очень страшную. Было много сказок с юга, когда Смеагорл был маленький, давным-давно. Да-да, по вечерам сидели на берегу Великой Реки под ивами и рассказывали, рассказывали сказки, и Река тогда еще была совсем другая, *горлум, горлум.*

Он захныкал и забормотал. Хоббиты терпеливо ждали.

— Да, сказки с юга,— продолжал наконец Горлум,— про высоких людей с ясными глазами, про их каменные дома словно горы, про короля в серебряной короне и про Белое Древо — красивые сказки. Люди построили башни до небес, и выше всех была серебряно-белая, а в ней — Лунный камень, и кругом высокие белые стены.

— Это, наверно, Минас-Итил, Крепость Восходящей Луны, которую воздвиг Исилдур, сын Элендила,— заметил Фродо.— Тот самый Исилдур, что отрубил палец Врагу.

— Да-да, у него на черной руке только четыре пальца,— задрожав, сказал Горлум,— но ему и четырех хватает. Крепость Исилдура была ему ненавистна.

— Ему все ненавистно,— сказал Фродо.— Но нам-то зачем нужна Крепость Восходящей луны?

— Хозяин, хозяин, она как стояла, так и стоит: высокая башня, белые дома и крепостная стена,— только крепость стала нехорошая, некрасивая. Тот захватил ее очень давно, и теперь там страшно-страшно. Кто ее видит, хочет уползти и подальше спрятаться, уйти от ее тени. Но хозяину придется идти этим путем, потому что другого нет. Горы там становятся ниже, старая дорога доходит до самых вершин, до темного перевала, а потом вниз, вниз, вниз — на Горгорот.— Он говорил шепотом и дрожал.

— Ну и что? — сказал Сэм.— Враг-то, поди, знает эти горы как свои четыре пальца, и, уж наверно, ту дорогу охраняют не хуже этой? Башня же не пустая стоит?

— Нет, она не пустая,— прошептал Горлум.— Кажется, что пустая, а она не пустая, нет! Там ужас кто угнездился. Орки, конечно, орки, они везде, но там хуже орков, гораздо хуже. Дорога идет под стенами, в тени, и ведет через ворота. И за дорогой следят, следят изнутри Безмолвные Соглядатаи.

— Ну, спасибо за совет,— сказал Сэм.— Это нам, значит, прогуляться на юг — да видать, не близко — и влипнуть еще похуже, чем здесь?

— Да нет же, нет,— сказал Горлум.— Пусть хоббиты подумают, пусть попробуют рассудить. Оттуда Тот никого не ждет. Око его везде шарит, но по-разному: он ведь покуда еще не может видеть все сразу. Он давно завоевал земли от Изгарных гор до Реки, а теперь захватил мосты и думает, что до Лунной башни можно добраться только по мостам или на лодках, а лодки не спрячешь, и он их увидит.

— Ты-то больно много знаешь, что Тот думает да куда смотрит. Недавно с ним разговаривал, что ли? Или с орками якшался?

— Нехороший хоббит, глупенький,— отозвался Горлум, сердито сверкнув глазами на Сэма и опять обратившись к Фродо: — Смеагорл говорил с орками, конечно, говорил, прежде чем встретил хозяина, и не только с орками, со всеми говорил и расспрашивал: он в разные места ходил, Смеагорл. И сейчас повторяет, что ему сказали. Тот знает, что здесь, на севере, всего опаснее: потому и для нас это самый опасный путь. Однажды он выйдет из Черных Ворот, скоро выйдет — только отсюда можно выпустить большое войско. А там, на южном западе, он нападения не опасается, и там следят Безмолвные Соглядатаи.

— Час от часу не легче! — Сэм стоял на своем.— Пойдем, значит, туда, постучимся у ворот и спросим: извините, здесь вход в Мордор? Или они такие безмолвные, что и ответить не смогут? Зачем же тащиться за семь лиг киселя хлебать — уж тогда попробуем здесь за те же деньги.

— Шутить не стоит,— прошипел Горлум.— Совсем не смешно, нет-нет, вовсе не забавно! В Мордор идти незачем, но раз хозяин говорит: *Мне надо, я пойду,* значит, надо искать путь. И через страшную крепость он не пойдет, нет, конечно же, нет. Смеагорл ему поможет, хоть Смеагорлу и не говорят, зачем надо в Мордор. Смеагорл все время помогает. Он сам отыскал. Только он знает.

— Что ты сам отыскал? — спросил Фродо.

Горлум припал к его ногам и снова зашептал:

— В горы ведет мимо крепости маленькая тропочка — к лестнице, к длинной, очень длинной узкой лестнице. Одна лестница, другая, третья, потом,— и шепот его стал едва слышен,— проход, темный-темный проход, за ним узкая расселина в скалах и еще тропочка — высоко-высоко над главным входом. Там Смеагорл спасся из тьмы, но это было много лет назад. Может быть, тропочки уже нет, а может, и есть, может, и есть.

— Ох, не нравится мне вся эта петрушка,— сказал Сэм.— Ишь ты, как оказывается, просто: иди да посвистывай. Тропочка-то, может, и есть, да уж наверняка ее стерегут. Тогда ее стерегли, а, Горлум? — И при этих словах ему почудилось — или нет? — зеленое мерцанье в глазах Горлума. Горлум что-то глухо проворчал, но вслух ничего не ответил.

— Стерегут или нет? — строго спросил Фродо.— А ты вправду *спасся* из тьмы, Смеагорл? Разве тебя не отпустили, не отпустили с поручением? Так считал Арагорн — тот, который изловил тебя у Мертвецких Болот.

— Это ложь! — прошипел Горлум, и глаза его зажглись злобой при имени Арагорна.— Он оболгал меня, да, оболгал. Я сам спасся. Да, мне велено было искать Прелесть, и я ее искал и искал, а как же иначе. Но не для Того, не для Черного. Прелесть — наша, она была моя, говорю вам. Я спасся сам.

Фродо был до странного уверен, что тут Горлум, может быть, не так уж и врет, что он и правда отыскал лазейку из Мордора и думал, что отыскал сам, без подсказки. К тому же Фродо заметил, что он говорил «я», а это случалось при редких проблесках забытой честности и правдивости. Но пусть даже Горлум и не врал, Фродо памятовал о коварстве Врага. «Спасение» это могло быть подстроено с ведома и позволения Саурона. К тому же Горлум явно что-то недоговаривал.

— Я тебя еще раз спрашиваю,— сказал он,— стерегут или нет твою тайную тропу?

Но самое имя Арагорна было Горлуму что нож острый, и обозлило сомнение в его правдивости, вдвойне обидное для лжеца, когда ему случится сказать правду или полу-правду. Он не отвечал.

— Стерегут? — настаивал Фродо.

— Да-да, может, и стерегут,— буркнул Горлум.— Здесь все под надзором. Но иначе хозяин нигде не пройдет, тогда пусть уходит домой.

Больше из него не удалось вытянуть ни слова. Название этого высокогорного прохода он утаил или не знал.

А назывался он Кирит-Унгол, и слава у него была дурная. Арагорн объяснил бы им, что́ это имя значит, Гэндальф остерег бы их. Но с ними не было ни того, ни другого, оба они стояли среди развалин Изенгарда, на ступенях Ортханка, и Гэндальф, теряя время, разделывался с предателем Саруманом. Однако, даже когда Гэндальф изрекал свой приговор и *палантир* расколол гранитные ступени, он искал мыслью Фродо и Сэммиума, чтоб их ободрить и поддержать.

Может быть, Фродо, сам того не зная, почувствовал эту незримую опору, как было на Овиде; хоть он и думал, что Гэндальф погиб, канул в бездну далекой Мории. Он долго молча сидел, склонив голову и тщетно перебирал в памяти наставления Гэндальфа: годных на этот случай не находилось. Увы, слишком рано покинул их мудрый вожатый, еще далеко было до здешнего сумрачного края. Ничего не говорил Гэндальф о том, как пробраться в Мордор, да и что бы он мог посоветовать? Когда-то он проник в Дул-Гулдур, северную цитадель Врага. Но бывал ли он в Мордоре, возле Барад-Дура и огнедышащей горы, после воцарения Саурона? Вряд ли. И вот — ему, невысоклику из Хоббитании, простому деревенскому хоббиту, надо быть смелее и находчивее магов и витязей. Злая выпала ему доля. Но не сам ли он избрал ее прошлогодней весной в своей уютной гостиной — так давно, будто это было на заре мирозданья, когда еще стояли в цвету Серебряное и Золотое Древа? Худой у него выбор. Какой путь предпочесть? И если на том и на другом подстерегают последний ужас и смерть, что толку выбирать?

Тянулся день. Над их серой ложбинкой в двух шагах от Ворот царства ужасов плотным пологом нависла незыблемая тишь. Высокое бесцветное небо в дымных разводах виделось как сквозь тускловатую водяную толщу.

Никакой орел из поднебесья не различил бы притаившихся хоббитов, молчаливых и неподвижных, закутанных в серые плащи. Может быть, он углядел бы распростертого на земле Горлума: должно быть, трупик изголодавшегося человеческого детеныша, едва прикрытый лохмотьями, одна кожа да кости — незавидная добыча!

Фродо уткнулся лицом в колени, а Сэм откинулся на спину, заложив руки за голову и глядя из-под капюшона в пустые небеса. Пустовали они долго, но потом Сэму почудилось, будто над ними парит на страшной высоте черная птица не птица; покружилась и улетела. Вторая, третья... четвертая. Они были еле-еле видны, но он-то знал, невесть откуда, что они громадные, как драконы, с широким размахом крыл. Он быстро прикрыл глаза и перекинулся навзничь. Вещий страх и жуткую оторопь, что вызывали у него Черные Всадники, замогильный вой ветра и тень, затмевавшая луну, он испытал и сейчас, но как бы мельком: угроза была отдаленная. Однако же явственная: ее ощутил и Фродо. Мысли его прервались, он вздрогнул, но не поднял лица. Горлум подобрался, точно перепуганный паук. Крылатые тени завершили облет и метнулись к себе в Мордор. Сэм облегченно вздохнул.

— Опять эти Всадники носятся по воздуху,— глухо прошептал он.— Я их видел. А вы как думаете, могут они нас увидеть, да еще с такой высоты? Те-то Черные Всадники вроде бы днем были слепые?

— Вроде бы так,— сказал Фродо.— Кони у них зато были зрячие. А эти их твари, чего доброго, видят лучше всякой хищной птицы: они на стервятников и похожи. Что-то они высматривают: Враг насторожился.

Страх исчез, но и полога безмолвия как не бывало, им казалось, будто они на невидимом островке, а теперь полог сдернули, и гибель опять грозила со всех сторон. И все же Фродо не отвечал Горлуму, он еще не сделал выбора. Глаза его были закрыты: то ли он дремал, то ли советовался сам с собой, ждал подсказки сердца и памяти. Наконец он шевельнулся и встал; казалось, сейчас прозвучит решительное слово. Но он и сказал:

— Слышите? Что это такое?

Было чего испугаться: послышалось пенье и грубые окрики, сначала вдали, потом все ближе и ближе. Оба сразу подумали, что это за ними, что Черные Летуны их высмотрели, и ничуть не удивились молниеносной быстроте — то ли еще могут страшные слуги Саурона! Припав к земле, они прислушивались. Совсем близко звучали голоса, лязга-

254

ло оружие, бренчала сбруя. Фродо и Сэм взялись за мечи: бежать было некуда.

Горлум по-паучьи всполз к краю ложбины, осторожно выглянул, не выставляя головы, между камнями и повис, неподвижный, бесшумный. Вскоре голоса стали удаляться и наконец стихли. На стене Мораннона затрубил рог. Горлум отцепился и ящеркой скользнул на дно ложбины.

— Люди идут и идут в Мордор, — сказал он.— Чернолицые люди. Мы раньше таких людей не видели, нет, Смеагорл таких свирепых не видел. У них черные глаза и длинные черные волосы, а в ушах золотые кольца; да, много всякого золотца на них, красивенького золотца. С красными, раскрашенными щеками, в красных плащах; и флаги у них красные, и наконечники копий. А щиты круглые, желтые и черные, с большими шипами посредине. Нехорошие люди: сразу видно, злые и жестокие. Гаже орков и гораздо больше. Смеагорл думает, что они с юга, с того конца Великой Реки: они пришли по южной дороге. Идут к Черным Воротам, и за ними, наверно, придут еще другие. Все время люди идут в Мордор. Когда-нибудь все люди будут в Мордоре, никого не останется.

— А олифантов с ними не было? — полюбопытствовал Сэм, развесив уши и позабыв всякий страх.

— Нет, не было олифантов. Кто это — олифанты? — спросил Горлум.

Сэм встал, заложил руки за спину (он всегда так делал, когда «говорил стихи») и начал:

> Я серый, как мышь.
> Спина моя выше крыш.
> Нос у меня как змея.
> Дрожит подо мною земля.
> Я на травке пастись люблю —
> Невзначай деревья валю.
> Ножищами топ да топ,
> Ушищами хлоп да хлоп,
> А спать никогда не ложусь.
> Я тысячу лет брожу,
> Брожу сто веков подряд,
> Из пасти рога торчат.
> Олифантом зовуся я,
> В самых южных живу краях.
> Я древней всех зверей,
> Всех огромней и всех мудрей.
> Коль случится меня увидать —
> Увидать захочешь опять.
> А коль увидать не случится —
> Будешь врать, что я небылица.
> А я олифантом зовусь
> И спать никогда не ложусь.

— Вот,— сказал Сэм в заключение,— такие вот стишата я слышал у нас в Хоббитании. Может, и чепуха все это, а может, и нет. У нас ведь тоже сколько хочешь сказок и россказней про южные края. Бывало, раньше иной хоббит нет-нет да и раскачается, спутешествует куда глаза глядят. Кое-кто так и пропал, а которые возвращались, тем веры не было: одно дело — «пригорянские новости», другое — «припечатано в Хоббитании», как говорится. Слыхивал я рассказы про черных Громадин из солнечных стран. У нас они зовутся смуглинги, и воюют они будто бы верхом на олифантах. Олифанты носят на спине дома и башни и швыряются деревьями и камнями. Как ты сказал: «Люди с юга, раскрашенные и золотом обвешанные», так у меня само с языка сорвалось: «А олифантов не было?» Потому что, если бы были, я бы сунулся поглядеть, и пропадай моя головушка. Но, может, и правда нет таких зверей на свете.— Он вздохнул.

— Нет, не было с ними олифантов,— повторил Горлум.— Смеагорл про них никогда не слышал и видеть их не хочет. Смеагорл не хочет, чтобы такие звери были на свете. Он хочет скорее уйти отсюда и спрятаться получше. Смеагорл хочет, чтобы хозяин пошел с ним вместе. Добренький хозяин, он пойдет со Смеагорлом?

Фродо встал. Как он ни был озабочен, а все же рассмеялся, когда Сэм читал старинные детские стишки про «олифанта», и смех помог ему решиться.

— Эх, нам бы тысячу олифантов и вперед бы пустить самого белого, а на нем — Гэндальфа,— сказал он,— тогда бы, глядишь, и пробились в эту проклятую страну. Но у нас олифантов нету, есть только усталые ноги, на которые вся надежда. Что ж, Смеагорл, три — счастливое число. Где там твоя третья дорога? Давай веди.

— Хороший хозяин, умный хозяин, добренький хозяин! — радостно восклицал Горлум, обнимая колени Фродо.— Самый хороший хозяин! Отдохните, добренькие хоббиты, только схоронитесь под камушками, чтоб вас совсем-совсем было не видно! Полежите, поспите, пока Желтая Морда не уберется. Тогда мы быстренько пойдем. Побежим тихонько и быстренько, как тени!

Глава IV

КРОЛИК, ТУШЕННЫЙ С ПРИПРАВАМИ

Остаток дня отдыхали, прячась от солнечного света, и, лишь когда тени удлинились и ложбину затопило сумраком, собрались в дорогу, немного поели и выпили глоток-другой воды. От путлибов Горлум по-прежнему воротил нос, но от воды не отказался.

— Сколько напьемся вдоволь,— сказал он, облизывая губы.— Хорошая вода течет с гор к Великой Реке, вкусная водица там, куда мы идем. Там Смеагорл авось и покушенькает. Он очень голоднющий, очень, *горлум*!

Он приложил широкие плоские лапы к ввалившемуся животу, и в глазах его вспыхнул зеленоватый блеск.

В густых сумерках они подползли к западному краю ложбины, выскочили и припустились рысцой по взрытой, покороженной земле вдоль дорожной обочины. До полнолуния оставалось трое суток, но яркая луна выглянула из-за гор не раньше полуночи, и сперва было очень темно. Клык Мордора буровил темноту красным лучом — больше ничего не видать было и не слыхать, но бессонная стража Мораннона уж наверняка отовсюду смотрела.

Красный луч, точно одноглазый взгляд, преследовал беглецов, спотыкавшихся на каменистой пустоши. Выйти на дорогу они не смели, держались слева от нее, по возможности неподалеку. Наконец уже на исходе ночи, когда они изрядно утомились (только разок немного передохнули), луч стал огненной точкой и совсем исчез — его заслонил темный хребет нижнего кряжа: дорога свернула на юг.

На сердце полегчало, и они опять рискнули присесть, хотя Горлуму и не сиделось. По его прикидке, от Мораннона до распутья близ Осгилиата было около тридцати лиг, и он хотел их осилить за четыре ночных перехода. Они снова побежали, оступаясь на каждом шагу, но уже светало, и пустынное серое угорье все более обнажалось. Почти восемь лиг было пройдено, и хоббиты вконец выбились из сил, да и рисковать не стоило.

Взгляду их открывалась земля не столь запущенная и опоганенная, как у Ворот Мордора. Слева по-прежнему грозно нависали горы, но южная дорога, завидневшаяся поблизости, уходила наискосок, к западу от сумрачных подножий. Темные купы деревьев вверху на склонах казались осевшими клочьями туч, а впереди простиралась диковатая пустошь, заросшая вереском, ракитником, кизилом и всяким иным, незнакомым кустарником. Там и сям высилось несколько сосен. Усталые хоббиты приободрились: воздух был свежий и душистый, и все вместе напоминало им холмы далекого Северного удела. Ужасы отошли в будущее, а пока что они брели по земле, которая лишь недавно подпала под владычество Саурона, и Черный Властелин еще не успел ее изгадить. Но хоббиты не забывали, что клыкастая пасть его пока совсем неподалеку, хотя и спрятана за угрюмыми вершинами, а подыскивали какое ни на есть укрытие на опасное дневное время.

День был томительный. Они лежали в зарослях вереска и кое-как коротали медленные дневные часы: тень Эфель-Дуата давила на них, солнце скрывалось в серых тучах. Фродо временами засыпал, спокойно и глубоко, то ли доверяя Горлуму, то ли от усталости не желая о нем думать, а Сэм дремал вполглаза, даром что Горлум дрыхнул, гад, без задних ног, всхрапывая и дергаясь,— за такие сны ему бы голову оторвать. По правде-то, не спалось ему не из-за Горлума, а из-за голода: очень хотелось поесть по-домашнему, какой-нибудь горячей стряпнятинки.

Когда окрестность утонула в серой мгле, они тронулись в путь. Вскоре Горлум спустился на дорогу, и они зарысили быстрее, хоть и не без опаски. Держали ушки на макушке: не раздастся ли стук копыт, тяжелая поступь спереди или сзади? Но не слышно было ни копыт, ни поступи — ночь прошла спокойно.

Дорогу проложили в давние времена, и миль на тридцать от Мораннона она была уложена заново, но южнее изрядно заросла. Строили ее мастера своего дела: ровная и прямая, она врезалась в каменные откосы, взбегала на широкие прочные арки над ручьями, но постепенно исчезали всякие следы кладки, разве что высунется сбоку из кустов сломанный столб да проглянет обомшелая, затравенелая плита. Косогор за обочинами, как и сама дорога, зарос деревьями, вереском, папоротником. Большак превратился в заброшенный проселок, однако же прямой как стрела: он вел их к цели самым коротким путем.

Так вышли они на северную окраину земли, которую люди некогда звали Итилией, лесистое, ручьистое всхолмье. Луна уже почти округлилась, высыпали звезды; воздух благоухал все гуще, и Горлуму это было явно не по нутру: он фыркал и злобно ворчал. Первые лучи рассвета застигли их в конце долгой, глубокой, крутосклонной ущелины, напрямую прорезавшей встречный утес. Они вскарабкались на западный склон и огляделись.

В небе занималась заря, и они увидели, что горы отодвинулись, изогнувшись к востоку и теряясь вдали. На западе плавно уходили вниз подернутые дымкой пологие склоны. Дышали смолой хвойные рощи: пихты, кедры, кипарисы и еще другие деревья, неизвестные в Хоббитании; светились широкие прогалины. И повсюду росли душистые травы и раскинулся кустарник.

Сколько несчитанных миль прошли они на юг от Раздола и от родных мест, но лишь здесь вполне ощутили наступление весны. Весна хозяйничала напропалую: сквозь мох и плесень повсюду пробивались ростки, лиственницы зазеленели, из травы светло выглядывали изумленные цветы, и вовсю распевали птицы. Итилия, запущенный сад Гондора, дивила и радовала своей красотой.

На юге и на западе тянулись теплые долины Андуина, закрытые с востока хребтом Эфель-Дуата, однако удаленные от его тени, а с севера их защищало Привражье, и только с дальнего юга свободно прилетали и резвились теплые ветерки. Вокруг огромных, давным-давно посаженных, а нынче неухоженных деревьев весело разрастался молодняк: полонил землю душистый тамариск, росли маслины и лавры, можжевельник и мирт, кустился чебрец, извилистыми ветвями заслоняя проросшие плиты, шалфей цвел синими цветками, цвел красными, бледно-зелеными, были тут душица и свежая невзрачница и еще много разных трав, о которых Сэм понятия не имел. Провалы и каменистые скаты заросли камнеломкой и заячьей капустой. Очнулись и выглянули туберозы и анемоны, асфодель и другие лилейные цветы кивали полураскрытыми бутонами, и густой пышно-зеленой травой поросли пруды, в которых задерживались прохладные горные струи на пути в Андуин.

Беглецы спустились вниз от дороги в зеленую гущу и с головой окунулись в запах духовитых трав и кустарников. Горлум кашлял и отплевывался, а хоббиты дышали полной грудью, и вдруг Сэм засмеялся — от радости, а не оттого, что было смешно. Они спускались вдогонку за речными струями, и быстрая речушка привела их в неглубокую лощину: там был обветшалый каменный водоем. Резные мшистые его края заросли шиповником, кругом рядами выстроились нежные ирисы, а на темной, зыбкой поверхности колыхались кувшинки; свежая, чистая вода изливалась по желобу.

Они умылись, напились и стали немедля искать укромное местечко для отдыха: это все ж таки были вражеские владенья. Недалеко отошли они от дороги и сразу наткнулись на военные увечья — застарелые и свежие шрамы земли; может, орки постарались, а может, еще какие Сауроновы лиходеи. Смердела незарытая отхожая яма, валялись древесные стволы, исчерканные мордорскими рунами, меченные грубым и страшным знаком Ока.

Сэм разведал сток, обнюхал и потрогал незнакомые деревья, не говоря уж о кустиках и травах. За этим занятием он про близкий Мордор и думать забыл, но тот напомнил о себе сам: Сэм чуть не провалился в изгарную яму, в кучу обожженных, изрубленных костей и черепов. Яма уже заросла вереском, шиповником, ломоносом, зелень затянула следы недавнего побоища. Сэм поспешил обратно, но открытие свое утаил: не хватало еще, чтобы голодный Горлум полез ворошить и обгрызать мертвые кости.

— Поищемте местечко поуютнее,— сказал он.— Только не внизу. Чем выше, тем лучше.

И точно: над озерцом обнаружилась темно-бурая поросль прошлогоднего папоротника. Выше склон зарос темно-зеленым лавром, а вершину крутого холма венчал старый кедрач. Решено было забраться в папоротники и скоротать там наступающий день, по-видимому теплый и ясный. Идти бы и идти по рощам и полянам Итилии, тем более что и орки не любят дневного света; ну а вдруг они отсиживаются где-нибудь в темных тайниках и следят оттуда? И кроме них есть кому следить: у Саурона соглядатаев хватает. Да и все равно Горлум не потерпит Желтой Морды в небесах, а она вот-вот выглянет из-за кряжей Эфель-Дуата и начнет, назло Горлуму, светить и греть.

Сэм шагал и раздумывал о своем: о еде. В растреклятые Ворота соваться теперь не надо, и он снова посетовал на беспечность и недальновидность хозяина; вообще кто там знает, что дальше будет, а эльфийские дорожные хлебцы не худо бы приберечь про черный день. С тех пор как он подсчитал, что запасу у них в обрез на три недели, прошло уж целых шесть дней.

«Это еще хорошо, ежели не припозднимся! — соображал Сэм.— А потом что — лапу сосать? Потом ничего не будет! А ну как будет?»

К тому же он после длинного ночного перехода, напившись и искупавшись, был еще голоднее обычного. Ужин или же завтрак на старой кухне в Исторбинке пришелся бы сейчас в самый раз. Тут его осенило, и он поглядел на Горлума. Тот встал на карачки и принюхивался, готовясь выползти из папоротников.

— Эй, Горлум! — позвал он.— Куда собрался? На добычу? Вот что, скорохват-руконог: ты от нашей еды нос воротишь, да и мне она поднадоела. А ты нынче так и рвешься помогать. Может, добудешь что-нибудь на зуб голодному хоббиту?

— Может быть, может быть,— сказал Горлум.— Смеагорл всегда помогает, если его ласково попросят.

— Ну так я тебя ласково попросю,— сказал Сэм.— А если тебе этого мало, то попрошаю.

Горлум исчез; Фродо сгрыз полпутлиба, забрался поглубже в папоротник и уснул. Сэм пошел посмотрел, как ему спится; еще только-только светало, но и лицо хозяина, и его устало вытянутые руки виднелись ясно. Он вдруг вспомнил, как Фродо все спал и спал в доме Элронда, оправляясь от смертельной раны. Тогда Сэм почти не отлучался от его постели и заметил, что он как-то вроде бы светится изнутри. Теперь-то уж точно светился. Ни страха, ни озабоченности не было в лице Фродо, красивом и постаревшем, точно минули не месяцы, а многие годы: оно не изменилось, но тонкой сетью проступили на нем бесчисленные морщинки. Правда, Сэм Скромби думал не этими словами; он покачал головой — что, мол, тут скажешь! — и пробормотал:

— Люблю я его. Вот он такой и есть, как изнутри просвечивает. Да что там, люблю — вот и весь сказ!

Неслышно возвратился Горлум; взглянув на Фродо через плечо Сэма, он закрыл глаза и без единого слова отполз в сторону. Сэм через минуту подошел к нему и услышал жеванье и бурчанье. На земле подле него безжизненно вытянулись два небольших кроличка: он жадно косился на них.

— Смеагорл всегда послушно помогает,— сказал он.— Он принес кроликов, вкусненьких кроликов. Но хозяин заснул, и Сэму небось тоже хочется спать? Он не будет сейчас есть кроликов? Смеагорл очень старается, но зверюшки не сразу ловятся.

Сэм был покамест согласен на кроликов, так он и сказал Горлуму. Правда, есть их сырьем он не собирался. Все хоббиты, само собой, умеют стряпать — их этому учат раньше, чем грамоте (которой бывает, что и не учат), но Сэм даже по хоббитским меркам был повар хоть куда, и, сколько раз за время их путешествия что-нибудь стряпалось, столько раз стряпал Сэм. Даже когда они с хозяином сбежали налегке, он и то успел прихватить кой-какую утварь: маленькую трутницу, две плоские кастрюльки, одна в другой, деревянную ложку, двухзубую вилку и несколько вертелов, а глубже и заботливее всего было припрятано в деревянной коробочке главное и невосполнимое сокровище — пригоршня соли. Однако надо было разводить огонь: вообще возни многовато, но того стоит. Сэм поразмыслил, достал кинжал, почистил, подточил его — и принялся свежевать кроликов. Спящего Фродо он не хотел оставлять без присмотра даже на пару минут.

— Слышь, Горлум,— сказал он,— у меня есть для тебя еще одно дело. Сходи-ка ты набери водицы в эти вот кастрюльки.

— Смеагорл сходит за водой, раз его просят,— сказал Горлум.— Но зачем хоббиту столько воды? Он напился, он умылся.

— За тем самым,— сказал Сэм.— Узнаешь, коль не догадываешься. Как воды принесешь, так сразу и узнаешь. Только смотри, за кастрюльки своей горлумской головой отвечаешь.

Пока Горлума не было, Сэм пошел снова взглянуть на Фродо. Тот по-прежнему мирно спал, и в этот раз Сэма особенно поразила худоба его лица и рук.

— Чересчур отощал,— ворчливо сказал он.— Будто и не хоббит вовсе. Ладно, вот сготовлю трусиков — и все-таки разбужу его.

Сэм набрал кучу сухого папоротника, слазил на гору и приволок хворосту; разлапистой кедровой ветви должно было хватить надолго. Он подрылся под холм и сварганил очажок, нащипал веточек, в два счета управился с огнивом, и заполыхало веселенькое пламя, почти не дымившее, а слегка благоухавшее. Он заслонял и подкармливал свой костерок, когда вернулся Горлум, осторожно неся полные кастрюльки и ворча себе под нос.

Он поставил воду, не расплескав, но вдруг увидел, чем

занят Сэм, и издал сипловатый визг, рассерженный и испуганный враз.

— Аххх! Нет-ссс! — вскрикнул он.— Нельзя! С ума сошли глупые хоббитцы, да-да, совсем сошли с ума. Нельзя этого делать!

— Чего нельзя-то? — удивился Сэм.

— Нельзя распускать гадкие красные языки! — злился Горлум.— Огня нельзя, огня: он опассный! Он кусается, он жжется. Он выдаст нас врагам, обязательно выдаст!

— Да вряд ли,— сказал Сэм.— Не выдаст, если не совать в костер сырые ветки. Ну а выдаст — значит, такая наша судьба, никуда не денешься. Мне надо трусиков сварить-потушить.

— Сварить кроликов! — визгнул Горлум.— Испортить чудесное мясцо, которое раздобыл и отдал Смеагорл, бедный голодненький Смеагорл! Зачем? Зачем, глупый хоббит? Они молоденькие, сочные, вкусненькие. Ешь их, ешь! — И он потянулся когтистой лапой за кроличьей тушкой, лежавшей на листах у огня.

— Но-но, прибери грабки! — сказал Сэм.— На вкус и цвет товарищей нет. Ты вон отплевываешься от наших хлебцев, а мне сырой кролик в глотку не полезет. Ты мне трусиков отдал — и ладно, это уж мое дело, как их слопать. Хочу вот их потушить, и хоть ты тресни. Иди налови других и кушенькай их, как знаешь, только чтоб я не видел. Давай, давай, а то кому что глаза мозолит: тебе мой костерок, а мне тут один хмырь болотный. За огнем я пригляжу, он дымить не будет, не беспокойся.

Горлум с ворчаньем уполз в папоротники, а Сэм занялся стряпней.

— Взять ту же крольчатину,— говорил он себе.— Что нужно хоббиту к ней на придачу? Травки-приправки, коренья-картохи, ну, хлеб само собой. А за травками-то, пожалуй, недалеко ходить. Горлум! — тихо позвал он.— Услужи, будь другом, в третий раз. Нарви мне кой-каких травок.

Горлум выставил голову из зарослей, но его физиономия не выражала ни дружелюбия, ни готовности к услугам.

— Лавровых листиков, тимьяна и шалфею — да скоренько, пока вода не закипела,— сказал Сэм.

— Нет! — сказал Горлум.— Смеагорл сердитый. И Смеагорл не любит вонючие листики. Он не ест всяких травок-кореньев, нет, моя прелесть, только если совсем-совсем голодный или если он заболел, бедненький Смеагорл.

— Если бедненький Смеагорл не будет слушаться, то

сейчас вода вскипит и сильно его покусает,— пригрозил Сэм.— Злой Сэм ткнет его носиком в кипяточек, да, моя прелесть. Будь сейчас другое время года, ты у меня отыскал и нарыл бы брюквы, морковки, а может, и картох. Здесь наверняка много чего самосейкой растет. Эх, сейчас бы пяток картох!

— Смеагорл не пойдет никуда, он уже находился, да, моя прелесть,— прошипел Горлум.— Он боится ходить, и он очень устал, а хоббит плохой, гадкий, нехороший! Смеагорл не станет рыться в земле, искать коренья, морковки и картохи. Какие картохи, моя прелесть, какие такие картохи?

— Кар-то-фе-ли-ны,— сказал Сэм.— Жихарь в картошке души не чает, а уж ежели набить пустое брюхо, так лучше-то ничего и на свете нет. Картох тебе искать не надо, все равно не найдешь. Ты лучше будь послушненьким Смеагорлом и нарви мне травок, вот мы с тобой и поладим, а если не рассоримся по твоей милости, то я тебе как-нибудь сготовлю картошечки. Печеная рыбка с жареной картошечкой по рецепту С. Скромби — небось не откажешься.

— Нет, нет-ссс, откажемся. Нельзя печь, нельзя портить вкусненькую рыбку. Дай рыбку сейчас, и не надо мерзсской картошечки!

— Ну, с тобой толковать — это надо гороху наесться,— сказал Сэм.— Ладно, иди дрыхни!

В конце концов он обошелся и без Гурлума: нарвал травок-листиков на пригорке неподалеку, даже не потеряв из виду спящего хозяина. Сидя у костра, подкладывая хворостинки, он размышлял так себе, ни о чем: вода что-то долго не закипала. Кругом разливался утренний свет, теплело с каждой минутой; роса обсохла на траве и на листьях. Кастрюльки с заправленной по-умному крольчатиной бырькали над костром, и Сэм, пока суд да дело, чуть не заснул. Кролики тушились час или около того: он тыкал в них вилкой и время от времени пробовал бульон.

Наконец он признал блюдо готовым, снял кастрюльки с огня и пошел будить Фродо. Тот приоткрыл глаза, увидел стоящего над ним Сэма и расстался с мирными, милыми, нездешними сновиденьями.

— Сэм, ты чего? — проговорил он.— Почему не спишь? Что-нибудь стряслось? Сколько времени?

— Да уж часа два как рассвело,— сказал Сэм.— У нас

в Хоббитании примерно полдевятого. Пока ничего не стряслось. Хотя как сказать: ни тебе кореньев, ни лука, ни картох. Тут я кое-что потушил, сударь, и бульончик имеется: подзаправьтесь малость. Из кружки, что ль, будете? А можно прямо из кастрюльки, вот только остынет. Тарелок-то нет, все сикось-накось.

Фродо зевнул и потянулся.

— Ты бы лучше отоспался, Сэм,— сказал он.— И костер здесь разводить не надо бы. Но я правда жутко голодный. Хмм! — Он потянул носом.— Даже отсюда пахнет. Что это ты состряпал?

— Да Смеагорл расщедрился,— сказал Сэм.— Отвалил нам парочку крольчат; теперь небось локти кусает. Но к ним — ничегошеньки, спасибо хоть нашлось чем приправить.

Они устроились поудобнее и принялись уплетать мясо из кастрюлек, орудуя на пару ложкой и вилкой. Разломили и сжевали еще один путлиб — словом, пир, да и только.

— Фью-уу! Горлум! — присвистнув, позвал Сэм.— Иди сюда! Передумывай, пока не поздно. Отведай тушеной крольчатинки, тут еще порядком осталось.

Но ответа не было.

— Делать нечего, придется доедать,— вздохнул Сэм.— Да он себя не обидит: я думаю, пошел по свежатинку.

— И теперь уж давай поспи,— сказал Фродо.

— Я, так и быть, сосну, а вот вы, сударь, не дремлите. С ним надо ухо востро. Он же все-таки наполовину Вонючка, ну, вы меня поняли, прежний Горлум-лиходей, а сейчас вроде как больше, чем наполовину. Сперва-то он, будьте уверены, меня попробует придушить. Худо мы с ним ладим, не нравится ему Сэм, нет-ссс, моя прелесть, ссовсем не нравится.

Они подлизали кастрюльки, и Сэм пошел вниз к ручью мыть посуду, домыл, встал на ноги и оглядел пригорок. Солнце как раз поднялось над дымным облаком или туманным маревом — над вечно затененными горами — и озарило золотистым светом дерева и лужайки. Вверху, над рощицей, вилась как нельзя более заметная под солнцем тонкая струйка сероватого дыма. Он вздрогнул и понял, что это дымит его костерок, который он толком не загасил.

— Хорош, нечего сказать! Вот недотепа! — пробурчал он и бегом припустил назад, но вдруг остановился и насторожил уши. Свистнули — или почудилось? Может, какая здешня птица? А если свист, то не со стороны, где Фродо. Тут раздался ответный свист, совсем уж с другой стороны. Сэм помчался опрометью.

Оказалось, головешка подпалила кучку папоротника возле костра, и затлелась подсохшая трава. Он поспешно вытоптал огонь, разбросал золу и завалил очажок дерном. И пополз к Фродо.

— Слышали свист и потом ответный? — спросил он.— С минуту-другую назад? Хорошо бы это были птицы, да что-то не похоже: скорее перекликаются по-птичьи. А тут еще мой костерок дымить вздумал! Стрясется из-за меня беда — никогда себе этого не прощу, ежели нас сразу не укокошат!

— Чшшш! — шепнул Фродо.— Кажется, голоса.

Хоббиты мигом увязали и навьючили котомки, отползли подальше в заросли и притаились.

Теперь уж не стало сомнений, что это голоса: негромкие, осторожные, но близкие, все ближе и ближе. Внезапно кто-то сказал совсем рядом:

— Вот след костра! Дым отсюда шел. Далеко он убежать не мог: должно быть, засел в папоротниках. Сейчас мы его словим, как кролика, и разберемся, что это за птица!

— И вытянем из него всю подноготную! — отозвался другой голос.

Четыре человека вошли в заросли с разных сторон. Бежать было некуда, прятаться поздно: Фродо и Сэм вскочили на ноги и стали спина к спине, выхватив мечи.

Но ловчие были изумлены куда больше, чем дичь. Четыре рослых воина остановились как вкопанные. Двое держали в руках копья с широкими светлыми жалами. У других двоих были луки в человеческий рост и колчаны с длинными зеленоперыми стрелами. Мечи при бедре у каждого; пятнистое буро-зеленое облаченье, видимо, служило для маскировки, затем же зеленые рукавицы, зеленые капюшоны и повязки на лицах. Видны были одни глаза, ясные и яркие. Фродо сразу припомнился Боромир: эти люди походили на него ростом, статью и речью.

— Кого искали, того не нашли,— сказал один.— А кого мы нашли?

— Это не орки,— сказал другой, отпустив рукоять меча, за которую взялся при виде Терна в руке Фродо.

— Может, эльфы? — неуверенно вымолвил третий.

— Нет! Это не эльфы,— заметил четвертый, самый высокий и, судя по осанке, их предводитель.— Эльфы

266

больше в Итилию не заходят. К тому же, как известно, эльфы — народ дивной красоты.

— Видать, мы вас своей красотой не удивили,— сказал Сэм.— Спасибо на добром слове. А вы, может, перестанете нас обсуждать, представитесь сами и объясните, зачем помешали отдыху двух усталых странников?

Высокий воин в зеленом угрюмо рассмеялся.

— Я Фарамир, военачальник Гондора,— сказал он.— Странников в здешних местах не бывает: либо вы служите Черным Силам, либо Светлым.

— Однако же ни то, ни другое неверно,— сказал Фродо.— При всем уважении к военачальнику Фарамиру мы тем не менее странники.

— Тогда немедля объявите, кто вы такие и куда путь держите,— сказал Фарамир.— Нам некогда разгадывать загадки или обмениваться любезностями. Да! И где третий ваш спутник?

— Третий?

— Да, такой вороватый молодчик: он мочил нос в пруду, вон там. Довольно гнусного вида существо. Верно, из породы орков-соглядатаев или их подручный. Но он каким-то чудом исхитрился от нас улизнуть.

— Не знаю, где он,— сказал Фродо.— Он наш случайный спутник, и я за него не в ответе. Но если он вам еще попадется, пощадите его: приведите или отошлите к нам. Это жалкая, заблудшая тварь, меня свела с ним судьба. Что же до нас, то мы — хоббиты из Хоббитании, северо-западного края за многими реками. Меня зовут Фродо, сын Дрого, а это Сэммиум, сын Хэмбриджа, достойный хоббит, взятый мною в услуженье. Мы пришли издалека — из Раздола, или Имладриса, как он иначе зовется.— Тут Фарамир насторожился и стал слушать очень внимательно.— С нами было еще семеро; один погиб в Мории, с другими мы расстались в Парт-Галене за Рэросом: двое из них нашей породы, а еще — гном, эльф и два человека, Арагорн и Боромир из южного града Минас-Тирита.

— Боромир! — воскликнули все четверо.

— Боромир, сын наместника Денэтора? — сказал Фарамир, и лицо его странно посуровело.— Вы шли с ним? Это поистине новости, если это правда. Знайте же малютки-странники, что Боромир, сын Денэтора, был Верховным Стражем Белой Крепости и нашим воеводою — худо приходится нам без него. Так почему же вы оказались в одном отряде с Боромиром? Отвечайте скорее, солнце уже высоко!

— Тебе ведомы слова, за разгадкой которых Боромир отправился в Раздол?— отвечал вопросом Фродо.

> Но в Имладрисе скуют опять
> Сломанный меч вождя...

— Слова эти мне ведомы,— с удивлением сказал Фарамир.— И то, что они ведомы вам, говорит в вашу пользу.

— Так вот, Арагорн, о котором я упоминал,— владелец Сломанного Меча,— сказал Фродо.— А мы — невысоклики, о нас там тоже шла речь.

— Вижу,— задумчиво сказал Фарамир.— Вернее — вижу, что может быть и так. А Проклятие, которое добыл в бою Исилдур,— это что?

— Это пока сокрыто,— ответствовал Фродо.— Со временем, вероятно, разъяснится.

— Придется вас толком допросить,— сказал Фарамир,— а то все же непонятно, как вы забрели так далеко на восток и блуждаете в тени...— Он указал рукой и не стал называть горы.— Но это все потом, сейчас нам недосуг. Вам грозила гибель, недалеко прошли бы вы по этой дороге или окрестными холмами. Сегодня здесь будет большая сеча, и либо мы из нее не выйдем живыми, либо разгромим неприятеля и быстро отступим к Андуину. Я оставлю с вами двоих, для вашей охраны и ради моего спокойствия. Безрассудно доверять случайным встречным на здешних дорогах. Если я вернусь, поговорим подробнее.

— Прощай же! — сказал Фродо, низко поклонившись.— Думай обо мне как знаешь, но я — в дружбе со всеми, кто воюет против общего врага. Мы пошли бы на бой, если бы столь могучие и доблестные мужи, как вы, не побрезговали нашей помощью, а я бы мог пренебречь своим поручением. Да воссияют ваши мечи!

— Что ни говори, а невысоклики — народ учтивый,— усмехнулся Фарамир.— Прощай!

Хоббиты снова уселись, но поверять друг другу мысли и сомнения не стали: рядом, в рассеянной тени лавров, стояли двое стражей. Они то и дело снимали повязки с лица — уж очень парило,— и Фродо видел светлокожих, темноволосых и сероглазых мужчин, полных достоинства и суровой печали. Разговаривали они вполголоса, сперва на всеобщем языке, но как-то по-старинному; потом зазвучало иное наречие. Фродо ушам не поверил, услышав эльфийский язык, правда немного измененный, и принялся

268

удивленно разглядывать воинов, ибо понял, что они — южные дунаданцы, потомки властителей Заокраинного Запада.

Наконец он решился заговорить с ними: они отвечали медлительно и немногословно. Звали их Маблунг и Дамрод, они были дружинниками Гондора, итильскими Следопытами, ибо их предки жили в Итилии, покуда она не была завоевана. Из таких, как они, наместник Денэтор составил передовые отряды, воины Следопыты втайне переправлялись через Андуин (где и как, они, конечно, не сказали) и набегами громили и рассеивали орков и прочую солдатню Саурона между Великой Рекой и Эфель-Дуатом.

— Отсюда до восточного берега Андуина около десятка лиг,— сказал Маблунг.— Так далеко мы редко заходим. Но нынче случай особый: подкарауливаем хородримцев, будь они сто раз неладны!

— Да, беда с этими южанами! — подтвердил Дамрод.— Говорят, в старину Гондор даже торговал с хородскими царьками, хотя дружбы с ними никогда не было. Прежде владычество Гондора простиралось до устьев Андуина, и Умбар, самое ближнее их царство, был вассальным. Но это дела давние: много жизней утекло с тех пор. Умбар отложился, о прочих долго ничего не было известно. Лишь недавно узнали мы, что Враг соблазнил их посулами власти и наживы и они ему предались — издавна, как многие царства Востока, склонялись они к нему. Увы, дни Гондора сочтены, и недолго выстоят стены Минас-Тирита, ибо велико могущество Врага и непомерна его злоба.

— Но все же мы не сидим сложа руки и, сколько можем, препятствуем его умыслам,— сказал Маблунг.— Треклятые южане выслали огромное войско, будто без них мало полчищ собрал за стенами Мордора властелин Черного Замка, и оно шествует по древним дорогам, когда-то проложенным мастерами-строителями Гондора. Идут в открытую, не стерегутся: видно, уповают на могущество своего нового владыки, думают, что одна тень его воли оборонит их. Ну, мы их немного проучим. Несколько дней назад нас оповестили, что войско их на подходе и передовой отряд появится еще до полудня там, наверху, где развилиной проходит большак. Большак-то проходит, а они не пройдут. Фарамир их не пропустит: он теперь наш всегдашний предводитель в смертельных схватках. Но его смерть минует и судьба щадит — может статься, для горшей участи.

Разговор прервался: все замолкли и прислушались. Застыла настороженная тишь. Сэм выглядывал из своего папоротникового укрытия и зорким хоббитским глазом видел, что люди кругом прибывали и прибывали: крались по склонам в одиночку или длинными вереницами, хоронясь близ лесочков и рощиц, иные пробирались по траве и сквозь кустарник, почти невидимки в своем пятнистом буро-зеленом облачении. Все были в нахлобученных капюшонах, в зеленых рукавицах и вооружены, как Фарамир и его спутники. Прошли и бесследно исчезли средь бела дня. Высоко стояло полуденное солнце. Тени укоротились.

«Где-то наш оглоед Горлум? — подумал Сэм, забираясь в папоротник поглубже, чтоб не припекало. — Примут его за орка — мокрого места не оставят. А тут еще Желтая Морда так и норовит изжарить. Ну, ему к переделкам не привыкать: авось уцелеет».

Он разлегся возле Фродо, задремал — и проснулся от дальнего пенья рогов. Проснулся, сел и огляделся: солнце светило вовсю и пекло немилосердно, их стражи замерли начеку в тени деревьев. Рога затрубили громче — и совсем неподалеку, на горе. Сэму послышался боевой клич и дикие вопли, но это подальше, словно из какой-то пещеры. Потом грохот битвы докатился до них: казалось, дерутся почти рядом. Сталь скрежетала о сталь, мечи со звоном врубались в железные шлемы и глухо ударяли о щиты, крики мешались с отчаянным визгом, и разносился громозвучный клич: *Гондор! Гондор!*

— Будто сто кузнецов враз за работой,— сказал Сэм Фродо.— Ближе-то лучше бы не надо.

Но битва еще приблизилась.

— Вот они! — крикнул Дамрод.— Глядите-ка! Десяток-другой южан прорвал засаду: бегут вниз с дороги. Удирают со всех ног, а наши не отстают, и Фарамир впереди всех!

Сэм не пожелал упустить зрелище, пошел к стражам, взлез на высокий лавр и увидел, как смуглые люди в красном сломя голову мчатся по склону, а за ними — зеленые воины, с маху рубя их на бегу. Тучей летели стрелы. Вдруг с пригорка над их убежищем рухнул, ломая деревца, человек и чуть не придавил Фродо, распластавшись лицом вниз за несколько футов от него. Зеленоперые стрелы торчали из-под золотого наплечника, алый плащ был изорван, медный пластинчатый панцирь разрублен, черные космы, переплетенные золочеными нитями, намокли от крови. Его коричневая рука сжимала рукоять сломанного меча.

Так Сэм впервые увидел, как страшно люди бьются друг с другом, и ему это очень не понравилось. Он был рад, что хоть мертвого лица не видно. «Интересно, — подумал он, — как его звали, откуда он родом, злое у него было сердце или же его обманом и угрозами погнали в дальние края; может, ему вовсе не хотелось воевать, и он лучше остался бы дома», но эти мысли унеслись точно дым, ибо едва Маблунг шагнул к мертвецу, как накатился неимоверный грохот. Голосили, вопили, орали, но все заглушал трубный вой, а потом землю сотряс топот, будто рушились тяжеленные бревна.

— Берегись! Берегись! — крикнул другу Дамрод. — Оборони нас валары! Мумак! Мумак!

С изумленьем, ужасом и восторгом увидел Сэм громадного зверя, сметающего деревья на пути вниз. Огромный, как дом, да нет, куда больше любого дома, он показался хоббиту живой горой в серой коже. У страха глаза велики, а он их вдобавок разинул, но хородский мумак и правда был зверем невиданной величины, теперь таких в Средиземле уже не осталось, нынешняя его отдаленная родня — пигмеи рядом с ним. Он мчался прямо на них, он свернул и прогрохотал мимо за несколько ярдов: ножищи его были как деревья, ушищи хлопали, как паруса, длинный хобот подъят, будто грозный, готовый наброситься змей, маленькие глазки воспалены; из-под задранных, будто рога, бивней в золотых кольцах хлестала кровавая пена. Алая с золотом изодранная попона волочилась за ним; на спине его застряли обломки боевой башни, сокрушенной о деревья; и крохотный человечек отчаянно цеплялся за его шею — могучий воин, исполин среди смуглингов.

Страшный зверь промчался, разметав рощу и разломав каменный водоем. Стрелы свистели вокруг него и отскакивали от его толстенной шкуры. Южане и гондорцы бежали перед ним; кто попадался, тех он хватал хоботом и расшибал об землю. Вскоре он исчез из виду, трубя и топоча. Что с ним сталось — этого Сэм не узнал: может, он еще долго носился по пустошам, пока не сгинул в чужих краях или не угодил в глубокую яму, а может, с разгону добежал до Великой Реки и в ней утонул.

Сэм восхищенно перевел дыхание.

— Олифант! — выговорил он.— Есть, значит, олифанты, и я одного видел. Вот это жизнь! Но дома-то кто мне поверит? Ну, если больше ничего не покажут, я пошел спать.

— Спи, пока можно,— сказал Маблунг.— Но скоро начальник вернется, если он жив, конечно; а как вернется, так мы немедля и в путь. Лишь только Враг проведает о кровавой битве, сразу вышлет за нами погоню.

— Ну и уходите, только не топочите! — сказал Сэм.— Не мешайте мне спать, я всю ночь провел на ногах.

Маблунг рассмеялся.

— Сомневаюсь, что Фарамир оставит вас здесь, господин Сэммиум,— сказал он.— Впрочем, увидите сами.

Глава V

ЗАКАТНОЕ ОКНО

Сэму казалось, что он проспал несколько минут; между тем проснулся он часа через три, когда возвратился Фарамир и с ним много-много людей; все, кто уцелел в битве, собрались на склоне холма — человек двести или триста. Они расселись широким полукругом; Фарамир сидел посредине, перед ним стоял Фродо. Это походило на странное судилище.

Сэм выполз из папоротников, никем не замеченный, и пристроился к человеческому полумесяцу с краю; оттуда было хорошо видно и слышно, и он глядел во все глаза и не пропускал ни одного слова, готовый, ежели что, тотчас ринуться на выручку хозяину. Повязка больше не скрывала лицо Фарамира, суровое и властное; его устремленные на Фродо серо-стальные глаза глядели остро, проницательно и раздумчиво.

Сэм скоро понял, что Фарамиру подозрительны недомолвки Фродо, из-за которых неясно, зачем он шел с Отрядом от Раздола, почему расстался с Боромиром и куда направляется теперь. То и дело заводил он речь о Проклятии Исилдура: словом, явно раскусил, что самое важное от него скрывают.

— Раз невысоклик отважится взять на себя Проклятие Исилдура,— настаивал он,— и раз ты и есть тот невысоклик, значит, тебе известно, что это за Проклятие, и ты предъявил его Совету, о котором говоришь, а Боромир видел его. Так или не так?

272

Фродо не отвечал.

— Так! — сказал Фарамир. — Ты скрытничаешь, однако же все, что касается Боромира, касается и меня. Согласно былинам, Исилдура поразила орркская стрела, но стрел этих что песчинок в реке, и едва ли воитель Гондора Боромир принял бы одну из них за роковое знамение. Ты что же, был хранителем этого неведомого Проклятия? Оно сокрыто, сказал ты, не ты ли его сокрыл?

— Нет, сокрыл его не я, — сказал Фродо. — Оно не принадлежит мне, и нет его владельца среди смертных, ни самых великих, ни самых ничтожных. Если кто и вправе владеть им, то это Арагорн, сын Араторна, наш предводитель от Мории до Рэроса; я о нем говорил.

— Почему он, а не Боромир, страж Крепости, воздвигнутой сынами Элендила?

— Потому что Арагорн по отцовской линии прямой потомок Исилдура, сына Элендила. Он опоясан Элендиловым мечом.

Изумленным гулом отозвалось собрание на эти слова. Послышались возгласы:

— Меч Элендила! Меч Элендила скоро заблещет в Минас-Тирите! Добрые вести!

Но Фарамир и бровью не повел.

— Может быть, — сказал он. — Но столь великие притязания надобно подтвердить, и, коли этот Арагорн явится в Минас-Тирит, от него потребуют бесспорных доказательств. Пока что — а я был там шесть дней назад — не явился ни он и никто другой из твоего Отряда.

— Боромир признал его притязания, — сказал Фродо. — Да будь здесь Боромир, он бы и ответил тебе на твои вопросы. Уже давно расстались мы с ним у Рэроса, и он направлялся прямиком в вашу столицу; наверно, по возвращении туда ты все от него узнаешь. Ему, как и всем остальным, было известно, зачем я в Отряде: Элронд из Имладриса объявил об этом всему Совету. Мне было дано поручение, оно привело меня сюда, но я не волен открыть его никому более. Скажу только, что тем, кто насмерть бьется с Врагом, не пристало меня задерживать.

Фродо говорил горделиво, хоть на сердце у него, верно, кошки скребли, и Сэм его мысленно одобрил. Но Фарамир не унимался.

— Так! — сказал он. — Ты, стало быть, советуешь мне не мешаться в чужие дела, уходить восвояси и отпустить тебя на все четыре стороны. Дескать, Боромир мне все объяснит, когда вернется. Вернется, говоришь ты! Ты был другом Боромиру?

Фродо живо припомнилось, как Боромир напал на него, и он замешкался с ответом. Взгляд Фарамира стал жестче.

— Много тягостей и невзгод вынесли мы бок о бок с Боромиром,— вымолвил наконец Фродо.— Да, я был ему другом.

Фарамир мрачно усмехнулся.

— И тебе горько было бы узнать, что Боромира нет в живых?

— Конечно, горько,— удивленно ответил Фродо. Он взглянул Фарамиру в глаза и оторопел.— Нет в живых? — сказал он.— Ты хочешь сказать, что он погиб и тебе это известно? Или ты просто испытуешь меня пустыми словами? Хочешь обманом вывести меня на чистую воду?

— Я даже орка не стану обманом выводить на чистую воду,— сказал Фарамир.

— Как же он погиб, откуда ты знаешь об этом? Ты ведь сказал, будто никто из нашего Отряда к вам в столицу не явился?

— О том, как он погиб, я надеялся услышать от его друга и спутника.

— Но я оставил его живым и здоровым. И насколько мне известно, он жив и поныне. Правда, гибель подстерегает нынче на каждом шагу.

— Да, на каждом шагу,— подтвердил Фарамир.— И гибельнее всего — предательство.

Сэм слушал, слушал — и так рассердился, что потерял всякое терпение. Последние слова Фарамира его доняли: он выскочил на средину полукруга и обратился к хозяину.

— Прошу прощения, сударь,— сказал он,— только, по-моему, уже хватит с вас колотушек. Кто он такой, чтобы эдак вам дерзить? После всего-то, что вам пришлось вынести ради них же, Громадин неблагодарных!

Вот что, начальник! — Он встал перед Фарамиром, руки в боки, с таким же видом, с каким распекал хоббитят, «по нахалке» отвечавших ему на строгий вопрос, что это они поделывают в чужом фруктовом саду. Послышался ропот, но большей частью воины ухмылялись: уж очень было забавно глядеть на их сурового предводителя, сидевшего на земле лицом к лицу с широко расставившим ноги разъяренным малышом-хоббитом,— такое не каждый день увидишь! — Вот что я тебе скажу,— продолжал Сэм.— Ты на что это намекаешь, а? Кончай ходить вокруг да около, говори прямо, а то дождешься, что набежит сто тысяч орков из Мордора! Если ты думаешь, что мой хозяин прикончил вашего Боромира и убежал, то не знаю, где твоя голова — но хоть не виляй! И не забудь сказать нам, что дальше-то делать собираешься. Жалко вот, между прочим, что некоторые на словах самые главные противники Врагу, а другим становятся поперек дороги, хотя другие-то, может, не меньше ихнего делают. То-то бы Враг на тебя сейчас порадовался: решил бы, что у него новый дружок объявился!

— Тише! — сказал Фарамир без малейшего гнева.— Не мешай говорить своему хозяину, он не в пример умнее. Я и без тебя знаю, что медлить нам опасно, однако улучил время, дабы разобраться в трудном деле. Будь я поспешлив, как ты, я бы давно уже вас зарубил, ибо мне строго-настрого велено убивать всех, кто обретается здесь без позволения властителя Гондора. Но мне претит всякое ненужное и даже необходимое убийство. И слов я на ветер не бросаю, будь уверен. Сядь рядом с хозяином и помолчи!

Сэм плюхнулся на землю, красный как рак. Фарамир снова обратился к Фродо.

— Ты спросил, откуда я знаю, что сына Денэтора нет в живых. Дурные вести крылатые. А ночью, как говорится, сердце сердцу весть подает. Боромир — мой родной брат.

Скорбная тень омрачила его лицо.

— Тебе памятно что-нибудь из богатырского доспеха Боромира?

Фродо немного подумал, опасаясь новой ловушки и недоумевая, чем это все может обернуться. Ему едва ли не чудом удалось спасти Кольцо от свирепой хватки Боромира, а как уберечь его в окруженье могучих витязей — этого он не представлял. Сердце его, однако, чуяло, что Фарамир, с виду очень похожий на брата, осмотрительнее, мудрее и надежнее его.

— Да, я помню рог Боромира,— сказал он.

— Ответ верный и, судя по всему, правдивый,— сказал Фарамир.— Вспомни как следует, яви его перед глазами: это был рог восточного тура, оправленный серебром, с начертанием древних рун. Во многих поколениях наследовал его старший сын, и есть поверье, что если он затрубит в роковой час в древних пределах Гондора, то зов его будет услышан.

За пять дней до того, как я отправился в Итилию, одиннадцать дней назад, как ныне, предвечерней порой, я слышал этот зов: доносился он, казалось, с севера, но доносился глухо, словно бы чудился. Дурным предзнаменованьем сочли это мы с отцом, ибо от Боромира с его ухода не было вестей и ни один пограничный страж не дал знать о его возвращении. А на третьи сутки мне было диковинное виденье.

Я сидел туманной ночью под бледной молодой луной на берегу Андуина, следил за его медленными водами и слушал скорбное шуршанье камышей. Мы несем ночной прибрежный дозор напротив Осгилиата, захваченного врагами: они переправляются и разбойничают. Но в тот полночный час все было тихо. И вдруг я увидел, или мне померещилась на воде серебристо-серая лодка чужеземного вида, с высоким гребенчатым носом; она плыла сама по себе.

Я похолодел, ибо ее окружало мертвенное сиянье, однако же встал, спустился к берегу и вошел в воду, влекомый неведомой силой. И лодка повернула ко мне и медленно проплыла вблизи, и я не отважился протянуть руку и остановить ее. Она глубоко осела, словно под тяжким грузом; казалось, она заполнена почти до краев прозрачной, светящейся водой; и в воде покоился мертвый витязь.

Он был весь изранен, сломанный меч лежал у него на коленях. Это был мой брат Боромир: я узнал его меч и доспех, его любимое лицо. Не было с ним лишь его рога, и незнаком был мне его пояс, точно из золотых листьев. *Боромир! — воскликнул я.— Где твой рог, Боромир? Куда плывешь ты, о Боромир?* — но он уж скрылся из виду. Лодку подхватило течение, и она, мерцая, исчезла в ночи. Сон это был или явь, не знаю, однако пробуждения не было. Я уверен, что он мертв и тело его уплыло вниз по Великой Реке.

— Увы! — сказал Фродо.— В твоем сновидении наяву я узнаю Боромира, каким помню его. Золотой пояс ему подарила Владычица Галадриэль. От нее же наши серые эльфийские плащи. А вот — брошь из Лориэна,— он притронулся к зеленовато-серебряной застежке под горлом.

Фарамир присмотрелся к ней.

— Красивая брошь,— сказал он.— Да, той же выделки. Так значит, путь ваш лежал через Лориэн? Встарь он звался Лаурелиндоренан, и уж давным-давно там не ступала нога человека,— тихо прибавил он, с новым изумлением глядя на Фродо.— Ну что ж, теперь мне понятней многое, что показалось странным. Не поведаешь ли ты мне еще что-нибудь? Ибо горестно думать, что Боромир погиб один вблизи родного края.

— Ничего не могу я поведать тебе в утешение,— сказал Фродо.— А твой рассказ мне кажется зловещим, но не более. Тебя посетило видение, призрак злой судьбы, прошлой, а может быть, и грядущей. Если только это не вражеское наваждение. Я видел прекрасные лики древних воителей в заводях Мертвецких Болот, и это было его лиходейское волшебство.

— Нет, тут он ни при чем,— сказал Фарамир.— Его наваждения отвращают сердце, а мое было полно скорби и сострадания.

— Но как же такое могло случиться наяву? — спросил Фродо.— Пороги Тол-Брандира не минует невредимой никакая лодка, а Боромир собирался домой через Онтаву, степями Ристании. Возможно ли, чтобы полный воды челн проплыл водопадами и не перевернулся?

— Не знаю,— сказал Фарамир.— А лодка откуда?

— Из Лориэна,— сказал Фродо.— У нас их было три: мы прошли по Андуину на веслах до водопадов. Лодка эльфийская.

— Вы побывали в Сокрытой Стране,— сказал Фарамир,— но, кажется, чары ее остались для вас непостижны. Тем, кто виделся с Чаровницей из Золотого Леса, не след удивляться ничему. Смертным опасно покидать наш подлунный мир: вернутся они уж не теми, что были прежде. Так гласят легенды.

Боромир, о Боромир! — восклинул он.— Что поведала тебе она, Владычица, неподвластная смерти? Что увидела она, что пробудила в твоем сердце? Зачем пошел ты в Лаурелиндоренан, а не отправился своей дорогой, не примчался свежим утром на ристанийском коне?

Он снова обернулся к Фродо и заговорил спокойно.

— И на все эти вопросы ты, наверно, мог бы дать ответ, о Фродо, сын Дрого. Пусть не здесь и не сейчас. Но чтобы ты не думал, будто меня обморочило наваждение, узнай, что рог Боромира возвратился наяву, но раздробленный надвое, топором или мечом. Осколки выбросило порознь: один нашли в камышах дозорные Гондора на севере, ниже впаденья Онтавы, другой выловили в андуинском омуте — он подвернулся пловцу. Странные случайности, однако смерти не утаишь, как говорится.

И вот теперь осколки рога, которым владел старший

сын, лежат на коленях у Денэтора: он сидит на своем высоком престоле и ждет страшных вестей. Ты все-таки умолчишь о том, как был раздроблен рог?

— Умолчу о том, чего не знаю,— сказал Фродо.— Но коль не ошибся в подсчетах, слышал ты его в тот самый день, когда мы расстались, когда я и мой слуга оставили Отряд. И теперь твой рассказ полнит меня ужасом. Если Боромир попал в беду и был убит, то боюсь, что все остальные мои спутники тоже погибли — и сородичи, и друзья.

Быть может, ты перестанешь сомневаться во мне и отпустишь нас? Я устал, меня грызет скорбь и мучает страх. Но мне нужно нечто совершить или хоть попытаться, пока меня не убьют. Если из всех нас остались в живых лишь два невысоклика, так тем более надо спешить.

Возвращайся же, о Фарамир, добрестный военачальник Гондора, в свою столицу и защищай ее до последней капли крови, а мне позволь идти навстречу судьбе!

— Не много мне утешения в твоих речах,— сказал Фарамир,— однако же ты напрасно поддаешься страху. Если не эльфы из Лориэна, то кто, по-твоему, снарядил Боромира в последний путь? Не орки же, не прислужники Врага, да не будет он назван. Наверняка жив еще кто-нибудь из вашего Отряда.

Но что бы ни случилось близ нашей северной границы, ты, Фродо, очистился от подозрений. Раз я берусь в наши смутные дни судить о людях по их лицам и речам, то и с невысокликами, может статься, не ошибусь! Хотя,— и он наконец улыбнулся,— есть в тебе что-то странное, Фродо,— не эльфийское ли? И разговор наш куда важней, чем мне показалось сначала. Мне надлежит отвести тебя в Минас-Тирит к престолу Денэтора. По справедливости я буду достоин казни, если поступлю во вред своему народу. Так что нельзя торопиться с решением; а сейчас — в путь без проволочек.

Он вскочил на ноги и быстро распорядился. Воины его мигом разбились на мелкие отряды и поисчезали между деревьями и в тени скал. Вскоре остались только Маблунг и Дамрод.

— Вы, Фродо и Сэммиум, пойдете со мной и моими дружинниками,— сказал Фарамир.— Все равно дорога на юг для вас пока закрыта. Несколько дней она вся будет запружена войсками, и после нынешней засады наблюдение усилят вдесятеро. Да вы сегодня недалеко и ушли бы: вы еле на ногах держитесь. Мы тоже устали. У нас есть тут тайное прибежище, миль за десять отсюда. Орки и вражеские соглядатаи его еще пока не разведали, а если и разведают, голыми руками не возьмут: целого войска будет мало. Там мы отдохнем, и вы тоже. А наутро я решу, что делать дальше и как быть с вами.

Фродо оставалось лишь принять это настоятельное приглашение. Ведь и правда, идти через Итилию сразу после вылазки гондорцев стало гораздо опаснее прежнего.

Они тут же тронулись в путь: впереди — Маблунг и Дамрод, за ними Фарамир с хоббитами. Мимо пруда, где они купались, вброд через ручей, потом на высокий холм, а оттуда все вниз и вниз, на запад — пологим, тенистым лесным склоном. Фарамир примерился к хоббитской трусце, и вполголоса шла беседа.

— Мы прервались,— сказал Фарамир,— не только потому, что время не терпит, как напомнил мне господин Сэммиум, но чтобы не было лишних ушей, ибо кое-что надо обсудить втайне; я недаром перевел разговор на судьбу брата, пренебрегши Проклятием Исилдура. Ты о многом умолчал, Фродо.

— Я не солгал ни словом, хоть сказал и не всю правду,— отозвался Фродо.

— Я не корю тебя,— сказал Фарамир.— Ты с честью вышел из трудного испытания, и в уме тебе не откажешь. Однако я вижу и то, что́ стоит за твоими речами. С Боромиром дружен ты не был, и расстались вы худо. Он, видно, нанес обиду — и тебе, и господину Сэммиуму. Я очень любил Боромира и отомщу за его смерть, но я хорошо его знал. Должно быть, это случилось из-за Проклятия Исилдура — ведь из-за него распался ваш Отряд? Мне ясно, что это — могущественный талисман, из тех, какие порождают распри между соратниками, если верить старинным былям. Верно ли я угадал?

— Верно, да не совсем,— сказал Фродо.— Распри не было в нашем Отряде, было сомнение — куда направиться от Привражья. А старинные были, коли на то пошло, учат нас не ронять лишних слов, когда дело идет о... талисманах.

— Увы, значит, как я сразу подумал, ссора вышла с одним Боромиром. он хотел доставить талисман в Минас-Тирит. Как печально сложилась судьба: тебе, который видел его последним, зарок смыкает уста, и ты не можешь рассказать мне о главном, о том, что было у него на сердце перед смертью. Заблуждался он или нет, не знаю, но уверен в одном: умер он достойно и превозмог себя. Лицо его было еще прекрасней, нежели при жизни.

Прости меня, Фродо, что я поначалу выпытывал у тебя лишнее о Проклятии Исилдура. Не ко времени это было и не к месту, но я не успел рассудить. Бой был тяжелый, и меня ожидали иные заботы. Но как только я вдумался, о чем у нас зашла речь, я тут же отвел ее в сторону. Ибо мы, правители града, причастны древней мудрости, закрытой от иных. Мы происходим не от Элендила, но в жилах у нас тоже течет нуменорская кровь. Мы из колена Мардила, которого оставил наместником, отправляясь на войну, великий князь Эарнур, последний в роду Анариона. Детей у государя не было, и с войны он не вернулся. С тех пор и правят у нас наместники, вот уже многие века.

Я помню, как Боромир еще мальчиком, когда мы вместе читали сказанья о наших предках и летописи Гондора, все время сердился, что наш отец — не князь. «Сколько же надо сотен лет, чтобы наместник стал князем, коли князь не возвращается?» — спрашивал он. «В иных краях хватало и десятка лет,— отвечал ему отец.— А в Гондоре недостанет и десяти тысяч». Увы, бедняга Боромир! Это тебе что-нибудь о нем говорит?

— Говорит,— сказал Фродо.— Однако же к Арагорну он всегда относился с почтением.

— Еще бы,— сказал Фарамир.— Если он признал его право на великокняжеский престол, значит, признал себя его подданным. Но до самых трудных испытаний дело не дошло. Кто знает, что было бы в Минас-Тирите, где война превратила бы их в соперников.

Но я отвлекся. Род Денэтора, сказал я, издревле сопричастен премудрости дней былых; в наших сокровищницах хранятся старинные книги и многоязычные письмена на ветхом пергаменте, на камне, на золотых и серебряных пластинах. Многое и прочесть у нас никто не сумеет, многое пылится под спудом. Я трудился над ними: мне ведомы начала знаний. Ради этих сокровищ наведывался к нам Серый Странник; еще ребенком я впервые увидел его, и дважды или трижды с тех пор.

— Серый Странник? — переспросил Фродо.— А как его имя?

— Мы его называли по-эльфийски, Митрандиром,— сказал Фарамир,— и ему это, кажется, было по нраву. «По-разному зовут меня в разных краях,— говорил он.— У эльфов я Митрандир, у гномов — Таркун, когда-то, на западе, о котором и молва стерлась, я звался Олорином, на юге я — Инканус, на севере — Гэндальф, на востоке я не бываю».

— Гэндальф! — воскликнул Фродо.— Так я и подумал. Гэндальф Серый, наш друг и советчик. Предводитель нашего Отряда. Он сгинул в Мории.

— Митрандир сгинул! — сказал Фарамир.— Злая, однако же, выпала вам доля. Даже не верится, что такой великий мудрец — наш верный помощник в невзгодах — мог погибнуть и мир лишился его несравненных познаний. Ты уверен, что он погиб? Может статься, он вас покинул из-за иных, неотложных дел?

— Уверен,— сказал Фродо.— Я видел, как его поглотила бездна.

— Наверно, страшной повестью чреваты твои слова,— сказал Фарамир.— Может быть, ты расскажешь ее ввечеру. Как мне теперь ясно, Митрандир был не только мудрецом и книжником — он был вершителем судеб нашего времени. Окажись он в Гондоре, когда мы с братом услышали во сне прорицание, он, верно, разъяснил бы его, не пришлось бы отправлять посланца в Раздол. А быть может, не стал бы разъяснять, и Боромир все равно не ушел бы от рока. Митрандир никогда не открывал нам будущего и не посвящал в свои замыслы. С позволенья Денэтора — не знаю уж, как ему это удалось,— он был допущен в нашу сокровищницу, и я почерпнул из едва приоткрытого кладезя его познаний: он был скупым наставником.

Более всего занимали его летописи и устные предания времен Великой Битвы на равнине Дагорлада и основания Гондора, когда был низвержен Тот, кого называть не стану. И про Исилдура выспрашивал он, хотя о нем наши предания памяти не сохранили: он ушел, как сгинул.

Фарамир перешел на шепот.

— Я же частью узнал, частью домыслил и сохранил в глубокой тайне вот что. Исилдур заполучил некое сокровенное достояние Врага, да не будет он назван, и взял его с собой, уходя из Гондора навстречу безвестной гибели. И казалось мне, что я понял, чего доискивается Митрандир, однако же поиски эти, устремленные в глубокую древность, счел любомудрием книжника. Но когда мы пытались разгадать таинственное прорицание, пришло мне на ум, что эта добыча и есть Проклятие Исилдура. Ибо ничего мы больше о нем не знаем, лишь упомянуто в одном из сказаний, что его пронзила стрела орка. Это же, и только это, сказал мне Митрандир.

Не знаю и не ведаю, какое вражеское достояние понадобилось Исилдуру: должно быть, некий могучий, гибельный талисман, орудие лиходейства Черного Властелина. И если оно сулит удачу в бою, то наверняка Боромир, гордый, бесстрашный, зачастую безоглядный, жаждущий блеска побед Минас-Тирита и блистания своей воинской славы, неудержимо возжелал этим орудием завладеть. В недобрый час отправился он в Раздол! И отец, и старшины послали бы меня, но он, как старший брат и закаленный воин, не мне чета (говорю без всякой обиды), настоял на своем.

Однако же не страшитесь! Я не подобрал бы этот талисман и на большой дороге. Если б даже Минас-Тирит погибал на моих глазах и я один мог бы его спасти с помощью вражеского колдовского орудия, возвеличить Гондор и прославиться; то и тогда — нет! Такою ценой не нужны мне ни победы, ни слава, о Фродо, сын Дрого.

— Так же решил и Совет,— сказал Фродо.— И мне они не нужны, и вообще — не мое это дело.

— Мне мечтается,— сказал Фарамир,— и цветущее Белое Древо в великокняжеском дворце, и Серебряный Венец на челе князя, и мирный Минас-Тирит — нет, Минас-Анор, град, каким он был в древности, светлый, высокий и дивный; прекрасный, как царь среди царей, а не грозный, подобно властелину, окруженному рабами; да и добрый властелин не лучше, даже если рабы им довольны. Воевать надо: мы защищаем свою жизнь и честь от убийцы, изувера и разрушителя; однако не по душе мне ни сверканье острых мечей, ни посвист быстрых стрел, ни слава великого воителя. Все это надобно лишь затем, чтобы оборонить то, что мы обороняем: светлый град, воздвигнутый нуменорцами, оплот памяти и хранилище древней мудрости, святилище красоты и светоч живой истины. Надо, чтоб его любили, а не боялись — и чтили, как почитают убеленных сединами мудрецов.

Так что оставь опасенья! Я тебя больше не буду выспрашивать: не спрошу даже, верно ли я догадался. Разве что ты сам мне доверишься — что ж, тогда попробую помочь тебе советом, а быть может, и делом.

Фродо на это ничего не сказал. Он едва не уступил желанию искать помощи и совета у этого сурового юноши, так были отрадны его ясные речи. Однако что-то его удержало, на сердце у него были страх и тревога — ведь если и в самом деле только они с Сэмом уцелели из Девяти Хранителей, то одни остались в ответе за все. Излишняя подозрительность надежней слепого доверия. К тому же, поглядывая на высокого спутника и внимая его голосу, он вспоминал Боромира: внезапно перекошенное лицо и алчный огонь в глазах. Непохожие братья были ужасно похожи.

Потом они шли молча, бесшумно скользя по траве мимо старых деревьев, точно серо-зеленые тени; над ними распевали птицы и отливала темным блеском вечнозеленая листва итильского леса.

Сэм в разговор не встревал, только прислушивался, в то же время ловя чутким хоббитским ухом окрестные лесные шумы и шорохи. Про Горлума ни разу упомянуто не было, и он был этому рад: никуда от Липучки, конечно, не денешься, но хоть малость-то отдохнуть и то хлеб. Вскоре он заметил, что идут они вроде одни, а кругом уйма людей: впереди мелькали Дамрод и Маблунг и со всех сторон быстрые, бесшумные, еле видные Следопыты поспешали к условленному месту.

Вдруг его точно кольнул в спину чей-то взгляд; он обернулся и успел углядеть маленькую темную фигурку, перебегавшую за деревьями. Сэм открыл было рот, но подумал и махнул рукой.

«Может, показалось,— сказал он сам себе.— Да и чего я буду лезть к ним с этой паскудиной, раз про него и помнить забыли? Что мне, больше всех надо?»

Наконец лес поредел, склон сделался круче. Они свернули вправо и набрели на речонку, тот самый ручеек, что точился из водоема, стал бурливым потоком, и его каменистое русло пролегало по дну узкого ущелья, заросшего самшитом и остролистом. Приречные низины на западе были подернуты золотистой дымкой, и, озаренный предзакатным солнцем, широко струился Андуин.

— А теперь, увы, я вынужден быть неучтивым,— сказал Фарамир.— Надеюсь, мне это простится: пока что, в нарушение всех приказов, я не только не убил вас, но даже не ослепил. Но тут уж запрет строжайший; эту тропу не должен знать никто, даже наши союзники-ристанийцы. Придется завязать вам глаза.

— Да пожалуйста,— сказал Фродо.— Эльфы и те не учтивее тебя: с завязанными глазами вступили мы в прекрасный Лориэн. Гном Гимли обиделся, а нам, хоббитам, хоть бы что.

— Ничего столь же прекрасного я вам не обещаю,— сказал Фарамир.— Прекрасно, впрочем, что вас не надо ни уламывать, ни принуждать.

На его тихий зов из-за деревьев немедля явились Маблунг и Дамрод и подошли к ним.

— Завяжите гостям глаза,— приказал Фарамир.— Плотно, но не туго. Руки не связывайте: они дадут слово, что подглядывать не станут. Я бы поверил им и так, без повязки, пусть бы шли зажмурившись, но не ровен час споткнутся и нечаянно откроют глаза. Кстати же проследите, чтобы они не оступались.

Дружинники завязали хоббитам глаза зелеными шарфами, низко нахлобучили им капюшоны и повели их за руку: прогулка по солнечной Итилии закончилась для Фродо и Сэма путешествием в темноте, и где они шли, можно было только гадать. Сначала спускались крутою тропой и залезли в такой узкий проход, что двинулись гуськом между каменных стен; дружинники направляли их сзади, крепко взяв за плечи. Где было трудно идти вслепую, их приподымали — и снова ставили на ноги. Справа слышался гул и плеск воды: все ближе, все громче. Наконец они остановились; Маблунг и Дамрод покрутили их, чтобы сбить с направления, и путь пошел наверх; потянуло холодом, шум потока отдалился. Потом их взяли на руки и понесли вниз по каким-то ступенькам: несли, несли, свернули за угол скалы, и снова кругом гулко заклокотала вода; их обдало моросью, и вот они опять стояли молча, с повязками на глазах, испуганные и растерянные. Сзади раздался голос Фарамира.

— Развяжите им глаза! — велел он. Капюшоны откинули, шарфы сняли, и они ошеломленно заморгали.

Они стояли на гладкой сырой плите, как бы на крыльце за черным провалом прорубленных в скале дверей, а перед ними — близко, рукой подать — колыхалась струистая водяная завеса, озаренная прямыми лучами заходящего солнца, и алый свет рассыпался мерцающим бисером. Казалось, они подошли к окну эльфийской башни, к занавесу из золотых и серебряных нитей, унизанных рубинами, сапфирами и аметистами, и трепетно переливалось драгоценное многоцветье.

— Вот вам и награда за терпение,— сказал Фарамир.—

284

Подоспели минута в минуту к заходу солнца. Это Закатное Окно, Хеннет-Аннун, а перед ним — красивейший водопад Итилии, края блещущих вод. Не знаю, бывал ли здесь хоть один чужестранец. Покой попроще, чем окно, не княжеский покой; но заходите, посмотрите сами!

Солнце закатилось, и померкла водяная занавесь. Они вошли под низкую, грубоватую арку и оказались в большой сводчатой пещере; тусклые отблески факелов играли на стенах. Народу уже собралось много, но из узкой боковой двери входили еще и еще, по двое и по трое. Когда глаза их привыкли к полумраку, хоббиты увидели, что пещера выше и гораздо просторнее, чем им сперва показалось; здесь размещался, не стесняя людей, склад оружия и съестных припасов.

— Такое у нас прибежище,— сказал Фарамир.— Роскоши маловато, но переночуете спокойно и удобно. Сухо, еды вдоволь, очага, правда нет. Некогда это был водосточный грот, из той вон арки вода выливалась, но древние мастера-каменщики ее отвели, и теперь она низвергается со скал высоко над нами. Все отверстия этого грота замурованы,— ни вода, ни супостат сюда не проникнут, кроме как тем же путем, что вы прошли с завязанными глазами. Выход есть еще один — через Водяное Окно, в глубокое озеро, полное острых скал. Отдыхайте, пока все вернутся и соберут на стол.

Хоббитов отвели в угол, к низкому ложу. Трапезу собирали быстро, несуетливо и споро. От стен принесли столешницы, водрузили их на козлы, заставили утварью, неприхотливой и добротной: блюдами, чашками, мисками — глиняными, глянцевато-коричневыми, и желтыми, самшитовыми, отличной токарной работы; царила чистота и опрятность. Кое-где поблескивали бронзовые чаши, и серебряный кубок был поставлен для Фарамира, посредине отдельного столика.

Фарамир прохаживался по пещере и негромко расспрашивал новоприбывших. Одни были отправлены преследовать и добивать разгромленный отряд, другие остались следить за дорогой: эти припозднились. Никто из южан не ушел, кроме огромного мумака; за ним не уследили. Враг не появлялся, не видать было даже орков-соглядатаев.

— И ты ничего не видел и не слышал, Анборн? — обратился Фарамир к вошедшему.

— Ни слуху ни духу, государь,— отвечал тот.— Орки куда-то запропастились. Но то ли я видел, то ли мне померещилась диковинная тварь — уже в сумерках, когда все кажется больше, чем надо бы. Наверно, просто белка.— Сэм навострил уши.— Но если белка, то черная и без хвоста. Ты не велел нам понапрасну бить зверей, я и не стал стрелять. Да и темно было, а этот зверек мигом скрылся в листьях. Я постоял, подождал немного — все-таки будто и не совсем белка,— а потом пошел, и тут она вроде бы зашипела на меня сверху. Да нет, пожалуй, крупная белка. Быть может, звери бегут от Врага, да не будет он назван, из Лихолесья, и забегают сюда к нам. Говорят, там водятся черные белки.

— Может быть,— сказал Фарамир.— Однако же это дурной знак. Нам здесь, в Итилии, только беглецов из Лихолесья и не хватало.

Сэму показалось, что он при этом оглянулся на хоббитов, однако Сэм снова решил промолчать. Они с Фродо лежали рядом и глядели на огни факелов, на расхаживающих и тихо переговаривающихся людей. Потом Фродо взял и заснул.

Сэм уговаривал себя не спать.

«Поди знай,— думал он.— С людьми дело темное. На словах-то хорош, да с тем и возьмешь.— Он зевнул до ушей.— Проспать бы с недельку — стал бы как новенький. А положим, не засну: как быть-то в случае чего? Больно уж тут много Громадин на одного хоббита. И все равно: не спи, Сэм Скромби, не смей спать!»

И не смел. Дверной проем потускнел, серая водяная пелена потерялась в темноте. И лишь монотонный шум и переплеск падающей воды не смолкал ни вечером, ни ночью, ни утром. Бормотанье и журчанье убаюкивало, и Сэм яростно протел глаза кулаками.

Запылали новые факелы. Выкатили бочонок вина, раскладывали снедь, натаскали воды из-под водопада. Умывали руки; Фарамиру поднесли медный таз и белоснежное полотенце.

— Разбудите гостей,— сказал он,— и подайте им умыться. Время ужинать.

Фродо сел, зевнул и потянулся. Сэм недоуменно уставился на рослого воина, склонившегося перед ним с тазиком воды.

— Поставьте его на пол, господин, если можно! — сказал он.— И вам, и мне удобнее будет.

К веселому изумлению окружающих, он окунул в тазик голову и, отфыркиваясь, оплескал холодной водой шею и уши.

— У вас всегда моют голову перед ужином? — спросил воин, прислуживающий хоббитам.

— Да нет, обычно-то перед завтраком,— сказал Сэм.— Но ежели сильно не выспался — обдай голову холодной водой, и расправишься, что твой салат от поливки. Ффу-у! Ну, теперь авось не засну, пока не наемся.

Их провели и усадили рядом с Фарамиром на покрытые шкурками бочонки, куда повыше скамеек, на которых разместились люди. Внезапно все встали, обратились лицом к западу и с минуту помолчали. Фарамир сделал знак хоббитам поступить так же.

— Перед трапезой,— сказал он, садясь,— мы обращаем взгляд к погибшему Нуменору и дальше на запад, к нетленному Блаженному Краю, и еще дальше, к Предвечной отчизне. У вас нет такого обычая?

— Нет,— покачал головой Фродо, чувствуя себя неучем и невежей.— Но у нас принято в гостях перед едой кланяться хозяину, а вставая из-за стола, благодарить его.

— Это и у нас принято,— сказал Фарамир.

После долгой скитальческой жизни впроголодь, в холоде и грязи, ужин показался хоббитам пиршеством: золотистое вино, прохладное и пахучее, хлеб с маслом, солонина, сушеные фрукты и свежий сыр, а вдобавок — чистые руки, тарелки и ножи! Фродо и Сэм живо уплели все, что им предложили, не отказались от добавки, а потом и еще от одной. Вино приободрило их, и на сердце полегчало — впервые после Кветлориэна.

После ужина Фарамир отвел их в полузанавешенный закуток. Туда принесли кресло и две скамейки. В нише горела глиняная лампада.

— Скоро вам захочется спать,— сказал он,— особенно досточтимому Сэммиуму, который не смыкал глаз до самого ужина: то ли сберегал свой голод, то ли оберегал от меня хозяина. Однако после обильной еды, да еще с отвычки, лучше превозмочь сон. Давайте побеседуем. Вам ведь есть что рассказать о своем путешествии от Раздола. И не мешает поближе познакомиться с той страной, куда вас забросила судьба. Расскажите мне о брате моем Боромире, про старца Митрандира и про дивный народ Лориэна.

С Фродо сон соскочил, и он был очень не прочь поговорить. Но хотя вкусная еда и доброе вино развязали ему язык, он все же не распускал его. Сэм сиял благодушием и мурлыкал себе под нос, но сперва только слушал Фродо и усиленно поддакивал.

О многом поведал Фродо, умалчивая о Кольце и о назначении Отряда, расписывая доблести Боромира — в бою с волколаками Глухомани, в снегах Карадраса, в копях Мории, где сгинул Гэндальф. Фарамира задел за живое рассказ о битве на Мосту.

— Не по душе Боромиру было бежать от орков,— сказал он,— да и от того свирепого чудища — Барлогом ты его назвал? — пусть даже и последним, прикрывая остальных.

— Он и был последним,— сказал Фродо.— Арагорн шел впереди: он один знал путь, кроме Гэндальфа. Не будь нас, не побежали бы ни он, ни Боромир.

— Быть может, лучше бы он погиб вместе с Митрандиром, избегнув злой судьбины за водопадами Рэроса,— сказал Фарамир.

— Может быть. Но расскажи, как обещал, о превратностях ваших судеб,— сказал Фродо, опять уходя от опасного оборота беседы.— Мне хотелось бы услышать о Минас-Итиле и об Осгилиате, о несокрушимом Минас-Тирите. Есть ли надежда, что он выстоит в нынешних войнах?

— Есть ли надежда, говоришь? — переспросил Фарамир.— Давно уж нет у нас никакой надежды. Может статься, меч Элендила, если он и вправду заблещет, возродит ее в наших сердцах и срок нашей черной гибели отодвинется, но ненадолго. Разве что явится иная, неведомая подмога — от эльфов иль от людей. Ибо мощь Врага растет, а наша слабнет. Народ наш увядает, и за этой осенью весне не бывать.

Некогда нуменорцы расселились по всему приморью и в глубь Материка, но злое безумие снедало их царства. Одни предались лиходейству и чернокнижию, другие упивались праздностью и роскошью, третьи воевали между собой, пока их обескровленные уделы не захватили дикари.

Гондор обошло стороной поветрие черной ворожбы, и Враг, да не будет он назван, в почете у нас не бывал; от века славилось древней мудростью и блистало гордой красой, двойным наследием Заокраинного Запада, великое княжество потомков Элендила Прекрасного. Оно и поныне сверкает отблесками былой славы. Но гордыня подточила

Гондор: в надменном слабоумии властители его мнили, будто Враг унялся навеки, изгнанный и недобитый Враг.

Смерть витала повсюду, ибо нуменорцы, как и прежде, в своем древнем царстве, оттого и погубленном, чаяли земного бессмертия. Князья воздвигали гробницы пышней и роскошней дворцов; имена пращуров в истлевших свитках были слаще их уху, нежели имена сыновей. Бездетные государи восседали в древних чертогах, исчисляя свое родословие; в тайных покоях чахлые старцы смешивали таинственные эликсиры, всходили на высокие холодные башни и вопрошали звезды. У последнего князя в колене Анариона не было наследника.

Зато наместники оказались дальновиднее и удачливее. Мудро рассудив, они пополнили свои рати крепкими поморами и стойкими горцами Эред-Нимрайса. И примирились с горделивыми северянами, вечной грозою тамошних пределов, народом, исполненным неистовой отваги, нашими дальними родичами, в отличие от восточных дикарей и свирепых хородримцев.

И во дни Кириона, Двенадцатого Наместника (мой отец — двадцать шестой), они явились к нам на подмогу, и в жестокой битве на Келебранте наголову разгромили вторгшиеся с севера полчища наших врагов. Мы их зовем мустангримцами, коневодами-наездниками; им был дарован навечно дотоле пустынный степной край Клендархон, который стал с той поры называться Ристанией. А они учинились нашими верными союзниками, не раз приходили нам на выручку и взяли под охрану северные наши пределы и Врата Ристании.

У нас они переняли то, что пришлось им по нраву, их государи научаются нашему языку, однако большей частью они держатся обычая предков, верны живым преданиям и сохраняют свое северное наречие. Они нам полюбились — рослые мужи и стройные девы, равные отвагою, крепкие, золотоволосые и ясноглазые; в них нам видится юность рода человеческого, отблеск Предначальных Времен. Наши законоучители говорят, будто мы с ними принадлежим к одному древнему Клану, породившему нуменорцев; но они происходят не как мы, от Хадора Златовласого, Друга Эльфов, а от его сынов, которые не откликнулись на зов в начале Второй Эпохи и не уплыли за море в Нуменор.

А надо вам сказать, что от истоков своих род людской, согласно нашим священным преданиям, делится на три Клана: Вышний, Люди Западного Света, нуменорцы; Средний, Люди Сумерек, как мустангримцы и их сородичи, поныне обитающие на Севере; и Отступный, Люди Тьмы.

Ныне, однако, мустангримцы во многом уподобились нам: нравы их смягчились, и ремесла стали искусствами; мы же, напротив, сделались им подобны и Вышними больше именоваться не можем. Мы опустились в Средний Клан, мы теперь Люди Сумерек, сохранившие память иных времен. Ибо, как и мустангримцы, мы ценим превыше всего воинскую доблесть и любим бранную потеху, правда, и сейчас воину положено знать и уметь многое помимо ремесла убийцы; но все же воин, а не кто другой, у нас в особом почете. Да в наши дни иначе и быть не может. Таков и был брат мой Боромир: искусный и отважный военачальник, и высший почет стяжал он у нас в Гондоре. В доблести он не имел равных: давно уж в Минас-Тирите не было среди наследников престола столь закаленных, могучих и неустрашимых ратников. И впервые так громозвучно трубил Большой Рог.

Фарамир вздохнул и замолк.

— Почему-то у вас, сэр, об эльфах не было речи,— сказал Сэм, расхрабрившись. Он заметил, что Фарамир отзывается об эльфах очень почтительно, и это еще более, чем его учтивость, обходительность, вкусная трапеза и крепкое вино, расположило к нему Сэма и усыпило его подозрения.

— Поистине ты прав, господин Сэммиум,— сказал Фарамир,— но я немногое знаю об эльфах. Ты попал в точку: и в этом мы изменились не к лучшему, став из нуменорцев средиземцами. Как ты, быть может, знаешь, раз Митрандир был твоим спутником и тебе случалось беседовать с Элрондом, Эдайны, прародители нуменорцев, бились бок о бок с эльфами в первых войнах: за это и было им наградой царство посреди морей, вблизи Блаженного Края. Но когда в Средиземье пала тьма, людей развели с эльфами козни Врага, и с течением времени они расходились все дальше, шли разными путями. Ныне люди опасаются эльфов, не доверяют им, ничего о них толком не зная. И мы, гондорцы, не лучше других, подобны тем же ристанийцам: они, заклятые враги Черного Властелина, чураются эльфов и рассказывают про Золотой Лес страшные сказки.

Но все же есть среди нас и такие, кто с эльфами в дружбе, кто иной раз втайне пробирается в Лориэн; редко они оттуда возвращаются. Я не из них: я думаю, нынче гибельно для смертных водиться с Перворожденными. Однако я завидую тебе, что ты разговаривал с Белой Владычицей.

— Владычица Лориэна! Галадриэль! — воскликнул Сэм.— Эх, видели бы вы ее, сэр, ну глаз оторвать нельзя. Я-то простой хоббит, мое дело — садовничать, а выше головы, сэр, сами понимаете, не прыгнешь, и по части стихов я не очень — не сочинитель, ну там, знаете, иногда приходится, смешное что-нибудь, песенку или в этом роде, но настоящих стихов сочинять сроду не стану — словом, куда мне о ней рассказывать, тут петь надо, это вам нужен Бродяжник, ну Арагорн то есть, или старый господин Бильбо, те запросто могут. А все же таки хотелось бы и мне про нее сочинить песню. Ну и красивая же она, сэр! Не налюбуешься! То, знаете, она как стройное дерево в цвету, а то вроде беленького амариллиса, ветерком ее колышет. Кремень, да и только — и мягче лунного света. Теплее солнышка, а холодна — что мороз в звездную ночь! Гордая, величавая — чисто гора в снегу, а веселенькая, как девчонка в ромашковом венке. Ну вот, у меня, конечно, чепуха выходит, я все не о том.

— Да, видно, она и в самом деле прекрасна,— сказал Фарамир.— Гибельная это прелесть.

— Да я бы не сказал «гибельная»,— возразил Сэм.— По-моему, люди сами носят в себе свою гибель, приносят ее в Кветлориэн и удивляются — откуда, мол, взялась? Не иначе наколдовали! Ну как — может, и гибельная, сильная она уж очень. Об эту ее красоту — какая там прелесть! — можно расшибиться вдребезги, что твой корабль о скалу, или потонуть из-за нее, что хоббит в реке. Только ведь ни скала, ни река не виноваты, верно? Вот и Боро...— Он запнулся и покраснел.

— Да? «Вот и Боромир» — хотел ты сказать? — спросил Фарамир.— Договаривай! Он что, тоже принес с собой свою гибель?

— Да, сэр, уж вы извините, даром что витязь витязем, тут что и говорить! Но вы в обощем-то сами почти догадались. А я аж от Раздола следил за Боромиром в оба глаза — не то чтобы что-нибудь, а мне ж хозяина беречь надо,— и я вам так скажу: в Лориэне он увидел и понял то, что я уж давно раскумекал,— понял, чего он хочет. А он с первого же мига захотел Кольцо Врага!

— Сэм! — в ужасе воскликнул Фродо. Он пребывал в раздумье и очнулся слишком поздно.

— Батюшки! — вымолвил Сэм, побелев как стена и вспыхнув как мак.— Опять двадцать пять! «Ты бы хлебало ногой, что ли, затыкал»,— сколько раз говорил мне мой Жихарь, и дело говорил. Ах ты, морковка с помидорами, да что ж я натворил!

Послушайте меня, сэр! — обратился он к Фарамиру, призвав на помощь всю свою храбрость.— Вы не имеете права обидеть хозяина за то, что у него остолоп слуга. Вы красиво говорили, тем более про эльфов, а я и уши развесил. Но ведь, как говорится, из словес хоть кафтан крои. Вы вот себя на деле покажите.

— Да уж, придется показать,— очень тихо проговорил Фарамир со странной улыбкой.— Вот, значит, ответ сразу на все загадки! Кольцо Всевластья — то, что, как мнили, навсегда исчезло из Средиземья! Боромир пытался его отобрать — а вы спаслись бегством? Бежали, бежали и прибежали ко мне! Заброшенная страна, два невысоклика, войско под моим началом и под рукой — Кольцо из Колец! Так покажи себя на деле, Фарамир, воевода Гондора! Ха! — Он поднялся во весь рост, суровый и властный, серые глаза его блистали.

Фродо и Сэм вскочили со скамеек и стали рядом к стене, судорожно нащупывая рукояти мечей. В пещере вдруг сделалось тихо: все люди разом умолкли и удивленно глядели на них. Но Фарамир сел в кресло и тихонько рассмеялся, а потом вдруг заново помрачнел.

— Бедняга Боромир! Какое тяжкое испытание! — сказал он.— Сколько горя вы мне принесли, два странника из дальнего края, со своей погибельной ношей! Однако же я сужу о невысокликах вернее, чем вы о людях. Мы гондорцы, всегда говорим правду. И если даже похвастаем — а это случается редко,— то и тогда держим слово насмерть. «Я не подобрал бы этот талисман и на большой дороге» — таковы были мои слова. И если б я теперь возжаждал его — ведь я все же не знал, о чем говорил,— слова мои остались бы клятвой, а клятв нарушать нельзя.

Но я его не жажду. Может быть, потому, что знаю накрепко: от иной гибели нужно бежать без оглядки. Успокойтесь. А ты, Сэммиум, утешься. Хоть ты и проговорился, но это был голос судьбы. У тебя верное и вещее сердце, оно зорче твоих глаз. Оно тебя и на этот раз не подвело. Может быть, ты даже помог своему возлюбленному хозяину: я сделаю для него все, что в моих силах. Утешься же. Но впредь остерегись произносить это слово. Много и одной оговорки.

Хоббиты снова, присмирев, уселись на скамейки; люди вернулись к недопитым чаркам и продолжали беседу, решив, что их предводитель ненароком напугал малышей, но теперь все уладилось.

— Ну вот, Фродо, наконец мы стали друг другу понятней,— сказал Фарамир.— Коли ты нехотя взял это на себя, уступил просьбам, то прими мое почтительное сочувствие. И я дивлюсь тебе: ты ведь и не пытаешься прибегнуть к его силе. Вы для меня словно открываете неведомый мир. И все ваши сородичи таковы же? Должно быть, страна ваша живет в покое и довольстве, и садовники у вас в большом почете.

— Не все у нас хорошо,— сказал Фродо,— но садовники и правда в почете.

— Однако даже и в садах своих вы, наверно, иногда устаете — таков удел всякой твари под солнцем. А здесь вы вдали от дома, изнурены дорогой. На сегодня будет. Спите оба, и спите спокойно — лишь бы спалось. Не бойтесь! Я не хочу ни видеть, ни трогать его, не хочу знать о нем больше, чем знаю (этого с лишком хватит): не оказаться бы мне перед гибельным для всякого соблазном слабее Фродо, сына Дрого. Идите отдыхайте, но сперва скажите мне — все-таки скажите, куда вы идете и что замышляете. Ибо надо разведать, рассчитать и подумать, а время идет. Наутро мы разойдемся, каждый своим путем.

Страх отпустил Фродо, и он неудержимо дрожал. Потом усталость тяжко оцепенила его: ни упорствовать, ни выкручиваться он больше не мог.

— Я искал пути в Мордор,— еле выговорил он.— На Горгорот, к Огнистой горе — бросить его в Роковую Расселину. Так велел Гэндальф. Вряд ли я туда доберусь.

Фарамир взирал на него в несказанном изумленье. Потом, когда он покачнулся, бережно подхватил его, отнес на постель и тепло укрыл. Фродо уснул как убитый.

Рядом было постлано для слуги. Сэм немного подумал, потом низко поклонился.

— Доброй ночи, господин мой,— сказал он.— Вы показали себя на деле.

— Показал? — спросил Фарамир.

— Да, сударь, и, знаете, хорошо показали. Это уж так.

Фарамир улыбнулся.

— Для слуги ты смел на язык, господин Сэммиум. Нет, я шучу: хвала от того, кто сам ее достоин,— высшая награда. Но я недостоин хвалы, ибо не было у меня побужденья поступить иначе.

— Вот вы, помните, сказали моему хозяину, что он похож на эльфа: оно и верно, и правильно. А я вам скажу, что вы как-то похожи на...— Сэм запнулся,— да пожалуй, на мага, на Гэндальфа.

— Вот как,— сказал Фарамир.— Может быть, сказывается нуменорская кровь. Доброй ночи!

Глава VI

ЗАПРЕТНЫЙ ПРУД

Фродо открыл глаза, увидел склоненного над ним Фарамира и отпрянул в испуге.

— Не надо пугаться,— сказал Фарамир.

— А что, уже утро? — зевнув, спросил Фродо.

— Еще не утро, однако ночь на исходе. Нынче полнолуние: хочешь пойти посмотреть? И кое о чем мне нужно с тобой посоветоваться. Очень не хотелось тебя будить; пойдешь?

— Пойду,— сказал Фродо, вылезая из-под одеяла и наброшенных шкур и поеживаясь: в нетопленой пещере застоялся холод. Тишину оглашал водопад. Он надел плащ и последовал за Фарамиром.

Сэм проснулся, будто его толкнули, увидел пустую постель хозяина и вскочил на ноги. В беловатом проеме сводчатой арки мелькнули две темные фигуры, высокая и низенькая. Он поспешил за ними вдоль вереницы спящих — на тюфяках, у стены Мерцающая занавесь струилась шелковистым, жемчужно-серебряным пологом, капелью лунного света. Любоваться было некогда: он юркнул вслед за хозяином в боковой проход.

За проходом начались и никак не кончались сырые скользкие ступеньки; наконец они поднялись на дно глубокого каменного колодца, и вверху засветился бледный клочок небес. Отсюда вели две лестницы: одна прямо, должно быть на высокий берег реки, другая влево. На нее и свернули; она вилась, словно башенная.

Вынырнули из темноты на плоскую вершину утеса, просторную неогражденную площадку. Справа низвергался поток, плеща по уступам и обрушиваясь с отвеса, клокотал, и пенился прямо у них под ногами и убегал гладко вытесанным отводным руслом за гребень по левую руку от них: с востока на запад. На гребне, возле обрыва неподвижно стоял часовой и смотрел вниз.

Фродо поглядел, как пляшут и сплетаются масляно-черные струи, потом обвел глазами дали. Охладелая земля замерла в ожиданье рассвета. На западе опускалась круглая белая луна. Широкую долину заволокли туманы; под их густой осеребренной пеленой катил темные воды Андуин. За ним вставала чернота, пронизанная острыми, призрачно-светлыми зубьями Эред-Нимрайса, снеговых Белых гор княжества Гондор.

Фродо стоял, смотрел, и его пробирала дрожь: он думал, где затерялись в бескрайних ночных просторах его былые спутники. Идут они, спят или туман пеленает их оцепеневшие тела? Как хорошо было спать и не помнить, зачем его сюда привели.

Сэм этого тоже не мог понять и пробормотал наконец лишь для хозяйских ушей:

— Зрелище, сударь, на зависть, слов нет, да вот немного зябко, как бы не окочуриться!

Но услышал его не Фродо, а Фарамир.

— Луна заходит над Гондором,— сказал он.— Прекрасная Итил, покидая Средиземье, ласкает прощальным взором седовласый Миндоллуин. Не жаль и озябнуть немного. Но я не затем вас сюда привел, хотя тебя-то, Сэммиум, я вовсе и не звал, ты расплачиваешься за свою неусыпную бдительность. Ничего, глотнешь вина — согреешься. Пойдемте, я вам кое-что покажу!

Он подошел к безмолвному часовому над черным обрывом, и Фродо не отстал от него, а Сэм поплелся за ними. Ему было сильно не по себе на этой высокой скользкой скале. Фарамир указал Фродо вниз. Из пенистого озера поток устремлялся к скалам, заполнял глубокий овальный водоем, покрутившись там, находил узкий сток и с ропотом, пенясь, убегал вниз, на отлогий склон. Луна косо освещала подножие водопада; поблескивал бурливый водоем. Вскоре Фродо увидел на его ближнем краю черную фигурку, но она тут же, точно почуяв взгляд, нырнула и исчезла в клубящейся темной воде, рассекая ее, как стрела или брошенный плашмя камушек.

Фарамир повернулся к часовому.

— Теперь что скажешь, Анборн? Белка или, может, зимородок? Как там, на озерах Лихолесья, черные зимородки водятся?

— Кто это ни есть, только не птица,— отвечал Анборн.— О четырех конечностях и ныряет по-людски, да надо сказать, **очень** сноровисто. Чего ему там надо? Ищет лазейку к нам под **Занавесь**? Похоже, они до нас добираются. У меня с собой лук, и я расставил еще четверых вокруг пруда, стреляют немногим хуже меня. Как прикажешь, сразу подстрелим.

— Стрелять? — спросил Фарамир, быстро обернувшись к Фродо. Фродо помешкал. Потом сказал:

— Нет. Нет! Очень прошу, не стреляйте в него!

Сэм не решился, а надо бы сказать «да», поскорее и погромче. Ему было ничего не видно из-за спин, но он сразу догадался, о ком речь.

— Так ты, стало быть, знаешь, что это за тварь? — спросил Фарамир.— Тогда скажи, почему надо его пощадить. Ты о нем почему-то ни разу даже не упомянул, о своем заблудшем спутнике, и я решил не допытываться, лишь велел его поймать и привести. Послал своих лучших охотников, но он и их провел и вот только сейчас объявился; один Анборн видел его в сумеречный час. Теперь на нем вина потяжелее: что там ловля кроликов на угорье! Он посмел проникнуть в Хеннет-Аннун — за это платят жизнью. Дивлюсь я ему: такой ловкач и хитрец, а резвится в пруду под самым нашим Окном. Может быть, он думает, что люди ночью спят и ничего не видят? С чего это он так оплошал?

— На этот вопрос целых два ответа,— сказал Фродо.— Во-первых, с людьми он мало знаком, и какой он ни хитрец, а прибежище ваше так укрыто, что он о нем ведать не ведает. Во-вторых, я думаю, что его сюда неодолимо влечет и он потерял голову.

— Влечет, говоришь ты? — переспросил Фарамир вполголоса.— Уж он не догадался ли о твоей тяжкой ноше?

— Он знает о ней. Он сам таскал ее много лет.

— *Он* таскал? — У Фарамира от изумленья дух перехватило.— А я-то думал, все загадки позади. Так он за ним охотится?

— Не теряет из виду. Оно у него зовется «Прелесть». Но сейчас не оно влечет его.

— Чего же ему надо?

— Рыбы,— сказал Фродо.— Смотри!

Они глядели вниз на темный пруд. Черная голова вынырнула в дальнем конце, в тени скал. Блеснуло серебро, пробежала мелкая рябь, и на диво проворная лягушачья фигурка выпрыгнула из воды на берег, уселась и впилась зубами во что-то серебристое, снова блеснувшее в последних лунных лучах: луна скрылась за утесом с другой стороны пруда.

Фарамир тихо рассмеялся.

— Рыбы! — сказал он.— Ну, это не столь гибельно. Хотя как сказать: рыбка из пруда Хеннет-Аннуна обойдется ему очень дорого.

— Я прицелился,— сказал Анборн.— Стрелять или нет? Незваным гостям у нас одна кара — смерть.

— Погоди, Анборн,— сказал Фарамир.— На этот раз все не так просто. Что скажешь, Фродо? Почему его щадить?

— Это жалкая, изголодавшаяся тварь,— сказал Фродо.— Он не знает, что ему грозит. И Гэндальф, ваш Митрандир, наверняка просил бы уже поэтому не убивать его, а есть и другие причины. Эльфам он запретил его убивать: я точно не знаю почему, а о догадках своих лучше промолчу. Однако же тварь эта имеет касательство к тому, что мне поручено. Прежде чем ты нас нашел, он был моим провожатым.

— Провожатым! — повторил Фарамир.— Диковинные дела. Я готов на многое для тебя, Фродо, но это, пожалуй, слишком: отпустить поганого хитреца как ни в чем не бывало, чтобы он опять к вам пристал, коль того пожелает, или попался оркам, которые вывернут его наизнанку? Нет, его надо убить или хотя бы изловить. Изловить немедля или убить. Но кто угонится за этим скользким оборотнем, кроме пернатой стрелы?

— Давай я тихонько спущусь к нему,— сказал Фродо.— Держите луки наготове: если я его упущу, подстрелите меня. Я не убегу.

— Ступай, да поскорей! — сказал Фарамир.— Если повезет ему остаться в живых, то по гроб жизни он обязан быть твоим верным слугой. Проведи Фродо на берег, Анборн, только поосторожнее: у него что чутье, что слух. Дай мне твой лук.

Анборн что-то проворчал под нос и повел Фродо вниз по винтовой лестнице до площадки, оттуда вверх другой лестницей, и наконец они выбрались из узкой расщелины, укрытой за кустами. Фродо оказался на высоком южном берегу пруда. Стало темно, лишь водопад серел в меркнущих лунных отсветах. Горлума видно не было. Фродо сделал несколько шагов; за ним неслышно следовал Анборн.

— Иди! — выдохнул он в ухо Фродо.— Справа круча.
Если свалишься в пруд, выручать тебя будет некому, кроме
твоего дружка-рыболова. И не вздумай удрать, не забудь,
что рядом лучники, хоть их тебе и не видно.

Фродо пополз вперед по-горлумски, на карачках, ощупывая каждую пядь. Каменная тропа была ровная и гладкая, но очень скользкая. Он застыл и прислушался; сперва
был слышен только шум водопада позади, потом он различил совсем недалеко сиплое бормотанье.

— Рыбка, сславненькая рыбка. Белая Морда убралась,
прелесть моя, наконец-то убралась, да-ссс. Можно скушенькать рыбку сспокойно, нет, не спокойно, прелессть.
Нашу Прелессть унесли, да, унессли. Гадкие хоббиты,
пасскудные хоббиты. Бросили насс, *горлум;* и Прелесть
унессли. Осстался один бедненький Смеагорл. Прелести
нет. Мерзкие люди, хотят украсть мою Прелесть. Ненавистные воры! Рыбка, вкусненькая рыбка. Мы подкрепимся, сстанем сильнее всех. Зоркие глазки, сильные цепкие
пальчики, да-ссс. Мы их передушим, прелесть. Мы их всех
передушим, мы изловчимся. Вкусненькая рыбка. Славненькая рыбка!

И так оно продолжалось почти без умолку, как шум
водопада; на придачу слышалось чавканье, хлюпанье и
урчанье. Фродо вздрагивал от жалости и омерзения. Хоть
бы он замолк, хоть бы никогда больше не слышать этого
голоса. Анборн за пять-десять шагов. Можно отползти
и сказать ему — пусть стреляют. Они, наверно, совсем
близко подобрались, пока Горлум обжирается. Одна меткая стрела, и Фродо больше никогда не услышит этого
мерзостного голоса. Но нет, нельзя, Горлум вправе на него
полагаться. Слуга вправе полагаться на хозяина, на его
заступничество. Без Горлума они бы утонули в Мертвецких
Болотах. И Фродо чутьем знал, что Гэндальф не допустил
бы убийства.

— Смеагорл! — тихо позвал он.

— Рыбка, вкусненькая рыбка,— сипел голос.

— Смеагорл! — сказал он погромче.

Голос смолк.

— Смеагорл, хозяин ищет тебя. Хозяин пришел. Иди
сюда, Смеагорл!

Ответа не было, лишь тихий присвист, точно воздух
втянули сквозь зубы.

— Иди сюда, Смеагорл! — повторил Фродо.— Тут
опасно. Люди убьют тебя, если найдут. Иди скорее, если
хочешь остаться в живых. Иди к хозяину!

— Нет! — сказал голос.— Злой хозяин. Оставил бедненького Смеагорла и завел себе новых друзей. Пусть хозяин подождет. Смеагорл не успел покушенькать.

— У нас нет времени,— сказал Фродо.— Возьми с собой рыбу. Иди сюда!

— Нет! Сначала Смеагорл съест рыбку!

— Смеагорл! — позвал Фродо, отчаиваясь.— Прелесть рассердится. Я возьму в руку Прелесть и скажу: пусть Смеагорл подавится костями. И никогда больше не отведает рыбки. Иди, Прелесть ждет!

Зашипев по-змеиному, Горлум выскочил из темноты на четвереньках, словно пес к ноге. В зубах у него была полусъеденная рыбина, в руке другая, целая. Он приблизился к Фродо вплотную и обнюхал его с бледным огнем в глазах. Потом вытащил рыбину изо рта и выпрямился.

— Добренький хозяин! — прошептал он.— Славненький хоббит, вернулся к бедненькому Смеагорлу. Послушненького Смеагорла позвали, и он сразу пришел. Пойдем, пойдем скорее, да-ссс. Деревьями, лесом, пока Морды спрятались. Да, да, пойдем скорее!

— Да, мы скоро пойдем,— сказал Фродо.— Но еще не сейчас. Я пойду с тобой, как обещал. И снова обещаю. Но не сейчас. Сейчас опасно. Я спасу тебя, но ты мне должен верить.

— Верить хозяину, зачем? — насторожился Горлум.— Зачем не сразу идти? Куда подевался другой, скверный, грубый хоббит? Где он спрятался?

— Там, наверху,— сказал Фродо, махнув рукой в сторону водопада.— Я без него не пойду. Пошли, надо к нему вернуться.— Ему было тошно. Слишком похоже на обман. Едва ли, конечно, Фарамир велит убить Горлума, но связать, разумеется, свяжет: и, уж конечно, это будет предательством в глазах несчастного, завзятого предателя. Как ему потом объяснишь, разве он поверит, что Фродо спас ему жизнь и иначе спасти ее не мог? Как тут быть? Невозможно угодить и нашим, и вашим, а все ж таки надо попытаться.— Идем! — сказал он.— А то Прелесть рассердится. Мы вернемся вверх по реке. Пойдем, пойдем, иди вперед!

Горлум пополз по краю пруда, недоверчиво принюхиваясь, остановился и поднял голову.

— Здесь кто-то есть! — шепнул он.— Не хоббит, нет.— И вдруг отпрянул назад. Выпученные глаза его зажглись зеленым огнем.— Хозяин, хозяин! — засипел он.— Злой! Скверный! Ненавистный изменник!

Он заплевался; хваткие длинные белые пальцы метнулись к горлу Фродо.

Но позади выросла большая темная фигура Анборна; крепкая рука обхватила загривок Горлума и пригвоздила его к земле. Он чуть не вывернулся: мокрый, юркий и скользкий, как угорь, кусачий и царапучий, как кот. Но из темноты появились еще два человека.

— А ну, смирно! — сказал один из них.— Сейчас так истыкаем стрелами — за ежа сойдешь. Смирно, говорю!

Горлум обмяк, заскулил и захныкал. Его связали туго-натуго.

— Осторожнее же! — сказал Фродо.— Силу-то соразмеряйте, не делайте ему больно, пожалуйста, и он присмиреет. Смеагорл! Они не обидят тебя. Я пойду с тобой, и все будет хорошо, жизнью своей ручаюсь. Верь хозяину!

Горлум обернулся и плюнул в него. Воины нахлобучили ему мешок на голову, подняли и понесли.

Фродо шел за ними, расстроенный и угнетенный. Пролезли в расщелину и но длинным лестницам и переходам возвратились в пещеру. Пылали два-три факела. Воины шевелились во сне. Сэм был уже там; он недобрым взглядом посмотрел на мяклый сверток.

— Попался голубчик? — спросил он у Фродо.

— Да. Нет, его не ловили: я его подманил, а он мне поверил на слово. Я просил его так не связывать. Надеюсь, он цел остался, но мне тошно и стыдно.

— Мне тоже,— угрюмо вздохнул Сэм.— С этой мразью пакости не оберешься.

Воин жестом пригласил их в закуток. Фарамир сидел в кресле; в нише над его головой снова зажгли лампаду. Он указал хоббитам на скамейки.

— Принесите вина гостям,— велел он.— И давайте сюда пленника.

Вино принесли; потом Анборн притащил Горлума. Он сдернул мешок с его головы и поставил его на ноги, а сам встал сзади — придерживать. Горлум подслеповато моргал, пряча злобищу за набрякшими веками. Выглядел он жалко донельзя: с него стекала вода, от него воняло рыбой (одну рыбину он сжимал в руке), жидкие космы облепили костистый лоб, точно водоросли; под носом висели сопли.

— Развяжите нас! Развяжите насс — молил он.— Нам болестно, болестно от гадкой веревки, мы ничего плохого не сделали!

— Ничего? — спросил Фарамир, пристально разглядывая омерзительную тварь; в лице его не было ни гнева, ни жалости, ни удивления.— Так-таки ничего? Ты ничем не заслужил ни такого обращения, ни более тяжкой кары? Ну, об этом, по счастью, не мне судить. Этой ночью, однако, ты заслужил смерть, ибо ценою жизни ловится рыбка в нашем пруду.

Горлум выронил рыбину.

— Мы не хотим рыбки,— сказал он.

— Да не в рыбке дело,— сказал Фарамир.— Смерти повинен всякий, кто издали посмотрит на пруд. Я пощадил тебя пока лишь потому, что за тебя просил Фродо: он говорит, будто чем-то тебе обязан. Но решаю здесь я. И мне ты скажешь, как тебя зовут, откуда ты взялся, куда идешь и какое твое занятие.

— Мы сгинули, нас нет,— простонал Горлум.— Нас никак не зовут, нету у нас занятия, нет Прелессти, нет ничего. Все пусто. И пустой живот: мы голодные, да, мы голодные. Две мерзкие рыбки, костлявые, гадкие рыбки, и нам говорят: ссмерть. Столько в них мудрости, столько справедливости!

— Мудрости, пожалуй, немного,— сказал Фарамир.— Но поступим по справедливости, как велит нам наша малая мудрость. Освободи его, Фродо.

Фарамир извлек кинжальчик из ножон у пояса и протянул его Фродо. Горлум завизжал в смертельном ужасе и шлепнулся на пол.

— Ну же, Смеагорл! — сказал Фродо.— Ты должен верить мне. Я тебя не оставлю. Отвечай, если можешь, по всей правде. Увидишь, плохо не будет.

Он разрезал тугие путы на кистях и лодыжках Горлума и поднял его стоймя.

— Подойди! — приказал Фарамир.— Смотри мне в глаза! Ты знаешь, как называется это место? Ты бывал здесь прежде?

Горлум медленно, нехотя поднял тусклые глаза и встретил ясный и твердый взгляд воина Гондора. Стояло молчание; потом Горлум уронил голову и осел на карачки, мелко дрожа.

— Мы не знаем, как называется, и знать не хотим,— проскулил он.— Никогда мы здесь не были; никогда сюда не возвратимся.

— В душе у тебя сплошь запертые двери и наглухо закрытые окна, и черно там, как в подвале,— сказал Фарамир.— Но сейчас, я вижу, ты говоришь правду. Тем лучше для тебя. Какой же клятвой поклянешься ты никогда сюда не возвращаться и ни словом, ни знаком не выдать разведанный путь?

— Хозяин знает какой,— сказал Горлум, покосившись на Фродо.— Да, он знает. Мы поклянемся хозяину, если он нас спасет. Мы поклянемся Ею, да-ссс.— Он извивался у ног Фродо.— Спаси нас, добренький хозяин! — хныкал он.— Смеагорл поклянется Прелестью, принесет страшную клятву. Он не возвратится, он ни за что никому не выдаст, нет, никогда! Нет, прелесть, ни за что!

— Ты ему веришь? — спросил Фрамир.

— Да,— сказал Фродо.— И тебе придется либо поверить, либо исполнить закон вашей страны. Большего ты не дождешься. Но я обещал, что если он подойдет ко мне, то останется жив, и обманывать мне не прстало.

Фарамир посидел в раздумье.

— Хорошо,— сказал он наконец.— Препоручаю тебя твоему хозяину Фродо, сыну Дрого. Пусть он объявит, как поступит с тобой!

— Однако же, государь,— сказал Фродо, поклонившись,— ты сам еще не объявил свое решение касательно поименованного Фродо, и, пока оно неизвестно, оный хоббит не может ни строить планы, ни распоряжаться судьбою спутников. Твой приговор был отложен на завтра; и вот завтра настало.

— Что ж, изрекаю свой приговор,— сказал Фарамир.— Итак, Фродо, властию, дарованной мне, объявляю, что ты волен пребывать в древних пределах Гондора где тебе заблагорассудится, и лишь в сие место не изволь являться, не быв зван, ни один, ниже с кем бы то ни было. Приговор сей действителен отныне год и один день, а затем теряет силу свою, буде ты не явишься до истеченья указанного срока в Минас-Тирит и не предстанешь пред очи Наместника и Градоправителя. А явишься — я испрошу его дозволения продлить право твое пожизненно. Покамест же всякий, кого ты примешь на поруки, тем самым принимается под мою заступу, под щит Гондора. Удовлетворен ли ты?

Фродо низко поклонился.

— Удовлетворен,— сказал он.— И прошу считать меня преданным слугою, если преданность моя имеет достоинство в глазах высокого правителя.

— Имеет, и немалое,— сказал Фарамир.— Итак, берешь ли ты ответчика Смеагорла на поруки?

— Беру на поруки ответчика Смеагорла,— произнес Фродо.

Сэм шумно вздохнул, но не по поводу избыточных

церемоний,— нет, он, как истый хоббит, всецело их одобрял и лишь сожалел, что поклонов и словес было маловато, в Хоббитании за месяц бы не управились.

— Помни же,— сказал Фарамир, обращаясь к Горлуму,— что тебе вынесен смертный приговор, но, пока ты состоишь при Фродо, от нас тебе ничего не грозит. Однако, встретив тебя без него, любой гондорец немедля приведет приговор в исполнение. И да постигнет тебя скорая и злая смерть, будь то в Гондоре или за его пределами, если ты обманешь доверие хозяина. Теперь отвечай мне: куда вы идете? Он говорит, что ты был его провожатым. Куда же ты вел его?

Горлум не отвечал.

— Отмолчаться не удастся,— сказал Фарамир.— Отвечай или приговор мой станет жестче!

Но Горлум и тут не ответил.

— Я отвечу за него,— сказал Фродо.— Он привел нас, как я просил, к Черным Воротам; но Ворота были заперты.

— Отпертых ворот в этой стране нет,— сказал Фарамир.

— Увидев это, мы свернули в сторону и пошли южной дорогой,— продолжал Фродо,— ибо он сказал, что там есть или может отыскаться тропа близ Минас-Итила.

— Минас-Моргула,— поправил Фарамир.

— В точности я не понял,— сказал Фродо,— но, кажется, к северу от старой крепости уходит высоко в горы тропка, ведет к темному переходу, а с той стороны из расщелины вниз на равнину... и так далее.

— А ты знаешь, как называется этот темный переход? — спросил Фарамир.

— Нет,— сказал Фродо.

— Он называется Кирит-Унгол.

Горлум с присвистом втянул воздух и забормотал себе под нос.

— Так или не так? — обратился к нему Фарамир.

— Нет! — отрезал Горлум и вдруг завопил, точно его ткнули кинжалом: — Да, да, мы сслышали это название: зачем нам его знать? Хозяин сказал, ему нужно пройти, и, раз проход есть, мы постараемся. Больше нигде пройти нельзя, нет.

— Больше нигде? — спросил Фарамир.— А ты откуда знаешь? Никто не обходил рубежи черного государства.— Он долго и задумчиво смотрел на Горлума и наконец сказал: — Забери его отсюда, Анборн. Помягче с ним, но глаз не спускай. А ты, Смеагорл, не вздумай нырнуть в озеро: там очень острые скалы и смерть постигнет тебя раньше времени. Уходи и возьми свою рыбину!

Горлум приниженно потащился к выходу; Анборн пошел следом, по знаку Фарамира задернув занавеску.

— Фродо, по-моему, ты поступаешь безрассудно,— сказал Фарамир.— По-моему, не надо тебе с ним идти. Порченая это тварь.

— Ну, не совсем порченая,— возразил Фродо.

— Может быть, и не совсем,— согласился Фарамир,— но злоба изгрызла его насквозь. Он вас до добра не доведет. Расстанься с ним, я дам ему пропуск, а лучше провожатого до любого пограничья Гондора.

— Он не согласится,— сказал Фродо.— Он потащится за мной, как уж давно таскается. И я подтвердил обещание взять его на поруки и пойти, куда он сказал. Ты ведь не хочешь склонить меня к вероломству?

— Нет,— сказал Фарамир.— Но у меня сердце не на месте. Конечно, одно дело — нарушить слово самому, другое — советовать это другу, который вслепую бредет по краю пропасти. Ну да если он все равно за тобой увяжется, то лучше уж пусть будет на глазах. Однако ж не думаю, что ты должен идти с ним через Кирит-Унгол, о котором он говорит далеко не все, что знает: это яснее ясного. Не ходи через Кирит-Унгол!

— А куда мне идти? — сказал Фродо.— Назад к Черным Воротам, сдаваться стражникам? Почему тебя так пугает название, что ты знаешь об этом переходе?

— Ничего достоверного,— сказал Фарамир.— В наши дни гондорцы не заходят восточнее большака, а уж мы, кто помоложе, и подавно там не были и близко не подходили к Изгарным горам. Старинные слухи да древние сказания — больше положиться не на что. Но в памяти людской переход над Минас-Моргулом таит безымянный ужас. Когда говорят «Кирит-Унгол», наши старцы и знатоки преданий бледнеют и смолкают.

Долину Минас-Моргула мы потеряли давным-давно, и чудовищной стала она, еще когда изгнанный Враг не возвратился, а Итилия большей частью пребывала под нашей державой. Как ты знаешь, там некогда высилась могучая, дивная, горделивая крепость Минас-Итил, сестра-близнец нынешней столицы. Но ее захватили шайки бесчисленных головорезов, прежних наймитов Врага, которые разбойничали в тех краях после его низвержения. Говорят, их предводителями были нуменорцы, порабощенные злом, владетели властительных Колец, пожранные ими и превратившиеся в живые призраки, жуткие и лютые. Они сделали Минас-Итил своим обиталищем и объяли тленом ее и окрестную долину. Казалось, крепость пуста, но это лишь казалось, ибо нежить царила в разрушенных стенах: Девять Кольценосцев, которые по возвращении их Владыки, тайно приуготованном, безмерно усилились, и Девять Всадников выехали из обители ужаса, и мы не смогли им противостоять. Не подходи к их полой твердыне. Тебя выследят: неживые не спят и не гаснут их безглазые глазницы. Не ходи этим путем!

— А каким прикажешь идти? — спросил Фродо.— Ты же не можешь, сам говоришь, довести меня до гор и перевести через них. Мне нужно за горы, я дал на Совете торжественное обещание найти туда путь или погибнуть. А если я убоюсь страшной участи и пойду на попятный, куда я направлюсь? К эльфам? К людям? Не в Гондор же нести залог лиходейства, ополоумивший твоего брата? Какие чары опутают тогда Минас-Тирит? Хочешь, чтобы два Минас-Моргула, как два черепа, скалились друг на друга через мертвенную пустыню?

— Нет, этого я не хочу,— сказал Фарамир.

— А что тогда прикажешь мне делать?

— Не знаю. Только мучительна мне мысль, что ты идешь на смерть или на пытку. И вряд ли Митрандир избрал бы этот путь.

— Но Митрандира нет, и я должен сам избирать путь, какой найдется. А искать некогда.

— Роковое решение и безнадежная затея,— сказал Фарамир.— Но послушай меня хоть в этом: берегись своего провожатого, Смеагорла. У него на совести не одно убийство: я это вижу как на ладони.— Он вздохнул.— Ну что ж, вот мы и расстаемся, Фродо, сын Дрого. Тебе ни к чему слова утешенья, и едва ли суждено нам с тобой свидеться на земле. Будь благословен — и ты, и весь твой народ. Немного отдохни, пока вам соберут в дорогу припасов.

Охотно послушал бы я, как этот ползучий Смеагорл завладел тем залогом, о котором шла речь, и как он утратил его, но сейчас тебе не до рассказов. А если ты все же вернешься к живым из смертного мрака, то мы сядем с тобою на солнце у белой стены, будем с улыбкой повествовать о минувших невзгодах — тогда расскажешь и об этом. Но до той несбыточной поры или до иных, нездешних времен, незримых даже в глубине всевидящих Камней Нуменора,— прощай!

Он встал, низко поклонился Фродо и, отдернув занавес, вышел в пещеру.

Глава VII

К РАЗВИЛКУ ДОРОГ

Фродо и Сэм вернулись на свои постели и долеживали молча, а люди кругом вставали и возвращались к дневным заботам. Вскоре им принесли умыться, потом проводили к столику, накрытому на троих, где уже сидел Фарамир. Он целые сутки не спал, даже не прилег отдохнуть после битвы, но словно бы и не утомился.

Позавтракали и сразу поднялись из-за стола.

— Голодать в пути не след,— сказал Фарамир,— а припас ваш скудный, и я велел уложить вам в котомки понемногу дорожной снеди. Водой Итилия богата, только не пейте из рек и ручьев, протекающих через Имлад-Моргул, Неживую Логовину. И вот еще что: мои разведчики и дозорные все возвратились, даже те, кто ходил к Мораннону. И все доносят, что край пуст — никого на дорогах, нигде ни звука: ни шагов, ни рога, ни тетивы. Черная страна, да не будет она названа, замерла. Понятно, что́ это предвещает: вот-вот грянет великая буря. Поторопитесь! Если вы готовы, пойдемте, скоро уж солнце выглянет из-за вечной тени Изгарных гор.

Хоббитам принесли потяжелевшие котомки и два крепких посоха: полированные, с железным наконечником и резной рукоятью с продернутой ременной косицей.

— Мне нечем одарить вас на прощанье,— сказал Фарамир,— возьмите хоть посохи. Пригодятся и на бездорожье, и в горах: с такими ходят горцы Эред-Нимрайса, а эти обрезаны вам по росту и заново подбиты. Они из добротной древесины *лебетрона,* излюбленной гондорскими столярами, и есть поверье, будто волшебное это дерево помогает найти, что ищешь, и благополучно вернуться. Да сохранит волшебство свою светлую силу в сумраке зла!

Хоббиты низко поклонились.

— О радушный хозяин,— сказал Фродо,— мне предрекал Полуэльф Элронд, что на пути мы встретим нежданных и негаданных помощников. Но поистине я не ждал и не чаял встретить такое радушие; оно несказанно утешило меня в моей скорби.

Приготовились к отходу. В каком-то закоулке отыскали и привели Горлума, и он был не такой разнесчастный, как давеча, только жался к Фродо и избегал взгляда Фарамира.

— Вашему проводнику мы завяжем глаза,— сказал Фарамир,— но ты и слуга твой Сэммиум свободны от этой повинности.

Когда подошли к Горлуму с повязкой, он завизжал, увернулся и схватился за Фродо, а тот сказал:

— Завяжите глаза всем троим, мне первому; может, он тогда поймет, что его не хотят обидеть.

Так и сделали; из пещеры Хеннет-Аннуна провели их переходами и лестницами, и в лицо им пахнул свежий, душистый утренний воздух. Еще немного прошли вслепую, спустились под гору, и голос Фарамира приказал снять повязки.

Над их головой покачивались ветви, перешептывалась листва; рокот водопадов смолк, они остались за длинным южным склоном холма, отделившим их от реки. На западе лес сквозил, как над обрывом на краю света.

— Здесь нам расходиться,— сказал Фарамир.— Послушайтесь меня и пока не сворачивайте к востоку. Ступайте прямо: много миль пройдете под покровом леса. Справа за опушкой спуск в широкую долину, местами обрывистый, местами пологий. Держитесь у края леса, поближе к этим склонам. Поначалу, я думаю, вам и дневной свет не помеха: земля объята ложным покоем и зло затаилось. Воспользуйтесь этим!

Он обнял хоббитов, по гондорскому прощальному обыкновению положил им руки на плечи и, склонившись, поцеловал в лоб.

— Ступайте же, и добро да будет вашей обороной! — сказал он.

Они поклонились земным поклоном. Он, не оборачиваясь, пошел к дружинникам, дожидавшимся поодаль. Во мгновение ока все три зеленых воина исчезли, затерялись в лесу, и пусто было там, где сейчас только стоял Фарамир, словно все, что случилось, было во сне.

Фродо вздохнул и повернулся лицом к югу. Для пущего неуважения Горлум копошился во мху под корневищем.

— Убрались наконец-то? — спросил Горлум.— Мерзкие, злые людишки! У Смеагорла шеинька еще болит, да, да-ссс. Пойдем сскорее!

— Да, пошли,— сказал Фродо.— Но чем бранить тех, кто сжалился над тобой, лучше бы помолчал!

— Добренький хозяин! — сказал Горлум.— Нельзя уж и пошутить Смеагорлу. Он всех всегда сразу прощает, да-да, и хозяину простил его обманцы. Такой добренький хозяин, такой послушненький Смеагорл!

Фродо и Сэм смолчали, вскинули за плечи котомки, взяли посохи и двинулись в путь по итильскому лесу.

Дважды за день они отдохнули и поели Фарамировой снеди: сухих фруктов и солонины — запас многодневный, а хлеба ровно столько, чтоб не зачерствел. Горлум от еды отказался.

Солнце взошло, невидимкой проплыло по небесам и вот уж садилось, расструив золотистый свет по западной окраине леса, а они все шли и шли в прохладном зеленом сумраке, в глухой тишине. Все птицы либо улетели, либо онемели.

В молчаливом лесу быстро смерклось, и они заночевали, притомившись: семь лиг, не меньше, прошли от Хеннет-Аннуна. Фродо разлегся на мшистой подстилке возле старого дерева и спал всю ночь без просыпу, зато Сэм рядом с ним то и дело поднимал голову, но Горлума было не видать — он как улизнул сразу, так и не показывался: может, забился в какую дыру, а может, живоглотничал; вернулся он с первым лучом и разбудил спутников.

— Вставать надо, вставать! — сказал он.— Еще далеко идти, на юг и потом на восток. Хоббитам лучше поспешить!

День прошел, как и накануне, только безмолвие углублялось; воздух отяжелел, и парило под деревьями. Казалось, вот-вот зарокочет гром. Горлум останавливался, принюхивался, бормотал под нос и торопил их.

На третьем дневном переходе, уже под вечер, лес поредел, деревья покрупнели. Среди полян угрюмо и важно раскинули ветви огромные падубы, между ними высились дряхлые лишаистые ясени, могучие дубы пустили буро-зеленую поросль. В траве на прогалинах пестрели цветочки ветреницы и чистотела, белые и голубые, свернувшиеся на ночь; из заплесневелых россыпей листвы лесных гиацинтов пробивались глянцевитые молодые ростки. Нигде ни зверя, ни птицы, но Горлум испугался открытых мест, и они, пригибаясь, перебегали из тени в тень.

Уже в полумраке вышли они на опушку и уселись под старым шишковатым дубом, чьи змеистые корни торчали над сыпучим обрывом. Перед ними расстилалась тусклая глубокая долина; на дальней ее стороне снова густел и тянулся на юг серо-голубой лес в дымчатом полумраке. Справа, далеко на западе, розовели в закатных огнях кряжи Белогорья. Слева застыла тьма: там возвышались утесистые стены Мордора, и туда, сужаясь от Великой Реки, вклинивалась долина. По дну ее бежал поток, и его ледяной голос нарушал глухое безмолвие; подле него беловатой лентой вилась дорога, теряясь в исчерна-серой мгле, не тронутой ни отблеском заката. Фродо почудилось, будто он различает у берега Андуина как бы на плаву в тумане верхушки и шпили высоких разрушенных башен. Он обернулся к Горлуму.

— Ты знаешь, где мы сейчас?

— Да, хозяин. Это опасные места. Дорога от Лунной Башни к развалинам города на берегу реки. Мерзкие развалины, там полным-полно врагов. Не надо было слушать людей. Хоббиты далеко отошли от тропы. Сейчас нужно идти на восток, туда, наверх,— он махнул жилистой рукой в сторону мрачных гор.— А по дороге идти нельзя, нет-нет! Ее посылают стеречь страшных людей из Башни.

Фродо поглядел на дорогу. Она, безлюдная и пустынная, вела в туман, к заброшенным руинам. Но было зловещее чувство, будто по ней и в самом деле проходят существа, незримые глазу. Фродо, зябко передернувшись, снова взглянул на дальние шпили, тонувшие в сумерках, и словно заново услышал леденящий плеск реки, голос Моргулдуина, отравленного потока из логовины призраков.

— Как же нам быть? — сказал он.— Шли мы долго, прошли много. Может быть, пока не будем выходить из леса, спрячемся где-нибудь и переночуем?

— Незачем прятаться в темноте,— сказал Горлум.— Днем пусть прячутся хоббиты, да, днем.

— Да ладно тебе! — сказал Сэм.— Отдохнуть-то все равно надо, хоть до полуночи, а потом уж потащимся в темноте, коли ты и правда дорогу знаешь.

Горлум нехотя согласился, и они побрели вслед за ним назад по бугристой опушке, забирая к востоку. Он опасался ночевать на земле так близко от страшной дороги, и они надумали забраться в развилину огромного падуба, под густую сень пучка ветвей: устроились скрытно и уютно, а уж темно было хоть глаз выколи. Фродо и Сэм глотнули воды и поели хлеба с сушеными фруктами; Горлум тут же свернулся и заснул. Хоббиты глаз не смыкали.

Проснулся Горлум, должно быть, немного за полночь: они вдруг увидели два бледных, мерцающих огня. Он вслушался и принюхался; хоббиты давно заметили, что так он определял время ночью.

— Мы отдохнули? Мы хорошо поспали? — спросил он.— Тогда пошли.

— Не отдохнули и не поспали,— проворчал Сэм.— Надо, так идем.

Горлум спрыгнул с дерева сразу на карачки, хоббиты медленно слезли. Он повел их вверх по склону на восток. Стемнело так, что они чуть не наталкивались на деревья. Идти в темноте по буеракам было трудновато, но Горлума это не смущало. Он вел их сквозь кустарник и заросли куманики, огибал глубокие овраги; иногда они спускались в темные кустистые ложбинки и выбирались оттуда, а восточные скаты становились все круче. Оглянувшись на первом привале, они увидели, что лес остался далеко внизу, он лежал огромной тенью, словно сгустившаяся темнота. Темень еще гуще наползала с востока, и меркли без следа крохотные мутные звездочки. Потом из-за длинной тучи выглянула заходящая луна в мутно-желтой поволоке.

Наконец Горлум обернулся к хоббитам.

— Скоро день,— сказал он.— Надо хоббитцам поторопиться. Здесь днем нельзя на открытых местах, совсем нельзя. Скореиньки!

Он пошел быстрее, и они еле поспевали за ним. Началась большая круча, заросшая утесником, черникой и низким терном; то и дело открывались обугленные прогалы, следы недавнего огня. Наверху утесник рос сплошняком: высокий, старый и тощий понизу, он густо ветвился и осыпан был желтыми искорками-цветками с легким пряным запахом. Хоббиты, почти не пригибаясь, шли между шиповатых кустов по колкой мшистой подстилке.

Остановились на дальнем склоне горбатого холма и залезли отдохнуть в терновую заросль: глубокую рытвину прикрывали оплетенные вереском иссохшие узловатые ветви-стропила, кровлей служили весенние побеги и юная листва. Они полежали в этом терновом чертоге. Устали так, что и есть не хотелось, выглядывали из-под навеса и дожидались дня.

Но день не наступил: разлился мертвенно-бурый сумрак. На востоке под низкой тучей трепетало багровое марево — не рассветное, нет. Из-за бугристого всхолмья супились кручи Эфель-Дуата, стена ночного мрака, а над нею черные зазубренные гребни и угловатые вершины в багровой подсветке. Справа громоздился еще чернее высокий отрог, выдаваясь на запад.

— В какую нам сторону? — спросил Фродо.— Там что, за этим кряжем, логовина Моргула?

— А чего примериваться? — сказал Сэм.— Дальше-то пока не пойдем, все-таки день, какой ни на есть.

— Может быть, пока и не пойдем, может быть, и нет,— сказал Горлум.— Но идти надо скорей — и поскорее к Развилку, да, к Развилку. Хозяин правильно подумал — нам туда.

Багровое марево над Мордором угасло, а сумрак густел: чадное облако поднялось на востоке и проползло над ними. Фродо и Сэм поели и легли, но Горлум мельтешился. Есть он не стал, отпил воды и выполз из рытвины, а потом и вовсе исчез.

— Мышкует небось,— сказал Сэм и зевнул. Был его черед спать, и сон его тут же сморил. Ему снилось, что он возле Торбы-на-Круче и чего-то он такое ищет на огороде, но тяжко навьючен и чуть землю носом не бороздит. Там все почему-то заросло и как-то запаршивело: сплошные репьи да купыри, аж до нижней изгороди. «Работенки невпроворот, а я, как на грех, уставши,— приговаривал он и вдруг вспомнил, что ему надо.— Да трубку же!» — сказал он и проснулся.

— Вот дубина! — обругал он себя, открыв глаза и раздумывая, с чего бы это он валяется под забором. Потом сообразил, что трубку искать не надо — она в котомке, а табаку-то нет — и что он за сотни миль от Торбы. Он сел: было темным-темно. Ишь, хозяин додумался: не будить его до самого вечера! — Это вы совсем не спали, сударь? — строго сказал он.— Времени-то сколько? Вроде уж поздно.

— Нет, не поздно,— сказал Фродо.— Просто день становится все темнее. А так-то и за полдень, поди, еще не перевалило, и проспал ты не больше трех часов.

— Интересные дела,— сказал Сэм.— Это что ж, буря собирается? Такой бури небось еще и на свете не бывало. Не худо бы забраться куда и поглубже, а то вон веточками прикрылись.— Он прислушался.— Что это, гром, барабаны или так просто тарахтит?

— Не знаю,— сказал Фродо.— Уж давно затарахтело. То будто земля дрожит, а то словно кровь стучит в ушах. Сэм огляделся.

— А где Горлум? — спросил он.— Неужто не приходил?

— Нет,— сказал Фродо.— Ни слуху ни духу.

— Ну, невелика потеря,— сказал Сэм.— Такой кучей дерьма я еще никогда не запасался в дорогу. Это надо же — сто миль провисеть на шее, а потом запропаститься, как раз когда в тебе есть нужда, хотя какая в нем нужда — это еще вопрос.

— Ты все-таки не забывай Болота,— сказал Фродо.— Надеюсь, ничего с ним не стрялось.

— А я надеюсь, что он ничего не затевает или хотя бы не угодил, как говорится, в хорошие лапы, а то нам крутенько придется.

Опять прокатилось громыханье, гулче и ближе. Земля под ними задрожала.

— Куда уж круче,— сказал Фродо.— Вот, наверно, и конец нашему путешествию.

— Может, и так,— согласился Сэм,— только мой Жихарь говорил: «Поколь жив, все жив» — и добавлял на придачу: «А не помрешь, так и есть захочется». Вы перекусите, сударь, потом на боковую.

«Хошь — день, а не хошь — как хошь»,— говорил себе Сэм, выглядывая из-под тернового укрытия; бурая мгла превращалась в бесцветный и непроницаемый туман. Стояла холодная духота. Фродо спал беспокойно, ворочался и метался, бормотал во сне. Дважды Сэму послышалось имя Гэндальфа. Время тянулось по-страшному. Наконец Сэм услышал за спиной шипенье и, обернувшись, увидел Горлума на карачках; глаза его сверкали.

— Вставайте, вставайте! Вставайте, сони! — зашептал он.— Вставайте быстренько! Нельзя мешкать, ниссколько нельзя. Надо идти, надо выходить сейчас. Мешкать нельзя!

Сэм недоуменно взглянул на него: перепугался, что ли, или так гоношится?

— Прямо сейчас? Чего это ты вскинулся? Еще не время. Еще и полдничать-то не время: в порядочных домах даже на стол собирать не начали.

— Глупоссти! — засипел Горлум.— Мы не в порядочных домах. Время уходит, время бежит, потом будет поздно. Мешкать нельзя! Надо идти! Вставай, хозяин, вставай!

Он потряс за плечо Фродо, и Фродо, внезапно разбуженный, сел и перехватил его руку. Горлум вырвался и попятился.

— Без всяких глупосстей,— процедил он.— Надо идти. Нельзя мешкать!

Объяснений они от него не добились, не сказал он и где был и с чего так заторопился. Донельзя подозрительно все это было Сэму, но Фродо вникать не хотел. Он вздохнул, вскинул котомку и, видно, готов был брести невесть куда, в густую темень.

Со всей осторожностью вывел их Горлум на гору, прячась, где только возможно, и перебегая открытые места; но едва ли и самый зоркий зверь углядел бы хоббитов в капюшонах и эльфийских плащах, да и бесшумны они были, как сущие хоббиты: ни веточка не хрустнула, ни былинка не прошелестела.

Час или около того они молча шли гуськом в сумраке и полной тишине, лишь изредка погромыхивали то ли раскаты грома, то ли барабаны в горах. Они спускались, забирая все южнее, насколько позволяли буераки. Невдалеке темной стеной возникла купа деревьев. Подобравшись ближе, они увидели, что деревья огромные и очень старые, но все же величавые, хотя обугленные их вершины были обломаны, будто в них била молния — но ни она, ни свирепая буря не смогли сгубить их или выдрать из земли вековые корни.

— Развилок, да,— прошептал Горлум, молчавший от самой рытвины.— Нам его не миновать.

Свернув на восток, он повел их в гору, и вдруг перед глазами открылась Южная дорога, извивавшаяся у горных подножий и исчезавшая меж деревьев.

— Иначе не пройти,— шепнул Горлум.— За дорогой тропок нет, ни тропочки. Надо дойти до Развилка. Мешкать нельзя! Только ни слова!

Скрытно, будто разведчики во вражеском стане, сползли они вниз к дороге и по-кошачьи крались у западной обочины, подле серого парапета, сами серее камней. И вошли в древесную колоннаду, как в разрушенный дворец под темным пологом небес; и, словно арки, зияли промежутки меж исполинскими стволами. Посреди колоннады крестом расходились четыре дороги: одна вела назад, к Мораннону, другая — на дальний юг; справа вздымалась дорога из древнего Осгилиата: она пересекала тракт и уходила на восток, в темноту; туда и лежал их путь.

На миг остановившись в страхе, Фродо вдруг заметил, что кругом посветлело и отблесками дальнего света озарилось лицо Сэма. Он обратил взгляд к прямой, как тугая лента, дороге книзу, на Осгилиат. Далеко над скорбным Гондором, одетым тенью, солнце выглянуло из-под медленной лавины туч, и огнистое крыло заката простерлось к еще не оскверненному Морю. И осветилась огромная сидячая фигура, величественная, под стать Каменным Гигантам на Андуине. Обветренная тысячелетиями, она была покалечена и изуродована недавно. Голову отломали, на место ее в насмешку водрузили валун: грубо намалеванная рожа с одним красным глазом во лбу ухмылялась во весь рот. Колени, высокий трон и постамент были исписаны руганью и разрисованы мерзостными мордорскими иероглифами.

И вдруг Фродо увидел в последних солнечных лучах голову старого государя, брошенную у дороги.

— Гляди, Сэм! — крикнул он, от изумления снова обретя дар речи.— Гляди! Он в короне!

Глаза были выбиты и обколота каменная борода, но на высоком суровом челе явился серебряно-золотой венец. Повилика в белых звездочках благоговейно увила голову поверженного государя, а желтые цветы жив-травы, заячьей капусты осыпали его каменные волосы.

— Не вечно им побеждать! — сказал Фродо.

Но солнечные блики уже пропали, а солнце погасло, как разбитая лампа, и ночная темень стала еще чернее.

Глава VIII

БЛИЗ КИРИТ-УНГОЛА

Горлум дергал Фродо за плащ и трясся от страха и нетерпения.

— Идти, идти надо,— шипел он.— Здесь нельзя стоять. И мешкать нельзя!

Фродо нехотя повернулся спиной к западу и следом за своим провожатым вышел из кольца деревьев дорогой, уводящей в горы. Сперва она тоже вела прямо, но скоро отклонилась на юг, к огромному каменному утесу, виденному с холма; проступая сквозь темноту, он грозно придвинулся к ним. Дорога заползла в его тень и, огибая отвесное подножие, подалась к востоку и круто пошла в гору.

У Фродо и Сэма было так тяжко на сердце, что они перестали заглядывать в будущее, и страх отпустил их. Фродо брел, свесив голову: ноша опять тяготила его. Как только они свернули с Развилка, этот гнет, почти забытый в Итилии, усиливался с каждой минутой. Изнывая от крутизны дороги под ногами, он устало поднял взгляд — и увидел *ее*, в точности как говорил Горлум, прямо над собой: крепость Кольценосцев. Его отшатнуло к парапету.

Длинная долина теневым клином вдавалась в горы. По ту ее сторону, на высоком уступе, точно на черных коленях Эфель-Дуата, высились башня и стены Минас-Моргула. Над темной землей застыло темное небо, а крепость светилась, но не тем оправленным в мрамор лунным сияньем, каким лучились некогда стены Минас-Итила, озаряя окрестные горы. Теперь ее свет был болезненно-мутным, лунно-белесым; она источала его, точно смрадное гниение, светилась, как гниющий труп, не освещая ничего. В стенах и башне зияли черные оконные дыры, а купол был извернуто скруглен: мертвец, казалось, косится с ухмылкой. Три спутника замерли и съежились, глядя как завороженные. Горлум опомнился первым. Он молча тянул их за плащи и чуть не тащил вперед. Каждый шаг был мучителен, время растянулось, и тошнотворно медленно ступала нога.

Так они добрели до белого моста. Дорога, слабо мерцая, пересекала поток посреди долины и подбиралась извивами к воротам — черной пасти в северной стене. По берегам протянулись плоские низины, туманные луга в беловатых цветах. Они светились по-своему, красивые и жуткие, точно увиденные в страшном сне, и разливали гниловато-кладбищенский запах. Мост вел от луга к лугу; изваяния стояли при входе, искусные подобия людей и зверей, бредовые искажения земных обличий. Вода струилась беззвучно; клубясь, овеивали мост ее мертвенно-холодные отравные испарения. У Фродо закружилась голова и в глазах померкло; вдруг, словно незримая сила одолела его волю, он заторопился, заковылял вперед, вытянув руки; голова его моталась. Сэм с Горлумом оба кинулись за ним. Сэм подхватил хозяина: тот споткнулся и чуть не упал у самого входа на мост.

— Не сюда! Нет, только не сюда! — прошептал Горлум, но его шипенье сквозь зубы свистом прорезало безмолвие, и он в ужасе бросился наземь.

— Постойте, сударь! — выдохнул Сэм в самое ухо Фродо.— Назад, назад! Нам не сюда, на этот раз я с Горлумом согласен.

Фродо провел рукой по лбу и оторвал взгляд от крепости на возвышенье. Светящаяся башня притягивала его, и он боролся с мучительным, тягостным желанием стремглав побежать к воротам по мерцающей дороге. Наконец он кое-как пересилил тягу, но Кольцо опять рвануло его на мост, точно за ошейник; глаза его, когда он отвернулся, внезапно ослепли, и перед ним сомкнулась темнота.

Горлум отполз, как насмерть перепуганный пес, и уже почти исчез во мгле. Сэм, поддерживая и направляя шаги спотыкавшегося хозяина, торопился за ним.

Недалеко от берега реки в придорожной стене был пролом, за ним оказалась узенькая тропка, сперва тоже слабо мерцавшая, но, миновав луга с кладбищенскими цветочками, она потускнела и почернела, извиваясь и уходя все выше в гору, к северной окраине долины. Хоббиты брели по ней рядышком; Горлум исчезал впереди и возвращался, маня их знаками. Глаза его горели бледно-зеленым огнем — может, отражали гнилостное свечение Моргула, а может, сами зажглись. Мертвечинный свет и черные башенные глазницы Фродо и Сэм все время чувствовали за спиной, испуганно озираясь и насильно возвращая взгляд к невидной тропе. Они еле тащились, и лишь когда поднялись выше смрадных испарений отравленного потока, дышать стало легче и в голове прояснилось; но теперь набрякли свинцом руки и ноги, будто они всю ночь ворочали камни или выплыли против сильного течения. Наконец идти дальше сделалось совсем невмоготу.

Фродо остановился и присел на камень. Они были на вершине голого утеса; дальше тропка кружила над обрывом, всползала на кручу и пропадала в темноте.

— Мне бы немного отдохнуть, Сэм,— прошептал Фродо.— Как тяжело висит оно на шее, дружище Сэм, о, как тяжело. Далеко я его не пронесу. И все равно надо сперва отдохнуть, а то недолго и сверзиться.— И он указал на пропасть.

— Шшшш! Шшш! — шипел Горлум, быстро вернувшись к ним.— Шшш! — Он прижимал палец к губам и качал головой, потянул Фродо за рукав и указал ему на тропку, но Фродо и шевельнуться не мог.

— Нет, погоди,— сказал он,— нет, погоди.

Неимоверная усталость сковала его, как заколдовала.

— Нет, надо отдохнуть,— проговорил он.

От страха и трепета Горлум опять заговорил — из-под руки, как бы тая свой еле слышный шепот от невидимых ушей:

— Только не здесь, нет. Здесь нельзя отдыхать. Дураки! Глаза нас видят. С моста нас увидят. Идем скорей. Наверх, наверх! Скорей!

— Идемте, сударь,— сказал Сэм.— Опять он прав. Не место здесь отдыхать.

— Ладно,— сказал Фродо тусклым голосом, точно в полусне.— Попробую.

И он устало поднялся на ноги.

Но было поздно. Утес под ними содрогнулся. Тяжкое громыханье, гораздо гулче прежнего, прокатилось по долине и отдалось в горах. Вдруг небо на северо-востоке озарила чудовищная огневая вспышка, и низкие тучи окрасились багрянцем. В оцепенелой, залитой мертвенной тенью бледной долине красный свет показался невыносимо яростным и ослепительным. Пламя Горгорота взметнуло к небу хребетные гребни, как зазубренные клинки. И загрохотал гром.

Минас-Моргул отозвался: ударили в небеса лиловые молнии, вспарывая тучи синеватым пламенем. Земля застонала, и дикий вопль раздался из крепости: в нем слышались хриплые крики точно бы хищных птиц и бешеное ржанье ярящихся в испуге лошадей, но все заглушал леденящий, пронзительный вой, ставший недоступным слуху и трепещущий в воздухе. Хоббитов приподняло и швырнуло оземь, они зажали уши руками.

Вой сменился долгим злобно-унылым визгом, и, когда все смолкло, Фродо медленно поднял голову. По ту сторону узкой долины почти вровень с его глазами высились стены смертоносной крепости и зияли ее ворота — отверстая зубастая пасть. Они были распахнуты настежь, и оттуда выходило войско.

Все воинство было в черном, под стать ночи. Из-за восковых стен по светящимся плитам выступали ряд за рядом, быстро и молчаливо, черные ратники, и не было им конца. Впереди в едином сомкнутом строю ехала конница, и во главе ее — всадник и конь крупнее всех остальных, и всадник на черном коне был в черном плаще и латах, и лишь поверх его опущенного капюшона мерцал замогильным светом шлем — или, быть может, венец. Он подъезжал к мосту, и Фродо не мог ни сморгнуть, ни отвести от него широко раскрытых глаз. Так это же Предводитель Девятерых Кольценосцев возвращался на землю во главе несметного воинства? Да, это был он, тот самый костистый король-мертвец, чья ледяная рука пронзила Хранителя Кольца смертельным клинком. И старая рана страшно заныла, и холод подобрался к сердцу Фродо.

И когда он застыл, пригвожденный ужасом и зачарованный, Всадник внезапно остановился у самого моста, а за ним стало все войско. Тишина омертвела. Должно быть, главарь призраков расслышал зов Кольца и на миг смутился, почуяв в своей долине присутствие иной мощи. Венчанная мертвенным блеском черная голова поворачивалась, проницая темень невидимыми очами. Фродо оцепенел, как птичка при виде подползшей змеи, и почувствовал во сто крат сильнее, чем бывало прежде, властный приказ надеть Кольцо. Однако теперь он ничуть не хотел подчиниться. Он знал, что Кольцо выдаст его и что ему не под силу тягаться с Моргульским властителем — пока не под силу. Скованный смертным страхом, он испытывал гнетущее принужденье извне; ответного побужденья не было. Его рука пошевелилась — Фродо, томимый предчувствием, безвольно наблюдал со стороны, словно читая жуткую повесть,— и поползла к цепочке на шее. Наконец воля Фродо проснулась и подвела руку к какому-то предмету, спрятанному у сердца, холодному, твердому,— и ладонь его сжала фиал Галадриэли, забытый и как бы ненужный до этой роковой минуты. И всякая мысль о Кольце покинула его; он вздохнул и опустил голову.

В тот же миг Повелитель призраков тронул коня и вступил на мост; мрачное полчище двинулось за ним. Может статься, незримый его взор обманули эльфийские накидки, а окрепнувший духом, невидимый маленький враг стал незаметным. К тому же он торопился. Урочный час пробил, и по мановению своего Властелина он обрушивался войной на Запад.

И он промчался зловещей тенью вниз по извилистой дороге, а по мосту все проходил за строем строй. Со дней Исилдуровых не выступало такой рати из долины Минас-Итила; никогда еще не осаждало Андуинские броды столь свирепое и могучее воинство; и однако же это было лишь одно, и не самое несметное, из полчищ, которые изрыгнул Мордор.

Фродо шевельнулся, и вдруг мысли его обратились к Фарамиру. «Вот буря и грянула,— подумал он.— Стальная туча мчится на Осгилиат. Успеет ли Фарамир переправиться? Он предвидел это, но все же — не застанут ли его врасплох? Броды гондорцы не удержат: кто сможет противостоять Первому из Девятерых Всадников? А вслед ему не замедлят и другие несметные рати. Я опоздал. Все пропало.

Я замешкался в пути. Все погибло. Если даже я исполню поручение, все равно об этом никто никогда не узнает. Кто останется в живых, кому рассказать? Все было зря, все напрасно». Обессилев от горя, он заплакал, а Моргульское войско все шло и шло по мосту.

Потом откуда-то издалека, словно бы в Хоббитании ранним солнечным утром, когда пора было просыпаться и растворялись двери, послышался голос Сэма: «Проснитесь, сударь! Проснитесь» — и, если бы голос прибавил: «Завтрак уже на столе», он бы ничуть не удивился. Вот приставучий Сэм!

— Очнитесь, сударь! — повторял он.— Они прошли.

Лязгнули, закрываясь, ворота Минас-Моргула. Последний строй копейщиков утонул в дорожной мгле. Башня еще скалилась мертвенной ухмылкой, но на глазах тускнела, и крепость окутывалась сумрачной тенью, воцарялось прежнее безмолвие, и по-прежнему глядели изо всех черных окон недреманные очи.

— Очнитесь, сударь! Они умотали, и нам тоже надо живенько сматывать удочки. Тут караулит глазастая нежить, того и гляди, увидят, и они-то тебя да, а ты-то их нет, извините, ежели непонятно, мне и самому не очень. Но тут поторчи на месте, и мигом тебя накроют. Пойдемте, сударь!

Фродо поднял голову и встал на ноги. Отчаяние осталось, но бессилие он одолел. Он даже угрюмо улыбнулся: наперекор всему вдруг стало яснее ясного, что ему надо из последних сил выполнять свой долг, а узнают ли об этом Фарамир, Арагорн, Элронд, Гэндальф — дело десятое. Он держал в одной руке посох, в другой — фиал; заметив, что ясный свет уже струится из-под его пальцев, он спрятал фиал обратно и прижал его к сердцу. Потом, отвернувшись от Моргульской крепости — сереющего пятна в темной логовине,— он изготовился в путь.

Видимо, Горлум бросил хоббитов и уполз наверх, в темень, когда открылись ворота Минас-Моргула. Теперь он приполз обратно: зубы его клацали, длинные пальцы дрожали.

— Дурачки! Глупыши! — шипел он.— Нельзя мешкать! Пусть они не думают, что опасность миновала, нет. Не мешкайте!

Не отвечая, они пошли за ним по краю пропасти: это было жутковато даже после всех пережитых ужасов, но вскоре тропа свернула за выступ скалы и нырнула в узкий пролом — должно быть, к первой лестнице из обещанных

Горлумом. Там было своей протянутой руки не видно, и только сверху светились два бледных огонька: Горлум повернул к ним голову.

— Оссторожней! — шепнул он.— Тут ступеньки, много-много ступенек. Надо очень оссторожно!

И опять не соврал: хотя Фродо и Сэму полегчало — все ж таки стены с обеих сторон,— но лестница была почти отвесная, и чем выше карабкались они по ней, тем сильнее оттягивал черный провал позади. Ступеньки были узкие, неровные, ненадежные: стертые и скользкие, а некоторые просто осыпались под ногой. Хоббиты лезли и лезли, хватаясь непослушными, онемелыми пальцами за верхние ступеньки и заставляя сгибаться и разгибаться ноющие колени; а лестница все глубже врезалась в утес, и все выше вздымались стены над головой.

Наконец, когда руки-ноги отказали, вверху снова зажглись горлумские глаза.

— Поднялись,— прошептал он.— Первая лестница кончилась. Высоко вскарабкались умненькие хоббитцы, очень высоко. Еще немножечко ступенечек, и все.

Пошатываясь и тяжело пыхтя, Сэм, а за ним Фродо вылезли на последнюю ступеньку и принялись растирать ступни и колени. Они были в начале темного перехода, который тоже вел наверх, но уже не так круто и без ступенек. Горлум не дал им толком передохнуть.

— Дальше будет другая лестница,— сказал он.— Гораздо длиньше. Взберемся по ней, тогда и отдохнете. Здесь еще рано.

Сэм застонал.

— Длиньше, говоришь? — переспросил он.

— Да-да, длиньше,— сказал Горлум.— Но легче. Хоббиты карабкались по Прямой лестнице. Сейчас начнется Витая лестница.

— А там что? — спросил Сэм.

— Там поссмотрим,— тихо проговорил Горлум.— О да, там мы поссмотрим!

— Ты вроде говорил, что дальше проход? — сказал Сэм.— Темный-темный проход?

— Да-да, там длинный проход под скалой,— сказал Горлум.— Но хоббитцы сначала отдохнут. Если они сейчас взберутся по лестнице, все будет хорошо, это уже самый верх. Почти самый верх, если они сумеют взобраться, да-ссс.

Фродо вздрогнул. Карабкаясь, он вспотел, а теперь ему стало зябко и одежда липла к телу: коридор продувал сквозняк с невидимых высот. Он поднялся и встряхнулся.

— Пошли, что ли! — сказал он.— Здесь не посидишь: дует.

Долгонько тащились переходом, а холодный сквозняк пронимал до костей и постепенно превращался в свистящий ветер. Видно, горы злобствовали, отдувая чужаков от своих каменных тайн и стараясь их сдунуть назад, в черный провал. Наконец стена справа исчезла: значит, все-таки вышли наружу, хотя светлее почти не стало. Мрачные громады обволакивала густая серая тень. Под низкими тучами вспыхивали красноватые зарницы, и на миг становились видны высокие пики спереди и по сторонам, точно подпорки провисающих небес. Они поднялись на много сот футов и вышли на широкий уступ: слева скала, справа бездна.

Провожатый Горлум жался к скале. Карабкаться вверх было пока что не надо, но пробираться в темноте по растрескавшемуся уступу, заваленному обломками, приходилось чуть что не ощупью. Сколько часов прошло с тех пор, как они вступили в Моргульскую долину, ни Сэм, ни Фродо гадать не пробовали. Бесконечная ночь бесконечно тянулась.

Впереди снова выросла стена, и опять они попали на лестницу, передохнули и принялись карабкаться. Подъем был долгий и изнурительный, но хоть в гору эта лестница не врезалась: она вилась змеей по скалистому откосу. Когда ступеньки шли краем черной пропасти, Фродо увидел внизу огромное ущелье, которым кончалась логовина. В страшной глубине чуть мерцала светляком призрачная тропа от мертвой крепости к Безымянному Перевалу. Фродо поспешно отвел глаза.

А тропка-лестница петляла, всползала по уступам и наконец вывела их в боковое ущелье к вершинам Эфель-Дуата, отклонившись от мертвяцкого пути на перевал. По обе стороны смутно виднелись щербатые зубья, заломы и пики, а между ними чернели трещины и впадины: несчетные зимы жестоко изгрызли бессолнечный хребет. Красный свет в небесах разгорелся: может быть, это кровавое утро заглядывало в горную тень, а может, Саурон яростнее прежнего терзал огнем Горгорот. Подняв глаза, Фродо увидел еще далеко впереди конец пути — вершинный гребень в красноватом небе, рассеченный тесниной между двумя черными выступами: на обоих торчали рогами острые каменные наросты.

Он остановился и присмотрелся. Левый рог был потоньше и повыше и сочился красным светом: быть может, небо в скважине. Но нет, это была черная башня у прохода. Он тронул Сэма за рукав и указал на башню.

— Здрасьте пожалста,— сказал Сэм и повернулся к Горлуму.— Стало быть, твой тайный проход все-таки стерегут? — рявкнул он.— И ты, поди, не очень удивился?

— Здесь стерегут все ходы-выходы,— огрызнулся Горлум.— А как же! Но где-то же надо хоббитцам пройти. Здесь, может, меньше стерегут. Попробуйте, вдруг они все ушли на войну, попробуйте!

— И попробуем,— буркнул Сэм.— Ладно, дотуда еще далеко, а досюда тоже было не близко, да потом твой переход. Вы бы, сударь, отдохнули. Уж не знаю, день сейчас или ночь, но сколько мы часов на ногах!

— Да, отдохнуть не мешает,— согласился Фродо.— Спрячемся где-нибудь от ветра и соберемся с силами — напоследок.

Ему и правда казалось, что напоследок. Какие страхи ждут их за горами и как уж там быть — это своим чередом, до этого далеко. Пока что перед ними неодолимая преграда и неусыпная стража. Зашли в тупик, и назад ходу нет, а как-нибудь проскочим — там пойдет как по маслу: так казалось ему в тот темный час возле Кирит-Унгола, когда он, изнемогая, брел по сумрачному ущелью.

Нашли глубокую расселину между утесами: Фродо и Сэм забрались подальше, Горлум скорячился при входе. Хоббиты устроили себе роскошную трапезу, последнюю, думали они, невмордорскую, а может, и последнюю в жизни. Поели снеди из Гондора, преломили эльфийский дорожный хлебец, выпили воды — вернее сказать, смочили губы, да и то скудно.

— Где бы это нам водой разжиться? — сказал Сэм.— Ведь, наверно, и здесь, не пивши, не проживешь? Орки пьют или как?

— Пьют,— сказал Фродо.— Давай лучше про это не говорить. Их питье не для нас.

— Тогда тем более воды надо набрать,— сказал Сэм.— Только где здесь ее возьмешь: ни ручейка я не слышал.

Правда, Фарамир все равно сказал, чтоб мы моргульской воды не пили.

— Ну, уж если на то пошло, он сказал «не пейте из рек и ручьев, протекающих через Имлад-Моргул»,— сказал Фродо,— а мы уже выбрались из ихней долины и если набредем на родник, то пожалуйста.

— Береженого судьба бережет,— сказал Сэм,— ну разве что подыхать буду от жажды. Дурные места, хоть и выбрались.— Он сопнул носом.— А кажись, подванивает, чуете? Чудна́я какая-то вонь, затхлая, что ли. Ох, не нравится мне это.

— Да мне здесь все не нравится,— сказал Фродо,— ни ветры, ни камни, ни тропки ни реки. Земля, вода и воздух — все уродское. Но что, поделать, сюда и шли.

— Это верно,— сказал Сэм.— Знали бы, куда идем, нипочем бы здесь не оказались. Но это, наверно, всегда так бывает. К примеру, те же подвиги в старых песнях и сказках: я раньше-то говорил — приключения. Я думал, разные там герои ходят ищут их на свою шею: ну как же, а то жить скучно, развлечься-то охота, извините, конечно, за выражение. Но не про то, оказывается, сказки-то, ежели взять из них самые сто́ящие. С виду оно так, будто сказочные люди взяли да и попали в сказку, вот как вы сказали, сюда и шли. А они небось вроде нас: могли бы и не пойти или пойти на попятный двор. Которые не пошли — про тех мы не знаем, что с ними дальше было, потому что сказки-то не про них. Сказки про тех, кто пошли — и пришли вовсе не туда, куда им хотелось, а если все хорошо и кончилось, то это как посмотреть. Вот господин Бильбо — вернулся домой, стал жить да поживать, и все ему стало не так. Опять же хорошо, конечно, попасть в сказку с хорошим концом, да сказки-то эти, может, не самые хорошие! А мы, интересно, в какую сказку попали?

— Интересно,— согласился Фродо.— Вот уж не знаю. В настоящей сказке этого и знать нельзя. Возьми любое сказание из тех, какие ты любишь. Ты-то знаешь или хоть догадываешься, что это за сказка — с хорошим или печальным концом, а герою это невдомек. И тебе ни к чему, чтобы он догадался.

— Конечно, сударь, ни к чему. Тот же Берен — он и думать не думал добывать Сильмарилл из железной короны, а пришлось ему топа́ть в Тонгородрим, местечко почище этого. Но про него сказка длинная-длинная, там тебе и радость, и горе под конец, а конец вовсе и не конец — Сильмарилл-то, если разобраться, потом попал к Эарендилу. Ух ты, сударь, да я же ни сном ни духом! Да у нас же — да у вас же — отсвет этого Сильмарилла в той хрусталине, что вам подарила Владычица! Вот тебе на — мы, оказывается, в той же сказке! Никуда она не делась, а я-то думал! Неужто такие сказки — или, может, сказания — никогда не кончаются?

— Нет, они не кончаются,— сказал Фродо.— Они меняют героев — те приходят и уходят, совершив свое. И мы тоже раньше или позже уйдем — похоже, что раньше.

— Уйдем, отдохнем и отоспимся,— сказал Сэм и невесело рассмеялся.— А я ведь серьезно, сударь. Не как-нибудь там, а обыкновенно отдохнем, выспимся толком, с утра я в сад пойду работать. Мне ведь на самом-то деле только этого и надо, а геройствовать да богатырствовать — это пусть другие, куда мне. А вообще-то интересно, попадем мы в сказку или песню? Ну да, конечно, мы и сейчас, но я не о том, а знаете: все чтоб словами рассказано, вечерком у камина, или еще лучше — прочитано вслух из большой такой книжищи с красными и черными буквицами, через много-много лет. Отец расядется и скажет: «А ну-ка, почитаем про Фродо и про Кольцо!» А сын ему: «Ой, давай, папа, это же моя любимая история! А Фродо был такой храбрый, правда, папа?» — «Да, малыш он самый знаменитый на свете хоббит, а это тебе не баран чихнул!»

— Это точно, что не баран,— сказал Фродо и звонко, от всей души рассмеялся. С тех пор как Саурон явился в Средиземье, здесь такого не слыхивали. И Сэму показалось, будто слушают все камни и все высокие скалы. Но Фродо было не до них: он рассмеялся еще раз.— Ну Сэм,— сказал он,— развеселил ты меня так, точно я эту историю сам прочел. Но что же ты ни словом не обмолвился про чуть не самого главного героя, про Сэммиума Неустрашимого? «Пап, я хочу еще про Сэма. Пап, а почему он так мало разговаривает? Я хочу, чтоб еще разговаривал, он смешно говорит! А ведь Фродо без Сэма никуда бы не добрался, правда, папа?»

— Ну вот, сударь,— протянул Сэм.— Я серьезно, а вы насмешки строите.

— Я тоже серьезно,— возразил Фродо,— серьезней некуда. Только мы с тобой оба проскочили через конец: а по правде-то застряли мы на самом страшном месте, и, наверное, найдется такой, кто скажет: «Папа, закрой книжку, не надо, не читай дальше».

— Ну, не знаю,— сказал Сэм,— мои бы дети такого не сказали. А потом, коли все прополоть да обтяпать, как оно в сказке и полагается, так это хоть Горлума туда вставляй: там-то он не то, что под боком. Да он же вроде любил двести лет назад сказки послушать. Вот как он сам думает — герой он или злодей?

Эй, Горлум! — позвал он.— Хотишь быть героем... да куда же он опять подевался?

Его не оказалось ни на прежнем месте, ни поблизости. Их снеди он есть не стал; как повелось, глотнул водички, а потом вроде бы свернулся калачиком. Прежде хоть было понятно, куда он пропадает — ходит на добычу, кушенькать-то ему надо; но вот и сейчас умотал, пока они разговаривали. Здесь-то какая добыча?

— Чего-то он тишком мухлюет,— сказал Сэм,— не разбери-поймешь. Кого ему здесь ловить, чего копать? Камень, что ли, вкусный нашел? Мха и того с фонарем не сыщешь!

— Да оставь ты его в покое,— сказал Фродо.— Без него мы бы в жизни и близко не добрались. Каков есть, таков есть, ловчит — значит ловчит.

— Все равно, мне спокойнее, когда он вертится на глазах,— сказал Сэм.— А коль он ловчит, так тем более. Помните, как он тень на плетень наводил: не знаю, мол, не то стерегут, не то нет. А башня вот она — либо она пустая, либо там полным-полно орков или кто у них здесь в сторожах. Может, он за ними и отправился?

— Да нет, не думаю,— сказал Фродо.— Если даже он что и затевает — а похоже на то,— ни орки, ни другие рабы Врага тут ни при чем. Зачем бы он столько дожидался, суетился, волок нас сюда? Он и сам этого края смертельно боится. Сто раз мог он нас выдать с тех пор, как мы встретились. Нет, уж ежели он что выкинет, то выкинет на свой манер, тихохонько.

— Как есть вы правы, сударь,— сказал Сэм.— Ну, прыгать от радости я пока погожу — меня-то он хоть сейчас продаст с потрохами, да еще приплатит, чтоб купили. Но я и забыл — а Прелесть-то! Нет, с самого начала у него на лбу было написано: «Отдайте Прелесть бедненькому Смеагорлу!» И коли он что замышляет, так только в этих видах. Но зачем он сюда нас приволок — нет, спросите что-нибудь попроще.

— Да он, поди, и сам не знает зачем,— сказал Фродо.— Вряд ли какой-нибудь замысел удержится в его худой голове. Я думаю, он просто бережет, как может, свою Прелесть от Врага: ведь если Тот ее заполучит, то и

Горлуму крышка. Ну а уж заодно выжидает удобного случая.

— Ну да, как я и говорил — Липучка и Вонючка,— сказал Сэм.— Но чем ближе к вражеской земле, тем больше вони от Липучки. Вот помяните мое слово — если дойдет до дела, до его хваленого перехода, он свою Прелесть так, за здорово живешь, не отпустит.

— Это еще дожить надо,— сказал Фродо.

— Вот чтоб дожить, и надо ушами не хлопать,— сказал Сэм.— Прохлопаем, засопим в две дырочки, а Вонючка уж тут как тут. Это я себе говорю, а вы-то, хозяин, как раз вздремните, порадуйте меня, только ляжьте поближе. Я вас буду стеречь: вот давайте я вас обниму, и спите себе — кто к вам протянет лапы, тому ваш Сэм живо голову откусит.

— Спать! — сказал Фродо и вздохнул, точно странник в пустыне при виде прохладно-зеленого миража.— Смотри-ка, а я ведь и вправду даже здесь смогу заснуть.

— Вот и спите, хозяин! Положите голову ко мне на колени и спите!

Так и нашел их Горлум через несколько часов, когда он вернулся по тропке из мрака ползком да трусливой побежкой. Сэм полусидел, прислонившись щекой к плечу и глубоко, ровно дышал. Погруженный в сон Фродо лежал головой у него на коленях, его бледный лоб прикрывала смуглая Сэмова рука, другая покоилась на груди хозяина. Лица у обоих были ясные.

Горлум поглядел на них, и его голодное, изможденное лицо вдруг озарилось странным выражением. Хищный блеск в глазах погас; они сделались тусклыми и блеклыми, старыми и усталыми. Его передернуло, точно от боли, и он отвернулся, глянул в сторону перевала и покачал головой едва ли не укоризненно. Потом подошел, протянул дрожащую руку и бережно коснулся колена Фродо — так бережно, словно погладил. Если бы спящие могли его видеть, в этот миг он показался бы им старым-престарым хоббитом, который заждался смерти, потерял всех друзей и близких и едва-едва помнил свежие луга и звонкие ручьи своей юности,— измученным, жалким, несчастным старцем.

Но от его прикосновения Фродо шевельнулся и тихо вскрикнул во сне, а Сэм тут же открыл глаза и первым делом увидел Горлума, который «тянул лапы к хозяину»: так ему показалось.

— Эй ты! — сурово сказал он.— Чего тебе надо?

— Ничего, ничего,— тихо отозвался Горлум.— Добренький хозяин!

— Добренький-то добренький,— сказал Сэм.— А ты чего мухлюешь, старый злыдень, где ты пропадал?

Горлум отпрянул, и зеленые щелки засветились из-под его тяжелых век. Он был вылитый паук — на карачках, сгорбился, втянул голову, глаза так и торчали из глазниц. Невозвратный миг прошел, словно его и не было.

— Мухлюешь, мухлюешь! — зашипел он.— Хоббиты всегда такие вежливенькие, да-ссс. Сславненькие хоббитцы! Смеагорл привел их к тайному проходу, о нем никто-никто не знает. Он устал, ему пить хочется, да, очень хочется пить, а он ходит, рыщет, тропки ищет — вернется, и ему говорят: *мухлюешь, мухлюешь*. Хорошенькие у него друзья, да, моя прелесть, очень хорошенькие.

Сэм немного устыдился, но доверчивей не стал.

— Ну прости,— сказал он.— Ты уж прости, со сна еще и не то скажешь, а спать-то мне ох не надо бы, вот я и сгрубил малость. Хозяин вон как устал, я ему говорю: вздремните, мол, я постерегу, а оно вишь ты как вышло. Прости. А пропадал-то где?

— Мухлевал,— сказал Горлум, и глаза его налились зеленым мерцанием.

— Ну как знаешь,— сказал Сэм,— тебе виднее. Не так уж я небось и ошибся. Ладно, теперь нам надо как-нибудь втроем смухлевать. Сколько времени-то? Еще сегодня или уже завтра?

— Уже завтра,— сказал Горлум.— Уже завтра было, когда хоббиты заснули. Спать здесь нельзя, спать опасно — и бедненький Смеагорл стережет их и мухлюет.

— Вот прицепился к словечку,— сказал Сэм.— Хватит тебе. Бужу хозяина.— Он бережно отвел волосы со лба Фродо и, склонившись к нему, тихо проговорил: — Проснитесь, сударь! Проснитесь!

Фродо пошевелился, открыл глаза и улыбнулся, увидев над собой лицо Сэма.

— Не рано будишь, а, Сэм? — спросил он.— Темно ведь еще!

— Да здесь всегда темно,— сказал Сэм.— Горлум вернулся, сударь, и говорит, что нынче уже завтра, надо идти. Постараемся напоследок-то.

Фродо глубоко вздохнул и сел.

— Да, напоследок! — сказал он.— Привет, Смеагорл! Нашел себе что-нибудь поесть? Отдохнул?

— Смеагорлу некогда есть и отдыхать,— сказал Горлум.— Он мухлюет, он мухляк.

Сэм цокнул языком, но сдержался.

— Не обзывай сам себя, Смеагорл,— сказал Фродо.— Это очень неразумно, даже если заслуженно.

— Смеагорл сам себя не обзывает,— сказал Горлум.— Его обзывает ласковый господин Сэммиум, такой умненький хоббит.

Фродо поглядел на Сэма.

— Да, сударь,— сказал Сэм.— Было дело: я чего-то всполошился со сна, а он тут как тут. Я попросил у него прощенья, но, похоже, зря.

— Нашли время ссориться,— сказал Фродо.— Вот ты и довел меня до места, Смеагорл. Дальше ведь мы и сами пройдем, верно? Куда идти, понятно, перевал на виду, и если там нет ничего мудреного, то ты свое дело сделал, исполнил, что обещал, и ты свободен: иди куда знаешь, только не к вражеским слугам, ешь, отдыхай. Будет тебе и награда — не от меня, так от тех, кто меня помнит.

— Нет, нет, еще нет,— заскулил Горлум.— Пройдут они дальше сами? Нет еще, не пройдут. Переход трудный. Смеагорлу нужно идти с ними: ни поесть, ни поспать, ничего ему нельзя. Пока еще нет.

Глава IX

ЛОГОВО ШЕЛОБ

Может, и правда был день, как сказал Горлум, но хоббиты ничего дневного не заметили: только небо подернулось дымной мутью, чернота расползлась по расселинам и нагорную глушь окутывал пепельно-бурый сумрак. Хоббиты бок о бок шли за Горлумом по дну ущелья между обветренными, обглоданными каменными глыбинами и столбами, похожими на идолища. Стояла тишина. Впереди, за милю или около того, серел отвесный срез огромного утеса. Он приблизился и заслонил небо и землю высокой черной стеною, подножие которой затенял сумрак. Сэм потянул носом воздух.

— Уф! Ну и вонища! — сказал он.— С ног валит.

Углубились в сумрак: посреди стены зияло отверстие пещеры.

— Вот сюда,— тихо произнес Горлум.— Здесь начинается переход.

Он не назвал его, а имя ему было Торек-Унгол, Логово

Шелоб. Оттуда смердело; и это был не тощий смрад трупного гниения, как на Моргульских лугах, а густое зловоние, точно от чудовищной свалки нечистот.

— Иначе никак не пройти, Смеагорл? — спросил Фродо.

— Нет-нет, только здесь,— отозвался тот.— Теперь нам всем надо сюда.

— А ты неужто лазил в эту дыру? — спросил Сэм.— Наш пострел везде поспел! Ну да, тебе небось любая вонь нипочем.

Глаза Горлума злобно блеснули.

— Он не знает, что нам почем, правда, прелесть? Нет, он совсем не знает. Проссто Смеагорл очень терпеливый, да-ссс. Он лазил, да, он проходил насквозь, да-да, насквозь. Иного пути нет.

— А чего так воняет? — сказал Сэм.— Вроде как — тьфу, даже говорить противно. Наверняка здесь орки гадят, и лет за сто так поднакопилось золота, что и лопатой не разгребешь.

— Орки не орки,— сказал Фродо,— а раз нет иного пути, то нам сюда.

Они перевели дыхание и полезли в пещеру. Через несколько шагов их поглотил непроглядный мрак. В такую темень Фродо и Сэм после Мории не попадали, а эта была, пожалуй, еще чернее и гуще. Там, в Мории, все-таки и поддувало, и эхо слышалось, и чувствовался подгорный простор. Здесь воздух был недвижный, тяжкий, затхлый; он мертвил звуки. Это была черная отрыжка кромешной тьмы, она не только слепила глаза, но отшибала память о цветах и очертаньях, изгоняла самый призрак света. Вечная ночь вечно пребудет, и нет ничего, кроме ночи.

Оставалось только осязать, и болезненно чутки стали пальцы на вытянутых вперед руках и осторожно ступающие ступни. Стены были, к их удивлению, гладкие, пол ровный, наклонный им навстречу; иногда попадалась ступенька-другая. Проход был такой широкий, что хоббиты, которые шли ощупью по стенам и старались держаться рядом, почти сразу потеряли друг друга.

Горлум пошел вперед и был, должно быть, за несколько шагов — поначалу они еще слышали его шипенье и пыхтенье, но вскоре притупились все их чувства: пресекся слух и онемели пальцы, и они пробирались вперед лишь потому, что раз заставили себя войти, то не возвращаться же, а впереди все-таки должен быть какой-то выход.

Может быть, и вскоре — время тоже растворилось во тьме — Сэм на ощупь обнаружил справа скважину, из которой не так воняло; ему даже померещилось какое-то дуновенье, но он побрел дальше.

— Здесь не один проход,— шепнул он с невероятным усилием.— Вот где оркам-то жить да радоваться!

Потом, сперва он по правую руку, потом Фродо по левую, миновали три или четыре таких скважины, пошире и поуже; но проход не ветвился, он вел прямо и прямо, вверх по уклону. Да что ж ему никак нет конца, сколько еще можно это терпеть, сколько станет сил терпеть? Чем выше, тем гуще становилось зловоние, а из-за спертого черного смрада напирало что-то куда страшнее и чернее. Какое-то висячее вервие липкими щупальцами цепляло их за головы; зловоние все усиливалось, и стало так, будто из пяти чувств им оставлено одно обоняние — и только затем, чтобы их мучить. Час, два или три часа — сколько они уже шли? Да какие часы — дни, а может, и недели. Сэм оторвался от своей стены, нашел руку Фродо, и рука в руке пошли они дальше.

Фродо чуть не провалился влево, в пустоту; скважина была гораздо шире, чем попадались до сих пор, и оттуда несло таким смрадом и такой страшной злобищей, что он едва не потерял сознание. Сэм тоже споткнулся и упал ничком. Одолевая тошнотный ужас, Фродо схватил его за руку.

— Вставай! — прохрипел он без голоса.— Это отсюда и вонь, и гибель. Вперед! Быстрее!

Собрав остатки сил и решимости он вздернул Сэма на ноги и ринулся вперед. Сэм шатаясь ковылял рядом — шаг, два шага, три,— наконец шесть шагов: то ли они миновали невидимую скважину, то ли еще что, но идти вдруг стало чуть-чуть легче, словно приослабла беспощадная хватка, и они побрели, по-прежнему взявшись за руки.

Но проход раздвоился, а может, растроился, расчетверился, и в темноте не понять было, какой из них шире, какой ведет прямее: левый, правый? Как выбрать? — а выберешь неверно, выберешь верную смерть.

— Куда Горлум-то пошел? — задыхаясь, проговорил Сэм.— Чего ж он нас не подождал?

— Смеагорл! — попробовал позвать Фродо.— Смеагорл! — Но голос его увяз в гортани, и зов замер, едва сорвавшись с губ. Ответа не было — ни эха, ни шепотка.

— В этот раз насовсем удрал,— пробурчал Сэм.— Довел до места, спасибочки: сюда, видать, и вел. Горлум! Попадешься — голову оторву!

Ощупью, спотыкаясь на каждом шагу, они наконец обнаружили, что левый проход — тупиковый, может быть, изначально, а может, его завалило.

— Здесь мы не пройдем,— шепнул Фродо.— Значит, и выбора нет — только другой проход, если он там один, и будь что будет.

— Скорее обратно! — пропыхтел Сэм.— Тут не горлумством пахнет. На нас кто-то глядит.

Другим проходом они не пробежали и двух саженей, как сзади послышалось невыносимо жуткое в плотном беззвучье урчанье, бульканье — и долгий, шипящий присвист. Они в ужасе обернулись, но видно пока ничего не было. Хоббиты окаменели в ожидании неведомой напасти.

— Это ловушка! — сказал наконец Сэм, взялся за рукоять меча и вспомнил могильную мглу, из которой он был добыт. «Эх, сюда бы сейчас старину Тома!» — подумал он. Но Том был далеко, а он стоял в непроглядной черноте, и гневное, темное отчаянье сжимало его сердце; вдруг в нем самом забрезжил, потом зажегся свет такой нестерпимо яркий, будто солнце брызнуло в глаза, полуослепшие от подвального сумрака. Свет расцветился: зеленый, золотой, серебряный, огненно-белый. Вдали, как на эльфийской картинке, он увидал Владычицу Галадриэль на траве Лориэна, и в руках ее были дары. *Тебя, Хранитель,*— услышал он далекий, но внятный голос,— *я одариваю последним.*

Ближе раздались шипенье, хлопанье и тихий скрип с прищелком — точно что-то суставчато-членистое медленно шевелилось во тьме, источая смрад.

— Хозяин, хозяин! — крикнул Сэм, обретая голос.— Подарок Владычицы! Звездинка! Помните, она сказала, в темноте будет светить. Да звездинка же!

— Звездинка? — пробормотал Фродо в недоумении, как бы сквозь сон.— Ах да! Как же я забыл о ней? *Чем чернее тьма, тем ярче он светит!* Вот она тьма, и да возгорится свет!

Медленно вынул он из-за пазухи фиал Галадриэли и поднял его над головой. Он замерцал слабо, как восходящая звездочка в туманной мгле, потом ярко блеснул, разгоняя мрак, наконец разгорелся ясным серебряным пламенем — и вспыхнул неугасимый светильник, словно сошел к ним закатной тропой сам Эарендил с Сильмариллом на челе. Темнота расступалась, а серебряный огонь сиял в хрустале и осыпал руку Фродо ослепительно белыми искрами.

Фродо изумленно глядел на чудесный дар, который так долго носил с собой как драгоценную и милую безделушку. В дороге он редко вспоминал о фиале — вот вспомнил в Моргульской долине — и не вынимал его: вдруг засветится и выдаст.

— Айя Эарендил Эленион Анкалима! — воскликнул он, не ведая, что значат и откуда взялись эти слова, ибо иной голос говорил его устами, голос ясный и звонкий, пронизавший смрадную тьму.

Но много злодейства таят глубокие полости Средиземья — могучего, древнего, ночного злодейства. Исчадие мрака, Она слышала этот эльфийский возглас в незапамятные времена, слышала и не убоялась его, не убоялась и теперь. И Фродо почуял ее кромешную, черную злобу и мертвящий взгляд. Невдалеке, между ними и скважиной, от которой их отшатнуло, явились из темени два больших многоглазых пучка, и скопища пустых глаз отразили и распылили ясный свет звездинки; смертоносным белесым огнем налились они изнутри, огнем ненасытной и беспросветной злобы. Чудовищны и омерзительны были эти паучьи — и вовсе не паучьи — глаза, налитые злорадством при виде беспомощных, затравленных жертв.

Фродо и Сэм пятились, не в силах оторвать взгляда от многоочитого ужаса; а пучки глаз приближались. Дрогнула рука Фродо, он медленно опустил светильник. Цепенящее злорадство приугасло, глаза хотели позабавиться предсмертной суетней жертв — и жертвы повернулись и побежали. Через плечо Фродо, чуть не плача от страха, увидел, что глаза скачками движутся следом. И смрад объял его как смерть.

— Стой! Стой! — выкрикнул он.— От них не убежишь! Глаза медленно близились.

— Галадриэль! — воскликнул он и с мужеством отчаяния снова воздел светильник над головой. Глаза застыли и опять приугасли, словно бы в некоем сомнении. И сердце Фродо воспламенилось гневом и гордостью, и он — безоглядно, безрассудно, отважно,— перехватив светильник в левую руку, правой обнажил меч. Острый, надежный клинок заблистал в серебряном свете, полыхая голубым пламенем. Высоко подняв эльфийскую звезду и выставив сверкающее острие, Фродо Торбинс, маленький хоббит из маленькой Хоббитании, твердым шагом пошел навстречу паучьим глазам.

Они еще потускнели; сомненье в них усилилось, и они попятились от ненавистного и небывалого света, надвигающегося на них. Ни солнце, ни луна, ни звезды не проникали в логово; но вот звезда спустилась в каменные недра и близилась, и глаза отпрянули и медленно погасли; мелькнула тенью огромная невидимая туша. Они скрылись.

— Хозяин, хозяин! — кричал Сэм. Он не отставал от Фродо с обнаженным мечом наготове.— Ура и слава нам! Ну, эльфы если б об этом прослышали, как пить дать сочинили бы песню. Может, я как-нибудь уцелею, все расскажу им и сам эту песню послушаю. Но дальше, сударь, не ходите! Не надо в ихнюю берлогу! Улепетнем поскорее из этой вонючей дыры!

И они пошли по проходу дальше, а после и побежали: там был крутой подъем, и с каждым шагом смрад логова слабел; сердце забилось ровнее, и сами собой двигались ноги. Но полуслепая злоба хватки не разжала: она таилась где-то позади, а может, рядом, и по-прежнему грозила смертью. Наконец-то повеял холодный, разреженный воздух. Вот он, другой конец прохода. Задыхаясь от тоски по небу над головой, они кинулись к выходу — и снова, отброшенные назад, поднялись на ноги.

Выход был прегражден, но не камнем, а чем-то пружинисто-податливым, однако неодолимым. Воздух снаружи сочился, свет — ничуть. Они снова ринулись напролом и опять были отброшены.

Возвысив светильник, Фродо пригляделся и увидел серую завесу, которую не проницало и даже не освещало сиянье звездинки, точно это была тень бессветная и для света неприступная. Во всю ширину и сверху донизу проход затянула огромная сеть, по-паучьи тщательно и очень плотно сплетенная, а паутина была толщиной с веревку. Сэм мрачно рассмеялся.

— Паутинка! — сказал он.— Всего-то навсего? Но каков паук! Долой ее, руби ее!

И он с размаху рубанул мечом, но паутину не рассек. Она спружинила, как тетива, свернув клинок плашмя и отбросив руку с мечом. Три раза изо всей силы рубанул Сэм, и наконец одна-единственная паутинка перерубилась, свилась и свистнула в воздухе, задев Сэмову руку: он вскрикнул от боли, сделал шаг назад и поднес руку к губам — подуть.

— Ну, этак мы за неделю не управимся,— сказал он.— Что будем делать? Как там глаза — не появились?

— Да нет, не видно,— сказал Фродо.— Но меня их взгляд не отпускает; не взгляд, а может, помысел — они быстро что-нибудь надумают. Как только светильник ослабеет или угаснет, они явятся тут же.

— Ну, влипли все-таки! — горько сказал Сэм, но гнев его превозмогал усталость и отчаяние.— Чисто комары в марле. Чтоб этот Горлум лопнул! Фарамир обещал ему скорую и злую смерть, так вот чтоб поскорее!

— Нам-то что с этого,— сказал Фродо.— Погоди еще! Попробуем Терном — все-таки эльфийский клинок, а в темных ущельях Белерианда, где его отковали, водилась паутинка в этом роде. А ты постереги и в случае чего отгони Глаза. Вот возьми звездинку, не бойся. Держи ее повыше и смотри в оба!

Фродо подступил к плотной серой сети, полоснул по ней между узлами широким взмахом меча и быстро отскочил. Блистающий голубой клинок прорезал паутину, как лезвие косы — траву: веревки-паутинки взметнулись, скукожились и обвисли. Для начала было неплохо.

Фродо рубил и рубил, пока не рассек всю паутину, сколько хватало руки. Свисавшее сверху охвостье покачивалось на ветру. Вырвались из ловушки!

— Пойдем! — крикнул Фродо.— Скорей! Скорей!

Его обуяла дикая радость спасенья из самых зубов смерти. Голова у него кружилась, как от стакана крепкого вина. Он с криком выскочил наружу.

После зловонного мрака черная страна показалась ему светлым краем. Дым поднялся и немного поредел; угрюмый день подходил к концу, и померкли в сумерках красные зарницы Мордора. Но Фродо чувствовал себя как при свете утренней надежды. Он у вершины стены, еще чуть выше — и вот Кирит-Унгол, щербина в черном гребне между каменными рогами. Рывок, перебежка — и на той стороне!

— Вон перевал, Сэм! — крикнул он, сам не замечая, до чего пронзительно: высоким и звонким стал его голос, освобожденный от смрадного удушья.— Туда, к перевалу! Бежим, бежим — мы проскочим, не успеют остановить!

Сэм бежал за ним со всех ног, но и на радостях не терял осторожности и озирался — не покажутся ли Глаза из-под черной арки прохода, да, чего доброго, не только глаза, а вся туша, страх подумать, кинется вдогонку. Плохо они с хозяином знали Шелоб. Из ее логова был не один выход.

Исстари жила она здесь, исчадье зла в паучьем облике; подобные ей обитали в древней западной Стране Эльфов, которую поглотило море: с такою бился Берен в Горах Ужасов в Дориате, а спустившись с гор, увидел танец Лучиэнь при лунном свете на зеленом лугу, среди цветущего болиголова. Как Шелоб спаслась из гибнущего края и появилась в Мордоре, сказания молчат, да и маловато сказаний дошло до нас от Темных Времен. Но была она здесь задолго до Саурона, прежде чем был заложен первый камень в основание Барад-Дура; служила она одной себе, пила кровь эльфов и людей, пухла и жирела, помышляя все о новых и новых кровавых трапезах, выплетая теневые тенета для всего мира: ибо все живое было ее еще не съеденной пищей и тьма была ее блевотиной. Ее бесчисленные порожденья, ублюдки ее же отпрысков, растерзанных ею после совокупленья, расползлись по горам и долам, от Эфель-Дуата до восточных всхолмий, Дул-Гулдура и Лихолесья. Но кто мог сравниться с нею, с Великой Шелоб, последним детищем Унголиант, прощальным ее подарком несчастному миру?

Несколько лет назад с нею встретился Горлум-Смеагорл, превеликий лазун по всем черным захолустьям, и тогда, во дни былые, он поклонился ей, и преклонился перед нею, и напитался отравой ее злобы на все свои странствия, став недоступен свету и раскаянию. И он пообещал доставлять ей жертвы. Но вожделенья у них были разные. Ей не было дела до дворцов и колец — ни до иных творений ума и рук: она жаждала лишь умертвить всех и вся и упиться соком их жизни, раздуться так, чтоб ее не вмещали горы, чтоб темнота сделалась ей тесна.

Но до этого было далеко, а меж тем как власть Саурона возрастала и в пределах царства его не стало места свету и жизни, она крепко изголодалась: и внизу, в долине, сплошь мертвецы, и в Логово не забредали ни эльфы, ни люди, одни разнесчастные орки. Жесткая, грубая пища. Но есть-то надо, и сколько ни прокладывали они окольные ходы мимо нее от башни и перевала, все равно попадались в ее липкие тенета. Но она стосковалась по лакомому кусочку, и Горлум сдержал обещание.

«Посмотрим, посмотрим,— частенько говорил он себе, когда злобища снедала его на опасном пути от Привражья до Моргульской долины,— там посмотрим. Сслучись так, что она выбросит кости и тряпье,— и мы найдем ее, мы ее заполучим, нашу Прелесть, подарочек бедненькому Смеагорлу, который приводит вкусненькую пищу. И мы ссбережем Прелесть, в точности как поклялись, да-ссс, унесем ее, а уж потом — потом мы Ей покажем. Мы сквитаемся с Нею, моя прелесть. Мы потом со всеми сквитаемся!»

И пряча эти мысли в темных закоулках души, надеясь утаить их от Нее, явился он к Ней снова с низким поклоном, покуда спутники его безмятежно спали.

А что до Саурона, то Саурон знал, где ютится Шелоб. Ему была приятна ее голодная и неукротимая злоба; приятна и полезна — лучшего стража для древнего перевала, пожалуй, и он бы не сыскал. Орки — рабы сподручные, но уж кого-кого, а орков у него хватало. Пусть Шелоб кормится ими в ожидании лучших времен: и дешево и сердито. И как иной раз подбрасывает вкуснятинки кошке (*кошечкой своей* он называл Ее, но Она и его презирала), так Саурон прикармливал Ее узниками после пыток; их запускали к Ней в логово, а потом доносили ему о Ее забавах.

И так они жили, оба довольные собой, и не опасались ничьего нападенья и гнева, не предвидя конца своей обоюдной ненависти ко всему миру. Никогда еще ни одна жертва не вырвалась из тенет и когтей Шелоб, и тем страшней было нынче ее голодное бешенство.

А бедняга Сэм ничего не знал об этой чудовищной злобе; он лишь с возрастающим страхом чуял незримую и смертельную угрозу, такую властную, что и бежать ему было невмоготу, ноги подкашивались.

Ужас не отпускал, а впереди, на перевале, были враги, а хозяин беспечно — где у него голова? — бежал им навстречу. От черной пещеры и от густого мрака под скалою слева он обратил взгляд вперед и встревожился еще больше. Обнаженный меч в руке Фродо полыхал голубым пламенем, а башенное окно краснелось, хотя зарницы Мордора погасли.

— Орки! — пробурчал он.— Проскочишь тут, как же. Полно и орков, и прочей нечисти.

И, привычно таясь, укрыл ладонью драгоценный светильник; рука его налилась теплым светом живой крови, и он сунул фиал в нагрудный карман и запахнул плащ. Надо было спешить: хозяин отбежал порядком, шагов уже за двадцать мелькал его серый плащ,— того гляди, потеряется из виду во мгле.

Едва лишь Сэм спрятал светильник, как вылезла Она. Впереди, слева, из черной тени под скалой, точно из глубины страшного сна, появилась невыносимо омерзительная тварь. Была она как паук, но крупнее всякого зверя, и свирепее с виду, ибо страшно глядели ее беспощадные глаза, будто бы посрамленные и побежденные. Не тут-то было: заново светились бледной яростью многоглазые пучки. Рогатая голова торчала на толстом шейном стебле, а тулово ее огромным раздутым мешком моталось между восьми коленчатых ног — сверху черное, в синеватых пятнах и подтеках, а брюхо белесое, тугое и вонючее. Шишковатые суставы возвышались над серощетинистой спиной; и на каждой ноге клешня.

Протиснув хлюпающее тулово и сложенные, поджатые конечности сквозь верхний выход из логова, она ужасающе быстро побежала вприскочку, поскрипывая суставами. Она была между хозяином и Сэмом: то ли она не заметила его, то ли от него, от нынешнего хранителя светильника, и увернулась, чтоб уж никак не упустить одну жертву — Фродо, у которого теперь не было фиала и который бежал со всех ног, ничего не видя за собой. Но куда быстрее бежала Шелоб: догонит в три прыжка, ахнув, прикинул Сэм и на остатке дыхания завопил:

— Обернитесь! Обернитесь, сударь! Я сейчас...— но крик его прервался.

Рот ему заткнула длиннопалая липкая рука, другая обхватила его шею; ему сделали подножку, и он повалился навзничь, кому-то в самые лапы.

— Попался! — засипел Горлум ему в ухо.— Наконец-то он нам попался, да-ссс, скверненький хоббит. Мы задушим этого, а Ей досстанется другой. Мы его не тронем, это Ей, Шелоб, а Смеагорл сдержит клятву, совсем-совсем не тронет хозяина. Ему досстанешься ты, ссскверный, мерзкий мухляк! — Он плюнул на затылок Сэму.

Взбешенный предательством и нежданной помехой, когда хозяин вот-вот погибнет, Сэм оказался неистово силен, чего вовсе не ждал Горлум от этого глупого увальня, каким он его считал. Сам Горлум не вывертывался бы столь яростно и проворно. Сэм сдернул со рта его руку, пригнулся, напрягся, рванулся и чуть не высвободил шею. В его правой руке был меч, а на левой висел в кожаной петле Фарамиров посох. Он силился извернуться и достать Горлума клинком, но тот мгновенно зажал его кисть как в тиски и выкручивал ее, пока Сэм не вскрикнул от боли и не обронил меч, а хватка на его горле все крепла.

Тогда Сэм, собравшись с силами, изловчился, выгнулся, уперся ногами в землю и резко, что было мочи, откинулся назад.

Даже этот простой прием застал Горлума врасплох. Он шлепнулся наземь, Сэм сверху; дюжий хоббит здорово наподдал ему в живот, и Горлум, злобно зашипев, на миг приотпустил шею, по-прежнему стискивая и не пуская к мечу правую руку. Сэм рванулся вперед, крутнулся, высвободил шею, поднялся на ноги, откинул как можно дальше повисшего на руке Горлума и наотмашь хватил его подвернувшимся посохом ниже локтя.

Горлум оторвался от него с диким и жалобным визгом, а Сэм, не меняя руки, съездил его посохом покрепче — жаль, по спине, а не по голове: увернулся, гадина. Посох треснул и разломился, но Горлум уже получил свое. Он всегда нападал сзади с неизменным успехом, но на этот раз его подвела собственная злоба: надо было сперва схватить врага за горло обеими руками, а уж потом злорадствовать. Как он все хорошо придумал и как все испортилось, когда этот скверный свет вдруг зажегся в темноте. А теперь он оказался лицом к лицу с разъяренным врагом, почти равным ему силою. Да он и не умел драться по-настоящему. Свистнул поднятый с земли меч — Горлум завизжал еще жалобнее, плюхнулся на карачки, прыгнул лягушкой и метнулся к пещере.

Сэм кинулся за ним с мечом в руке: на миг забылось все, кроме неистовой ярости и жажды убить Горлума, но когда в лицо ему дохнул черный смрад, он молниеносно вспомнил, что Фродо — во власти чудища; вспомнил, повернулся и со всех ног помчался по тропе, громко призывая хозяина. Но было поздно. Тут Горлум преуспел.

Глава X

ВЫБОР СЭММИУМА СКРОМБИ

Фродо лежал ничком на камне, и гнусная тварь склонилась над ним, занятая поверженной жертвой; криков Сэма она не услышала и не заметила его, пока он не подбежал вплотную — и увидел, что Фродо плотно обмотан паутиной от лодыжек до плеч; чудище уже поднимало передними ногами и поволокло его спеленутое тело.

Рядом лежал и поблескивал эльфийский клинок, выпавший из его руки. Сэм не раздумывал, что ему делать: ни верности, ни храбрости, ни гнева ему было не занимать. Он подскочил с яростным криком, схватил в левую руку меч хозяина и ринулся в бой. Странное это было зрелище, небывалое в животном мире: бешеный зверек всего-то с двумя острыми клыками кидается отбивать тело собрата у глыбины в чешуйчатой шкуре-броне.

А она уже наслаждалась предвкушеньем кровавой трапезы, но, услышав его писк, медленно обратила к нему пучки глаз, налитые убийственной злобой. И прежде чем она поняла, что с такой яростью не встречалась еще никогда за все несчетные годы своей паучьей жизни, острый как бритва меч уже отсек ей клешню, а другой, еще острее, вонзился в многоглазую гроздь, и она померкла.

Жалкий звереныш спрятался под нею, укрылся от ее жала и клешней. Над ним висело зловонное, гнойно-прозрачное брюхо, и он, задыхаясь от смрада, наотмашь полоснул по нему эльфийским клинком.

Но Шелоб была не чета драконам: у нее уязвимы были только глаза. Шкура ее обросла чешуей из окаменелых нечистот, а изнутри наросло много слоев гнуси. Широкой раной вспорол ее меч, но пронзить этот гнусный панцирь не смогли бы ни Берен, ни Турин, ни эльфийским, ни гномским оружьем. Безвредно вспоротая, она вскинула тяжкое брюхо высоко над головой Сэма. Рана пенилась и сочилась ядовитым гноем. И, широко расставив ноги, она с мстительной силой обрушила брюхо на Сэма, но поторопилась: он устоял на ногах, обронил свой клинок и направил острием вверх эльфийский, держа его обеими руками; и Шелоб в смертельном ожесточенье нанизалась на стальной терн так глубоко, как не вонзил бы его ни один богатырь. Тем глубже вонзался он, чем тяжелей и беспощадней придавливало Сэма к земле зловонное брюхо.

Такой страшной боли Шелоб не знавала за все века своего безмятежного злодейства. Ни могучим воинам древнего Гондора, ни остервенелым, затравленным огромным оркам не удавалось даже задеть ее возлюбленную ею самой плоть. Дрожь сотрясла ее. Снова вскинувши брюхо, спасаясь от боли, она далеко отпрыгнула на задергавшихся членистых ногах.

Сэм упал на колени у головы Фродо в полуобмороке от

вонищи, по-прежнему сжимая меч в обеих руках. Сквозь туман перед глазами он смутно различал лицо Фродо и силился овладеть собой, не поддаваться дурноте. Медленно поднял он голову и увидел Ее за несколько шагов. Многоглазый пучок страшно смотрел на него; другой потух и подтекал зеленоватой жижей; с клюва свисала струйка отравленной слюны. Она раскорячилась, припав брюхом к земле, ноги ее вздрагивали, напрягаясь перед прыжком — сшибить с ног и ужалить насмерть, не просто отравить, одурманить и уволочь, а убить и растерзать.

А Сэм стоял на четвереньках, видел свою смерть в Ее взгляде — и вдруг словно услышал голос издалека, и нашарил левой рукой на груди холодный, твердый и надежный в этом призрачно-зыбком мире подарок Галадриэли.

— Галадриэль! — тихо проговорил он, и зазвенели дальние голоса эльфов под звездным пологом в лесу любимой Хоббитании, зазвучали их слышанные сквозь сон песни и нежная музыка в Каминном зале дворца Элронда.

Гилтониэль А Элберет!

И ожил голос в его пересохшей гортани, и он воскликнул на незнакомом ему языке:

А Элберет Гилтониэль
о менель палан-дириэль,
ле наллон си дингурутос!
А тиро нин, Фануилос!

И поднялся на ноги хоббит Сэммиум, сын Хэмбриджа.

— Иди-ка сюда, мразь! — крикнул он.— Ты ранила моего хозяина, гадина, и тебе несдобровать. Мы пойдем дальше, но сперва разделаемся с тобой! Иди-ка сюда, а то тебе еще мало!

И словно возжженный его неукротимым духом, светильник в его руке запламенел, как светоч, засиял, как светило, пронизывая мутную тьму ослепительно ясными лучами. Невиданный огонь с поднебесья опалил Шелоб, как молния; лучи жгли раненый глаз нестерпимой болью; другой, показалось Ей, ослеп. Она шлепнулась на спину, беспомощно суча длинными коленчатыми ногами, заслоняясь от жгучего, терзающего света, потом отвернула изувеченную голову, перекатилась и поползла на брюхе, подтягивая ноги, цепляясь клешнями за камни, к черной дыре, к спасительному логову.

Сэм наступал; он шатался, как пьяный, но шел на Нее. Она заторопилась прочь, мерзко, трусливо дрожа и колыхаясь, обгаживая камни желто-зеленой слизью, и втиснулась в проход, а Сэм успел еще рубануть по Ее ногам, вползавшим за Нею. И упал без памяти.

Шелоб удалилась; а что было с Нею дальше, долго ли безвылазно пролежала Она в своей берлоге, зализывая и залечивая раны спасительной темнотой, отращивая пучковатые глаза, когда озлобленный, смертоносный голод выгнал ее из Логова и где она снова раскинула свои тенета в Изгарных горах — об этом наша хроника умалчивает.

Сэм остался один. В густеющих черных сумерках проклятой страны он очнулся и устало пополз назад, к хозяину.

— Хозяин, дорогой хозяин,— проговорил он, но Фродо не отзывался. Когда он летел со всех ног без оглядки, радуясь освобождению, Шелоб огромным прыжком подскочила сзади и вонзила жало ему в шею. Теперь он лежал бледный, бесчувственный, неподвижный.

— Хозяин, дорогой хозяин! — снова позвал Сэм и долго-долго тщетно ждал ответа.

Он быстро, ловко и бережно разрезал путы и приложил ухо к груди, потом ко рту Фродо, но сердце не билось, губы отвердели. Он растирал ему охладелые руки и ноги, трогал ледяной лоб.

— Фродо, господин Фродо, сударь! — звал он.— Не оставляйте меня одного! Это ваш Сэм, откликнитесь! Не надо, не уходите без меня! Проснитесь, сударь! Господин Фродо, милый, дорогой, проснитесь! Проснитесь, пожалуйста!

Потом его охватил гнев, и он бегал вокруг тела хозяина, пронзая воздух, рубя камни, выкрикивая проклятья. Потом склонился над Фродо и долго смотрел на его бледный лик на черных камнях. И вдруг он вспомнил, что́ ему привиделось в Зеркале Галадриэли: мертвенно-бледный Фродо крепко спит у черной скалы. Это он тогда подумал, что крепко спит, а на самом деле...

— Он умер! — сказал Сэм.— Он не спит, он умер!

И от этих его слов точно яд разошелся в холодеющей крови, и лицо Фродо стало исчерна-зеленоватым.

И черное отчаяние овладело им, и он склонился к земле и укрыл голову капюшоном, сердце его оцепенело от горя, и он лишился чувств.

Схлынула темнота, и Сэм очнулся в тумане; но протянулись минуты или часы — этого он не знал. Он лежал на том же месте, и так же лежал возле него мертвый хозяин. Горы не обрушились, камни не искрошились.

— Что мне делать, делать-то чего? — проговорил он.— Неужто же мы с ним зря всю дорогу...— И ему припомнились собственные слова, сказанные еще в начале пути, не очень тогда понятные ему самому: *Я ведь обязательно вам пригожусь — и не здесь, не в Хоббитании... если вы понимаете, про что я толкую.*— А что я могу сделать? Оставить его мертвое тело на камнях и бежать домой? Или идти дальше? Дальше? — повторил он, вдруг задумавшись и испугавшись.— Как это — дальше? Мне, значит, идти дальше, а его что же, бросить?

И он заплакал и подошел к Фродо, прибрал его тело, и скрестил его холодные руки на груди, и обернул его плащом, и положил с одной стороны свой меч, а с другой — Фарамиров посох.

— Если мне надо идти дальше,— сказал он,— то придется, сударь, уж извините, взять ваш меч, а вам я оставлю этот, он лежал возле старого мертвого короля в Могильниках; и пусть вам останется ваша мифрильная кольчуга, подарок господина Бильбо. И вот еще ваша звездинка, сударь,— вы мне ее одолжили, и она мне очень еще понадобится, темень-то никуда не делась, и мне от нее никуда не деться. Куда уж мне такие подарки, да и не мне она была подарена, Владычица вам ее дала, но она-то как раз, может, и поймет. А *вы-то* хоть понимаете, сударь? Раз мне надо дальше.

Ну не мог он идти дальше, никак не мог. Он опустился на колени, взял мертвую руку и не мог ее отпустить. Шло время, а он все стоял на коленях, держал холодную руку и не мог решиться.

Да, решимости не хватало, а надо было пускаться в одинокий путь — затем, чтоб отомстить. Он не остановится, пройдет любыми тропами, исходит все Средиземье, есть-пить не будет, пока не настигнет и не убьет Горлума. Но ведь не за этим он пошел с хозяином, да ради этого не стоит и покидать его тело. Убийством его не вернешь. Его ничем не вернешь. Тогда уж лучше умереть рядом с ним: тоже одинокий путь, уводящий из жизни.

Он поглядел на ярко-голубой клинок и подумал о пути назад краем черного обрыва в никуда. Мстить или не мстить — не все ли равно? Нет, не за этим он шел за тридевять земель.

— Ну а что ж тогда? — воскликнул он снова. — Что же мне делать? — И ответ пришел сам собой, простой и жестокий: обещал пригодиться — пригодись, исполни за него. Вот он, твой путь — тоже одинокий и самый страшный.

— Это как? Мне, одному, идти, что ли, к Роковой Расселине? — Он задрожал, но тут-то и пришла решимость. — Как так? Это *мне-то*, мне *у него* забрать Кольцо? Совет поручил Кольцо ему.

И опять не замедлил ответ: «Совет поручил ему Кольцо и дал спутников, чтоб они помогли выполнить поручение. Ты — последний из Хранителей: вот и выполняй, за тебя некому».

— Зачем так надо, чтоб я был последним! — простонал он. — Сюда бы старину Гэндальфа или кого из прочих... И как мне одному решать? Я ж непременно маху дам! Чего мне выставляться-то, какой из меня Хранитель Кольца?

«Ты не выставляешься: тебя выставила судьба. А что, мол, ты в Хранители не годишься, так не больно-то годились и господин Фродо, да что говорить, господин Бильбо и тот... Они ж не сами себя выбирали, а так получилось».

— Словом, хочешь не хочешь, а надо решать самому. Осрамлюсь, конечно, но это уж как водится: чтобы Сэм Скромби да не сел в лужу?

Будем думать: ну вот, найдут нас здесь, господина Фродо то есть, и эта Штуковина, что на нем, достанется Врагу. Тут нам всем и конец — конец Лориэну, Раздолу, а Хоббитании уж и подавно. Ишь, думать наладился — думать-то времени нет. Война началась, и Враг, видать, берет верх. Обратно с Кольцом не проберешься: да и с кем советоваться, у кого спрашиваться? Нет уж, либо сиди жди, пока тебя укокошат над телом хозяина, а Штуковину отнесут Кому не надо, либо забирай Колечко и бери ноги в руки. — Он глубоко вздохнул. — Вот так, и больше ничегошеньки не надумаешь!

Он склонился над Фродо, отстегнул брошь у подбородка, засунул руку ему под рубашку, а другой рукою приподнял мертвую голову, поцеловал холодный лоб и бережно снял цепочку с шеи. И опустил голову хозяина на камень; застывший лик не изменился, и тут уж все стало понятней понятного: да, Фродо умер и поручение его больше не касается.

— Прощай, хозяин, прощай, дорогой мой! — тихо молвил он. — Прости своего Сэма. Он вернется сюда непременно, вот только доделает, ежели получится, твое дело. И уж больше не разлучимся. А покуда покойся с миром: авось не доберутся до тебя вражеские стервятники! Может, Владычица услышит меня и соблаговолит исполнить одно-единственное мое желание — устроит так, чтоб я возвратился и нашел тебя. Прощай!

Он склонил голову, продел ее в цепочку — и согнулся под тяжестью Кольца, словно на шею ему повесили огромный камень. Но мало-помалу, то ли привыкая к тягости, то ли обретая новые силы, он распрямился, с трудом встал на ноги и понял, что идти сможет и ношу унесет. При свете Фиала он еще раз поглядел на своего хозяина — а Фиал светился тихо, будто ранняя звезда летним вечером, и мягко озарял лицо Фродо, строгое, бледное и по-эльфийски красивое: смертная тень сошла с него. Горько утешенный на прощанье, Сэм отвернулся, спрятал светильник и побрел в сгустившуюся темень.

Идти было недалеко: сотня саженей, не больше, от прохода до Ущелины. Тропа и в сумерках виднелась — широкая, исхоженная, она отлого поднималась в гору между сближавшихся скал и превратилась в длинную лестницу с плоскими, стертыми ступенями. Черная сторожевая башня угрюмо высилась прямо над ним, мигая красным глазом. Он скрылся в тени у ее подножия: вот и лестнице конец, а вон и Ущелина.

— Решенного не перерешать,— твердил он сам себе, а все же, хоть вроде бы решил и по совести, но сердце его противилось каждому шагу.— Неверно, что ль, я рассудил? — пробормотал он.— А как же надо было?

У самого гребня громоздились отвесные скалы, и, прежде чем углубиться в проход между ними и выйти к тропе, ведущей вниз во Вражьи края, Сэм обернулся и постоял неподвижно, пытаясь отделаться от мучительных сомнений и глядя вниз, на каменную пустыню, где разбилась вдребезги его жизнь. Черной точкой виднелся проход в Логово; правее саженей так на тридцать остался лежать Фродо; там словно бы метались какие-то отсветы, а может, это слезы застлали ему глаза.

— Одно у меня желание, больше нет,— вздохнул он,— только б вернуться и найти его! — И он нехотя — да и ноги не слушались — сделал несколько шагов к перевалу.

Всего несколько шагов; еще несколько — и начнется спуск, и те страшные утесы скроются с глаз его, может быть, навсегда. Но внезапно послышались крики и гомон. Он застыл: точно, орки, и спереди, и позади. Тяжелый топот, грубые окрики: откуда-то, слева, что ли, приближались они к Ущелине — должно быть, вышли из башни. И сзади тоже — топот и окрики. Он обернулся: факельные огоньки плясали у подножия утесов, появлялись из прохода. Вот наконец и погоня. Недаром башня мигала красным глазом. Он угодил между двух огней.

Впереди уж совсем близко мелькали отсветы факелов и слышался лязг стали. Через минуту они подойдут к гребню — и ему крышка. Долго он больно раздумывал, и, видать, понапрасну. Куда ж ему деваться, как спастись, главное — спасти Кольцо? Кольцо. Не колеблясь и не размышляя, он вытащил цепку, взял Кольцо в руку. Передовой орк возник в Ущелине прямо перед ним, и он надел Кольцо.

Все переменилось, и за один миг пролетел словно бы час. Слух его обострился, а зрение помутилось, но иначе, чем в Логове Шелоб. Кругом стало не черно, а серо, и он был один в зыбкой мгле, как маленькая черная-пречерная скала, а Кольцо, тяготившее его левую руку, жарко сверкало золотом. Он себя невидимкой не чувствовал: наоборот, ему чудилось, будто его видно отовсюду, и всевидящее Око, он знал, жадно ищет его. Надсадный хруст камней был ему слышен, и мертвенный лепет воды в Моргульской долине, и хлюпающие стенанья Шелоб, заблудившейся в собственном логове, и стоны узников из башенных подземелий, и крики орков, выходящих из Логова, и оглушительный галдеж и топотня пришельцев из-за гребня. Он прижался к скале, а они промчались мимо, как вереница уродливых теней, мерзкие призраки в брызгах бледных огоньков. Он съежился, отыскивая ощупью укромную выбоину.

И прислушался. Орки из перехода и эти, с башни, завидели друг друга — шум и гам удвоились. Он отчетливо слышал тех и других и понимал их речь. То ли, надевши Кольцо, начинаешь понимать все языки, то ли язык рабов Саурона, его изготовителя,— словом, все было понятно, он как бы сам себе переводил. Видно, мощь Кольца возросла стократ неподалеку от горнила, где оно было отковано; но уж чего-чего, а мужества оно не придавало — Сэм думал лишь о том, где бы спрятаться и переждать суматоху, а пока напряженно вслушивался. Где орки встретились, этого он не знал, но говорили точно у него под ухом.

— Видали? Горбаг! Чего это ты приперся — воевать надоело?

— Приказ, мордоплюй! Ты-то, Шаграт, зачем задницу приволок? Повоевать захотелось?

— Здесь я приказываю, я здесь начальник, а ты придержи язык. Чего нашли?

— Ни хрена.

— Гей! Гой! Эге-гей! — Галдеж перебил начальственную беседу. Нижние орки что-то обнаружили и забегали. Подбегали остальные.

— Го-го-го! Тут что-то валяется прям на дороге. Лазутчик, лазутчик! — Сипло завизжали рога, все перекрикивали друг друга.

В холодном ужасе Сэм очнулся от напавшей на него трусости. Нашли хозяина, гады. Что они с ним сделают? Слыхивал он такие рассказы, что аж кровь замерзала в жилах. Ну нет — он вскочил на ноги. Пропадай все пропадом, грош цена всем его доводам; сомненья и страхи как рукой сняло. Он твердо понял, где его место: рядом с хозяином, живым или мертвым, а почему да зачем — неважно. И он сбежал по лестнице и помчался тропою к Фродо.

«Сколько их там? — думал он.— Из башни тридцать-сорок, не меньше, да снизу столько же, а то и побольше. И сколько ж я их успею перебить? Голубой клинок они заметят и раньше ли, позже ли одолеют меня. Хорошо бы когда-нибудь сложили песню: «Как Сэммиум погиб на перевале, защищая тело хозяина». Да нет, какая песня. Кольцо найдется, и песен больше не будет. Что ж, нет так нет, а мое место — возле господина Фродо. Должны они это понять — и Элронд, и Совет, и все они, великие и мудрые: просчитались они. Из меня Хранителя не выйдет — я только вместе с господином Фродо».

Что-то орков не видать в этой мути. Прежде он как-то перемогался, а теперь вдруг разом устал так, что впору копыта отбрасывать. Не бежит, а еле тащится, и тропе конца нет. Да куда же они все подевались — вот проклятый туман!

Ага, вон они! Еще далеко, ух ты, как далеко. Столпились, а некоторые рыщут кругом, следы вынюхивают. Он силился побежать.

— Ну давай, давай, Сэм! — торопил он себя.— А то опять прохлопаешь, что тогда? — Он нащупал рукоять меча. Сейчас он его выдернет из ножен и...

Дико загалдели, заржали, загоготали, поднимая тело с земли:

— Раз-два, взяли! Эй ты, рыло! Оп! Оп!

И начальственный окрик:

— Шагом марш, поровнее! Напрямую к Нижним Воротам! Сегодня Она, похоже, не вылезет.— И целая свора сорвалась с места. Четверо посредине несли тело на плечах.— Го-гой!

Всё: убежали, унесли тело Фродо, теперь уж их не догнать; но он не останавливался. Орки исчезли в проходе: четверка с телом впереди, задние устроили толчею. Сэм подоспел — и обнажил меч, полыхнувший голубым пламенем, но его никто не заметил, и последний орк скрылся в зияющей дыре.

Он постоял, держась за сердце, и немного отдышался. Потом отер рукавом с лица копоть, пот и слезы.

— Гадина проклятая! — сказал он и нырнул в смрадную темноту.

Теперь темнота была не такая черная: просто он из туманной мглы окунулся в густой туман. Усталость его возрастала, но и упорства прибавилось. Вроде бы и невдалеке плясали огоньки факелов, но, как он ни спешил, догнать их не удавалось. Орки — ходоки быстрые, а уж этот-то переход они знали назубок: как ни страшились они Шелоб, а иного пути, кроме самых окольных и запретных, от Мертвой Крепости до сторожевой башни не было. Когда проделали главный проход и зачем вырубили тот круглый отсек, где Она облюбовала берлогу,— этого никто не знал, но обходных туннельчиков наделали видимо-невидимо: бегать-то мимо Шелоб приходилось по сто раз на дню. Нынче бежать было недалеко — потайным боковым ходом к подбашенной скале. Полные злорадного ликования — не без добычи! — на бегу они чисто по-оркски орали и переругивались. Сэм слышал их грубые голоса, точно ржавый скрежет в мертвенном воздухе: громче и ближе всех говорили между собой два вожака, замыкавшие шествие.

— Унял бы ты своих долбаков, Шаграт,— буркнул один.— Вот щас Шелоб как выскочит!

— Не воняй, Горбаг! Твои не меньше галдят! — огрызнулся другой.— Дай ребятам подурачиться. Шелоб нынче квелая, авось не выскочит. На гвоздь Она, что ли, напоролась, не знаю, и утешать не побегу. Видал, как все запаковщено аж до поганой Ее берлоги? Да коли сто раз сошло, сойдет и в сто первый, пусть их поржут. Опять же везуха: в Лугбурзе будут довольны.

— Сказанул: в Лугбурзе! С чего бы это: подумаешь, какой-то эльфийский недомерок. Особо опасный, что ль?

— Не знаю, глазами поглядеть надо.

— А-а-а! Сам, стало быть, не знаешь, в чем дело, из-за чего сыр-бор? Ну, да у них там наверху все тайны да секреты, где нам, дуракам. А я тебе по секрету вот что скажу: на самом верху те же портачи сидят, даже еще хуже.

— Ч-ш, Горбаг! — Шаграт так понизил голос, что и болезненно чуткий слух Сэма едва улавливал слова.— Портачи-то они портачи, а глаза и уши у них повсюду, и мои огольцы всегда на стреме, было б что доносить. А они там сротозейничали, это точно. Недаром назгулы, сам говоришь, места себе на находят, в Лугбурзе тоже переполох. Что-то у них чуть не сорвалось.

— Чуть не сорвалось, говоришь? — хохотнул Горбаг.

— Ладно, ладно,— сказал Шаграт,— поговорим потом. Тут щас будет один закоулок: парни пусть идут, а мы присядем потолкуем.

Факелы куда-то поисчезали. Прокатился гул, раздался глухой удар. Сэм подбежал — оказалось, орки ушли тупиковым проходом.

Его загораживал огромный камень, но они как-то, видать, его отодвинули и задвинули: голоса их доносились с той стороны. Орки убегали в каменную глубь, к своей башне,— и уносили на поругание тело Фродо, а Сэм, хоть ты тресни, не мог даже следовать за ними. Он потыкался в каменную глыбу, попробовал ворохнуть ее, кидался на нее всем телом, но она не поддавалась. И снова, вроде бы совсем неподалеку, послышались голоса вожаков, и он навострил уши: вдруг что-нибудь разузнает? Кстати же,

Горбаг, должно быть, снизу, из Минас-Моргула, будет выходить, а он и прошмыгнет.

— Не-а, не знаю,— сказал голос Горбага.— Обычно-то приказы поступают быстрей, чем птица долетит. А как — не знаю, да лишнего и не надо знать. Бррр! С этими назгулами не захочешь, а обделаешься. Глянут на тебя — будто шкуру сдирают: раз-два, и отправят освежеванного вялиться на том свету. А Самому они лучше братьев родных, так что терпи да молчи в тряпочку. Нет, я тебе скажу, в крепости служить — не шутка.

— Ты бы здесь послужил, погулял бы в обнимку с Шелоб,— сказал Шаграт.

— Она мне тоже без надобности: податься бы куда-нибудь, где ни их, ни Ее. Да куда же подашься: война, разве что после.

— Война, говорят, хорошо идет.

— Они скажут,— хмыкнул Горбаг.— Поживем — увидим. Но если и правда все утрюхается, то заживем попросторнее. Как думаешь? Может, подберем с десяток лихих парней, дадим тягу да поищем, где поразжиться есть чем, а командиров нет?

— Эх! — сказал Шаграт.— А что, тряхнем стариной?

— Ну,— сказал Горбаг.— Это мы потом, а сейчас тут что-то не то, нюхом чую. Я тебе говорю, Большие Шишки,— он перешел почти на шепот,— ну, самые большие, где-то напортачили. «Чуть не сорвалось»! То-то и оно, что сорвалось! А мы — бегай поднимай. Бедняга наш брат Урукхай — только бы им дыры нашими задницами затыкать! Пользуются, что враги любят нас не больше, чем Самого, и что ежели Ему, то и нам конец. Погоди-ка: ты когда приказ-то получил?

— Да с час назад, мы почти сразу и встретились. Сказано было: *Назгул тревожится. Берегись лазутчиков на Лестницах. Стражу везде удвоить. К лестницам выставить дозор.* Я скомандовал — и побежали.

— Скверное дело,— сказал Горбаг.— Видишь ли — наши Безмолвные Соглядатаи встревожились пораньше назгула, дня два назад, это я точно знаю. А с дозором меня послали только вчера и в Лугбурз не сразу доложили: то да се, гром и молния, Главный Назгул выступает с войском. Говорят, из Лугбурза вообще велели не соваться с пустяками.

— Ну да, и Око здесь не шарило,— сказал Шаграт.— Говорят, на западе большие бои.

— Это само собой,— проворчал Горбаг.— А враги тем

349

временем пробрались по Лестницам. Ты-то, между прочим, где был? Особого распоряжения дожидался? Кто за тебя должен стеречь верхнее ущелье и переход?

— Заткнись, ты! Ишь, командир нашелся: не учи ученого. Мы и так всю ночь глаз не смыкали. Тут чудны́е дела творились.

— Что за чудные дела?

— Да уж чудные: свет мелькал, крики слышались. Но Шелоб-то тоже не дремала. Парни видели Ее с Мозгляком.

— Какой еще Мозгляк?

— Поглядел бы ты на него: черненький такой вшиварь, сам как паучок или заморенный лягушонок. Он здесь и раньше бывал. Первый раз явился не откуда-нибудь, а из Лугбурза, понял, несколько лет назад, и нам велено было задержек ему не чинить. И с тех пор разок-другой вскарабкался по Лестницам, но мы его не трогали, будто и не замечаем: он как-то поладил с Ее Милостью. Видать, Она просто на тощий кус не позарилась — на приказы-то сверху Ей сто раз плевать ядовитой слюной. Ну, вы там в долине хороши сторожа: он сюда уж сутки как пробрался. Вчера под вечер его видели. А потом докладывают мне, что Ее Милость забавляется, я думаю — ну и на здоровье, другое дело — когда приказ вышел. Верно, думаю, Мозгляк Ей какую-нибудь живую кровянку притащил, а может, от вас доставили подарочек — пленного или кого там. Я Ей забавляться никогда не мешаю — Ей помешаешь, как же! — а мимо Нее все равно никому ходу нет.

— «Ходу нет, ходу нет»! Ты гляделки-то разуй! Говорю тебе: что-то стряслось, нюхом чую. Кто уж там пожаловал по Лестницам, не знаю, только он протырился, понял? Раскромсал ее паутинку и вылез из Логова. Это тебе не хухры-мухры!

— Ну он же от Нее не ушел, верно?

— Не *ушел*? *Кто* не ушел? Этот замухрышка? Да если б он был один, давно уж вылеживался бы в Ее кладовочке на верхней полочке, а ты бы его у Нее выпрашивал, потому как в Лугбурзе шутить не любят. Считай, тебе повезло. Только он не один был!

Тут Сэм стал слушать внимательнее и прижался ухом к камню.

— Кто его освободил-то, а, Шаграт? Да тот же самый, что раскромсал паутину. Сам, что ль, не понимаешь? А кто подколол Ее Милость? Опять же он. А где он? Ну где он, Шаграт?

Шаграт промолчал.

— Ты шевели, шевели мозгами — нет своих, займи на время, дело-то нешуточное! Никогда и никто еще до Шелоб иголкой не дотянулся, не хуже меня ты это знаешь. Старушку-то жалеть не будем, хрен с Ней; но ты сообрази сам: тут у тебя шастает всем мятежникам мятежник, с недобрых времен Великой Осады таких и в заводе не было. В общем, что-то сорвалось.

— Ну и что это за мятежник, по-твоему?

— Да по всему видать, мил друг Шаграт, что это огромный богатырь, наверняка эльф, с эльфийским мечом — это точно, да и секира небось при нем; он тут орудует у тебя под боком, а ты хайлом мух ловишь! Что говорить, чудные дела! — Горбаг сплюнул. Сэм мрачно усмехнулся, узнав себя в описании.

— Да ну тебя в Моргул, вечно ты тоску нагоняешь,— сказал Шаграт.— Вольно тебе выдумывать, а может, все гораздо проще объясняется. Короче, дозорных я всюду выставил, и, если их даже двое, разбираться будем по одному. Погляжу как следует на того, который нам попался, а там и подумаю, что дальше делать.

— А я тебе говорю, что на замухрышку можешь заранее плюнуть,— сказал Горбаг.— Он тут вообще сбоку припека. Да тот великан с острым мечом и возиться-то с ним не стал, бросил подыхать: эльфы, они такие.

— Посмотрим. Айда, а то заговорились. Пошли разбираться с пленным.

— Чего ты с ним делать-то собираешься? Ты не забудь — это мои молодцы нашли его. Если потрошить, то чур мы первые.

— Легче, легче,— заворчал Шаграт.— Нечего тут, у меня приказ, и нарушать его никому не позволено — наши с тобой головы первые полетят. *Всякого* пойманного нарушителя заточить в башню. Раздеть донага. Составить полную опись одежды, оружия и всего, что при нем найдено — письма, кольца, любые безделушки: опись немедля переправить в Лугбурз, и *только* в Лугбурз. Пленника под страхом смертной казни для всех и каждого пальцем не трогать и беречь пуще глаза, покамест Сам за ним не пришлет или не явится. Инструкции ясные, мое дело их выполнять от точки до точки.

— А донага раздеть — это как? — спросил Горбаг.— Уж заодно-то, может, зубки повыдергать, ноготки, волосики, а?

— Ни-ни, и не мечтай. В Лугбурз без никаких, целого и невредимого.

— Ну,. это дудки,— расхохотался Горбаг.— Чего дохлятину-то беречь? Жмуриков у них, что ли, в Лугбурзе не хватает? Сварить бы его на ужин, и дело с концом.

— Болван! — рявкнул Шаграт.— Язык у тебя без костей, а ты бы лучше послушал тех, кто смыслит побольше твоего. Смотри, вот сам попадешь на ужин к Шелоб. Дохлятина! Много ты понимаешь про Ее Милость! Если Она пеленает — значит, мясцо заготавливает, а дохлятины Она не жрет и тухлой кровянки не пьет. Не мертвый он вовсе!

Сэма шатнуло; он вцепился в камень. Ему показалось, будто черное Логово переворачивается вверх дном. От потрясения он чуть не лишился чувств, но превозмог дурноту, ясно услышав свой внутренний голос: «Дуралей ты, он же не мертвый, и в сердце своем ты это знал. Голова твоя, Сэммиум, садовая, ты ее лучше в карман спрячь. Беда с тобой та, что ты потерял надежду, а лучше сказать, с самого начала ни на что не надеялся. Теперь-то как быть?» Пока никак, пока всем телом вжаться в холодный камень и слушать, слушать, слушать гнусные голоса орков.

— Эх, ты, тютя! — сказал Шаграт.— У Нее же разные яды на разные случаи. Когда Она охотится, то ужалит в шею, упакует мягонькое мясцо в кокон, а уж потом лакомится помаленьку. Помнишь старину Уфтхака? Он вдруг запропал: день его нет, два нет, на третий идем — а он висит в уголочке живехонек и пялит зенки. Ну, мы и хохотали! Может, Она его подвесила и забыла, но мы его так висеть и оставили — охота была с Нею связываться! Нет, этот вшиваречек через часик-другой очухается: ну, потошнит его, а так хоть бы что, это уж в Лугбурзе его на части разберут. Память у него, конечно, малость отшибет: невдомек ему будет, где он да что такое с ним приключилось.

— И что его ожидает! — захохотал Горбаг.— Ладно, это мы ему порасскажем, раз больше ничего нельзя. В лугбурзских хоромах он вряд ли бывал, надо его подготовить, а то испугается с непривычки. А что, забава не хуже другой. Пошли!

— А я тебе говорю, забавляться не будем,— пробурчал Шаграт.— Если он в уме повредится, то все мы, считай, мертвецы.

— Ладно, ладно, не пукай! Я бы на твоем месте обложил другого, здоровяка, а пока чего даже и в Лугбурз не докладывал бы. Там ведь косо посмотрят, что ты изловил котенка и упустил кота.

Голоса стихли, и шаги удалились. Сэм оправился от потрясения и пришел в бешеную ярость.

— Ну и сглупил же я! — кричал он.— Так я и знал! Теперь он у них, у гадов, у мерзавцев! Одно тебе надо было помнить: никогда, ни под каким видом не оставляй хозяина, и все тут! И не мудрить! Ох, хоть бы мне это простилось! А теперь надо пробраться к нему — как хочешь, хоть из кожи вон!

Он снова обнажил меч и рукоятью выстукивал камень: тот отзывался глухим гулом, но клинок запылал ярко-ярко, и при свете его Сэм с изумленьем увидел, что перед ним не просто камень, а каменная дверь в полтора его роста. Между дверью и аркой оставался узкий лаз; дверь небось была от Шелоб и запиралась с той стороны хитрым засовом или крюком, для Нее недосягаемым. Сэм подпрыгнул, схватился за верх двери, подтянулся, просунулся в лаз, перевалился, тут же вскочил и побежал со всех ног со сверкающим клинком в руке по извилистому проходу. Узнав, что хозяин жив, он и думать забыл о своей усталости. Впереди ничего было не видно: уж больно петлял проход, но орков он, должно быть, догонял — два голоса послышались совсем рядом.

— Как сказал, так и сделаю,— сердито отрезал Шаграт.— Запру его в потайной каморке на самом верху.

— Зачем это? — буркнул Горбаг.— У тебя что, внизу нет надежных застенков?

— Сказал же, подальше от вашего брата,— отвечал Шаграт.— Понял? Его нельзя трогать, а я не всем своим парням доверяю, твоим-то и подавно, да и тебе не очень — мало ли, приспичит тебе позабавиться. Я за него в ответе и тебя к нему близко не подпущу, разве что под моим присмотром. Говорю: на самый верх, там до него никто не доберется.

— Никто? — крикнул Сэм.— А про эльфийского-то богатыря у вас под боком забыли!

И он выпрыгнул из-за последнего поворота, но Кольцо, что ли, обмануло его — уж очень их было хорошо слышно — или проход такой опять же хитрый, только они оказались довольно далеко: два черных приземистых урода на фоне багрового неба. Они поднимались по каменному скату к широко распахнутым двустворчатым воротам в нижние, а то и подвальные помещения башни — ее могучего рога даже и видно не было. Орки со своей ношей уже давно зашли в ворота; Горбаг и Шаграт были от них за два шага.

Хриплый хор грянул песню; затрубили рога, ударили в гонги, заорали на все голоса. Горбаг и Шаграт переступили порог.

Сэм кричал и махал сверкающим Терном, но его голосок тонул в несусветном гаме. Никто его не заметил.

Гулко захлопнулись огромные ворота. С лязгом задвинулись тяжелые железные засовы. Сэм с разгону ударился о шиповатую бронзовую обшивку и без чувств упал наземь. Он остался один снаружи, в темноте. Фродо был жив и живым попал в руки Врага.

Возвращение государя

летопись третья
из эпопеи

« Властелин колец »

Книга 5

Глава 1

МИНАС-ТИРИТ

Пин выглянул у Гэндальфа из-за пазухи — и не понял, проснулся он или спит по-прежнему, видит быстротечный сон, в который погрузился, когда Светозар ударил галопом. Пробегала мимо та же темень, и ветер гулко свистел в ушах. Виднелись одни лишь переливчатые звезды; справа заслоняли небеса темные громады. Он стал было сонно соображать, где они и сколько уже проехали, но память его мутилась и расплывалась.

Сперва, он помнил, мчались во весь опор; на рассвете блеснули тусклым золотом купола, и они приехали в какой-то тихий город, и огромный пустой дворец стоял на холме. Едва они там укрылись, как опять налетела крылатая тень, и люди растерялись от ужаса. Но потом Гэндальф с ним ласково говорил, а он спал где-то в уголочке, спал устало и беспокойно, и слышал сквозь сон, как ходили туда-сюда люди и Гэндальф отдавал приказы. А потом они снова мчались и мчались, скакали в ночи. Вторая это была — нет, уже третья ночь, как он заглянул в Камень. Он вспомнил этот ужас, вспомнил, проснулся и задрожал, а расшумевшийся ветер грозил на все голоса.

Небо вспыхнуло желтым сиянием из-за черных кряжей, а Пин съежился в комочек: куда это, в какие неведомые края завез его Гэндальф? Он протер глаза и увидел, что луна одолела восточные тени, почти что полная луна. Значит, ночь в самом начале, и долог еще путь под темным небом. Он шевельнулся и заговорил.

— Это мы где, Гэндальф? — спросил он.

— Заехали в пределы Гондора,— отвечал тот.— Пока что в Анориэне.

И дальше скакали молча, а потом Пин вскрикнул, дернув Гэндальфа за рукав:

— Смотри-ка, смотри! Огонь же, красный огонь! Тут что, драконы? А вон еще!

Вместо ответа Гэндальф воззвал к коню:

— Поспешим, Светозар! Близки последние сроки. Видишь, Гондор зажигает маяки, вестники бедствия. Война нагрянула. Вон зажегся Амон-Дин, вспыхнуло пламя на Эйленахе, и огни побежали к западу: Нардол, Эрелас, Мин-Риммон, Кэленхад,— а вот полыхнул Галифириэн у ристанийской границы!

Но Светозар перешел с галопа на шаг, поднял голову и звонко заржал. Послышалось ответное ржанье и перестук копыт; из темноты вынырнули три всадника, пронеслись на запад и исчезли, точно растаяли в лунном сиянии. А Светозар напрягся, прянул — и ночной ветер снова загудел в ушах.

Сквозь дремоту Пин краем уха слушал, что рассказывает Гэндальф о гондорских обычаях — о том, как наместник повелел воздвигнуть маяки по обоим отрогам горной цепи, а у маяков учредил подставы, где всегда держат наготове сменных лошадей для гонцов, отправленных на север, в Ристанию, или на юг, в Бельфалас.

— Давно уж северные маяки не зажигались,— сказал он,— а прежде-то Гондору в них и нужды не было, хватало Семи Каменьев.

Пин вздрогнул и заерзал.

— Спи себе, не пугайся! — велел ему Гэндальф.— Это Фродо надо идти в Мордор, а ты едешь в Минас-Тирит, в надежнейшую крепость: нынче надежней нигде нету. Если уж Гондор не устоит, если Враг завладеет Кольцом, то и в Хоббитании не укроешься.

— Хорош утешитель,— спросонья выговорил Пин. Но, и засыпая, все же увидел осиянные луной белые вершины, плывущие над облаками. И подумал: а где же все-таки Фродо, может, он уже в Мордоре или его в живых нет; откуда ему было знать, что тогда-то и Фродо глядел издалека на ту же самую предрассветную луну.

Голоса разбудили Пина. Вот и еще сутки прочь: день в укрытии, ночь на коне. Светало, стелился холодный туман. Поблескивали потные бока Светозара, но в горделивой его осанке не было ни признака усталости. Кругом стояли высокие люди в плащах до пят, а за ними виднелась полуразрушенная стена, которую, должно быть, поспешно отстраивали, и в этот ранний предрассветный час отовсюду слышался стук молотков, скрежет лопат и скрип колес. В мутной мгле пылали факелы, горели светильники. Гэндальф разговаривал с теми, кто преграждал им путь, и Пин, прислушавшись, понял, что речь идет о нем.

— Да нет, ты-то ладно, Митрандир,— говорил Главный,— тебя мы знаем. А ты знаешь заветные слова, и Семь Врат открыты перед тобой. Езжай себе. Но вот спутник твой — он кто? Гном, что ли, с северных гор? Нам, как бы сказать, нынче ни к чему чужестранцы, разве что придет мощная подмога — из тех, кого мы опять-таки знаем и кому верим.

— Я поручусь за него перед престолом Денэтора,— отвечал Гэндальф.— И не судите о нем по росту. Если хочешь знать, Ингольд, так и битв, и опасностей ему выпало на долю куда больше твоего, хоть он и вдвое тебя меньше; мы с ним приехали от Изенгарда, вы еще услышите, что там было. Устал он очень, а то бы я его разбудил. Зовут его Перегрин, и не всякий из вас равен доблестью этому мужу.

— Этому мужу? — изумился Ингольд, и остальные рассмеялись.

— Какому еще мужу! — воскликнул Пин, совсем проснувшись.— Скажет тоже, мужу! Я никакой не муж, а хоббит, и вовсе не доблестный, разве что иной раз не сплоховал. Чего вам Гэндальф голову морочит!

— Такие слова и впрямь под стать доблестному мужу,— задумчиво проговорил Ингольд.— А хоббит — это кто?

— Хоббит — это невысоклик,— объяснил Гэндальф.— Нет-нет,— прибавил он, окинув взглядом изумленные лица,— прорицанье было не о нем. Это не тот, но один из них.

— Хоть и не тот, но его спутник,— заявил Пин.— И Боромир из вашего города тоже был с нами, он спас меня в северных снегах, и как раз меня он защищал и отбивался от целого полчища, когда его застрелили.

— Будет! — вмешался Гэндальф.— Эту скорбную весть должен прежде услышать отец Боромира.

— Скорбная весть предугадана,— сказал Ингольд,— ибо недавно были диковинные знаменья. Езжайте же, спешите! Свидетелю участи наследника престола Минас-Тирита нет задержки — будь то человек или...

— Или хоббит,— докончил Пин.— Мало проку от моего свидетельства, я могу лишь поведать вашему властителю о доблести Боромира, я у него в долгу.

— Добро пожаловать! — сказал Ингольд, и люди расступились перед Светозаром: в стене был узкий проход.— Подай Денэтору и всем нам мудрый совет, Митрандир! — крикнул он вслед.— А то ведь говорят, будто ты не советчик, а горевестник, ибо вести твои всегда скорбные и грозные!

— Потому что являюсь я в годины бедствий,— отозвался Гэндальф,— являюсь, когда нужна моя помощь. Вам же совет мой таков: поздно уже чинить пеленнорскую стену. Буря вот-вот налетит, и надейтесь лишь на свою стойкость, а выстоите — будет вам и иная надежда. Не все мои вести — скорбные. Отложите лопаты и точите мечи!

— Да мы к вечеру управимся,— возразил Ингольд.— Стена вся отстроена, только здесь и осталось: мы же не ждем врагов со стороны Ристании. А что ристанийцы? Как думаешь, откликнутся, прискачут на зов?

— Прискачут, дайте срок. Пока что они заслонили вас от удара в спину. Ждите врагов отовсюду, с любой стороны, днем и ночью! Когда б не Гэндальф-горевестник, на вас бы сейчас обрушились вражьи полчища из разгромленной Ристании. И почем знать, что еще будет. Прощайте, и глядите в оба!

И Гэндальф выехал на раздолье за Раммас-Экором — так называли гондорцы дальние укрепления, воздвигнутые, когда враг захватил Итилию. Десять с лишним лиг тянулись они от северных горных отрогов к южным, вокруг Пеленнорских пажитей — богатых, пышных угодий на пологом правобережье Андуина. На северо-востоке от стены до Великих Врат было дальше всего — лиги четыре. Здесь Минас-Тирит отгородился от приречных низин могучей крепью, и недаром: сюда, к заставе с двумя сторожевыми башнями, вела меж стен по насыпи большая дорога от бродов и мостов Осгилиата. А на юго-востоке стена отстояла от города всего лишь на лигу, минуя Эмин-Арнен — Королевскую Гряду на том берегу, в южной Итилии,— Андуин круто сворачивал к западу, и укрепления высились над берегом реки, над пристанями Харлондской гавани, где швартовались корабли и барки с подвластных Гондору андуинских низовий и с приморья.

Изобильны были городские окрестности: тучные пашни и фруктовые сады, усадьбы с житницами и сушильнями, овчарнями и коровниками; в зелени струились с гор к Андуину бесчисленные речушки. Правда, земледельцев и скотоводов было здесь немного: большей частью гондорцы обитали в своем семистенном граде, или же по высокогорным долинам Лоссарнаха, или еще дальше к югу, в прекрасном Лебеннине, который орошают пять буйных потоков. Суровые жители южных предгорий считались исконными гондорцами, хоть и были они — приземистые и смуглые — потомками безвестного племени, поселившегося там в незапамятные века, еще до того, как Морем приплыли короли. И многолюдна была южная окраина Гондора — Бельфалас, где правил родовитый князь Имраиль; замок его Дол-Амрот стоял у самого Моря. Тамошние уроженцы были рослые, статные, сероглазые.

...Они ехали, и небо светлело; Пин привстал и огляделся. Слева стелилась мгла, сгущаясь в темень на востоке, а справа уходила на запад горная цепь, такая обрывистая, точно при сотворении мира могучая река обрезала и отодвинула ее, образовав широкую долину, ристалище грядущих битв. И, выступая из тени, возникла перед ними, как и обещал Гэндальф, крайняя вершина — гигант Миндоллуин, изборожденный лиловыми рубцами, обративший к рассвету белеющее взлобье. На его уступе, как на огромном выставленном колене, воздвигся Несокрушимый Град, могучая и древняя семистенная крепость — казалось, и не построенная, а изваянная сказочными исполинами из тверди земной.

Пин изумленно смотрел, как серые стены белели и розовели с рассветом; потом солнце вдруг выглянуло из сумрака и ярко озарило каменный лик города. И Пин вскрикнул, ибо над верхней стеной засверкала в небесах жемчужным блеском Эктелионова башня, и шпиль ее сиял, словно хрустальный; белые стяги реяли на утреннем ветру, и высоко-высоко серебряными голосами запели трубы.

Так, с первыми лучами солнца, Гэндальф и Перегрин подъехали к Великим Вратам столицы Гондора, и чугунные створы раскрылись перед ними.

— Митрандир! Митрандир! — восклицали стражи. — Значит, буря вот-вот налетит!

— Она уже налетела,— объявил Гэндальф.— Я примчался на ее крылах. Дорогу! Я тороплюсь к вашему повелителю Денэтору, покуда он еще государит. Будь что будет, но прежнему Гондору уж не бывать. Дорогу, сказал я!

Стража послушно расступилась; не спросили ни о чем,

хотя изумленно взирали на хоббита, восседавшего впереди, и на великолепного коня. Лошадей тут видывали редко, а если уж всадник проезжал по улице — значит, спешил с неотложным государевым поручением. И поплыла молва: «Этот конь не иначе как от самого ристанийского конунга! Может статься, мустангримцы не замедлят с подмогой?» А Светозар, горделиво вскинув голову, двинулся наверх длинным извилистым путем.

Ибо в семь ярусов был выстроен Минас-Тирит, врезан в гору на семи уровнях и окружен семью стенами. Нижние, Великие Врата внешней стены обращены были на восток, следующие — на четверть окружности к югу, третьи — настолько же к северу, и так до седьмых ворот. Мощеный подъем к цитадели сворачивал то налево, то направо — и, проходя над Великими Вратами, всякий раз пронизывал сводчатым туннелем исполинскую скалу, разделявшую надвое все ярусы, кроме первого. Прихотью изначального творения, довершенной трудами древних мастеров, скала, которая вздымалась за нижней площадью, была устремлена к востоку, точно корабельный форштевень. И с парапета седьмой стены можно было, как с палубы, увидеть на семисотфутовой глубине Великие Врата. Подобно им, глядели на восток ворота цитадели; к ним поднимался сквозь толщу скалы длинный проход, озаренный светильниками. И не было из города иного пути к Вышнему двору и Фонтанной площади у стройной Белой Башни в пятьдесят сажен высотою; на шпиле ее, в тысяче футов над равниной, развевалось знамя наместников Гондора.

Воистину неприступна была эта крепость, не по зубам никакому супостату, доколе оставались у нее защитники; разве что враги зашли бы с тыла и взобрались по кручам Миндоллуина к узкому перешейку между горой и крепостью на высоте пятой стены. Но перешеек был надежно укреплен‾ и огражден по краю западного ущелья; а в пустынной седловине, в склепах и усыпальницах, покоились прежние властители Гондора, князья и наместники.

Пин никак не мог надивиться на огромный белокаменный град: такого, думал он, и во сне не увидишь, что там Изенгард перед этой могучей твердыней! Да и по красоте не сравнить. На самом же деле город хирел год от года, и народу обитало здесь вполовину меньше прежнего, а и прежде было не тесно. Что ни улица, проезжали они мимо дворцов и хором, где над дверями и арками ворот были искусно высечены древние рунические надписи — как догадывался Пин, имена и прозвания былых владельцев; но теперь там царила тишина, никто не всходил по широким ступеням, ничей голос не раздавался в опустелых покоях, ничье лицо не являлось в ослепших окнах.

Наконец они выехали из туннеля к седьмым воротам, и теплое солнце, сиявшее из-за реки, озарявшее Фродо в перелесках Итилии, засверкало на гладких стенах и мощных колоннах, и ярко блеснул замковый камень большой арки: изваяние главы в короне. Гэндальф спешился, ибо всадников в цитадель не пускали, и Светозар по тихому слову хозяина позволил увести себя прочь.

Стражи у ворот были в черных плащах и причудливых шлемах с венцами и тесными наланитниками, украшенными сверху светлыми крылами чаек; шлемы лучились ясным блеском, ибо отковали их из *мифрила* в древние дни могущества Гондора. На плащах было выткано дерево в белоснежном цвету, а над ним — серебряная корона и звездная россыпь. Это облачение дружинников Элендила во всем Гондоре носили одни лишь стражи цитадели, охранявшие Фонтанный Двор, где некогда росло Белое Древо.

Здесь им почему-то вовсе не удивились, а молча пропустили без всяких расспросов, и Гэндальф быстро зашагал по белым плитам двора. Поодаль на ярко-зеленом лугу искрился фонтан в лучах утреннего солнца, и поникло над водой иссохшее дерево, скорбно роняя капли с голых обломков ветвей в прозрачное озерцо.

Поспешая за Гэндальфом, Пин оглянулся на дерево и подумал, какое оно печальное и как странно, что оно торчит здесь — а кругом все так ухожено.

Семь звезд, семь камней и белое древо.

Он припомнил эти слова, которые бормотал Гэндальф, и вслед за ним очутился на крыльце сверкающей башни, миновал безмолвных стражей и вступил под высокие своды, в гулкую полутьму. Они шли по белому пустому залу, и Гэндальф тихо наставлял Пина:

— Держи язык на привязи, ·сударь мой Перегрин! Сейчас не время для хоббитских прибауток. Это тебе не добродушный старец Теоден. Денэтор — человек совсем иного склада, гордый и хитроумный, высокородный и могущественный властитель, хоть князем и не именуется. Говорить он будет больше с тобой, чем со мной, и выспросит тебя обо всем, что ты знаешь о сыне его Боромире. Он очень — пожалуй, даже слишком — любил старшего сына, любил еще и потому, что тот был ни в чем на него не похож. Но любовь не помешает ему взять тебя в оборот — смотри не проболтайся! Не говори ничего лишнего, а пуще всего помалкивай о поручении Фродо. Об этом я скажу в свое время. И постарайся как можно реже упоминать об Арагорне.

— А почему? Бродяжник-то чем плох? — шепотом возмутился Пин.— Он ведь сюда и шел? Да он все равно же явится за нами следом!

— Явится-то он явится,— подтвердил Гэндальф.— Но явится оттуда, откуда его никто не ждет, даже Денэтор. Вот пусть и не ждет, так оно лучше. И не пристало нам возвещать его приход.

Гэндальф остановился перед высокими дверями, облицованными вороненой сталью.

— У меня, любезнейший Пин, и минуты лишней нет, чтобы вдалбливать тебе историю Гондора; лучше бы ты ее поучил, чем разорять гнезда и гонять лодыря в хоббитанских лесах. Слушай, что тебе говорят! И посуди сам: очень это будет кстати — принести властителю весть о гибели его наследника и заодно сообщить, что, мол, власти твоей конец, вот-вот явится законный Государь? Уразумел?

— Госуда-арь? — изумился Пин.

— Да,— отрезал Гэндальф.— Хватит тебе уже хлопать ушами, возьмись-ка за ум!

И он постучал в двери.

Двери растворились словно бы сами собой, и Пин увидел огромный чертог с узкими стрельчатыми окнами по обеим сторонам, за черномраморными колоннадами. Пышные капители украшала узорная листва и диковинные звериные морды; высокий мозаичный свод отливал тусклым золотом. Ни занавесей, ни гобеленов, ни деревянной утвари; меж колонн застыли суровые изваяния.

Они напоминали андуинских Каменных Гигантов, и не без трепета Пин окинул взглядом длинные ряды статуй давным-давно умерших Государей Гондора. В дальнем конце чертога, на многоступенчатом возвышении, стоял трон под мраморным навесом в виде увенчанного короной шлема, а позади поблескивал самоцветами стенной горельеф — дерево в цвету. Но трон был пуст. На широкой нижней ступени в незатейливом черном каменном кресле сидел, опустив взор, древний старец. В руке он держал белый жезл с золотым набалдашником. Он не взглянул им навстречу, и они медленно приблизились; остановившись шага за три от подножной скамейки, Гэндальф молвил:

— Привет тебе, властитель и наместник Минас-Тирита, Денэтор, сын Эктелиона! В этот роковой час я принес тебе вести и готов подать совет.

Старец поднял голову. Пин увидел строгое и надменное точеное лицо, длинный нос с горбинкой и запавшие темные глаза; и вовсе не Боромир вспомнился ему, а скорее Арагорн.

— Час поистине роковой,— отозвался старец,— твой излюбленный час, Митрандир. Да, судя по всему, Гондор на краю бездны, однако сейчас мне мое горе горше общей судьбины. Говорят, ты привез свидетеля гибели моего сына. Это он и есть?

— Да, это он и есть,— подтвердил Гэндальф.— Их было двое, свидетелей. Другой — с Теоденом Ристанийским; может, еще и явится. Оба невысоклики, но прорицанье было не о них.

— О них или нет, но самое слово это,— угрюмо сказал Денэтор,— язвит мой слух с тех пор, как Совет наш смутило темное прорицанье и Боромир очертя голову кинулся невесть куда, навстречу своей гибели. О сын мой, как худо нам без тебя! Фарамира надо было отправить.

— Фарамир и вызывался,— возразил Гэндальф.— Горюешь — горюй, но и в горе будь справедлив. Боромир сам пожелал идти и настоял на своем. Властный и своевольный, он прекословья не терпел. Много лиг я прошел с ним бок о бок, и мне довелось его распознать. Ты, однако же, упомянул о его гибели. Стало быть, тебя уже оповестили об этом?

— Вот оно — оповещение,— молвил Денэтор, отложив жезл и поднявши с колен в обеих руках обломки турьего рога, оправленного серебром.

— Это же рог Боромира, он его всегда носил! — воскликнул Пин.

— Верно,— сказал Денэтор.— А прежде я носил его, как всякий старший сын в нашем роду еще со времен последнего князя, когда Ворондил, отец наместника Мардила, охотился на диких быков Араува в дальних рунских степях. Тринадцать дней назад я расслышал его смутный зов от северных пределов княжества, и вот Великая Река принесла мне осколки рога: больше уж он не затрубит.—

Денэтор умолк, и настала тяжкая тишина. Но вдруг он вперил взор в Пина.— Что скажешь на это ты, невысоклик?

— Тринадцать, тринадцать дней назад,— залепетал тот.— Пожалуй что и так, правда тринадцать. И я был рядом с ним, когда он трубил в рог. Но подмога не явилась. Только орки набежали.

— Вот оно как,— протянул Денэтор, пристально глядя в лицо Пину.— Ты был рядом с ним? Расскажи, расскажи! Почему же не явилась подмога? И как случилось, что ты спасся, а он погиб, он, могучий витязь, не одолел оркскую погань?

Пин вспыхнул и позабыл робость.

— Величайшего витязя можно убить одной стрелой,— сказал он,— а Боромира пронзили едва ли не десятью. Помню, как он, прислонившись к дереву, выдергивал из груди черноперую стрелу. А потом я упал без сознания, и меня взяли в плен. Больше я его не видел, больше ничего не знаю. Но память его мне дорога и доблесть памятна. Он погиб, спасая нас — меня и друга моего, родича Мериадока: нас подстерегли в лесу солдаты Черного Властелина; и пусть он погиб и не выручил нас, я все равно благодарен ему до конца жизни.

Пин поглядел в глаза властительному старцу и сам вдруг загордился, обиженный презрительным, высокомерным голосом.

— И то сказать, что́ там какой-то хоббит у трона повелителя людей; подумаешь, невысоклик из северной Хоббитании — ну и пожалуйста, а я все равно плачу мой долг: примите мою жизнь.

Пин откинул полу плаща, извлек меч из ножен и положил его к ногам Денэтора.

Бледная улыбка, словно луч холодного солнца, зимою блеснувшего ввечеру, озарила лицо старика; он склонил голову и протянул руку, отложив обломки рога.

— Дай мне твое оружие! — сказал он.

Пин поднял меч и протянул его вперед рукоятью.

— Откуда он у тебя? — спросил Денэтор.— Давным-давно был он откован. Тысячу лет назад, а клинок нашей северной ковки, так ли, невысоклик?

— Он из могильников к северу от нашей страны,— сказал Пин.— Там, в могильниках, теперь одни только умертвия, и я о них говорить лучше не буду.

— Да ты, я вижу, нагляделся чудес на своем недолгом веку,— покачал головой Денэтор,— недаром говорится, что человека сразу не разглядишь — а невысоклика тем более.

Что ж, принимаю твою жизнь. Ты за словом в карман не лезешь, а говоришь учтиво, хоть и необычно, не по-нашему звучит твоя речь. Учтивые, а паче того преданные приближенные нам очень нужны будут в грядущие дни. Итак, приноси клятву!

— Возьми меч за рукоять,— сказал Гэндальф,— и повторяй клятву за своим государем, коль уж ты принял решение.

— Я принял решение,— подтвердил Пин.

Старец возложил меч себе на колени, Пин взялся за рукоять и размеренно повторил вслед за Денэтором:

— Сим присягаю верно служить Гондору и государю наместнику великого княжества, клянусь по слову его молвить и молчать, исполнять и пресекать, являться и уходить — в годину изобилия или нужды, мира или войны, в радостный или же смертный час, отныне и навечно, ежели государь мой не отрешит меня от клятвы, или смерть меня от нее не избавит, или же не рухнет мироздание. Так говорю я, Перегрин, сын Паладина, невысоклик из Хобитании.

— Слушаю и принимаю клятву я, Денэтор, сын Эктелиона, наместник Великого Князя, властелин Гондора, и не забуду клятвы твоей: да будет ей в награжденье: любовь за верность, почести за доблесть и расплата за клятвопреступление.

И Пин принял свой меч и вложил его в ножны.

— Так вот,— сказал Денэтор,— слушай первое мое веление: говори без утайки! Расскажи все, как было, и не утаи ничего о сыне моем Боромире. Садись и начинай рассказ!

С этими словами он ударил в серебряный гонг возле подножной скамейки, и выступили из ниш по обе стороны дверей прежде незримые служители.

— Принесите вина, еды и сиденья для гостей,— распорядился Денэтор,— и пусть целый час никто нас не тревожит... Больше часа я не смогу вам уделить,— сказал он Гэндальфу.— Меня ждут неотложные дела — однако же ладно, немного подождут. С тобой-то мы еще, наверно, поговорим ближе к вечеру.

— Надеюсь, даже раньше,— отозвался Гэндальф.— Я ведь не затем скакал сюда от Изенгарда, вперегонки с ветром, чтобы доставить тебе нового, необычайно учтивого и, паче того, преданного служителя. А что Теоден победил в смертельной битве, что Изенгард низвергнут, что я преломил жезл Сарумана — эти вести для тебя не важны?

— Важны, разумеется. Но я уже знаю обо всем этом — знаю достаточно, столько, сколько надо, дабы по-прежнему противостоять грозе с востока.

Он обратил свои темные глаза на Гэндальфа, и Пин заметил сходство двух властительных старцев и почуял их обоюдную неприязнь: взоры их были точно тлеющие уголья, готовые вот-вот полыхнуть пламенем.

И Денэтор был с виду куда больше похож на могучего чародея, нежели Гэндальф: величавее, горделивее, благообразнее — и старше. Однако же вопреки зрению иным чувством Пин ощущал, что Гэндальф и могущественнее, и мудрее, а истинное величье его до поры сокрыто. И он древнее, намного древнее. «А сколько же ему правда лет?» — подумал Пин и удивился: почему-то такой вопрос ему никогда на ум не приходил. Чего-то там Древень толковал насчет магов, но это было словно бы и не про Гэндальфа. Кто же такой Гэндальф, на самом-то деле? Когда, в какие незапамятные времена явился он в Средиземье, когда суждено ему покинуть этот мир? Очнувшись от раздумий, Пин увидел, что Денэтор с Гэндальфом по-прежнему смотрят друг на друга, будто читают в глазах. Первым отвел взгляд Денэтор.

— Да, да,— сказал он,— хотя Зрячих Камней, говорят, больше нет на свете, однако властителям Гондора зоркости по-прежнему не занимать, и многими путями доходят до них вести. Но садитесь же!

Поставили кресло, скамеечку и столик, принесли на подносе чеканный серебряный кувшин с кубками и белые хлебцы, Пин присел, не сводя глаз с престарелого наместника. То ли ему показалось, то ли правда, упомянув о Камнях, Денэтор искоса сверкнул на него взором?

— Ну что ж, рассказывай, верноподданный мой,— с милостивой усмешкой молвил Денэтор.— Ибо поистине дорого для меня каждое слово того, с кем был столь дружен мой сын.

Пин запомнил навеки этот долгий час в пустынном чертоге под пронзительным оком наместника Гондора, который непрестанно задавал ему трудные, опасные вопросы; а рядом к тому же был Гэндальф, он смотрел, слушал и (Пина не обманешь) еле сдерживал гнев и нетерпенье.

Час наконец истек, Денэтор ударил в гонг, и Пин был еле живой. «Да ведь еще не больше девяти,— подумал он.— Эх, съесть бы сейчас три, что ли, завтрака!»

— Отведите гостя нашего Митрандира в жилище, уготованное для него,— велел Денэтор,— вместе с его спутником, если тот пожелает покамест оставаться с ним. Да будет, однако же, известно, что он теперь у меня в услужении: зовется он Перегрин, сын Паладина, скажите ему первые пропуска. И передайте военачальникам — пусть ожидают меня у дверей на исходе третьего часа.

И ты, государь мой Митрандир, прибудь к этому часу, а впредь являйся, когда тебе угодно. Во всякое время тебя пропустят ко мне, кроме кратких часов моего сна. Не гневись на стариковскую дурость и приходи утешить меня!

— На стариковскую дурость? — переспросил Гэндальф.— Нет, государь, из ума ты не выжил, для тебя это было бы смерти подобно. Как хитро заслоняешься ты своим горем! Думаешь, я не понял, почему ты целый час расспрашивал свидетеля, которому известно куда меньше моего?

— Вот и хорошо, если понял,— заметил Денэтор.— Безрассуден гордец, пренебрегающий в трудный час помощью и советом; но ты помогаешь и советуешь лишь со своим потаенным умыслом. А властелину Гондора негоже служить чужим целям, сколь угодно достойным. И нынче нет в этом мире цели превыше спасения Гондора, а Гондором правлю я, и никто иной, доколе не явится его законнейший повелитель.

— Законнейший, говоришь, повелитель доколе не явится? — подхватил Гэндальф.— Именно так, государь мой наместник, ты поистине призван сберегать доверенное тебе княжество в ожиданье неведомых сроков. И в этом деле ты получишь всякую помощь, какой пожелаешь. Но я скажу тебе вот что: я не правитель Гондора и не властвую иными краями, ни великими, ни малыми. Однако же в нынешнем мире я в ответе за все, что достойно спасения. И коль уж на то пошло, пусть даже Гондор падет, я исполню свой долг, если, когда схлынет мрак, уцелеет хоть что-то от земной красоты, если будут для кого-то расти цветы и вызревать плоды. Ведь я тоже наместник. Этого ты не знал?

Он повернулся и удалился из чертога, а Пин бежал рядом.

По дороге Гэндальф ни разу не взглянул на Пина, ни словом с ним не обмолвился. Их проводили к дверям и через Фонтанный Двор в проулок, стесненный высокими каменными строеньями. Они свернули несколько раз и очутились перед домом у северной стены цитадели, неподалеку от перешейка. Широкая мраморная лестница вела на второй этаж: они вошли в светлый и просторный покой. Солнце струилось сквозь золотистые занавеси. Мебели всего и было что столик, два стула и скамейка, да по обеим сторонам, в нишах, застеленные кровати, а возле них кувшины с водой и умывальные тазы. Три узких высоких окна выходили на север, и в дальней дали, за подернутой туманом излучиной Андуина, виднелось, должно быть, Привражье, а еще дальше — водопады Рэроса. Пин взобрался на скамью, а то подоконник мешал смотреть.

— Гэндальф, ты на меня, что ли, сердишься? — спросил он, когда за их провожатым затворилась дверь.— Я очень старался.

— Старался, старался! — вдруг рассмеявшись, сказал Гэндальф; он подошел к окну, стал рядом с Пином и обнял его за плечи. Пин удивленно заглянул ему в лицо: он ли это смеялся так весело и беспечно? Нет, не может быть: вид у старого мага был горестный и озабоченный, и, лишь вглядевшись, Пин почуял за этим великую радость — такое сокрытое веселье, что, пожалуй, выплеснись оно наружу, расхохоталось бы и целое царство.

— Да,— сказал маг,— ты и правда старался, и, надеюсь, не скоро ты снова попадешь в такой переплет — малютка меж двух устрашающих старцев. Но как ты ни старался, Пин, а властитель Гондора вытянул из тебя больше, чем ты полагаешь. Ты же не смог утаить, что вовсе не Боромир вел ваш Отряд от Мории, а некий знатный витязь, который направлялся в Минас-Тирит, и при нем был прославленный меч. В Гондоре памятны предания дней былых, а Денэтор, провожая мыслью Боромира, немало раздумывал над прорицанием и доискивался до смысла слов «Проклятие Исилдура».

Он вообще не чета нынешним людям, Пин: случилось так, что если не по крови, то по духу он — истый потомок нуменорцев; таков же и младший сын его Фарамир, в отличие от Боромира, хоть тот и был любимцем. Он прозорлив. Он умеет распознавать людей, даже и заочно. Провести его нелегко, лучше не пробуй.

Так что держись, ты накрепко связан клятвою. Не знаю, как это взбрело тебе на ум — наверно, сердце подсказало. Но это было ко времени, да и нельзя гасить благородный порыв трезвым остереженьем. Ты его тронул, а пожалуй что и польстил ему. Во всяком случае, ты волен теперь разгуливать по Минас-Тириту, когда позволит служба.

А служба отнюдь не всегда позволит: ты теперь его подданный, и он о тебе не забудет. Будь осмотрительнее!

Он смолк и вздохнул.

— Что проку загадывать на завтра? День ото дня будет все страшнее, и ничего предотвратить я не могу. Игра идет, фигуры движутся. Вот только не видно одной из главных фигур — Фарамира, теперешнего наследника Денэтора. Должно быть, в городе его нет, но мне и спрашивать-то было некогда и не у кого. Мне надо идти, Пин, на совет военачальников и там разузнать все, что можно. Игру ведет Враг, и он себя ждать не заставит. И пешки играют наравне с фигурами: увидишь сам, Перегрин, сын Паладина, воин Гондора. Точи свой клинок!

В дверях Гэндальф обернулся.

— Я спешу, Пин,— сказал он.— У меня к тебе просьба. Надеюсь, ты не очень устал, но все равно погоди отдыхать, сперва сходи проведай Светозара, как его там поместили. Его, конечно, не обидят, народ здесь понятливый и добрый, но к лошадям непривычный.

С этими словами Гэндальф вышел, и звонко ударил колокол на цитадельной башне. Чистый серебряный звон прозвучал трижды: три часа минуло с восхода солнца.

Пин спустился по лестнице, вышел на улицу и огляделся. Тепло и ясно сияло солнце; башни и высокие дома отбрасывали на запад длинные четкие тени. В лазури высился белый пик одетого снегами Миндоллуина. Ратники проходили по улицам — наверно, сменялись на часах.

— По-нашему сейчас девять утра,— вслух сказал Пин сам себе.— Весна, солнышко — сиди да завтракай у открытого окна. А что, позавтракать куда как не мешало бы и здесь! Да нет, эти-то уж небось поели. А когда они обедают, интересно, и где?

По узкой улочке от Фонтанного Двора навстречу шел человек в черно-белом, и Пин решил с горя обратиться хотя бы к нему, но тот и сам подошел.

— Ты — невысоклик Перегрин? — осведомился он.— Мне сказали, что ты присягнул на верность нашему государю и державе. Здравствуй! — Он протянул руку, и Пин пожал ее.— Меня зовут Берегонд, сын Боранора. Нынче утром я свободен, и меня послали сообщить тебе пропуска и рассказать обо всем, что тебе должно и дозволено знать. Я тоже надеюсь узнать от тебя о многом, ибо прежде невысокликов в наших краях не бывало, мы лишь краем уха слышали про них. К тому же ты — приятель Митрандира. А с ним ты хорошо знаком?

— Да как сказать,— отозвался Пин.— За глаза-то я с ним знаком от колыбели, хоть это и недолго; а теперь довелось вот постранствовать вместе. Вроде как из большой книги читал страницу-другую. И однако же мало таких, кто знаком с ним лучше. Из нашего отряда, пожалуй, только Арагорн знал его по-настоящему.

— Арагорн? — переспросил Берегонд.— А кто он такой?

— Ну,— Пин замялся,— ну, был с нами один такой человек. По-моему, он сейчас в Ристании.

— Да, я слышал, что ты прямиком из Ристании. И о ней тоже я хотел бы тебя порасспросить: надежды у нас мало, но какая есть, почти вся на ристанийцев. Впрочем, мне ведь поручено первым делом ответить на твои вопросы. Спрашивай, сударь мой Перегрин!

— Дело в том,— отважился Пин,— что у меня сейчас, по правде говоря, один вопрос на языке вертится — как насчет завтрака или там подзакусить? Ну, то есть когда у вас вообще едят, где, положим, харчевня: есть, наверное, где-нибудь? Или трактир, может, какой? Я что-то по дороге ни одного не заметил, а уж так надеялся с устатку хлебнуть пивка — не в глушь ведь заехал, а в город, да еще какой!

Берегонд сурово взглянул на него.

— Сразу виден бывалый солдат,— сказал он.— Говорят, солдат в походе только и думает, где ему доведется поесть-попить следующий раз: знаю понаслышке, сам я в дальних походах не бывал. Так у тебя, значит, сегодня еще маковой росинки во рту не было?

— Ну, из учтивости можно сказать, что была,— признался Пин.— Выпил я кубок вина и съел пару хлебцев: ваш государь нас угощал, но зато же и допрашивал меня битый час, тут поневоле проголодаешься.

Берегонд рассмеялся.

— Как у нас говорится, и малорослый едок за столом витязь. Ты, однако ж, утолил утренний голод не хуже любого стража цитадели, да еще и с немалым почетом. Мы же в крепости, мы ее охраняем, а время военное. Встаем до зари, перекусываем на рассвете и расходимся по своим постам. Погоди отчаиваться! — опять-таки со смехом воскликнул он, заметив унылую гримасу на лице Пина.— Кому пришлось труднее прочих, тем можно утром и лишний раз подкрепиться. Потом — полдничаем, кто в полдень, кто попозже, а главная общая трапеза, какое ни на есть застолье — в закатный час или около того. Пойдем! Пройдемся немного, что-нибудь да раздобудем, устроимся на парапете, будем есть-пить и любоваться: вон утро какое выдалось.

— Погодите-ка! — краснея, сказал Пин.— От жадности или от голода — думайте, как хотите,— но я совсем было позабыл вот о чем. Гэндальф, по-вашему Митрандир, просил меня проведать его коня Светозара, лучшего скакуна Ристании, любимца конунга — хоть он и подарил его Митрандиру в награду за великие заслуги. Митрандир в нем души не чает, и если в городе вашем чтут нового хозяина Светозара, то окружите коня почетом и заботой — словом, будьте к нему, если можно, добрей, чем к голодному хоббиту.

— К хоббиту? — переспросил Берегонд.

— Да, так мы себя называем,— сказал Пин.

— Спасибо, буду знать,— сказал Берегонд.— Пока же замечу, что у чужестранца иной раз не худо поучиться учтивости и у хоббита — красноречию. Пойдем же! Ты познакомишь меня с этим дивным конем. Я люблю животных — правда, здесь, в нашей каменной твердыне, мы их редко видим; но мои-то предки жили в горных долинах, а прежде того в Итилии. Не вешай нос, мы только наведаемся — и оттуда сразу в кладовую.

Светозара устроили на славу — в отличных конюшнях на шестом ярусе за стенами цитадели, возле жилища для государевых гонцов, которых всегда держали наготове на случай неотложных поручений Денэтора или высших военачальников. Сейчас ни в стойлах не было лошадей, ни в жилище — гонцов: всех разослали.

Светозар встретил Пина ржанием и повернул к нему голову.

— Доброе утро! — сказал Пин.— Гэндальф, как сможет, придет: его задержали. Он шлет тебе привет, а мне велено узнать, всем ли ты доволен, хорошо ли отдыхается после многотрудного пути.

Светозар встряхнул гривой и топнул копытом. Берегонду он, однако же, позволил потрепать себя по холке и огладить могучие бока.

— Да он, можно подумать, застоялся, а не отдыхает после многотрудного пути,— сказал Берегонд.— Что за богатырская стать! А где его сбруя? Вот уж, наверно, богатая и пышная!

— Нет такой богатой и пышной, чтоб ему подошла,— отвечал Пин.— Да и к чему она? Если седок ему по нраву — никакая сбруя не нужна, а если нет — не помогут ни седло, ни подпруги, ни узда, ни удила. До свиданья, Светозар! Потерпи немного, скоро в битву.

Светозар воздел голову и заржал так, что содрогнулась конюшня, а они заткнули уши. И удалились, подсыпав зерна в ясли.

— Теперь пойдем к нашим яслям,— сказал Берегонд; они с Пином вернулись в цитадель, подошли к северным дверям башни и спустились по длинной прохладной лестнице в широкий коридор со светильниками. В ряду низеньких дверей по правую руку одна была открыта.

— Это наша ротная кладовая и раздаточная,— сказал Берегонд.— Привет, Таргон! — крикнул он в дверь.— Рановато вроде, но со мной тут новобранец, принят по приказу государя. Он изголодался в долгом пути, и нынче утром ему несладко пришлось. Сыщи уж там какой ни на есть снеди!

Им дали хлеба, масла, сыра и яблок, запасенных осенью — сморщенных, но душистых и сладких,— дали кожаную флягу свежего пива, деревянные миски и кубки. Все это они сложили в корзину и выбрались наверх, на солнышко. Берегонд повел Пина к восточному выступу парапета, где под бойницей была каменная скамья. Далеко видны были озаренные утренним светом просторы.

Они ели, пили и разговаривали о Гондоре, о здешних делах и обычаях, потом о Хоббитании и прочих неведомых здесь краях, которые Пину привелось повидать. Они говорили, а Берегонд изумлялся все больше и больше и все растеряннее смотрел на хоббита, который то сидел на скамье, болтая короткими ножками, то вставал на цыпочки и выглядывал в бойницу.

— Не скрою от тебя, сударь мой Перегрин,— молвил Берегонд,— что ты показался мне с виду ни дать ни взять девятилетним мальчишкой, а ты между тем столько претерпел опасностей и столько навидался чудес, что хватило бы и нашему седобородому старцу. Я-то подумал, что нашему государю угодно было обзавестись пажом, какие бывали, говорят, в старину у королей. Но теперь вижу, что дело обстоит совсем иначе, и ты уж не взыщи за глупость мою.

— Чего там,— сказал Пин.— Да ты не так уж и ошибся. По-нашему я сущий мальчишка и «войду в возраст», как говорят у нас в Хоббитании, только через четыре года. И вообще, не обо мне речь. Давай лучше показывай и объясняй.

Солнце уже поднялось высоко, и туманы в низине рассеялись. Последние клочья рваными облаками проносились в небе, и на резком, порывистом восточном ветру бились и трепетали белые стяги цитадели. За пять лиг от них и дальше, сколько хватал глаз, серела и блистала огромная излучина Великой Реки, выгнутая к востоку с северо-запада; устремляясь затем на юг, река терялась в зыблющейся дымке, а до Моря оставалось еще добрых пятьдесят лиг.

Весь Пеленнор был виден как на ладони: россыпь огражденных усадеб, амбаров, коровников, хотя нигде не паслись ни коровы, ни другой скот. Вдоль и поперек пересекали зеленые пажити большие и малые дороги, и вереницы повозок тянулись к Великим Вратам, а оттуда навстречу им катила повозка за повозкой. Изредка подъезжали вскачь верховые, спешивались и торопились в город. Поток от ворот направлялся по тракту, который круто сворачивал на юг и, уходя от извива реки, вскоре исчезал из виду у горных подножий. Тракт был просторный, гладко вымощенный; за восточной его обочиной, вдоль дамбы проходила широкая зеленая дорожка для верховых. По ней мчались туда и сюда всадники, а тракт, казалось, был запружен людским месивом. Потом Пин пригляделся и увидел, что на тракте царил строгий порядок: там двигались в три ряда — один быстрее, конские упряжки; другой помедленнее, воловьи, с громоздкими разноцветными фургонами; и у западной обочины, медленнее всех, люди, впрягшиеся в тележки.

— Уходят в долины Тумладена и Лоссарнаха, в горные селенья или еще дальше — в Лебеннин,— сказал Берегонд.— Старики и женщины с детьми; это последние обозы. К полудню надо, чтобы на целую лигу дорога от города была свободна. Таков приказ, а что поделаешь! — Он вздохнул.— Не многие встретятся из тех, что разлучились. Детей у нас тут всегда было маловато, а теперь остались только мальчишки постарше, которых и силком не вывезешь,— вроде моего сына; ну ладно, может, на что и сгодятся.

Они помолчали. Пин тревожно глядел на восток, будто

ожидая, что оттуда вот-вот появятся черные полчища орков.

— А там что? — спросил он, указывая на средину огромной излучины Андуина.— Там другой город, да?

— Был там другой город,— отвечал Берегонд,— столица Гондора; наш-то Минас-Тирит — всего-навсего сторожевая крепость. Там, за Андуином, развалины Осгилиата, который давным-давно захватили и сожгли враги. Мы, правда, отбили его у них, когда еще Денэтор был молодой, но обживать не стали, а сделали там передовую заставу и отстроили мост, чтобы перебрасывать подкрепления. Но из Минас-Моргула нагрянули Лютые Всадники.

— Черные Всадники? — переспросил Пин, широко раскрыв потемневшие глаза: ему припомнились давнишние ужасы.

— Да, они были черные,— подтвердил Берегонд,— и я вижу, ты знаешь их не только понаслышке, хоть и не упоминал об этом в своих рассказах.

— Нет, не понаслышке,— тихо откликнулся Пин,— только я сейчас лучше не буду говорить о них, а то близко, уж очень близко тут...

Он осекся и поглядел за реку: там простерлась необъятная и зловещая черная тень. Может, это замыкали окоем темные горы, щербатые гребни которых расплылись в туманной дали, а может, стеной склубились тучи, и за ними чернел непроглядный мрак. И казалось, этот мрак на глазах расползался и разрастался, медленно и неотвратимо заполняя солнечные просторы.

— Близко от Мордора? — спокойно закончил Берегонд.— Да, он тут недалеко. Называть его мы избегаем, но живем, сколько себя помню, в его сумрачной тени: она то редеет и отдаляется, то сгущается и нависает. Сейчас она чернее черного и разрослась — оттого и мы в страхе и тревоге. А Лютые Всадники — они год назад или около того обрушились на переправу, и много там погибло лучших наших воинов. Тогда Боромир отогнал их и освободил западный берег — до сих пор мы удерживаем почти половину Осгилиата. Пока удерживаем. Но они со дня на день снова нагрянут. Там, наверно, война и начнется, оттуда будет главный удар.

— А когда начнется? — спросил Пин.— Думаешь, со дня на день? Я ночью видел, как зажигались маяки и вестники скакали: Гэндальф сказал — это, мол, знак, что война началась. Он спешил, как на пожар. А теперь снова вроде как тихо.

— У Врага все готово — вот и тихо,— сказал Берегонд.— Как, представь себе, ныряльщик воздуху в грудь набирает.

— Маяки-то почему вчера зажгли?

— Поздновато было бы слать за помощью, когда уж тебя обложили,— усмехнулся Берегонд.— Я, правда, не знаю, как там рассудил государь и прочие начальники. К ним стекаются все вести. А наш властитель Денэтор видит дальше других, видит и недоступное взору. По ночам он, говорят, восходит на башню, сидит там в верхнем покое и проникает мыслью в грядущее; иногда он даже прозревает замыслы Врага и схватывается с ним. Потому-то он так и постарел прежде времени. Ну, и к тому же Фарамира услали в набег за Реку: может, от него прибыл вестник.

Но я так думаю, что маяки зажгли после вчерашних вестей из Лебеннина. Умбарские пираты скопили в устьях Андуина огромный флот. Они давно уж не боятся Гондора и стакнулись с Врагом, а теперь и выступили с ним заодно. Для нас это страшный удар: не жди, значит, особой подмоги из Лебеннина и Бельфаласа, не придут многие тысячи опытных воинов. Нам только и остается, что мечтать о северной, ристанийской подмоге и радоваться твоим известиям о тамошних победах.

Однако же,— он помедлил, встал и повел взглядом с севера на восток и на юг,— после изенгардского предательства стало яснее ясного, что сеть сплетена громадная и раскинута широко. Бои на переправе, набеги из Итилии и Анориэна, засады, стычки — это все было так, прощупыванье. А теперь начинается подготовленная война — и вовсе не только против нас, что тут важничать,— война великая, всемирная. Говорят, неладно на востоке, за Внутренним Морем; в Лихолесье и на севере тоже худые дела; тем более — на юге, в Хороде. Нынче у всех одна судьбина, Тень нависла надо всеми — и либо выстоять, либо сгинуть.

Но нам, сударь Перегрин, и правда честь особая, нас Черный Властелин ненавидит пуще всех остальных — с незапамятных пор, от заморских времен. Очень он крепко по нам ударит. Потому-то и Митрандир прискакал сюда во весь опор. Ведь если мы сгинем, то кто выстоит? Как полагаешь, сударь Перегрин, выстоим, есть надежда?

Пин не ответил. Он поглядел на мощные стены, на гордые башни и реющие стяги, на солнце высоко в небе, а потом на восток, на ползучий сумрак, и вспомнил о всепроникающей Тени, об орках, кишащих в лесах и на горах, об изенгардской измене, о птицах-соглядатаях, о

Черных Всадниках, разъезжающих по Хоббитании, и о крылатом страшилище, о назгуле. Дрожь охватила его, и всякая надежда пропала. В этот миг померкло солнце, словно заслоненное черным крылом. И ему послышался из поднебесных далей жуткий вопль — глухой, неистовый и леденящий. Он съежился и прижался к стене.

— В чем дело? — спросил Берегонд.— Тоже что-то почуял?

— Д-да,— выговорил Пин.— Кажется, мы погибли, а это — роковой знак, Лютый Всадник в небесах.

— Да, роковой знак,— подтвердил Берегонд.— Видно, Минас-Тирит обречен. Ночь будет непроглядная. У меня аж кровь в жилах стынет.

Они сидели понурившись и молчали. Потом Пин вскинул глаза и увидел, что солнце сияет, как прежде, и стяги полощутся на ветру. Он встряхнулся.

— Миновало,— сказал он.— Нет, я еще все-таки не отчаялся. Гэндальф, казалось, погиб, а вот вернулся и теперь с нами. Пусть даже и на одной ноге, а все-таки выстоим; на худой конец выстоим и на коленях!

— Вот это верно! — воскликнул Берегонд, поднявшись и расхаживая взад-вперед.— Нет уж, оно хоть и все когда-нибудь прахом пойдет, но Гондор покамест уцелеет. Ну, возьмут Минас-Тирит, навалив трупья вровень со стенами, так ведь есть еще и другие крепости! Есть тайные ходы и горные убежища. И надежду сбережем, и память — не здесь, так где-нибудь в зеленой укромной ложбине.

— Да ладно, лишь бы скорее хоть как-нибудь все это кончилось,— вздохнул Пин.— Какой из меня воин, я и думать-то боюсь о сраженьях, а уж думать, что вот-вот придется сражаться,— это хуже некуда. Ох и длинный же нынче день, и ведь он еще только начался! Ну что бы нам не цепенеть и медлить, а ударить первыми! В Ристании небось тоже бы ждали-дожидались, кабы не Гэндальф.

— Э, да ты на больную мозоль наступил! — усмехнулся Берегонд.— Погоди, погоди, вот вернется Фарамир. Он храбрец, каких мало, настоящий храбрец, хоть у нас и думают, что ежели кто умудрен не по летам и знает наперечет старинные песни и сказанья, то он, дескать, и воин никудышный, и воевода курам на смех. Это про Фарамира-то! Да, он не такой, как Боромир, не такой отчаянный рубака, но решимости у него на двоих хватит. Только вот решаться-то на что? Не штурмовать же эти...

эти вон ихние горы! Силы не те, ну и ждем, пока нападут. А уж тогда поглядим! — И он хлопнул по рукояти длинного меча.

Пин взглянул на него: высокий, горделивый, как все здешние; и глаза блестят, не терпится в сечу. «Меня-то куда несет? — горько подумал он и смолчал. — Вот еще выискался меченосец! Как Гэндальф говорит — пешка? Ну да, пешка, только не на своем месте».

Так они разговаривали, а тем временем солнце взошло в зенит, грянули колокола, и оживилась цитадель: все, кроме часовых, отправились трапезовать.

— Ну что, пошли? — предложил Берегонд. — Пока чего — побудешь с нами. Мало ли куда тебя потом определят; может, будешь состоять при государе. А пока давай приходи. И приводи с собой кого захочешь.

— Да я-то приду, — сказал Пин. — Только приводить мне с собой некого. Лучший мой друг остался в Ристании, мне и поговорить не с кем, не с кем и пошутить. Может, и правда мне к вам? Ты ведь начальник, возьми меня к себе, замолви словечко, а?

— Нет, нет, — рассмеялся Берегонд. — Никакой я не начальник. Я всего-навсего рядовой третьей роты крепостной охраны. Однако же, сударь мой Перегрин, крепостная стража у нас в большом почете, не только в городе, но и повсюду.

— Ну и будьте в почете, — отмахнулся Пин. — А меня покамест отведи-ка обратно, и ежели Гэндальфа там нет, то я, пожалуйста, куда хотите — ваш почетный гость.

Гэндальфа не было, вестей от него тоже, и Берегонд повел Пина знакомиться с третьей ротой. Пина так привечали, что и Берегонда чуть не на руках носили. А в крепости уже пошли разговоры насчет спутника Митрандира, как они втроем с властителем беседовали битый час; и само собой придумалось, что с севера явился невысоклицкий князь, ведет на подмогу Гондору пять тысяч клинков. Говорили, что вот прискачут ристанийские конники, а у каждого за спиной воин-невысоклик, доблестный-предоблестный, даром что малорослый.

Пин смущенно опровергал эти обнадеживающие россказни, но от новообретенного княжеского титула отделаться никак не мог: как же не князь — и с Боромиром был в дружбе, и Денэтор его обласкал. Его благодарили, что он изволил пожаловать, ловили каждое его слово, расспрашивали о дальних краях, щедро потчевали пивом и нехитрой снедью. А Пин изо всех сил старался следовать совету Гэндальфа — «быть осмотрительным» и не распускать язык на хоббитский манер.

Наконец Берегонд поднялся.

— Ну, пока до свидания! — сказал он.— Я до заката на часах, все прочие вроде бы тоже. А ты, чтоб не скучать одному, возьми себе провожатого повеселее — да хоть моего сына, то-то он обрадуется! Он паренек неплохой. Если надумаешь — спускайся в нижний ярус, спросишь там, как пройти к Старой гостинице на Рат-Келердайн, Улице Фонарщиков. И найдешь его — он с ребятами, какие остались в городе. Ступайте с ним к Великим Вратам, там будет на что посмотреть.

С этими словами он удалился; вскоре разошлись и остальные. Было по-прежнему солнечно, но в воздухе стояла дымка и па́рило не по-мартовски: конечно, юг, а все же слишком. Пина клонило ко сну, возвращаться в пустое жилье не хотелось, и он решил прогуляться по городу. Он прихватил кой-какие лакомые кусочки для Светозара; тот снизошел к его приношению, хотя, по всему видать, был сыт. И Пин отправился вниз извилистым путем.

Все встречные глазели на него и вслед ему — торжественно приветствовали, как принято в Гондоре, склоняя голову и прижимая обе ладони к сердцу, а потом за спиной слышались возгласы: выходите, мол, посмотреть, вот он невысоклицкий князь, спутник Митрандира! Кричали одно и то же на всеобщем и на незнакомом языке, Пин сообразил, что по-здешнему его величают «Эрнил-и-Ферианнат» — похоже, этот нелепый титул пристал к нему крепко.

Он потерял счет сквозным аркам, мощеным проулкам, ровным улицам и наконец спустился в самый пространный первый ярус. Там ему показали, где Улица Фонарщиков, широкая, ведущая к Великим Вратам. Он отыскал Старую гостиницу, серое обветренное каменное строение о двух флигелях; узкая лужайка тянулась перед многооконным домом с колоннадой и крыльцом. Между колоннами играли мальчишки, и Пин остановился поглядеть на них: покамест он нигде в Минас-Тирите детей не видел. Вскоре один из них его заметил, с криком сбежал по ступеням на траву и выскочил на улицу; целая ватага мчалась за ним. Он стал перед Пином и обмерил его взглядом.

— Привет! — сказал парнишка.— А ты откуда такой? Вроде нездешний.

— Вообще-то нездешний,— признал Пин,— но теперь уж я гондорский воин.

— Ладно тебе! — рассмеялся тот.— Тогда мы все здесь воины. Тебе сколько лет и как тебя зовут? Мне уже десять, а ростом я скоро буду в пять футов. Я и сейчас-то выше тебя. Ну, правда, отец у меня страж цатадели, и почти самый из них высокий. А твой кто отец?

— На какой вопрос тебе сперва ответить? — спросил Пин.— Отец мой — земледелец из деревни Беляки, что возле Кролов в Хоббитании. Мне скоро двадцать девять: тут я тебя обогнал. А росту во мне четыре фута, и больше я уж не вырасту, разве что вширь раздамся.

— Двадцать девять! — протянул паренек и присвист-нул.— Да ты, значит, уже старый, прямо как мой дядя Иорлас. Только я все равно,— задорно прибавил он,— если захочу, поставлю тебя вверх тормашками или положу на лопатки.

— Может, поставишь, а может, и положишь,— смеясь, подтвердил Пин,— но только если я этого захочу. А мо-жет, я сам тебя поставлю да положу: мы в наших краях тоже не дураки подраться. И у нас, знаешь ли, я считаюсь очень даже большим и сильным, так что меня покуда никто не пробовал поставить вверх тормашками. Если ты вдруг попробуешь, то мне, чего доброго, придется тебя укоко-шить. Вот подрастешь — и не будешь опрометчиво судить по внешности: тебе небось показалось, что перед тобой этакий увалень-недомерок, которого неплохо бы вздуть; а на самом-то деле я ужасный, злющий, кровожадный невысоклик! — И Пин скроил такую страшную рожу, что парнишка попятился, но тут же прянул вперед, сжав кула-ки и сверкнув глазами.

— Ну, ну! — захохотал Пин.— Опять-таки опрометчи-во верить чужакам на слово, мало ли что они о себе скажут! Нет, я не кровожадный. А ты, чем задираться, сначала бы назвался — вежливей будет.

Мальчик горделиво выпрямился.

— Я — Бергил, сын стража цитадели Берегонда,— ска-зал он.

— Оно и видно,— кивнул Пин,— ты вылитый отец. А я как раз от него.

— Чего ж ты сразу не сказал? — И Бергил вдруг

приуныл.— Он, что ли, передумал и хочет меня отослать с девчонками? Не может быть, уже ушел последний обоз!

— Погоди пугаться, все не так страшно,— сказал Пин.— Пока что тебе велено не ставить меня вверх тормашками, а составить мне компанию и показать ваш город. А я зато расскажу тебе про далекие страны.

Бергил обрадованно захлопал в ладоши.

— Все, значит, в порядке, ура! — воскликнул он.— Тогда пошли! Мы как раз собирались к Вратам, побежали туда!

— А зачем туда бежать?

— Да ведь сегодня еще до захода солнца должны подойти союзные дружины! Пошли, пошли, сам все увидишь.

Бергил оказался парень хоть куда, а Пину без Мерри ох как не хватало приятеля; они мигом сдружились, болтали и перешучивались наперебой, шли по улицам рука об руку и никакого внимания не обращали на любопытные взгляды со всех сторон. Народ толпой валил к Великим Вратам; Пин назвался и сказал пропуск, а часовой пропустил их обоих, к полному восхищению Бергила.

— Вот это да! — сказал он.— А то ведь нам больше не позволяют выходить за ворота без взрослых. Ну, теперь наглядимся!

Люди стояли по обочинам тракта и заполнили огромную мощеную площадь, где сходились воедино дороги к Минас-Тириту. Все глядели на юг, и вскоре послышались возгласы:

— Пыль, пыль на дороге! Идут!

Пин с Бергилом исхитрились протиснуться в первые ряды. Невдалеке запели рога, и, словно встречный ветер, поднялся приветственный гул. Потом грянули трубы, и толпа разразилась дружным кличем.

— Форлонг! Форлонг! — услышал Пин.

— Это что значит? — спросил он.

— Ну как, это же старина Форлонг, Брюхан Форлонг из Лоссарнаха! — отозвался Бергил.— Там мой дед живет. Ура! Вон он сам, наш первейший друг, старина Форлонг!

Колонну возглавлял плечистый и утробистый седобородый старик на могучем коне, в кольчуге и черном шлеме, с огромным копьем. За ним гордо выступали запыленные пешие ратники, пониже ростом и смуглее гондорцев из

Минас-Тирита. Лица их были суровы, на плече тяжелые бердыши.

— Форлонг! — кричали кругом.— Верный, доблестный друг! Ура, Форлонг!

Но когда лоссарнахские воины прошли, раздался ропот:

— Как мало их, всего две сотни! А мы-то надеялись, что будет тысячи две. Должно быть, пираты на них наседают: девять десятых остались обороняться. Ну что ж, у нас каждый боец на счету.

Так проходила к Вратам под клики толпы рать за ратью: окраины Гондора послали своих сынов в грозный час на выручку столице. Но все прислали меньше, чем здесь надеялись, куда меньше, чем надо бы. Прошагали уроженцы долины Рингло во главе с тамошним княжичем Дерворином: триста человек. С Мортхондского нагорья, из Темноводной долины — статный Дуингир с сыновьями Дуилином и Деруфином и пятьсот лучников. С Анфаласа, с далекой Береговины — длинная вереница охотников, пастухов, поселян, вооруженных чем попало; лишь их правитель Голасгил с домочадцами были при боевом доспехе. Десяток-другой угрюмых горцев без предводителя — из Ламедона. Рыбаки с Этхира, от устьев Андуина — сотня с лишним, другие остались на кораблях. Гирлуин Белокурый с Изумрудных Холмов Пиннат-Гелина привел три сотни крепких ратников в зеленом. И наконец, горделивей всех,— Имраиль, владетель Дол-Амрота, родич самого наместника: золотистые стяги с изображением Корабля и Серебряного Лебедя реяли над конною дружиной; за всадниками на серых конях выступали в пешем строю семьсот витязей, статных, сероглазых и темноволосых,— они прошли с песней.

Вот и все, и трех тысяч не набралось. А больше ждать было некого. Возгласы, песни и мерная поступь стихли за Вратами. Толпа еще немного помедлила, не расходясь. Пыль повисла в воздухе: ветер улегся, и стояла духота. Наступил закатный час; багровое солнце скрылось за Миндоллуином. Вечерняя тень пала на столицу Гондора.

Пин поднял взгляд и увидел грязно-серое небо, будто над ними нависла дымная, пепельная туча, и еле пробивался сквозь нее сумеречный свет. Только запад еще пламенел, и черная громада Миндоллуина, казалось, была осыпана тлеющими головнями и угольями.

— Так ясно начался день и так мрачно кончается! — проговорил он, забыв о мальчике рядом с ним.

— Кончится еще мрачнее, коли не поспеем до сигнальных колоколов,— отозвался Бергил.— Пойдем-ка, пойдем! Слышишь, трубят, сейчас закрывать будут!

Они вернулись в город последними; Врата за ними сразу же закрыли, и, когда они шли по Улице Фонарщиков, башенные колокола торжественно перекликались. Теплились окна; из домов и казарм у крепостной стены доносилось пение.

— Ладно, расходимся,— сказал Бергил.— Передай привет отцу, скажи: спасибо, мол, приятель что надо. Ты приходи завтра пораньше. Может, даже лучше, чтоб войны не было, мы бы и без нее обошлись. Съездили бы к дедушке в Лоссарнах, там весной знаешь как здорово, в лесу и на полях полно цветов. Нет, правда, вот возьмем и съездим. Где им одолеть нашего государя, и отец мой их всех перебьет. До скорого свидания!

Они расстались, и Пин заторопился обратно в цитадель. Путь был неблизкий, он вспотел и вконец оголодал. Сгустилась темная и душная беззвездная ночь. К вечерней трапезе он, конечно, опоздал, но его все же накормили, Берегонд ему обрадовался, уселся рядом и расспрашивал про сына. Наевшись, Пин немного отдохнул и попрощался: очень ему было не по себе, хотелось скорее увидеть Гэндальфа.

— Сам-то найдешь дорогу? — спросил его Берегонд, выведя к северной стене цитадели, к скамье, на которой они сидели днем.— Ночь хоть глаз выколи, а приказано всюду гасить огни, фонарей на стенах не зажигать. Тебе же велено рано поутру явиться к властителю Денэтору. Да, вряд ли тебя припишут к нашей третьей роте. Ну что ж, приведется — так свидимся. Прощай, покойной ночи!

В покое было темно, лишь ночник горел на столике. Гэндальф не приходил, и Пину было все тоскливее. Он взобрался на скамейку и выглянул в окно, точно ткнулся носом в чернильную лужу. Он уныло слез, опустил шторы и отправился спать. Сначала лежал и прислушивался, ждал Гэндальфа, потом кое-как уснул.

Среди ночи его разбудил свет: Гэндальф явился и расхаживал взад-вперед — тень его металась по занавеске. На столе горели свечи и лежали свитки. Маг вздохнул, и Пин расслышал его бормотанье:

— Да что же это до сих пор нет Фарамира?

— Э-гей! — позвал Пин, раздвинув постельные занавеси.— Я уж думал, ты обо мне вообще позабыл. Спасибо хоть вернулся. Ну и длинный нынче выдался день!

— Ночь зато будет короткая,— отрезал Гэндальф.— Я затем и вернулся, чтобы поразмыслить без помех. А ты давай спи: скоро ли еще доведется поспать в постели. На рассвете нам с тобой надо к Денэтору. Да и не на рассвете, а когда позовут. Навалилась темнота, и рассвета не будет.

Глава II

ШЕСТВИЕ СЕРОЙ ДРУЖИНЫ

Гэндальф ускакал, и уже стих в ночи стук копыт Светозара, когда Мерри прибежал обратно к Арагорну с легоньким узелком: вещевой мешок его остался в Парт-Галене и все свои нынешние пожитки он выловил или подобрал на развалинах Изенгарда. Хазуфел был оседлан, Леголас и Гимли стояли подле своего коня.

— Четверо, значит, остались из нашего Отряда,— сказал Арагорн.— Ну что ж, вчетвером так вчетвером — только не одни, а вместе с конунгом, он сейчас выезжает. Крылатая тень его встревожила, и он хочет укрыться в горах еще до утренней зари.

— Укрыться в горах, а потом? — спросил Леголас.

— А потом — не знаю,— задумчиво отвечал Арагорн.— Конунг-то поедет в Эдорас, там он через четыре дня назначил войсковой сбор. Там его, вероятно, настигнут недобрые вести, и оттуда ристанийцы поспешат к Минас-Тириту. Не знаю — это я не про них, а про себя и про тех, кто пойдет за мною...

— Я пойду за тобою! — воскликнул Леголас.

— И я не отстану! — подхватил Гимли.

— Да нет, не так все просто,— сказал Арагорн.— Глаза мне застилает мрак. Вроде бы и мне нужно в Минас-Тирит, только другой, неведомой дорогой. Верно, близится урочный час.

— Вы меня-то прихватите! — попросил Мерри.— Я понимаю, толку от меня покамест не было, и все равно — не бросать же меня, как поклажу: лежи, мол, коли не надобна! Ведь конникам ристанийским я уж и вовсе не нужен, хотя, правда, конунг обещал, что усадит меня за трапезой рядом с собою, а я буду рассказывать ему про Хоббитанию.

— Да, Мерри,— сказал Арагорн,— вот тебе с ним пожалуй что по пути. Только не очень-то надейся на отдых и трапезу. Боюсь, не скоро воссядет Теоден на троне у себя в Медусельде! Многим надеждам суждено увянуть в эту горестную весну.

Вскоре двадцать четыре всадника — Гимли сидел за Леголасом, Мерри перед Арагорном — помчались сквозь ночную темень. Едва они миновали курганы у Изенских бродов, как прискакал конник из замыкающих.

— Государь,— сказал он конунгу,— за нами погоня. Я их учуял, еще когда мы подошли к реке. Теперь точно: нагонят, скачут вовсю.

Теоден приказал остановиться. Конники развернулись и взялись за копья. Арагорн спешился, опустил Мерри наземь и, обнажив меч, стал у стремени конунга. Эомер с оруженосцем поскакали подтягивать задних. Мерри лишний раз подумал, что он как есть ненужная поклажа, вот сейчас будет сеча, а ему что делать? Всего-то их горсточка, всех перебьют, а он, положим, как-нибудь улизнет в темноте — и что же, шататься потом по диким, бескрайним ристанийским степям? «Нет уж»,— решил он, обнажая меч и затянув пояс.

Луна заходила, ее заслоняло огромное летучее облако, но, вдруг открывшись, она засияла вновь. И тут они услышали топот, и со стороны переправы возникли, надвигаясь, темные фигуры всадников. Лунный свет поблескивал на жалах копий. Еще не видно было, сколько их там, но уж наверняка не меньше, чем в свите конунга.

Когда они приблизились шагов на пятьдесят, Эомер громко крикнул:

— Стой! Стой! Кто разъезжает в Ристании?

Погоня вмиг застыла на месте. В тишине один из всадников спешился и медленно двинулся вперед. Он поднял руку в знак мира, ладонь белела в лунном свете. Но ристанийцы держали копья наперевес. Шагов за десять от них он остановился: высокая черная тень точно вырастала из земли. И прозвучал ясный голос:

— В Ристании? Ты сказал — в Ристании? Мы это рады слышать. Мы издалека торопились в Ристанию.

— Теперь торопиться вам некуда,— объявил Эомер.— Переехавши броды, вы на ристанийской земле: здесь властвует конунг Теоден, и лишь с его позволения можно здесь разъезжать. Кто ты такой? И почему вы торопились?

— Я — Гальбарад Дунадан, северный Следопыт,— отвечал тот.— Мы ищем Арагорна, сына Араторна: мы прослышали, будто он в Ристании.

— И вы его отыскали! — воскликнул Арагорн. Он кинул поводья Мерри, выбежал вперед, и они обнялись с пришельцем.— Ты ли это, Гальбарад! Вот уж нечаянная радость!

Мерри облегченно вздохнул. Он-то был уверен, что это недобитый Саруман исхитрился перехватить конунга с малой свитой; но, видно, если и придется сложить голову, защищая Теодена, то не сейчас, а когда-нибудь потом. Он сунул меч в ножны.

— Все в порядке,— сказал Арагорн, воротившись.— Это мои родичи, они из дальнего края, где я прожил многие годы. Гальбарад скажет нам, почему они вдруг явились и сколько их тут.

— Нас тридцать,— сказал Гальбарад.— Все наши, кого удалось скликнуть, да еще братья Элладан и Элроир: они едут на брань вместе с нами. А мы собрались в путь сразу же, едва получили твой вызов.

— Вызов? — переспросил Арагорн.— Я взывал к вам лишь в мыслях. Думал я о вас, правда, часто, и нынче даже больше обычного; но вызова послать не мог. Впрочем, это все потом. Мы в опасности, медлить нельзя. Скачем вместе, если позволит конунг.

— В добрый час! — молвил обрадованный Теоден.— Если твои родичи под стать тебе, государь мой Арагорн, то тридцать таких витязей — это целое войско!

Поскакали дальше; Арагорн ехал с дунаданцами, и, когда они обменялись новостями с севера и с юга, Элроир сказал ему:

— Отец мой велел передать тебе: *Каждый час на счету.* Если рискуешь опоздать, вспомни о Стезе Мертвецов.

— У меня всегда был каждый час на счету,— сказал Арагорн,— и вечно их не хватало. Но велик должен быть риск опоздать, чтобы я двинулся этим путем.

— Как решишь, так и будет,— отозвался Элроир.— Ночью на дороге об этом толковать не стоит.

И Арагорн сказал Гальбараду:

— Что это ты везешь, родич? — ибо он заметил, что в руке у него не копье, а длинный шест, словно бы древко знамени; шест был натуго обмотан темной тканью и перетянут ремнями.

— Это прислала тебе Дева Раздола,— отвечал Гальбарад.— Втайне и с давних пор она трудилась над этим. И велела тебе сказать: *На счету каждый час. Либо наши надежды сбудутся, либо всем надеждам конец. Я все исполнила в срок, по-задуманному. Прощай же до лучших времен, Эльфийский Берилл!* Такие были ее слова.

На это Арагорн молвил:

— Теперь я знаю, что́ ты привез. Побереги это для меня еще немного!

Он обернулся к северу, взглянул на яркие, крупные звезды — и потом за всю ночь не сказал ни слова.

Под серым предрассветным небом они наконец выехали из Ущельного излога и добрались до Горнбурга. Надо было хоть немного передохнуть и рассудить, что их ждет.

Мерри спал как сурок; его разбудили Леголас и Гимли.

— Солнце стоит в небе,— сказал Леголас.— И все давно уж на ногах, кроме тебя, лежебока ты этакий. Вставай, а то и к шапочному разбору не поспеешь!

— Три дня назад была страшная битва,— сказал Гимли,— и я Леголасу чуть не проиграл, но выиграл все-таки, угробил одного лишнего орка! Пойдем покажу, где это было! Да, Мерри, а какие тут пещеры! Сходим в пещеры, давай, а, Леголас?

— Нет, нет, не надо,— сказал эльф.— Кто ж второпях любуется чудесами! Условились ведь мы с тобой — коли переживем лихие дни, то и отправимся туда вместе. А сейчас полдень на носу, общая трапеза и вроде бы снова в дорогу.

Мерри зевнул и потянулся. Спал он всего ничего, усталость не прошла, и тоска одолевала пуще прежнего. Пина теперь не было, не с кем словом перемолвиться, а кругом все спешат, и каждый знает куда — один он дурак дураком.

— Арагорн-то хотя бы где? — спросил он.

— Он наверху, на башне,— отвечал Леголас.— Отдыхать не отдыхал, какое там, и глаз-то не сомкнул. Пошел наверх — ему, мол, поразмыслить надо; и Гальбарад с ним. Трудные у него, видать, мысли: мрачные сомнения, тяжкие заботы.

— Темный они вообще-то народ, эти пришельцы,— сказал Гимли.— Витязи, конечно, на подбор, могучие, статные, ристанийцы рядом с ними сущие дети, а они суровые такие, обветренные, что твои скалы — ну, наподобие Арагорна, и уж слова лишнего от них не услышишь.

— На Арагорна они похожи, это ты верно,— подтвердил Леголас.— Такие же молчаливые, но если скажут слово, то учтивые, как и он. А братья-то — ну, Элладан и Элроир? Эти и одеты поярче, и держатся по-другому: шутка сказать, сыновья Элронда, не откуда-нибудь, из Раздола!

— Чего это они вдруг приехали, не знаешь? — спросил Мерри. Он наконец оделся, накинул на плечи серый плащ, и все они втроем вышли к разрушенным воротам крепости.

— Позвали их, вот и приехали, сам же слышал,— отозвался Гимли.— Говорят, в Раздоле послышался голос: *Арагорн ждет родичей. Дунаданцы, спешите в Ристанию!* — а уж откуда и кто их позвал, это неизвестно. Гэндальф, наверно, кто же еще.

— Нет, не Гэндальф, это Галадриэль,— возразил Леголас.— Она же, помнишь, устами Гэндальфа возвещала прибытие Серой Дружины?

— Да, это ты в точку попал,— согласился Гимли.— Она это, она, Владычица Зачарованного Леса! Вот уж кто читает в сердцах и выполняет заветные желания! А мы с тобой дураки, Леголас,— что ж мы не позвали своих-то на помощь?

Леголас, стоя у ворот, обратил свои ясные глаза на север и на восток, и лицо его омрачилось.

— Наши не придут,— сказал он.— Что им ехать на войну за тридевять земель, когда война у них на пороге?

Они еще немного погуляли, обсуждая происшествия давешней битвы, потом вышли через разрушенные ворота, миновали свежие могильники у дороги, выбрались на Хельмову Гать и поглядели на излог. Уже воздвиглась Мертвая гора, черная, высокая, обложенная камнями, а кругом были видны следы гворнов, истоптавших траву, избороздивших землю. Дунландцы и защитники Горнбурга вместе восстанавливали Гать, разравнивали поле, возводили заново стены и насыпали валы; повсюду царило странное спокойствие — казалось, долина отдыхала после налетевшей бури. Они повернули назад, чтобы успеть к полуденной трапезе.

Завидев их, конунг подозвал Мерри и усадил его рядом.

— Здесь, конечно, не то, что в златоверхих чертогах Эдораса,— сказал он.— Да и друга твоего нет с нами, а он бы не помешал. Однако за высоким столом в Медусельде мы воссядем еще не скоро: если и доберемся туда, боюсь, нам будет не до пированья. Впрочем, что загадывать! Ешь и пей на здоровье, заодно и побеседуем. И поедешь со мною.

— Я — с тобою? — обрадовался и восхитился Мерри.— Вот здорово-то! — Он был как никогда благодарен за теплые слова.— А то я как-то,— запинаясь, выговорил он,— только у всех под ногами путаюсь, неужели совсем уж ни на что не пригожусь?

— Пригодишься,— заверил его Теоден.— Для тебя подыскали отличного пони местной породы: на горных тропах как раз такой нужен, не отстанет. Мы ведь в Эдорас горами поедем, через Дунхерг, где меня ждет Эовин. Хочешь быть моим оруженосцем? Эомер, доспех для него найдется?

— Оружейня здесь небогатая, государь,— отвечал Эомер.— Легонький шлем на его голову, пожалуй, подберем; но кольчугу и меч по росту — едва ли.

— А меч у меня и так есть,— сказал Мерри, вскочив на ноги и выхватив из черных ножен яркий клинок. Тронутый чуть не до слез лаской старого конунга, он внезапно опустился на одно колено, взял его руку и поцеловал.— Конунг Теоден,— воскликнул он,— позволь Мериадоку из Хоббитании присягнуть тебе на верность! Можно, я возложу свой меч тебе на колени?

— С радостью позволяю,— ответствовал Теоден и в свою очередь возложил длинные старческие пясти на темно-русую голову хоббита.— Встань же, Мериадок,— отныне ты наш оруженосец и страж Медусельда. Прими свой меч — да послужит он на благо Ристании!

— Теперь ты мне вместо отца,— сказал Мерри.

— Боюсь, ненадолго,— отозвался Теоден.

За трепезой шел общий разговор; наконец Эомер сказал:

— Скоро уж пора нам ехать, государь. Прикажешь ли трубить в рога? Но где же Арагорн? Он так и не вышел к столу.

— Готовьтесь выезжать,— велел Теоден,— и оповестите Арагорна, что время на исходе.

Конунг с Мерри и охраною вышли из ворот Горнбурга на просторный луг, где строились воины; многие уже сидели на конях. В крепости конунг оставил лишь небольшой гарнизон; прочие все до единого отправлялись в Эдорас, на войсковой сбор. Уже отъехал ночью отряд в тысячу копий, но и сейчас с конунгом было около пятисот, большей частью вестфольдцы.

Поодаль сомкнулся конный строй молчаливых Следопытов с копьями, луками и мечами, в темно-серых плащах; капюшоны закрывали их шлемы и лица. Кони у них были могучие, статные и шерстистые; и без седока стоял приведенный с севера конь Арагорна, по имени Рогерин. Ни золото, ни самоцветы не украшали их доспехи и сбруи, не было ни гербов, ни значков, только не левом плече у каждого звездой лучилась серебряная брошь — застежка плаща.

Конунг сел на своего Белогрива, Мерри взобрался на стоявшего рядом пони, звали его Стибба. Вскоре из ворот вышли Эомер с Арагорном и Гальбарад, который нес обмотанный черной тканью шест, а за ними еще двое — ни молоды, ни стары. Сыновья Элронда были до того похожи, что и не различишь: оба темноволосые и сероглазые, сияющие эльфийской красой; оба в блестящих кольчугах и серебристых плащах. Следом шли Леголас и Гимли. Но Мерри не мог отвести глаз от угрюмого, землистого, усталого лица Арагорна: он за одну ночь словно бы состарился на много лет.

— Я в большой тревоге, государь,— сказал он, остановившись у стремени конунга.— Дурные вести дошли до меня: нам грозит новая, нежданная беда. Я долго размышлял, и сдается мне, что надо менять планы. Скажи, Теоден: ты ведь держишь путь в Дунхерг — сколько времени он займет?

— Уже час пополудни,— отозвался Эомер.— На третьи сутки к вечеру, должно быть, доедем до Укрывища. Полнолуние будет накануне; сбор конунг назначил еще через день. Быстрее не поспеют съехаться со всей Ристании.

— Стало быть, через три дня,— задумчиво проговорил Арагорн,— войсковой сбор только начнется. Да, быстрее не выйдет, спешка тут ни к чему.— Он поднял глаза, и лицо его прояснилось, точно он окончательно принял трудное решение.— Тогда, государь, с твоего позволения, пути наши расходятся. У нас с родичами своя дорога, и поедем мы теперь в открытую. Мне больше незачем таиться. Поедем на восток кратчайшим путем, а дальше — Стезей Мертвецов.

— Стезей Мертвецов! — повторил Теоден, вздрогнув.— Что ты говоришь?

Эомер изумленно взглянул на Арагорна, и Мерри показалось, что конники, которые расслышали эти слова, стали белее мела.

— Если и правда есть такая стезя,— продолжал Теоден,— то она начинается за воротами близ Дунхерга, но там никто еще не бывал.

— Увы, Арагорн, друг мой! — горестно молвил Эомер.— А я-то надеялся, что мы с тобой будем биться бок о бок. Но если жребий влечет тебя на Стезю Мертвецов, то мы расстанемся и едва ли увидимся на этом свете.

— Другой мне дороги нет,— отвечал Арагорн.— И все же, Эомер, на поле брани мы, быть может, еще и встретимся, прорубившись друг к другу сквозь все полчища Мордора.

— Поступай как знаешь, государь мой Арагорн,— сказал Теоден.— Видно, и правда таков твой жребий — идти нехожеными путями. Как ни горько мне с тобой расставаться, как ни тягостно, однако нас ждут горные тропы и медлить больше нельзя. Прощай!

— Прощай, государь! — сказал Арагорн.— Скачи навстречу великой славе! Прощай и ты, Мерри! В хороших руках ты остаешься, я и надеяться не смел на такое, когда мы гнались за орками до Фангорна. Леголас и Гимли, наверно, и теперь последуют за мною; но мы тебя не забудем.

— До свидания! — проговорил Мерри. Других слов у него не нашлось. Он чувствовал себя совсем крохотным; его смущали и угнетали услышанные мрачные речи. Эх, сюда бы сейчас неунывающего Пина! Конники стояли наготове, лошади перебирали ногами: скорей бы в путь, и дело с концом.

Теоден обратился к Эомеру, тот поднял руку и громко отдал приказ; конники тронулись. Они миновали Гать, выехали из Ущельного излога и круто свернули к востоку, тропою, которая с милю вилась у подножий, а потом уводила на юг и исчезала в горах. Арагорн выехал на Гать и провожал ристанийцев взглядом, пока излог не скрыл их из виду.

— Вот уехали трое близких моему сердцу,— сказал он Гальбараду,— и едва ли не ближе других этот малыш. Он не знает, что его ждет; но если б и знал, все равно бы поехал.

— Да, о малышах-хоббитанцах не по росту судить,— заметил Гальбарад.— Вовсе им невдомек, какими трудами охраняли мы их границы, но мне это ничуть не обидно.

— А теперь наши судьбы сплелись воедино,— сказал Арагорн.— Но что поделать, приходится разлучаться. Ладно, мне надо перекусить, да в дорогу. Пойдемте, Леголас и Гимли! Поговорим за едой.

Они вместе вернулись в Горнбург. Однако за столом Арагорн хранил молчание, и друзья переглядывались.

— Говори же! — сказал наконец Леголас.— Говори, может, полегчает, светлее станет на сердце! Что случилось с тех пор, как мы приехали на мглистом рассвете в эту хмурую крепость?

— Я выдержал битву куда более жестокую, чем на стенах этой хмурой крепости,— отвечал Арагорн.— Я глядел в Ортханкский камень, друзья мои.

— Ты глядел в эту проклятую колдовскую штуковину? — вскричал Гимли с ужасом и недоумением.— Он... Враг у тебя что-нибудь выведал? Ведь даже Гэндальф и тот не отважился на такой поединок, а ты...

— Ты забываешь, с кем говоришь,— сурово осек его Арагорн, и глаза его блеснули.— Не при тебе ли я во всеуслышание назвался у ворот Эдораса? Что, по-твоему, я мог ему выдать? Нет, Гимли,— уже мягче продолжал он, и тень сбежала с его лица, видна была лишь безмерная усталость, точно после многих бессонных ночей, исполненных тяжкого труда.— Нет, друзья мои, я законный владелец Камня, я вправе и в силах воспользоваться им: так я рассудил. Право мое неоспоримо. И сил хватило — правда, еле-еле.

Он глубоко вздохнул.

— Да, жестокий был поединок, все никак не приду в себя. Я не сказал ему ни слова, но сумел подчинить Камень своей воле. От одного этого он придет в неистовство. И я предстал перед ним. Да, сударь мой Гимли, Враг видел меня, но не в том обличье, в каком ты видишь меня сейчас. Если я оказал ему услугу, дело плохо; но думаю, что оказал дурную услугу. Он был, по-моему, страшно поражен тем, что я объявился среди живых, ибо доныне он обо мне не знал. Под окнами Ортханка на меня не обратили внимания, благо я был в ристанийском доспехе; но уж Саурон-то не забыл Исилдура и меча Элендила. И вот, как раз когда начинают сбываться его черные замыслы, вдруг он воочию видит наследника Исилдура и тот самый меч: я обнажил перед ним заново откованный клинок. А он все же не так силен, чтоб ничего не опасаться — нет, его еще гложут сомнения.

— Ну, сил-то ему не занимать,— возразил Гимли,— и тем быстрее он нанесет удар.

— Быстрее вовсе не значит вернее,— сказал Арагорн.— И настала пора опережать Врага, а не дожидаться его ударов. Друзья мои, когда я овладел Камнем, мне многое открылось. Беда нагрянула на Гондор с юга, и защитников Минас-Тирита вдвое поубавилось. Если мы с этой бедою немедля не управимся, то город погибнет, не выстоит и десяти дней.

— Значит, погибнет,— сказал Гимли.— Кого посылать на подмогу и как туда поспеть вовремя?

— Посылать на подмогу некого, стало быть, надо ехать самому,— сказал Арагорн.— И есть лишь один путь, которым можно поспеть к Морю вовремя, пока еще не все потеряно. Это — Стезя Мертвецов.

— Стезя Мертвецов! — повторил Гимли.— Жутковатое название — и слух ристанийцев оно, как я заметил, не тешит. Ну а живым-то можно проехать этой Стезей и не сгинуть? И что толку, если проедем,— нас же всего горстка против несметных полчищ Мордора!

— Живые по этой дороге не ездили, мустангримцы такого не упомнят,— сказал Арагорн.— Она закрыта для живых. Однако наследник Исилдура в эту черную годину может и проехать, если отважится. Слушайте! Сыновья Элронда из Раздола, премудрого знатока преданий, передали мне слова отца: *Пусть Арагорн припомнит речь провидца, пусть памятует о Стезе Мертвецов.*

— А что за речь провидца? — спросил Леголас.

— Вот что изрек провидец Мальбет во дни Арведуи, последнего властителя Форноста:

> Простерлась черная тень над землей,
> На запад стремится крылатый мрак.
> Содрогается град; подступает враг
> К заветным гробницам. И встают мертвецы,
> Ибо клятвопреступникам вышел срок,
> Ибо их созывает гремучий рог,
> С вершины Эрека вновь затрубив.
> Кто протрубит? Кто призовет
> Из могильной мглы забытый народ?
> Потомок того, кто был предан встарь,
> Возвратится с севера Государь
> Темным путем, Стезей Мертвецов.

— Что темным путем — это понятно,— сказал Гимли,— но в остальном стихи уж очень темные.

— Остальное станет понятно, если поедешь со мной темным путем,— сказал Арагорн.— Сам бы я его не избрал, но, видно, предуказанного не миновать. А вы решайте сами, хватит ли у вас мужества и сил, чтобы одолеть неодолимый страх и вынести непосильные тяготы — может статься, себе на беду.

— Я пойду за тобою даже Стезей Мертвецов, куда бы она ни привела,— сказал Гимли.

— И я тоже,— сказал Леголас,— я мертвецов не боюсь.

— Хорошо бы этот забытый народ не забыл ратного дела,— сказал Гимли,— а то не к чему их и тревожить.

— Это мы узнаем, если доберемся живыми до вершины Эрека,— сказал Арагорн.— Ведь они поклялись сражаться с Сауроном и нарушили клятву; чтобы исполнить ее ныне, надо сразиться. На вершине Эрека Исилдур водрузил черный камень, который, по преданию, привез из Нуменора. И в начале его правления князь горцев присягнул на верность Гондору возле этого камня. Когда же Черный Властелин объявился в Средиземье и вновь стал могуч и страшен, Исилдур призвал горцев на великую брань, а они отказались воевать, ибо втайне предались Саурону еще во Вторую Эпоху, в проклятые времена его владычества.

И тогда Исилдур сказал их князю: «Твое княжение да будет последним. И если Запад восторжествует над твоим Черным Владыкою, то вот, я налагаю проклятие на тебя и на весь твой народ: вы не узнаете покоя, доколе не исполните клятву. Ибо войне этой суждено длиться несчетные годы, и в конце ее снова призовут вас на брань». И они бежали от гнева Исилдура и не посмели выступить на стороне Саурона; укрылись в горах, отъединились от соседей и мало-помалу вымерли в своих каменистых пустошах. Но умершие не опочили; их замогильное бденье оцепенило ужасом окрестности Эрека. Туда и лежит мой путь, раз от живых мне помощи не будет. Вперед! — воскликнул он, поднявшись и обнажив меч, ярко блеснувший в сумрачном зале.— Я еду Стезей Мертвецов к Эрекскому камню. Кто отважится на это — за мною!

Леголас и Гимли промолчали и вышли следом за ним из ворот, к безмолвному и недвижному строю всадников в капюшонах. Они сели на своего коня, Арагорн вскочил на Рогерина. Гальбарад затрубил в большой рог, гулкое эхо огласило Хельмово ущелье, и Дружина вихрем пронеслась по излогу; ей вослед изумленно глядели с Гати и крепостных стен.

Теоден пробирался горными тропами, а Серая Дружина мчалась по степи и на другой день уже подъезжала к Эдорасу. Едва передохнув, отправились дальше, в горы — и в сумерках достигли Дунхерга.

Царевна Эовин радостно приветствовала их; таких могучих витязей, как дунаданцы и сыновья Элронда, она в жизни не видела, но взгляд ее все время устремлялся на Арагорна. За ужином они беседовали, и ей было рассказано обо всем, что случилось после отъезда Теодена из столицы: лишь обрывочные вести дошли до нее. Теперь она услышала о битве у Хельмовой Крепи, о полном разгроме врага, о том, как конунг повел в последний бой своих всадников,— и глаза ее засияли.

Наконец она сказала:

— Государи мои, вам пора отдохнуть с дороги. Нынче, наспех, я предложу вам скромный ночлег. Наутро же мы приготовим более достойные вас покои.

Но Арагорн сказал:

— Нет, царевна, не заботься об этом. Нам нужно всего лишь переночевать и позавтракать. Я очень тороплюсь, и на рассвете мы выезжаем.

— Тогда спасибо тебе, государь,— с улыбкой молвила она,— что ты, свернув с пути, проехал столько миль, чтобы порадовать добрыми вестями отшельницу Эовин.

— Ради такой отшельницы дальняя дорога не в тягость,— сказал Арагорн,— однако же, царевна, с пути я бы сюда не свернул.

— Значит, государь,— отозвалась она, и в голосе ее слышна была печаль,— ты сбился с пути, потому что из Дунхергской долины нет выхода ни на восток, ни на юг — тебе надо вернуться обратно.

— Нет, царевна,— сказал он,— с пути я не сбился: я странствовал в здешних краях задолго до того, как ты родилась им на украшение. Есть выход из этой долины, он-то мне и нужен. Отсюда на юг ведет Стезя Мертвецов.

Она замерла, будто громом пораженная; лицо ее побелело, она глядела ему в глаза и молчала, и молчали все кругом.

— Арагорн,— наконец молвила она,— неужели ты торопишься навстречу гибели? Лишь гибель ждет тебя на этом пути. Там нет проходу живым.

— Меня, может статься, пропустят,— сказал Арагорн.— Так или иначе, я попробую пройти. Другие дороги мне не годятся.

— Но это безумие,— сказала она.— С тобою славные,

395

доблестные витязи, и не в смертную тень ты их должен вести, а на бой, на поле брани. Молю тебя, останься, ты поедешь с моим братом, на радость всему ристанийскому войску, в знак великой надежды.

— Нет, царевна, это не безумие,— отвечал он,— этот путь предуказан издревле. Кто идет со мною — идет по доброй воле; кто захочет остаться и ехать на бой вместе с ристанийцами — пусть остается. Но я пойду Стезей Мертвецов, даже в одиночку.

Больше сказано ничего не было, и в молчании завершилась трапеза; но Эовин не сводила глаз с Арагорна, и мука была в ее глазах. Наконец все поднялись из-за стола, пожелали ей доброй ночи, поблагодарили за радушие и отправились спать.

Арагорна поместили с Леголасом и Гимли; у шатра окликнула его царевна Эовин. Он обернулся и увидел словно бы легкое сиянье в ночном сумраке: на ней было белое платье, и светились ее глаза.

— Арагорн,— сказала она,— зачем ты едешь этим гиблым путем?

— Затем, что иначе нельзя,— отвечал он.— Только так я, быть может, сумею опередить Саурона. Я ведь не ищу гибели, Эовин. Будь моя воля, я гулял бы сейчас на севере по светлым тропинкам Раздола.

Она помолчала, обдумывая последние его слова. Потом вдруг положила руку ему на плечо.

— Ты суров и тверд,— сказала она.— Таким, как ты, суждена слава.— И снова примолкла.— Государь,— решилась она наконец,— если таков предуказанный тебе путь, то позволь мне ехать с тобою. Мне опротивело прятаться и скрываться, я хочу испытать себя в смертном бою.

— Ты должна оставаться со своим народом,— ответил он.

— Только и слышу, что я кому-то что-то должна! — воскликнула Эовин.— Разве я не из рода Эорла? Воительница я или нянька? Долгие годы я опекала немощного старца. Теперь он, кажется, встал на ноги — а мне все равно нельзя жить по своей воле?

— Этого почти никому нельзя,— ответил он.— И не ты ли, царевна, приняла теперь на себя попечение о своем народе, покуда не воротится конунг? Если б это доверили не тебе, а военачальнику или сенешалю, ты думаешь, он мог бы оставить свой пост, как бы ему все ни опротивело?

— Значит, так всегда и будет? — горько спросила она.— Ратники будут уезжать на войну и добывать бранную славу, а мне — оставаться, хозяйничать и потом их встречать, заботиться о еде и постелях, так?

— Может статься, и встречать будет некого,— сказал он.— Настанет темное время безвестной доблести: никто не узнает о подвигах последних защитников родимого крова. Но безвестные подвиги ничуть не менее доблестны.

— Ты твердишь одно и то же,— отвечала она,— женщина, говоришь ты, радей о доме своем. А когда воины погибнут славной смертью — сгори вместе с домом, погибшим он больше не нужен. Но я не служанка, я — царевна из рода Эорла. Я езжу верхом и владею клинком не хуже любого воина. И я не боюсь ни боли, ни смерти.

— А чего ты боишься, царевна? — спросил он.

— Боюсь золоченой клетки,— сказала она.— Боюсь привыкнуть к домашнему заточенью, состариться и расстаться с мечтами о великих подвигах.

— Как же ты отговаривала меня идти избранной дорогой, потому что она опасна?

— Я ведь тебя, а не себя отговаривала,— сказала она.— И я призывала тебя не избегать опасности, а ехать на битву, добывать мечом славу и победу. Просто я не хотела, чтобы сгинули попусту благородство и великая отвага!

— Я тоже этого не хочу,— сказал он.— Потому и говорю тебе, царевна: оставайся! Нечего тебе делать на юге.

— Другим — тем, кто пойдет за тобою,— тоже нечего там делать. Они пойдут потому, что не хотят с тобой разлучаться, потому, что любят тебя.

Сказав так, она повернулась и исчезла в темноте.

В небе забрезжил рассвет, но солнце еще не выглянуло из-за высоких восточных хребтов. Дружина сидела верхами, и Арагорн собрался было вскочить в седло, когда царевна Эовин, в ратном доспехе и при мече, вышла попрощаться с ними. Она несла чашу с вином; пригубив ее, пожелала она воинам доброго пути и передала чашу Арагорну, который, прежде чем допить вино, молвил:

— Прощай, царевна Ристании! Я пью во славу дома конунгов, пью за тебя и за весь ваш народ. Скажи своему брату, что мы еще, может, и свидимся, прорвавшись сквозь тьму!

Гимли и Леголасу показалось, что она беззвучно заплакала: скорбь исказила ее гордое и строгое лицо. И она проговорила:

— Арагорн, ты едешь, куда сказал?

— Еду,— отвечал он.

— И не позволишь мне ехать с вами, как я просила тебя?

— Нет, царевна,— сказал он.— Нельзя тебе ехать без позволения конунга или твоего брата, а они будут лишь завтра. У меня же на счету каждый час, каждая минута на счету. Прощай!

Тогда она упала на колени и воскликнула:

— Я тебя умоляю!

— Нет, царевна,— сказал он, взяв ее за руку и подымая с колен; потом поцеловал ей руку, вспрыгнул в седло и тронул коня, больше не оглядываясь. Лишь тем, кто знал его близко и ехал рядом, понятно было, как тяжело у него на сердце.

А Эовин стояла, неподвижная, точно изваяние, сжав опущенные руки; стояла и смотрела, как они уходят в черную тень Двиморберга, Горы Призраков, к Вратам мертвого края. Когда всадники пропали из виду, она повернулась и неверным шагом, как бы вслепую, отправилась к себе в шатер. Никто из ее подданных не видел этого расставанья: они попрятались в страхе и ждали, пока рассветет и уедут безрассудные чужаки.

И люди говорили:

— Это эльфийцы. Пусть себе едут в гиблый край, коли им суждено там сгинуть. У нас своего горя хватает.

Ехали в предрассветной мгле; восходящее солнце заслонял сумрачный гребень Горы Призраков. Извилистая дорога меж двумя рядами древних стоячих камней привела их в бор Димхолт, преддверие страшного края. Под сенью черных деревьев, где даже Леголасу было не по себе, открылась падь, и посреди тропы роковою вехой возник громадный столп.

— Что-то у меня кровь леденеет,— заметил Гимли, но никто не отозвался, и звук его голоса поглотила сырая хвойная подстилка.

Кони один за другим останавливались перед зловещим столпом; всадники спешились и повели их под уздцы в обход по крутому склону к подножию Горы, туда, где в отвесной скале зияли Врата, словно жерло ночи. Над широкой аркою смутно виднелась тайнопись и загадочные рисунки, и Врата источали серый туман, будто смертную тоску. Дружина оцепенела; лишь у царевича эльфов Леголаса не дрогнуло сердце — он не страшился человеческих призраков.

— За этими Вратами,— сказал Гальбарад,— таится моя смерть. Я пойду ей навстречу, но кони туда не пойдут.

— Мы должны пройти, значит, пройдут и кони,— отвечал Арагорн.— За Вратами мертвенная тьма, а за нею — дальняя дорога, и каждый час промедленья приближает торжество Саурона. Вперед!

И Арагорн пошел первым; вдохновленные его могучей волей, следовали за ним дунаданцы, а кони их так любили своих хозяев, что не убоялись даже замогильного ужаса, ибо надежны были сердца людей, которые их вели. Только Арод, ристанийский конь, стоял весь в поту и дрожал — горестно было смотреть на него. Но Леголас закрыл ему ладонями глаза, напел в уши ласковые, тихие слова — и конь послушно пошел за своим седоком. Перед Вратами остался один лишь гном Гимли. Колени его дрожали, и он стыдил сам себя.

— Вот уж неслыханное дело! — сказал он.— Эльф спускается под землю, а гном боится!

И он ринулся вперед, волоча непослушные, как свинцом налитые ноги; тьма обрушилась на него и ослепила Гимли, сына Глоина, который, бывало, бесстрашно спускался в любые подземелья.

Арагорн запасся в Дунхерге факелами и нес огонь впереди; Элладан, вознося факел, замыкал шествие, а за ним, спотыкаясь, брел Гимли. Ему видны были только тусклые факельные огни; но едва Дружина приостанавливалась, как слух его полнился ропотом и отзвуками голосов, невнятной молвью на неведомом языке.

Дружина шла и шла, и помехи ей не было, а гному становилось все страшнее — он-то знал, что вспять повернуть нельзя, что позади, в темноте, толпится незримое сонмище. Страшно тянулось время; и то, что Гимли наконец увидел, он очень не любил вспоминать. Вроде бы шли они по широкому проходу, но стены внезапно исчезли, и перед ним разверзлась пустота. Ужас давил его так, что ноги подкашивались на каждом шагу. Слева что-то блеснуло во мраке, и факел Арагорна приблизился. Должно быть, Арагорн вернулся поглядеть, что там блестит.

— Неужели ему не страшно? — пробормотал гном.— В любой другой пещере Гимли, сын Глоина, первым побежал бы на блеск золота. Но здесь — не надо! Пусть лежит!

И все же он подошел — и увидел, что Арагорн стоит на коленях, а Элладан держит оба факела. Перед ними простерся скелет богатыря. Боевой доспех уцелел: кольчуга была золоченая, а воздух в пещере такой сухой, что чуть не скрипел на зубах. Золотом и гранатами изукрашен был пояс; череп в шлеме с золотой насечкой ничком уткнулся в песок. При факелах стало видно, что скелет лежит у стены пещеры, возле закрытой каменной двери, впившись в щели костяными пальцами. Рядом валялись обломки зазубренного меча: наверно, он отчаянно рубил камень, пока хватало сил.

Арагорн не прикоснулся к останкам; он молча разглядывал их, потом поднялся и вздохнул.

— До скончания веков не расцветут над ним цветы *симбельмейна*,— проговорил он.— Девять и еще семь могильников давным-давно заросли травой, и все эти несчетные годы он пролежал здесь, у дверей, которых не смог открыть. Куда ведут эти двери? Что он искал за ними? Этого никто никогда не узнает... И мне об этом знать незачем! — возгласил он, обращаясь к шелестящей темноте позади.— Храните свои клады и тайны Проклятых Времен! А нам надо спешить. Пропустите нас и ступайте следом! Я призываю вас всех к Эрекскому камню!

Вместо ответа настало бездонное молчанье, пострашнее зловещего шелеста; потом повеяло холодом, факелы вспыхнули, угасли, и зажечь их снова не удалось. Что было дальше и сколько часов это длилось, Гимли толком не помнил. Дружина шла вперед, а он кое-как поспевал за остальными, спасаясь от ужаса, который, казалось, вот-вот обессилит его, настигая шелестами, шорохами, призрачным звуком несчетных шагов. Он спотыкался, падал, под конец полз на четвереньках и чувствовал, что больше не может: либо впереди найдется выход и спасенье, либо уж будь что будет — он бросится назад на растерзание ужасу.

Вдруг он услышал журчанье воды, такое отчетливо-звонкое, точно где-то прокатился камень, пробудив от дурного сна. Становилось светлее, и вот Дружина вышла из-под высокой сводчатой арки; ручей бежал рядом, а впереди круто уходила вниз дорога между отвесными скалами, упирающимися в небеса. Ущелье было такое узкое и глубокое, что небо казалось темным, и мерцали мелкие звезды. Однако же Гимли узнал потом, что день был тот самый, когда они вышли из Дунхерга, до заката оставалось еще два часа, а могли миновать и годы; и вышел он будто бы совсем в иной мир.

Дружинники снова ехали вереницей, и Гимли сидел позади Леголаса. Смеркалось, сгущались синие сумерки; и ужас шел по пятам. Леголас обернулся, и Гимли увидел прямо перед собой блистающие глаза эльфа. За ними ехал Элладан, замыкающий, но не последний на этой наклонной дороге.

— Мертвые следуют за нами,— сказал Леголас.— Я вижу тени всадников, тусклые стяги, как клочья тумана, копья, точно заиндевелый кустарник. Они следуют за нами.

— Да, мертвецы не отстают. Они откликнулись на зов,— сказал Элладан.

Наконец Дружина вышла из ущелья — внезапно, как сквозь трещину в стене; они очутились над высокогорной долиной и услышали переплеск потока, низвергавшегося водопадами.

— Куда это нас занесло? — спросил Гимли, и Элладан отвечал ему:

— Пониже истоков длинной студеной реки, которая впадает в морской залив, омывающий стены Дол-Амрота. Мортхонд зовется она — Черноводная; теперь ты, наверно, не спросишь почему.

Широким изгибом Мортхондская долина охватывала крутогорье с юга. Травянистые склоны в этот сумеречный час подернуло серой пеленой; далеко внизу мигали огоньки селений. Долина была плодородная и многолюдная.

Арагорн, не оборачиваясь, крикнул во весь голос:

— Друзья, забудьте об усталости! Пустите коней вскачь! Нам нужно прежде полуночи быть у Эрекского камня, а до него еще далеко.

И они без оглядки промчались косогором к мосту через реку, набиравшую ширину, и дальше вниз по дороге в долину.

Повсюду гасили огни и запирали двери, а те, кто был в поле, крича от ужаса, метались, точно вспугнутое зверье. В полутьме разносился общий крик:

— Полчище мертвых! На нас идет полчище мертвых!

Звонили колокола, все разбегались и прятались, а Серая Дружина неслась во весь опор, покуда кони не начали спотыкаться. И перед самой полуночью, в черной, как бы пещерной тьме они все-таки доскакали до Эрекского камня.

С незапамятных пор витал смертный страх над горою Эрек и окрестными пустошами. На вершине ее торчал черный камень, круглый, как огромный шар, наполовину вкопанный в землю и все же высотой в человеческий рост. Был он нездешнего вида, словно упал с небес, как думали иные; те же, кто помнил предания Запада, говорили, что вывез его из руин Нуменора и вкопал на горе сам Исилдур. Жители долины не смели приближаться к нему, да поблизости никто и не жил: рассказывали, что в недобрую годину вокруг камня собирается и ропщет сонмище привидений.

Дружина остановилась у камня; царила мертвенная ночная тишь. Арагорн взял у Элроира серебряный рог, затрубил в него — и всем послышались глухие ответные раскаты, дальним эхом из пещерных глубин. Больше ничего слышно не было, но чуялось, что гору обступило большое войско; и дохнул леденящий ветер. Арагорн спешился, стал подле камня и громовым голосом вопросил:

— Клятвопреступники, зачем вы пришли?

И кто-то в ночи отозвался, как бы издалека:

— Чтобы исполнить клятву и обрести покой.

Тогда Арагорн молвил:

— Настал ваш час! Вы последуете за мною в Пеларгир-на-Андуине, и когда тамошний край будет избавлен от Сауроновой нечисти, я сниму с вас заклятие, и вы обретете покой навечно. Ибо я — Элессар, наследник великого князя гондорского Исилдура.

И он повелел Гальбараду развернуть и водрузить знамя, которое тот привез из Раздола; затрепетало черное полотнище, и в темноте не видно было, что на нем выткано. Дружина заночевала возле камня, но почти никому не спалось в безмолвном окружении призраков.

С первыми лучами бледного рассвета Арагорн повел свою Дружину в далекий и многотрудный поход без отдыха и промедленья: такой был лишь ему по силам, и его непреклонная воля поддерживала остальных. Подобных тягот не вынес бы никто из смертных — но вынесли северные витязи-дунаданцы, и с ними был гном Гимли и Леголас из рода эльфов.

Они прошли в Ламедон Тарлангским перевалом; за ними по пятам мчалось призрачное воинство, а страшная весть о нем летела впереди, и, когда они въезжали в Калембель-на-Кириле, кровавый закат озарял их со спины, из-за хребта Пиннат-Гелина. В городе не было ни души, переправа через Кирил не охранялась, ибо многие ушли на войну, а прочие бежали в горы, прослышав о нашествии полчища мертвых. Наутро рассвета не было, и Серая Дружина исчезла с глаз людских во тьме, нахлынувшей из Мордора; а мертвецы спешили следом.

Глава III

ВОЙСКОВОЙ СБОР

Все пути сходились теперь на востоке, на рубеже грядущей войны — там, где сгущалась грозная Темь. И когда Пин стоял у столичных Великих Врат, провожая взглядом золотистые стяги владетеля Дол-Амрота, дружина конунга Ристании спускалась с гор к Укрывищу.

День угасал. Длинные тени тянулись перед конниками. Темнота вползала в густой, перешептывающийся ельник, облекавший горные кручи. Конунг ехал медленно, он утомился за день. Вскоре тропа, обогнув выступ огромного утеса, углубилась в тихий лесной сумрак. Вниз, вниз и вниз двигались они длинной извилистой вереницей. Ближе ко дну ущелья уже совсем свечерело. Солнце зашло, и сумеречная мгла окутала водопады.

Весь день виднелся далеко внизу бурливый поток, сбегавший с высокого перевала, клокоча в своем узком русле между скалистыми откосами в сосновом убранстве; и вот он был перед ними, готовый вырваться на приволье из каменных теснин. Конники ехали берегом — и вдруг им открылась Дунхергская долина, оглашенная вечерним гулом воды. Кипучая Снеговая, усиленная притоком, мчалась, обдавая пеной каменистое ложе, к Эдорасу, к зеленым холмал и равнинам. Справа, у края широкой долины, вздымал заоблачные взлобья могучий Старкгорн, и его иззубренная вершина в шапке вечных снегов сияла в высоте; черно-синие тени ложились на нее с востока, и багровыми пятнами ее осыпал закат.

Мерри изумленно озирал этот неведомый край, о котором столько понаслышался в долгом пути. Небес тут не было: вглядывайся не вглядывайся в туманную пелену поверху, увидишь только громоздящиеся склоны, утес за утесом, и хмурые ущелья, подернутые дымкой. Он сонно вслушивался в шум воды, в смутные шепот деревьев, в треск расседающегося камня — и чуял огромное молчанье, ожидающее, пока все эти шумы стихнут. Ему вообще-то нравились горы, а лучше сказать — нравилось, как они возникают за обочиной рассказов о дальних странах; но теперь его придавила несусветная тяжесть взаправдашнего Средиземья, и больше всего на свете он хотел бы оказаться у себя, возле камина, в уютной комнатушке.

Он очень устал: ехали-то они медленно, однако же почти не отдыхали. Три долгих, томительных дня трясся он по тропам вверх и вниз, через перевалы, длинными долинами и звенящими бесчисленными бродами. Ежели дорога была пошире, он ехал рядом с конунгом, не замечая, что многие конники усмехались, глядя на это соседство: хоббит на лохматеньком сером пони и повелитель Ристании на большом белом коне. А он разговаривал с Теоденом, рассказывал ему о себе, о своих и прочие хоббитанские байки, потом слушал рассказы о Мустангриме и о подвигах ристанийских витязей. Но чаще всего, как и нынче, Мерри ехал сам по себе, за конунгом, говорить было не с кем, и он вслушивался в медленную звучную речь ристанийцев, доносившуюся сзади. Многие слова он вроде бы узнавал, только звучали они и звонче, и протяжнее, а вместе никак не складывались. Иногда чей-нибудь ясный голос заводил песню, и у Мерри взыгрывало сердце, хоть он и не понимал, о чем поется.

Очень ему было все-таки одиноко, особенно теперь, на закате дня. Он думал, куда же в этом непонятном мире подевался Пин, где Арагорн, Леголас и Гимли. И внезапным холодом полоснула мысль: а Сэм с Фродо — они-то где? «Совсем я про них забыл,— укорил он себя.— Они же из всех нас главные, я и пошел-то им в помощь, и вот теперь они за сотни миль, спасибо еще, если живы». Он испуганно поежился.

— Вот и Укрывище! — молвил Эомер.— Близок конец пути.

Кони стали. Через узкую горловину ущелья, как сквозь высокое окно, едва-едва был виден крутой спуск в меркнущую долину. Внизу, возле реки, вспыхивал и угасал крохотный огонек.

— Да, конец пути близок,— подтвердил Теоден,— и это — начало нового пути. Прошлой ночью было полнолуние, а наутро я поеду в Эдорас, на войсковой сбор.

— Прими мой совет,— негромко сказал Эомер,— возвратись потом сюда, пережди здесь победу или поражение.

— Нет,— усмехнулся Теоден,— нет, сын мой, ибо так я буду тебя называть, ты уж не будь советником наподобие

Гнилоуста! — Он выпрямился в седле и оглянулся на длинный строй ратников, терявшийся в сумерках.— Давно я не водил вас в поход, многие дни стеснились в годы, но теперь-то я клюку отбросил. Коли нас победят, что мне толку скрываться в горах? А коли мы победим, то нестрашно мне и погибнуть, исполнив свой долг до конца. Однако ж будет об этом. Нынче я ночую в Укрывище, и есть еще у нас хотя бы один мирный вечер. Едем!

Уже почти стемнело, когда они спустились. Снеговая протекала у западного края долины, и вскоре тропа привела их к броду, где вода бурлила среди камней. Брод охраняли; воины выпрыгивали из-за темных скал и, завидев их, радостно возглашали:

— Конунг Теоден! Конунг Теоден! Властитель Ристании возвратился!

Протяжно затрубил рог, и гулким эхом отозвалась долина. За рекой зажигались огни.

И вдруг с высот дружно грянули трубы: казалось, они поют под единым сводом, и слитный трубный гром раскатился по каменным склонам.

Так возвратился с победою властитель Мустангрима в Дунхерг, в свое высокогорное Укрывище. Последняя рать Ристании была в сборе; проведав о приближении конунга, воеводы встретили его у переправы, как и велел Гэндальф. Впереди ехал Дунгир, здешний правитель.

— Государь,— сказал он,— три дня назад на рассвете примчался с запада в Эдорас Светозар, и Гэндальф несказанно обрадовал нас вестью о твоей победе. Но он приказал от лица твоего поторопить сбор. А затем нагрянул крылатый Призрак.

— Крылатый Призрак? — повторил Теоден.— Мы тоже видели его, но посреди ночи, еще когда Гэндальф был с нами.

— Может статься, вы его и видели, государь,— сказал Дунгир.— Он ли был тогда или другой, но исчадьем мрака, подобьем чудовищной птицы явился он в то утро над Эдорасом, и страх объял всех до единого. Ибо он снизился к Медусельду, почти до самого купола, и раздался вопль, оледенивший сердца. Тогда-то Гэндальф и посоветовал нам не собираться на равнине, а встретить тебя здесь, в горном Укрывище. И не зажигать ни костров, ни факелов помимо крайней нужды — так мы и сделали, потому что повелительны были его слова и мы услышали в них твое веление. Здесь, над долиною, чудища не появлялись.

— Вы рассудили верно,— сказал Теоден.— Я сейчас еду в Укрывище, и прежде, чем отойду ко сну, надо мне встретиться с воеводами и сенешалями. Созовите их у меня как можно скорее!

Теперь дорога вела прямиком на восток — по долине, где она была шириною не более полумили. Кругом лежали поля и травяные сумеречно-серые луга, и за дальним краем ложбины Мерри увидел утесистый отрог Старкгорна, некогда разрезанный рекой.

Равнина была заполнена людьми. Они толпились у дороги, приветственными кликами встречая конунга и западных ратников; а поодаль виднелись ряды палаток и шатров, стояли за частоколами кони и стройно было составлено оружие: копья торчали, как древесная поросль. Сумерки застилали многолюдный лагерь, с гор веяло ночной прохладой, однако же фонари не горели и не пылали костры. Расхаживали часовые в длинных плащах.

Сколько же их тут собралось, ристанийцев? — задумался Мерри. В сгущавшейся тьме на глазок было не прикинуть, но вроде бы большое, многотысячное войско. А пока он вертел головой, дружина конунга оказалась возле огромной скалы у восточного края долины; дорога вдруг пошла в гору, и Мерри изумленно поднял взгляд. Таких дорог он еще не видывал: верно, люди проложили ее во времена совсем уж незапамятные. Змеею вилась она вверх, врезаясь в отвесную скалу. Крутая, точно лестница, она открывала обзор то спереди, то сзади. Лошади этот подъем кое-как одолевали; можно было втащить и повозки, но никакой враг ниоткуда не смог бы обойти защитников, разве что с воздуха. На каждом повороте дороги высились грубые изваяния: человекоподобные фигуры сидели, поджав ноги и сложив толстые руки на пухлых животах. Черты лица у многих с годами стерлись, лишь черные глазные дыры взирали на мимоезжих. Конники их вниманием не удостаивали. Назывались они Пукколы, колдовской силы не имели, страха никому не внушали; и Мерри провожал изумленным и почти что жалостным взглядом эти выступавшие из сумрака фигуры.

Потом он глянул назад и увидел, что взобрался уже высоко, и все равно в тумане видно было, как снизу идут конники — нескончаемой вереницей идут и расходятся по лагерю. Лишь конунг с приближенными ехали вверх, в Укрывище.

Наконец они выехали на край обрыва, а дорога вела все вверх, крутым склоном к скалистой расселине, а за нею расстилалась долина. Звалась она Фириэнфельд — широкая это была и красивая долина, травянистая, поросшая вереском, над бурным ложем Снеговой, по южным склонам Старкгорна и северным отлогам зубчатого хребта Ирензаги; туда-то и направлялись конники, и перед ними вздымался Двиморберг, Гора Призраков с ее одетыми мрачным сосняком кручами. Долину пересекал двойной ряд неуклюжих каменных вех; дорога между ними уходила в сумрак и пропадала среди сосен. Отважься кто-нибудь по ней поехать — он вскоре оказался бы в лесной мгле Димхолта, увидел бы зловещий столп и зияющие Запретные врата.

Таков был угрюмый Дунхерг, сооруженный древним людским племенем, о котором ни песни, ни сказания не сохранили памяти. И неведомо было, что воздвигали древние строители — то ли город, то ли тайный храм, то ли царскую усыпальницу. Трудились они в Темные Века, задолго до того, как приплыли корабли к западным берегам и дунаданцы основали Гондор, и давным-давно сгинул этот народ, одни лишь Пукколы упрямо сидели на изгибах дороги.

Мерри взглянул на каменные зубья, на их неровный строй: они исчернели и выветрились, те покосились, другие упали, третьи надломились или искрошились — ни дать ни взять голодный старческий оскал. Он подумал, зачем бы им тут торчать, и понадеялся, что конунг не поедет между ними в густеющую темень. Потом он различил по обеим сторонам дороги множество палаток и навесов, но расположены они были поодаль от сумрачного леса и даже теснились к обрыву. Большая часть лагеря находилась справа, где Фириэнфельд распластался вширь, а слева палаток было поменьше, и среди них высился шатер. Оттуда выехал навстречу им конник, и они свернули с дороги.

Конник приблизился, и Мерри увидел, что это женщина — длинные перевитые волосы ее блистали в сумерках, но она была в шлеме, одета в кольчугу, опоясана мечом.

— Привет тебе, властитель Мустангрима! — воскликнула она.— Всем сердцем радуюсь твоему возвращению.

— Нерадостный у тебя голос, Эовин,— молвил конунг.— Ты чем-то опечалена?

— Нет, все идет как должно,— отвечала она и вправду глухим голосом, словно превозмогая слезы; да едва ли, подумал Мерри, вон у нее какое суровое лицо.— Все как должно. Конечно, людям тяжко было в одночасье собираться в дальний путь и покидать родные дома. Многие горько роптали — давно уж не звучал призыв на брань средь наших зеленых равнин,— но непокорства не было. Ополченье, как видишь, в сборе. И ночлег твой готов: я наслышана о вашей победе и знала, когда тебя ждать.

— А, стало быть, Арагорн приехал! — воскликнул Эомер.— Он еще здесь?

— Нет, здесь его нету,— сказала Эовин, отвернувшись и глядя на сумрачные вершины, южные и восточные.

— А где же он? — спросил Эомер.

— Не знаю,— сказала она.— Он прискакал ночью и уехал вчера на рассвете, солнце еще не встало из-за гор. И где он теперь — не знаю.

— Ты горевала, дочь,— снова сказал Теоден.— О чем твоя печаль? Была ли, скажи, речь о *той* дороге? — и он указал на чернеющий путь между каменных век к Двиморбергу.— Была ли речь о Стезе Мертвецов?

— Да, государь,— ответила Эовин.— Он ушел в смертную тьму, из которой нет возврата. Я не сумела его отговорить. И где он теперь — не знаю.

— Значит, пути наши разошлись,— сказал Эомер.— Он сгинул во тьме, и биться мы будем без него, обделенные надеждой.

Медленно, в безмолвии проехали они наверх травянистым вересковым лугом и спешились возле шатра конунга. Все было для всех приготовлено, а о Мерри позаботились особо: для него разбили палатку возле огромного шатра. Там он и сидел один-одинешенек, и мимо него проходили люди — на совет к конунгу. Темнело все больше, западные вершины высились в звездных венцах, и непроглядная тьма застилала восток. Уже почти исчезли из виду каменные зубья, но за ними из ночной мглы проступала черная громада Двиморберга.

— Что еще за Стезя Мертвецов? — тихо разговаривал Мерри сам с собой.— Какая такая Стезя? Да, а вот я-то один остался не при деле из всего нашего Отряда. Всех судьба разбросала: Гэндальф с Пином отправились воевать на востоке, Сэм и Фродо — в Мордор, а Бродяжник, Леголас и Гимли уехали Стезей Мертвецов. Наверно, скоро выпадет и мой черед. Знать бы хоть, о чем они там совещаются, что надумал конунг. А то я ведь теперь с ним повязан — куда он, туда и я.

Невеселые мысли шли ему на ум, а вдобавок он еще вдруг ужасно проголодался и решил выйти поглядеть, неужто же он один здесь такой голодный. Но в это время грянула труба, и его, оруженосца конунга, вызвали прислуживать государю за столом.

В глубине шатра, за узорчатыми занавесями, были разостланы шкуры, и за низеньким столом сидели Теоден, Эомер и Эовин, а с ними Дунгир, правитель Укрывища. Мерри занял свое место позади конунга, но вскоре тот, очнувшись от глубокой задумчивости, с улыбкой обернулся к нему.

— Иди сюда, сударь мой Мериадок! — сказал он.— Негоже тебе стоять. Покуда мы пребываем в моих владениях, ты будешь сидеть возле меня и тешить мне сердце своими рассказами.

Хоббита усадили на скамью по левую руку от конунга, но до рассказов дело не дошло. Трапеза была молчаливая, слова роняли скупо; наконец Мерри собрался с духом и все-таки задал вопрос, вертевшийся у него на языке.

— Уже дважды, государь, слышал я о Стезе Мертвецов,— сказал он.— Что это за Стезя? И куда отправился этой Стезею Бродяж... то есть Арагорн?

Конунг лишь вздохнул, и тщетно Мерри ждал ответа; потом Эомер сказал:

— Куда он отправился, нам, увы, неведомо. А Стезя Мертвецов... ты сам нынче ехал по ней. Нет, не ищи в моих словах зловещего смысла! Просто дорога наверх, с которой мы свернули, ведет через Димхолт к Запретным вратам. А что за ними — никто не знает.

— Да, этого не знает никто,— подтвердил Теоден.— Лишь древние, полузабытые преданья хранят об этом неясную память. В нашем роду, в роду Эорла, отцы искони рассказывали их сыновьям, и если правдивы старинные были, то за вратами под Двиморбергом лежит тайный путь в горные недра. Но к вратам и подступиться никто не смеет с тех пор, как вошел в них Бальдор, сын Брего. Брего устроил празднество в честь воздвиженья Медусельда, и Бальдор, осушив лишний рог вина, сгоряча поклялся проникнуть в тайну Горы Призраков. Навеки пропал он с глаз людских, и остался без наследника высокий престол в златоверхом дворце.

Говорят в народе, что покойники Темных Веков крепко стерегут от живых проход к своим сокровенным чертогам, а бывает, они выходят наружу и призрачными тенями спускаются вниз по дороге. Тогда жители Укрывища в страхе запирают двери и завешивают окна. Но мертвецы появляются редко — лишь в тревожные и кровавые времена.

— Из Укрывища доносят, — тихо промолвила Эовин, — что недавно, в безлунную ночь, на гору взъехало большое войско в диковинных доспехах. Откуда оно взялось, никто не знает: воины промчались меж каменных вех к Двиморбергу, словно их там заждались.

— Да Арагорн-то зачем туда поехал? — не унимался Мерри. — Неужели совсем уж неизвестно?

— Разве что тебе, его другу, от него самого известно что-нибудь, о чем не ведаем мы, — отозвался Эомер. — А если нет — никто из живых тебе ответа не даст.

— Вовсе не таким запомнила я его, когда впервые увидела во дворце, — сказала Эовин. — Он постарел и посуровел. И был точно одержимый: казалось, ему слышен замогильный зов.

— Может статься, и был слышен, — сказал Теоден, — сердце мое чует, что мы с ним больше не свидимся. И все же ему, прирожденному властителю, должно быть, уготован высокий жребий. Утешься, дочь, — я вижу, ты горько скорбишь о нашем госте, — утешься, ибо рассказывают, что, когда эорлинги явились с севера и поднялись к истокам Снеговой, примечая места для будущих крепостей, Брего и сын его Бальдор проехали за Укрывище сквозь Димхолт и достигли черных Врат. Возле них сидел древний-древний старец, высокий и царственный, безмолвный и недвижный — точь-в-точь обветшалый истукан. Так и рассудили Брего с Бальдором и хотели было проехать мимо, но вдруг раздался голос будто из-под земли — старец, к их изумлению, молвил на всеобщем языке: *Путь закрыт.*

Они остановились, взглянули на старца и увидели, что он еще жив, но к ним он взора не обратил. *Путь закрыт, повторил голос. Он проложен теми, кто давно уже мертв, и мертвецы устерегут его, покуда не исполнятся сроки. Путь закрыт.*

А когда исполнятся сроки? — спросил Бальдор, но ответа не дождался: старец замертво рухнул ничком. И с тех пор мы больше ничего не проведали о призрачных стражах горных недр. Однако же, может статься, ныне сроки исполнились, и Арагорну путь откроется.

— Мрачные известия,— сказал Теоден,— хотя новостями их не назовешь. Впрочем, скажи Денэтору, что, если бы Ристании и не грозила опасность, мы все равно пришли бы к нему на подмогу. Но битвы с предателем Саруманом были кровопролитны, а ведь надо еще позаботиться о северных и восточных границах — сам же говоришь, что война надвигается отовсюду. У Черного Властелина достанет войска и Минас-Тирит обложить, и обрушиться на нас с севера, перейти Андуин за Каменными Гигантами.

Чересчур осмотрительны мы все же не будем. И не промедлим. Наутро назначен смотр, после него сразу выступаем. Будь все иначе, я отправил бы наперехват врагу десять тысяч конных копьеносцев. Боюсь, придется послать меньше — нельзя же оставить крепости вовсе без охраны. Но шесть тысяч с лишком поедут за мной — скажи Денэтору, что нынче войско поведет в Гондор сам конунг, и будь что будет. Надо лишь, чтобы дальняя дорога не обессилила людей и коней, поэтому с завтрашнего утра минет не меньше недели, прежде чем вы услышите с севера боевой клич сынов Эорла.

— Неделя! — воскликнул Хиргон.— Что ж, тебе виднее. Однако через семь дней вы, похоже, прискачете к разрушенным стенам — ну, хотя бы помешаете оркам и чернолицым пировать в Белой Крепости.

— На худой конец хоть пировать помешаем,— сказал Теоден.— Но будет: я приехал с поля брани, одолев долгий путь, и изрядно утомился. Оставайся в лагере на ночь. Утром увидишь ристанийское ополчение, и зрелище это тебя взбодрит, а отдых укрепит твои силы. Утро вечера мудренее: за ночь думы проясняются.

С этими словами конунг встал; за ним поднялись остальные.

— Ступайте отдыхать,— сказал он,— покойной вам ночи. И тебя, сударь мой Мериадок, на сегодня отпускаю. Зато поутру, чуть свет, будь готов явиться ко мне.

— Явлюсь по первому зову,— сказал Мерри,— и, если надо будет, готов ехать с тобою даже Стезей Мертвецов.

— Остерегайся зловещих слов! — покачал головой конунг.— Быть может, не одна дорога заслуживает этого имени. Но я тебя с собою в дорогу не звал. Доброй ночи!

— Нет уж, не останусь я здесь дожидаться их возвращения! — твердил себе Мерри.— Ни за что не останусь, ни за что! — И, повторяя это на разные лады, он наконец заснул в своей палатке.

Разбудил его дружинник, тряся за плечо.

— Проснись, проснись, господин хольбитла! — звал он, и Мерри вдруг очнулся от глубокого сна и сел на постели. «Темно-то еще как»,— подумал он. И спросил:

— Что случилось?

— Конунг ждет тебя.

— Да ведь еще солнце не взошло,— удивился Мерри.

— Нет, господин хольбитла, не взошло и сегодня не взойдет. Такая наползла темь, будто солнце и вовсе погасло. Но встанет ли солнце, нет ли, а время идет своим ходом. Поторопись!

Наспех одевшись, Мерри выглянул из палатки. В потемках, в мутно-бурой мгле, все виделось черным и серым, нигде ни единой тени; царило мертвящее затишье. Сплошная хмарь затянула небеса, лишь далеко на западе чуть брезжило из-под низкого рваного края тучи, как бы сквозь крюковатые пальцы. Тяжко нависал слепой и темный небосвод, и меркли последние дальние отсветы.

Потом Мерри заметил, что кругом стоят серолицые люди, угрюмо или испуганно поглядывая вверх и вполголоса переговариваясь. Он сильно приуныл и пробрался к шатру конунга. Хиргон был уже там, рядом с ним стоял другой гонец, одетый так же и похожий на него, только пониже и плечистее. Когда Мерри вошел, он говорил конунгу:

— Из Мордора надвинулась она, государь. Вчера поползла, на закате. С Истфольдского всхолмья видел я, как она поднялась и потом нагоняла меня, застилая небо и угашая звезды. Весь край отсюда до Изгарных гор объят темнотой, и сумрак сгущается. Видно, война уже началась.

Настало молчанье, и наконец конунг вымолвил:

— Да, чему быть, того не миновать: значит, вот-вот она грянет, великая битва наших дней, и многое сгубит она безвозвратно. Что ж, теперь хоть нет нужды скрываться. Поскачем во весь опор напрямик по равнине. Смотр начинаем сейчас, опоздавших ждать не будем. Достанет ли припасов там у вас в Минас-Тирите? А то ведь быстро ехать можно лишь налегке, взяв самую малость воды и съестного.

412

— Припасов достанет с избытком,— отвечал Хиргон.— Берите как можно меньше и скачите как можно быстрее!

— Созывай герольдов, Эомер,— сказал Теоден.— Строиться к походу!

Эомер вышел; вскоре в Укрывище зазвучали трубы, и десятки других откликнулись снизу, но трубное пенье уже не казалось Мерри, как накануне, зычным и властным хором. Глухое и сиплое, зловещее завывание тонуло в душной мгле.

Конунг обратился к Мерри.

— Я еду на войну, сударь мой Мериадок,— сказал он.— Через час-другой отправляемся в путь. Ты свободен от моей службы, но приязни моей не теряешь. Оставайся здесь и, если угодно тебе, послужи царевне Эовин — она будет править вместо меня.

— Да как же так, государь,— запинаясь, произнес Мерри.— Я ведь принес клятву на мече! Нет, конунг Теоден, не свободен я от твоей службы. Да и друзья мои все поехали на битву, стыдно было бы мне здесь отсиживаться.

— Но мы поедем на больших, быстрых скакунах,— сказал Теоден.— Ты с таким не управишься, одной отваги для этого мало.

— Тогда привяжите меня к седлу или как-нибудь там к стремени,— упорствовал Мерри.— Бежать-то уж больно далеко, но раз нельзя ехать, давайте я побегу — только вот ноги, наверно, собью и опоздаю недели на две.

— Чем так, я тебя лучше бы довез на Белогриве,— усмехнулся Теоден.— Ладно, езжай со мною в Эдорас, поглядишь на Медусельд — сперва мы туда отправимся. Да пока что и Стибба не оплошает: настоящая скачка начнется потом, на равнине.

Тут поднялась Эовин.

— Пойдем, Мериадок! — сказала она.— Пойдем, примеришь доспех, что я тебе подобрала.— Они вышли вместе.— Всего одна просьба была ко мне у Арагорна,— продолжала Эовин, когда они шли между шатрами,— он попросил снарядить тебя на битву. Надеюсь, ты останешься доволен, и уверена, что доспех тебе непременно пригодится.

Она подвела Мерри к одной из палаток для стражи конунга, и оружничий вынес оттуда маленький шлем, круглый щит и прочее снаряжение.

— Кольчуги по твоему росту не нашлось,— сказала Эовин,— и выковать на тебя панцирь уже не успеем; зато вот тебе плотная кожаная куртка, ремень и кинжал. Меч у тебя есть.

Мерри поклонился, и царевна подала ему щит чуть поменьше того, какой в свое время получил Гимли, с белым конем на зеленом поле.

— Облачайся в доспех,— сказала она,— и да сослужит он тебе добрую службу! Прощай же, Мериадок! Но, быть может, мы с тобой еще встретимся.

В густеющем сумраке строилось ристанийское ополчение у восточной дороги. Тревога сжимала сердца, и многих терзал страх. Но крепки духом были ристанийцы и преданы своему государю: даже в Укрывище, где приютили женщин, детей и стариков из Эдораса, почти не было слышно ни рыданий, ни ропота. Грозную судьбу встречали молча, лицом к лицу.

Пролетели два часа, и вот уж Теоден сидел на своем белом коне; шерсть Белогрива серебрилась в потемках. Высок и величав был всадник, хотя из-под шишака его ниспадали на плечи седые пряди; и понурые ратники бодрились, взирая на своего бесстрашного и непреклонного вождя.

На широких лугах возле шумной реки стояли строй за строем без малого пятьдесят пять сотен конников в полном вооружении; и еще несколько сот воинов при запасных конях с легкой поклажей. Одиноко запела труба. Конунг поднял руку, и двинулась молчаливая рать Мустангрима. Впереди ехали двенадцать телохранителей конунга, прославленные витязи; за ними сам Теоден и Эомер одесную. Они распростились с Эовин наверху, в Укрывище, и горька была память прощания, но думы их устремлялись вперед. Затем ехали посланцы Гондора и Мерри на своем пони, а следом — еще двенадцать телохранителей. Ехали мимо длинного строя конников; суровы и недвижны были их лица. Уж почти миновали строй, как вдруг один из конников повернул голову и пристально поглядел на хоббита. «Совсем еще юноша,— подумал Мерри, встретив его взгляд,— невысокий, худощавый». Он уловил отсвет ясных серых глаз и вздрогнул, внезапно поняв, что в лице этом нет надежды, что его затеняет смерть.

Серая дорога вела вдоль берега Снеговой, бурлящей

в каменьях; мимо селений Ундерхерга и Обернана, где скорбные женские лица выглядывали из темных дверей; войско не провожали в путь ни рога, ни арфы, ни поющие голоса. Так начался великий поход на восток, о котором слагали песни многие поколения ристанийцев.

Из темного Дунхерга в тусклое утро
Вывел сын Тенгела свою последнюю рать
И достиг Эдораса, но царственные чертоги,
Старинные, златоверхие, были застланы мглой.
Здесь, в обители предков, он распростился с народом,
Со своим свободным народом и с очагом своим.
Простился с высоким троном и с благословенным кровом,
Под которым он пировал в былые светлые дни.
И дальше поехал конунг, по пятам за ним гнался ужас,
Впереди ожидал рок. Но он присягал на верность,
Он принес нерушимую клятву, и он исполнил ее.
Теоден ехал дальше. Пять дней и ночей
Мчались эорлинги вперед восточным путем
Через Фольд и Фенмарк, через Фириэнвуд.
Шесть тысяч копьеносцев мчались через Санлендинг
К могучей твердыне Мундбург у горы Миндоллуин,
К столице Государей, из-за Моря приплывших,
Теперь осажденной врагами и окруженной огнем.
Судьба торопила их, и темнота поглотила,
Поглотила коней и конников, и стук уходящих копыт
Заглох в тишине: так нам поведали песни.

Когда конунг приехал в Эдорас, Медусельд и правда был застлан мглой, хотя полдень едва наступил. Задержался он здесь ненадолго, и к войску его примкнули десятков шесть всадников, опоздавших на сбор. После короткой трапезы он велел готовиться в путь и ласково простился со своим оруженосцем. Но Мерри еще напоследок попробовал умолить его.

— Я ведь тебе объяснил: такой поход Стибба не осилит,— сказал Теоден.— И к тому же сам посуди, сударь мой Мериадок: пусть ты и при мече и не по росту отважен, но что тебе делать в таком бою, какой нас ждет под стенами гондорской столицы?

— Мало ли, тут не угадаешь,— возразил Мерри.— И зачем тогда, государь, ты взял меня в оруженосцы — не затем разве, чтобы в битве я был рядом с тобою? И чем помянут меня в песнях, коли я буду все время оставаться неприкаянным?

— Взял я тебя в оруженосцы, чтоб с тобой ничего не стряслось,— отвечал Теоден.— Чтоб ты был под рукой. А в походе ты будешь лишним бременем. Случись битва у моих ворот, может статься, в песнях и помянули бы твои подвиги; но до Мундбурга, где правит Денэтор, больше ста двух лиг. Это мое последнее слово.

Мерри поклонился и уныло побрел прочь, оглядывая ряды воинов. Все уже стояли наготове: потуже затягивали пояса, проверяли подпруги, ласкали коней; иные тревожно косились на почернелое небо. Кто-то незаметно подошел к хоббиту и шепнул ему на ухо:

— У нас говорят: «Упорному и стена не препона», я это на себе проверил.— Мерри поднял глаза и увидел юношу, которого заметил поутру.— А ты, по лицу видно, хочешь ехать вслед за государем.

— Да, хочу,— подтвердил Мерри.

— Вот и поедешь со мной,— сказал конник.— Я посажу тебя впереди, укрою плащом — а там отъедем подальше, и еще стемнеет. Ты упорен — так будь же по-твоему. Ни с кем больше не говори, поехали!

— Очень, очень тебе благодарен! — пролепетал Мерри.— Благодарю тебя, господин... прости, не знаю твоего имени.

— Не знаешь? — тихо сказал конник.— Что ж, называй меня Дернхельмом.

Так и случилось, что, когда конунг выехал в поход, впереди ратника Дернхельма на большом сером скакуне Вихроноге сидел хоббит Мериадок, и коня он не тяготил, потому что Дернхельм был легкий седок, хотя сложен крепко и ловок на диво.

Они углублялись во тьму. Заночевали в зарослях ивняка, за двенадцать лиг к востоку от Эдораса, у слияния Снеговой и Онтавы. Потом ехали через Фольд и через Фенмарк, мимо больших дубрав по всхолмьям, осененным черной громадой Галифириэна на гондорской границе, а слева клубились болотные туманы над устьями Онтавы. Тут их настигли вести о войне на севере: одинокие, отчаянные беглецы рассказывали, что с востока вторглись полчища орков, что враги заполонили Ристанийскую степь.

— Вперед! Вперед! — приказал Эомер.— Сворачивать поздно, а онтавские болота защитят нас с фланга. Прибавим ходу. Вперед!

И конунг Теоден покинул Ристанию; войско его мчалось по извилистой нескончаемой дороге, и справа возникали вершины: Кэленхад, Мин-Риммон, Эрелас, Нардол. Но маяки на них не горели. Угрюмый край объяла страшная тишь; впереди сгущалась темнота, и надежда угасала в сердцах.

Глава IV

НАШЕСТВИЕ НА ГОНДОР

Пина разбудил Гэндальф. Теплились зажженные свечи, окна застила тусклая муть, и было душно, как перед грозой,— вот-вот громыхнет.

— Сколько времени-то? — зевая, спросил Пин.

— Третий час,— отвечал Гэндальф.— Пора вставать, теперь твое дело служивое. Градоправитель вызывает тебя — верно, распорядиться хочет.

— И завтраком накормит?

— Нет! Вот твой завтрак, и до полудня больше ничего не жди. Кормить будут впроголодь, привыкай.

Пин уныло поглядел на ломоть хлеба и совсем уж какой-то маленький кусочек масла, на чашку с жидким молоком.

— И зачем ты меня сюда привез? — вздохнул он.

— Прекрасно знаешь зачем,— отрезал Гэндальф.— Чтоб ты больше ничего не натворил, а коли здесь тебе не нравится, не взыщи: сам виноват.

Пин прикусил язык.

И вот он уже шагал рядом с Гэндальфом по длинному холодному залу к дверям Башенного чертога. Денэтор сидел так неподвижно, словно затаился в сером сумраке. «Ну, точь-в-точь старый паук,— подумал Пин,— похоже, он и не шелохнулся со вчерашнего». Гэндальфу был подан знак садиться, а Пин остался стоять — его даже взглядом не удостоили. Но вскоре он услышал обращенные к нему слова:

— Ну как, господин Перегрин, надеюсь, вчера ты успел порезвиться и оглядеться? Боюсь только, стол у нас нынче скудный, ты не к такому привык.

Пину показалось, будто, что ни скажи, что ни сделай, об этом немедля узнает Градоправитель, для которого и мысли чужие тоже не тайна. И он промолчал.

— К чему же мне тебя приставить?

— Я думал, государь, об этом ты сам мне скажешь.

— Скажу, когда узнаю, на что ты годен,— обещал

Денэтор.— И наверно, узнаю скорее, если ты будешь при мне. Служитель моих покоев отпросился в передовую дружину, и ты его покуда заменишь. Будешь мне прислуживать, будешь моим нарочным, будешь занимать меня беседой между делами войны и совета. Ты петь умеешь?

— Умею,— сказал Пин.— Ну, то есть умею, судя по-нашему. Только ведь наши песенки не годятся для здешних высоких чертогов, и не идут они к нынешним временам, государь. У нас ведь что́ самое страшное? Ливень да буран. И поем-то мы обычно о чем-нибудь смешном, песни у нас застольные.

— А почему ж ты думаешь, что такие ваши песни не к месту и не ко времени? Разве нам, обуянным чудовищной Тенью, не отрадно услышать отзвуки веселья с дальней и светлой стороны? Недаром, стало быть, охраняли мы ваши, да и все другие края, не уповая ни на чью благодарность.

Пин очень огорчился. Вот только этого не хватало — распевай перед властителем Минас-Тирита хоббитские куплеты, тем более смешные, в которых уж кто-кто, а он-то знал толк. Но покамест обошлось. Не было ему велено распевать куплеты. Денэтор обратился к Гэндальфу, расспрашивал его про Мустангрим, про тамошние державные дела и про Эомера, племянника конунга. А Пин знай себе дивился: откуда это здешнему государю столько известно про дальние страны — сам-то небось давным-давно не бывал дальше границы.

Наконец Денэтор махнул Пину рукой — иди, мол, пока что не нужен.

— Ступай в оружейную,— сказал он.— И оденься, как подобает башенному стражу. Там все для тебя готово, вчера я распорядился.

И точно, все было готово: Пин облачился в причудливый черно-серебряный наряд. Сыскали ему и кольчугу — наверно, из вороненой стали, а с виду вроде гагатовую; шлем с высоким венцом украшен был по бокам черными крылышками, а посредине — серебряной звездочкой. Поверх кольчуги полагалась черная накидка, на которой серебром было выткано Древо. Прежние его одежды свернули и унесли; серый лориэнский плащ, правда, оставили, однако носить его на службе не велели. И стал он теперь, на чужой взгляд, сущим Эрнил-и-Ферианнатом, невысокликим князем, как его именовали гондорцы; и было ему очень не по себе. Да и сумрак нагнетал уныние.

Тянулся беспросветный день. От бессолнечного утра до

вечера чадные потемки над Гондором еще отяготели, дышалось трудно, теснило грудь. Высоко в небесах ползла на запад огромная тяжкая туча: она пожирала свет, ее гнал ветер войны; а внизу стояло удушье, будто вся долина Андуина ожидала неистовой бури.

В одиннадцатом часу его наконец ненадолго отпустили; Пин вышел из башни и отправился поесть-попить, авось дадут, а заодно встряхнуться — не по нутру ему пришлась нудная дворцовая служба. В столовой он встретил Берегонда — тот как раз вернулся из-за пеленнорских рубежей, от сторожевых башен. Пин позвал его прогуляться к парапету: измяли его каменные мешки и даже высокие своды цитадели давили нестерпимо. Они уселись рядом возле бойницы, глядевшей на восток,— той самой, где они угощались и беседовали накануне.

Был закатный час, но неоглядная пелена уже простерлась далеко на запад, и, лишь уходя за Море, солнце едва успело пронизать ее прощальными лучами; они-то, на радость Фродо, и озарили у развилки голову поверженного государя. Но на Пеленнорские пажити в тени Миндоллуина не пал ни единый отблеск; там застоялась бурая мгла.

Пину казалось, что сидел он здесь много-много лет назад, в какие-то полузабытые времена, когда был еще хоббитом, беспечным странником, которому все невзгоды нипочем. Нынче он стал маленьким воином, защитником белокаменного града от великой беды, в мрачном и чинном убранстве башенного стража.

В другое время и в другом месте Пин, может, и возгордился бы таким убранством, но сейчас он понимал, что дело его нешуточное, что в жизни его и смерти волен суровый властитель, а гибель висит над головой. Кольчуга обременяла его, шлем сдавливал виски. Накидку он снял и бросил на скамью. Усталыми глазами окинул он темневшие внизу поля, зевнул и горько вздохнул.

— Что, устал за день? — спросил Берегонд.

— Еще бы не устал,— сказал Пин,— с ног падаю от безделья. Час за часом околачивался у дверей своего господина, пока он принимал Гэндальфа, князя Имраиля и прочих важных особ. А ведь я, знаешь ли, Берегонд, совсем не привык прислуживать за столом, щелкая зубами от голода. Хоббиты этому не обучены. Ты, конечно, скажешь, зато, мол, честь какая! Да проку-то что в этой чести? Да если на то пошло, что проку даже есть-пить в этих ползучих потемках! А тебе не темновато? Смотри, не воздух, а какое-то бурое месиво! И часто у вас ветер с востока нагоняет такие туманы?

— Да нет,— сказал Берегонд,— погода тут ни при чем. Это вражьи козни: не иначе как из недр Огненной горы валит этот гнусный чад — он и душу мутит, и рассудок туманит, а Врагу того и надо. Скорее бы Фарамир воротился! Только вот вернется ли он из-за Реки, из тамошней кромешной тьмы?

— Н-да,— сказал Пин.— Гэндальф тоже за него тревожится. Он, по-моему, сильно огорчился, что Фарамира нет в городе. Сам-то он, кстати, куда подевался? Ушел с совета еще до полуденной трапезы, хмурый-прехмурый: видно, ничего доброго не ожидал.

Внезапно оба онемели на полуслове, беспомощно цепенея. Пин съежился, прижав ладони к ушам; Берегонд, который, говоря о Фарамире, стоял у бойницы, там и застыл, всматриваясь в темень глазами, полными ужаса. Пин знал этот надрывный вопль, он слышал его когда-то в Хоббитании, на Болотище; но здесь он звучал куда громче и яростнее, отравляя сердце безысходным отчаянием. Наконец Берегонд с усилием заговорил.

— Явились! — сказал он.— Наберись мужества и посмотри! Вон они, эти лютые твари.

Пин нехотя влез на скамью и глянул между зубцами. Покрытый мглою лежал Пеленнор, и едва угадывалась вдали Великая Река. А над землею, вполвысоты стен, кружили, точно жуткие ночные тени, пять подобий птиц, мерзкие, как стервятники, но больше всякого орла, и смерть витала с ними. Они проносились поблизости, почти на выстрел от стен, улетали к реке и возвращались.

— Черные Всадники! — проговорил Пин.— Черные Всадники в небесах! Погоди-ка, Берегонд! — вдруг воскликнул он.— Они же явно что-то высматривают! Гляди, как они кружат, потом кидаются вниз, и все вон там! А видишь, там по земле что-то движется? Маленькие темные фигурки... ну да, верховые — четверо или пятеро. Ой, опять! Гэндальф! Гэндальф, спаси нас!

Разнесся, нарастая, новый пронзительный вопль, и он отпрянул от стены, задыхаясь, как затравленный зверек. Но потом далеко внизу прерывисто, едва слышно запела труба, и звук ее стих на высокой протяжной ноте.

— Фарамир! Это Фарамир! Это его сигнал! — воскликнул

нул Берегонд.— Вот смельчак! Но как же он доскачет до ворот, если эти летучие гады умеют не только пугать? Смотри ты, скачут, уже не так и далеко! Эх, лошади шарахнулись! Сбросили седоков... те поднялись... бегут! Нет, один еще в седле, возвращается к своим. Наверняка это он, Фарамир,— ему и люди, и кони покорны. Ах ты, гнусная тварь, налетела, кидается! Да на подмогу же, на подмогу! Чего они там? Фарамир!

Берегонд одним прыжком исчез во мраке. А Пин устыдился: что ж он тут корчится от страха, когда Берегонд без оглядки поспешил выручать вождя? Он снова заглянул в бойницу — и увидел, как вспыхнула на севере серебряно-белая звездочка, вспыхнула и покатилась на сумрачные поля. Да нет, не покатилась, она мчалась быстрее стрелы, разгораясь все ярче и нагоняя четверых воинов, бегущих к Вратам. Пину почудилось, будто ее бледный свет разгоняет вязкие тени, все ближе была она, и загудело в крепостных стенах эхо могучего возгласа.

— Гэндальф! — отозвался Пин.— Гэндальф! Когда уж надеяться не на что, он тут как тут! Вперед! Вперед, Белый Всадник! Гэндальф, Гэндальф! — кричал он во всю мочь, невесть зачем и кому, как зритель на скачках.

Но и кружащие черные тени заметили нового всадника, и одна из них ринулась к нему, а всадник, видимо, поднял руку — и полыхнула белая молния. Назгул с исступленным воем метнулся прочь; за ним свернули четыре остальных — и витками умчались на восток, скрывшись в нависшей туче; и Пеленнорские пажити, казалось, чуть-чуть посветлели.

Пин следил, как верховой и Белый Всадник съехались и ожидали пеших. Подоспели ратники из города, и вскоре толпу не стало видно со стены — наверно, зашли во Врата. Пин рассудил, что они немедля поднимутся· в Башню, к наместнику, и скорее побежал встречать их у входа в цитадель. Там уже собралось много народу — из тех, кто наблюдал со стен погоню и нечаянное спасение.

Ждать пришлось недолго: с ближних улиц послышался многоголосый приветственный гул, возглашали имена Фарамира и Митрандира. Пин увидел факелы и двух всадников, продвигавшихся в окруженье толпы: один был в белом, но потускнел, сияние его угасло или сокрылось; второй, темный, ехал опустив голову. Они спешились, препоручив конюхам Светозара и другого коня, и подошли к часовому у ворот: Гэндальф твердым шагом, серая хламида за плечами, с грозным отсветом в глазах; спутник его, в зеленом, медленно и немного пошатываясь, как смертельно усталый или раненый.

Пин протеснился вперед, когда они подходили к фонарю под аркой, и, увидев бледное лицо Фарамира, затаил дыхание. Видно было, что он перенес смертный ужас и муку — перенес, преодолев и остался самим собой. Он задержался перемолвиться словом с часовым, спокойный и властный, а Пин глядел на него и думал, как он похож на своего брата Боромира, который Пину сразу же, еще в Разделе, очень понравился и величавой осанкой, и ласковым обращением. Но Фарамир совсем иначе тронул его сердце — такого чувства он еще не испытывал. В нем было высокое благородство, напоминавшее Арагорна, ну, может, менее высокое, зато ближе и понятнее: властитель иного склада, других времен, он все же наследовал и древнюю мудрость, и древнюю скорбь. Недаром так любовно говорил о нем Берегонд. За таким хоть в огонь — и пойдут, и Пин пошел бы за ним даже в гибельную тень черных крыл.

— Фарамир! — звонко выкрикнул он. — Фарамир! — И Фарамир, расслышав странный голосок средь общих кликов, обернулся, увидел его и замер от изумления.

— Откуда ты взялся? — проговорил он. — Невысоклик, в наряде башенного стража! Откуда?..

На это ответил, шагнув к ним, Гэндальф.

— Со своей родины, из невысоклицкого края, — сказал он. — А привез его я. Пошли, пошли: дел впереди много, речей тоже, а ты еле живой. Он пойдет с нами. Да ему и надо с нами — совсем я забыл, и он, видно, тоже: хорош гусь, давно уж должен бы стоять возле своего повелителя. Идем, Пин, не отставай!

И они пришли в отдаленный дворцовый покой. Там близ жаровни с угольями расставлены были сиденья, принесли вино. Пин как бы невидимкой оказался за спиною Денэтора и забыл о своей усталости, жадно ловя каждое слово.

Фарамир преломил белый хлеб, пригубил вино и сел по левую руку отца; справа, поодаль сидел Гэндальф в высоком резном кресле и сначала едва ли не дремал. Потому что Фарамир сначала поведал о том, как исполнено поручение десятидневной давности: рассказывал, что творится в Итилии, о передвиженьях войск Врага и его пособников, о придорожной битве, в которой истреблен был отряд хородримцев с громадным боевым зверем, — словом, вернулся с рубежа военачальник и, как водится, доносит государю про пограничные стычки, про заботы и тревоги, вчера еще насущные, а нынче ничтожные.

Затем Фарамир вдруг посмотрел на Пина.

— А теперь о делах диковинных,— сказал он.— Из северных сказаний к нам на юг явился не один лишь невысоклик.

Тут Гэндальф выпрямился, стиснув поручни кресла, но ни слова не промолвил и осадил взглядом Пина — в самую пору, тот едва не вскрикнул. Денэтор покосился на них и медленно кивнул — дескать, ему и так все понятно. Слушали молча, недвижно, и неторопливо рассказывал Фарамир, большей частью обращаясь к Гэндальфу и порою переводя глаза на Пина: припоминал, должно быть, тех двоих.

Фарамир рассказывал, как ему подвернулся Фродо со слугою, как те переночевали в Хеннет-Аннуне, и Пин заметил, что руки Гэндальфа дрожат, сжимая резные подлокотники. Руки были мучнисто-белые и очень дряхлые; Пин глядел на них и с ужасом понимал, что Гэндальф, сам Гэндальф не только встревожен, а прямо-таки испугался. Стояла затхлая духота. Фарамир закончил рассказ о проводах путников, которые решились идти к Кирит-Унголу; он смолк, покачал головой и вздохнул. Гэндальф вскочил на ноги.

— К Кирит-Унголу? Через Моргульскую долину? — повторил он.— Когда это было, когда? Когда ты с ними расстался? Сколько им ходу до этой гиблой долины?

— Расстался я с ними третьего дня утром,— отвечал Фарамир.— Идти им до Моргулдуина было пятнадцать лиг — это если прямиком на юг; а оттуда пять с лишком лиг на восток до проклятой башни. Раньше, чем сегодня, они дойти никак не могли, а может, и сейчас еще в пути. Я понял твои опасенья: нет, не из-за них нахлынула темень. Она поползла вчера вечером и за ночь окутала всю Итилию. У Врага все давным-давно расчислено, и он начал наступление день в день, час в час; наши путники тут ни при чем.

Гэндальф мерил пол шагами.

— Позавчера утром, почти три дня назад! А где вы распрощались, далеко отсюда?

— Птичьего полета лиг двадцать пять,— отозвался Фарамир.— Но я не мог вернуться скорее. Еще ввечеру мы стояли дозором на Каир-Андросе, это такой длинный речной островок, там у нас северная застава, а кони были на этом берегу, четыре коня. Когда надвинулась темь, я понял, что мешкать не след, взял с собою троих дружинников, а прочих послал укрепить отряд на осгилиатской переправе. Надеюсь, я верно распорядился? — Он посмотрел на отца.

— Верно ли? — воскликнул Денэтор, и глаза его засверкали.— Зачем ты меня об этом спрашиваешь? Люди были у тебя под началом. Разве ты привык советоваться со мной? Держишься ты почтительно, однако поступаешь всегда по-своему, не спрашивая моего совета. Вот и сейчас стелил мягко, но я-то видел, что ты глаз не сводишь с Митрандира — мол, не проговорился ли о чем невзначай? Давно уж он прибрал тебя к рукам.

Сын мой, твой отец стар, но из ума еще не выжил. Я, как прежде, слышу и вижу все — и легко разгадываю твои недомолвки и умолчания. Мало что можно от меня утаить. Ах, был бы жив Боромир!

— Видно, ты недоволен мною, отец,— спокойно сказал Фарамир,— и мне жаль, что, не ведая, как бы ты рассудил, я должен был сам принять столь важное решение.

— А то бы решил иначе? — насмешливо спросил Денэтор.— Наверняка поступил бы так же, я тебя знаю. Ты взял за образец властителей древности и стараешься выглядеть, как они,— величественным и благородным, милостивым и великодушным. Что ж, так и подобает потомку высокого рода, доколе он правит с миром. Но в роковую годину за великодушие можно поплатиться жизнью.

— Да будет так,— сказал Фарамир.

— Так и будет! — вскричал Денэтор.— И не только своей жизнью, любезный мой Фарамир: погибнет и твой отец, и твой народ, за который ты в ответе — теперь, когда нет Боромира.

— Ты хотел бы,— спросил Фарамир,— чтобы он был на моем месте?

— Конечно, хотел бы,— сказал Денэтор.— Боромир был предан мне, а не заезжему чародею. Уж он бы не забыл об отце, не отшвырнул бы подарок судьбы! Он принес бы мне этот великий дар.

— Прошу тебя, отец,— наконец не сдержался Фарамир,— прошу тебя, припомни, отчего в Итилии нынче вместо него оказался я. В свое время, и не так уж давно это было, решение принял ты: волею Градоправителя отправился в путь Боромир.

— Не подбавляй горечи в мою и без того горькую чашу,— сказал Денэтор.— Много бессонных ночей я вкушаю из нее отраву — и думаю: неужто осадок будет еще

424

горше? Вот он и осадок. Что ж ты наделал! Ах, если бы оно досталось мне!

— Утешься! — сказал Гэндальф.— Не досталось бы оно тебе, Боромир не отдал бы его. Он умер смертью храбрых, мир его праху! Но ты обманываешься: он взял бы то, о чем ты говоришь, на погибель себе. Он стал бы его владельцем, и, если б вернулся, ты не узнал бы сына.

Твердо и холодно поглядел на него Денэтор.

— Должно быть, с тем было не так легко управиться? — тихо сказал он.— Я отец Боромира, и я ручаюсь, что он бы принес его мне. Ты, Митрандир, может, и мудр, но не перемудрил ли ты сам себя? Есть ведь иная мудрость, превыше чародейских ков и опрометчивых решений. И я сопричастен ей больше, нежели ты думаешь.

— В чем же твоя мудрость? — спросил Гэндальф.

— Хотя бы в том, что я вижу, чего делать нельзя. Нельзя его использовать — это опасно. Но в нынешний грозный час отдать его безмозглому невысоклику и отправить в руки к Врагу, как сделал ты и следом за тобою мой младший сын,— это безумие.

— А как поступил бы наместник Денэтор?

— По-своему. Но ни за что не отправил бы его наудачу, безрассудно обрекая нас на злейшую гибель, если Враг вернет свое всемогущество. Нет, *его* надо было схоронить, упрятать в темной, потаенной глуби. И не трогать, сказал я, не трогать помимо крайней нужды. Чтоб Тот не мог до *него* добраться, не перебив нас всех — а тогда пусть торжествует над мертвецами.

— Ты, государь, как обычно, помышляешь об одном Гондоре,— сказал Гэндальф.— Есть ведь другие края и другие народы, да и времени твоя смерть не остановит. А мне... мне жаль даже его послушных рабов.

— Кто поможет другим народам, если Гондор падет? — возразил Денэтор.— Будь *оно* сейчас укрыто в подземельях моей цитадели, мы не трепетали бы в потемках, ожидая неведомых ужасов, и был бы у нас совет, а не перебранка. Думаешь, такое искушение мне не по силам? Плохо ты меня знаешь.

— И все же думаю, что не по силам,— сказал Гэндальф.— Если б я так не думал, я просто прислал бы *его* сюда тебе на хранение, и дело с концом. А послушав тебя, скажу: Боромир и тот внушал мне больше доверия. Погоди, не гневись! Себе я тоже ничуть не доверяю, я отказался принять *его* в дар. Ты силен духом, Денэтор, и пока еще властен над собой, хоть и не во всем, но *оно* сильнее тебя.

Схорони ты *его* в горной глуби под Миндоллуином, *оно* и оттуда испепелило бы твой рассудок, ибо велика *его* мощь в наступающей тьме, велика и еще растет с приближением тех, кто чернее тьмы.

Горящие глаза Денэтора были устремлены на Гэндальфа, и Пин вновь ощутил, как скрестились их взгляды, на этот раз сущие клинки — казалось, даже искры вспыхивали. Ему стало страшно: чего доброго, гром грянет. Но Денэтор вдруг откинулся в кресле, и взор его потух. Он пожал плечами.

— Если бы я! Если бы ты! — сказал он.— Пустые речи начинаются с «если». *Оно* исчезло во тьме, со временем узнаем, что сталось с *ним* и что ожидает *нас*. Очень скоро узнаем... А пока что будем воевать с Врагом кто как умеет, доколе хватит надежды; потом хватило бы мужества умереть свободными.— Он обернулся к Фарамиру.— Крепка ли рать в Осгилиате?

— Мала,— сказал Фарамир.— Я, как ты помнишь, выслал им на подмогу свою итилийскую дружину.

— Еще надо послать людей,— сказал Денэтор.— Туда обрушится первый удар. Им бы нужен воевода понадежнее.

— Не только им, везде нужен,— сказал Фарамир и вздохнул.— Как тяжко думать о брате, которого я тоже любил! — Он поднялся.— Позволь мне идти, отец? — и, шатнувшись, оперся на отцовское кресло.

— Я вижу, ты устал,— сказал Денэтор.— Мне говорили, что ты примчался издалека и лютые призраки кружили над тобой.

— Не будем вспоминать об этом! — сказал Фарамир.

— Так не будем же,— подтвердил Денэтор.— Иди отдыхай, сколько время позволит. Завтра придется еще труднее.

Все трое удалились из покоя Градоправителя — и то сказать, времени на отдых оставалось немного. В беззвездной темноте Гэндальф с Пином, который нес маленький фонарь, брели к своему жилищу. По дороге ни тот, ни другой не промолвил ни слова, и, лишь притворив дверь, Пин робко тронул руку Гэндальфа.

— Скажи мне,— попросил он,— хоть какая-то надежда есть? Я про Фродо, ну, и про нас тоже, но сперва про него.

Гэндальф положил руку на голову Пина.

— Особой надежды никогда не было,— ответил он.— Только безрассудная, это Денэтор верно сказал. И когда я услышал про Кирит-Унгол...— Он осекся и подошел к окну, будто хотел проникнуть взглядом сквозь мрак на востоке.— Кирит-Унгол! — пробормотал он.— Зачем они туда пошли, хотел бы я знать? — Он обернулся.— При этих словах, Пин, у меня дыханье перехватило. А вот подумавши, сдается мне, что вести Фарамира не так уж безнадежны. Сомненья нет: когда Враг начал войну, как наметил, Фродо ему еще не попался. Стало быть, теперь он день за днем будет шарить Багровым Оком по сторонам, за пределами Мордора. Но знаешь ли, Пин, я издали чую, что он поспешил и даже, как ни странно, испугался. Что-то все же случилось, что-то его встревожило...

Гэндальф задумался.

— Может быть,— проговорил он.— Может быть, дружок, и твоя дурость пригодилась. Погоди-ка: пять, кажется, дней назад он узнал, что мы разделались с Саруманом и завладели палантиром. Ну и что? Толку от него никакого, да тайком от Врага в Камень и не поглядишь. Ага! Уж не Арагорн ли? Время его приспело. А сила в нем, Пин, непомерная, и он тверже алмаза — отважный и решительный, хладнокровный и дерзновенный. Да, наверно, он. Должно быть, он поглядел в Камень, предстал перед Врагом и назвался — затем и назвался, чтоб Тот... Видимо, так. Но мы не узнаем, так или нет, пока не прискачут ристанийские конники — лишь бы не опоздали. Да, страшные ждут нас дни. Скорее на боковую!

— Только...— замялся Пин.

— Что «только»? — строго спросил Гэндальф.— Вот «только» этот вопрос — и все.

— Горлум-то при чем? — сказал Пин.— Как это могло случиться, что они идут с ним, что он у них провожатый? И Фарамиру это место, куда он их повел, нравится не больше твоего. В чем же дело?

— Чего не знаю, того не знаю,— отозвался Гэндальф.— Сердце мне подсказывало, что Фродо с Горлумом непременно встретятся: к добру ли, к худу ли — как обернется. Про Кирит-Унгол нынче больше ни слова. Предательства я боюсь, предательства: предаст их эта жалкая тварь. Но будь что будет. Может статься, предатель проведет самого себя и невольно совершит благое дело. Иной раз бывает и так. Доброй ночи!

Утро потонуло в бурых сумерках, и гондорцы, накануне обнадеженные появлением Фарамира, снова пали духом. Крылатые призраки не показывались, но высоко над городом то и дело разносился отдаленный вопль; заслышав его, одни на миг цепенели, другие, послабее, плакали от ужаса.

А Фарамир опять уехал.

— Передохнул бы хоть немного,— ворчали ратники.— Государь не жалеет своего сына: он воюет за двоих — за себя и за того, который не вернется.

И многие, глядя на север, вопрошали:

— Где же все-таки ристанийские конники?

Уехал Фарамир не по своей воле. Военный совет возглавлял Градоправитель, и был он в этот день неуступчив. Совет собрался рано утром. Общий глас присудил, что из-за угрозы с юга войска у них мало и отразить нашествие не удастся, разве что подойдут ристанийцы. Пока их нет, надо всех ратников собрать в городе и разместить по стенам.

— Однако,— возразил Денэтор,— нельзя же без боя покидать Раммас-Экор, великую крепь, раз уж мы ее такими трудами отстроили. И нельзя позволять им переправиться без урона. Войско для осады им нужно огромное, не смогут они переправить его ни к северу от Каир-Андроса — там болота, ни на юге — там Андуин широк, у них лодок не хватит. Стало быть, они пойдут на Осгилиат — как и прежде, когда Боромир их отразил.

— Тогда это был просто-напросто набег,— заметил Фарамир.— А нынче, если даже мы их положим десятерых на одного нашего — что им этот урон! Силы уж очень неравные: для них и тысяча не в счет, а для нас и сотня — огромная потеря. Да при отступлении к городу от крепи нам и вовсе несдобровать — могут отрезать и тогда перебьют всех до единого.

— А Каир-Андрос? — добавил князь Имраиль.— Оборонять Осгилиат — значит удерживать и этот островок, но слева-то он не прикрыт! Мустангримцы, может, подоспеют, а может, и нет. Фарамир говорит, за Черными Воротами собралось бесчисленное воинство. Они могут выставить не одну рать и ударить с разных сторон.

— Волков бояться — в лес не ходить,— сказал Денэтор.— Есть дружина на Каир-Андросе — вот пусть и удерживают остров. Повторяю: нельзя сдавать пеленнорскую крепь и переправу без боя, и хорошо бы нашелся воевода, у которого хватит отваги исполнить приказ государя.

Воеводы молчали. Наконец Фарамир сказал:

— Не мне перечить тебе, государь. И кому, как не мне, попытаться заменить Боромира. Итак, ты велишь мне отстаивать переправу и крепь?

— Да, велю,— подтвердил Денэтор.

— Тогда прощай! — сказал Фарамир.— Но ежели я вернусь, смени гнев на милость!

— Смотря с чем ты вернешься,— отозвался Денэтор.

Фарамира провожал Гэндальф и сказал ему на прощанье:

— Ты все-таки побереги себя, не кидайся в сечу на верную смерть. Война войной, а здесь, в городе, без тебя не обойтись. И отец твой любит тебя, Фарамир, он еще вспомнит об этом. Возвращайся же!

И вот Фарамир снова уехал, взяв с собой небольшой отряд добровольцев. В Минас-Тирите со стен вглядывались во мрак, застилавший руины древней столицы, и гадали, что там происходит, ибо видно ничего не было. А другие по-прежнему смотрели на север и высчитывали, далеко ли до них скакать Теодену Ристанийскому.

— Но он ведь придет на подмогу? Не изменит старинному союзу? — спрашивали они.

— Придет,— говорил Гэндальф,— даже если запоздает с подмогой. Но посудите сами: не раньше чем два дня назад вручили ему Багряную Стрелу, а от Эдораса до Минас-Тирита многие десятки миль.

Лишь к ночи примчался гонец с переправы; он сказал, что несметная рать вышла из Минас-Моргула и близится к Осгилиату, а с нею полчища рослых, свирепых хородримцев.

— Ведет ее, как встарь,— оповестил гонец.— Черный Повелитель Призраков, и смертный ужас предшествует ему.

Эти зловещие слова были последними, какие Пин услышал в свой третий день в Минас-Тирите. Почти всем было не до сна: мало оставалось надежды, что Фарамир отобьет или задержит врагов.

На следующий день темнота хоть больше и не сгущалась, но еще тяжелей давила на сердце, и страх не отпускал. Дурные вести не замедлили. Вражеская рать переправилась через Андуин. Сдерживая натиск, Фарамир отступал к пеленнорской крепи, к сторожевым башням, но врагов было десятеро на одного.

— Туго нам придется по эту сторону крепи,— сказал гонец.— От них не оторваться, идут по пятам. На переправе их много побили, но куда меньше, чем надо бы. Они хорошо подготовились: понастроили втайне на восточном берегу уймищу плотов и паромов. Воды было не видать — кишмя кишели. Но страшней всего Черный Главарь: один слух о нем цепенит самых стойких бойцов. Враги и те страшатся его пуще злой смерти, потому и лезут как очумелые.

— Тогда мое место там, а не здесь,— сказал Гэндальф и немедля умчался, исчезнув в темной дали серебристым промельком. И всю эту ночь Пин одиноко стоял на стене и глядел меж зубцов на восток.

Едва в сумраке — словно в насмешку — прозвонил утренний колокол, как за мутным простором Пеленнора показались огни — где-то там, у крепи. Тревожные возгласы караульных призвали к оружию всех ратников в городе. Красные вспышки зачастили, и в душной мгле прокатился глухой грохот.

— Штурмуют крепь! — слышалось кругом.— Проламывают стены! Сейчас прорвутся!

— Фарамир-то где? — в смятенье воскликнул Берегонд.— Не погиб же он, не может этого быть!

Первые вести доставил Гэндальф. Он приехал ближе к полудню с горсткою всадников, сопровождая повозки, забитые ранеными — не многих удалось вынести из боя у сторожевых башен. Гэндальф сразу же поднялся к Денэтору. Градоправитель сидел теперь в высокой палате над тронным чертогом Белой Башни, и Пин был при нем; Денэтор переводил взгляд с тусклых северных окон на южные, с южных — на восточные, словно его черные горящие глаза проницали завесы обступившей тьмы. Но чаще всего смотрел он все же на север, а иногда и прислушивался, точно до ушей его силою некой древней ворожбы мог донестись топот копыт с далеких равнин.

— Фарамир вернулся? — спросил он.

— Нет,— отвечал Гэндальф.— Но когда я его покинул, он был еще цел и невредим. Он остался с тыловым отрядом — прикрывать отступление через Пеленнор, только вряд ли они продержатся. Грозный у них противник — тот самый, кого я опасался.

— Неужели... неужели явился сам Черный Властелин? — в ужасе вскрикнул Пин, забыв о дворцовых приличиях.

— Нет, господин Перегрин, пока еще не явился! — с горьким смехом ответил ему Денэтор.— Он явится торжествовать надо мною, когда все будет кончено. А до поры до времени шлет воевать других. Так, сударь мой невысоклик, делают все великие владыки, не обделенные мудростью. Иначе зачем бы сидел я здесь на башне, наблюдал, размышлял, выжидал и жертвовал сыновьями? Мечом я владеть не разучился.

Он встал и распахнул свое длинное темное облачение, и под ним, к изумлению Пина, оказалась кольчуга и длинный двуручный меч в черно-серебряных ножнах.

— Уж много лет я даже и сплю в доспехе,— молвил он,— чтоб не давать поблажки старческому телу.

— Словом, для начала владыка Барад-Дура послал на тебя самого могучего из подвластных ему царственных мертвецов, и тот уже завладел твоей дальней крепью,— сказал Гэндальф.— Тысячу лет назад он был государем Ангмара — чародей, кольценосец, главарь назгулов, Сауроново черное жало ужаса и отчаяния.

— Что ж, Митрандир, вот тебе и достойный противник,— сказал Денэтор.— А я и без тебя давно знаю, кто возглавляет воинство Черной Твердыни. Ты затем и вернулся, чтоб мне об этом сказать? Или просто сбежал с поля боя, потому что сражаться с ним тебе не по силам?

Пин вздрогнул, испугавшись, что Гэндальф разгневается, но испуг его был напрасен.

— Может быть, и не по силам,— тихо проговорил Гэндальф.— Мы еще силами не мерились. Если верно древнее прорицанье, ему суждено сгинуть не от руки мужа, но судьба его сокрыта от мудрецов. Да и сам этот Повелитель Ужасов, к слову сказать, еще не явился. В полном согласии с мудростью, о которой ты говорил, он гонит перед собой полчища обезумевших рабов.

Нет, я всего лишь охранял раненых, которых еще можно исцелить и вернуть в строй; Раммас-Экор повсюду взрывают и таранят, и скоро моргульское войско хлынет лавиной. С тем я и вернулся, чтобы сказать тебе: вот-вот битва переметнется на Пажити. Надо собрать на вылазку верховых ратников, на них вся наша надежда, потому что вражеской конницы мало: еще не подошла.

— У нас ее тоже мало. Вот бы подоспели сейчас ристанийцы! — сказал Денэтор.

— Прежде сюда пожалуют гости иного разбора,— сказал Гэндальф.— Беглецы с Каир-Андроса уже бьются там, у крепи. Остров захвачен. Второе войско вышло из Черных Врат и надвинулось с северо-запада.

— Видно, недаром винят тебя, Митрандир, в пристрастье к дурным вестям,— заметил Денэтор.— Но мне ты новостей не принес: я все это знаю со вчерашнего вечера. И о вылазке я уже подумал. Спустимся вниз.

Время шло, и вскоре со стен стало видно отступление передовых дружин. Сперва появились разрозненные кучки измученных, израненных людей; иные брели спотыкаясь, иные бежали сломя голову. На востоке все вспыхивали огоньки и точно ползли по равнине. Загорались дома и амбары. Потом потянулись огненные ручьи, извиваясь в сумраке и сливаясь на широкой дороге от городских ворот к Осгилиату.

— Идут,— переговаривались люди.— Заставу взяли. Лезут сквозь проломы крепи! Похоже, с факелами. А где же наши?

Надвигался вечер, потемки густели, и даже самые зоркие воины ничего не видели с крепостных стен: только множились пожары, и длинные огненные ручьи текли все быстрее. Наконец за милю от города показалась толпа, а может, отряд: не бежали, а шли, сохраняя подобие строя. Со стен глядели затаив дыхание.

— Наверняка Фарамир,— говорили они.— Ему и люди, и кони покорны. Дойдут, вот увидите.

Дойти оставалось не более четверти мили. Вслед за пешим отрядом из сумрака вынырнули конники тылового прикрытия — их уцелело десятка два. Они развернулись и снова ринулись навстречу огненным струям. И вдруг раздался яростный, оглушительный рев. Тучей налетели вражеские всадники. Струи слились в огневой поток — толпа за толпой валили орки с факелами, озверелые южане с красными знаменами; все они дико орали, обгоняя, окружая отступающих. Но даже их ор заглушили пронзительные вопли из темного поднебесья: крылатые призраки, назгулы, устремились вниз — убивать.

Строй смешался, объятые ужасом люди метались, бросали оружие, кричали, падали наземь.

И тогда протрубила труба со стен цитадели: Денэтор наконец-то разрешил вылазку. Этого сигнала дожидались воины, притаившиеся у Врат и под стенами,— все верховые, какие были в городе. Они разом прянули вперед помчались во весь опор с боевым кличем, лавой охватывая врага. Ответный клич послышался сверху, когда оттуда увидели, что впереди всех летят витязи Дол-Амрота и над ними реет голубой с серебряным лебедем стяг князя Имраиля.

— Амрот на выручку Гондору! — кричали со стен.— Амрот и Фарамир!

Они обрушились на врага по обе стороны отступающего отряда, и, опередив их, ураганом пронесся серебряно-белый всадник с воздетой рукой и лучезарным светочем.

Назгулы удалились, и стих озлобленный вой; еще не явился их Главарь, гаситель белого огня. Воинство Мордора, хищно накинувшееся на добычу, было захвачено врасплох — и, точно костер от вихря, разлетелось россыпью искр.

Гондорские дружины оборотились и с победным кличем ударили на преследователей. Охотники стали дичью, отступленье — атакой. Поле покрылось трупами орков и хородримцев; шипели, гасли и смердели брошенные факелы. А всадники мчались вперед, рубя и топча.

Но Денэтор наступленья не замышлял. Хотя врага остановили и отбросили, с востока по-прежнему надвигались многотысячные полчища. И снова запела труба, отзывая вылазку. Конница Гондора остановилась. Под ее защитой отступавшие выстроились, мерно зашагали к городу и вступили во Врата с гордо поднятыми головами; и ратники Минас-Тирита приветствовали их, гордясь и печалясь, ибо многих недоставало. Фарамир потерял больше трети своих воинов. А где же он сам?

Он прибыл, когда прошагали дружины и въехала в город конница, последними — витязи под стягом Дол-Амрота; князь Имраиль вез на руках с поля брани тело своего родича, Фарамира, сына Денэтора.

— Фарамир! Фарамир! — кричали на улицах, и крики прерывались рыданьями. Но он был недвижим и безмолвен; длинным извилистым путем провезли его в цитадель, к отцу. Шарахнувшись от Белого Всадника, один из назгулов успел метнуть смертоносный дротик, и Фарамир, который бился один на один с конным вожаком хородримцев,

433

грянулся оземь. Лишь безудержный натиск витязей Дол-Амрота спас его от уже занесенных багровых мечей хородримцев.

Князь Имраиль внес Фарамира в Белую Башню и молвил:

— Твой сын воротился, государь, свершив великие подвиги,— и рассказал о том, чему был свидетелем. Но Денэтор не слушал его, он молча поднялся и взглянул сыну в лицо. Затем он велел приготовить постель в чертоге, возложить на нее Фарамира и всем удалиться. Сам же направился в тайный покой у вершины Башни; и многие видели этой ночью, как в узких окнах загорелся и мерцал слабый свет, вспыхнул напоследок и угас. И вновь спустился Денэтор, подошел к распростертому Фарамиру и безмолвно сел возле него; серым было лицо Правителя, мертвенней, чем у его сына.

Враги осадили город, плотно обложили его со всех сторон, Раммас-Экор был разрушен и захвачен весь Пеленнор. Последние вести принесли защитники северной заставы — те, кто успел добежать прежде, чем заперли Врата. Это был остаток стражи, охранявшей путь из Анориэна и Ристании. Воинов привел Ингольд, тот самый, что впустил Гэндальфа с Пином неполных пять дней назад, когда в небе еще светило солнце и утро лучилось надеждой.

— Про мустангримцев ничего не известно,— сказал он.— Нет, из Ристании никто не подойдет. А подойдут — тем хуже для них. Их опередили: едва донесли нам, что новое войско из-за реки идет на Каир-Андрос, а войско уж тут как тут. Тьма-тьмущая: многие тысячи здоровенных орков с Оком на щитах и шлемах и еще больше людей, каких мы прежде не видели. Невысокие, угрюмые и кряжистые, бородатые, как гномы, с бердышами. Наверно, из какого-нибудь дикого края на востоке. Северную дорогу перекрыли, и большая рать ушла в Анориэн. Нет, мустангримцам не пройти.

Врата были заперты. Ночь напролет слушали караульные на стенах, как внизу разбойничают враги: выжигают поля и рощи, добивают раненых, рубят на куски мертвецов. Впотьмах было не разобрать, сколько еще полчищ подошло из-за реки, но в утренних сумерках увидели, что их даже больше, чем страх подсказывал ночью. От конца до края копошилась почернелая равнина, и, сколько хватал глаз, во мгле повсюду густо, как поганки с мухоморами, выросли солдатские палатки, черные и темно-красные.

Деловито, по-муравьиному, сновали везде орки — и копали, копали рвы за рвами, огромным кольцом охватывая город, чуть дальше полета стрелы. Каждый вырытый ров вдруг наливался огнем, и неведомо было, откуда огонь этот брался, каким ухищреньем или колдовством он горел и не гас. Весь день прокапывались огненные рвы, а осажденные глядели со стен, не в силах этому помешать. Как только ров загорался, подъезжали фургоны, подходили новые сотни орков и быстро сооружали за огненными прикрытиями громадные катапульты. В городе таких не было; какие были, до рвов не достреливали.

Однако сперва осажденные посмеивались: не очень-то пугали их эти махины. Высокие и мощные стены города воздвигли несравненные строители, изгнанники-нуменорцы, еще во всей силе и славе своей. Как в Ортханке, черная каменная гладь была неуязвима для огня и стали, а чтобы проломить стену, надо было сотрясти и расколоть ее земную основу.

— Нет,— говорили гондорцы,— даже если Тот и сам явится, в город он не войдет, покуда мы живы.

Иные же возражали:

— Покуда мы живы? А долго ли живы будем? У него есть оружие, перед которым от начала дней ни одна крепость не устояла. Голод. Все дороги перекрыты. И ристанийцы не придут.

Но из катапульт не стали попусту обстреливать несокрушимую стену. Не разбойному атаману, не оркскому вожаку поручено было разделаться со злейшим врагом Мордора. Властная рука и злодейский расчет правили осадой. Наладили огромные катапульты — с криками, бранью, со скрипом канатов и лебедок,— и сразу полетели в город поверх стенных зубцов в первый ярус неведомые снаряды: глухо и тяжко бухались они оземь — и, на диво гондорцам, разрывались, брызжа огнем. Так переметнули колдовской неугасимый огонь за стену, и скоро все, кроме дозорных, кинулись тушить разраставшиеся пожары. А на них градом посыпались совсем другие, небольшие ядра. Они раскатывались по улицам и переулкам за воротами — и, увидев, что это за ядра, суровые воины вскрикивали и плакали, не стыдясь. Ибо враги швыряли в город отрубленные головы погибших в Осгилиате, в боях за Раммас-Экор, на Пеленнорских пажитях. Страшен был их вид —

сплюснутые, расшибленные, иссеченные, с гнусным клеймом Недреманного Ока на лбу, и все же в них угадывались знакомые, дорогие черты, сведенные смертной мукой. Вглядывались, вспоминали и узнавали тех, кто еще недавно горделиво шагал в строю, распахивал поля, приезжал на праздник из зеленых горных долин.

Понапрасну грозили со стен кулаками скопищу кровожадных врагов. Что им были эти проклятья? Да они не понимали западных наречий, сами же словно бы не говорили, а рычали, каркали, клокотали и завывали. Впрочем, скоро даже на проклятья ни у кого не стало духу: чем морить осажденных голодом, Владыка Барад-Дура предпочел действовать побыстрее — донять их ужасом и отчаянием.

Снова налетели назгулы, и страшнее стали их пронзительные вопли — отзвуки смертоносной злобы торжествующего Черного Властелина. Они кружили над городом, как стервятники в ожидании мертвечины. На глаза не показывались, на выстрел не подлетали, но везде и всюду слышался их леденящий вой, теперь уже вовсе нестерпимый. Даже закаленные воины кидались ничком, словно прячась от нависшей угрозы, а если и оставались стоять, то роняли оружие из обессилевших рук, чернота полнила им душу, и они уж не думали о сраженьях, им хотелось лишь уползти, где-нибудь укрыться и скорее умереть.

А Фарамир лежал в чертоге Белой Башни, и лихорадка сжигала его: кто-то сказал, что он умирает, и «умирает» повторяли ратники на стенах и на улицах. Подле него сидел отец, сидел и молчал, не сводя с него глаз и совсем забыв о делах войны.

Наверно, даже в лапах у орков Пину было все-таки легче. Он должен был находиться при государе, и находился, хотя тот его вроде бы не замечал, а он стоял час за часом у дверей неосвещенного чертога, кое-как справляясь с мучительным страхом. Иногда он поглядывал на Денэтора, и ему казалось, что гордый Правитель дряхлеет на глазах, точно его непреклонную волю сломили и угасал его суровый разум. Может, скорбь тяготила его, а может, раскаяние. Первый раз в жизни катились слезы по его щекам, и было это ужаснее всякого гнева.

— Не плачь, государь,— пролепетал Пин.— Быть может, он еще поправится. Ты у Гэндальфа спрашивал?

— Молчи ты про своего чародея! — сказал Денэтор.—

Его безрассудство нас погубило. Враг завладел ты знаешь чем, и теперь мощь его возросла стократ: ему ведомы все наши мысли, и что ни делай — один конец.

А я послал сына — без ободренья и напутствия — на бесполезную гибель, и вот он лежит, с отравой в крови. Нет, нет, пусть их дальше воюют, как хотят, род мой прерван, я последний наместник Гондора. Пусть правят простолюдины, пусть жалкие остатки некогда великого народа прячутся в горах, покуда их всех не выловят.

За дверями послышались голоса — призывали Градоправителя.

— Нет, я не спущусь,— сказал он.— Мое место возле моего сына. Вдруг он еще промолвит что-нибудь перед смертью. Он умирает. А вы повинуйтесь кому угодно — хоть Серому Сумасброду, которому теперь тоже надеяться не на что. Я останусь здесь.

Вот и пришлось Гэндальфу возглавить оборону столицы Гондора в роковой для нее час. Там, где он появлялся, сердца живила надежда и отступал страх перед крылатыми призраками. Без устали расхаживал он от цитадели до Врат, проходил по стенам от северных до южных башен; и с ним был владетель Дол-Амрота в сверкающей кольчуге. Ибо он и витязи его сохраняли мужество, как истые потомки нуменорцев. Любуясь им, воины перешептывались:

— Видно, правду молвят древние преданья: эльфийская кровь течет в их жилах, недаром же когда-то обитала там Нимродэль со своим народом.

И кто-нибудь запевал «Песнь о Нимродэли» или другую песню, сложенную в долине Андуина в давнишние времена.

Однако же Гэндальф и князь Имраиль уходили, и опять свирепый вой пронзал слух и леденил сердце, и слабела отвага воинов Гондора. Так минул исполненный ужаса сумрачный день и медленно сгустилась зловещая ночная тьма. В первом ярусе бушевали пожары, тушить их было некому, и многим защитникам наружной стены отступление было отрезано. Вернее сказать — немногим, потому что осталось их мало, бо́льшая часть уже перебралась за вторые ворота.

А вдалеке, на переправе, быстро навели мосты, и целый день шли по ним войска с обозами. Наконец к полуночи все было готово для приступа, и первые тысячи повалили через огненные рвы по оставленным для них хитрым проходам. Они подошли на выстрел густою толпой, давя и тесня друг друга. Огни высвечивали их, и промахнуться было трудно, тем более что Гондор издревле славился своими лучниками. Но редко летели стрелы, и, все еще скрытый позади, военачальник Мордора убедился, что дух осажденных сломлен, и двинул войско на приступ. Медленно подвозили во тьме огромные осадные башни, выстроенные в Осгилиате.

И снова явились посыльные к дверям чертога: им непременно был нужен Правитель, и Пин их впустил. Денэтор отвел глаза от лица Фарамира и молча поглядел на них.

— Весь нижний ярус в огне, государь,— доложили ему.— Какие будут твои приказанья? Ты ведь по-прежнему наш повелитель, ты наместник Гондора. Иные говорят: Митрандир-де им не указ — и бегут со стен, покидая посты.

— Зачем? Зачем они бегут, дурачье? — проговорил Денэтор.— Сгорят — и отмучаются, все равно ж гореть. Возвращайтесь в огонь! А я? Я взойду на свой погребальный костер. Да, да, на костер! Ни Денэтору, ни Фарамиру нет места в усыпальнице предков. Нет им посмертного ложа. Не суждено упокоиться вечным сном их умащенным телам! Нет, мы обратимся в пепел, как цари древнейших времен, когда еще не приплыл с Запада ни один корабль. Все кончено: Запад побежден. Идите и гибните в огне!

Посыльные вышли молча, не отдав поклона государю. А Денэтор отпустил жаркую руку Фарамира и поднялся.

— Огонь пожирает его,— скорбно молвил он,— изнутри палит его пламя, уже спалило,— и, подойдя к Пину, взглянул на него сверху вниз.— Прощай! — сказал он.— Прощай, Перегрин, сын Паладина! Недолгой была твоя служба, и она подходит к концу. Конец наступит скоро, но я отпускаю тебя сейчас. Иди, умирай, как тебе вздумается. Умирай, с кем и где тебе угодно; ступай, ищи своего чародея, чье слабоумье обрекло тебя на смерть. Позови моих слуг и уходи. Прощай!

— Я не стану прощаться с тобой, государь,— сказал Пин, преклоняя колени. И вдруг в нем точно проснулся хоббит: он вскочил на ноги и поглядел в глаза самовластному старцу.— С твоего позволения я отлучусь, государь,— сказал он,— мне и правда очень бы надо повидаться с Гэндальфом. Только он вовсе не слабоумный; и коли он умирать не собрался, то и я еще погожу. А пока ты жив, я не свободен от своей клятвы и твоей службы. И если враги возьмут цитадель, я надеюсь сражаться рядом с тобой и, может быть, заслужить дарованный мне почет.

— Поступай как знаешь, сударь мой невысоклик,— отозвался Денэтор.— Я сказал: моя жизнь кончена. Позови слуг!

И он снова подошел к Фарамиру.

Пин привел слуг — шестерых рослых молодцев при оружии; вид у них был оробелый. Но Денэтор спокойно велел им укрыть Фарамира потеплее и взять ложе на плечи. Они повиновались: подняли ложе и вынесли его из чертога, шагая медленно и мерно, чтобы не потревожить умирающего. Денэтор следовал за ними, тяжело опираясь на свой жезл; скорбное шествие замыкал Пин.

Они вышли из Белой Башни во тьму; нависшую тучу озаряли снизу багровые отсветы пожаров. Пересекая широкий двор, они по слову Денэтора замерли возле иссохшего Древа.

Лишь отдаленный шум битвы нарушал тишину, и, разбиваясь о темную гладь озера, печально звенели капли с поникших голых ветвей. Они миновали ворота цитадели; часовой глядел на них с тревожным изумленьем. Свернули на запад и наконец подошли к двери в задней стене шестого яруса. Дверь называлась Фен-Холлен, Запертая, ибо отпирали ее только на время похорон и не было здесь входа никому, кроме наместника да служителей усыпален в их мрачном облаченье. За дверью дорога извилинами спускалась к уступу над пропастью, к гробницам былых властителей Гондора.

Возле двери был маленький домик, и оттуда вышел перепуганный привратник с фонарем. Повинуясь государю, он отпер дверь, и она беззвучно распахнулась. У него забрали фонарь и двинулись вниз темным, извилистым путем между древними стенами и многоколонной оградой, еле видной в колеблющемся свете. Глухо отдавались их медленные шаги; они спускались все ниже, ниже и наконец вышли на Улицу Безмолвия, Рат-Динен, к тусклым куполам, пустынным склепам и статуям царственных мертвецов; в Усыпальне Наместников они опустили свою ношу.

Пин, беспокойно озираясь, увидел, что пришли они в просторный сводчатый склеп; и, словно огромные завесы, по стенам колыхались тени вместе со слабым фонарным огоньком. Смутно видны были ряды мраморных столов, на каждом возлежал покойник, скрестив руки и навеки откинувшись к твердому изголовью. Вблизи пустовал один широкий стол. По знаку Денэтора на него положили Фарамира, и отец лег рядом с сыном под общее покрывало, а слуги стояли подле них, потупившись, точно плакальщики у смертного одра.

— Здесь мы и будем ждать,— тихо молвил Денэтор.— За умастителями не посылайте, а принесите сухих поленьев и обложите нас ими. Облейте поленья маслом, приготовьте факел. Когда я велю, подожжете. И больше ни слова. Прощайте!

— С твоего позволения, государь! — проговорил Пин, повернулся и в ужасе бросился вон из душного склепа. «Несчастный Фарамир! — думал он.— Надо скорее найти Гэндальфа. Ну, несчастный Фарамир! Его бы лечить, а не оплакивать. Ох ты, где же я Гэндальфа-то найду? Небось он в самом пекле, и уж наверняка ему не до безумцев и не до умирающих».

У дверей он обратился к слуге, который стал на часы.

— Господин ваш не в себе,— сказал он.— Вы слишком-то не торопитесь! Главное — с огнем погодите, пока Фарамир жив. Гэндальф придет — разберется.

— Кто правитель Минас-Тирита? — отозвался тот.— Государь наш Денэтор или Серый Скиталец?

— По-моему, Серый Скиталец либо никто,— сказал Пин и со всех ног помчался вверх петляющей дорогой, проскочил в открытую Запертую Дверь мимо пораженного привратника и не останавливался до самой цитадели. Часовой окликнул его, и он узнал голос Берегонда:

— Куда ты бежишь, господин Перегрин?

— Ищу Митрандира,— отвечал Пин.

— По поручению государя, наверно,— сказал Берегонд,— и негоже тебя задерживать, но все-таки скажи в двух словах: что происходит? Куда отправился государь? Я только что заступил на пост, и мне сказали, будто Фарамира пронесли в Запертой Двери, а Денэтор шел позади.

— Пронесли,— подтвердил Пин.— Они сейчас внизу, в Усыпальне.

Берегонд склонил голову, чтобы скрыть слезы.

— Я слышал, что он умирает,— сказал он.— Значит, умер.

— Да нет,— сказал Пин,— пока не умер. Я даже думаю, его еще можно спасти. Только знаешь ли, Берегонд, город-то еще держится, а Градоправитель сдался.— И он наспех рассказал о речах и поступках Денэтора.— Мне надо тотчас отыскать Гэндальфа.

— Здесь не отыщешь, разве что внизу.

— Я знаю. Государь отпустил меня. Слушай, Берегонд, ты, если что, попробуй вмешайся, а то просто ужас берет.

— Стражам цитадели строго-настрого запрещено отлучаться с постов иначе как по приказу самого государя.

— Ну, если тебе этот запрет важнее, чем жизнь Фарамира...— сказал Пин.— Да и какие там запреты-приказы, когда государь обезумел. Словом, я бегу. Жив буду — вернусь.

И он помчался вниз по улицам к наружной стене. Навстречу ему бежали опаленные пожаром люди; кое-кто останавливался и окликал коротышку в облаченье стража, но он ни разу не обернулся. Наконец он миновал вторые ворота, за которыми от стены до стены разливалось и полыхало пламя. Но почему-то было тихо: ни шума битвы, ни криков, ни лязга оружия. И вдруг раздался жуткий громовой возглас, а за ним тяжкий удар с оглушительным эхом. У Пина тряслись поджилки от нестерпимого ужаса, но он все же выглянул из-за угла на широкую внутреннюю площадь перед Великими Вратами. Выглянул — и на миг оцепенел. Он нашел Гэндальфа, и отпрянул назад, и забился в темный угол.

С полуночи продолжался общий приступ. Гремели барабаны. С севера и с юга стены сплошь осаждало многотысячное воинство. Повсюду в багровом полусвете двигались огромные, как дома, звери: это хородримские мумаки подвозили из-за огненных рвов осадные башни и стенобитные орудия. Наступали нестройно и гибли толпами; предводитель осады гнал рабов на смерть лишь затем, чтобы прощупать оборону и рассредоточить силы гондорцев. Настоящий удар он замышлял обрушить на Врата, мощные, чугунные, надежно скрепленные сталью; их защищали несокрушимые башни и бастионы, но все же они были ключом, единственным уязвимым местом неприступной твердыни.

Громче зароктали барабаны. Взметнулись огненные языки. Осадные машины ползли по полю, и между ними покачивался на толстых цепях громадный таран, больше сотни футов длиною. Долго ковали его в темных кузнях Мордора; страховидная оконечина из вороненой стали являла подобие волчьей морды с ощеренной пастью, и на ней были начертаны колдовские, разрывные письмена. Именовался он Гронд, в память о древнем Молоте Преисподней. Везли его гагантские звери, с боков толпились орки, а позади тяжко шагали горные тролли.

Но у Врат кипела битва: там стояли накрепко витязи Дол-Амрота и лучшие из лучших министиритцев. Тучей летели стрелы и дротики, осадные башни валились или вспыхивали, как факелы. По обе стороны ворот громоздились обломки и мертвые тела, однако же новые и новые толпы лезли вперед, словно одержимые.

Гронд подползал. Его кожух не загорался, огромные звери, тащившие его, то и дело вскидывались и бросались в стороны, топча бесчисленных орков, но убитых отшвыривали, и толпы снова смыкались.

Гронд подползал все ближе. Бешено загремели барабаны, и над горами трупов чудовищным виденьем возник высокий всадник в черном плаще с опущенным капюшоном. Медленно двигался он вперед, попирая трупы, и стрелы бессильно падали вокруг. Он поднял кверху длинный тусклый меч. Великий ужас объял всех — осажденных и осаждающих, и воины роняли оружие. На миг все стихло.

Опять загрохотали барабаны. Чешуйчатые лапищи рывком подтянули Гронд к воротам и с размаху ударили в них. Казалось, гром из поднебесья раскатился по городу. Но чугунные створы и стальные столбы выдержали удар.

Тогда Черный Предводитель привстал в стременах и громогласно выкрикнул заклятье на неведомом языке; жуткие слова его надрывали души и раскалывали камень.

Трижды возопил он, трижды грянул таран, и третий удар внезапно сокрушил Врата Гондора. Точно какая-то колдовская сила разломила их надвое — блеснула жгучая молния, и чугунные осколки усеяли плиты.

Главарь назгулов въезжал в город. За спиной надвигавшегося черного вестника смерти полыхало багровое зарево. Главарь назгулов въезжал под своды, куда от века не ступала вражеская нога,— и защитники Минас-Тирита опрометью разбегались.

Лишь один не отступил перед ним. На площади за Вратами безмолвно дожидался неподвижный всадник — Гэндальф на Светозаре: во всем Средиземье только этот конь мог вынести смертный ужас, подвластный Саурону, и он стоял, точно каменное изваянье Рат-Динена.

— Сюда тебе входа нет,— промолвил Гэндальф, и ог-

442

ромная тень застыла.— Возвращайся в бездну, тебе уготованную. Ступай назад, и да поглотит кромешная тьма тебя вместе с твоим Владыкою. Прочь отсюда!

Черный Всадник откинул капюшон, и — о диво! — был он в короне, но без головы, лишь красные языки пламени вздымались между могучими плечами. И незримые уста изрыгнули злорадный хохот.

— Глупый старик! — сказал он.— Глупый старик! Нынче мой час. Не узнал в лицо свою смерть? Умри же, захлебываясь проклятьями!

Он высоко поднял меч, и огонь сбежал по клинку.

Гэндальф не шелохнулся. И в этот самый миг где-то в городском дворике прокричал петух — звонко и заливисто, ничего не ведая ни о войне, ни о колдовских чарах,— прокричал, приветствуя утро, разгоравшееся высоко в небесах над сумраком побоища.

И будто в ответ петушьему крику издали затрубили рога, рога, рога. Смутное эхо огласило темные склоны Миндоллуина. А большие северные рога трубили все яростней. Мустангримцы подоспели на выручку.

Глава V

ПОХОД МУСТАНГРИМЦЕВ

Мерри лежал на земле, закутавшись в одеяло, и удивлялся, как это сокрытые мраком деревья шелестят в безветренной духоте. Потом он поднял голову и снова услыхал отдаленный рокот барабанов на лесистых холмах и горных уступах. Барабаны внезапно стихали и опять рокотали то дальше, то ближе. Неужели часовые их не слышат?

Было темно, хоть глаз выколи, но он знал, что кругом полным-полно конников. Пахло конским потом, лошади переступали с ноги на ногу и ударяли копытом в хвойную подстилку. Войско заночевало в сосняке близ Эйленаха, высокой горы посреди Друаданского леса, через который проходил главный тракт восточного Анориэна.

Хоть Мерри и устал, но ему не спалось. Они ехали уже целых четверо суток, и густевшие потемки все больше угнетали его. Он уж и сам не понимал, чего он так рвался ехать, когда ему не то что можно, а даже велено было остаться. Не хватало еще, чтобы старый конунг узнал об ослушанье и разгневался. Но это вряд ли. Дернхельм, похоже, договорился с сенешалем Эльфхельмом, начальником эореда. Ни сенешаль, ни воины его Мерри в упор не видели и не отвечали, если он заговаривал с ними. Дескать, навьючил Дернхельм зряшную поклажу — ну и ладно. А Дернхельм за все время ни с кем ни словом не перемолвился. Мерри чувствовал себя никчемной мелюзгой, и было ему очень тоскливо. А вдобавок и тревожно: войско оказалось в тупике. Дальняя крепь Минас-Тирита была от них за день езды. Выслали дозорных: одни не вернулись, другие примчались и сообщили, что дорога занята врагами, большая рать стала лагерем в трех милях к западу от маячной горы Амон-Дин, отряды идут по тракту, до передовых лиги три. Орки рыщут по придорожным холмам. Конунг с Эомером держали ночной совет.

Мерри жаждал с кем-нибудь поговорить: он вспомнил о Пине и еще пуще огорчился. Бедняга Пин, один-одинешенек в осажденном каменном городе: ужас, да и только. Мерри захотелось стать рослым витязем вроде Эомера, затрубить в какой-нибудь, что ли, рог и галопом помчаться на выручку Пину. Он сел и снова прислушался к рокоту барабанов, теперь уж совсем поблизости. Вскоре стали слышны негромкие голоса, мелькнули между деревьями полуприкрытые фонари. Конники зашевелились во мраке.

Высокий человек споткнулся об него и обругал проклятые сосновые корни. Мерри узнал по голосу сенешаля Эльфхельма.

— Я не сосновый корень, господин, — сказал он, — и даже не вьюк с поклажей, а всего-навсего ушибленный хоббит. Извиняться не надо, лучше скажи мне, что там такое стряслось.

— Пока ничего такого, спасибо растреклятому мороку, — отвечал Эльфхельм. — Но государь приказал всем нам быть наготове: тронемся в одночасье.

— Значит, враги наступают? — испуганно спросил Мерри. — Это их барабаны? Я уж подумал, мне мерещится, а то никто будто и не слышит.

— Да нет, нет, — сказал Эльфхельм, — враги на дороге, а не в горах. Ты слышишь барабаны лешаков, лесных дикарей: так они переговариваются издали. Живут они в Друаданском лесу, вроде бы с древних времен, немного осталось их, и таятся они хитро, точно дикие звери. Обычно-то им дела нет до войн Гондора или Ристании, но сейчас их встревожила темень и нашествие орков: испугались, что вернутся Темные Века — оно ведь и похоже на то. Хорошо хоть нам они не враги: стрелы у них отравленные и в лесу с ними не потягаешься. Предлагают помочь Теодену: как раз их вождя повели к нему. Вот с фонарямито шли. Ну и будет с тебя — я и сам больше ничего не знаю. Все, я пошел выполнять приказ. А ты, вьюк не вьюк, а давай-ка вьючься!

И он исчез в темноте. Мерри очень не понравились хитрые дикари и отравленные стрелы: он и так-то не знал, куда деваться от страха. Дожидаться было совсем невтерпеж, лучше уж точно знать, что тебя ждет. Он вскочил на ноги и крадучись пустился вдогонку за последним фонарем.

Конунгу разбили палатку на поляне, под раскидистым деревом. Большой, прикрытый сверху фонарь висел на ветке, и в тусклом свете его видны были Теоден с Эомером, а перед ними сидел на корточках человечина, шишковатый, как старый пень, и, точно чахлый мох, свисал с его мясистого подбородка реденький клок волос. Коренастый, пузатый, толсторукий и коротконогий, в травяной юбочке. Мерри показалось, что он где-то его уже видел, и вдруг ему припомнились Пукколы в Дунхерге. Ну да, то ли один из тамошних болванчиков ожил, то ли явился дальний-предальний потомок тех людей, которых изобразили забытые умельцы давних веков.

Мерри подобрался поближе, но пока что все молчали, и наконец заговорил дикарь: должно быть его о чем-то спросили, и он раздумывал. Голос его был низкий, гортанный, но, к удивлению Мерри, говорил он на всеобщем языке, хотя поначалу запинался и примешивал к речи диковинные слова.

— Нет, отец коневодов,— сказал он,— мы не воины, мы охотники. Мы стреляем *горгуны* в лесу, орколюды мы очень не любим. И тебе *горгуны* враги. Потому будем тебе помогать. Дикий народ далеко слышит, далеко видит, знает все тропы. Дикий народ давно-давно здесь живет, раньше, чем сделались камень-дома, раньше, чем из воды вылезали высокие люди.

— Да нам-то в помощь нужны воины,— сказал Эомер.— А от тебя и твоих какая же помощь?

— Помощь узнавать,— отвечал дикарь.— Мы глядим и все видим,— смотрим с высоких гор. Камень-город трудно стоит, хода-выхода нет. Кругом огонь горит, теперь внутри горит пожар. Ты хочешь туда? Тебе надо быстро скочить. Большой лошадиной дорогой скочить нельзя, там *горгуны* и дальние люди оттуда.— Он махнул на восток узловатой короткой рукой.— Много-много, ваших много не столько.

— Откуда ты знаешь, что их больше? — недоверчиво спросил Эомер.

Ничего не выразилось ни на плоском лице, ни в темных глазах дикаря, но голос его зазвучал угрюмо.

— Мы — дикари, дикий, вольный народ, мы не глупый ребенок,— с обидой сказал он.— Я великий вождь Ган-бури-Ган. Я считаю звезды на небе, листья на ветках, людей в темноте. Ваших воинов десять раз и еще пять раз по сорок десятков. Их воинов больше. Будете биться долго, и кто кого одолеет? А вокруг камень-города много-много еще.

— Увы! Все это верно,— сказал Теоден.— И наши разведчики доносят, что дорогу преградили рвами и понатыкали кольев. С налету их смять не удастся.

— Все равно медлить нельзя,— сказал Эомер.— Мундбург в огне!

— Дайте молвить слово Ган-бури-Гану! — сказал дикарь.— Он знает другие дороги и поведет вас там, где нет рвов, где не ходят *горгуны*, только наш народ и дикие звери. Люди из камень-домов давно, когда были сильные, сделали много дорог. Они резали горы, как охотники дичину. Народ говорит, наверно, они кушали камни. Через Друадан к Мин-Риммону ездили большие повозки. Давно-давно не ездят и дорогу забыли. Мы одни помним: вон там она идет на гору, за горой прячется в траве, деревья ее прячут, а она обходит Риммон и мимо Дина ведет вниз, к большой лошадиной дороге. Мы вас проведем туда, а вы перебейте всех *горгунов* и прогоните дурную темноту ярким железом, и дикий народ будет тихо жить дальше в своих диких лесах.

Эомер переговорил с конунгом на ристанийском языке, и наконец Теоден обратился к дикарю.

— Ладно, пойдем в обход,— сказал он.— Оставляем большое войско у себя в тылу, но что из этого? Если каменный город падет, мы не вернемся. А выстоит, победим — худо придется оркам, отрезанным от своих. Тебя же, Ган-бури-Ган, мы щедро одарим и станем твоими верными друзьями.

— Мертвые не одаряют живых и в друзья им не годятся,— ответствовал дикарь.— Если темнота вас не съест, тогда после не мешайте диким людям бродить, где хотят, по лесам и не гоняйте их, как диких зверей. Не бойтесь, Ган-бури-Ган в ловушку не заведет. Он пойдет рядом с отцом коневодов, обманет — убейте.

— Да будет так! — скрепил Теоден.

— А когда мы выйдем на большую дорогу? — спросил Эомер.— Раз вы поведете нас, придется ехать шагом, и путь, наверно, узкий.

— Дикий народ ходит быстрым шагом,— сказал Ган.— По Каменоломной долине,— он махнул рукою на юг,— можно ехать четыре лошади в ряд; в конце и в начале путь узкий. Нашего ходу отсюда до Амон-Дина как от рассвета до полудня.

— Стало быть, передовые доедут за семь часов,— сказал Эомер,— а задние, пожалуй, часов за десять. Мало ли что может нас задержать, да и войско сильно растянется; потом, на дороге, всех не сразу построишь. Теперь-то который час?

— Кто его знает,— сказал Теоден.— Темень стоит беспросветная.

— Темень стоит, ночь проходит,— сказал Ган.— Когда солнце глаза не видят, кожа его чует. Уже оно выше Восточных гор. В небесных полях совсем светло.

— Тогда надо поскорее выступать,— сказал Эомер.— Сегодня-то никак не поспеем, но хоть к завтрему.

Мерри не стал дослушивать, тишком улизнул и побежал собираться. Ну вот, завтра уже и битва, в которой, похоже, немногим суждено уцелеть. Но он снова подумал о Пине о пожаре в Минас-Тирите — и кое-как совладал со страхом.

День прошел спокойно: ни засад, ни дозоров на пути не обнаружилось. Обок охраняли войско дикари-охотники, и мимо них мышь бы не прошмыгнула, не то что вражеские лазутчики. Чем ближе к осажденному городу, тем сумрачней сгущалась мгла, и вереницею смутных теней казались люди и кони. У каждой колонны был провожатый, а старый вождь шел рядом с конунгом. Поначалу двигались медленно: нелегко было всадникам с лошадьми в поводу спускаться по заросшим косогорам в Каменоломную долину. Уже под вечер передовые углубились в серую чащобу близ восточного склона Амон-Дина, в огромное ущелье, за которым расходились кряжи на запад и на восток. Сквозь это ущелье когда-то была проложена широкая дорога, выводившая на главный анориэнский тракт, но люди уже много веков здесь не ездили; деревья хозяйничали по-своему, и дорога заросла, исчезла под грудами лежалой листвы и валежника. Однако же чащоба эта была последним укрытием ристанийского войска: впереди простиралась ровная долина, а на юго-востоке высились скалистые хребты и, будто опираясь на них, воздвигался гигант Миндоллуин во всей своей каменной мощи.

Первая колонна остановилась, и, когда задние подтянулись и вышли ущельем из Каменоломной долины, в глубине серой чащобы разбили лагерь. Конунг призвал воевод на совет. Эомер хотел было выслать дозорных, но старый вождь Ган покачал головой.

— Не посылай своих коневодов, не надо,— сказал он.— В дурной темноте видно мало, лешаки уже все увидели. Скоро придут и мне расскажут.

Воеводы явились; потом, откуда ни возьмись, вынырнули Пукколы, точь-в-точь похожие на старого Гана: они, один за другим, говорили с ним на чудно́м, гортанном наречии. Ган выслушал их и обратился к конунгу:

— Лешаки рассказали. Говорят: позади опасно, стерегись! За час ходу, за Дином,— он указал на запад, на черневший маяк,— стоят чужелюды, большое войско. А впереди никого нет, пустая дорога до каменного вала. Там опять много. *Горгуны* ломают новый каменный вал огненным громом и железными черными дубинками. Не боятся и кругом не смотрят. Думают, заняли все-все дороги! — И у старого Гана заклокотало в горле: верно, он так смеялся.

— Добрые вести! — сказал Эомер.— Это просвет во мраке. Порой лиходея своя же злоба слепит. Напустили темень — будь она неладна! — и помогли нам укрыться. Теперь громят Гондор, чтоб не оставить камня на камне,— и сокрушили преграду, которой я больше всего опасался. Нас бы надолго задержали у дальней крепи. А теперь мы ее с ходу одолеем, дотуда бы добраться.

— И еще раз спасибо тебе, Ган-бури-Ган, лесной человек,— молвил Теоден.— Спасибо на доброй вести и на доброй службе. Доброй вам охоты!

— Вы знай убивать *горгуны*! Бейте орколюды! Слова́ не надо лесному народу! — отвечал Ган.— Прогоните ярким железом дурную, вонючую темноту!

— Затем и явились мы в здешние края,— сказал конунг.— Поглядим завтра, чья возьмет.

Ган-бури-Ган присел и коснулся земли шишковатым лбом в знак прощания. Потом, встав на ноги, он вдруг насторожился, будто что-то унюхал. Глаза его сверкнули.

— Свежий ветер задувает! — крикнул он, и все дикари вмиг исчезли во мгле, как нелепое наваждение. Только барабаны опять глухо зароктали на востоке, теперь, однако, ристанийцам и в голову не приходило опасаться брюханов-лешаков.

— Дальше обойдемся без провожатых,— сказал Эльфхельм,— в мирное время наши здесь ездили. Я, к примеру, ездил не раз и не два. Сейчас вот выедем на дорогу, она свернет к югу, и семь, не больше, лиг останется до пеленнорской крепи. Обочины дороги травянистые: тут, бывало, вестники Гондора мчались во весь опор. И мы проедем быстро, без лишнего шума.

— Нас ждет жестокая сеча, и надо собраться с силами,— сказал Эомер.— Давайте-ка отдохнем здесь и тронемся ночью; у крепи будем к рассвету, ежели рассветет, а нет — ударим на врага по знаку государя, потемки не помеха.

Конунг одобрил его совеет, и воеводы разошлись. Но Эльфхельм вскоре возвратился.

— Мы разведали окрестности, государь,— сказал он.— Кругом и правда ни души, нашли у дороги двух убитых всадников вместе с конями.

— Вот как? — сказал Эомер.— Ну и что же?

— Видишь ли, государь, убитые-то эти — посланцы Гондора. Один из них вроде бы Хиргон — в руке Багряная Стрела, а головы нету. И вот еще что: убили их, по всему судя, когда они скакали *на запад*. Должно быть, увидели, что враги уже осадили крепь, и повернули коней. Было это два дня назад: кони небось свежие, с подстав, как у них водится. Доехать до города и вернуться они бы не успели.

— Нет, никак бы не успели! — сказал Теоден.— Значит, Денэтор про нас ничего не знает и вряд ли нас ждет.

— Хоть поздно, да годно, и лучше поздно, чем никогда,— молвил Эомер.— Может быть, на этот раз старинные присловья окажутся вернее верного.

Глубокой ночью ристанийское войско в молчанье двигалось по обочинам дороги, огибавшей подножия Миндоллуина. Далеко впереди, на краю темного небосклона, багровело зарево, и черными громадами выступали из сумрака утесистые склоны великой горы. До Пеленнора было уже недалеко, и близился предрассветный час. Конунг ехал в первой колонне, окруженный своей дружиной. За ними следовал эоред Эльфхельма, но Мерри заметил, что Дернхельм старается незаметно пробраться в темноте поближе к передовым, и наконец они примкнули к страже Теодена.

Конники приостановились, Мерри услышал негромкие голоса. Воротились дозорные: они доскакали почти до самой стены.

— Везде пылает огонь, государь,— доложил один из них конунгу.— И город горит, и Пажити; войско, похоже, огромное. Но почти всех увели к стенам, на приступ. А какие остались здесь, рушат крепь и по сторонам не смотрят.

— Ты помнишь, что сказал тот лешак, государь? — спросил другой ратник.— Меня зовут Видфара, в мирные дни я жил на равнине и тоже чутьем не обделен, привык чуять ветер. А ветер меняется: повеяло с юга, чуть-чуть припахивает морем. Словом, утро сулит рассвет, и, когда мы минуем крепь, чадная темень рассеется!

— Если правдива твоя весть, Видфара, то да сбережет тебя судьба нынче и на многие годы! — сказал Теоден. Он обратился к ближним дружинникам и молвил так звучно, что его услышали воины первого эореда: — Конники Ристании, сыны Эорла, настает роковой час! Перед вами море огня и вражеское войско, а дома ваши остались далеко позади. Но хоть и суждено вам сражаться в чужом краю, добытая в бою слава будет вашей вовеки. Исполните клятву верности государю и родине, исполните обет нерушимой дружбы!

Ратники ударили копьями о щиты.

— Эомер, сын мой! Ты поведешь первый эоред следом за дружиной и хоругвью конунга,— сказал Теоден.— Эльфхельм, за крепью отойдешь направо, а ты, Гримблад,— налево. Остальные полки пусть держатся за этими тремя согласно боевому разуменью. Громите скопища врага. Больше пока ничего не придумаешь: мы ведь не знаем, что творится на Пажитях. Вперед, и да сгинет мрак!

И конники помчались вскачь: Видфара хоть и обещал рассвет, но покамест было темным-темно. Мерри сидел позади Дернхельма, уцепившись за него левой рукой, а правой пытаясь проверить, легко ли ходит меч в ножнах. Теперь-то он понимал, до чего был прав старый конунг, когда говорил ему: «Что тебе делать в таком бою, сударь мой Мериадок?» «Разве что мешать всаднику,— подумал он,— и как-нибудь усидеть верхом, а то ведь стопчут — не заметят!»

Проскакать оставалось всего-навсего лигу, и проскакали ее, по разумению Мерри, чересчур уж быстро. Послышались дикие вопли, лязг оружия, и снова все стихло. Орков на стене и правда было немного: застали их врасплох и мигом перебили. Перед развалинами северных ворот Раммас-Экора конунг остановил коня. Первый эоред подтянулся. Мерри с Дернхельмом подъехали еще ближе к конунгу, хотя их полк отошел далеко вправо. Слева, на востоке, конники Гримблада стали у широкого пролома в стене.

Мерри выглянул из-за спины Дернхельма. Миль за десять от них бушевал пожар в стенах Минас-Тирита, и огромным огневым серпом отрезали город от Пажитей пылающие рвы. Равнину покрывала душная мгла — ни просвета, ни ветерка.

Молчаливая рать Мустангрима выдвинулась за крепь — медленно и неодолимо, как проникает прилив сквозь рассевшуюся плотину, будто бы столь надежную. Но Черный Предводитель безоглядно сокрушал твердыню Гондора, и тревожные вести с тыла еще не дошли до него.

Конунг повел свою рать на восток, в обход огненных рвов и вражеских войск. Обошли удачно и скрытно, однако же Теоден медлил. Наконец он снова остановился. Город стал виден вблизи. Тянуло гарью и трупным смрадом. Лошади фыркали и прядали ушами. Но конунг недвижно сидел на своем Белогриве и взирал на гибнущий Минас-Тирит; казалось, он был охвачен смятеньем и ужасом — и дряхло понурился под бременем лет. Мучительный страх и сомнения точно передались Мерри. Сердце его стеснилось. Время как будто замерло. Они запоздали, а поздно — хуже, чем никогда! Вот-вот Теоден попятится, склонив седую голову, повернет коня, поведет войско прятаться в горах.

Внезапно Мерри почуял: что-то переменилось. Ветер дунул ему в лицо! И забрезжил рассвет. Далеко-далеко на юге посерели, заклубились, раздвинулись тучи: за ними вставало утро. Но тут полыхнуло так, будто молния вырвалась из-под земли и расколола город. Слепящая вспышка на миг озарила черно-белую крепость, серебряным клинком в высоте сверкнула башня. Потом темень сомкнулась и земля вздрогнула от тяжкого сокрушительного грохота.

Но, заслышав его, согбенный конунг вдруг распрямился и снова стал высоким, статным всадником. Он поднялся в стременах и ясным, неслыханно звонким голосом воскликнул:

> Оружие к бою, конники Теодена!
> Вперед, в лютую сечу, в свирепый огонь!
> Копья наперевес и под удар щиты!
> Мечами добудем день, на клинках принесем рассвет!
> На бой, на смертный бой, на битву за Гондор!

Затем он выхватил большой рог у знаменосца Гутлафа и протрубил так зычно, что рог раскололся надвое. Отозвались рога во всем ристанийском войске, будто гром прокатился по равнине и загрохотал в горах.

> На бой, на смертный бой, на битву за Гондор!

Конунг что-то крикнул Белогриву, тот сорвался с места и опередил плеснувшую по ветру хоругвь с Белым Конем на зеленом поле. За ним понеслись дружинники, немного поотстав. Следом скакал Эомер с белым конским хвостом на шлеме. Его эоред мчался, точно пенный бурун, но Белогрив летел далеко впереди. Грозно сиял лик Теодена: видно, в нем возгорелась неистовая отвага предков, и на белом своем коне он был подобен древнему небожителю, великому Ороме в битве Валаров с Морготом, на ранней заре Средиземья.

Его золотой щит засверкал, словно солнце, и ярким зеленым пламенем занялась трава у белых ног скакуна. Ибо настало утро, и дул ветер с Моря, разгоняя черную мглу, и полчища Мордора дрогнули, объятые ужасом; орки бросались врассыпную и гибли на копьях и под копытами разъяренных коней. А воины Ристании в один голос запели; они пели, разя врага в упоении битвы, и песнь их, страшная и прекрасная, ласкала слух осажденных.

Глава VI

БИТВА НА ПЕЛЕННОРСКОЙ РАВНИНЕ

Но не оркскому вожаку, не разбойному атаману поручено было ниспровергнуть Гондор. Тьма разредилась прежде срока, назначенного Властелином,— судьба в этот раз обманула, и мир вышел из повиновенья. Победа была упущена, выскользнула из-под рук. Но руки не утратили силы, и по-прежнему страшен и могуч был предводитель осады — король, кольценосец, главарь назгулов: велика была его власть. Он отступил от ворот и исчез.

Конунг Ристании Теоден выехал на дорогу между рекой и Вратами и обернулся к городу, который был за милю от него. Он осадил скакуна, ища взором недобитых врагов; его окружила дружина, и Дернхельм был в их числе. По правую руку, ближе к стенам, Эльфхельмовы конники ломали осадные машины, рубили, кололи и загоняли орков в огненные рвы. Северную половину Пеленнора почти всю отбили, там горели палатки, орки метались и бежали к реке, точно зверье от охотников, а ристанийцы рубили их направо и налево. Однако же осадное войско стояло густо, как прежде, и заслоняло ворота. И там врагов была тьма-тьмущая, и с юга подходили все новые и новые полчища. Хородримцы занимали дорогу, всадники их съезжались под стягом вождя. А вождь поглядел вперед и увидел в рассветном сиянии хоругвь конунга, увидел, что конунг с малой дружиной далеко оторвался от своих. Темнокожий исполин взъярился, издал боевой клич — и над лавиной всадников, понесшихся к зеленой хоругви с Белым Конем, развернулось алое знамя с черным змием, и холодным блеском заиграли обнаженные ятаганы.

Но Теоден не замешкался: он молвил слово Белогриву, и мустангримцы с места в карьер помчались навстречу врагам. Сшиблись на всем скаку; и, хотя северян было гораздо меньше, сердца их пламенели неистовой отвагой и без промаха разили длинные копья. Точно клин лесного пожара, врезались они в гущу врагов, и Теоден, сын Тенгела, пронзив копьем вождя южан, выхватил меч, перерубил древко знамени и рассек до седла знаменосца. Бессильно поникло полотнище с черным змием, а уцелевшие хородримцы бросились бежать без оглядки.

Но увы! Когда конунг торжествовал победу, его золотой щит померк, затмились утренние небеса и сумрачно стало вокруг. Лошади ржали и метались, сбрасывая седоков, а те, стеная, приникали к земле.

— Ко мне! Ко мне! — крикнул Теоден.— Не страшитесь злой тьмы, эорлинги!

Но Белогрив в ужасе вздыбился, высоко вскинув копыта, протяжно заржал и рухнул на бок, сраженный черным дротиком. Рухнул — и придавил конунга.

Тяжкой тучею сверху надвинулась тень. О диво! Это была крылатая тварь: птица не птица — чересчур велика и голая, с огромными когтистыми перепончатыми крыльями; гнилой смрад испускала она. Исчадье сгинувшего мира;

ее предки давным-давно пережили свое время, угнездившись где-нибудь на льдистых подлунных высях неведомых гор, и там плодились их гнусные последыши, на радость новым лиходеям. Черный Владыка отыскал эту тварь, щедро выкармливал ее падалью, покуда она не стала больше самой огромной птицы, и отдал ее своему прислужнику. Все ниже и ниже спускалась она и наконец, сложив перепончатые крылья и хрипло каркая, опустилась на мертвого Белогрива, вонзила в него когти и вытянула длинную голую шею.

Могуч и страшен был ее седок в черной мантии и стальной короне; из пустоты над его плечами мертвенно светился взор главаря назгулов. Еще прежде, чем рассеялась тьма, он призвал свое крылатое чудище и теперь вернулся на поле брани, обращая надежду в отчаяние и победу в погибель. Он взмахнул черною булавой.

Однако не все покинули поверженного Теодена. Кругом лежали мертвые витязи-гридни; других далеко умчали испуганные кони. Но один остался: юный Дернхельм, чья преданность превозмогла страх. Он стоял и плакал, ибо любил государя, как отца. Мерри удержался на коне во время атаки и был цел и невредим, хотя, когда налетел призрак, Вихроног сбросил обоих седоков и теперь носился по равнине. Мерри по-звериному отполз на четвереньках, задыхаясь от слепящего ужаса.

«Оруженосец конунга! Оруженосец конунга! — взывала его совесть.— Ты должен защитить его. Помнишь, сам говорил: «Теперь ты мне вместо отца»? Но его обмякшее тело лишь бессильно содрогалось. Он не смел ни поднять голову, ни открыть глаза, и вдруг из черной, непроглядной тьмы заслышал он голос Дернхельма, только голос был будто и не его, но все же очень знакомый:

— Убирайся, гнусный вурдалак, поганая нежить! Оставь погибших в покое!

И другой, леденящий голос отозвался:

— Не спорь с назгулом о его добыче! А то не видать тебе смерти в свой черед: он унесет тебя в замогильные обиталища, в кромешную тьму, где плоть твою сгложут муки, а душонку будут вечно терзать взор Недреманного Ока!

Лязгнул меч, покидая ножны.

— Грози, чем хочешь: я все равно сражусь с тобой.

— Ты — со мной сразишься? Глупец! Ни один смертный муж мне не страшен.

И тут Мерри услышал совсем уж нежданный звук.

454

Казалось, Дернхельм рассмеялся, и сталью зазвенел его чистый голос.

— А я не смертный муж! Перед тобою женщина. Я — Эовин, дочь Эомунда, и я спорю с тобой о своем государе и родиче. Берегись, если ты не бессмертен! Я зарублю тебя, черная нежить, если ты тронешь его.

Крылатая гадина зашипела и рявкнула на нее, но Кольценосец безмолвствовал, точно вдруг усомнился в себе. А Мерри был так удивлен, что страх его приотпустил. Он открыл глаза и, понемногу прозревая, увидел за десяток шагов чудище в черной мгле и на спине его жуткую тень главаря назгулов. По левую руку, поодаль от Мерри, стояла та, кого он называл Дернхельмом. Теперь на ней не было шлема, и золотистые пряди рассыпались по плечам. Сурово и прямо глядели ее светло-серые глаза, но по щекам катились слезы. В руке она держала меч и заслонялась щитом от мертвящего взора призрака.

Да, это была Эовин, это был Дернхельм. Мерри припомнилось юное лицо, которое он увидел при выезде из Дунхерга: лицо без проблеска надежды, затененное смертью. Он и жалел ее, и восхищался ею, и в нем пробудилась упорная хоббитская храбрость. Он сжал кулаки. Нельзя, чтоб она погибла — такая прекрасная, такая отважная! А уж если суждено ей погибнуть...

Враг не смотрел на него, но он опасался шелохнуться: как бы не пригвоздил его к земле ужасный взгляд. И пополз медленно-медленно, однако же для Черного Главаря он был что червяк в грязи — тому надо было жестоко расправиться с дерзкой противницей.

Внезапно чудище простерло крылья, источая зловоние. Оно снова взвилось высоко в воздух и с воплем ринулось вниз, на Эовин, выставив зубастый клюв и когти.

Но ни на шаг не попятилась она — ристанийская деваоительница из рода конунгов, гибкая, как булатный клинок, блистающая грозной красой. Свистнул острый меч и единым махом разрубил вытянутую шею; отсеченная голова камнем брякнулась оземь. Эовин отпрянула назад, и рухнуло перед нею безглавое чудище, корчась и распластав широкие крылья. Черная мгла рассеялась; златокудрую царевну ярко озарило солнце.

Из праха вырос, воздвигся Черный Всадник, с остервенелым криком обрушил он булаву на ее щит, и щит разлетелся вдребезги, и обвисла сломанная рука, колени ее подогнулись. А назгул навис, словно туча; сверкнули его глаза, и он занес булаву для смертельного удара.

Но вдруг он шатнулся, испустив крик боли,— и удар пришелся мимо, булава угодила в землю. Ибо меч хоббита прорезал сзади черный плащ и вонзился пониже кольчуги в подколенную жилу.

— Эовин! Эовин! — крикнул Мерри. И она из последних сил выпрямилась и взмахнула мечом, как бы отсекая корону от мантии, от могучих, склоненных над нею плеч. Меч раскололся, как стеклянный. Корона, звякнув, откатилась. Эовин ничком упала на труп поверженного врага... но пусты были плащ и кольчуга. Груда тряпья и железа осталась на земле; неистовый вопль стал протяжным, стихающим воем, ветер унес его, и вой захлебнулся вдали, и на земле его больше не слышали.

А хоббит Мериадок стоял среди мертвых тел и мигал на свету, будто совенок; слезы слепили его, и как в тумане видел он лучистые волосы недвижно простертой Эовин, потом посмотрел на лицо конунга, погибшего в час победы. Белогрив в предсмертных судорогах высвободил седока, но прежде невольно погубил его.

Мерри склонился и поднес к губам его руку. И вдруг Теоден открыл незамутненные глаза и с трудом, но твердо вымолвил:

— Прощай, господин хольбитла! Настал мой черед отойти к праотцам. Надеюсь, я не посрамил их памяти. И черного змия низверг я своей рукой. Рассвет был хмурый, день яснеет, и будет золотой закат!

Мерри слова не шли на язык, и он опять заплакал.

— Прости, государь,— проговорил он,— прости, я нарушил твое веление — и только и смог, что оплакать нашу вечную разлуку.

Старый конунг улыбнулся.

— Не печалься. Верность в вину не ставят. Живи и радуйся, а как станешь на покое дымить своей трубкой, припомни меня. Не приведется, увы, нам пировать в Медусельде, как я тебе обещал, и не расскажешь ты мне про ваше ученье о травах...— Он смолк и смежил веки. Мерри подался к нему, боясь дышать, и наконец услышал: — Где Эомер? Глаза мои застилает тьма, надо бы повидать его перед смертью. Ему быть конунгом. И пусть передаст мой прощальный привет Эовин. Она... она ведь не хотела со мной расставаться, и вот мы больше не свидимся, а она была мне милее дочери.

— Государь, государь,— начал было Мерри, запинаясь,— она... ее...— Но в это время послышались крики и топот и кругом затрубили рога. Мерри огляделся: он и думать забыл о сраженье, ему казалось, будто много часов назад конунг помчался к победе и гибели, а было это совсем недавно. И он увидел, что стоит посреди поля брани, где вот-вот разыграется новая битва.

От реки по дороге спешили свежие рати врага, из-под стен подходили моргульские полчища, с юга надвигалась пехота и конница хородримцев, и за ними шествовали огромные мумаки с боевыми башнями на спинах. А с севера приближался развернутый конный строй во главе с Эомером в хвостатом шлеме; он вновь собрал, сомкнул и повел в бой ристанийское войско. Все до единого вышли из города гондорские ратники, впереди их развевалось знамя Дол-Амрота с серебряным лебедем, и враг бежал от ворот.

«А где же Гэндальф? — мелькнуло в голове у Мерри.— Он разве не здесь? Неужели он не мог спасти Эовин и конунга?»

Но тут к ним подскакал Эомер и гридни конунга — те, что уцелели и совладали с коньми. Изумленно смотрели они на мертвое чудище; лошади пятились от него. Эомер спрыгнул с седла, подошел к телу Теодена и замер, ошеломленный горем.

Один из витязей поднял хоругвь, разжав мертвую руку знаменосца Гутлафа. Теоден медленно открыл глаза, увидел хоругвь и сделал знак передать ее Эомеру.

— Привет тебе, конунг Ристании! — молвил он.— Иди, побеждай! И простись за меня с Эовин!

Так он и умер, не ведая, что Эовин лежит возле него. Воины плакали, восклицая:

— Конунг Теоден! Конунг Теоден!

И сказал им Эомер:

> Не предавайтесь скорби! В битве погиб великий,
> Погиб, как подобает. Когда насыплем курган,
> Тогда будет время плача. Сейчас нас зовет брань!

Но он и сам, говоря это, плакал.

— Пусть останутся с ним его гридни,— сказал он,— и с почетом отнесут его тело к городу. Других тоже отнесите.

Он окинул взглядом убитых, припоминая их поименно, и увидел среди них сестру свою Эовин, и узнал ее. Он вздрогнул, точно стрела пронзила ему сердце; смертельно бледный, оледенев от ярости и муки, он слова не мог вымолвить. И свет перед ним затмился.

— Эовин, Эовин! — воскликнул он наконец.— Эовин, как ты здесь оказалась? Что это — безумие или чародейство? Смерть, смерть, смерть! Смерть выпала нам!

И, не созывая воевод, не дожидаясь гондорцев, он вскочил на коня, помчался назад к войску и затрубил атаку. Над полем разнесся его громогласный клич:

— Смерть! Вперед, на гибель, разите без пощады!

И войско двинулось, но мустангримцы больше не пели. «Смерть!» — в один голос грянули воины, и конная лавина, устремившись на юг, с грохотом пронеслась мимо убитого конунга.

А хоббит Мериадок все стоял и смигивал слезы, и никто с ним не заговорил, никто его даже не заметил. Он отер глаза, наклонился за своим зеленым щитом, который вручила ему Эовин, и повесил его на спину. И поискал взглядом оброненный меч: когда он нанес удар, рука его отнялась и теперь висела как плеть. Да, вот оно, его оружие... но что это? Клинок меча дымился, будто ветка на костре, и Мерри смотрел, как он стал тонкою светлой струйкой, а потом и вовсе исчез.

Таков был конец меча из Могильников, откованного на древнем Западе. И возрадовался бы тот оружейник Великого Северного княжества, что трудился над ним в незапамятные времена, ибо не было тогда у дунаданцев злее врага, чем ангмарский король-ведьмак, ставший Главным Назгулом. Иной клинок, пусть и в самой могучей руке, был бы ему нипочем, а этот жестоко ранил, вонзившись в призрачную плоть и разрушив лиходейское заклятие.

Плащи были настелены на древки копий; на эти носилки гридни возложили конунга. Эовин бережно подняли и понесли за ним. Но других убитых пришлось оставить на поле, ибо там погибли семь витязей, и среди них — первейший из гридней, Деорвин. Их отнесли подальше от вражеских трупов и мерзкой падали, оградив частоколом копий. Когда же отгремела битва, гридни воротились, развели костер и спалили смрадную тушу, а над могилой Белогрива насыпали холм и поставили камень с надписью по-гондорски и по-ристанийски:

Был верен конунгу конь Белогрив
И с ним погиб, его погубив.

458

Высокой и пышной травою порос этот холм, а на месте сожжения чудища навсегда осталась черная проплешина.

Медленно и уныло брел Мерри подле носилок, и не было ему дела до сражения. Он очень устал, руку грызла боль, все тело сотрясал озноб. Дождевая туча налетела с Моря: казалось, небеса оплакивают Эовин и Теодена, роняя серые слезы на пылающий город. Сквозь мутную пелену Мерри увидел, что к ним приближаются гондорские всадники. Имраиль, владетель Дол-Амрота, подъехал и осадил коня.

— Что у вас за ноша, ристанийцы? — крикнул он.

— Мы несем конунга Теодена,— отвечали ему.— Он пал в бою. А войско ведет конунг Эомер — узнаешь его по белому чупруну на шлеме.

Имраиль спешился и скорбно преклонил колена у носилок, чествуя воителя, чья доблесть спасла Гондор в роковой час. Поднявшись, он взглянул на Эовин и изумился.

— Но ведь это женщина? — сказал он.— Неужто жены и мужи Ристании бьются ныне бок о бок?

— Нет! — отвечали ему.— Одна лишь царевна Эовин, сестра Эомера, была с нами, и горе нам, что мы об этом не знали.

И князь подивился красоте мертвенно-бледной Эовин и, склонившись над нею, тронул ее руку.

— Ристанийцы! — вскричал он.— Нет ли меж вами лекарей? Она ранена, и, быть может, смертельно, однако, мнится мне, еще жива.

Он поднес к ее холодным губам свой налатник — и слегка замутилась сверкающая сталь.

— Торопитесь! — сказал он и отправил конника в город за помощью. А сам в знак прощанья низко поклонился павшим и, вскочив на коня, умчался в бой.

Все яростней разгоралась битва на Пеленнорской равнине, и далеко был слышен грозный гул сраженья: неистово кричали люди и бешено ржали кони, трубили рога, гремели трубы, ревели разъяренные мумаки. У южной стены города пешее гондорское воинство билось с моргульцами — их полку прибыло. Конница вся поскакала на восток, на помощь Эомеру: и Гурин Высокий, Хранитель ключей Минас-Тирита, и владетель Лоссарнаха, и Гирлуин с Изумрудных Холмов, и князь Имраиль со своими витязями.

А Эомеру помощь была нужнее нужного: опрометью, безоглядно бросил он войско в атаку, и неистовый натиск пропадал попусту. Ристанийцы с налету врезались в ряды южан, разогнали конницу и разметали пехоту. Но от мумаков лошади шарахались, и громадные звери стояли, несокрушимые, словно башня, а хородримцы заново собирались вокруг них. Одних южан было втрое больше, чем всех ристанийцев, и подходили новые полчища из Осгилиата — запасные карательные войска, которые ожидали повеления вождя грабить взятый Минас-Тирит и опустошать Гондор. Вождя прикончили, но теперь начальствовал управитель Моргула Госмог: он-то и погнал их в бой. Были тут бородачи с бердышами, и дикари-воряги из Кханда, и темнокожие воины в багряных плащах, и черные троллюди с юга — белоглазые, с длинными красными языками. Одни устремились в тыл ристанийцев, другие — на запад, чтобы перекрыть путь подмоге.

И как раз когда счастье изменило Гондору и его соратникам, когда снова померкла надежда, с городских стен послышались крики. Время было полуденное, дул порывистый ветер, дождь унесло на север, и сияло солнце. В ясной дали взорам сторожевых предстало страшное зрелище.

За излучиной Харлонда Андуин тек напрямик, широко и плавно, и корабли бывали видны за несколько лиг. На этот раз городские стражи в ужасе и смятении увидели темную армаду на блещущей Реке: галеры и другие большие гребные суда шли под раздутыми ветром черными парусами.

— Умбарские пираты! — кричали люди.— Умбарские пираты! Смотрите! Плывут умбарские пираты! Значит, Бельфалас взят, захвачены устья, и Лебеннин во власти врага. Пираты плывут сюда! Это приговор судьбы!

И без приказа — приказы отдавать было некому — кинулись к колоколам и ударили в набат; трубы затрубили сигнал к отступлению.

— Бегите к стенам! — кричали сверху.— К стенам бегите! Скорее спасайтесь в город, пока вас всех не перебили!

И ветер, который подгонял корабли, относил их призывы в сторону.

Но что там набат, что тревожные клики! Мустангримцы и сами уже увидели черные паруса. Эомер был за милю от Харлонда, с гавани наступали взбодрившиеся хородримцы, и вражеская рать уже отрезала его от дружины Дол-Амро-

460

та. Он поглядел на Реку, и надежда умерла в его сердце, и он проклял прежде благословенный ветер. А воинство Мордора с воплями дикой радости ринулось вперед.

Суров стал взор Эомера; гнев его больше не пьянил. По знаку его затрубили рога, призывая ристанийцев сплотиться вокруг хоругви конунга: он решил биться до последнего, спешившись и оградившись стеною щитов, и свершить на Пеленнорской равнине подвиги, достойные песен, хоть и некому будет воспеть последнего конунга Ристании. Он взъехал на зеленый холм и там водрузил хоругвь; и Белый Конь, казалось, поскакал на ветру.

> Выехав из тумана, из тьмы навстречу рассвету,
> Пел я солнечным утром, обнажая свой меч.
> Теперь надежде конец, и сердце мое точно рана.
> Остались нам ярость, и гибель, и кровавый закат!

Такие сказал он стихи, сказал — и рассмеялся. Ибо вновь охватило его упоение битвы: он был еще невредим, был молод, и был он конунг, достойный своего воинственного народа. С веселым смехом отчаяния он снова взглянул на черную армаду, грозя ей мечом.

Взглянул — и вдруг изумился и вне себя от радости высоко подбросил меч, блеснувший на солнце; поймал его и запел. И все посмотрели на Реку: над передним кораблем взвилось черное знамя, а корабль повернул к Харлонду, и ветер расплеснул полотнище. На знамени было Белое Древо, как и на стягах Гондора, но вокруг его кроны семь звезд, а поверх — венец. Такого знамени, знамени Элендила, уже тысячи лет не видел никто. А звезды лучились на солнце, ибо жемчугом вышила их Арвен, дочь Элронда, и ярко блистал в полуденном свете венец из мифрила с золотом.

Так явился Арагорн, сын Араторна, Элессар, наследник Элендила: он прошел Стезей Мертвецов и с попутным ветром приплыл в свое княжество Гондор от морских берегов. Ристанийцы заливались радостным смехом и потрясали мечами; в ликующем городе гремели трубы и звонили колокола. А мордорские полчища растерянно взирали, как — по волшебству, не иначе — на черных пиратских кораблях Умбара подплывают враги Властелина, и в ужасе понимали, что настала неминучая гибель, что участь их решена.

Гондорские дружины ударили с запада на троллюдов, ворягов и орков, ненавидящих солнце. Конники Эомера

461

устремили копья на юг, и бежали от них хородримцы, угодив между молотом и наковальней. Ибо на Харлондские пристани прыгали воины за воинами и с ходу бросались в бой. Был среди них Леголас, был Гимли, крутивший секирой, и Гальбарад-знаменосец, и Элладан с Элроиром, и суровые витязи, северные Следопыты, а следом — тысячи ратников из Лебеннина, Ламедона и с гондорского приморья. Но впереди всех мчался Арагорн — на лбу его сиял алмазом венец Элендила, в руке сверкал меч, нареченный Андрилом: издревле он звался Нарсил, был сломан в бою и теперь, перекованный заново, пламенел грозно, как встарь.

И съехались посреди поля брани Эомер с Арагорном; они соскочили с коней, оперлись на мечи и радостно взглянули друг на друга.

— Вот мы и встретились, прорубившись сквозь полчища Мордора, — сказал Арагорн. — Помнишь, я предсказывал тебе это в Горнбурге?

— Да, предсказывал, — отозвался Эомер, — однако надежда обманчива, а я не ведал, что ты прозреваешь грядущее. Но вдвойне благословенна нежданная помощь, и никогда еще не было встречи отрадней. — И они крепко пожали друг другу руки. — В самую пору встретились мы, — прибавил Эомер. — Еще бы немного, и ты запоздал. Нас постигли горестные утраты.

— Что ж, сперва расплатимся, поговорим потом! — сказал Арагорн, и они поехали в битву бок о бок.

Сражаться пришлось еще долго, и жестокое было сражение: суровые, отважные южане дрались отчаянно, да и дюжие воины-бородачи с востока пощады не просили. У обгорелых усадеб и амбаров, на холмах и пригорках, за стенами и в открытом поле — повсюду скапливались они и везде отбивались, покуда хватало сил; бои не утихали до самого вечера.

Наконец солнце скрылось за Миндоллуином, и все небо запылало: точно окровавились горные склоны, огненно-красной стала Река и закатный багрянец разлился по траве Пеленнорской равнины. К этому часу закончилась великая битва за Гондор, и в пределах Раммас-Экора не осталось ни одного живого недруга. Перебиты были все; беглецов догоняли и приканчивали, а другие тонули в алой пене андуинских волн. Может, кому и удалось добраться до

Моргула или до Мордора, но хородримской земли достигли лишь отдаленные слухи о беспощадной карающей деснице Гондора.

Арагорн, Эомер и Имраиль ехали к городским воротам, все трое утомленные до изнеможения. И все трое невредимые: то ли судьба их оберегала, то ли богатырская сила и воинское уменье; правда, редкий недруг дерзал сразиться с ними, от их гнева бежали, как от огня. А раненых и изувеченных было множество, и многие пали в этой битве. Изрубили бердышами Форлонга: он пеший бился в одиночку с толпою врагов; Дуилина с Мортхонда и брата его растоптали мумаки, когда мортхондские лучники стреляли чудовищам в глаза. Не вернулся к себе на Изумрудные Холмы Гирлуин Белокурый, воевода Гримблад не вернулся в Гримдол, и в свой северный край не вернулся Гальбарад Следопыт. Жестокая это была сеча, и никто не счел павших — вождей и простых воинов, прославленных и безымянных. И спустя много лет вот как пел ристанийский сказитель о могилах у Мундбурга:

Затрубили рога в предгорьях перед рассветом,
Засверкали мечи на великой южной равнине,
В Каменную страну примчались быстрые кони,
Точно утренний ветер. И завязалась битва.
Теоден, сын Тенгела, пал среди первых.
Не вернулся могучий вождь ристанийского ополченья
К своим золотым чертогам, в свои зеленые степи,
В северные просторы. Гардинг и Гутлаф,
Дунгир, и Деорвин, и доблестный Гримблад,
Гирфара и Герубранд, Хорн и дружинник Фастред,—
Все они пали, сражаясь в чужедальнем краю,
И лежат в могилах у Мундбурга, засыпаны тяжкой землею,
А рядом лежат их соратники, гондорские вожди.
Гирлуин Белокурый не принес победную весть
На холмы побережья; и к своим цветущим долинам,
В свой Лоссарнах, не вернулся старый вояка Форлонг.
Высокорослые лучники, Деруфин с Дуилином,
Не возвратятся к Мортхонду, что приосенен горами,
Не заглянут в темные воды своей родимой реки.
Смерть собирала жатву утром и на закате,
Острым серпом срезая ратников и воевод.
Спят они беспробудно, и на холмах-могильных
Колышутся тучные травы у Великой Реки.
Струит она серые воды, точно серые слезы,
Они серебром отливают, а тогда были точно кровь,
И волны ее клубились и брызгали алою пеной,
И маяками горели на закате вершины гор.
Красная пала роса в тот вечер на Пеленнор.

Глава VII

ПОГРЕБАЛЬНЫЙ КОСТЕР

Призрак исчез, и зияли пустые Врата, но Гэндальф оставался неподвижен. А Пин вскочил на ноги: его словно отпустило, и он стоял, внимая звонкой перекличке рогов, и сердце его, казалось, вот-вот разорвется от радости. До конца своей жизни он замирал со слезами на глазах, заслышав издали звук рога. Но вдруг он вспомнил, зачем прибежал, и кинулся вперед. В это время Гэндальф шевельнулся, что-то сказал Светозару и поехал к Вратам.

— Гэндальф, Гэндальф! — закричал Пин, и Светозар стал.

— Ты что тут делаешь? — сказал Гэндальф.— Не знаешь разве здешнего закона — стражам в черно-серебряном запрещено отлучаться из цитадели без позволения Градоправителя!

— А он позволил,— сказал Пин.— Он меня прогнал. Только вот как бы там не случилось чего-нибудь ужасного. По-моему, правитель не в своем уме. Боюсь, он и себя убьет, и Фарамира. Может, ты его как-нибудь вразумишь?

Гэндальф посмотрел в пролом ворот: с поля все громче доносился шум битвы.

— Мне надо туда,— сказал он.— Черный Всадник, того и гляди, вернется, и беды не миновать. Нет у меня времени.

— Но Фарамир-то! — вскрикнул Пин.— Он же не умер, а его сожгут заживо, если никто не помешает!

— Сожгут заживо? — повторил Гэндальф.— Что еще за новости? Быстрей выкладывай!

— Денэтор отправился в Усыпальню,— заторопился Пин,— и с ним понесли Фарамира, и он сказал, что все мы сгинем в огне, а он дожидаться не будет, пусть приготовят костер и сожгут его вместе с Фарамиром. И послал за поленьями и маслом. Я сказал Берегонду, но он вряд ли уйдет с поста, он на часах. Да и куда ему против Денэтора? — Пин выложил все вперемешку и трогал дрожащей рукой Гэндальфа за колено.— Ты не можешь спасти Фарамира?

— Наверно, могу,— сказал Гэндальф,— но пока я буду его спасать, боюсь, погибнут другие. Что ж, пошли — тут никто больше, пожалуй, не сумеет помочь. Но помощь моя наверняка худо обернется. Да, от лиходейской порчи никакие стены не защитят. Враг проникает изнутри.

Приняв решенье, он не мешкал: подхватил Пина, посадил его перед собой и переговорил со Светозаром. Они поскакали вверх по улицам Минас-Тирита, а гул за спиною нарастал. Повсюду люди, очнувшись от ужаса и отчаяния, хватали оружие и кричали друг другу: «Мустангримцы пришли!» Слышались команды, ратники строились и спешили к разбитым Вратам.

Им встретился князь Имраиль, он их окликнул:

— Куда же ты, Митрандир? Мустангримцы уже сражаются на гондорской равнине! Нам надо собрать все силы!

— Выводи ратников всех до единого,— сказал Гэндальф.— И не теряй ни минуты. Я буду, как только смогу, но сейчас у меня неотложное дело к Градоправителю. Прими войско под начало!

На высоте, близ цитадели, в лицо им подул ветер, вдали забрезжило утро, и озарился южный небосклон. Но им от этого было мало радости: они предчувствовали недоброе и боялись опоздать.

— Темень рассеивается,— сказал Гэндальф,— но город все еще в сумраке.

У ворот цитадели стража не оказалось.

— Ага, Берегонд пошел туда,— сказал Пин, и у него полегчало на сердце. Они свернули на дорогу к Запертой Двери. Дверь была распахнута настежь, привратник лежал убитый: должно быть, у него отобрали ключи.

— То-то Враг порадуется! — сказал Гэндальф.— Ему как раз такие дела по нутру: свой разит своего, и оба по-своему верны долгу.

Он спешился и отослал Светозара в конюшню.

— Друг мой,— сказал он,— нам бы с тобою давно надо скакать в поле, да вот пришлось задержаться. Я скоро позову тебя!

Они вошли в дверь и спустились крутой извилистой дорогой. Светало, высокие колонны и статуи казались шествием привидений.

Внезапно тишину нарушили крики и звон мечей — такого здесь, в священной обители покоя, не бывало никогда со времен построения города. Наконец они вышли на Рат-Динен и поспешили к Усыпальне Наместников: ее высокий купол смутно виднелся в полумраке.

— Стойте! Стойте! — крикнул Гэндальф, подбегая к каменному крыльцу.— Остановитесь, безумцы!

На верхней ступени Берегонд в черно-серебряном облачении стража цитадели отражал слуг Денэтора с факелами и мечами в руках. Двоих он уже зарубил, и кровь их обагрила крыльцо Усыпальни; остальные, нападая, выкрикивали проклятья мятежнику и предателю.

И Гэндальф с Пином услышали из склепа голос Денэтора.

— Скорее, скорее! В чем там дело? Убейте изменника! Без меня, что ли, не справитесь? — И дверь, которую Берегонд придерживал левой рукой, распахнулась; появился Градоправитель, величественный и грозный, с обнаженным мечом. Глаза его сверкали.

Но взбежал по ступеням Гэндальф, и казалось, будто вспыхнула ослепительная белая молния; слуги попятились, заслоняя глаза. Он гневно воздел руку, и занесенный меч Денэтора отлетел и упал позади, в могильной тени, а сам Денэтор изумленно отступил на шаг.

— Это как же, государь мой? — вопросил маг.— Живым не место в склепах. И почему здесь блещут мечи, когда все ратники выходят на поле боя? Или Враг уже здесь, пробрался на Рат-Динен?

— С каких это пор повелитель Гондора в ответе перед тобой? — отозвался Денэтор.— Может, и слуги мои мне неподвластны?

— Подвластны-то они подвластны,— сказал Гэндальф.— Но если тобою владеют безумье и злоба, то власть твою можно и оспорить. Где твой сын Фарамир?

— Лежит в Усыпальне,— сказал Денэтор,— и его сжигает огонь, огонь палит его изнутри. И все мы скоро сгорим. Запад обречен: его пожрет великий огонь, и всему конец. Останется лишь пепел! Пепел и дым разнесет ветер!

И Гэндальф увидел, что наместник Гондора поистине утратил рассудок; опасаясь за Фарамира, он двинулся вперед, и Берегонд с Пином шли следом за ним, а Денэтор отступал до самого стола. Фарамир по-прежнему лежал в лихорадочном забытьи. Под столом и вокруг него громоздились поленья, обильно политые маслом, и маслом были облиты одежды Фарамира и покрывало. Тогда Гэндальф явил сокрытую в нем силу, подобно тому как являл он свою светоносную власть, откинув серую хламиду. Он вскочил на груду поленьев, легко поднял Фарамира, спрыгнул вниз и понес его к дверям. А Фарамир застонал, в бреду призывая отца.

Денэтор словно очнулся, огонь погас в его глазах, полились слезы, и он промолвил:

— Не отнимай у меня сына! Он зовет меня.

— Да, он зовет тебя,— сказал Гэндальф,— но подойти к нему тебе нельзя. Он ищет целительной помощи на пороге небытия — не знаю, найдет ли. А тебе надлежит сражаться за свой осажденный город, выйти навстречу смерти. И сам ты все это знаешь.

— Нет, ему уже не помочь,— сказал Денэтор.— И сражаться незачем. Чего ради растягивать ненужную жизнь? Не лучше ли умереть вместе, с ним заодно?

— Не волен ты, наместник, предуказывать день и час своей смерти,— отвечал ему Гэндальф.— Одни лишь владыки древности, покорствуя темным силам, назначали этот час и, одержимые гордыней и отчаянием, убивали себя, а заодно и родню, чтоб легче было умирать.

И Гэндальф вынес Фарамира из склепа и положил его на ложе, на котором его принесли: оно стояло у сводчатых дверей. Денэтор вышел вслед за ним и, содрогаясь, глядел на распростертого сына, не отрывая глаз от его лица. Все замерли, все молчали в ожидании слова правителя, а он колебался.

— Пойдем же! — сказал Гэндальф.— Пойдем, нас давно ждут. Ты нужен на поле брани.

И вдруг Денэтор расхохотался. Он выпрямился, высокий и горделивый, быстрыми шагами отошел к мраморному столу, взял свое подголовье, вынес его к дверям, раскутал — и все увидели, что в руках у него *палантир*. Он поднял его, и камень озарил огненным светом впалое лицо правителя: казалось, оно высечено из гранита, жесткое, надменное и устрашающее. И снова зажглись его глаза.

— Гордыней, говоришь, и отчаянием! — воскликнул он.— Ты, верно, думаешь, что окна Белой Башни — незрячие бельма? Откуда знать тебе, Серый Глупец, сколь много я отсюда вижу? Надежды твои — от неведенья. Иди исцеляй полумертвых! Иди сражайся с победителями! Все понапрасну. Ну, может, и одержите вы победу в сраженье — на день-другой. Но удар, занесенный над вами, не отразить. Лишь один малый коготок протянулся к Минас-Тириту. Насчетны воинства востока. И даже сейчас ты сдуру радуешься ветру, который влечет вверх по Андуину армаду под черными парусами. Запад обречен! И тем, кто не хочет умереть в рабстве, надо скорей расставаться с жизнью.

— Такие речи на руку Врагу и взаправду сулят ему победу,— сказал Гэндальф.

— Что ж, тешься надеждой! — захохотал Денэтор.— Я вижу тебя насквозь, Митрандир! Ты надеешься править вместо меня, хочешь исподтишка подчинить себе престолы севера, юга и запада. Но все твои замыслы я разгадал.

Думаешь, я не знаю, что ты строго-настрого велел этому вот невысоклику держать язык за зубами? Что ты приставил его шпионить за мной у меня во дворце? Однако же я выведал у него всю подноготную про всех твоих спутников. Так-то! Ты, значит, левой рукою подставлял меня, точно щит, заслоняясь от Мордора, а правой манил сюда северного Следопыта, чтобы посадить его на великокняжеский престол!

Нет, Митрандир, или Гэндальф, или как тебя там! Я — наместник, поставленный потомком Анариона, и негоже мне становиться слабоумным прислужником какого-то выскочки. Если даже он и впрямь наследник, то всего лишь дальний наследник Исилдура. Что мне до этого последыша захудалого рода, давным-давно лишенного власти и достоинства?

— А будь воля твоя, чего бы ты хотел? — спросил Гэндальф.

— Я хочу, чтобы все и дальше оставалось так, как было при мне, — отвечал Денэтор, — как было исстари, со времен моих далеких предков: хочу править Гондором в мире и покое — и чтобы мне наследовал сын, который будет сам себе хозяином, а не подголоском чародея. Если же мне в этом отказано судьбою, то я не хочу *ничего* — ни униженной жизни, ни умаленной любви, ни попранной чести.

— Не пойму я, как это возвращение законного Государя унижает, умаляет и бесчестит верного наместника, — сказал Гэндальф. — Да и сын твой пока что жив — ты не вправе решать за него.

При этих словах глаза Денэтора запылали пуще прежнего: он взял камень под мышку, выхватил кинжал и шагнул к ложу. Но Берегонд бросился вперед и заслонил Фарамира.

— Ах, вот как! — воскликнул Денэтор. — Мало тебе украсть у меня половину сыновней любви, ты еще и слуг моих соблазнил, и теперь у меня нет сына. Но в одном ты не властен мне помешать: я умру, как должно!.. Ко мне! — приказал он слугам. — Ко мне, кто из вас не предатели!

И двое из них взбежали к нему по ступеням. Он выхватил факел у первого и ринулся назад, в склеп. Гэндальф не успел остановить его: поленья с треском вспыхнули, взвилось и загудело пламя.

А Денэтор одним прыжком вскочил на стол, поднял свой жезл, лежавший в изножье, и преломил его об колено. Потом он швырнул обломки в костер, поклонился — и лег навзничь, обеими руками прижимая к груди *палантир*.

Говорят, если кому случалось потом заглянуть в этот Зрячий Камень и если не был он наделен особой властью подчинять себе палантиры, то видел в нем лишь скрюченные старческие руки, обугливающиеся в огне.

Негодуя и скорбя, Гэндальф отступил и затворил двери. Он молча стоял в раздумье у порога: все слушали завывание пламени, доносившееся из склепа. Потом раздался страшный выкрик, и больше на земле Денэтора не видели и не слышали.

— Таков был конец Денэтора, сына Эктелиона,— промолвил Гэндальф и обернулся к Берегонду и к застывшим в ужасе слугам.— И вместе с ним навеки уходит в прошлое тот Гондор, в котором вы жили: к добру ли, к худу ли это, но дни его сочтены. Здесь пролилась кровь, но вы отриньте всякую злобу и не помышляйте о мести: вашей вины в том нет, это лиходейские козни. Даже верность присяге может оказаться пагубной, запутать в хитрых сетях Врага. Подумайте вы, верные слуги своего господина, слепо ему повиновавшиеся: ведь если бы не предательство Берегонда, то Фарамир, верховный начальник стражи Белой Башни, сгорел бы вместе с отцом.

Унесите погибших товарищей с этой злосчастной Улицы Безмолвия. А мы отнесем Фарамира, ныне наместника Гондора, туда, где он, быть может, очнется или уснет навеки.

И Гэндальф с Берегондом подняли ложе и понесли его прочь от склепов, к Палатам Врачеванья, а Пин, понурившись, брел следом. Но слуги Правителя стояли как вкопанные, не в силах оторвать глаз от Усыпальни. Когда Гэндальф и спутники его миновали Рат-Динен, послышался гулкий треск. Обернувшись, они увидели, что купол склепа расселся, извергая клубы дыма. С грохотом обрушилась каменная груда в бушующий огонь, но пламя не угасло, и языки его плясали и взвивались посреди развалин. Лишь тогда слуги встрепенулись и, подняв трупы, поспешили вслед за Гэндальфом.

У Фен-Холлена Берегонд скорбно поглядел на убитого привратника.

— Никогда себе этого не прощу,— сказал он.— Но я себя не помнил от спешки, а он даже слушать не стал и обнажил меч.

И, вынув ключ, отобранный у мертвеца, он затворил и запер дверь.

— Ключ теперь надо отдать государю нашему Фарамиру,— сказал он.

— Пока что его заменяет правитель Дол-Амрота,— сказал Гэндальф,— но он при войске, и здесь распоряжаться буду я. Оставь ключ у себя и храни его, пока в городе не наладят порядок.

Наконец они вышли на верхние ярусы и в еще неверном утреннем свете направились к Палатам Врачеванья, красивым особнякам, где прежде лечили тяжелобольных, а теперь — опасно и смертельно раненных. Они находились недалеко от ворот цитадели, в шестом ярусе у южной стены, и возле них был сад и роща — для Минас-Тирита диво дивное. Хозяйничали там женщины, которым позволили остаться в городе, ибо они помогали врачевать и были хорошими сиделками.

Когда Гэндальф с Берегондом поставили ложе у главного входа в Палаты, с поля битвы, из-за нижних Врат, вдруг послышался, раздирая уши, исступленный, пронзительный вопль; ветер унес его, и он стих где-то в поднебесье. Вопль был ужасен, и все трое на миг замерли, но, когда он отзвучал, они вздохнули полной грудью, как не дышалось ни разу после нашествия тьмы с востока, и засияло утро, и солнце пробилось сквозь тучи.

Но лицо Гэндальфа было сурово и печально, он велел Берегонду с Пином отнести Фарамира в Палаты, а сам взошел на ближнюю стену; словно белое изваянье, стоял он, озаренный солнцем, и всматривался в даль. Его взгляду, не по-земному зоркому, открылось все, что произошло; и когда Эомер, оставив войско, подъехал и спешился возле простертых тел, Гэндальф тяжко вздохнул, завернулся в плащ и спустился со стены. Берегонд и Пин вскоре вышли; он задумчиво дожидался их у дверей.

Они поглядели на него, и наконец он прервал молчанье.

— Друзья мои! — сказал он.— Ты, защитник столицы Гондора, и ты, маленький житель западного края! Великий подвиг свершился ценою великого горя. Плакать нам или радоваться? Мы и надеяться не смели, что лютый наш недруг сгинет; но этот неистовый вопль возвестил о его погибели. Однако же и нас постигла тяжкая утрата. Я мог отвратить ее, когда б не безумие Денэтора. Нет, от Врага в крепостях не укроешься. Но теперь-то я знаю, как ему удалось проникнуть в глубь самой мощной крепости.

Я давно догадался, что здесь, в Белой Башне, сокрыт хотя бы один из Семи Зрячих Камней, и напрасно наместники мнили, будто это великая тайна. До поры до времени у Денэтора хватало мудрости не трогать палантир, не соперничать с Сауроном: он трезво ценил свои силы. Но с годами мудрости у него поубавилось, и когда над Гондором нависла угроза, он, должно быть, в Камень заглянул — и заглядывал и обманывался, и боюсь, после ухода Боромира заглядывал слишком часто. Барад-Дур не мог подчинить его своей злой воле, но видел он только то, что ему позволялось видеть. Узнавал он немало, и многое очень кстати, однако зрелище великой мощи Мордора довело его до отчаянья и подточило рассудок.

— Теперь-то я понимаю, а тогда как испугался! — воскликнул Пин, содрогнувшись при этом воспоминании.— Он тогда вышел из чертога, где лежал Фарамир, и вернулся не скоро, а я подумал, какой он совсем другой — дряхлый, надломленный.

— Когда Фарамира внесли в Башню, многие у нас часом позже видели, как вдруг засветилось верхнее окно Башни,— сказал Берегонд.— Но такое и раньше бывало, и слух шел давно, что правитель порою единоборствует с Врагом.

— Верны, стало быть, мои догадки,— сказал Гэндальф.— Вот так и проник Саурон в Минас-Тирит, и сумел меня задержать. Придётся мне здесь пока и остаться: вслед за Фарамиром принесут других раненых.

Надо спуститься к воротам и встретить их. Горестно мне то, что увидел я на равнине, и как бы не стало еще горестнее. Пойдем со мною, Пин! А ты, Берегонд, иди в цитадель и доложи своему начальнику обо всем, что случилось. Стражем Белой Башни, боюсь, тебе уж не быть; скажи ему, однако ж, что, если он не против, я ему советую послать тебя в Палаты Врачеванья — здесь тоже нужна охрана и нужно будет выхаживать правителя Гондора. Если он очнется, хорошо бы ты был рядом, ибо ты, и никто другой, спас его от огненной смерти. Ступай! Я скоро вернусь.

И он пошел с Пином вниз по улице; в это время брызнули серые дождевые струи, смиряя пожары. Дымное облако застлало город.

Глава VIII

ПАЛАТЫ ВРАЧЕВАНЬЯ

Глаза Мерри застилали слезы и туманила усталость, когда впереди показались разбитые ворота Минас-Тирита. Он пробрался между грудами мертвых тел и обломков, не замечая их. Носился дым, воняло гарью; догорали и тлели башни в огненных рвах вместе с трупами людей и орков и останками громадных зверей из южного края, которых закидали камнями или застрелили, целясь в глаза, храбрые лучники Мортхонда. Дождь кончился, сверкало солнце, однако же город был окутан понизу дымным смрадом.

Люди выходили из города, расчищали поле, закапывали отбросы битвы. Прибыли паланкины: Эовин бережно возложили на подушки, а тело конунга укрыли златотканым покровом. Впереди шли факельщики, и бледный в солнечном свете огонь метался по ветру.

Так внесли Теодена и Эовин в столицу Гондора, и все встречные склонялись, обнажив головы. Прошли сквозь дым и пепел первых ярусов и стали подниматься по нескончаемым каменным улицам. Мерри казалось, что так всегда и будет, что его затягивает безысходное сновидение, что так ему будто и надо идти, идти и идти к неведомому концу, где никакая память не поможет.

Далеко-далеко еще раз мелькнули и исчезли факельные огни; он брел в темноте и думал: «Этот узкий путь ведет в могилу, там и отдохну». Но вдруг его мертвящий сон нарушил живой голос:

— Мерри, ну наконец-то! Нашелся все-таки!

Он поднял взгляд, и туман немного рассеялся. Перед ним стоял Пин! Узкая улочка, их двое, и никого больше. Он протер глаза.

— Где конунг? — сказал он.— И где Эовин? — Он споткнулся, присел на крыльцо и снова заплакал.

— Они там, в цитадели,— сказал Пин.— Я уж подумал, ты заснул на ходу и забрел невесть куда. Мы когда увидели, что тебя нет, Гэндальф послал меня: ищи, говорит, без него не возвращайся! Ну, Мерри, ну, старина! Да как же я рад тебя видеть! Но ты на ногах едва держишься, а я языком болтаю. Погоди, тебе плохо, ты раненый?

— Да нет,— сказал Мерри.— Вроде бы и не раненый. Только, понимаешь, Пин, правая рука отнялась, как я его ударил. И меч истлел, будто веточка.

Пин тревожно глядел на него.

— Слушай, пойдем-ка, да побыстрее,— сказал он.— Не унесу я тебя, а жаль: ходок из тебя неважный. Тебе вообще-то и ходить нельзя, но ты уж прости. Такие дела в городе, просто ужас что творится — мудрено ли ненароком упустить из виду раненого хоббита.

— Иной раз не худо, ежели тебя упустят из виду,— сказал Мерри.— Меня как раз из виду упустили... нет, нет, об этом не надо. Помоги, Пин! Рука совсем оледенела, и темень перед глазами.

— Ты обопрись на меня, дружище! — сказал Пин.— Пойдем, пойдем! Потихонечку, шаг за шагом. Тут недалеко.

— До кладбища, что ли, недалеко? — осведомился Мерри.

— До какого там кладбища! — сказал Пин веселым голосом, чуть не плача от страха и жалости.— Нет, мы пойдем в Палаты Врачеванья.

Они вышли из проулка между высокими домами и стеной четвертого яруса на главную улицу, ведущую к цитадели. Шли они, и то сказать, шаг за шагом: Мерри шатался и бормотал, как во сне.

«Не доведу я его,— подумал Пин.— Хоть бы кто помог! Не оставлять же его посреди улицы».

И тут — вот чудеса! — сзади послышался топоток, и выскочил мальчишка; это был Бергил, сын Берегонда.

— Привет, Бергил! — крикнул Пин.— Куда спешишь? Я вижу, ты жив-здоров, на радость отцу!

— Я на посылках у врачевателей,— отозвался Бергил.— Некогда мне с тобой.

— Да и беги себе! — сказал Пин.— Только скажи им там, что раненый хоббит — ну, периан, вроде меня — кой-как доплелся с поля брани, а дальше идти не может. Митрандиру, если он там, скажи, он обрадуется.

И Бергил убежал.

«Здесь и подожду»,— подумал Пин. Он опустил Мерри на мостовую в солнечном месте и уселся возле него, положив его голову себе на колени. Потом ощупал его с ног до головы и взял его руки в свои. Правая рука была ледяная.

Очень скоро явился не кто-нибудь, а сам Гэндальф. Он склонился над Мерри, погладил его по лбу, потом бережно поднял.

— Его надо было встречать с почестями,— сказал

он.— Да, я в вас не обманулся, и, если бы Элронд меня не послушал, не пустил бы вас обоих в поход, куда печальней был бы нынешний день.— Он вздохнул.— Однако же вот и еще один раненый у меня на руках, а битва кто знает, чем кончится.

В Палатах Врачеванья за Фарамиром, Эовин и Мериадоком ухаживали как нельзя лучше. Ибо хотя многие древние науки и искусства были утрачены, гондорские лекари по-прежнему не знали себе равных: они умело заживляли всевозможные раны и целили все болезни, какими люди хворали в здешних краях, от Минас-Тирита до моря. Только от старости не лечили: от нее средства найдено не было, да и жить стали гондорцы немногим дольше прочих. Редкие из них, не одряхлев, доживали до ста лет — разве что чистокровные потомки самых старинных родов. А нынче искуснейшие врачеватели стали в тупик перед новым тяжким недугом, который назван был Черной Немочью, ибо его причиняли назгулы. Пораженные этим недугом засыпали все крепче и крепче и во сне цепенели и умирали. Этот недуг, как видно, и поразил доставленных в Палаты невысоклика и ристанийскую царевну: их сразу признали безнадежными. Правда, они, когда день прояснился, заговорили сквозь сон, и сиделки ловили каждое их слово — вдруг скажут что-нибудь нужное. Однако по мере того, как солнце клонилось к западу, они все глубже впадали в забытье, и серая тень наползала на их лица. А Фарамира трясла лихорадка, не отпуская ни на миг.

Гэндальф ходил от постели к постели; сиделки ему обо всем докладывали. Так миновал день: великая битва под стенами города разгоралась и затихала, слухи были путаные и тревожные, а маг все ухаживал за ранеными, не решаясь оставить их; наконец небо окрасил алый закат, и отсвет его озарил серые лица. Казалось, они чуть-чуть порозовели, но это был лишь призрак надежды.

Старейшая из оставшихся женщин, знахарка Иорета, взглянула на прекрасное лицо умирающего Фарамира и заплакала, ибо все любили его. И сказала сквозь слезы:

— Да неужели же он умрет! Ах, если бы Государь воротился к нам в Гондор — были же когда-то у нас Государи! Есть ведь старинное речение: «В руках Государя целебная сила». Так и распознается истинный Государь.

А Гэндальф, который стоял рядом, промолвил:

— Золотые твои слова, Иорета, долго их будут помнить! Ибо они вселяют надежду: а вдруг и правда Государь воротится в Гондор? До тебя не дошли диковинные слухи?

— Мало ли чего говорят, а кричат еще больше, мне слушать недосуг,— сказала она.— Лишь бы эти разбойники до нас не добрались, не потревожили раненых!

И Гэндальф поспешно ушел, а закат догорал, и угасали огненные груды на равнине, и спускались пепельно-серые сумерки.

Солнце заходило, и у городских ворот съехались Арагорн, Эомер и Имраиль; с ними были воеводы и витязи. И Арагорн сказал:

— Смотрите, какой огненный закат! Это знамение великих перемен: прежнее становится прошлым. Однако же этим городом и подвластным ему краем многие сотни лет правили наместники, и не след мне въезжать в Минас-Тирит самозванцем, побуждая к розни и кривотолкам. Нет, не войду я в свой город и не объявлюсь, доколе идет война с Мордором, исход которой неведом. Шатры мои поставят близ ворот, и здесь я буду дожидаться приглашения Градоправителя.

Но Эомер возразил:

— Ты же поднял знамя великих князей, ты явился в венце Элендила! И теперь хочешь посеять сомнения?

— Нет,— сказал Арагорн.— Просто мое время еще не приспело, я не хочу раздоров перед лицом Врага.

И тогда сказал князь Имраиль:

— Мудро ты рассудил, Государь, гов... ...ю тебе как родич Денэтора. Он старец гордый и своевольный, и темны его думы с тех пор, как погиб его сын. Однако негоже тебе и оставаться нищим у дверей.

— Почему же нищим? — сказал Арагорн.— Пока что я — северный Следопыт, а мы не привыкли ночевать в каменных домах.

И он велел свернуть знамя и снял алмазный венец, отдав его на хранение сыновьям Элронда.

Вдвоем поехали в город Имраиль с Эомером, и шумная толпа провожала их по улицам до ворот цитадели. Они вошли в тронный чертог Белой Башни, ожидая увидеть наместника. Но кресло его было пусто, а у ступеней трона под балдахином покоился Теоден, конунг ристанийский; двенадцать светильников горели вокруг и стояли двенадцать витязей, ристанийских и гондорских. Балдахин был бело-зеленый, а конунг укрыт по грудь златотканым покровом. На груди его лежал обнаженный меч, а в ногах щит. И, подобно солнечным бликам на струях фонтана, играли отсветы факелов на густых сединах; лицо у старого конунга было прекрасное и юное, но просветленное покоем, юности недоступным; казалось, он всего лишь уснул.

Они постояли в молчании, и потом Имраиль спросил:

— А где же наместник? И где Митрандир?

Один из стражей ответил ему:

— Наместник Гондора в Палатах Врачеванья.

И тогда спросил Эомер:

— А где моя сестра, царевна Эовин? Ей должно покоиться рядом с конунгом, и подобают ей равные почести. Куда ее отнесли?

И отозвался Имраиль:

— Там, близ городских ворот, царевна Эовин была еще жива. Ты разве не знал об этом?

В сердце Эомера вспыхнула надежда, а вместе с нею такая мучительная тревога, что он, ни слова не говоря, повернулся и быстро вышел из Башни. Имраиль следовал за ним. Смеркалось, на небе высыпали звезды. У дверей Палат Врачеванья они встретили Гэндальфа, и с ним был некто в сером плаще. Они отдали магу поклон и обратились к нему:

— Мы ищем наместника, нам сказали, он здесь. Неужели он ранен? А царевна Эовин — где она, ты не знаешь?

И Гэндальф отвечал им:

— Царевна здесь, и она жива, хоть и близка к смерти. Фарамир, как вы знаете, ранен отравленным дротиком, и теперь он наместник Гондора, ибо Денэтора нет в живых и прах его испепелен.

Они внимали ему скорбно и удивленно. И сказал Имраиль:

— Не в радость нам стала победа: она куплена горькой ценой, коли нынче Гондор с Ристанией лишились своих государей. Эомер будет править мустангримцами, но как же Минас-Тирит? Не послать ли за Государем Арагорном?

— Он уже пришел,— сказал человек в плаще.

И выступил вперед; свет фонаря над дверями озарил его, и они узнали Арагорна, надевшего лориэнский плащ поверх кольчуги. Венца на нем не было, но брошь, подарок Галадриэли, осталась у него на груди.

— Я пришел сюда по слову Гэндальфа, — сказал он. — Но сейчас я не болен и не менее, чем вождь арнорских дунаданцев; препоручаю Град Имраилю, покуда не очнется Фарамир. И советую ему в главном довериться Гэндальфу — да будет он нашим общим правителем в эти грозные дни.

Все были согласны, и Гэндальф сказал:

— Не будем же медлить у дверей, время не ждет. Пойдемте! Для раненых нет надежды помимо Арагорна. Ибо сказала гондорская знахарка Иорета: *В руках Государя целебная сила, и так распознается истинный Государь.*

Арагорн вошел первым; за дверями стояли двое часовых в облачении стражей цитадели — один рослый, другой сущий мальчик. При виде Арагорна он подскочил и вскрикнул от радости и удивления:

— Бродяжник! Вот это да! Я ведь сразу понял, что там, на черных кораблях, ты и плывешь, а кому же еще! А все орут: «Пираты! Пираты!» — разве их перекричишь? Как это у тебя получилось-то?

Арагорн рассмеялся и пожал хоббиту руку.

— Рад тебя видеть! — сказал он. — Погоди, потом расскажу.

А Имраиль сказал Эомеру:

— Подобает ли так говорить с Государем? Впрочем, может статься, он будет царствовать под другим именем!

Арагорн услышал его и сказал, обернувшись:

— Да, имя будет другое, ибо по-древнему я зовусь *Элессар*, Эльфийский Берилл, и еще *Энвинъятар*, Обновитель. — И он явил взорам зеленый самоцвет, блеснувший у него на груди. — Однако если мне суждено основать царственный дом — что ж, так и быть, я нарекусь Бродяжником. Не так уж страшно это и звучит на языке былых времен: буду я зваться *Телконтаром* и завещаю это имя наследникам.

Они прошли в Палаты, и по пути Гэндальф поведал о подвиге Эовин и Мериадока.

— Долгие часы, — сказал он, — склонялся я над ними, внимая бессвязным речам, пока их не затянула предсмертная темнота. Правда, я и раньше многое увидел издали.

Арагорн сперва подошел к Фарамиру, потом к Эовин

и Мерри. Он осмотрел их, поглядел на бескровные лица и тяжело вздохнул.

— Не знаю, сумею ли я помочь и хватит ли у меня сил,— сказал он.— Сделаю все, что смогу. Элронда бы сюда, старейшего из дунаданцев, он великий целитель.

Видя, как он устал и удручен, Эомер спросил:

— Может, тебе сначала отдохнуть или немного подкрепиться?

Но Арагорн ответил:

— Нет, для этих троих время истекает, для Фарамира как бы уже не истекло. Тут медлить нельзя.

И он обратился к Иорете:

— Запасены у вас в Палатах снадобья и целебные травы?

— Конечно, ваша милость,— сказала она,— только маловато осталось, разве напасешься. Да и где их сейчас взять, повсюду безобразие, огонь, пожары, посыльных раздва и обчелся, и куда их посылать, дороги-то перекрыты! Уж, право, не помню, когда был подвоз из Лоссарнаха. Справляемся с тем, что есть, но, может, чего и недостает, сами посмотрите.

— Посмотрю,— сказал Арагорн.— Больше всего недостает у нас времени на разговоры. *Целема* у вас есть?

— Может быть, и есть, не знаю, сударь,— отвечала она,— но названье мне незнакомо. Сейчас позову нашего травоведа: он знает все старинные названья.

— По-простому ее в Гондоре, кажется, называют *княженицей*,— сказал Арагорн.— Ну?

— Ах, вот вы о чем! — сказала Иорета.— Сразу бы назвали как следует, я бы сразу вам и ответила. Нет, этой травы у нас нет, я совершенно уверена. Ну что вы, тем более нет в ней и никакой целебной силы, травка и травка, только что листья большие: бывало, мы с сестрами набредали на нее в лесу, и я говорила: «Это надо же, княженица — вот уж назвали, не пойму отчего: была бы я княгиней, не такие бы травы росли у меня в саду!» Духовитая, правда, если ее растереть. Духовитая, может, не то слово; у нее такой, знаете, живительный запах.

— Вот-вот, живительный,— сказал Арагорн.— И если вы, сударыня, взаправду любите правителя своего Фарамира, то без лишних слов и так же быстро, как они у вас вылетают, обыщите весь город и добудьте мне княженицы, хоть один листок.

— А если в городе ее нет,— добавил Гэндальф,— придется мне ехать в Лоссарнах с Иоретой: сестер ее навещать

не будем, а княженицу найдем. Вот сядет она на Светозара — поймет, что значит «быстрее».

Иорета ушла, и Арагорн велел женщинам вскипятить
воды. Потом взял руку Фарамира и потрогал его лоб,
обильно увлажненный холодной испариной. Но Фарамир не
шелохнулся, он уже почти не дышал.

— Отходит,— сказал Арагорн, повернувшись к Гэндальфу.— И не в ране его беда. Погляди, рана подживает.
Если бы его поразил дротик назгула, он бы умер прошлой
ночью. Наверно, дротик был хородримский. Кто его выдернул? Его сохранили?

— Выдернул я,— сказал Имраиль,— и рану я перевя-
зывал. А дротик выбросил, хранить его мне и в голову не
пришло, не до того было. Теперь я вспоминаю: да, обыкно-
венный хородримский дротик. Но я-то подумал, что его
метнули сверху — с чего бы иначе Фарамир так занемог?
Рана была неглубокая. В чем же тогда, по-твоему, дело?

— Смертельная усталость, душа не на месте из-за отца.
Тут еще рана, а главное — Черная Немочь,— сказал Арагорн.— Он противился ей с железным упорством: ведь
мертвенная тень нависала над ним задолго до битвы у
крепи. Ну, и одолела все-таки Немочь, когда он бился из
последних сил. Да, похоже, что я опоздал!

Тут явился травовед.

— Ваша милость изволили спрашивать *княженицу*, как
ее называют в народе,— сказал он,— иначе говоря, *ацэлас*,
или *целему*, которая звалась по-валинорски...

— Именно ее я изволил спрашивать,— перебил Арагорн,— и неважно, где она звалась *ацеа аранион*, а где
княженицей; есть она у вас?

— С вашего позволения, сударь! — сказал тот.— Я вижу, ваша милость не только воитель, но и знаток древних
сказаний. Но увы, сударь, нет у нас в Палатах Врачеванья
упомянутой травы, ведь мы здесь пользуем лишь тяжелобольных или тяжелораненых. Между тем упомянутая трава
особой целебной силы не имеет, она лишь очищает воздух,
источая легкое благоухание, ну, пожалуй, еще бодрит
немного. Не судить же о ней по старинным стишкам,
которые, может статься, помнит и наша добрая Иорета:

> Если похолодеет день,
> Если смерть подступит, как тень,

479

Спасенье в целеме — она
Поможет тебе одна
И, дана Государя рукой,
Дарует целебный покой.

Смысла в них, сами изволите видеть, ни на грош, но мало ли что застревает в памяти старух знахарок. Впрочем, кое-кто — верно, тоже по старой памяти — пользует настоем целемы головную боль.

— Именем Государя заклинаю,— воскликнул Гэндальф,— пройдитесь скорее по домам: быть может, у какого-нибудь не столь многомудрого старца она и правда сыщется!

Арагорн опустился на колени у ложа Фарамира, положил руку ему на лоб — и те, кто был в палате, стали свидетелями тяжкого боренья. Лицо Арагорна посерело от усталости, время от времени он призывал Фарамира, но зов его звучал все тише, как бы издалека, будто он уходил в какую-то темную узкую долину, искал того, кто там заблудился.

Впопыхах прибежал Бергил с шестью длинными листьями в тряпице.

— Вот княженица, сударь,— сказал он,— только не очень-то свежая, недели уж две как сорвана. Такая годится или нет? — И, поглядев на Фарамира, он расплакался.

— Сгодится и такая,— сказал Арагорн, улыбаясь ему.— Кажется, худшее позади. Оставайся в палате и приободрись!

Он взял два длинных листа, подышал на них, растер в ладонях — и в палате повеяло живительной свежестью, точно самый воздух заискрился и затрепетал. Затем он опустил листья в принесенную чашу с кипятком, и у всех посветлело на душе: пахнуло росистым утром в том лазурном краю, о котором даже сиянье земной весны — лишь бледное напоминанье. Арагорн легко поднялся на ноги и с улыбкой в глазах поднес чашу к бледному лицу Фарамира.

— Ну и ну! Кто бы мог подумать? — обратилась Иорета к сиделке.— Травка-то, оказывается, не простая. Мне вспомнился Имлот-Мелуи — я ведь там выросла, и розы там такие, хоть Государя ими венчай.

Вдруг Фарамир пошевелился, открыл глаза, увидел склоненного над ним Арагорна — и взгляд его засветился радостью узнаванья, и он тихо промолвил:

— Государь, ты вызвал меня из тьмы. Приказывай — я повинуюсь.

— Очнись и бодрствуй, не блуждай более в сумраке,— сказал ему Арагорн.— Перемогай усталость, отдохни, подкрепись и жди моего прихода.

— Исполню все, как велишь,— отвечал Фарамир.— Государь воротился в Гондор, и с ним одоленье немочей!

— Так до свидания же! — сказал Арагорн.— Я пойду к другим раненым.

И он вышел из палаты с Имраилем и Гэндальфом, а Берегонд и сын его остались возле Фарамира, они себя не помнили от счастья. Пин пошел за Гэндальфом и, притворяя дверь, услышал возглас Иореты:

— Государь! Нет, вы слышали? А я что говорила? Я же сказала: «В руках Государя целебная сила».

И вскоре по городу разнеслась молва, что в Минас-Тирит явился Государь, что он не только воитель, но и целитель.

Подойдя к Эовин, Арагорн сказал:

— Страшный удар был ей нанесен, и жестокое она получила увечье. Но сломанную руку перевязали искусно, и рука срастется — стало бы сил выжить. Перебита левая рука, однако смертью грозит ей правая — та, в которой был меч. Она хоть и цела, но омертвела.

Злой рок выпал царевне: чтобы сразиться с таким могучим и ужасным противником, надо быть тверже стали, иначе непомерное усилие сгубит тебя самого. А она вступила в гибельный поединок — она, прекрасная дева, украшение царственного рода. И мнится мне, что она искала испытанья превыше сил. Когда я впервые увидел ее, я был поражен: она сияла, как лилия, стройная и горделивая, но не хрупкая, а точно выкованная из стали эльфийскими искусниками. Или, может быть, подобная оледенелому цветку, скорбно-пленительному и обреченному смерти. Ведь скорбь снедала ее давно, не так ли, Эомер?

— Дивлюсь я, Государь, что ты обратился ко мне,— отвечал тот.— Я ничуть не виню тебя, ты и здесь безупречен; однако же сестра моя Эовин, покуда не довелось ей увидеть тебя, вовсе не была подобна оледенелому цветку. Мы разделяли с нею тревоги и заботы в те злосчастные времена, когда Гнилоуст правил именем конунга; конечно, ей приходилось горевать. Но скорбь ее не снедала!

— Друг мой,— сказал ему Гэндальф,— ты разъезжал

на любимом коне по ристанийским полям и сражался с врагами, а она хоть и родилась женщиной, не уступит тебе ни отвагой, ни силою духа. И однако же она осуждена была ухаживать за стариком, которого любила, как отца, и видеть, как он впадает в жалкое слабоумие. Незавидной, наверно, казалась ей участь клюки дряхлого старца, а такова и была ее участь.

Ты думаешь, Гнилоуст отравлял только слух Теодена? «Слабоумный выродок! Твой Дом Эорла — навозный хлев, где пьяные головорезы вповалку храпят на блевотине, а их вшивое отродье ползает среди шелудивых псов!» Помнишь эти слова? Их произнес Саруман, наставник Гнилоуста. О, конечно, Гнилоуст выражался хитрее и осмотрительнее. А сестра твоя молчала из любви к тебе, из преданности долгу — иначе с губ ее могли бы сорваться очень жестокие речи. Но кто знает, какие слова повторяла она в одиночестве, в глухие ночные часы, когда вся жизнь ее казалась ей загубленной, а дворец — темницей или золоченой клеткой?

Эомер промолчал, глядя на сестру и заново перебирал в памяти прошедшие годы. Арагорн же сказал:

— Я знаю, о чем ты говоришь, Эомер. И поверь мне, горестно и мучительно видеть любовь, которой из-за тебя суждено остаться безответной. Тоска грызла мое сердце, когда я оставил опечаленную царевну в Дунхерге и ступил на Стезю Мертвецов; и на страшном этом пути страшнее всего мне было за нее. Но все-таки скажу тебе, Эомер, что тебя она любит по-настоящему, знает и любит, а я лишь пробудил в ней взлелеянные мечты о славе, о подвигах, о дальних краях.

Быть может, я и смогу вернуть ее из долины мрака. Но что ее ждет здесь — надежда, забвение или отчаяние, этого я не знаю. Если отчаяние, то она все равно умрет, его исцелить я не властен. Увы! Неужели она исчахнет, овеянная славой!

Арагорн склонился и поглядел ей в лицо, и оно было белее лилии, холоднее снега, тверже каменного изваяния. Но он поцеловал ее в лоб и тихо промолвил:

— Эовин дочь Эомунда, очнись! Враг твой повержен!

Сперва она не шелохнулась, потом задышала глубоко и ровно, и грудь ее вздымалась под белым полотном покрывала. И снова Арагорн растер два листа целемы, опустил их в кипяток и настоем увлажнил ее чело и правую руку, безжизненную и оцепенелую.

То ли Арагорн и вправду владел забытым волшебством древнего Запада, то ли неслышный отзвук сказанного о царевне Эовин таинственно смешался с парами дивного настоя, только вдруг в окно дохнуло свежестью, и дуновенье было столь первозданно чистое, словно ветер повеял со снеговых вершин, из-под звезд или с дальних серебристых берегов, омытых пенным прибоем.

— Очнись, Эовин, ристанийская царевна! — повторил Арагорн и взял ее правую руку, чуть-чуть потеплевшую.— Очнись! Призрак исчез, и темнота рассеялась как дым.— Он передал ее руку Эомеру и отступил назад.— Позови ее! — сказал он и вышел из палаты.

— Эовин, Эовин! — позвал Эомер, сглатывая слезы. А она открыла глаза и молвила:

— Эомер! Какая радость! А я слышала, будто тебя убили. Нет, нет, это шептали злые голоса во сне. И долго я спала?

— Нет, сестра, спала ты недолго,— ответил Эомер.— Не думай больше об этом!

— Я почему-то страшно устала,— сказала она.— Мне надо, наверно, немного отдохнуть. Одно скажи: что конунг? Нет! Молчи, я знаю, это уж не сон. Он умер, и он предвидел свою смерть.

— Он умер, да,— сказал Эомер,— и последним словом его было твое имя, ибо он любил тебя больше дочери. Окруженный великими почестями, он покоится в тронном чертоге, в крепости гондорских владык.

— Печально мне это слышать,— сказала она,— печально и все же радостно. Смела ли я надеяться, что Дом Эорла воспрянет, в те черные дни, когда он был жалок, точно убогий хлев? А что с оруженосцем конунга, с тем невысокликом? Эомер, он доблестен и достоин быть витязем Ристании!

— Он здесь, в соседней палате, сейчас я к нему пойду,— сказал Гэндальф.— Эомер побудет с тобой, но не заводите речи о войне и о вашем горе: тебе сперва надо поправиться. Да возвратятся к тебе поскорее силы вместе с надеждой!

— Силы? — повторила Эовин.— Силы, может, и возвратятся, и найдется для меня оседланный конь из-под убитого всадника: война ведь не кончена. Но надежда? На что мне надеяться?

Гэндальф с Пином пришли в палату, где лежал Мерри, и застали Арагорна у его постели.

— Мерри, бедняга! — крикнул Пин и кинулся к другу.

Тот выглядел куда хуже прежнего: серое лицо осунулось и постарело, и Пин с ужасом подумал, а вдруг он умрет?

— Не волнуйся,— успокоил его Арагорн.— Вовремя удалось отозвать его из мрака. Он очень устал, он подавлен горем и, подобно царевне Эовин, поднял руку на смертоносца. Но скоро он придет в себя: он крепок духом и унынье ему чуждо. Горе его не забудется, но оно не омрачит, а умудрит его.

И Арагорн возложил руку на голову Мерри, погладил его густые каштановые кудри, тронул веки и позвал по имени. Когда же палату наполнило благоуханье целемы — казалось, пахнуло фруктовым садом и солнечным вересковым полем в гуденье пчел,— Мерри вдруг очнулся и сказал:

— Я голодный. А сколько времени?

— Ужинать поздновато,— отозвался Пин.— Но я, пожалуй, сбегаю принесу тебе чего-нибудь на ужин, авось дадут.

— Дадут, дадут,— заверил Гэндальф.— Чего бы ни пожелал этот ристанийский конник, ему тут же принесут, весь Минас-Тирит обрыщут, лишь бы нашлось. Он здесь в большом почете.

— Вот и хорошо! — сказал Мерри.— Стало быть, поужинаю, а потом выкурю трубочку.— Лицо его затуманилось.— Нет, не выкурю трубочку. Вообще, наверно, больше курить не буду.

— Это почему? — поинтересовался Пин.

— Да как бы тебе объяснить,— медленно произнес Мерри.— Он ведь умер, вот и весь сказ. Сейчас мне сразу все припомнилось. Он сказал перед самой смертью, мол, жаль ему, что не придется послушать про наше ученье о травах. И теперь я, если закурю, стану о нем думать: помнишь, Пин, как он подъехал к воротам Изенгарда, какой был учтивый.

— Что ж, закуривай и думай о нем! — сказал Арагорн.— Вспоминай о его доброте и учтивости, о том, что он был великий воитель, о том, как он сдержал клятву верности и в свое последнее утро вывел ристанийское войско из мрака навстречу ясному рассвету. Недолго ты служил ему, но память об этом озарит твою жизнь до конца дней.

Мерри улыбнулся.

— Ладно,— сказал он,— не откажи мне, Бродяжник, в зелье и трубке, а я покурю и подумаю. У меня у самого в котомке было отличное зелье из Сарумановых запасов, да куда эта котомка подевалась в бою — леший ее знает.

484

— Сударь мой Мериадок,— отвечал ему Арагорн,— если ты думаешь, что я проскакал через горы и все гондорское княжество, расчистив путь огнем и мечом, затем, чтобы поднести табачку нерадивому солдату, бросившему снаряжение на поле боя, то ты сильно ошибаешься. За неимением котомки попроси позвать здешнего травоведа. Он объяснит, что в траве, которая тебе вдруг понадобилась, никакой пользы, насколько он знает, нет, но что зовется она по-простому *западное зелье*, а по-ученому *галенас*, приведет и еще с десяток названий на самых редких языках, припомнит какие-нибудь полузабытые стишки, смысла в которых он не видит. И наконец с прискорбием сообщит, что таковой травы в Палатах Врачеванья не запасено. С тем ты и останешься размышлять об истории языков Средиземья. Вот и я тебя оставляю — поразмышляй. А то я в такой постели не спал после Дунхерга и не ел со вчерашнего вечера.

Мерри схватил и поцеловал его руку.

— Извини, пожалуйста,— сказал он.— Иди скорей есть и спать! Навязались же мы еще в Пригорье на твою голову. Но, понимаешь, наш брат хоббит, коли дело серьезное, нарочно мелет вздор, лишь бы не пустить петуха. Когда не до шуток, у нас нужные слова не находятся.

— Прекрасно я это знаю, а то бы и сам иначе с тобой разговаривал,— сказал Арагорн.— Да цветет Хоббитания во веки веков! — Он вышел, поцеловав Мерри, и Гэндальф последовал за ним.

Пин остался в палате.

— Нет, такого, как он, на всем свете не сыщешь! — сказал он.— Кроме, конечно, Гэндальфа: да они небось родственники. Лопух ты лопух: котомка твоя вон она, ты ее притащил за плечами. Он говорил и на нее поглядывал. Да и у меня зелья на двоих-то хватит. На вот тебе, чтоб не рыться: то самое, из Длиннохвостья. Набивай трубку, а я сбегаю насчет еды. Вернусь — поболтаем на свой манер. Ух! Все ж таки нам, Кролам и Брендизайкам, непривычно жить на этаких высотах: уж больно все возвышенно.

— Да,— сказал Мерри.— Оно конечно, непривычно — может, как-нибудь притерпимся? Но вот в чем дело, Пин: мы теперь знаем, что эти высоты есть, и поднимаем к ним взгляд. Хорошо, конечно, любить то, что тебе и так дано, с чего-то все начинается, и укорениться надо, благо земля у нас в Хоббитании тучная. Но в жизни-то, оказывается, есть высоты и глубины: какой-нибудь старик садовник про них ведать не ведает, но потому и садовничает, что его оберегают вышние силы и те, кто с ними в согласии. Я рад, что я это хоть немного понял. Одного не понимаю — чего это меня понесло? Где там твое зелье? И достань-ка ты все-таки из мешка мою трубку, вдруг да она цела.

Арагорн и Гэндальф отправились к Смотрителю Палат и велели ему ни под каким видом еще много дней не выпускать Эовин и Фарамира и не спускать с них глаз.

— Царевна Эовин,— сказал Арагорн,— скоро пожелает ехать в поход — так или иначе задержите ее хотя бы дней на десять.

— Что до Фарамира,— сказал Гэндальф,— то не сегодня завтра он узнает, что его отец умер. Но про безумие Денэтора он знать не должен, пока не исцелится вполне и не будет занят по горло. Берегонду и *периану*-стражнику я скажу, чтоб они держали язык за зубами, но все-таки надо за ними присматривать.

— А насчет *периана* Мериадока, того, что ранен, распоряжений не будет? — осведомился Смотритель.

— Он, наверно, уже завтра вскочит с постели,— сказал Арагорн.— Ладно уж, пусть немного погуляет с друзьями.

— Диковинный народец,— понимающе кивнул Смотритель.— Вот ведь крепыши какие!

У входа в Палаты собрались люди — поглядеть на Арагорна, и толпа следовала за ним; когда же он отужинал, его обступили с просьбами вылечить раненых, увечных или тех, кого поразила Черная Немочь. Арагорн послал за сыновьями Элронда, и вместе они занимались врачеванием до глубокой ночи. Весь город облетел слух: «Поистине явился Государь». И его нарекли Эльфийским Бериллом, ибо зеленый самоцвет сиял у него на груди; так и случилось, что предсказанное ему при рождении имя избрал для него сам народ.

Наконец, донельзя утомленный, он завернулся в плащ, тайком вышел из города и перед рассветом заснул у себя в шатре. А утром над шпилем Белой Башни развевалось знамя Дол-Амрота, голубое с белым кораблем, подобным лебедю; люди смотрели на него и думали — неужто приснилось им явленье Государя?

Глава IX

НА ПОСЛЕДНЕМ СОВЕТЕ

Наутро по светлому небу плыли высокие, легкие облака; веял западный ветер. Леголас и Гимли встали рано и отпросились в город повидаться с Мерри и Пином.

— Спасибо хоть они живы,— проворчал Гимли,— а то все-таки обидно было бы: ну и набегались же мы по их милости!

Эльф и гном рука об руку вошли в Минас-Тирит, и встречные дивились таким невиданным и непохожим спутникам: прекраснолицый, легконогий Леголас звонко распевал утреннюю эльфийскую песню, а Гимли чинно вышагивал, поглаживая бороду и озираясь.

— Вот здесь недурная кладка и камень хорош,— говорил он, разглядывая стены,— а там вон никуда не годится, и улицы проложены без понятия. Когда Арагорн взойдет на престол, пришлем ему сюда наших подгорных каменщиков, и они так ему отделают город, что любо-дорого будет посмотреть.

— Садов им здесь не хватает,— заметил Леголас.— Что ж так: один голый камень, а живой зелени почти нету. Если Арагорн взойдет на престол, наши лесные эльфы насадят здесь вечнозеленые деревья и разведут певчих птиц.

Наконец они явились к князю Имраилю, и Леголас, взглянув на него, низко поклонился, ибо распознал в нем потомка эльфов.

— Привет тебе, господин! — сказал он.— Давным-давно покинула Нимродэль лориэнские леса, однако же, как я вижу, не все, кто был с нею, уплыли на запад из Амротской гавани.

— Да, многие остались, если верить нашим преданьям,— сказал князь,— но с незапамятных времен не забредали сюда наши дивные сородичи. Глазам не верю: эльф в Минас-Тирите, в годину войны и бедствий! Что тебя сюда привело?

— Я — один из тех Девяти, что вышли из Имладриса во главе с Митрандиром,— сказал Леголас.— А это гном, мой друг; мы приплыли с Государем Арагорном. Нам хотелось бы видеть наших друзей и спутников Мериадока и Перегрина. Говорят, они на твоем попечении.

— Да, вы их найдете в Палатах Врачеванья, я сам вас туда провожу,— сказал Имраиль.

— Лучше дай нам провожатого, господин,— сказал Леголас.— Ибо Арагорн просил передать тебе, что он более не хочет появляться в городе, однако вам нужно безотлагательно держать военный совет, и он призывает тебя вместе с Эомером Ристанийским к себе в шатер. Митрандир уже там.

— Мы не промедлим,— сказал Имраиль, и они учтиво раскланялись.

— Величавый государь и доблестный военачальник,— сказал Леголас гному.— Если и теперь, во времена увяданья, есть в Гондоре такие правители, то каков же был Гондор во славе своей!

— Да, древние строенья добротней,— сказал Гимли.— Так и все дела людские — весной им мешает мороз, летом — засуха, и обещанное никогда не сбывается.

— Зато вызревает нежданный посев,— возразил Леголас.— Из праха и тлена внезапно вздымается свежая поросль — там, где ее и не чаяли. Нет, Гимли, людские свершенья долговечнее наших.

— И однако несбыточны людские мечтанья,— заметил гном.

— На это эльфы ответа не знают,— сказал Леголас.

Посланец князя отвел их в Палаты Врачеванья; они нашли своих друзей в саду, и отрадна была их встреча. Они гуляли и беседовали, наслаждаясь недолгим отдыхом и ясным покоем ветреного утра. Когда Мерри притомился, они устроились на стене, к которой примыкала больничная роща. Широкий Андуин, блистая под солнцем, катил свои волны к югу и терялся — даже от острого взора Леголаса — в зеленоватой дымке, застилавшей широкие долины Лебеннина и Южной Итилии.

И Леголас умолк, вглядываясь в солнечную даль; он увидел над Рекою стаю белых птиц и воскликнул:

— Смотрите, чайки! Далеко же они залетели! Они изумляют меня и тревожат мне сердце. Впервые я их увидел и услышал в Пеларгире, во время битвы за корабли: они вились над нами и кричали. И я тогда замер, позабыв о сраженье, ибо их протяжные крики были вестями с Моря. Моря, увы, я так и не видел, но у всякого эльфа дремлет в душе тоска по Морю, и опасно ее пробуждать. И из-за чаек я теперь не узнаю покоя под сенью буков и вязов.

— Скажешь тоже! — возразил Гимли.— И в Средиземье глазам раздолье, а дела — непочатый край. Если все
эльфы потянутся к гаваням, поскучнеет жизнь у тех, кому
уезжать некуда.

— Ужас как станет скучно! — сказал Мерри.— Нет уж,
Леголас, ты держись подальше от гаваней. И людям вы
нужны, и нам тоже; да что говорить, нужны и гномам —
умным, конечно, вроде Гимли. И всегда будете нужны,
если только все не погибнут, а теперь я надеюсь, что нет.
Хотя, похоже, это были еще цветочки, а ягодки впереди:
что-то конца не видно проклятой войне.

— Да не каркай ты! — воскликнул Пин.— Солнце, как
видишь, на небе, и денек-другой мы еще пробудем вместе.
Меня вот любопытство разбирает. Ну-ка, Гимли! Вы уже
сто раз за утро успели помянуть свой поход с Бродяжником, а толком ничего не рассказали.

— Солнце-то солнцем,— сказал Гимли,— да лучше бы,
наверно, и не вспоминать об этом походе, не ворошить
темноту. Знал бы я, как оно будет, нипочем и близко не
подошел бы к Стезе Мертвецов.

— К Стезе Мертвецов? — переспросил Пин.— Арагорн
про нее обмолвился, а я думаю — о чем это он? Так что,
развяжешь язык?

— Очень уж не хочется,— сказал Гимли.— Тем более
что на этой Стезе я опозорился: я, Гимли, сын Глоина,
мнил себя выносливее всякого человека, а под землей —
отважнее всякого эльфа. Оказалось, что мнил понапрасну — я осилил путь лишь по воле Арагорна.

— И из любви к нему,— добавил Леголас.— Его все
любят — каждый на свой лад. Ледяная мустангримская
дева и та полюбила. Мы покинули Дунхерг, Мерри, в
предрассветный час накануне вашего прибытия, и народ
там был в таком страхе, что никто нас и не провожал,
кроме царевны Эовин — как она, выздоравливает? Печаль-
ные были проводы, я очень огорчился.

— Увы! — сказал Гимли.— А я никого от страха не
замечал. Нет, не стану я про все это рассказывать.

И он замолк, точно воды в рот набрал; но Пин и Мерри
не отставали, и наконец Леголас молвил:

— Так и быть, давайте уж я расскажу. Мне вспоминать
не страшно: ничуть не испугали меня человеческие призраки. Напротив, они показались мне жалкими и бессильными.

И он коротко поведал им о зачарованной пещерной
дороге, о сборище теней у горы Эрек и о переходе длиною
в девяносто три лиги до Пеларгира-на-Андуине.

— Четверо с лишним суток ехали мы от Черного Камня,— сказал он.— И поверите ли? Чем гуще чернела тьма, насланная из Мордора, тем больше я проникался надеждой — ибо в этом сумраке Призрачное Воинство словно окрепло и стало куда ужаснее с виду. Воинство мчалось за нами, и пешие не отставали от конных. Ни звука не было слышно, лишь мерцали тысячи глаз. На Ламедонском нагорье они нас нагнали, окружили как бы холодным облаком и пролетели бы мимо, но Арагорн их остановил и велел им следовать позади.

«Даже привидения повинуются ему,— подумал я.— Что ж, может статься, они и сослужат нам службу!»

Лишь в первый день рассвело, потом уж рассветов не было; мы пересекли Кирил и Рингло и на третий день подъехали к Лингиру за устьем Гилраина. Там ламедонцы отбивались от свирепых пиратов и южан, приплывших вверх по реке. Но и защитники города, и враги — все побросали оружие и разбежались, крича, что на них напал сам Король Мертвецов. Один только Ангбор, правитель Ламедона, сохранил мужество и предстал перед Арагорном, а тот велел ему собрать ополчение и следовать за нами, не страшась Серого Воинства.

«Наследник Исилдура зовет вас к оружию»,— сказал он.

И мы пересекли Гилраин, рассеивая полчища союзников Мордора; наконец решено было передохнуть, однако вскоре Арагорн вскочил на ноги с возгласом: «Вставайте! Минас-Тирит уже осажден. Боюсь, он падет, если мы не поспеем на выручку!» И мы сели на коней среди ночи и во весь опор помчались по лебеннинской равнине.

Леголас прервался, вздохнул и, обратив взгляд к югу, тихо запел:

Живым серебром струятся Келос и Эруи
В зеленых лугах Лебеннина!
Высокие травы колышутся. Ветром повеяло с Моря,
И колеблются белые лилии.
Колокольчиками золотыми
Звенят, звенят на рассвете мэллос и альфирин
В зеленых лугах Лебеннина.
Если ветром повеяло с Моря!

В наших песнях эти луга всегда зеленеют, но тогда они виделись пустошью, серою пустошью под черными небесами. И по этим широким лугам, топча траву и цветы, мы день и ночь гнали врагов до самого устья Великой Реки.

Там я почуял, что мы совсем близко от Моря: перед нами простерлась темная водная гладь и стаи морских птиц оглашали кликами берега. О возгласы быстрых чаек! Предрекала ведь мне Владычица, что я покой потеряю — вот и потерял.

— А я этих чаек даже и не заметил,— сказал Гимли,— я ждал большого сраженья. Там ведь стояла главная армада Умбара, пятьдесят больших кораблей, а малых и не счесть. Беглецы, которых мы гнали, уже достигли гавани и напустили там страху. Корабли побольше снимались с якоря и уходили вниз по Реке или к другому берегу, а поменьше — вспыхивали, как факелы. Но хородримцы, зная, что отступать некуда, со свирепым отчаянием изготовились к бою, а когда увидели нас, разразились хохотом. Еще бы — нас три десятка, а их видимо-невидимо.

Но Арагорн остановил коня и громовым голосом крикнул: «Теперь вперед! Заклинаю вас Черным Камнем!» И внезапно Призрачное Воинство, до того скрывавшееся позади, обрушилось серой волной, сметая все на своем пути. Я услышал дальние крики, глухо затрубили рога, прокатился смутный многоголосый гул — будто донеслось эхо давным-давно минувшей битвы. Мелькали тусклые клинки; может, они и рубили, не знаю, только незачем было рубить, мертвые побеждают страхом. Никто не устоял.

Они хлынули на корабли у причалов и метнулись по воде к тем, что стояли **на** якорях: моряки и воины, обезумев от ужаса, прыгали за борт; остались лишь рабы, прикованные к веслам. Мы промчались к берегу сквозь толпы бегущих врагов, разметав их, как вороха листьев. На каждый большой корабль Арагорн отправил одного из своих северян: они освобождали и увещевали пленных гребцов-гондорцев.

Еще до исхода этого темного дня врагов не осталось и в помине: одни потонули, другие без оглядки удирали восвояси. То-то я подивился, как исчадия ужаса и тьмы сокрушили злодейские козни Мордора. Враг побит его же оружием!

— Было чему дивиться,— подтвердил Леголас.— А я тогда, глядя на Арагорна, подумал, каким великим, страшным и всемогущим властелином стал бы он, присвоив Кольцо. Недаром в Мордоре так его испугались. Но чистота души превосходит разумение Саурона; Арагорн разве не потомок Лучиэни? Это род без страха и упрека, таким он и пребудет во веки веков.

— Гномы так далеко не заглядывают,— сказал Гимли.— Но воистину властителен был в тот день Арагорн. Захватив черную армаду, он взошел на мостик огромного корабля и велел трубить во все трубы, брошенные врагом. Призрачное Воинство выстроилось на берегу и стояло в безмолвии, почти что невидимое, только взоры их горели красными отсветами пылающих кораблей. И Арагорн, обратившись к мертвецам, громогласно молвил:

«Внимайте наследнику Исилдура! Вы исполнили клятву, которую преступили. Возвращайтесь в свой край и более не тревожьте тамошних жителей. Покойтесь с миром!»

И тогда Князь Мертвецов выступил вперед, преломил копье и уронил обломки. Потом низко поклонился, повернулся — и все Серое Воинство вмиг умчалось, исчезло, словно туман, рассеянный ветром. А я будто очнулся от сна.

В ту ночь мы отдыхали, а другие работали не покладая рук. Ибо мы освободили тысячи пленников-гондорцев, галерных рабов, а вскоре потянулись толпы из Лебеннина и с дельты, и Ангбор Ламедонский привел всю свою конницу. Мертвецов больше не было, страх отпустил, и люди стекались помогать нам и посмотреть на наследника Исилдура — молва о нем проложила огненный след в ночи.

Ну, вот почти что и конец нашей повести. Вечером и ночью корабли готовили к отплытию, набирали моряков, отбирали ратников; утром отплыли. Кажется, как уж давно это было, а всего-то позавчера утром, на шестой день похода из Дунхерга. Но Арагорн все тревожился, как бы не опоздать.

«От Пеларгира до Харлондских пристаней сорок две лиги,— говорил он.— И если мы назавтра не приплывем в Харлонд, все пропало».

Добровольцы сели на весла и гребли изо всех сил, но поначалу мы плыли медленно: против течения все-таки, в низовьях оно, правда, не быстрое, да ветра, как назло, не было никакого. Я уж совсем приуныл — победить победили, а что толку? — но тут Леголас вдруг рассмеялся.

«Выше бороду, отпрыск Дарина! — сказал он.— Говорят ведь: как будешь к пропасти катиться, надежда заново родится». С чего бы ей заново родиться — этого он объяснять не стал. Ночью было не темнее, чем днем, только тоскливо до смерти; далеко на севере в тучах играло зарево, и Арагорн сказал: «Минас-Тирит горит».

А к полуночи надежда и впрямь заново родилась. Моряки с дельты поглядывали на юг и говорили, что пахнет свежим ветром с Моря. В глухой час подняли паруса, плыли мы все скорее, и на рассвете засверкала пена у водорезов. А дальше вы знаете: в солнечный полдень мы примчались с попутным ветром и развернули боевое знамя. Великий это был день в незабвенный час, что бы ни случилось после.

— Что ни случится после, подвиги не тускнеют,— сказал Леголас.— Поход Стезей Мертвецов — это был подвиг, и он не потеряет величья, даже если Гондор опустеет и обезлюдеет.

— Увы, похоже на то,— сказал Гимли.— Очень угрюмые лица у Гэндальфа и Арагорна. Вот бы узнать, о чем они там в шатре совещаются! Я, как и Мерри, не чаю конца проклятой войне. Но как бы то ни было, я готов сражаться и дальше ради чести гномов Одинокой Горы.

— А я — за эльфов Дремучего Леса,— сказал Леголас,— и ради любви к Государю Белого Древа.

Друзья замолчали и долго еще сидели на высокой стене, раздумывая каждый о своем; между тем вожди совещались.

Расставшись с Леголасом и Гимли, князь Имраиль немедля послал за Эомером; они спустились по улицам притихшего Града и вышли на равнину, где Арагорн разбил шатер невдалеке от места гибели конунга Теодена. И Арагорн, и Гэндальф, и сыновья Элрогда их уже дожидались.

— Государи мои,— сказал Гэндальф,— вот что сказал перед смертью наместник Гондора: «Может быть, и одержите вы победу у стен Минас-Тирита, но удар, занесенный над вами, не отразить». Он говорил это в отчаянии, и все же слова его правдивы.

Зрячие Камни не лгут, и заставить их лгать не под силу даже властелину Барад-Дура. Он может, пересилив противника, отвести ему глаза или придать увиденному ложный смысл. Однако, разумеется же, Денэтор взаправду и воочию видел несчетные полчища Мордора, растущие день ото дня.

У нас едва хватило сил отбиться от первого нашествия. Скоро будет новое, куда пострашнее. На победу надежды нет, в этом Денэтор прав. Все равно — оставаться ли здесь и выдерживать, истекая кровью, осаду за осадой или погибнуть в неравной битве за Рекой. Можно лишь выбирать из двух зол меньшее; и, конечно, благоразумнее запереться в своих крепостях и хоть ненадолго, но отсрочить всеобщую гибель.

— Стало быть, ты советуешь укрыться в Минас-Тирите, Дол-Амроте, Дунхерге и сидеть там, как дети в песочных замках во время прилива? — спросил Имраиль.

— Такой совет недорого стоит,— отвечал Гэндальф.— Разве мало отсиживались вы при Денэторе? Нет! Я сказал, что благоразумнее, но я вас не призываю к благоразумию. Я сказал, что на победу надежды нет, однако мы можем и победить — только не оружием. Дело решит Кольцо Всевластья — залог незыблемости Барад-Дура и великое упованье Саурона.

Вы, государи мои, знаете о Кольце достаточно, чтобы понять то, что я говорю. От него зависит и наша судьба, и судьба Саурона. Если он им вновь завладеет, то тщетна ваша доблесть: победа его будет молниеносной и сокрушительной, такой сокрушительной, что он безраздельно воцарится в этом мире — должно быть, до конца времен. Если же Кольцо будет уничтожено, то Саурон сгинет — и сгинет столь бесследно, что до конца времен, должно быть, не восстанет. Ибо он утратит всю силу, которой владел изначально, и разрушится все, что было создано его властью, а он пребудет во тьме кромешной безобразным исчадием мрака, будет грызть самого себя от бессилия воплотиться. И великое зло исчезнет из мира.

Неминуемо явится в мир иное зло, может статься, еще большее: ведь Саурон всего лишь прислужник, предуготовитель. Но это уж не наша забота: мы не призваны улучшать мир и в ответе лишь за то время, в которое нам довелось жить,— нам должно выпалывать зловредные сорняки и оставить потомкам чистые пахотные поля. Оставить им в наследство хорошую погоду мы не можем.

Саурон знает, что ему грозит, и знает, что его потерянное сокровище нашлось. Он только не знает, где оно,— будем надеяться, что не знает. Поэтому его и гложут сомнения. Ведь иным из нас под силу совладать с Кольцом. Это он тоже знает. Я верно понял, Арагорн, что ты показался ему в Ортханкском палантире?

— Да, перед самым выездом из Горнбурга,— подтвердил Арагорн.— Я рассудил, что время приспело, что затем и попал этот Камень ко мне в руки. Тогда было десять дней, как Хранитель пошел на восток от Рэроса, и Око Саурона — так я подумал — надо бы отвлечь за пределы Мордора. А то его в Черной Башне давно уж никто не тревожил. Но знал бы я, как он всполошится и как быстро двинет готовое войско, я бы, может, и поостерегся. Чуть не опоздал я к вам на выручку.

— Но как же так? — спросил Эомер.— Ты говоришь, Гэндальф, все пропало, если он завладеет Кольцом. Почему же он нас не боится, если думает, что Кольцо у нас?

— Он в этом не вполне уверен,— отвечал Гэндальф,— и не привык дожидаться, как мы, покуда враг нападет. Кольцом, он знает, враз не овладеешь, и владелец у него может быть лишь один; стало быть, нам не миновать раздоров. Кому оно достанется, тот перебьет соперников. А Кольцо его предаст и возвратится к Саурону.

Он следит за нами, он многое видит и слышит. Повсюду летают его дозорные-назгулы. Перед рассветом пролетали они над Пеленнором, хотя почти никто из усталых и сонных ратников их не увидел. Тревожные замечает он знаки: Меч, которым отрублен был его палец вместе с Кольцом, выкован заново; ветер переменился, развеял тучи, пригнал корабли, и огромное войско нежданно-негаданно разбито наголову, а вдобавок погиб его могучий предводитель.

Он с каждым часом укрепляется в своих подозрениях. Око его устремлено на нас, все прочее он минует невидящим взором. И мы должны приковать его Око к себе. В этом вся наша надежда. Так что совет мой вот каков. Кольца у нас нет: мудро это было или безрассудно, однако оно отослано с тем, чтобы его уничтожить, иначе оно уничтожит нас. А без Кольца мы не сможем одолеть Саурона. Но Око его не должно прозреть истинную опасность. Своей отвагой победы мы не достигнем, но удача Хранителя — почти невероятная — все же зависит от нашей отваги.

Как Арагорн начал, так и надо продолжать, не давая Саурону времени оглянуться. Надо, чтобы он собрал все силы для решающего удара, чтобы стянул к Черным Вратам все свое воинство и Мордор остался бы без охраны. Надо немедля выступать в поход. Мы должны послужить для него приманкой, и приманкой неподдельной. Он пойдет на приманку, он жадно схватит ее: подумает, что наша поспешность — признак гордыни нового хозяина Кольца. Он скажет себе: «Ах, вот как! Быстро же он высунулся, только чересчур уж осмелел. Пусть-ка подойдет поближе — и угодит в ловушку. Тут-то я его и прикончу, и то, на что он покусился, станет моим навеки».

Мы должны попасться в его ловушку — намеренно и безоглядно, не надеясь остаться в живых. Ибо, вернее всего, нам придется погибнуть в битве вдали от родной земли; если даже и будет низвергнут Барад-Дур, мы этого не увидим. Но такая уж нам выпала участь. И не лучше ль это, чем покорно дожидаться гибели — ее мы все равно не избегнем — и, умирая, знать, что грядущего века не будет?

Воцарилось молчание. Наконец Арагорн сказал:

— Пути назад я не вижу. Мы у края пропасти, и надежда сродни отчаянию. А колебаться — значит упасть наверняка. Пусть все прислушаются к совету Гэндальфа: он давно уж ведет борьбу с Сауроном, и нынче решается ее исход. Если б не Гэндальф, спасать было бы уже нечего. Впрочем, я никого не хочу неволить. Каждый пусть выбирает сам.

И Элроир сказал:

— Для этого мы и явились с севера, и наш отец Элронд советует то же, что Гэндальф. Мы не отступим.

— Что до меня,— сказал Эомер,— то я мало смыслю в этих сложных делах, но мне и так все ясно. Я знаю одно: мой друг Арагорн выручил из беды меня и весь мой народ, и, коли ему теперь нужна моя помощь, я пойду с ним куда угодно.

— Ну а я,— сказал Имраиль,— признаю себя вассалом Государя Арагорна, хоть он пока и не взошел на престол. Воля его для меня закон. Я тоже пойду с ним. Однако же он сам назначил меня наместником Гондора, и мне надлежит прежде всего позаботиться о гондорцах. Немного благоразумия все-таки не помешает. Надо предусмотреть и тот и другой исход. Если возможно, что мы победим, если есть на это хоть малейшая надежда, то Гондор нуждается в защите. Не хотелось бы мне вернуться с победой в разрушенный город и разоренную страну. Между тем я знаю от мустангримцев, что с севера нам грозит большое войско.

— Это верно,— сказал Гэндальф.— Но у меня и в мыслях не было оставить город без защиты. Нам нужна не очень многочисленная рать: мы ее поведем не на приступ Мордора, а затем, чтобы погибнуть в сражении. И выйти надо не сегодня завтра. Я как раз хотел спросить: сколько ратников мы сможем собрать в поход через два дня, не больше? Ведь это должны быть стойкие воины и притом добровольцы, которые знают, на что идут.

— Все еле держатся в седлах,— сказал Эомер,— и почти все изранены. Так скоро я вряд ли и две тысячи наберу — ведь надо и здесь оставить не меньше.

— Войска у нас больше, чем кажется,— сказал Арагорн.— С юга идут подкрепления — ратники береговой охраны. Два дня назад я отправил из Пеларгира через Лоссарнах четыре тысячи; их ведет бесстрашный Ангбор. Если мы тронемся в путь через два дня, то они будут на подходе. Тысячи три отправлено вверх по Реке на кораблях, баркасах и лодках; ветер все еще попутный, и в Харлонд уже приплыли несколько кораблей. Словом, я думаю, мы соберем тысяч семь пехоты и конницы, а защитников города прибавится по сравнению с началом осады.

— Врата разрушены,— сказал Имраиль.— Кто сумеет их восстановить, нет у нас таких мастеров!

— В Эреборе, в Подгорном Царстве Даина, такие мастера есть,— сказал Арагорн.— И если сбудутся наши надежды, то я со временем попрошу Гимли, сына Глоина, привести сюда самых искусных гномов. Но люди надежней ворот, и никакие Врата не устоят перед вражеским натиском, если у них недостанет защитников.

На этом кончился совет вождей; решено было, что послезавтра утром семь тысяч воинов, если столько наберется, двинутся в поход — большей частью пеших воинов, ибо путь их лежал через неизведанный, дикий край. Арагорн обещал набрать две тысячи ратников из тех, что приплыли с ним от устья Андуина. Имраилю же надлежало выставить три с половиной тысячи, Эомеру — пятьсот мустангримцев в пешем строю, сам же он поведет отборную дружину из пятисот конников, и будут еще пятьсот, в том числе сыны Элронда, дунаданцы и витязи из Дол-Амрота,— общим счетом шесть тысяч пеших и тысяча конных. Но большую часть мустангримских всадников, три тысячи под началом Эльфхельма, отсылали на Западный Тракт против вражеского воинства в Анориэне. И следовало немедля отправить дозоры на север и на восток — за Осгилиат, к дороге на Минас-Моргул.

Они разочли и распределили войска, наметили и обсудили пути их продвиженья — и вдруг Имраиль громко рассмеялся.

— Право же,— воскликнул он,— хороша шутка, за всю историю Гондора смешнее не бывало: семи тысяч воинов и для передового отряда маловато, а мы их поведем к воротам неприступной крепости. Ни дать ни взять мальчишка грозит витязю в броне игрушечным луком с тростинкой-стрелою! Ты же сам говоришь, Митрандир, что Черный Властелин все видит и все знает — может, он не насторожится, а лишь усмехнется и раздавит нас одним мизинцем, как назойливую осу?

— Нет, он попробует поймать осу и вырвать у нее жало,— сказал Гэндальф.— И есть среди нас такие, что стоят доброй тысячи витязей в броне. Думаю, ему будет не до смеху.

— Нам тоже,— сказал Арагорн.— Может, оно и смешно, да смеяться что-то не тянет. Настает роковой час: мы свой выбор сделали, очередь за судьбой.— Он обнажил и поднял кверху Андрил; солнце зажгло клинок.— Не быть тебе в ножнах до конца последней битвы,— промолвил он.

Глава X

ВОРОТА ОТВОРЯЮТСЯ

Через два дня отборное войско западных стран выстраивалось на Пеленнорской равнине. Орки и вастаки вторглись было из Анориэна, мустангримцы их встретили и без особого труда разгромили, отбросив за Реку, на Каир-Андрос. Защитников Минас-Тирита стало куда больше прежнего, со дня на день ждали подкреплений с юга. Разведчики воротились и доложили, что вражеских застав на восточных дорогах нет, никого нет до самого перекрестка, до поверженной статуи древнего государя. Путь навстречу гибели был свободен.

Леголас и Гимли, уж конечно, не отстали от Арагорна с Гэндальфом, возглавлявших передовой отряд, в котором были и дунаданцы, и сыновья Элронда. Как ни просил Мерри, его в поход не взяли.

— Ну где ж тебе ехать? — говорил Арагорн.— Да ты не печалься, ты уже свое совершил, это никогда не забудется. Перегрин пойдет с нами и постоит за Хоббитанию; он хоть и молодец молодцом, но до тебя ему далековато. Смерти искать не надо, она над всеми висит. Мы, должно быть, погибнем первыми у ворот Мордора, а ты в свой черед — здесь или где придется. Прощай!

И Мерри, тоскливо понурившись, глядел, как строятся дружины. Рядом стоял Бергил: он тоже был до слез огорчен тем, что отец его, до времени разжалованный из крепостной стражи, ведет отряд простых воинов. Среди них был и Пин, ратник Минас-Тирита; и Мерри смотрел и смотрел на маленькую фигурку в строю высоких гондорцев.

Наконец грянули трубы, и войско двинулось. Дружина за дружиною, рать за ратью уходили они на восток. И скрылись вдали, на дороге к плотине, а Мерри стоял и смотрел им вслед. Последний раз блеснуло утреннее солнце на шлемах и жалах копий, но никак не мог он уйти — стоял, повесив голову, и больно сжималось сердце. Очень ему стало одиноко. Все друзья ушли во мрак, нависавший с востока, и свидеться с ними надежды не было почти никакой.

И словно пробужденная отчаянием, боль оледенила правую руку; он ослабел, зашатался, и солнечный свет поблек. Но тут Бергил тронул его за плечо.

— Пойдем, господин периан! — сказал он.— Я вижу, тебе плохо. Ничего, я доведу тебя до Палат. И ты не бойся, они вернутся! Наших минаститритцев никто никогда не одолеет: один Берегонд из крепостной стражи стоит десятерых, а теперь с нами Государь Элессар!

К полудню вошли они в Осгилиат. Там уже вовсю хозяйничали мастеровые — чинили паромы и наплавные мосты, которые враги второпях не успели разрушить; отстраивали и заполняли склады; быстро возводили укрепления на восточном берегу Реки.

Они миновали развалины древней столицы и за Великой Рекой поднимались по той длинной прямой дороге, которая некогда соединяла Крепость Заходящего Солнца с Крепостью Восходящей Луны, превратившейся в Минас-Моргул, Моргул, страшилище околдованной долины. Остановились на ночлег в пяти милях за Осгилиатом, но передовые конники доехали до Развилка и древесной колоннады. Повсюду царило безмолвие: враги не показывались, не перекликались, ни одной стрелы не вылетело из-за скал или из придорожных зарослей, и однако все чуяли, что земля настороже, что за ними следит каждый камень и дерево, каждый листок и былинка. Темень отступила, далеко на западе горел закат, озаряя долину Андуина, и розовели в ясном небе снеговые вершины гор. А Эфель-Дуат окутывал обычный зловещий сумрак.

Арагорн выслал от Развилка трубачей на все четыре стороны, и под звуки труб герольды возглашали: «Властители Гондора возвратились на свои исконные земли!» Валун с мерзостной рожей сбросили с плеч изваяния и раскололи на куски, на прежнее место водрузили голову каменного государя в золотисто-белом венце из жив-травы и повилики, со статуи смыли и счистили гнусные оркские каракули.

Имраиль предложил взять Минас-Моргул приступом и уничтожить эту злодейскую твердыню.

— К тому же,— сказал он,— не вернее ли будет вторгнуться в Мордор через тамошний перевал, чем идти к неприступным северным воротам?

Но Гэндальф отговорил его: Моргульская долина по-прежнему грозила ужасом и безумием, да и Фарамир рассказывал, что Фродо направлялся сюда,— а если так, то Око Мордора нужно отвлечь в иную сторону. Наутро, когда войско подтянулось, решено было оставить у Развилка большой отряд на случай вылазки через перевал или подхода новых полчищ с юга. Отрядили большей частью лучников — здешних, итилийских,— и они рассыпались по склонам и перелескам. Гэндальф и Арагорн подъехали с конным отрядом к устью долины и поглядели на темную, пустующую крепость: орков и прочую мордорскую нечисть истребили у стен Минас-Тирита, а назгулы были в отлучке. Но в удушливом воздухе долины застоялся запах смерти. Они разрушили колдовской мост, запалили ядовитые луга и уехали.

На третий день похода войско двинулось по северной дороге: от Развилка до Мораннона было сто с лишним миль, и путь этот не сулил ничего доброго. Они шли не таясь, но осторожно: вперед были высланы конные дозоры, направо и налево — пешие. С востока угрюмо нависали Изгарные горы; их книзу пологие, изборожденные склоны ощетинились темными зарослями. Погода была по-прежнему ясная, и дул западный ветер; но Эфель-Дуат, как всегда, устилали густые туманы, а за гребнем клубились и тучей висели дымы.

Время от времени по приказу Гэндальфа трубили в трубы, и герольды возглашали: «Властители Гондора возвратились! Покидайте эти земли или сдавайтесь на милость победителя!» А Имраиль сказал:

— Не о властителях Гондора возвещайте, но о Государе Элессаре. Ибо это правда, хоть он еще и не вступил на царство. Пусть Враг почаще слышит его имя!

И трижды на день герольды объявляли о возвращенье Государя Элессара. Но глухое молчание было им ответом.

Враги не показывались, но все — от военачальников до последнего ратника — были угрюмы и озабоченны, и с каждой милей темнее и темнее становилось на душе. К концу второго дня похода от Развилка наконец обнаружились и враги: целая орда вастаков и орков устроила засаду в том самом месте, где Фарамир подстерег хород-римцев. Дорога там шла глубоким ущельем, рассекавшим отрог Эфель-Дуата. Но дозорные — итильские Следопыты под началом Маблунга — не сплоховали, и засаду взяли в клещи. Конники обошли ее слева и с тылу и перебили почти всех, уцелевшие скрылись в Изгарных горах.

Но военачальники не слишком радовались легкой победе.

— Это подставка,— сказал Арагорн,— должно быть, затем, чтобы мы уверились в слабости врага и не вздумали отступить. Это они нас заманивают.

В тот вечер над ними появились назгулы и сопровождали войско. Летали они высоко, и видел их лишь Леголас, однако тени стали гуще, и солнце потускнело. Хотя кольценосцы пока не снижались и воплей не издавали, все же страх цепенил сердца.

Близился конец безнадежного похода. На четвертый день пути от Развилка — на шестой от Минас-Тирита — они вышли к загаженной пустоши у ворот, преграждавших теснину Кирит-Горгор. На северо-западе до самого Привражья простирались болота и голая степь. Так жутко было в этом безжизненном краю, что многие ратники, обессиленные страхом, не могли ни ехать, ни идти дальше.

Жалостливо, без всякого гнева поглядел Арагорн на молодых табунщиков из далекого Вестфольда, на земле-пашцев из Лоссарнаха; с детства привыкли они страшиться Мордора, но это было для них лишь зловещее имя, не больше — их простая жизнь текла своим чередом. А теперь словно ужасный сон сбывался наяву, и невдомек им было, что это за война и какими судьбами их сюда занесло.

— Идите! — сказал Арагорн.— Но в бегство не обращайтесь, поберегите воинскую честь. А чтобы потом вас не мучил стыд, вот вам заданье по силам. Держите путь на юго-запад, на Каир-Андрос. Должно быть, он занят врагами — отбейте его и там уже стойте насмерть, во имя Гондора и Ристании!

Одних устыдило его суровое милосердие, и они, подавив страх, вернулись в свои дружины; другие же были рады избегнуть позора, а может, еще и отличиться в бою — те ушли к юго-западу. Войско убавилось — ведь у Развилка тоже осталось немало. Государи западных стран вели к Черным Воротам несокрушимого Мордора менее шести тысяч воинов.

Они продвигались медленно, ежечасно ожидая нападения, и держались как можно плотнее — высылать дозоры было теперь уже незачем. Истек пятый день пути от Моргульской долины; они устроили последний привал и развели костры из скудного сушняка и вереска. Никому не спалось, кругом шныряли и рыскали еле видные неведомые твари и слышался волчий вой. Ветер стих, и воздух словно застыл. Ночь была безоблачная, и уже четверо суток минуло с новолунья, но бледный молодой месяц заволакивало мутной пеленою: земля дымилась.

Похолодало. К утру подул, крепчая, северный ветер. Ночные лазутчики исчезли, и пустошь казалась мертвенней прежнего. На севере среди зловонных ямин виднелись груды золы, щебня и шлака, кучи выжженной земли и засохшей грязи — всего, что изрыгал Мордор. А на юге, уже вблизи, возвышались громадные утесы Кирит-Горгора — с Черными Воротами между ними и башнями по бокам. На последнем переходе, накануне, войско свернуло в сторону со старой дороги, подальше от бдительных глаз бесчисленной стражи, и теперь они подходили к Мораннону с северо-запада, тем же путем, что и Фродо.

Гигантские чугунные створы Черных Ворот под массивной аркой были наглухо сомкнуты, на зубчатых стенах никого не видать. Царило чуткое безмолвие. Они уперлись в тупик и теперь стояли, растерянные и продрогшие, в сером свете раннего утра перед могучими башнями и стенами, которые не прошибли бы никакие тараны, даже если б они у них были. Любой их приступ шутя отбила бы горстка защитников, а черному воинству на горах возле Мораннона, верно, и счету не было, да и в ущелье небось таились несметные полчища врагов пострашнее, чем орки. Они подняли глаза и увидели, что назгулы слетелись к башням — Клыкам Мордора — и кружат над ними как стервятники, кружат и выжидают. Враг почему-то медлил.

А им надо было волей-неволей доигрывать роль до конца. Арагорн расположил войско на двух больших холмах, где земля слежалась со щебнем: орки нагромоздили их за многие годы. От Мордора их отделяла рвом широкая ложбина; на дне ее среди зыбкой дымящейся слякоти чернели вонючие лужи. Когда всех построили, вожди отправились к Черным Воротам с большой конной свитой, с герольдами и трубачами. Во главе их ехал Гэндальф, за ним Арагорн и сыновья Элронда, Эомер Ристанийский и Имраиль. Леголаса, Гимли и Перегрина они тоже взяли с собой, чтобы все народы — противники Мордора были свидетелями переговоров.

Они подъехали к Мораннону, развернули знамя и затрубили в трубы; герольды выступили вперед и возгласили:

— Выходите на переговоры! Пусть выйдет сам Властелин Сумрачного Края! Он подлежит наказанию, ибо злодейски напал на Гондор и захватил чужие земли. Великий князь Гондора требует, чтобы он во искупленье содеянного навсегда покинул свой престол. Выходите!

Долго длилось ответное молчанье: ни звука, ни крика не донеслось со стен и из-за ворот. Но Саурон уже все рассчитал, и ему вздумалось сперва жестоко поиграть с мышками, а потом захлопнуть мышеловку. И когда вожди собирались повернуть назад, тишину внезапно нарушил грохот огромных барабанов, будто горный обвал; оглушительно взревели рога, сотрясая камни под ногами. Наконец с лязгом распахнулась дверь посредине Черных Ворот, и оттуда вышло посольство Барад-Дура.

Возглавлял его рослый всадник на черном коне, если только это был конь — громадный, уродливый, вместо морды жуткая маска, похожая на лошадиный череп, пышущий огнем из глазниц и ноздрей. Всадник в черном плаще и высоком черном шлеме был не Кольценосец, а живой человек — Подручник Владыки Барад-Дура. Имени его сказания не сохранили. Он и сам его забыл и говорил о себе: «Я — глашатай Саурона». Говорят, он был потомком тех предателей рода людского, которые назывались Черными Нуменорцами: они перебрались в Средиземье во времена полновластного владычества Саурона и предались ему, соблазнившись чернокнижной наукой. А он, безымянный, стал приспешником Черного Властелина, когда Тот вернулся в Мордор из Лихолесья. Коварство его пришлось по нраву хозяину, он вошел к нему в доверие и приобщился чародейству; и орки страшились его жестокости.

За ним следовал десяток-другой охранников в черных доспехах, несли черное знамя с багровым Недреманным Оком. Спешившись в нескольких шагах от западных вождей, Глашатай Саурона смерил их взглядом одного за другим и расхохотался.

— Это кто же из вашей шайки достоин говорить со мной? — спросил он.— Кто способен понимать мои слова? Уж наверно, не ты! — с презрительной ухмылкой обратился он к Арагорну.— Нацепил эльфийскую стекляшку, окружил себя сбродом и думает, что он государь! Да у любого разбойничьего атамана свита почище твоей!

Арагорн ничего не ответил, лишь устремил на него пристальный взгляд, глаза в глаза, и вскоре, хотя Арагорн стоял неподвижно и не касался оружия, тот задрожал и попятился, будто на него замахнулись.

— Я герольд и посланец, меня трогать нельзя! — крикнул он.

— Да, это у нас не принято,— сказал Гэндальф.— Но у нас и посланцы не столь дерзки на язык. Впрочем, тебе никто не угрожал: пока ты герольд и посланец, можешь нас не бояться. Но если хозяин твой не образумится, тогда тебе несдобровать, как и прочим его холопам.

— Ах, вот как! — сказал Глашатай.— Стало быть, ты у них главный, седая борода? Наслышаны мы о том, как ты бродишь по свету и всюду строишь козни, ловко уходя от расплаты. Но на этот раз, господин Гэндальф, ты зарвался — и скоро узнаешь, что бывает с теми, кто злоумышляет на Великого Саурона. У меня есть трофеи, которые велено тебе показать — тебе прежде всех, если ты осмелишься подойти.

Он сделал знак охраннику, и тот поднес ему черный сверток. Глашатай развернул его и, к изумлению и смятению вождей, показал им сперва короткий меч Сэма, затем серый плащ с эльфийской брошью, наконец, мифрильную кольчугу Фродо и его изорванную одежду. В глазах у них потемнело, и казалось, замерло все вокруг: надеяться больше было не на что. Пин, стоявший за князем Имраилем, рванулся вперед с горестным криком.

— Спокойно! — сказал Гэндальф, оттянув его на прежнее место, а Глашатай расхохотался.

— Да у тебя целый выводок этих недомерков! — воскликнул он.— Не знаю, зачем они тебе нужны, но глупей, чем засылать их в Мордор, ты придумать ничего не мог. Однако ж спасибо крысенку: ему, как видно, эти трофеи знакомы. Теперь, может статься, и ты не будешь хитрить.

— Мне хитрить незачем,— отозвался Гэндальф.— Да, мне они тоже знакомы, я о них знаю все, в отличие от тебя, гнусный подголосок Саурона. Не знаю только, зачем ты их принес.

— Гномья кольчуга, эльфийский плащ, кинжал с погибшего Запада и крысеныш-лазутчик из Хоббитании — да, да, нам все известно! Заговор обреченных — и он раскрыт. Осталось лишь узнать, дорого ли ты ценишь пойманного лазутчика. Если дорого — то живее шевели своим убогим умишком. Саурон лазутчиков не любит, и судьба его теперь зависит от вас.

Никто ему не ответил, но он видел их посерелые лица и полные ужаса глаза и снова захохотал, почуяв, что не ошибся.

— Ну-ну! — сказал он.— Видно, вы его дорого цените. Или ты дал ему важное поручение? Поручения он не выполнил. И теперь его ждет нескончаемая, многолетняя пытка — мы хорошо умеет пытать в застенках Великой Башни: медленно, страшно, мучительно. А может, пытка и кончится — мы вывернем его наизнанку, покажем тебе, и ты сам увидишь, что наделал. Да, так оно и будет, если ты не примешь условия моего Властелина.

— Назови условия,— спокойно проговорил Гэндальф, но те, кто стоял рядом, видели муку в его лице, и он показался им древним, согбенным старцем, которого наконец сломила судьба. Никто не сомневался, что любые условия будут приняты.

— Условия таковы,— сказал посланец, с ухмылкой оглядывая их.— Гондор и его обманутые союзники немедля уведут весь свой жалкий сброд за Андуин, поклявшись, что впредь никогда не поднимут и не замыслят поднять оружие против Великого Саурона. Все земли к востоку от Андуина отныне и во веки веков принадлежат Саурону. Жители правобережья до Мглистых гор и Врат Ристании станут данниками Мордора и не будут носить оружия, но править своими делами им не возбраняется. Они обязуются лишь отстроить Изенгард, преступно разрушенный ими, и отдать его Саурону. Туда он поставит наместника, достойного доверия более, нежели Саруман.

Глаза выдавали умысел: он-то и будет наместником и приберет к рукам все прочие страны Запада. Будущий владыка говорил со своими рабами.

Но Гэндальф сказал:

— Не дорого ли вы просите за жизнь одного слуги? В обмен на нее твой хозяин хочет без единого боя выиграть добрый десяток войн! Должно быть, после разгрома на гондорской равнине он предпочитает не воевать, а торговаться? Но если бы мы и ценили этого пленника так высоко, где залог, что Саурон, у которого в чести подлость и вероломство, нас не обманет? Приведите пленника, верните его нам — тогда и поговорим.

Гэндальф следил за ним, затаив дыхание, как за противником в смертельном поединке,— и ему показалось, что Глашатай на миг растерялся, но тут же снова презрительно захохотал.

— Как ты смеешь оскорблять недоверием Глашатая Саурона! — крикнул он.— Залог тебе нужен? Саурон не дает залогов. Вы ищете его милости? Сперва заслужите ее. Исполняйте его условия, иначе ничего не получите!

— Не получим, так сами возьмем! — Внезапно Гэндальф скинул плащ — и, казалось, яркий клинок засверкал в полумраке. Он воздел руку, и черный посланец попятился; Гэндальф, шагнув, отобрал у него кольчугу, плащ и меч.— Это мы возьмем в память о нашем друге! — объявил он.— А что до твоих условий, то мы их все отвергаем. Убирайся, все сказано, ты больше не герольд и не посланец. Еще слово — и ты умрешь. Не затем пришли мы сюда, чтобы попусту перекоряться с лживым выродком Сауроном или с его презренным холопом. Убирайся!

Посланец Мордора больше не смеялся. Черты его дико исказились: он был ошеломлен, точно готовый к прыжку зверь, которому вдруг ткнули в морду горящим факелом. Злоба душила его, пена выступила на губах, и в горле клокотало от сдавленного бешенства. Но он видел перед собой суровые лица и беспощадные глаза врагов, и страх пересилил ярость. Он издал громкий возглас, повернулся, вскочил на свое чудище — и мордорское посольство побежало вслед за ним к Кирит-Горгору. На бегу они трубили в рога, должно быть подавая условный сигнал. И не успели они добежать до ворот, как Саурон захлопнул мышеловку.

Прогрохотали барабаны, взметнулись языки пламени. Огромные створы Черных Ворот широко распахнулись, и воинство Мордора хлынуло неудержимым железным потоком.

Гэндальф и все остальные вспрыгнули на коней и поскакали к своим под злорадный хохот и вопли. Поднимая облака пыли, выдвинулись полчища вастаков, дотоле скрытые позади дальней башни, за сумрачным отрогом Эред-Литуи. По обе стороны Мораннона спускались с гор бесчисленные орки. Вскоре серые холмы стали островками в бушующем море: врагов было в десятки раз больше, чем ратников Запада. Саурон схватил приманку стальными челюстями.

Арагорн распорядился как можно быстрее. Над холмом,

где были они с Гэндальфом, реяло дивное, гордое знамя с Белым Древом в кольце звезд. На другом холме развевались рядом знамена Ристании и Дол-Амрота, Белый Конь и Серебряный Лебедь. Каждый холм живой стеной окружали воины, и ряды их ощетинились жалами копий и клинками мечей. Впереди всех, готовясь принять на себя первый удар и самый жестокий натиск, стояли слева сыновья Элронда с дунаданцами, а справа князь Имраиль, могучие витязи Дол-Амрота и дружина стражей Белой Башни.

Дул ветер, гремели трубы и свистели стрелы, но солнце, светившее с юга, застилали смрадные дымы, и оно померкло в тумане, стало дальним и мутно-багровым, словно клонилось к закату, возвещая конец света. Из дымной мглы вынырнули назгулы; смертный ужас вселяли их леденящие вопли, и последний проблеск надежды угас.

Пин едва не завыл от горя, услышав, как Гэндальф обрек Фродо на вечную пытку; теперь он немного опомнился и стоял возле Берегонда в первых рядах, вместе с витязями Имраиля. Жизнь ему опостылела, и он хотел, чтобы его убили поскорее.

— Жалко, Мерри со мною нет,— услышал он свой собственный голос и, глядя на приближавшихся врагов, торопился додумать: «Ну-ну, выходит, бедняга Денэтор был не так уж неправ. Мы могли бы умереть вместе с Мерри, раз все равно умирать. А вот приходится врозь; желаю ему легкой смерти. Что ж, а теперь надо не осрамиться».

Он обнажил меч и поглядел на сплетение красных и золотых узоров: нуменорские руны проступили на клинке огненной вязью. «На этот случай его и выковали,— подумал он.— Эх, нельзя было рубануть этого гада Глашатая, тогда бы мы с Мерри примерно сравнялись. Ну ладно, рубану кого-нибудь из этих черных скотов. Жаль, не видать мне больше ясного солнца и зеленой травы!»

В это самое время на них обрушился первый натиск. Орки завязли в слякотной ложбине перед холмами, остановились и выпустили тучу стрел. А сквозь их толпу, давя упавших, шагали, рыча, как звери, горные тролли из Горгорота: высокие, выше людей, и кряжистые, в плотной чешуйчатой броне — или, может, это шкура у них такая? — с круглыми черными щитами, с громадными молотами в узловатых лапищах. Лужи и слякоть были им нипочем, с ревом ворвались они в ряды гондорцев, круша шлемы и черепа, дробя щиты, обламывая руки — тяжко и мерно, точно ковали податливое железо. Страшный удар свалил с ног Берегонда, и огромный тролль-вожак нагнулся к нему, протянув когтистую лапу: эти свирепые твари выгрызали горло у повергнутых наземь.

Пин ударил его мечом снизу: древний узорный клинок пронзил чешую и глубоко впился в брюхо тролля. Хлынула черная, густая кровь. Тролль пошатнулся и всей тяжестью рухнул на Пина, придавив его, точно скала. Захлебываясь зловонной жижей, теряя сознание от нестерпимой боли, Пин успел напоследок подумать: «Ну вот, все и кончилось довольно-таки плоховато», и мысль эта, как ни странно, была веселая: конец, значит, страхам, терзаньям и горестям. В предсмертном затмении послышались ему голоса, как будто из другого, забытого мира:

— Орлы! Орлы летят!

На краю беспамятства подумалось: «Бильбо! Ах да, это из той, давнишней сказки. А моей сказке конец. Прощайте!»

И глухая тьма поглотила его.

Книга 6

Глава I

БАШНЯ НА ПЕРЕВАЛЕ

Сэм с трудом поднялся на ноги и никак не мог понять, куда его занесло, потом вдруг вспомнил и чуть не заплакал с горя. Ну да, это он здесь, в беспросветной тьме у подбашенной скалы, у закрытых бронзовых ворот оркской крепости. Наверно, он о них сгоряча расшибся, а уж сколько пролежал, это не ему знать. Тогда-то он прямо горел, подавай врагов, да побольше, а теперь озяб и съежился. Он подобрался к створам и приложил к ним ухо.

Издали послышался вроде бы оркский галдеж, потом он смолк, и все утихло. Голова уж очень болела, и мелькали вспышки перед глазами, но он встряхнулся: надо было подумать — дальше-то что же? Думай не думай, а ворота заперты, не проберешься: когда-нибудь, конечно, откроют, да ждать-то некогда, каждый час на счету. А что ему делать, это он понимал: ну как, выручать хозяина, коли получится, а нет — погибать самому.

— Погибать так погибать, дело нехитрое,— мрачно сказал он сам себе, вложил Терн в ножны и отошел от бронзовых ворот.

Медленно, ощупью брел он назад по темному проходу — эльфийский фиал засветить поопасился — и по пути все ж таки раздумывал, соображал, что случилось с тех пор, как они пошли от Развилка. Времени-то сколько прошло? А кто его знает сколько: если нынче не сегодня, значит завтра, дням все равно счет потерян. В такой темноте что один день, что другой, тут и себя потеряешь — не найдешь.

— Может, хоть они нас вспоминают,— сказал он.— А сами-то как? И где? Там, что ли? — Он махнул рукой, куда пришлось, а пришлось на юг, он ведь к югу вышел из логова Шелоб: на юг, а не на запад. А на западе близился к полудню четырнадцатый мартовский день по хоббитскому счислению, и Арагорн вел черную армаду от Пеларгира, Мерри ехал с мустангримцами по Каменоломной долине, в Минас-Тирите бушевали пожары, и Пин испугался безумного взора Денэтора. Но за страхами и заботами они друзей не забывали и все время думали о Фродо и Сэме. Думать думали, а помочь никак не могли, никто теперь не смог бы помочь Сэммиуму, сыну Хэмбриджа: он был один-одинешенек.

Он вернулся к каменной двери-перегородке, поискал и не нашел ни засова, ни запора, опять протиснулся в лаз между дверью и сводом и ловко упал на руки. Потом прокрался к выходу из логова Шелоб, где обрывки ее рассеченной паутины мотались на холодном ветру — очень даже холодным показался он Сэму после вонючей духоты, но зато и бодрящим. Он осторожно вылез наружу.

Было по-страшному тихо. И темновато — ну, вроде как в пасмурные сумерки. Дымные, тяжелые тучи, снизу окрашенные мутным багрянцем, клубились над Мордором и уползали на запад.

Сэм взглянул на оркскую башню, и вдруг ее узкие окна зажглись, точно красные зрачки. «Сигнал, что ли, какой»,— подумал он, и страх перед орками, подавленный было гневом и отчаянием, овладел им снова. Путь-то у него был, как видно, один: надо искать главный вход в эту треклятую башню — только вот колени подгибались и дрожь не отпускала. Он отвел глаза от башни, от каменных рогов Ущелины и, волоча непослушные ноги, медленно-медленно, вслушиваясь в каждый шорох, вглядываясь в тени под скалами, пошел обратным путем мимо того места, где лежал Фродо и до сих пор воняло гноем Шелоб, потом наверх, до самого гребня, где он надел Кольцо и пропускал мимо орков Шаграта.

Умные ноги дальше идти отказывались, и он решил все-таки посидеть подумать. Ну да, вот сейчас он перейдет за этот гребень, шагнет — и очутится в Мордоре, а оттуда пути назад нету. Сам не зная зачем, он вытянул Кольцо и надел его. И сразу же на него обрушилась непомерная тяжесть, и злобное Око Мордора загорелось совсем вблизи, во сто крат ярче прежнего: оно пронизывало темень, которою само же окуталось и которая теперь мешала Властелину избавиться от тревог и сомнений.

Как и в тот раз, обострился слух и помутилось зрение, выпуская из виду здешнее, земное. Побледнели, словно потонули в тумане, утесы, зато донеслись клокочущие стенания Шелоб и совсем уж четко, резко, чуть что не рядом послышались яростные крики и лязг оружия. Он вскочил на ноги, прижался ухом к скале и порадовался, что невидим: вот-вот нагрянут орки. Так ему, во всяком случае, показалось. А потом он понял, что зря показалось: просто уж очень громкими были ихние крики из башни, верхний рог которой торчал прямо над ним, за левой кромкой Ущелины.

Сэм встряхнулся и снова прикинул, что делать дальше. Как-то оно худо: похоже, орки совсем озверели, наплевали на все приказы и теперь мучают Фродо, а может, уже и на куски его изрубили. Он снова прислушался: вдруг забрезжила какая-то надежда. Это уж точно — в башне дерутся, орки передрались. Шаграт и Горбаг чего-то не поделили. Надежда была крошечная, но ему и этого хватило. А мало ли, а вдруг? Что там все остальное, сильнее всего была любовь к Фродо, и он забыл о себе и воскликнул:

— Господин Фродо, сударь, иду, иду!

И побежал за гребень невозвратной тропой. Она свернула налево, потом круто вниз. Сэм вошел в Мордор.

Он снял Кольцо, нутром почуяв опасность, но снял всего лишь затем, чтобы лучше было видно.

— Оглядеться-то надо как следует,— пробормотал он.— Не все же в тумане блуждать!

Увидел он суровую, истерзанную и скудную страну. Он стоял на вершине высочайшего гребня Изгарных гор, над крутым откосом и темной котловиной; по ту сторону котловины тянулся хребет пониже, острые скалы торчали, как черные зубья, в огневеющем небе. Это был Моргвей, внутренняя горная ограда. Далеко за нею, за озером тьмы, усеянной огоньками, светилось багровое зарево и столбами вставал дым, внизу темно-красный; он сливался поверху в черную тучу, и тяжкий свод нависал над зачумленным краем.

Сэм глядел на Ородруин, на Огненную гору. Высилась ее остроконечная пепельная вершина, близ подножия полыхали горнила, и расселины по склонам извергали бурные потоки магмы: одни струились, плеща огнем, по протокам к Барад-Дуру, другие, виясь, достигали каменистой равнины и там застывали подобьями сплющенных драконов, выползших из-под земли. Багровое озаренье кузни Мордора было невидимо с запада, из-за Эфель-Дуата, а Сэму оно слепило глаза, и голые скалы Моргвея были словно окровавлены.

Сэм взглянул налево — и ужаснулся, увидев башню на Кирит-Унголе во всем ее сокрытом могуществе. Рог над гребнем Изгарных был всего лишь ее верхним отростком, а с востока в ней было три яруса; и ее бастионы, внизу огромные, кверху все уже и уже, обращены были на северо- и юго-восток. Кладка была на диво искусная. Нижний ярус и дворик, футов за двести под ногами Сэма, был обнесен зубчатой стеною с воротами на широкую дорогу, парапет которой тянулся по самому краю пропасти. Потом дорога сворачивала на юг и крутыми излучинами уходила во тьму, к торному пути с Моргульского перевала. Между зубьями Моргвея, равниною Горгорота путь этот приводил в Барад-Дур. Узенькая тропа, где стоял Сэм, ступенчатыми сходами спускалась на дорогу под стеною близ башенных ворот.

Глядя на башню, Сэм как-то вдруг сообразил, что эта твердыня изначально служила не Мордору, а против Мордора. В самом деле, ее воздвигли гондорцы для защиты Итилии — давным-давно, когда Последний Союз победил Саурона, а в Сумрачном Краю еще бродили остатки его недобитого воинства.

Но как было с Наркостом и Каркостом, башнями-клыками у Мораннона, так и здесь. Обманув нерадивую охрану, Главарь Кольценосцев захватил твердыню, и многие века владела ею черная нечисть. Еще нужнее стала эта башня, когда Саурон возвратился: верных слуг у него почти не было, а запуганных рабов не след выпускать из Мордора. Если же сюда попытается тайком проникнуть враг — обойдет Минас-Моргул и ускользнет от Шелоб,— то его встретит неусыпная стража.

Яснее ясного было Сэму, что никак не проберешься вниз мимо сотен бдительных глаз, никак не минуешь ворота. И все равно недалеко уйдешь по дороге, которую стерегут пуще зеницы ока. Как ни прячься в черной тени от багровых отсветов, от орков не спрячешься, они в темноте видят не хуже кошек. И это бы ладно — так ведь ему же надо было не удирать и не прятаться, а соваться в самые ворота.

«Кольцо? Да Кольцо-то,— подумал он с ужасом,— опаснее всякого врага». Заполыхала вдали треклятая гора, и ноша его так и налилась тяжестью. Видно, вблизи от горнил, где Кольцо было некогда выковано, таинственная власть его возрастала, и могучая нужна была сила, чтобы с ним совладать. Сэм не трогал Кольцо, оно висело у него на шее; однако ему чудилось, что он вырос и преобразился, что не сам он, а величественный его призрак вступает в пределы Мордора. И обманный выбор вставал перед ним: либо отказаться от Кольца и обречь себя на муку, либо же стать его владельцем и бросить вызов Тому, сокрытому в черной башне за морем сумрака. Кольцо искушало его, подтачивало волю, расшатывало рассудок. Мечтания овладевали им: он точно воочию видел, как Сэммиум Смелый, герой из героев, грозно шагает по темной равнине к Барад-Дуру, воздев пламенеющий меч, и со всех сторон стекаются войска на его зов. И рассеиваются тучи, блещет яркое солнце, а Горгорот превращается в цветущий, плодоносный сад. Стоит ему лишь надеть Кольцо, сказать: Оно — мое, и мечтания сбудутся наяву.

В этом тяжком испытании ему помогла выстоять любовь к хозяину, но, кроме того, в нем крепко сидел простой хоббитский здравый смысл: в глубине души он твердо знал, что такое бремя ему не по силам, пусть даже видения и не совсем обманные. Хватит с него и собственного сада, незачем превращать в свой сад целое царство; есть у него свои руки — и ладно, а чужими руками нечего жар загребать.

— И чего я сам себе голову морочу? — пробурчал он.— Да он меня как увидит, так и сцапает, я и пикнуть не успею. А он увидит, и скоренько, ежели я здесь, в Мордоре, вздумаю надеть Кольцо. Словом, как ни кинь, все клин. Это ж надо: в самый раз бы мне пробраться невидимкой — а Кольцо не тронь. Мало того, оно дальше — больше будет мне мешать, вот навязалась обуза! Ну и что же делать?

Это Сэм просто так спрашивал: он знал, что надо побыстрее идти к воротам. Он пожал плечами, встряхнул головой, как бы отгоняя видения, и стал медленно спускаться, делаясь меньше и меньше: через сотню шагов он снова превратился в маленького, перепуганного хоббита. Из башни слышны были без всякого Кольца крики, лязг оружия, да и не только из башни — похоже, дрались во дворе.

Сэм наполовину спустился, когда из темных ворот на дорогу, озаренную багровым светом, выскочили два орка. По счастью, бежали они не к нему и недалеко убежали, а свалившись, не двигались. Должно быть, их подстрелили из бойницы или со двора. Сэм осторожно продвигался, левым боком прижимаясь к стене; он взглянул наверх: да нет, не взобраться, куда там. Тридцать футов гладкого-пре-гладкого камня — ни трещинки, ни выступа — до гребня стены, нависавшего перевернутыми ступеньками. Только через ворота.

Он крался к воротам и соображал, сколько орков в башне у Шаграта, сколько привел Горбаг и с чего они раздрались. В Логове с Шагратом было около сорока, а с Горбагом, пожалуй, вдвое больше, но Шаграт не всех же вывел из башни. А поцапались, конечно, из-за Фродо, из-за добычи. Сэм даже остановился: он сразу все понял, точно увидел своими глазами. Мифрильная кольчуга! Ну конечно же — раздели Фродо, увидели кольчугу, и Горбаг наложил на нее лапу: они ведь его первые нашли! И выходит так, что жизнь Фродо висит на волоске, ее охраняет лишь приказ из Черной Башни, а если они ослушаются...

— Ну же, ты, негодный слизняк! — закричал сам на себя Сэм.— Беги скорей!

Он выхватил Терн и ринулся к открытым воротам. Однако у входа под арку его что-то задержало, в точности как паутина Шелоб, только невидимая. Вроде бы проход свободен, а не пройдешь — и все тут. Он огляделся и по обеим сторонам прохода в тени увидел Соглядатаев.

Это были две фигуры на тронах, у каждой по три тулова и три головы, обращенные вперед, назад и поперек прохода. Головы как у стервятников, на коленях когтистые лапы. Высеченные из камня, недвижные, они, однако, следили — зорко, злобно, цепко — и распознавали врагов. Видимый или невидимый — никто их не мог миновать. Они и впускали — и не выпускали.

Сэм изо всех сил рванулся вперед — и больно ушибся лицом и грудью. Тогда с отчаянной смелостью — больше ему просто ничего на ум не пришло — он вынул из-за пазухи фиал Галадриэли и поднял его над головой. Светильник вспыхнул, разгорелся серебряной звездой — и отступили тени из-под темной арки, а Соглядатаи, выхваченные из тьмы во всем своем жутком уродстве, казалось, заново оцепенели. Черные камни-глаза блеснули леденящей ненавистью. Сэм даже вздрогнул; но блеск угас, и он почуял их страх.

Когда же он проскочил мимо, пряча фиал на груди, за ним как железный засов задвинулся: опомнились, будут стеречь еще строже. И испустили дикий, пронзительный вопль — эхом загудели высокие стены. Сверху, отозвавшись, резко ударил колокол.

— Готово дело! — сказал Сэм.— Позвонил у парадного! Ну, давайте сюда, где вы там! — крикнул он.— Скажите своему Шаграту, что огромный богатырь-эльф тут как тут, и эльфийский меч при нем!

Ответа не было, и Сэм пошел вперед; в руке его сверкал ярко-голубой Терн. Темным-темно было во дворе, но он видел, что всюду валялись мертвецы. Возле его ног скорчились два лучника с ножами в спинах. Трупы за трупами, поодиночке, изрубленные или подстреленные, по двое, резали, душили, кусали — и издохли, вцепившись друг в друга. По скользким камням струилась черная кровь.

Доспехи, заметил Сэм, у одних были с Багровым Оком, у других — с Луной, оскаленной, как череп; он, впрочем, приглядываться не стал. Большая дверь у подножия башни была приоткрыта, на пороге лежал здоровенный орк. Сэм перепрыгнул через него и зашел внутрь, растяренно озираясь.

Дальний конец широкого, гулкого коридора, тускло освещенного торчавшими по стенам факелами, терялся в сумраке. По обе стороны виднелись двери и проходы, и всюду было пусто; лежали два или три трупа. Сэм помнил из разговора вожаков, что Фродо, живого или мертвого, надо искать «в потайной каморке на самом верху» — но проискать можно было и целый день.

— Наверно, где-нибудь в той стороне,— пробормотал Сэм.— Башня вроде как наискось построена, прислонена к горе. Ладно, вперед, не в темень же соваться.

Он шел по коридору все медленнее и медленнее, еле волоча ноги. Ему опять стало очень страшно. Тишину нарушал только звук его осторожных шагов, которые эхо превращало в шлепки огромных рук по каменным плитам. Мертвые тела, пустота, сырые стены, при свете факелов точно сочившиеся кровью, смерть за каждой дверью и в темных простенках, да еще неотвязная память о чудищах, поджидавших его у ворот,— словом, немудрено было и оробеть. Но ему даже хотелось, чтоб на него скорей напали — один-два орка, не больше,— лучше всё-таки драться, чем трястись со страху. Он старался думать о Фродо, который лежит где-то в этой жуткой башне, связанный, раненый или мертвый. И не останавливался.

Ряды факелов кончились, он добрел почти до самых дверей в конце коридора — это, верно, и были задние

17*

ворота башни, только теперь изнутри. И вдруг откуда-то сверху донесся безумный сдавленный крик. Он замер и услышал топот: кто-то быстро сбегал по гулкой лестнице.

Удержать свою руку было не под силу, она невольно схватилась за цепочку с Кольцом. Но не успел Сэм надеть его, как из темного прохода справа выскочил орк и вслепую побежал прямо на него. Шагов за шесть, подняв голову, он заметил Сэма, а тот уже слышал его пыхтенье и видел воспаленные, выпученные глаза. Орк в ужасе остановился: перед ним был вовсе не маленький перепуганный хоббит с мечом в дрожащей руке, а огромная безмолвная фигура в сером облаченье, заслонявшая неверный факельный свет; в одной руке у пришельца был меч, яростным блеском выжигавший глаза, другую он держал на груди, скрывая неведомую, властную, убийственную угрозу.

Орк съежился, дико завопил и метнулся обратно в проход. А Сэм взбодрился, как щенок, нежданно-негаданно испугавший большого пса, и погнался за ним с победным криком:

— Ага! Видал эльфийского богатыря! Вот он я. А ну, показывай дорогу на самый верх, а то шкуру спущу!

Но ловкий и сытый орк был у себя дома, а голодный, изможденный Сэм спотыкался на каждом шагу, взбегая по высоким ступенькам крутой винтовой лестницы. Он запыхался; вскоре орк скрылся из виду, и все глуше доносился сверху его топот; правда, время от времени он подвывал от ужаса, и эхо гудело на лестнице. Но потом все стихло.

Сэм поднимался дальше. Он чуял, что он на верном пути, и сил у него прибыло.

— Ну-ну! — сказал он сам себе, как следует упрятав кольцо и подтянув пояс.— Если они все будут так шарахаться от меня при виде Терна, то, может, я с ними как-нибудь и управлюсь. Вообще-то похоже, что Шаграт, Горбаг и их молодцы славно поработали за меня. Кроме этого трусливого ублюдка, никого и в живых, кажется, не осталось.

Сказал — и словно ударился лбом о каменную стену. А вдруг и в самом деле — никого в живых?.. Чей это был отчаянный крик?

— Фродо, Фродо! Хозяин! — воскликнул он, давясь слезами.— Что мне делать, если они вас убили? Иду, все равно иду — эх, кабы не опоздать!

Выше и выше вела лестница, которую изредка освещали факелы на поворотах или над зияющими проходами в верхние ярусы. Сэм принялся считать ступеньки, досчитал до двухсот и сбился. Шел он крадучись: вроде бы сверху послышались голоса. Видно, ублюдок-то был не один.

И когда ноги уже не гнулись, а дышать стало совсем невмочь, лестница кончилась. Он остановился (голоса были слышны отчетливо и близко) и осмотрелся. Он был на плоской крыше третьего яруса, на круглой площадке шириною футов шестьдесят, с низким парапетом. Лестница выходила посредине площадки в сводчатую комнатку шатром: низкие дверные проемы глядели на восток и на запад. На востоке, далеко внизу, простиралась темная пустыня Мордора, полыхал Ородруин. Из кипящих недр яростней прежнего извергались огненные потоки — такие раскаленные, что даже здесь, за много миль, верхушку башни озарял багровый свет. Впрочем — Сэм поглядел на запад,— это была не верхушка, а дворик у подножия верхней сторожевой башни, того самого рога над горным гребнем. Оконная прорезь светилась. Дверь в башню — футов за тридцать от Сэма — была отворена, и оттуда, из черноты, и слышались голоса.

Сэм не стал прислушиваться; он вышел из восточной дверцы и окинул взглядом площадку — да, здесь, видать, была главная драка. Мертвецы лежали грудами, повсюду валялись отрубленные головы, руки, ноги. Застоялся смертный смрад. Вдруг кто-то рявкнул, кого-то ударили, раздался злобный крик, и Сэм кинулся назад, к лестнице. Орк заорал, и это был голос Шаграта: резкий, сиплый, начальственный.

— Ты что, Снага, очумел, как это ты не пойдешь? Да я тебя, гаденыша! Думаешь, я ранен, так и можно отбрехаться? Иди-ка сюда, я тебе глаза выдавлю, как Радбугу — слышал, он вопил? Вот подойдут парни, я с тобой разберусь: скормлю тебя Шелоб!

— Не подойдет никто, ты прежде сдохнешь,— угрюмо отвечал Снага.— Два раза уж сказал тебе: моргульская сволочь перекрыла ворота, из наших никто не выбрался. Проскочили Лагдуф и Музгаш — и тех подстрелили. Говорю же: я сам из окошка видел. А всем остальным — каюк.

— Вот, значит, ты и пойдешь. Мне все равно надо быть здесь; к тому же Горбаг, подлюга, ранил меня, чтоб ему сгнить в Черной Яме! — Шаграт разразился долгой и гнусной руганью.— Пока я его душил, он, вонючка, успел меня ножом пырнуть. Иди давай, живьем ведь слопаю. Надо скорее обо всем доложить в Лугбурз, а то угодим в Черную Яму. Да, да с тобой на пару, не отвертишься, не отсидишься!

— Не пойду я на лестницу,— буркнул Снага,— плевать я хотел, что ты начальник. Хрен тебе! И не хватайся за нож, получишь стрелу в брюхо. Да и начальником тебе не бывать, когда Там узнают, что ты натворил. Моргульцев-гнид правильно всех перебили, но вы же и долбаки с Горбагом: сцепились из-за добычи!

— А ну, заткнись! — рявкнул Шаграт.— У меня был ясный приказ, а Горбаг хотел захапать кольчужку.

— Ты тоже хорош: сразу пошел выпендриваться — я, мол, здесь хозяин! У него в голове-то было побольше твоего: он тебе сколько повторял, что главного шпиона мы не видели, а ты уши затыкал. И сейчас как глухой — говорят тебе, прав был Горбаг. Главный этот у нас под боком ходит — не то эльф-кровопийца, не то поганый тарк [1]. Сюда он идет, говорю же тебе. Колокол слышал? Он прорвался мимо Соглядатаев: тарки это умеют. И гнался за мной по лестнице. Покуда он здесь, не пойду я вниз. Будь ты хоть сам назгул, не пойду.

— Ах, ты так? — взревел Шаграт.— Туда не пойдешь, сюда не желаешь? А когда он придет, удерешь и бросишь меня? Нет, не выйдет? Сперва я из тебя кишки с дерьмом вытряхну!

Из башенной двери выскочил орк небольшого роста, а за ним гнался дюжий Шаграт, скрючившись и загребая ручищами чуть не до полу: одна, окровавленная, болталась, а в другой он держал большой черный сверток.

Прячась за лестничной дверцей, Сэм увидел в багровом свете его злобную морду, изорванную когтями, испятнанную кровью, с ощеренных клыков капала слюна.

Шаграт гонялся за Снагой по дворику, а тот ускользал, увертывался,— наконец с визгом нырнул обратно в башню и скрылся. Из восточной дверцы Сэм видел, как Шаграт стал у парапета, задыхаясь, сжимая и разжимая когти на левой, свисавшей лапе. Он опустил сверток на пол, вытащил длинный красный нож и сплюнул на него. Потом перегнулся через парапет, разглядывая нижний двор, и зычно заорал раз-другой, но ответа не было.

Вдруг Сэм с изумленьем заметил, как один из распростертых мертвецов зашевелился, пополз, ухватил сверток за спиною склоненного над парапетом Шаграта и, шатаясь, поднялся на ноги. В другой руке у него был обломок копья с широким плоским наконечником; он занес его для удара, но в последний миг зашипел — от боли или от злобы.

_____

[1] На оркском наречии — гондорец.

518

Шаграт отпрянул по-змеиному, извернулся — и вонзил нож в горло врагу.

— Здорово, Горбаг! — крикнул он.— Ты что, не сдох? Ладно, сейчас помогу!

Вскочив на рухнувшее тело, он бешено топтал и пинал его, нагибался, колол и кромсал ножом, наконец закинул голову и испустил надсадный ликующий вопль. Потом облизал нож, взял его в зубы, поднял сверток и заковылял к ближней лестничной дверце.

Раздумывать не приходилось. Сэм, конечно, мог выскочить в другую дверцу, но вряд ли незаметно, а затевать с этим выродком игру в прятки — дело дохлое. Наверно, он поступил правильнее всего: с криком выпрыгнул навстречу Шаграту. Теперь он Кольцо в руке не сжимал, но оно никуда не делось, и всякий мордорский раб чуял его страшную власть и смертельную угрозу. Нестерпимо сверкал Терн — отблеском звезд эльфийского края, страшнее которого для орков ничего нет. И наконец, Шаграт не мог драться, не выпустив сверток. Он пригнулся, зарычал и оскалил клыки. Потом отпрыгнул в сторону и, когда Сэм на него бросился, выставил тяжелый сверток, словно щит, ткнув им врага в лицо. Сэм отшатнулся и опомниться не успел, как Шаграт уже сбегал по лестнице.

Сэм с проклятьем кинулся за ним, но быстро остыл. Он подумал о Фродо, о том, что другой орк вернулся в сторожевую башню. Опять надо было выбирать, не мешкая. Если Шаграт удерет, то скоро вернется с подмогой. Но если бежать за ним — тот, другой, может такое вытворить... Шаграта еще поди догони, а догонишь — кто кого убьет. Сэм повернулся и взбежал наверх.

— Опять небось маху дал,— вздохнул он.— Но будь что будет, сперва доберусь до этой каморки на верхотуре.

А Шаграт тем временем сбежал по лестнице, пересек двор и выскочил из ворот со своей драгоценной ношей. Знал бы Сэм, сколько скорби вызовет его бегство, он бы, может, еще подумал. Но он думал только о том, где ему искать Фродо. Он с оглядкой подошел к башенной двери и сунулся внутрь: вроде бы совсем темно, но потом глаза привыкли, и он завидел справа тусклый свет — из прохода к узкой винтовой лестнице у стены. Откуда сверху мерцал факел.

Сэм стал осторожно подниматься. Факел оказался над дверью слева, напротив оконной прорези, обращенной на запад: это небось и было то красное окно, которое они с Фродо увидели, выйдя из Логова. Сэм прошмыгнул мимо двери и поспешил на третий этаж, каждый миг опасаясь, что сзади схватят его за горло. Снова прорезь, теперь на восток, и опять факел над дверью напротив. Дверь была открыта: темный коридор скудно освещали отблески факела и багрового зарева за окном. Но лестница кончилась, и Сэм прокрался в коридор. С двух сторон были низкие двери; обе заперты. Ниоткуда ни звука.

— Добрался, нечего сказать,— пробормотал Сэм,— было зачем добираться! Но это вроде бы не самая верхотура. А дальше-то куда?

Он сбежал на второй этаж, попробовал дверь. Заперта. Он снова взбежал наверх, пот лил с него ручьем. Каждая минута была дорога, и минута за минутой уходили попусту. Он уж и думать забыл про Шаграта, Снагу и всех прочих орков; он не чаял найти хозяина, посмотреть ему в лицо, потрогать его за руку.

И наконец, усталый и разбитый, он сел на ступеньку пониже третьего этажа и уронил голову на руки. Стояла жуткая тишина. Факел, догорая, затрещал и погас; темнота, как волна, захлестнула его с головой. И вдруг, себе на удивление, Сэм, у которого не осталось надежды и не было сил горевать, тихонько запел, повинуясь тайной подсказке сердца.

Его слабый, дрожащий голосок был еле слышен в черной холодной башне; никакой орк не принял бы это жалобное пение полуживого хоббита за звонкую песнь эльфийского воина. Он тихонько напевал детские песенки Хоббитании, стихи господина Бильбо — напевал все, что приходило в голову и напоминало родные края. Внезапно сил у него прибавилось, голос окреп, и сами собой сочинились слова, как простенький мотив:

> Там солнце льет свои лучи
> На вешние сады,
> Цветут луга, журчат ручьи,
> В лесах поют дрозды.
> А может, льется звездный свет,
> И я бы увидал,
> Как тихо светится в листве
> Жемчужная звезда.
>
> А здесь темно, и ни души,
> В углах таится смерть.
> Но выше сумрачных вершин
> Сияющая твердь.
> Лучится ласковая синь,
> Блистает звездный свод —
> Ведь он прочнее всех твердынь,
> И темнота пройдет.

— Но выше сумрачных вершин,— затянул он снова — и замолк. Ему словно бы отозвался чей-то слабый голос. Да нет, показалось: ничего не слыхать. А потом стало слыхать, только не голос, а шаги. Тихо отворилась дверь в верхнем коридоре, заскрипели петли. Сэм съежился, затаив дыхание. Дверь хлопнула, и злобный голос орка прогнусил:

— Ну ты, гаденыш, там, наверху! Только пискни еще, я тебе так пискну! Понял?

Ответа не было.

— То-то,— буркнул Снага.— А все-таки слазаю посмотрю, чего это ты распищался.

Снова скрипнули петли, и Сэм, выглядывая из-за косяка, увидел в дверях полосу света и фигуру орка: он, кажется, нес лестницу. Сэма осенило: каморка-то не иначе как над коридором, а вход в нее через люк. Снага приставил лестницу, влез к потолку и загремел засовом. И снова послышался мерзостный, гнусавый голос:

— Тихо лежать, пока цел! А цел ты пробудешь недолго — тебе что, невтерпеж? Хлебало заткнуть! Вот получи на память!

Свистнув, хлестнула плеть. Сэм затрясся от ярости и в три прыжка взлетел на лестницу, по-кошачьи бесшумно. Люк был посредине большой круглой комнаты. На цепях свисал красный светильник, чернело высокое и узкое западное окно. У стены под окном кто-то лежал, возле него черной тенью раскорячился орк. Он снова занес плетку, но ударить не успел.

Сэм с криком подскочил к нему, орк быстро обернулся, и яростно сверкнувший Терн отсек ему правую руку. Взвыв от боли и страха, он озверело бросился на Сэма, увернулся от меча, сшиб его с ног и упал сам. Послышался вопль и глухой удар. Мгновенно поднявшись и отпрыгнув, Сэм понял, что орк запнулся о лестницу и свалился вниз головой в люк. Сэм тут же забыл о нем, подбежав к фигурке, скорчившейся на полу. Это был Фродо.

Он лежал нагишом — как видно, без чувств — на куче грязного тряпья, рукой заслоняя голову; бок был исполосован плетью.

— Фродо! Господин Фродо, хозяин мой дорогой! — кричал Сэм, заливаясь слезами.— Это я, это Сэм!

Он прижал его голову к своей груди. Фродо открыл глаза.

— Опять я сплю? — проговорил он.— Что ж, спасибо за такой сон.

— Нет, хозяин, это вовсе не сон,— сказал Сэм.— Это наяву. Это я вас нашел.

— Да не может быть,— сказал Фродо, хватая его за плечи.— Только что здесь был орк с плетью, и он превратился в Сэма! Значит, я и тогда не спал, когда слышал пение снизу и стал подпевать? Это ты пел?

— Кто ж, как не я, сударь. Я уж совсем, можно сказать, отчаялся. Ищу, ищу, а вы не находитесь.

— Вот я и нашелся, Сэм, дорогой ты мой Сэм,— сказал Фродо и снова, закрыв глаза, откинул голову на ласковые руки Сэма, как ребенок, чьи ночные страхи прогнал любимый голос и касание.

Так бы сидеть да радоваться, но Сэм понимал, что радоваться рано. Найти-то он хозяина нашел, а теперь надо было его спасать. Он поцеловал Фродо в лоб.

— Просыпайтесь, просыпайтесь, господин Фродо! — позвал он, стараясь, чтобы голос его звучал повеселей — как в Торбе, когда он раздвигал занавеси летним утром.

Фродо вздохнул и сел.

— А где это мы? Как я здесь оказался? — спросил он.

— Все расскажу, только сперва давайте окажемся подальше отсюда,— сказал Сэм.— Короче говоря, мы с вами на самом верху той башни, что видели, когда вышли из Логова, перед тем, как вас сцапали орки. А давно ли это было — не знаю. День да ночь — сутки прочь, не больше.

— Только-то? — сказал Фродо.— По мне, так целая неделя прошла. Да, да, потом расскажешь, если будет случай. Меня сшибло с ног, верно? И я точно провалился в темноту, мне чудились всякие ужасы, а когда очнулся — увидел ужасы наяву. Кругом были орки, они вливали мне в горло какую-то жгучую гадость, и голова прояснилась, только болела, и руки-ноги не двигались. Раздели меня догола — все-все отобрали,— и двое огромных зверюг принялись меня допрашивать, и конца этому не было; я думал, с ума сойду, а они стояли надо мною, грозили, измывались, поплевывали на свои ножи. Век не забуду их когтей и огненных глазищ!

— Не станете вспоминать, так, может, и забудете, сударь,— сказал Сэм.— Главное дело — ноги отсюда поскорее унести, а то увидимся с кем не надо. Вы идти-то сможете?

— Смогу,— сказал Фродо, медленно распрямляясь.— Я ведь не ранен, Сэм. Только трудно как-то двигаться

522

и вот здесь побаливает.— Он приложил руку к шее над левым плечом.

Красный свет заливал его с головы до пят, будто облекая пламенем. Он прошелся по комнате.

— Да вроде уже получше! — сказал он, немного повеселев.— Я и шелохнуться боялся, когда лежал тут один и все время заходил караульщик. Потом поднялся дикий ор и началась драка. Кажется, эти двое зверюг повздорили из-за меня и добычи. Ужас что творилось! А когда все стихло, стало еще страшней.

— Да, они, видать, крепко повздорили,— подтвердил Сэм.— Здесь этой сволочи собралось сотни две. Многовато на одного Сэма Скромби. Но они, спасибо, не стали дожидаться, пока я их всех укокошу, и сами между собой разобрались. Это нам с вами здорово повезло, не худо бы и песню сочинить, да уж очень длинная получится песня, отложим на потом. Сейчас-то что делать будем? В здешних местах, сударь, хоть и темновато, но голышом расхаживать не принято.

— Они все забрали, Сэм,— отозвался Фродо.— Все до последней нитки. Ты понимаешь? Все! — И он снова тяжело опустился на пол, свесив голову, будто и сам только что это понял и его придавило отчаяние.— Все пропало, Сэм. Если мы даже отсюда выберемся, спасенья нам нет. Одни эльфы могут спастись, и не в Средиземье, а далеко-далеко за Морем. Да еще и там — спасутся ли?..

— Нет, сударь, не все они забрали. И еще не все пропало. Я снял его с вас, уж извините великодушно. И оно цело — висит у меня на шее, сущий камень, я вам скажу! — Сэм полез за пазуху.— Теперь небось надо его вам на шею перевесить.

Сэму вовсе не хотелось отдавать Кольцо — ну куда хозяину таскать такую тяжесть!

— Оно у тебя? — ахнул Фродо.— Здесь, у тебя? Вот чудо-то! — И вдруг, вскочив на ноги и протягивая дрожащую руку, выкрикнул каким-то чужим голосом: — Давай его сюда! Сейчас же отдавай! Оно не твое!

— Конечно, сударь,— удивленно сказал Сэм.— Берите! — Он нехотя вынул Кольцо и снял цепочку через голову.— Только ведь мы, как бы сказать, в Мордоре: вот выберемся из башни, сами увидите Огненную гору и все такое прочее. Кольцо ого-го как потяжелело, и с ним здесь, похоже, шутки плохи. Может, будем его нести по очереди?

— Нет, нет! — крикнул Фродо, выхватив Кольцо с цепочкой у него из рук.— Нет, и думать не смей, проклятый ворюга!

Он, задыхаясь, смотрел на Сэма с испугом и ненавистью. Потом вдруг, сжав Кольцо в кулаке, точно сам себя услышал. Он провел рукою по лбу: голова по-прежнему болела, но жуткое виденье исчезло, а привиделось ему совсем как наяву, что Сэм снова обратился в орка, в гнусную маленькую тварь с горящими глазками, со слюнявой оскаленной пастью и жадно вцепился в его сокровище. Теперь он увидел, что Сэм стоит перед ним на коленях и горько плачет от мучительной обиды.

— О Сэм! — воскликнул Фродо.— Что я сказал! Что со мной! Прости меня! И это тебе вместо благодарности. Страшная власть у этого Кольца. Лучше бы его никогда, никогда не нашли. Но ты пойми, Сэм, я взялся нести эту ношу, и тут уж ничего не поделаешь. Это моя судьба, и даже ты не можешь ее разделить.

— Ладно, чего там, сударь,— сказал Сэм,— утирая глаза рукавом.— Все понятно. Разделить не могу, а помочь попробую — первым делом скоренько вывести вас отсюда, тут место гиблое. Стало быть, надо вам одеться и подкрепиться. Одеть я вас как-нибудь одену: по-мордорски, раз уж нас занесло в Мордор. Да и выбирать не из чего. Так что, боюсь, придется вам, сударь, нарядиться орком; мне, конечно, тоже — за компанию и для порядку. Покамест вот — наденьте!

Сэм снял свой серый плащ и накинул его на плечи Фродо. Потом положил котомку на пол и вынул из ножен Терн: клинок его едва искрился.

— Поглядите, сударь! — сказал он.— Нет, не всё они забрали. Терн я у вас одолжил, а звездинку Владычицы вы, помните, сами мне дали. Очень пригодились. Если можно, сударь, одолжите их еще ненадолго — я схожу на добычу. А вы покуда пройдитесь, разомните ноги. Я быстро — здесь недалеко.

— Только осторожно, Сэм! — сказал Фродо.— И правда, побыстрее! Вдруг где-нибудь еще прячутся недобитые орки.

— Стало быть, добьем,— сказал Сэм. Он скользнул в люк и вниз по лестнице, но через минуту голова его снова появилась, а рука зашвырнула длинный нож.

— Возьмите-ка на всякий случай,— сказал он.— Подох этот — который вас плетью стегал. Шею сломал, уж очень торопился. А вы вот что, сударь: лестницу сможете сами втянуть? И не спускайте ее, пока я не позову. Я скажу «Элберет» — эльфийское имя, ни один орк его не знает.

Фродо немного посидел, невольно вспоминая пережитые ужасы и вздрагивая при каждом шорохе. Потом он встал, запахнулся в эльфийский плащ и, чтобы отогнать черные мысли, принялся кругами расхаживать по своей темнице и обшаривать все углы.

Ждать пришлось недолго, хоть со страху и показалось, что больше часу; голос Сэма тихо позвал снизу: «Элберет, Элберет». Фродо спустил в люк легкую лестницу. Сэм поднялся, пыхтя, с большим узлом на голове и брякнул его об пол.

— Ну, сударь, чур не мешкать! — сказал он.— Да, снаряди тут попробуй нашего брата-невысоклика. Ладно, уж как-нибудь обойдемся, а то некогда. Орки все мертвые, ничего такого я не заметил, но что-то мне, понимаете, не по себе, вроде как под надзором. Может, оно и кажется, только боюсь, ох шныряет поблизости летучий мертвяк, а в небе черно, не разглядишь.

Он развязал узел. Фродо поежился от омерзения, но делать и правда было нечего — либо как ни на есть одевайся, либо ходи голый. Он натянул длинные косматые штаны из козлиной, что ли, шкуры и засаленную кожаную рубаху, а поверх нее — частую кольчугу, для среднего орка короткую, для Фродо длинную и тяжеловатую. Потом затянул пояс, на котором висел короткий широкий тесак. Шлемов Сэм притащил пяток на выбор, и один из них Фродо подошел: черная шапка из железных ободьев, обтянутых кожей, со злобным красным Оком, намалеванным над клювастым наносником.

— Моргульские доспехи, с молодчиков Горбага, нам бы лучше сгодились, да они и подобротнее,— сказал Сэм,— только с их пометками в Мордоре, наверно, лучше не разгуливать, после здешней-то бойни. Ну, сударь, вот вы и одеты — этакий складненький орк, с вашего позволения... да нет, не совсем, вам бы еще маску, руки подлиннее и ноги врастопырку. А мы, пожалуй, сверху прикроемся. Теперь готово дело. Щит подберете по дороге.

— А ты как же, Сэм? — спросил Фродо.— За компанию и для порядку?

— Да я, сударь, тут между делом пораскинул мозгами,— сказал Сэм.— Оставлять-то мою одежду нельзя, а куда мы ее денем? Неужто мне поверх нее напяливать оркский доспех? Нет, опять же прикроемся сверху.

Он опустился на колени и бережно свернул эльфийский плащ: сверточек получился малюсенький. Сэм припрятал его в котомку, закинул котомку за плечи, надел оркский шлем и завернулся в черный плащ.

— Вот так сойдет! — сказал он.— Теперь вроде бы гожусь вам в компанию. Пошли, пошли!

— Только не бегом, Сэм,— сказал Фродо с грустной улыбкой.— Да, а ты разузнал, как там с трактирами по дороге? Или вообще забыл про еду и питье?

— Батюшки, а ведь забыл! — присвистнул Сэм.— Вы тоже, сударь, хороши: напомнили, и я сразу захотел есть и пить! Давно уж во рту маковой росинки не было — покуда я вас искал. Но не так уж плохи наши дела: когда я последний раз шарил в котомке, там и хлебцев, и Фарамировой снеди оставалось недели на две — на одного, правда, едока, и то в обрез. С водой хуже — может, во фляге и есть еще глоток, но уж второго нет, это точно. На двоих маловато. А орки что — не едят и не пьют? Только дышат гнилым воздухом и лопают отраву?

— Нет, Сэм, они едят и пьют. Злодейству творить не дано, оно может лишь издеваться и уродовать. И орки — не его творение, это просто порченые твари, а стало быть, живут, как все живые. Пьют гнилую воду, едят гнилое мясо, если ничем другим не разживутся, но отравы не лопают. Меня они кормили и поили, так что я рядом с тобой именинник. И наверняка где-нибудь здесь и еда, и питье есть.

— Только времени-то нет разыскивать,— вздохнул Сэм.

— Ладно, ладно, дела наши даже лучше, чем ты думаешь! — сказал Фродо.— Пока ты ходил на добычу, я тоже кое-что промыслил: свою котомку среди тряпья. Они ее, конечно, распотрошили, да путлибы им, видать, были еще противней, чем Горлуму. Побросали их, потоптали, но я собрал все до крохи, и порядком набралось — думаю, почти столько же, сколько у тебя. Вот только Фарамиру снедь они забрали и флягу изрезали в клочья.

— Такие, значит, пироги,— сказал Сэм.— С голоду пока что не помрем. Без воды, правда, худо нам придется. Но пошли, пошли, сударь, а то нам и целое озеро будет без надобности!

— Нет уж, Сэм, пока ты не перекусишь, я с места не двинусь,— сказал Фродо.— Возьми-ка вот хлебец и допей глоток из своей фляги! Худо нам придется так и так, и нечего беречь глоток на завтра. Может, и завтра-то никакого не будет.

Наконец они спустились, задраив люк, и Сэм положил лестницу в коридоре подле скрюченного трупа орка. В малой башне было темно, а крышу все еще озаряли отсветы зарева над Ородруином, хоть оно и потускнело. Они подобрали щиты полегче и ступили на главную лестницу.

Гулко отдавались их шаги. Круглая комната, где они встретились, теперь казалась чуть не домом родным, а здесь даже обернуться было страшно. Может, и не осталось никого в живых во всей башне на Кирит-Унголе, но тишина стояла зловещая до ужаса.

Подошли к дверям во двор, и перед ними встала невидимым и плотным заслоном черная злоба Соглядатаев — безмолвных чудищ по сторонам багровеющих ворот. Побрели через двор между мертвыми телами, идти было все труднее. Неподалеку от арки остановились, пошатываясь, оцепененные тяжкой болью.

Фродо бессильно повалился на камни.

— Дальше не могу, Сэм,— выговорил он коснеющим языком.— Кажется, вот-вот умру. Не знаю, что это на меня накатило.

— Дело понятное, сударь. Главное — крепитесь! Тут ворота малость заколдованные. Но я сюда через них прошел, и я не я буду, если не выйду. Я на них управу знаю. Ну-ка!

Он вынул звездинку Галадриэли, и в честь его мужества, в награду немудрящей хоббитской верности светильник ослепительно вспыхнул в заскорузлой руке Сэма, словно молнией осияв сумрачный двор, и сияние не угасало.

— Гилтониэль, о Элберет! — выкликнул Сэм: ему вдруг вспомнилась Хоббитания и песня эльфов, от которой шарахнулся в лес Черный Всадник.

— Айийя эленион анкалима![1] — воскликнул позади него Фродо.

И чары вдруг распались, точно лопнувшая цепь; Фродо и Сэм, спотыкаясь, стремглав пробежали в ворота, мимо Соглядатаев, злобно сверкнувших мертвыми глазами. Раздался треск: замковый камень арки грянулся оземь, чуть не

---

[1] О Владычица звезд! — титулование Элберет Гилтониэли на верхнеэльфийском языке.

придавив беглецов, и, рассыпаясь, обрушилась стена над воротами. Хоббиты уцелели чудом. Ударил колокол, и дико взвыли Согладатаи. Эхом отозвались темные небеса: оттуда коршуном устремилась вниз крылатая тень, и жуткий вопль ее, казалось, разрывал тучи.

Глава II

В СУМРАЧНОМ КРАЮ

Сэм едва успел спрятать на груди светильник.

— Бежим, сударь! — крикнул он.— Нет, не туда! Там под стеной обрыв. За мной бегите!

И они побежали прямо по дороге. Шагов через пятьдесят их скрыл спасительный выступ; кое-как отдышались, прижимаясь спиной к утесу. От разрушенной арки доносились сверлящие вопли назгула, и скалы вздрагивали.

Ужас погнал их дальше, за поворотом снова надо было перебежать на виду. Мельком увидели они черную тень над стеною — и юркнули в ущелье, на крутой спуск к Моргульской дороге. Вскоре очутились на перекрестке — никого нигде, но, конечно, вот-вот примчатся во всех сторон на яростный зов назгула.

— Плохо наше дело, Сэм,— сказал Фродо.— Были б мы орки, бежали бы к башне, а мы куда? Сразу нас сцапают. Нельзя по дороге.

— Нельзя-то нельзя, да куда деваться? — сказал Сэм.— Мы же летать не умеем.

Сбоку, над черною котловиной, громоздились утесистые восточные склоны Эфель-Дуата. За перекрестком дорога опять ныряла и выводила на висячий мост над пропастью, к ущельям и кручам Моргвея. Фродо и Сэм опрометью кинулись по мосту; уже далеко позади, на уступе, высилась башня Карит-Унгола, поблескивавшая каменной чешуей. Внезапно вновь ударил колокол и загремел, не смолкая. Затрубили рога. Из-за моста донеслись ответные крики. Меркнущие отсветы Огненной горы в котловину не проникали, и пока никого не было видно, только все ближе слышался грохот кованых сапог и топот копыт.

— Живо, Сэм! С моста вниз! — крикнул Фродо. Они перелезли через перила. По счастью, склоны Моргвея уже подступили к дороге, и зев пропасти остался позади, но прыгать все равно надо было в темноту, наудачу.

— Эх, где наша не пропадала,— сказал Сэм.— На всякий случай прощайте, сударь!

Он прыгнул, Фродо за ним, и тут же над головой у них на мост ворвались всадники и толпа орков. Но Сэм чуть не расхохотался. Не в бездну упали они, не на острые невидимые скалы, а футов через двенадцать с треском врезались в гущу — это надо же! — терновника. И Сэм лежал тихо-тихо, зализывая расцарапанную руку.

Когда шум погони стих, он осмелился шепнуть:

— Ну, сударь, не знал я, что в Мордоре что-нибдь растет, но уж коли растет, то это самое оно. Ничего себе колючки, чуть не в два пальца длиной! Как они меня насквозь не проткнули. Дурак я, что не надел кольчуги.

— Да от этой орকской кольчуги никакого толку,— отозвался Фродо.— Они и рубаху пропороли.

Насилу выдрались из зарослей: жесткие, как проволока, кусты вцеплялись, точно когтями. Плащи их были изорваны в клочья.

— Спускаемся вниз, Сэм,— прошептал Фродо,— к самому дну котловины, и сразу свернем на север.

За пределами Мордора наступало утро, и над покровом мглы всходило солнце из-за восточного края Средиземья; но здесь ночная темнота еще сгустилась. Тлела пригасшая Гора. Прежде обагренные скалы почернели. Восточный ветер, который дул с той поры, когда хоббиты были еще в Итилии, теперь улегся. Медленно, с трудом пробирались они на ощупь, спотыкаясь и падая, по камням, грудам хвороста, сквозь колючие заросли, все вниз и вниз.

Наконец, выбившись из сил и обливаясь потом, они уселись рядом возле огромного валуна.

— За кружку воды я бы самому Шаграту лапу пожал,— сказал Сэм.

— Насчет воды лучше помалкивай! — посоветовал Фродо.— Не береди душу.

Он устало вытянулся и надолго замолчал: дурнота одолевала его. Потом он, к изумлению своему, обнаружил, что Сэм крепко спит.

— Сэм, ты проснись! — позвал Фродо.— Идти надо! Передохнули — и будет.

Сэм вскочил на ноги.

— Ой, батюшки! — сказал он.— Вздремнул ненароком. Давненько, сударь, я толком не спал, вот глаза и слиплись.

Фродо пошел впереди, стараясь держать путь на север

среди камней, загромоздивших сухое русло. Но вскоре он остановился.

— Да нет, Сэм,— сказал он.— Вот как хочешь, не получится. То есть я это про орктскую кольчугу. Может, в другой раз, а сейчас — нет. Мне и моя-то, мифрильная, бывала тяжеловата. А эта куда тяжелее. Да и что от нее проку? Мы ведь не с боем будем пробиваться.

— А без драки-то, может, и не обойдемся,— возразил Сэм.— Ножом в спину ткнут, стрела невзначай попадет, мало ли. Да и Горлум, коли на то пошло, где-то рядом ошивается. Не, неохота мне думать, что у вас одна защита — кожаная рубаха!

— Сэм, дорогой ты мой,— сказал Фродо,— я устал, я с ног падаю, я совсем уж ни на что не надеюсь. И все равно надо, понимаешь, надо тащиться к Огненной горе — хоть на брюхе. Хватит с меня Кольца. А это лишнее, это меня давит. Но ты не подумай, я понимаю, каково тебе было копаться среди мертвецов, отыскивать ее для меня...

— Да это, сударь, вздор, делов-то! Я вас на спине донесу, было б куда. Пес с ней, с кольчугой!

Фродо скинул плащ, снял кольчугу, отбросил ее в сторону и поежился.

— Потеплее бы что-нибудь,— сказал он.— То ли холодно стало, то ли я простудился.

— А возьмите-ка, вы, сударь, мой плащ,— сказал Сэм.— Он скинул котомку с плеч и вытащил оттуда свёрточек.— Честное слово, неплохо получится! Закутайтесь поплотнее в эту орктскую хламиду, затянитесь поясом, а сверху вот накиньте. Орк из вас теперь липовый, ну да ладно, зато согреетесь, а пожалуй что оно и безопаснее. Как-никак сама Владычица руку приложила.

Фродо застегнул брошь.

— Да, гораздо легче стало! — сказал он.— И в ногах силы прибавилось. Только темень как тисками сжимает. Знаешь, Сэм, в башне я лежал и вспоминал Брендидуим, Лесной Угол, реку возле мельницы в Норгорде. А теперь ничего не вспоминается.

— Здрасьте, сударь, теперь уж не я, а вы на воду намекаете! — сказал Сэм.— Могла бы Владычица нас увидеть или услышать, я сказал бы ей: «Ваше Сиятельство, нам нужны только свет и вода, чистая вода и дневной свет, а каменьев никаких, прощенья просим, и даром не надо». Но далеко отсюда Лориэн.

Сэм со вздохом махнул рукой в сторону Изгарных гор — черноты в непроглядном небе.

Через сотню шагов Фродо опять остановился.

— Черный Всадник кружит над нами,— сказал он.— Что другое, а это я чувствую. Переждем.

Они залезли под огромный валун, сидели лицом к западу и молчали. Потом Фродо облегченно вздохнул:

— Улетел.

Они выбрались — и обомлели от удивления. По левую руку, на юге, небосклон посерел и стала видна в высоте крутоверхая горная цепь. За нею разливался свет, и мгла отступала к северу: казалось, в небесах идет битва. Тучи Мордора клубились и редели, рассеиваясь клочьями под напором ветра из мира живых; чадный туман втягивался назад, в глубь Сумрачного Края. И как сквозь грязное тюремное окно сочились бледные утренние лучи.

— Гляньте, сударь! — сказал Сэм.— Нет, вы гляньте! Ветер переменился. Похоже, не все у него, лиходея, ладится. Темень-то разметало. Эх, знать бы, как оно там.

Это было утро пятнадцатого марта, солнце поднималось из восточного сумрака над Андуином, дул юго-западный ветер. Теоден лежал при смерти на Пеленнорской равнине.

Ширилась полоса света над гребнями Эфель-Дуата, и вдруг хоббиты увидели пятнышко в ясном небе; вблизи оно стало черной тенью, а тень врезалась в сумрак и промчалась высоко над головой. Послышался протяжный, надсадный вопль назгула, но вопль их почему-то не испугал: была в нем тоскливая злоба и весть о своей гибели. Главарь Кольценосцев исчез с лица земли.

— А я что говорил? Где-то обмишулился лиходей! — воскликнул Сэм.— «Война хорошо идет!» — говорил Шаграт, а Горбаг хмыкал, и, видно, недаром. Может, не так уж все и худо, а, сударь? Может, будем надеяться?

— Да нет, Сэм, нам с тобою надеяться не на что,— вздохнул Фродо.— Это все за горами, за долами. И мы идем не на запад, а на восток. Я очень устал, Сэм, и Кольцо все тяжелее. И перед глазами у меня словно огненное колесо.

Сэм снова поник. Он тревожно взглянул на хозяина и взял его за руку.

— Пойдемте, сударь! — сказал он.— Все ж таки посветлело, идти будет легче, хоть и опаснее. Чуток пройдем, потом полежим отдохнем. Съешьте-ка вы эльфийского хлебушка, подкрепитесь.

Они разломили путлиб на двоих и побрели дальше, старательно жуя пересохшими ртами. Темноту сменил серый полумрак; впереди, по дну глубокой, отлого поднимавшейся к северу котловины тянулось пустое каменистое русло. У обрывистых подножий Эфель-Дуата вилась торная тропа. Они могли свернуть на нее еще с Моргульской дороги, перед мостом: спустились бы длинными лестницами, выбитыми в скалах. Здесь ходили дозоры и бегали гонцы в малые крепости между Кирит-Унголом и тесниной Изенмаута, железными челюстями Карак-Ангрена.

Опасно было идти этой ближней тропой, зато легче, а Фродо знал, что ему не под силу пробираться валунами или по ущельям Моргвея. К тому же и погоня, наверно, будет сперва искать их не здесь, а на восточной дороге или западных перевалах. Отойдут они подальше от башни, попробуют выбраться из котловины на восток, а там... а там всему конец. Они пересекли сухое русло и пошли по орковой тропе. Над нею нависали скалы, так что сверху бояться было вроде бы нечего, но тропа то и дело петляла, и у каждого поворота брались они за рукояти мечей.

Светлей не становилось: Ородруин по-прежнему изрыгал тяжкие дымные облака, не уступавшие ветру. Мощный столп поднимался в надветренную высь и расползался, нависая огромным туманным куполом. Они брели уже час с лишним — и вдруг оба замерли, не веря своим ушам. Наконец поверили: слышалось журчанье воды. Слева, из узкой, точно прорубленной в черном утесе канавки, струились, должно быть, остатки душистой дождевой влаги, скопленной над солнечным Морем и впустую окропившей скалистую ограду бесплодного края. Струйка лилась на тропу, и крохотный ручеек сбегал под откос, теряясь среди голых каменьев.

Сэм кинулся к струйке.

— Непременно скажу Владычице, если увижу ее! — воскликнул он.— Свет — пожалуйста, а вот и вода! — Он замялся.— Позвольте, сударь, прежде я напьюсь.

— Пей на здоровье, только нам и вдвоем места хватит.

— Да я не про то,— сказал Сэм.— Просто ежели от этой водички сразу ноги протянешь, так уж давайте испробуем на мне.

— Ах, ты вот о чем. Нет, Сэм, пробовать будем вдвоем — вдруг да обоим повезет. Глотнем для начала самую капельку — а ну как она ледяная, моргульская!

Вода была вовсе не ледяная, но прохладная, с неприятным привкусом — маслянистая и горьковатая. То есть это бы дома им так показалось, а здесь они этой водой нахвалиться не могли и пили без опаски.

Напились вволю, и Сэм наполнил флягу. Фродо полегчало; они прошли несколько миль, и тропа стала шире, а справа появилось грубое подобие стены. Должно быть, где-то неподалеку был лагерь орков.

— Сворачиваем, Сэм,— сказал Фродо.— На восток надо сворачивать.— Он вздохнул и окинул взглядом сумрачные гребни за котловиной.— Авось хватит у меня сил туда перебраться, а там забьемся в какую-нибудь ложбинку и отдохнем.

На четвереньках спустились по осыпи к руслу — и набрели, как ни странно, на темные лужи: видно, ручеек был не один. И еще не все омертвело у западных слонов Моргвея. Убогие, искореженные и хваткие растения упорно цеплялись за жизнь. В ущельях как бы тайком росли кривобокие карликовые деревца, жесткие серые пучки травы выбивались из-под камней, чахлый мох облеплял валуны, и повсюду стелился, извивался, торчал дикий терновник-чемыш, щетинясь длинными и острыми, порой крюковатыми колючками. Шуршали и шелестели жухлые прошлогодние листья; полуоткрытые почки изъедены были червями. Жужжали и жалили мухи — рыжие, серые и черные с красными пятнышками, точно орки; над зарослями толклись тучи голодного комарья.

— Орки́е доспехи тут не помогут,— сказал Сэм, отмахиваясь обеими руками.— Мне бы орќую шкуру!

Фродо совсем выбился из сил. Они карабкались вверх узким уступчатым ущельем, и до гребня было еще очень далеко.

— Я отдохну, Сэм, и попробую уснуть,— сказал Фродо. Он поглядел вокруг, но среди голых скал и зверьку было бы негде укрыться. Наконец они пристроились под терновым кустом, каким-то чудом выросшим на обрыве.

Путлибы они решили поберечь про черный день и съели половину Фарамировой снеди из котомки Сэма: сушеные яблоки и кусочек солонины. Отпили из фляги по глотку-другому воды. Вообще-то они напились в котловине, но воздух в Мордоре был точно прогорклый, и все время пересыхало во рту. Сэм подумал о воде — и сразу приуныл: ведь с Моргвея надо было спускаться на выжженную равнину Горгорота.

— Давайте-ка спите, сударь,— сказал он.— Вон опять темнеет, на этот раз вроде по вечернему случаю.

Фродо уснул прежде, чем он успел договорить. Не поддаваясь усталости, Сэм взял руку Фродо и сидел молча до глубокой темноты. Потом, чтобы не заснуть, выполз из-под тернового укрытия и прислушался. Похрустывало, потрескивало, поскрипывало, но ни голосов, ни шагов. Ночное небо на западе за Эфель-Дуатом еще светилось. В разрыве туч над черным пиком засияла звезда. Глядя на нее из прокаженной страны, Сэм залюбовался ее красотой — и словно очнулся. Чистым, ясным лучом озарило его душу, и он подумал, что владычеству мрака раньше или позже придет конец, что светлый и прекрасный мир не подвластен злу. В башне он пел об этом скорее от безнадежности, потому что печалился о себе. А теперь он вдруг стал спокоен и за свою судьбу, и даже за судьбу хозяина. Он заполз обратно под колючий полог, улегся рядом с Фродо и, забыв всякий страх, крепко и безмятежно уснул.

Проснулись они рука в руке. Сэм отоспался неплохо; Фродо тяжело вздыхал. В его тревожных снах бушевало пламя, и пробудился он с той же тревогой. Но все же отдых его освежил; надо было тащить свою ношу дальше. Время было, похоже, дневное, а сколько проспали, столько проспали; перекусили, глотнули воды и, карабкаясь вверх по ущелью, добрались до осыпей и обвалов, где уже ничего не росло и мрачно возвышались впереди голые, гладкие каменные зубья.

Наконец одолели и эти отвесные кручи, последнюю сотню футов ползли над пропастью, цепляясь за каждый выступ. Отыскали расселину между черными утесами — и очутились на краю внутренней ограды Мордора. Под обрывом тысячи в полторы футов простиралась, теряясь во мгле, пустошь Горгорота. Порывистый западный ветер угонял и рассеивал громадные тучи, но здесь, на унылой равнине, царил мертвенный полусвет. Дымы выползали из трещин, стелились по земле, оседали во всякой впадине.

По-прежнему далеко, миль за сорок, Роковая гора, пепелистая у подножий, высоко вздымала могучую вершину, окутанную клубами дыма. Ее недра не дышали огнем, она дремотно тлела, грозная и страшная, как сонное чудище. А за нею тяжкой черной тучей нависла тень, скрывавшая Барад-Дур, воздвигнутый на дальнем отроге северной ограды Мордора, хребта Эред-Литуи. Недреманное Око не блуждало; Черный Властелин погрузился в раздумье над тревожными, смутными вестями: он увидел сверкающий меч и суровый царственный лик и на время забыл обо всем остальном. Поэтому и сгустился угольно-черный мрак вокруг исполинской многобашенной, многовратной твердыни.

Фродо и Сэм оглядывали ненавистную страну с изумленьем и трепетом. Между ними и дымящимся вулканом, к северу и к югу от него все казалось гиблой, выжженной пустыней. Как это здешний Властелин содержит и чем кормит своих бесчисленных рабов и несметные полчища? А полчища были и вправду несметные. Подножия Моргвея облепили лагеря, палаточные и глинобитные. Прямо под обрывом был один из самых больших. Он раскинулся на целую милю, точно гнездилище мерзких насекомых; ровно, как по линейке, стояли ряды казарменных бараков и длинных складских сараев. И лагерь, и широкая дорога на юго-восток к Моргулу кишмя кишели солдатами.

— Как-то мне вся эта петрушка не нравится,— сказал Сэм.— Я бы даже сказал, дохлое наше дело — ну, правда, где столько народу, там должны быть какие-нибудь колодцы, уж не говорю, что еды навалом. Ведь это, как я понимаю, вовсе не орки, а люди.

Они с Фродо, конечно, ничего не знали об огромных рабских плантациях далеко на юге этого обширного края — за дымным вулканом, возле горько-соленых вод озера Нурнен; не знали о том, что по большим дорогам с юга и востока, из покорившихся Мордору стран днем и ночью тянутся вереницы груженых повозок и гонят толпы рабов. Здесь, на севере, были копи и кузни, здесь готовилась давно задуманная война, и сюда Черный Властелин подводил войско за войском, точно двигал шашки на доске. Сперва он прощупал противника на западной границе; теперь перебросил силы и стягивал все новые полчища к Кирит-Горгору, чтобы раздавить дерзких врагов. И если к тому же он хотел закрыть все подступы к Ородруину, то это удалось ему как нельзя лучше.

— Ну ладно! — продолжал Сэм.— Может, у них и вдоволь еды и питья, но нам-то что с этого? Тут ведь и вниз никак не спустишься. А если все-таки ухитримся, то как мимо них пробраться к горе, хотел бы я знать?

— Что ж делать, попробуем,— сказал Фродо.— Я ничего другого и не ожидал. Разве можно было надеяться, что мы проберемся к горе? Я и сейчас на это не надеюсь, но пути назад для меня нет. Пока что надо как можно дольше не угодить им в лапы. Пойдем мы, пожалуй, на север, где равнина поуже, и поглядим, что там делается.

— Я и так знаю, что там делается,— сказал Сэм.— Где равнина поуже, там орки и люди сбились в кучу; там небось яблоку негде упасть. Сами увидите, сударь.

— Увижу, если живы будем,— сказал Фродо и отвернулся.

Ни гребнем, ни возле гребня овражистого Моргвея пройти было никак нельзя; они спустились по тому же ущелью обратно в котловину и побрели среди камней, опасаясь вернуться на западную оркскую тропу. Через милю-другую они, притаившись в выбоине скалы, разглядывали на той стороне котловины лагерь орков, близ которого свернули накануне: грубую стену, глинобитные казармы, черное жерло пещеры. Там никого не было видно, и все же хоббиты крались, как мыши, от куста к кусту, благо обе стороны сухого русла густо обросли терновником.

Прокрались две-три мили, и лагерь орков скрылся из виду; но едва они перевели дыхание, как заслышали громкие, грубые голоса и юркнули за раскидистый бурый куст. Голоса звучали все ближе, показались два орка. Один — в драном порыжелом плаще, с луком из рогов — был низкорослый и темнокожий, наверно, мелкой, сыскной породы; он принюхивался, раздувая широкие ноздри. За ним шел солдат-здоровила вроде молодчиков Шаграта в доспехах, меченных Оком; в руке у него было короткое копье с широким наконечником, за спиной — лук и колчан. Само собой, они переругивались — и, конечно, на всеобщем языке, иначе бы не поняли друг друга из-за разницы наречий.

Шагов за двадцать от куста, под которым спрятались хоббиты, орк-сыщик остановился.

— Все! — тявкнул он.— Я пошел домой.— Он показал назад, на оркский лагерь.— Даже нос заболел камни без толку нюхать. Из-за тебя след потеряли. Говорил я тебе, в горы он ведет, а ты — низом, низом.

— Что, утерлась твоя сопливая нюхалка? — хохотнул здоровила.— Глазами лучше смотри, чем носом землю рыть!

— Ну, и много ты углядел своими лупетками? — огрызнулся другой.— Долбак! Ты ж даже не знаешь, кого ищешь!

536

— Не вяжись! Что положено, то я и знаю! Сперва сказали — ищите эльфа в блестящем доспехе, потом — ищите гнома, теперь говорят — урукхайцы взбунтовались и разбежались; ищите, говорят, а там видно будет кого.

— Тьфу! — плюнул сыщик.— Трехнулись они там от большого ума. Ну, им мозги вправят, да заодно и шкуру снимут, если правда, что я слыхал: что башню взяли приступом, три сотни ублюдков вроде тебя искрошили, а пленник смылся. Эх вы, вояки-забияки! И на войне, говорят, тоже обделались.

— Кто говорит? — заорал здоровила.

— Чего орешь-то? Нет, что ли?

— Да за такие слова я тебя, бунтовщика, в лепешку расшибу! Заткнись, понял?

— Ладно, не разоряйся! — сказал сыщик.— Я-то заткнусь, мне что, могу и про себя думать. А вот ты лучше скажи, при чем тут этот хмырь болотный? Черный с перепончатыми лапами?

— Откуда я знаю? Может, и ни при чем. Тоже небось лазутчик, чтоб ему околеть! Дал он от нас деру, а тут приказ — мигом доставить живым.

— Хорошо б его поскорей сцапали да разняли по косточкам,— скрипнул зубами сыщик.— Он, падло, меня со следу сбил: мало того, что увел кольчугу, еще и натоптал вокруг.

— Да, кабы не кольчуга, был бы он мертвяк мертвяком,— похвастался здоровила.— Я тогда еще не знал, что его живьем требуют, и с полсотни шагов впиндюрил ему стрелу в спину; отскочила, а он только ходу прибавил.

— Иди врать! Промазал ты, и все,— сказал сыщик.— Стрелять не умеешь, бегаешь, как жаба, а сыщики за вас отдувайся. Ну тебя знаешь куда! — И он побежал прочь.

— Назад, зараза! — рявкнул солдат.— А то доложу!

— Кому это ты доложишь, не Шаграту ли своему драгоценному? Хрена, он откомандовался.

— Доложу твое имя и номер бляхи назгулу,— пообещал солдат свистящим шепотом.— Недалеко ходить, он теперь у нас в башне главный.

— Ах ты, сучий потрох, доносчик недоделанный! — завопил сыщик с ужасом и злобой.— Нагадит, а потом бежит продавать своих! Иди, иди к вонючему Визгуну, он тебе повытянет жилы, если его самого прежде не ухлопают. Первого-то, слышно, уже прикончили, а?

Здоровила кинулся на него с копьем, но сыщик отскочил за камень и всадил ему в глаз стрелу; грузный орк тяжело рухнул навзничь. А невеличка припустился через котловину — и был таков.

Хоббиты сидели молча, не двигаясь. Наконец Сэм шевельнулся.

— Чистая работа,— сказал он.— Ну и дружный же народец в Мордоре — да этак они за нас полдела сделают!

— Тише, Сэм,— шепнул Фродо.— Они, может, не одни были. Нам здорово повезло — погоня-то шла по пятам. Но в Мордоре, это верно, все такие дружные, от Барад-Дура до окраин. Хотя орки всегда грызлись между собой, припомни любое сказание. Только ты на их грызню не слишком надейся. Друг с другом они живут по-волчьи, а нас ненавидят всех до единого смертной ненавистью. Попадись мы на глаза этим двоим, они тут же бросили бы грызться — и начали бы снова над нашими мертвыми телами.

Помолчали-помолчали, и Сэм спросил, теперь уже шепотом:

— А насчет хмыря-то болотного слышали, сударь? Я же говорил вам, что наш Горлум жив-живехонек, помните?

— Помню. Я тогда удивился, откуда ты знаешь,— сказал Фродо.— Ну, давай выкладывай! Я думаю, нам отсюда лучше не вылезать, пока не стемнеет. Вот и расскажи, откуда знаешь, и про все остальное расскажи. Только постарайся потише.

— Да уж постараюсь,— обещал Сэм,— хотя, как подумаю про Вонючку этого, во всю глотку охота орать.

Тусклый мордорский вечер давно уж померк, настала глухая, беззвездная ночь, а хоббиты все сидели под терновым кустом, и Сэм в коротких словах рассказывал на ухо Фродо про подлость Горлума, про гадину Шелоб и про то, как он пошел за орками. Дослушав, Фродо ничего не сказал, только крепко пожал Сэму руку. И зашевелился.

— Ну что ж, посидели, и хватит,— сказал он.— Теперь уж нас сцапают накрепко — и кончится эта мука, эти дурацкие прятки, тем более все понапрасну.— Он встал.— Ух, как темно, а светильник Владычицы не зажжешь. Ты, Сэм, побереги его пока что для меня. Я его и взять-то у тебя не могу: куда его деть? В руке, что ли, держать — так побредем ведь ощупью, тут обе руки нужны. Да, еще Терн — Терн ты возьми себе, Сэм. У меня есть орский кинжал, но вряд ли мне еще понадобится оружие.

Трудно и опасно было идти ночью по каменистому бездорожью; однако же хоббиты медленно, спотыкаясь на каждом шагу, пробирались восточной окраиной котловины. И когда серый рассвет сполз по западным склонам Моргвея — за горами давно уже прояснился день,— они нашли, куда спрятаться, и спали по очереди. Сэм, просыпаясь, задумывался: есть-то все-таки надо, никуда не денешься. И когда наконец Фродо проснулся как следует и сказал, что, мол, хорошо бы чего-нибудь поесть и пошли дальше, Сэм рискнул задать вопрос, который давно уж вертелся у него на языке:

— Прошу прощения, сударь, а вы как думаете, сколько нам еще идти?

— Да никак я не думаю, Сэм,— ответил Фродо.— В Раздоле мне, помнится, показывали карту Мордора, составленную задолго до того, как Враг стал здесь хозяином; но что-то она у меня в памяти расплывается. Отчётливо помню, что есть такое место, где сходятся отроги северной и западной цепи. От моста, что возле башни, лиг [1] двадцать. Там бы и свернуть на восток, но от Горы-то мы будем дальше, будем, пожалуй, за все шестьдесят миль. Мы с тобой прошли от моста двенадцать с лишком лиг. Как ни старайся, а не дойдем до Горы раньше чем через неделю. И знаешь, Сэм, ведь чем ближе к Ородруину, тем Оно тяжелей на шее, а значит, и пойдем медленнее.

— Ну, как я и думал,— грустно сказал Сэм.— Так вот, сударь, о воде уж не говоря, есть придется поменьше — или хоть сейчас прибавим ходу, быстренько выберемся из этой проклятой котловины. А то ведь еще позавтракаем — и все, одни эльфийские хлебцы остались.

— Я попробую, постараюсь побыстрее,— тяжко вздохнул Фродо.— Ладно, перекусили и пойдем, чего уж там.

Еще не совсем стемнело, но они пустились в путь и брели всю ночь, оскользаясь, натыкаясь на камни, пробираясь сквозь колючие заросли; раза три-четыре понемногу отдыхали. Едва лишь серый свет забрезжил у края небосклона, они снова укрылись в тени под нависшей скалой.

Однако на этот раз светало по-новому: сильный западный ветер разгулялся в высоте и откинул дымный полог над Мордором. Миля за милей открывались перед глазами хоббитов. Котловина сходила на нет, превращаясь в бороз-

---

[1] *Напоминаем:* лига — около трех миль, точнее — 2,736.

ду под обрывами Эфель-Дуата, а неприступные кручи Моргвея придвинулись и еще угрюмее заслоняли Горгорот. Сухое русло кончалось изломами скал высокого, голого, как стены, отрога, навстречу которому с севера, от туманных вершин Эред-Литуи, протянулась зубчатая гряда. Между ними было узкое ущелье: Карак-Ангрен, Изенмаут, а за ущельем — глубокая падь Удуна, туннели и оружейни до самого Мораннона, до Черных Ворот Сумрачного Края. Туда властелин его поспешно стягивал войска, чтобы сокрушить западное ополчение. Горы были сплошь застроены башнями и крепостями, пылали сторожевые огни. Ущелье преграждал земляной вал, и через глубокий ров был перекинут один мост.

Милях в десяти к северу у вершины горного узла высился старинный гондорский замок Дуртханг, ныне ставший одной из оркских крепостей вокруг Удуна. От него спускалась извилистая дорога, серевшая в утренних лучах; за милю-другую от хоббитов она сворачивала на восток и вела по уступу голого отрога в низину и дальше на Изенмаут.

Как видно, зря они так далеко прошли на север; правда, на дымной равнине Горгорота не было заметно ни лагерей, ни движущихся войск, но уж там-то их наверняка углядят тысячеглазые крепости Карак-Ангрена.

— Все, Сэм, деваться нам некуда,— сказал Фродо.— Впереди оркская башня, и никак не миновать дороги от нее вниз — разве что повернем обратно. Пути на запад нет, и на восток не спустишься.

— По дороге так по дороге, сударь,— отозвался Сэм.— А вдруг нам повезет — если в Мордоре кому-нибудь везет. Чем идти назад или шастать по горам, лучше прямо к оркам в лапы, на даровые хлеба — свои-то не сегодня завтра кончатся. Попробуем — может, проскочим!

— Ладно, Сэм,— сказал Фродо.— Веди, коли тебя надежда не покинула. У меня ее не осталось. Но «проскочим» — не то слово, Сэм. Я за тобой потащусь.

— Потащимся вместе, сударь, только сперва надо вам поесть и вздремнуть. Ну-ка, чего там у нас осталось в закромах?

Он протянул Фродо флягу и, подумавши, выделил ему добавочный хлебец; потом снял плащ и сделал из него какую ни на есть подушку. Утомленный Фродо спорить не стал, да он и не заметил, что допил из фляги последнюю каплю и позавтракал за двоих. Когда Фродо уснул, Сэм склонился к нему, прислушался к его дыханию и вгляделся в лицо — осунувшееся, изрезанное морщинами и все же во сне спокойное и ясное.

— Ну, хозяин, была не была! — пробормотал Сэм.— Придется мне вас оставить на часок-другой — авось опять-таки повезет. Без воды мы далеко не уйдем.

Сэм выполз из-под скалы и, таясь, как заправский хоббит, перебегал между камнями. Он спустился в русло и пошел на север, к тем скалам, с которых, должно быть, поток некогда низвергался водопадом. Теперь там было сухо и стояла тишь, но Сэм прислушивался долго и упорно. Наконец, уловив слабое журчанье, он вскарабкался по скалам и обнаружил темный ручеек, стекавший по откосу в лужицу и затем пропадавший в голых камнях.

Сэм опробовал воду, кивнул, от души напился и наполнил фляжку. Он обернулся, взглянул на скалу, под которой спал Фродо,— и вдруг увидел, что возле нее шмыгнула какая-то черная тень. Сэм чуть не вскрикнул — и помчался вниз, прыгая по камням. Тень — или тварь — больше не показывалась, но уж Сэм точно знал, что это за тварь, и ему не терпелось ее придушить. Однако она его учуяла, метнулась прочь и исчезла за краем восточной пропасти.

— Пронести-то пронесло,— буркнул Сэм,— да едва не задело. Мало нам ста тысяч орков, так еще эта Вонючка! Да что же они его не подстрелили?

Фродо он будить пожалел, но сам не смыкал глаз, пока они не стали слипаться. Чуя, что вот-вот заснет, он тихо тронул хозяина за плечо.

— Похоже, сударь, что Горлум опять шныряет кругом,— сказал он.— Если это не он, значит, Горлум раздвоился. Я пошел по воду — смотрю, он к вам подбирается. Так что на пару нам спать неладно, а я, с вашего позволения, очень уж носом клюю.

— Да что ты, Сэм! — сказал Фродо.— Ложись, отсыпайся пока чего. Но Горлум — это не беда, лишь бы не орки. И он нас им не выдаст, разве что сам попадется: тогда, конечно, выпытают.

— Он и без них сумеет убить и ограбить,— проворчал Сэм.— Глядите в оба, сударь! Вот фляга с водой — пейте на здоровье. Мы ее потом по дороге наполним.

И Сэм заснул как убитый.

Когда он проснулся, уже снова темнело. Фродо сидел, прислонившись к стене, и спал. Фляга была пуста. Горлума не видать и не слыхать.

В Мордор вернулась тьма, и яростно пламенели сторожевые огни на горах, когда хоббиты двинулись в путь — наудачу, очертя голову. Завернули к ручейку и оттуда выкарабкались по откосам на дорогу: до Изенмаута было добрых двадцать миль. Узковатая дорога — ни ограды, ни парапета — шла над обрывом, который скоро стал бездонной пропастью. Хоббиты замерли — нет, шагов ниоткуда не слыхать — и что было сил припустились прочь от замка, на восток.

Остановились миль через двенадцать; миновали крутой северный изгиб, и большой кусок дороги пропал из виду. Оттого-то все и приключилось. Они чуть-чуть отдохнули и пошли дальше, но почти сразу услышали то самое, что больше всего боялись услышать: мерный топот солдатских сапог. Он донесся издалека, однако уже мелькали отсветы факелов из-за поворота. Орки наверняка шли быстро, убежать от них по дороге нечего было и думать.

— Вот и попались мы, Сэм,— сказал Фродо.— Нет, видно, в Мордоре никому не везет.

Он взглянул на гладкий, как темное зеркало, отвесный утес: древние строители военных дорог знали свое дело. Потом перебежал дорогу и стал у края сумрачной пропасти.

— Попались наконец! — Он вернулся, сел к стене и уронил голову на грудь.

— Похоже на то,— сказал Сэм.— Делать нечего, подождем — увидим, что будет.

И он уселся рядом с Фродо под утесом.

Ждать пришлось недолго: орки не шли, а бежали рысцой. В первых шеренгах несли факелы, их огненно-красные языки извивались во тьме все ближе. Сэм тоже склонил голову, чтобы скрыть лицо, и заслонил их ноги щитами.

«Второпях-то,— подумал он,— может, и пробегут мимо двух усталых солдат!»

Казалось, так оно и будет. Орки бежали, мотаясь и пыхтя, свесив головы; это Черный Властелин гнал на войну мелких тварей, и забот у них было две: скорей бы добраться и не отведать плети. Но с боков взад-вперед пробегали два огромных свирепых уркхайца, покрикивая и щелкая бичами. Уже далеко впереди были факельщики, и Сэм затаил дыхание. Осталось меньше половины отряда. И вдруг погонщик заметил, что какие-то двое сидят у дороги. Взметнулся бич, и грубый голос гаркнул:

— Эй, вы! А ну, встать!

Хоббиты смолчали, и он остановил отряд.

— Живо в строй, слизняки! — заорал он.— Лентяйничать вздумали? — Он шагнул к ним и даже в темноте различил отметины на щитах.— Ага, дезертиры? Стрекача хотели задать? Все ваши давно в Удуне, со вчерашнего вечера! Приказ не вам, что ли, объявляли? В строй, да поживее, а то бляхи отберу и доложу!

Они встали и, скрючившись, хромая, как солдаты, сбившие ноги, поплелись в хвост отряда.

— Нет, нет, не выйдет! — рявкнул погонщик.— На три шеренги вперед! И не отставать, я проверю, тогда все!

Длинный бич просвистел над их головами, потом громко хлопнул, сопровождая команду: «С места бегом марш!»

Бедняга Сэм и без того-то еле на ногах держался, а Фродо был как под пыткой или в страшном сне. Он стиснул зубы: лишь бы ни о чем не думать, бежать, бежать во что бы то ни стало. Он задыхался от потной вонищи орков, его мучила жажда. Конца этому не было видно, и он сверх всяких сил старался дышать ровнее и быстро передвигать ноги, а думать о том, куда он бежит и что его ждет, не смел. Ускользнуть — какое там! То и дело погонщик приотставал поиздеваться над ними.

— Шевелись, шевелись! — хохотал он, хлеща их по ногам.— Не можешь так — значит, хошь кнута! Бодрее, слизнячки! Получайте в задаток — а в лагере доберете за опоздание сполна. И поделом. Забыли, что вы на войне? Ничего, вам напомнят!

Пробежали несколько миль, и дорога отлогим склоном спустилась на равнину. Силы у Фродо кончились, воля отказывала. Он дергался и спотыкался; Сэм кое-как помогал ему, хоть и сам бежал из последних сил — откуда они взялись? И готовился к смерти: хозяин вот-вот упадет без чувств, все откроется и всему конец, все было зря. «Но уж этого-то погонялу я прикончу как пить дать»,— подумал он.

Он уже взялся за меч, но тут им выпало нежданное облегчение. Отряд подбегал к ущелью Карак-Ангрена. Неподалеку от предмостных ворот сходились три дороги: западная, южная и восточная, от Барад-Дура. По всем дорогам двигались войска, ибо западное ополчение наступало и Черный Властелин спешил стянуть все силы в Удун. На перекрестке, куда не достигал свет сторожевых огней с земляного вала, несколько отрядов набежали друг на друга. Все старались пролезть вперед, толкались и переругивались. Погонщики орали, махали бичами, но без драки дело не обошлось, и залязгали обнаженные клинки. Латники-урукхайцы из Барад-Дура смяли и отбросили их отряд.

Измученный, полумертвый от усталости Сэм словно очнулся и случая не упустил, повалившись наземь и потянув за собой Фродо. Об них спотыкались и с руганью падали орки. Ползком, потом на четвереньках хоббиты выбрались из свалки и ухитрились незаметно нырнуть за дальнюю обочину дороги, за высокий парапет, служивший путеводным знаком войскам ночью и в тумане. Вдобавок и дорога возвышалась над равниной на несколько футов.

Они лежали, затаившись: где было искать укрытия в такой темноте? Но Сэм понимал, что надо хотя бы отползти подальше от дороги и от факелов.

— Сударь, сударь! — шепнул он.— Еще немного, а уж там полежите.

Последним отчаянным усилием Фродо приподнялся на локтях и прополз футов с полсотни, скатившись в неглубокую ямину, которая точно поджидала их. И распростерся без чувств.

Глава III

РОКОВАЯ ГОРА

Сэм скинул оркское отрепье и устроил хозяину подушку, а потом укрылся вместе с ним серым лориэнским плащом, живо припомнив дальний эльфийский край; а что, подумал он, может, тамошняя ткань каким-нибудь волшебством и спрячет их здесь, в этом царстве дикого страха. Драка кончилась, крики стихли — верно, все зашли в Изенмаут. А про них в суматохе и неразберихе, надо думать, пока что позабыли.

Сэм глотнул воды, заставил глотнуть сонного Фродо и, когда хозяин немного пришел в себя, сунул ему в рот драгоценный путлиб — целый хлебец! — и присмотрел, чтобы хлебец был съеден толком. Устали они так, что было уж не до страха, лишь бы отдохнуть. Но спали неспокойно: холодила пропотевшая одежда, кусались жесткие камни; хоббиты вздрагивали и ворочались. Холод, шелестя, наползал от черных ворот, через Кирит-Горгор.

Утром опять посерело — все еще дул в высоте западный ветер, но здесь, на камнях, за черными заслонами Сумрачного Края, кругом было мертвенно и холодным удушьем стеснился воздух. Сэм выглянул из ямины: плоскую равнину подернуло тусклым сумраком. Дороги поблизости пустовали, но Сэм опасался бдительных стражей на стенах Изенмаута, всего-то футах в семистах к северу. А на юго-востоке, точно черная тень, воздвиглась Роковая гора. Она изрыгала клубы дыма: верхние уходили ввысь и плыли на восток, а те, что сползали по склонам, исподволь заволакивали равнину. Угрюмыми серыми призраками высились в северной дали вершины Эред-Литуи, а за ними туман хоронил другие вершины, черные в черном небе. Сэм на всякий случай прикинул, сколько докуда, хотя уж им-то было понятно, куда идти.

— Все, сколько их есть, пятьдесят миль, не будь я хоббит,— угрюмо пробормотал он, глядя на курящуюся Гору,— и неделю идти, ни днем не меньше: господина Фродо небось не поторопишь.

Он покачал головой, задумался, и на ум взбрела новая черная мысль. Прежде он ни на миг не отчаивался: туда-то оно туда, а потом все-таки обратно. Но тут ему вдруг открылась горькая истина: до цели они, может, как-нибудь и доберутся, хотя вряд ли, но потом делу конец, куда деваться — некуда, и есть тоже нечего. Нет, куда ни кинь, а делу крышка.

«Вот, оказывается, на что я подрядился,— думал Сэм.— Дело-то, стало быть, маленькое — помочь господину Фродо погибнуть и сгинуть вместе с ним, а что? Так — значит, так. Только вот жалко, не увижу я больше Приречья, Рози Кроттон с ее братишками, не увижу своего Жихаря, Бархатку не увижу, эх! Вряд ли Гэндальф отправил господина Фродо на погибель, на жестокую смерть, да нет, едва ли. Как его шарахнули в Мории, так и пошло вкривь и вкось. Вот незадача-то: он бы обязательно что-нибудь придумал».

Но Сэм хотя и терял всякую надежду — то есть казалось, что он ее теряет,— а обретал новые силы: суровой, почти угрюмой сделалась его добродушная хоббитская физиономия, а сам он стал тверже камня и крепче всякой стали и знал, что справится с тоской и усталостью, что уж как-нибудь да пройдет нескончаемый выжженный путь.

Новыми глазами окинул он окрестность, раздумывая, как идти дальше. Посветлело; он, к удивлению своему, увидел, что равнина вовсе не гладкая, а вся изрытая. Да что там, весь Горгорот изъязвлен был ямами — ну, точно в грязь попали горстью камушков и камней. Вокруг огромных ям торчали каменья, и расселины от них ползли во все стороны. Здесь можно было перебираться из ямины в ямину и не попасться на глаза, разве что уж очень присмотрятся. Оно конечно, если силы при тебе и торопиться некуда. А для голодных, которые с ног падают, для тех, кому еще идти и идти, зрелище это очень печальное. Так-то раздумывая, и спустился Сэм к хозяину. Будить его не пришлось: Фродо лежал на спине с открытыми глазами и глядел в туманные небеса.

— Стало быть, что же, сударь,— сказал Сэм.— Я тут огляделся и подумал. На дорогах никого не видно, и надо нам пока чего драпать. Вы как?

— Я так,— сказал Фродо.— Я должен.

И снова они побрели, а вернее, поползли от ямины к ямине, прячась, где удавалось, и все время с оглядкой. До поры их точно преследовала восточная дорога, но потом она вильнула в сторону и угорьем ушла в темень. Ни людей, ни орков не было на ее серых излучинах; Властелин перебросил почти все войска на север, а сам еще плотнее окутал мраком свою твердыню. Видно, смутил его враждебный ветер, изодравший полог чадного тумана, и встревожили вести о дерзких лазутчиках, которые все-таки проникли в Мордор.

Хоббиты одолели милю-другую. Фродо едва тащился: нет уж, где ему эдак-то, ползком и пригибаючись, таясь и перебегая,— нет, эдак они далеко не уйдут.

— Пойдемте-ка, сударь, на дорогу, пока светло,— сказал Сэм.— Может, опять нас кривая выведет! Она, конечно, чуть было не завела, да в последний миг поднатужилась. А по дороге-то мы хоть несколько миль запросто пройдем.

Сэм и представить себе не мог, как это опасно; однако ж Фродо, измученному тяжкой ношей и смертельной тоской, было уже почти все равно. Они вскарабкались на насыпь и побрели по утоптанной дороге, ведущей в Барад-Дур. Но уж везло так везло, и до вечера дорога была пустынна; когда же настали сумерки, они снова укрылись на темной равнине. В Мордоре царило зловещее затишье, ибо Западное ополченье миновало Развилок, и бушевал пожар на мертвенных лугах Имлад-Моргула. Туда и устремлялось Всевидящее Око.

Тянулись дни; Фродо нес Кольцо на юг, и на север двигались стяги обреченного воинства. С каждым шагом убывали силы одиноких путников. Днем врагов на дороге не было; по ночам, когда хоббиты прятались в ямах близ обочины и беспокойно дремали, иногда слышались крики, топот сапог, стук копыт и храп нещадно погоняемого коня.

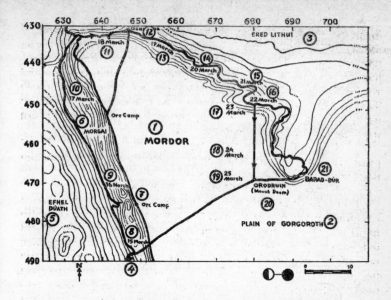

1. Мордор 2. равнина Горгорота 3. горы Эред-Литуи 4. мост
5. горы Эфель-Дуат 6. Моргвей 7. лагерь орков 8. 15 марта
9. 16 марта 10. 17 марта 11. 18 марта 12. Изенмаут 13. 19 марта
14. 20 марта 15. 21 марта 16. 22 марта 17. 23 марта 18. 24 марта
19. 25 марта 20. Ородруин, или Роковая гора 21. Барад-Дур.

Это все их не очень пугало, куда страшней была тяжкая, смертоносная и бессонная злоба всемогущего Властелина, скрывшего во мраке свой черный трон. Все ближе и грозней надвигалась она, точно стена кромешной тьмы на краю мирозданья.

Настала самая жуткая ночь; западное ополчение дошло до выжженной земли, а два обессиленных путника изнемогали от беспросветного отчаяния. Четверо суток назад спаслись они от орков, но минувшие дни и ночи слились в сплошной темный морок. За весь последний день Фродо не вымолвил ни слова; он брел, согнувшись и спотыкаясь, не разбирая пути. Сэм понимал, что хозяину тяжелее, что всему виною Кольцо, которое пригнетало его к земле и не давало ему ни минуты покоя. Он с тревогой замечал, как Фродо то и дело поднимает левую руку, будто защищаясь от удара или заслоняя полуослепшие глаза от ужасного, ищущего их Ока. А иногда правая рука ползла по груди, хватая цепочку, и медленно опускалась — пока что воля одолевала искушение.

Быстро смеркалось; Фродо сидел, склонив голову между колен, плечи обвисли, руки упирались в землю, и судорожно подергивались пальцы. Сэм горестно смотрел на него, покуда их не скрыла друг от друга непроглядная темнота. Слова на язык не шли, и он вернулся к своим невеселым мыслям. Усталый, измученный страхом, из сил он, однако, не выбился. Конечно, думал он, оба они давно протянули бы ноги, кабы не эльфийские хлебцы. Есть-то, конечно, все равно хотелось — ох, не отказался бы Сэм от каравая хлеба на придачу к сковороде жаркого! — но, когда ешь одни путлибы, так оно, может, и лучше. И то сказать, они придавали духу, и окрепшее тело подчинялось власти, какой не дано смертным. Думалось же ему о том, что по дороге дальше идти нельзя — она уводила во мрак,— а Гора возвышалась справа, на юге; пора было сворачивать. Только путь до нее далекий, и все по голой, дымящейся, обгорелой земле.

— Воды надо, воды! — пробормотал Сэм. Он крепился, как мог; язык распух и, казалось, не помещался в пересохшем рту; но все равно воды оставалось немного, меньше половины фляги, а идти еще дня два-три. Фляга давно бы опустела, если б они не отважились выйти на орковую дорогу: там изредка попадались каменные водоскопы — затем, наверно, чтобы войска не погибли от жажды среди выжженной равнины. В одном из них на дне была вода — затхлая, загаженная орками, но на худой конец сгодилась и такая. Однако с тех пор прошли сутки, и больше воды не сыщешь.

Наконец, ни до чего не додумавшись и отложив заботы на завтра, Сэм забылся прерывистым сном. Ему мерещились злобно мигающие огоньки, какие-то ползучие тени, слышались звериные шорохи и мучительные крики; он вздрагивал, открывал глаза: никого и ничего, глухая темень. Только один раз, когда он, дико озираясь, вскочил на ноги, уже вроде бы наяву привиделись бледные огоньки-глаза — мелькнули и тут же погасли.

Медленно, как бы нехотя отступила тревожная ночь. Тускло забрезжило утро; здесь, невдалеке от Горы, землю обволакивал дымный туман, тень завесы, которой окутался Властелин Черной Башни. Фродо неподвижно лежал на спине. Сэму очень не хотелось его будить, но он знал, что придется, что он-то и должен помочь хозяину собраться с силами. Он склонился к Фродо, погладил его по лбу и сказал ему на ухо:

— Просыпайтесь, хозяин! Опять нам пора в путь.

И Фродо вскочил на ноги, будто колокол грянул над ним, поглядел на юг, увидел Гору за пустошью и снова поник.

— Нет, Сэм, не дойду я,— сказал он.— Тяжело мне очень, ужас как тяжело.

Еще прежде чем рот раскрыть, Сэм знал, что скажет не то, что слова его зряшные, что лучше бы он смолчал, но уж очень было жалко хозяина.

— Давайте, сударь, я его немного понесу,— сказал он.— Понесу, сколько хватит сил, а вы пока отдохнете.

Глаза Фродо яростно сверкнули.

— Отойди! Не тронь меня! — крикнул он.— Оно мое, говорю тебе. Прочь! — И рука его потянулась к кинжалу. Через миг он печально промолвил: — Нет, нет, Сэм. Ты пойми, ты должен понять. Это моя ноша, я не могу избавиться от нее, даже на время. Дорогой мой Сэм, ты раз мне помог, но больше это не выйдет. Я не могу отдать его тебе, я с ума сойду, если ты его коснешься.

— Я понимаю,— кивнул Сэм.— Но я вот что надумал, сударь: избавимся-ка мы от всякой лишней тяжести. Мы же теперь пойдем напрямик,— и он указал на Гору.— Что нам больше не нужно, можно здесь бросить.

Фродо снова взглянул на Гору.

— Да,— сказал он,— коли так, то нам почти ничего не нужно. Сейчас — почти, а там и вовсе ничего.

Он отшвырнул орский щит и шлем. Потом снял серый плащ, отстегнул тяжелый пояс с тесаком, уронил его наземь и сорвал с себя черные лохмотья.

— Вот так,— сказал он,— побыл я орком, и хватит. И не хочу я никакого оружия, ни нашего, ни ихнего. Попадусь так попадусь.

Сэм тоже освободился от орского доспеха и разобрал свою котомку. Жалко было до слез — сколько он все это протащил и как все пригодилось! Но когда дело дошло до кухонной утвари — тут уж полились слезы.

— Тушеного кролика помните, сударь? — всхлипнул он.— А тот пригорок, где нас нашел господин Фарамир и где я видел олифанта?

— Нет, Сэм, не помню,— сказал Фродо.— То есть я знаю, что все это было, но представить себе этого не могу. Я не помню вкуса яблок или воды, не помню, как веет ветер, какие бывают деревья, цветы и травы, ни звезд, ни луны не помню. Я голый, Сэм, в темноте, лишь огненное колесо передо мной. Его я вижу с открытыми и закрытыми глазами, а все остальное исчезло, будто стерлось.

Сэм подошел и поцеловал ему руку.

— Вот управимся с ним — и сразу потом отдохнете,— неловко проговорил он, не зная, что сказать. «Словами делу не поможешь,— сказал он себе, собирая выброшенные вещи: не оставлять же здесь, на виду, мало ли кому они попадутся на глаза? — Вонючка-то, слышно, кольчугу подобрал, но уж меч ему шиш. Он и так, без меча, зверюга страшная. И чтобы он, гадина, кастрюльки мои хоть пальцем тронул?»

Он оттащил весь тюк к дымящейся расселине и сбросил его вниз. Загремели кастрюльки, и это уж, честное слово, было слишком — хоть сейчас умирай.

Он вернулся к Фродо, отрезал кусок эльфийской веревки на опояску хозяину — плащ тем более тоже эльфийский. Еще много осталось веревки, он бережно ее свернул и положил обратно в котомку. Веревка, эльфийские хлебцы с крошевом да фляга. Терн висел у него на поясе, и еще в кармане рубашки был фиал Галадриэли и маленькая шкатулка, ему самому подаренная.

Наконец они обернулись лицом к Горе и тронулись в путь, уже не прячась — лишь бы дойти, а там посмотрим. Хоть здесь и следили все за всеми, но вряд ли бы кто их заметил — разве что вблизи. Из всех бесчисленных рабов Черного Властелина одни лишь назгулы могли бы учуять этих маленьких и неотступных врагов, пробравшихся в глубь запретной страны. Но назгулы на своих чернокрылых чудищах были далеко: Властелин послал их следить за ополчением Запада, и Око Барад-Дура было обращено туда же.

Сэму в этот день показалось, что к хозяину пришло второе дыхание: им, конечно, полегчало без оркских доспехов, но уж не настолько. Они сразу пошли куда быстрее, чем рассчитывал Сэм, а шли-то по непроходимой, неровной пустоши. Гора придвигалась как бы сама собой. Но к концу дня — а тусклый свет стал меркнуть рано — Фродо снова ссутулился и что ни шаг спотыкался: похоже, растратил весь остаток сил.

На последнем привале он, едва опустившись наземь, выговорил: «Пить хочу, Сэм» — и больше не сказал ни слова. Сэм дал ему воды; последний глоток бултыхался во фляге. Сам он даже губы не смочил, и, когда мордорская темень сгустилась, он только и думал что о воде. Припоминались речки, ручьи, родники в солнечных крапинах, в зеленой ивовой тени, вода журчала и брызгала, а он изнемогал, глядя на нее ослепшими от темноты глазами. Ноги его взяли в прохладном иле на приреченском пруду, он был там с дружками Кроттонами — Джолли, Томом, Нибсом и сестричкой их Розой. «Но это ведь давно было,— вздохнул он,— и далеко до них отсюда. Может, и вернусь назад, но сперва надо на Гору». Ему не спалось, и затеялся спор с самим собой.

— Ну что ж, сказать не соврать, для начала неплохо,— утвердил он.— Прошли чуть не полпути. Еще денек — и доберемся.

Больше сказать было нечего.

— Ты не дури, Сэм Скромби,— услышал он собственный голос.— Он если и встанет, так на четвереньки, а еще один день, как сегодня,— ты что? Куда ты денешься, когда он допьет воду, когда ты скормишь ему все путлибы?

— Куда мне деваться, пойду куда надо.

— Куда это?

— На Гору, куда же еще.

— Ну а там, Сэм Скромби, а там что? Ну, ты дойдешь, а что будешь делать? Сам-то он ничего не сделает.

Сэм огорчился: он не знал, что делать,— ну то есть напрочь не знал. Фродо не объяснил ему, и Сэм так примерно представлял, что Кольцо надо вроде бы бросить в огонь.

— Ага, в Роковую Расселину,— пробормотал он, припомнив слова Гэндальфа, что ли.— Может, хозяин знает, как ее найти, я-то не знаю.

— То-то и оно-то! — ответил ему его собственный голос.— Чепуха это все, зря, сам же он говорит. А ты выходишь дурак дураком — чего-то надеешься, зачем-то тужишься. Был бы поумнее — давно бы лежал, спал и на все наплевал. Убьют тебя — это спасибо, как бы хуже не было. Ложись-ка, братец, спать, ну их в болото. До вершины все равно не доберешься.

— Доберусь, кости дотащу, а прочее так и ладно,— сказал Сэм.— И господина Фродо, уж будьте уверены, до места доставлю, хоть тресну. Кончай разговоры!

Но тут земля под ним задрожала от глубинного, подземного грохота. Плеснул, озарив тучи, красный язык пламени. Гора тоже спала неспокойно.

Остаток пути до Ородруина был сплошной невыносимой пыткой. Тело разламывало, горло у Сэма так пересохло, что пришлось голодать — не глоталось. Шли в полутьме: Гора дымила, а к тому же, как видно, собиралась страшная гроза, и на юго-востоке в темных небесах вспыхивали молнии. Воздух был чадный, дышать больно и трудно, голова кружилась, мутилось в глазах. Они то и дело падали, из последних сил поднимались и брели дальше. Гора приближалась, и вот, с трудом подняв головы, они увидели нависшую над ними тяжкую громаду: груды пепла и шлака, выжженные скалы. За откосами высилась, исчезая в тучах, крутобокая вершина. Прежде чем мутный сумрак сменился ночной темнотой, они добрались до самого подножия.

Фродо, задыхаясь, повалился наземь. Сэм уселся подле него. Он очень устал, но, как ни странно, ему полегчало и голова прояснилась. Больше не о чем было спорить с самим собой. Что бы там ни подсказывало отчаяние, он сделал выбор — не на жизнь, а на смерть. Его даже в сон не клонило: не до сна, надо быть начеку. Все ужасы и опасности сошлись воедино, и завтра их судьбу решит последний рывок — к спасению или к гибели.

Только вот наступит ли завтра? Казалось, время замерло, и цепенел один и тот же глухой час. «Наверно,— подумал Сэм,— Тот снова наслал темноту, и теперь утра не жди». Он потрогал Фродо за руку, холодную и дрожащую. Озяб хозяин.

— Эх, зря я одеяло выкинул,— пробурчал Сэм. Он улегся рядом с Фродо, покрепче прижал его к себе и все-таки уснул. И в обнимку спали они, когда занялся тусклый рассвет последнего дня их пути. Западный ветер стих накануне, крепчая, подул северный, и лучи незримого солнца просочились в тень, где лежали хоббиты.

— Ну что ж! Значит, последний рывок! — сказал Сэм, поднимаясь на ноги. Он склонился над Фродо и ласково разбудил его. Фродо застонал; собрав все силы, он встал — и тут же повалился на колени. С трудом он поднял глаза, увидел сумрачные склоны Роковой горы и пополз на четвереньках.

Сэм глядел на хозяина, и сердце его обливалось кровью, но сухи были воспаленные глаза.

— Сказал же, что хоть тресну, на себе его понесу, пока ноги держат,— пробормотал он,— и понесу!.. Вот что, сударь! — сказал он.— Нельзя мне нести его — это пусть, но вас-то вместе с ним можно? Ну-ка, садитесь! Садитесь, дорогой хозяин! Сэм вас подвезет, вы только скажите куда!

Сэм усадил Фродо на закорки, выпрямился и очень удивился — было вовсе не так уж тяжело. Он думал, что и хозяина-то едва поднимет, а уж растреклятое Кольцо их обоих пригнет к земле. Нет, ничего подобного. То ли Фродо совсем исхудал от страданий, кинжальной раны, паучьего яда, горестей, страха и жизни впроголодь, то ли сил у Сэма вдруг под конец прибавилось, но Фродо показался ему легче хоббитят, которых он, бывало, катал на спине по свежескошенному лугу. Он глубоко вздохнул и пустился в путь.

Они подошли к подножию Горы с северо-запада: здесь ее серые, растрескавшиеся откосы были довольно пологими. Фродо не сказал, куда идти, а Сэм допытываться не стал — решил подняться как можно выше, брести, пока не свалится. Он поднимался и поднимался, огибая кручи, падал ничком, вставал, наконец полз, как улитка с тяжелой раковиной на спине. Когда упорство иссякло, а руки и ноги перестали слушаться, он бережно уложил хозяина на землю.

Фродо открыл глаза и перевел дыхание. На высоте дышать было легче: чадные туманы остались у подножия.

— Спасибо тебе, Сэм,— хрипло прошептал он.— Нам еще далеко?

— Не знаю,— сказал Сэм,— я ведь не знаю, куда нам.

Он оглянулся, потом посмотрел наверх: однако они уже высоко забрались. Издали одинокая и грозная Гора казалась выше, а на самом деле была гораздо ниже, чем перевал Эфель-Дуата. Неровное угорье тысячи на три футов громоздилось над широкой подошвой, и еще на полстолько возвышался срединный конус, точно огромная труба с обломанным верхом — зубчатым кратером. Но Сэм одолел больше половины угорья, и далеко внизу дымилась сумрачная равнина Горгорота. Он снова поднял глаза — и вскрикнул бы, если б не пересохшая глотка: наверху, за обломками скал и буграми застывшей лавы, ясно была видна не то тропа, не то дорога. Она подымалась с запада и обвивала Гору, восходя к восточному подножию конуса.

Сэм не видел, как к ней пройти, он стоял под обрывом, но понятно было, что если вскарабкаться наверх, то ее не минуешь. И снова затеплилась надежда. «А что,— подумал он,— на Гору-то, пожалуй, и взлезем. Прямо как нарочно для меня ее проложили! — сказал он сам себе.— Не было бы ее здесь, я бы, чего доброго, под конец сдал».

Проложили ее, конечно, вовсе не для Сэма. Ему и невдомек было, что он смотрит на Сауронову дорогу от Барад-Дура к Саммат-Науру, Негасимым Горнилам. От огромных западных ворот Черной Башни она вела по исполинскому железному мосту, протянувшемуся через глубокий ров и на целую лигу над равниной, между двумя клубящимися безднами, а потом по насыпи к восточному склону Горы. Охватив ее во всю ширину с юга на север, дорога поднималась к верхнему конусу, посредине которого были черные двери, обращенные на восток, прямо напротив Зрячего Окна сумрачной твердыни Саурона. Дорогу то и дело сметали огненные потоки и загромождала застывшая лава, но бесчисленные орки отстраивали ее и расчищали.

Сэм печально вздохнул. Дорога-то вон она, да как до нее добраться по этим кручам: спину он, похоже, перетрудил. Он растянулся на земле рядом с Фродо. Оба молчали. Понемногу становилось светлее. И вдруг непонятное беспокойство охватило Сэма, словно его позвали: «Скорей, скорей, а то будет поздно!» Он кое-как поднялся на ноги. Наверно, зов услышал и Фродо, который перевернулся и подтянул колени.

— Я поползу, Сэм,— выдохнул он.

Фут за футом ползли они вверх по обрыву, как два серых жучка, и наконец очутились на дороге — широкой, утоптанной, усыпанной щебенкой и золой. Фродо выкарабкался на нее и медленно обернулся к востоку. Вдалеке черным пологом от небес до земли висела тьма; может, налетел ветер, а может, что-то встревожило Саурона, но завеса всколыхнулась и на миг приоткрыла чернейшую громаду верхней башни Барад-Дура с витыми шпилями и железной короной. Сверкнуло окно в поднебесье, метнулся на север красный луч — Огненное Око пронизывало мрак; потом завеса сомкнулась, и жуткое видение исчезло. Око не их искало, оно было обращено туда, где стояли у ворот ополченцы Запада, где им была уготована жестокая гибель; но в этот страшный миг и Фродо заглянул смерти в лицо. Рука его судорожно искала цепочку.

Сэм опустился возле него на колени. Фродо едва слышно прошептал:

— Помоги мне, Сэм! Сэм, помоги! Удержи мою руку, у меня нету сил.

Сэм сложил руки хозяина ладонь к ладони, поцеловал их и бережно сжал. Ему вдруг подумалось: «Выследил. Ну все, теперь держись. Попался наш Сэммиум Скромби».

Но он упрямо поднял Фродо, взвалил его на спину, ухватив за руки, склонил голову и побрел вверх по дороге. Идти было труднее, чем казалось снизу. К счастью, огненные потоки, которые Гора извергала, когда Сэм глядел на нее с Кирит-Унгола, сбежали по южному и западному склонам, на северо-востоке дорога уцелела, хотя кое-где осыпалась и растрескалась. Она поднималась косогором к востоку, потом круто сворачивала назад, на излучине прорезая огромный камень, некогда извергнутый вулканом. Пыхтя под ношей, Сэм выбрался из ущелины и краем глаза увидел, что сверху, со скалы, на него падает черный обломок.

Он не успел увернуться, упал ничком и ободрал себе руки, не выпуская рук хозяина. Тут он понял, что случилось; над его головой послышался ненавистный голос.

— Сскверный хозяин! — просипел он.— Сскверный хозяин насс обманул, обманул Смеагорла, горлум. Нельзя ссюда идти. Нельзя обижать Прелессть. Отдайте ее нам, пуссть она будет у Смеагорла, у насс!

Сэм разом поднялся и обнажил меч, но от меча толку не было. Горлум и Фродо катались по земле. Горлум рвал хозяина когтями, добираясь до Кольца. Наверно, только это и могло воспламенить угасшую волю и остывшее сердце Фродо: посягнули на его единственное сокровище. Он отбивался с яростью, изумившей Сэма, да и Горлума тоже. Но все равно неизвестно, чем бы это кончилось, будь Горлум таков, как прежде. Однако его тоже извели мучительные скитанья, вечный голод и жажда, нестерпимый ужас и алчная, гложущая тоска. От него и остались-то кожа да кости, только глаза горели по-прежнему, но не было сил под стать дикой злобе. Фродо отшвырнул его и, весь дрожа, выпрямился.

— Прочь, прочь! — воскликнул он, прижимая руку к груди и ухватив Кольцо, скрытое под кожаной рубахой.— Прочь с дороги, ползучая мелюзга! С тобой все кончено. Ни убить, ни предать меня ты больше не сможешь.

Внезапно, так же как у скал Привражья, Сэм увидел обоих совсем иначе. Полумертвая, побежденная и поверженная, но все еще злобная и жадная тварь извивалась у ног сурового властелина в белом одеянье. На груди его сверкал огненный круг, и оттуда исходил повелительный голос.

— Пошел прочь, не приближайся ко мне! Если ты меня еще коснешься, будешь низвергнут в Роковую Расселину, в негасимый огонь.

Прибитая тварь попятилась, в моргающих глазах ее был ужас — и все та же ненасытная тоска.

Виденье рассеялось, и Сэм увидел, что Фродо стоит, тяжело дыша и держа руку у груди, а Горлум раскорячился на коленях, упершись в землю перепончатыми лапами.

— Берегитесь! — крикнул Сэм.— Он прыгнет на вас! — Он подступил, взмахнув мечом.— Быстрее, хозяин! — проговорил он.— Идите, идите! Время на исходе. Я с ним тут разберусь. Идите!

Фродо взглянул на него, словно бы издалека.

— Да, мне надо идти,— сказал он.— Прощай, Сэм! Теперь и правда конец всему. На Роковой горе слово скажет судьба. Прощай!

Он повернулся и медленно пошел вверх по дороге.

— Ну вот! — сказал Сэм.— Наконец-то я с тобой разделаюсь! — И он прыгнул с мечом наготове. Но Горлум не стал ни нападать, ни убегать; он лег на брюхо и заскулил.

— Не надо насс убивать! — хныкал он.— Не надо колоть насс сскверным холодным железом. Дайте нам еще немного пожить, ссовсем немножечко. Ссмерть, смерть, нам осталась одна смерть. Прелесть сгинет, и мы рассыпемся в прах, да-сс, в прах.— Он зарылся в золу длинными костистыми пальцами.— Рассыпемся! — простонал он.

У Сэма дрогнула рука. Он был в гневе, он помнил, сколько зла принес этот гад. Его, предателя и убийцу, обязательно надо было заколоть: сто раз заслужил, да и как иначе от него убережешься? Но в глубине души Сэм знал, что не сделает этого, не убьет он жалкого, простертого в пыли, лишенного всего на свете пропащего мерзавца. Он сам, хоть и недолго, был хранителем Кольца и смутно догадывался, как мучается иссохший от вожделения Горлум, порабощенный Кольцом. Только у Сэма не было слов, чтобы все это выразить.

— Да чтоб ты околел, мразь вонючая! — сказал он.— Убирайся! Проваливай! Ни на грош я тебе не верю, и все равно — проваливай! А то вот заколю тебя, да-сс, скверным холодным железом.

Горлум привстал на четвереньки, попятился, потом повернулся задом и, спасаясь от пинка Сэма, пустился бежать. Сэм тут же забыл о нем, на дороге Фродо уже не было видно, и он изо всех сил заторопился наверх. Если б он оглянулся, то увидел бы, что Горлум крадется позади, черной тенью скользя меж камней, и дико сверкают его безумные глаза.

Дорога шла наверх. Она опять круто свернула к востоку, потом сквозь утес вывела к черным дверям пещеры, дверям Саммат-Наура. Далеко на юге в дымном тумане виднелось солнце, зловещее, мутно-багровое, и простерся кругом сумрачный, онемелый, мертвенный Мордор, словно в ожидании страшной грозы. Сэм подошел и заглянул в пещеру. Жаркая темнота трепетала от рокота горных недр.

— Фродо! Хозяин! — позвал он, но ответа не было. Он постоял немного — сердце колотилось от нестерпимого ужаса — и зашел внутрь. Тень юркнула за ним.

Сперва ничего не было видно. В отчаянии он вынул звездинку Галадриэли, но холодный фиал едва-едва засветился в его дрожащей руке. Он был в сердце владений Саурона, у горнила его древней мощи, величайшей в Средиземье, и здесь властвовала тьма. Он опасливо шагнул раз-другой, вдруг впереди полыхнуло, и кровавым отблеском озарились высокие черные своды. Сэм увидел, что он в длинной пещере. Пол и стены рассекала широкая скважина, то наливаясь огнем, то затухая, и мерно рокотал вулкан, точно в глубине его работали могучие машины.

Снова полыхнула расселина, и на краю огненной бездны в багровом свете стал виден Фродо — он стоял, прямой и неподвижный, как черное изваяние.

— Хозяин! — вскрикнул Сэм.

И Фродо молвил звучным и властным, совсем незнакомым Сэму голосом, заглушившим гулы Роковой горы, раскатившимся под сводами пещеры:

— Я пришел. Но мне угодно поступить по-иному, чем было задумано. Чужой замысел я отвергаю. Кольцо — мое!

Он надел Кольцо на палец и исчез. Сэм захлебнулся отчаянным криком; сильный удар в спину сбил его с ног, отбросил в сторону, он расшиб голову о каменный пол и лишился чувств, а черная тень перепрыгнула через него. И еще многое случилось в этот миг.

Когда в Саммат-Науре, в самом сердце сумрачного края, объявился новый хозяин Кольца, повелитель Барад-Дура вздрогнул, и содрогнулась его твердыня от горных подножий до венчавшей ее железной короны. Внезапно опомнился Черный Властелин, и Око его, пронизывая сумрак, воззрилось через равнину в черное жерло пещеры — заветной пещеры владыки Мордора. Будто при взблеске молнии увидел он, как глупо просчитался, и понял все расчеты своих врагов. Ярость его взметнулась, как пламя, и черной тучей склубился удушливый страх. Ибо он знал, что в этот роковой миг участь его висит на волоске.

Он отрешился от всех своих козней, от хитросплетений страха и обмана, от войн и завоеваний, и зашаталось все его необъятное царство, ужаснулись рабы, дрогнули полчища, и вожди, которых вела к победе единая воля, растерянно опустили оружие. Они были забыты. Все помыслы их повелителя обратились к Роковой горе. По зову его взвились и отлетели с поля битвы Кольценосцы-назгулы, и крылатые вихри вперегонки помчались к Ородруину.

Сэм поднялся. Голова кружилась, глаза заливала кровь. Отерши ее, он увидел странное и жуткое зрелище. У края бездны Горлум схватился с невидимкой. Он извивался то возле самой скважины, то поодаль, падал, вскакивал, снова падал. И не говорил ни слова, только злобно сипел.

Огонь заклокотал в глубине, дохнуло палящим жаром, багровый свет залил пещеру. Вдруг длинные руки Горлума протянулись ко рту, блеснули и щелкнули острые белые клыки. Фродо вскрикнул — и появился, стоя на коленях у огненной скважины. А Горлум бешено плясал, воздев кверху Кольцо с откушенным пальцем. Кольцо сверкало ярче солнца.

— Прелесть, прелесть, прелесть! — ликовал Горлум.— Моя прелесть! О моя прелесть!

И, пожирая глазами свою сияющую добычу, он оступился, качнулся на краю бездны и с воплем упал в нее; из глубины донесся вой «Пре-е-лесты!» — и Горлума не стало.

Вулкан взревел, пламя вырвалось из расселины под самые своды пещеры. Гул превратился в тяжкий грохот, и Гора задрожала. Сэм кинулся к Фродо, подхватил его на руки и побежал к дверям. За черным порогом Саммат-Наура, с вершины Горы его взору предстал весь Мордор, и он окаменел от изумленья и ужаса.

На месте Барад-Дура крутился смерч, и посредине заверти виднелись башни выше гор и зубчатые стены, воздвигнутые на могучих кряжах над глубокими ущельями, площади и безглазые громады темниц, стальные и алмазные ворота — и все это исчезло. Падали башни, и обваливались горы, в прах рассыпались стены, дым и пары сползались огромными клубами, и мутный вал, вздымаясь до небес, вскипел и обрушился на равнину. Прокатился гул, нарастая, разражаясь ревом и грохотом. Земля потрескалась. Ородруин содрогнулся, и его расколотая вершина извергла пламенный поток. Грянул гром, заполыхали молнии, хлестнул темный ливень. И в середину огненного месива, вспарывая тучи надрывным воем, вонзились, как черные стрелы, примчавшиеся Кольценосцы, вспыхнули, истлели и сгинули.

— Да, это и вправду конец, Сэм Скромби,— промолвил голос рядом с ним. Он обернулся и увидел Фродо; бледного, изможденного и спокойного. В глазах его не было ни смертной натуги, ни безумия, ни страха. Бремя с него свалилось, и он глядел, как в Хоббитании, в былые светлые дни.

— Хозяин! — воскликнул Сэм и упал на колени. Он забыл, что рушится мир, и сердце его переполнила радость. Нет больше страшной ноши, хозяин спасен, он снова стал самим собой, он освободился! И тут Сэм заметил его искалеченную, окровавленную руку.— Бедная рука! — всхлипнул он.— И главное, нечем перевязать, да и лекарств никаких нет. Пусть бы лучше откусил у меня целую руку. Но с него теперь не спросишь, от него, поди, и пепла не осталось.

— Да,— сказал Фродо.— А помнишь, Гэндальф говорил: *Погодите, может, Горлум еще зачем-то понадобится*. И понадобился: ведь сам бы я не смог уничтожить Кольцо, и все было б напрасно, хоть мы и достигли цели. Не надо поминать его лихом! Поручение выполнено, и я больше всего рад, что ты со мной. Вот и конец нашей сказке, Сэм.

Глава IV

НА КОРМАЛЛЕНСКОМ ПОЛЕ

Кругом бушевали полчища Мордора. Западное войско тонуло в безбрежном море. Тускло светило багровое солнце, но и его затмевали крылья назгулов, смертною тенью реявшие над землей. Арагорн, безмолвный и строгий, стоял у знамени с думою то ли о прежних днях, то ли о дальних краях; и глаза его сверкали, как звезды, разгоревшиеся во тьме. На вершине холма стоял белоснежный Гэндальф, и тени обегали его. Вал за валом откатывался от холмов, но все сильней и сокрушительней был натиск Мордора, все громче яростные крики и бешеный лязг стали.

Вдруг встрепенулся Гэндальф, будто ему что-то привиделось, и обратил взгляд на север, к бледным и чистым небесам. Он вскинул руки и громогласно воскликнул, заглушая битвенный гул:

— Орлы летят! Орлы летят!

И недоуменно уставились на небо мордорские рабы, холопы и наемники.

А в небе явились Гваигир Ветробой и брат его Быстрокрыл, величайшие орлы северного края, могущественнейшие потомки пращура Торондора, который свил гнездо у неприступных вершин Окраинных гор — когда Средиземье еще справляло праздник юности. И за ними двоими мчались стройные вереницы родичей, орлов северных гор: мчались с попутным ветром. Из поднебесья они обрушились на назгулов, и вихрем прошумели их широкие крылья.

Но назгулы, взметнувшись, скрылись во мраке Мордора, заслышав неистовый зов из Черной Башни; и в этот миг дрогнули полчища Мордора, внезапно утратив напор,— и замер их грубый хохот, и руки их затряслись, роняя оружие. Власть, которая гнала их вперед, которая полнила их ненавистью и бешенством, заколебалась, единая воля ослабла, и в глазах врагов они увидели свою смерть.

А ополченцы Запада радостно вскрикнули, ибо в глубине тьмы просияла им новая надежда. И с осажденных холмов ринулись сомкнутым строем гондорские ратники, ристанийские конники и северные витязи, врезаясь, врубаясь в смятенные вражеские орды. Но Гэндальф снова воздел руки и звучно возгласил:

— Стойте, воины Запада! Помедлите! Бьет роковой час!

Еще не отзвучал его голос, как земля страшно содрогнулась. Над башнями Черных Ворот, над вершинами сумрачных гор взметнулась в небеса необъятная темень, пронизанная огнем. Стеная, дрожала земля. Клыки Мордора шатнулись, закачались — и рухнули; рассыпались в прах могучие бастионы, и низверглись ворота; издали глухо, потом все громче и громче слышался тяжкий гул, превращаясь в раскатистый оглушительный грохот.

— Царствование Саурона кончилось! — молвил Гэндальф.— Хранитель Кольца исполнил поручение.

Ополченцы Запада взглянули на юг: в Мордоре чернее черных туч воздвиглась огромная Тень, увенчанная молниями. Казалось, на миг она заслонила небеса и царила над миром — и протянула к врагам грозную длань, страшную и бессильную, ибо дунул навстречу Тени суровый ветер, и она, расползаясь, исчезла; и все стихло.

Ополченцы склонили головы, а подняв глаза, с изумленьем увидели, что вражеские полчища редеют, великая рать Мордора рассеивается, как пыль на ветру. Когда гибнет потаенное и разбухшее существо, которое изнутри муравейника заправляет этой копошащейся кучей, муравьи разбегаются кто куда и мрут, жалкие и беспомощные; так разбегались и твари Саурона — орки, тролли и зачарованные звери: одни убивали себя, другие прятались по ямам или с воем убегали напропалую, чтобы укрыться в прежнем безбрежном мраке и где-нибудь тихо издохнуть. А вастаки и южане из Руна и Хорода, закоренелые в злодействе, давние, свирепые и неукротимые ненавистники Запада, увидели суровое величие своих заклятых врагов, поняли, что битва проиграна, и сомкнули строй, готовясь умереть в бою. Однако же многие их сородичи толпами бежали на восток или бросали оружие и сдавались на милость победителя.

Гэндальф предоставил Арагорну и другим вождям довершать сраженье; сам же он воззвал с вершины холма — и к нему спустился великий орел Гваигир Ветробой.

— Дважды вынес ты меня из беды, друг мой Гваигир,— сказал Гэндальф.— Помоги же, прошу тебя, в третий и последний раз. Я не буду тебе в тягость более, чем тогда, в полете с Зиракзигила, где отгорела моя прежняя жизнь.

— Я донесу тебя, коли надо, на край света,— отвечал Гваигир,— будь ты хоть каменный.

— Летим же,— сказал Гэндальф.— Возьми с собой брата и еще одного орла — такого, что не отстанет. Ибо надо нам обогнать любой ветер и опередить назгулов.

— Северный ветер могуч, но мы переборем его,— обещал Гваигир. И с Гэндальфом на спине он помчался на юг, а за ним летели Быстрокрыл и юный Менельдор. Над Удуном и Горгоротом летели они, над бурлящими руинами, а впереди полыхала Роковая гора.

— Как я рад, что ты со мною, Сэм,— сказал Фродо.— Ну вот и конец нашей сказке.

— Конечно, я с вами, хозяин, еще бы нет,— отозвался Сэм, бережно прижимая к груди искалеченную руку Фродо.— И вы со мною, а как же. Да, вроде кончилось наше путешествие. Только что же это выходит — шли, шли, пришли, а теперь ложись да помирай? Как-то это, сами понимаете, не по-нашему, сударь.

— Что поделаешь, Сэм,— сказал Фродо.— Так оно и бывает. Всем надеждам приходит конец, и нам вместе с ними. Еще чуть-чуть — и все. Где уж нам уцелеть в этом страшном крушенье!

— Что верно, то верно, сударь, а все-таки давайте хотя бы отойдем подальше от этой, как ее, Роковой, что ли, Расселины. Ноги-то у нас пока не отнялись? Пошли, сударь, благо дорога еще цела!

— Ладно, Сэм, пошли. Куда ты, туда и я,— согласился Фродо; они встали, и побрели по извилистой дороге, и едва свернули вниз, к дрожащему подножию, как Саммат-Наур изрыгнул огромный клуб густого дыма. Конус вулкана расселся, и кипящий поток магмы, грохоча, понесся по восточному склону.

Путь был отрезан. Фродо и Сэм теряли последние силы. Кое-как добрались они до груды золы близ подножия, но уж оттуда деваться было некуда. Груда эта была островком, который вот-вот сгинет в корчах Ородруина. Кругом разверзалась земля и вздымались столбы дыма. Гора в содроганьях истекала магмой, и медленно ползли на них пологими склонами огненные потоки, наползали со всех сторон. Густо сыпал горячий пепел.

Они стояли бок о бок, и Сэм не выпускал руку хозяина, нежно поглаживая ее. Он вздохнул.

— А что, неплохая была сказка, сударь? — сказал он.— Эх, послушать бы ее! Скажут как-нибудь так: внимайте *Повести о девятипалом Фродо и о Кольце Всевластья!* — и все притихнут, вроде как мы, когда слушали в Раздоле Повесть об одноруком Берене и Волшебном Сильмарилле. Да, вот бы послушать! К тому же не мы первые, не мы последние, дальше ведь тоже что-нибудь да будет.

Так он говорил наперекор предсмертному страху, а глаза его устремлялись к северу, туда, где ветер далеко-далеко прояснял небо, ураганными порывами разгоняя тяжкие тучи.

И зорким орлиным оком увидел их обогнавший ветер Гваигир, кружа над Ородруином и гордо одолевая смертоносные вихри, увидел две крохотные фигурки, стоявшие на холмике рука об руку; а вокруг, трясясь, разверзалась земля и разливалось огненное море. И в тот самый миг, как он их увидел и устремился к ним, они упали: то ли стало совсем невмочь, то ли задушил чад, то ли, наконец отчаявшись, они скрыли глаза от смерти.

Они лежали рядом; и ринулись вниз Гваигир Ветробой и брат его Быстрокрыл, а за ними смелый Менельдор. И в смутном забытьи, ни живы ни мертвы, странники были исторгнуты из темени и огня.

Сэм очнулся в мягкой постели; над ним покачивались разлапистые ветви бука, и сквозь юную листву пробивался зелено-золотой солнечный свет. Веяло душистой свежестью.

Запах-то этот он вмиг распознал: запах был итилийский. «Батюшки! — подумал он.— Вот уж заспался-то!» Он перенесся в тот день, когда разводил костерок под солнечным пригорком, а все остальное забылось. Он потянулся и глубоко вздохнул.

— Чего только не приснится! — пробормотал он.— Надо же, спасибо хоть проснулся!

Он сел в постели и увидел, что рядом с ним лежит Фродо — лежит и спит, закинув руку за голову, а другую — правую — положив на покрывало. И среднего пальца на правой руке не было.

Нахлынула память, и Сэм вскрикнул:

— Да нет, какой там сон! Где ж это мы очутились?

И тихо промолвил голос над ним:

— Вы теперь в Итилии, под охраною Государя, и Государь ожидает вас.

И перед ним возник Гэндальф в белом облачении; белоснежную его бороду освещало переливчатое солнце.

— Ну, сударь мой Сэммиум, как твои дела? — сказал он.

А Сэм откинулся на спину, разинул рот и покамест, от радости и удивления, не знал, что и ответить. Потом наконец выговорил:

— Гэндальф! А я-то думал, тебя давным-давно в живых нет! Хотя и меня тоже вроде бы в живых быть не должно. Всех ужасов, что ли, будто и не было? Да что вообще случилось?

— Рассеялась Тень, нависавшая над миром,— сказал Гэндальф и засмеялся, и смех его был как музыка, точно ручей зазвенел по иссохшей земле, и Сэм долго-долго слышал этот живительный смех. Он услышал в нем радость, нескончаемую и звонкую, звонче знакомых радостей.

И расплакался. Слезы его пролились, словно весенний дождь, после которого ярче сияет солнце; он засмеялся и, смеясь, вскочил с постели.

— Как мои дела? — воскликнул он.— Да я уж и не знаю, как мои, а вообще-то, вообще...— он раскинул руки,— ну, как бывает весна после зимы, как теплое солнце зовет листья из почек, как вдруг затрубили все трубы и заиграли все арфы! — Он запнулся и взглянул на хозяина.— А господин Фродо — он что? Руку ему испортили — это надо же! Ну ладно, хоть прочее все цело. Вот уж кому туго пришлось!

— Прочее все цело, Сэм,— сказал Фродо, смеясь и усаживаясь в постели.— Соня ты, Сэм, и я, глядя на тебя, уснул, даром что проснулся спозаранку. А теперь уж чуть не полдень.

— Полдень? — повторил Сэм, задумавшись.— Какого дня полдень?

— Нынче полдень четырнадцатого дня новой эры,— сказал Гэндальф,— или, если угодно, восьмого апреля по хоббитанскому счислению. А в Гондоре с двадцать пятого марта новая эра — со дня, когда сгинул Саурон, а вас спасли из огня и доставили к Государю. Он вас вылечил и теперь ожидает вас. С ним будете нынче трапезовать. Одевайтесь, я вас к нему поведу.

— К нему? — сказал Сэм.— А что это за Государь?

— Великий князь гондорский и властитель всех западных земель,— отвечал Гэндальф.— Он возвратился и принимает под державу свою все древнее царство. Скоро поедет короноваться, только вас дожидается.

— Надевать-то нам что? — спросил Сэм, глядя на кучу старого рваного тряпья — их бывшие одежды, лежавшие у изножия постелей.

— Наденете, что было на вас, когда вы шли в Мордор,— отвечал Гэндальф.— Храниться как святыня будет, Фродо, даже твое орское отрепье. Здесь, в западных странах, а стало быть, и во всем Средиземье, оно станет краше шелков и атласов, почетней любого убранства. Но мы потом подыщем вам другую одежду.

Он простер к ним руки, и заблистал тихий свет.

— Как, неужели? — воскликнул Фродо.— Это у тебя...

— Да, здесь оба ваших сокровища. Сэм их сберег, и они были найдены. Дары владычицы Галадриэли: твой светильник, Фродо, и твоя шкатулка, Сэм. Радуйтесь — вот они.

Хоббиты неспешно умылись и оделись, слегка подзакусили — и не отставали от Гэндальфа. Из буковой рощи вышли они на продолговатый, залитый солнцем луг, окаймленный стройными темнолиственными деревьями в алых цветах. Откуда-то сзади слышался рокот водопада, а впереди между цветущих берегов бежал светлый поток, скрывавшийся в роще за дальней окраиной луга, где деревья, стеснившись, потом расступились и образовали аллею, и снова мерцала вдали бегущая вода.

А за рощей они так и замерли, увидев строй витязей в сверкающих кольчугах и рослых черно-серебряных стражей; и все они склонились перед ними. Один из стражей затрубил в длинную трубу, а они шли и шли светлой просекой возле звенящего потока. И вышли на зеленый простор; вдали серебрилась в легкой дымке широкая река и виден был длинный лесистый остров, у берегов которого стояли бесчисленные корабли. А поле обступило войско, блистая ровными рядами. Когда хоббиты приблизились, сверкнули обнаженные мечи, грянули о щиты копья, запели рога и фанфары, и воскликнули люди многотысячным голосом:

Да здравствуют невысоклики! Хвала им превыше хвал!
Куйо и Перийан аннан! Аглар-ни перианнат!
Восхвалим же их великой хвалой — Фродо и Сэмми-ума!
Даур а Бергаэль, Конин эн Аннун! Эглерио!
Честь им и хвала!
Эглерио!
А лайта те, лайта те! Андаве лаитувальмет!
Честь и хвала!
Кормаколиндор, а лаита тариэнна!
Восхвалим же их, восхвалим Хранителей Кольца!

Фродо и Сэм закраснелись, глаза их сияли изумленьем; выйдя на поле, они увидели, что посредине гудящего войска были воздвигнуты, дерн на дерне, три высоких трона. За троном направо реяло бело-зеленое знамя, и на нем скачущий конь; налево, на голубом знамени, плыл кораблем в дальнее море серебряный лебедь; а над самым высоким троном на огромном плещущем черном знамени сияло белое цветущее древо, осененное короной с семью блистающими звездами. На троне сидел витязь, облаченный в броню, и громадный меч лежал у него на коленях, а голова его была не покрыта. Они подошли, и он встал; и они узнали его, хоть он и изменился: лицо у него было горделивое и радостное, царственное лицо повелителя, и был он по-прежнему темноволосый и сероглазый.

Фродо кинулся ему навстречу, и Сэм ненамного отстал.

— Ну, дела! — крикнул он.— Бродяжник, он самый, не будь я хоббит!

— Да, он самый,— отвечал Арагорн.— Далекая, видишь, оказалась дорога от Пригорья, где я тебе не понравился! Да, трудновато нам всем пришлось, но тебе-то, пожалуй, труднее всех.

И затем, к изумлению и великому смущению Сэма, он преклонил перед ним колено, а потом взял их за руки — Фродо за правую, Сэма за левую — и повел к трону; посадил, обернулся к воинству и вождям и промолвил громче громкого:

— Воздайте им великую хвалу!

А когда отзвучал, разнесся и смолк восторженный клик, Сэм был поражен пуще прежнего и счастлив, как никогда, ибо выступил вперед гондорский песнопевец и, преклонив колена, испросил позволенья пропеть новую, небывалую песнь. Но прежде сказал он:

— Внимайте! Внимайте, доблестные витязи, вожди и воины, князи и правители; вы, воители Гондора, и вы, конники Ристании; вы, сыны Элронда, и северные дунаданцы; вы, эльф и гном, и вы, великодушные уроженцы Хоббитании, и весь свободный народ Запада — внимайте и слушайте. Ибо я спою вам о девятипалом Фродо и о Кольце Всевластья.

Не веря своим ушам, Сэм звонко и радостно рассмеялся, вскочил и воскликнул:

— О чудеса из чудес и слава небывалая! Да я и мечтать не смел, чтобы такое сбылось!

И все воины тоже смеялись и плакали; над смехом их и плачем вознесся чистый, ясный голос песнопевца — звончатый, серебряный, золотой. Звенела эльфийская речь, звучали наречия Запада, сладостный напев блаженно ранил сердца, и гореванье сливалось с восторгом, и блаженным хмелем пьянили слезы.

Наконец, когда солнце склонилось за полдень и протянулись тени деревьев, песнопевец закончил песнь.

— Воздайте ж им великую хвалу! — воскликнул он и опустился на колени. Встал Арагорн, заволновалось войско, и все пошли к накрытым столам, пошли провожать пиршеством разгоревшийся день.

Фродо и Сэма отвели в шатер; они сняли истасканную, грязную одежду; ее бережно свернули и унесли, и новое нарядное платье было дано им взамен. Пришел Гэндальф, держа в руках, к удивлению Фродо, северный меч, эльфийский плащ и мифрильную кольчугу — все, что забрали орки в Мордоре. А Сэму он принес позолоченную кольчугу и почищенный, заштопанный плащ; и положил перед ними оба меча.

— Никакого меча мне больше не нужно,— сказал Фродо.

— Нынче вечером придется быть при мече,— отозвался Гэндальф.

Фродо взял прежний кинжал Сэма, который в Кирит-Унголе сочли его оружием.

— А Терн — тебе, Сэм,— сказал он.

— Нет, хозяин! Вы его получили от господина Бильбо вместе с этой серебристой кольчугой; он бы сильно удивился, если б вы меч кому-нибудь отдали.

Фродо уступил, и Гэндальф, словно оруженосец, преклонил колена, опоясал его и Сэма мечами и надел им на головы серебряные венцы.

Так облаченные, явились они на великое пиршество — к главному столу возле Гэндальфа, конунга Эомера Ристанийского, князя Имраиля и других военачальников Западного ополченья; и тут же были Гимли и Леголас.

Постояли в молчании, обратившись лицом к западу; затем явились два отрока-виночерпия, должно быть оруженосцы: один в черно-серебряном облачении стража цитадели Минас-Тирита, другой в бело-зеленом. Сэм подивился, как это такие мальцы затесались среди могучих витязей, но, когда они подошли ближе, протер глаза и воскликнул:

— Смотрите-ка, судари! Ну и дела! Да это же Пин, то бишь, прошу прощенья, господин Перегрин Крол, и господин Мерри! Ну и выросли же они! Батюшки! Видно, не нам одним есть чего порассказать!

— Нет, Сэм, не вам одним,— сказал Пин, радостно ему улыбаясь.— И уж как мы станем рассказывать, так вы только держитесь — погодите, вот кончится пир. А пока что возьмите в оборот Гэндальфа, он теперь вовсе не такой скрытный, хотя больше смеется, чем говорит. Нам с Мерри недосуг — как вы, может, заметили, мы при деле, мы — витязи Гондора и Ристании.

Долго длился веселый пир; когда же солнце закатилось и поплыла луна над андуинскими туманами, проливая сиянье сквозь трепетную листву, Фродо и Сэм сидели под шелестящими деревьями благоуханной Итилии и далеко за полночь не могли наговориться с Мерри, Пином и Гэндальфом, с Леголасом и Гимли. Им рассказывали и рассказывали обо всем, что случилось без них с остальными Хранителями после злополучного дня на Парт-Галене близ водопадов Рэроса; и не было конца их расспросам и повести друзей.

Орки, говорящие деревья, зеленая нескончаемая равнина, блистающие пещеры, белые замки и златоверхие чертоги, жестокие сраженья и огромные корабли под парусами — словом, у Сэма голова пошла кругом. И все же, внимая рассказам о чудесах, он нет-нет да и оглядывал Пина и Мерри, наконец не выдержал, поднял Фродо и стал с ними мериться спина к спине. Потом почесал в затылке.

— Да вроде не положено вам расти в ваши-то годы! — сказал он.— А вы дюйма на три вымахали, гном буду!

— До гнома тебе далеко,— отозвался Гимли.— Чего тут удивляться — их же поили из онтских источников, а это тебе не пиво лакать!

— Из онтских источников? — переспросил Сэм.— Все у вас онты да онты, а что за онты — в толк не возьму. Ну ладно, недельку-другую еще поговорим, глядишь, все и само разъяснится.

— Вот-вот, недельку-другую,— поддержал Пин.— Дойдем до Минас-Тирита и запрем Фродо в башне — пусть записывает, не отлынивает. А то забудет потом половину, и старина Бильбо ужас как огорчится.

Наконец Гэндальф поднялся.

— В руках Государя целебная сила, оно так, дорогие друзья,— сказал он.— Но вы побывали в когтях у смерти, оттуда он и вызволил вас, напрягши все силы, прежде чем вы погрузились в тихий сон забвенья. И хотя спали вы долго и, похоже, отоспались, пора опять вам укладываться.

— Сэму-то и Фродо само собой,— заметил Гимли,— но и тебе, Пин, тоже. Ты мне милей брата родного — еще бы, так уж я по твоей милости набегался, век не забуду. И не забуду, как отыскал тебя на холме после битвы. Кабы не гном Гимли, быть бы тебе в земле. Зато я теперь ни с чем не спутаю хоббитскую подошву — только она и виднелась в груде тел. Отвалил я здоровенную тушу, которая тебя придавила, смотрю — а ты как есть мертвый. Я чуть себе бороду не вырвал от досады. А теперь ты всего-то день как на ногах — давай, пошел спать. Я тоже пойду.

— А я,— сказал Леголас,— пойду бродить по здешнему прекрасному лесу, то-то отдохну. Если позволит царь Трандуил, я приведу сюда лесных эльфов — тех, кому захочется пойти со мной,— и край ваш станет еще краше. Надолго ли? Ненадолго: на месяц, на целую жизнь, на человеческий век. Но здесь течет Андуин и катит свои волны к Морю. В Море!

> В Море, в морской простор! Чайки кричат и реют,
> И белопенный прибой набегает быстрей и быстрее.
> На западе, в ясной дали, закатное солнце алеет.
> Корабль, серокрылый корабль! Слышишь ли дальние зовы,
> Уплывших прежде меня призывные голоса?
> Прощайте, прощайте, густые мои леса,
> Иссякли дни на земле, и века начинаются снова.
> А я уплыву за моря и брега достигну иного.
> Там длинные волны лижут Последние Берега,
> На Забытом острове слышен солнечный птичий гам —
> В Эрессее, предвечно эльфийской, куда нет доступа людям,
> Где листопада нет и где мы навеки пребудем.

И с этой песней Леголас спустился под гору.

Все разошлись, а Фродо и Сэм отправились спать. Проснулись — и в глаза им глянуло тихое, ласковое утро, и потянулся душистый итилийский апрель. Кормалленское поле, где расположилось войско, было неподалеку от Хеннет-Аннуна, и по ночам доносился до них гул водопадов и клокотанье потока в скалистой теснине, откуда он разливался по цветущим лугам и впадал в Андуин возле острова Каир-Андрос. Хоббиты уходили далеко, прогуливались по знакомым местам, и Сэм все мечтал, что где-нибудь на лесной поляне или в укромной ложбине вдруг да увидит снова хоть одним глазком громадного олифанта. А когда ему сказали, что под стенами Минас-Тирита их было хоть отбавляй, но всех перебили и сожгли, Сэм не на шутку огорчился.

— Да оно понятно, сразу там и здесь не будешь,— сказал он.— Но похоже, мне здорово не повезло.

Между тем войско готовилось двинуться назад, к Минас-Тириту. Проходила усталость, залечивались раны. Ведь еще пришлось добивать и рассеивать заблудшие остатки южан и вастаков. Вернулись наконец и те, кого послали в Мордор — разрушать северные крепости.

Но вот приблизился месяц май, и вожди Западного ополчения взошли на корабли вслед за своими воинами, а корабли поплыли от Каир-Андроса вниз по Андуину к Осгилиату; там они задержались и днем позже появились у зеленых полей Пеленнора, у белых башен близ подножия высокого Миндоллуина, возле гондорской столицы, последнего оплота Запада, оплота, выстоявшего в огне и мраке на заре новых дней.

И среди поля раскинули они шатры свои и разбили палатки в ожидании первомайского утра: с восходом солнца Государь войдет в свою столицу.

Глава V

НАМЕСТНИК И ГОСУДАРЬ

Столица Гондора жила в смятении и страхе. Чистое небо и ясное солнце будто смеялись над людьми, которым уповать было не на что, которые каждое утро ожидали роковых вестей. Градоправитель их сгинул в огне, прах ристанийского конунга лежал неупокоенный в цитадели, новый же Государь, явившийся ночью, наутро исчез — говорят, уехал воевать со всевластными силами тьмы и ужаса, а разве их одолеет чья бы то ни было мощь и доблесть? Тщетно ждали они вестей. Знали только, что войска свернули от Моргульской долины на север, скрылись в черной тени омертвелых гор — и больше не прислали ни одного гонца с угрюмого востока, ни слуху ни духу от них не было.

Всего через два дня после ухода войска царевна Эовин велела сиделкам принести ее облачение и уговоров слушать не пожелала; ей помогли одеться, возложили больную руку на холщовую перевязь и проводили к Смотрителю Палат Врачеванья.

— Сударь,— сказала она,— на сердце у меня неспокойно, и не могу я больше изнывать от праздности.

— Царевна,— возразил Смотритель,— ты еще далеко не излечилась, а мне строго-настрого велено довести дело до конца с особым тщанием. Еще семь дней — так мне сказали — ты не должна была вставать с постели. Прошу тебя, иди обратно в свой покой.

— Я излечилась,— сказала она,— от телесного недуга,

левая рука только плоха, а это пустяки. Но недуг одолеет меня снова, если мне будет нечего делать. Неужели нет вестей с войны? Я спрашивала у сиделок — они не знают.

— Вестей нет,— отвечал Смотритель,— известно лишь, что войско наше очистило Моргульскую долину и двинулось дальше. Во главе его, говорят, наш новый полководец с севера. Это великий воин, а вдобавок целитель; никогда бы не подумал, что рука целителя может владеть мечом. У нас в Гондоре все иначе; правда, если верить древним сказаньям, бывало и так. Однако же многие века мы, целители, лишь врачевали раны, нанесенные мечом. Хотя и без этих ран дела бы нам хватило: сколько в мире болезней и немощей, а тут еще войны и всякие сражения.

— Да нет, господин Смотритель, во всякой войне один — зачинщик, другой же воюет поневоле,— возразила Эовин.— Но кто за меч не берется, от меча и погибнет. Ты что, хотел бы, чтобы народ Гондора собирал травы, пока Черный Властелин собирает войска? А бывает, что исцеленье вовсе не нужно. Иной раз лучше умереть в битве, принять жестокую смерть. Я бы ее и выбрала, будь мой выбор.

Смотритель поглядел на нее. Высокая и стройная, со сверкающими глазами на бледном лице, она сжала в кулак здоровую руку и повернулась к окну, выходившему на восток. Он вздохнул и покачал головой. Наконец она снова обратилась к нему.

— Что толку бездельничать! — сказала она.— Кто у вас в городе главный?

— Право, не знаю, царевна,— замялся он.— Не по моей это части. Над мустангримцами, которые остались, начальствует их Сенешаль, городом ведает наш Хранитель ключей Гурин. А вообще-то правитель, новый наместник, у нас, само собой, Фарамир.

— Где его искать?

— Искать его не надо, царевна, он здесь, в Палатах. Он был тяжело ранен, теперь поправляется. Только я вот не знаю...

— Может, ты меня к нему отведешь? Тогда и узнаешь.

Фарамир одиноко прогуливался по саду возле Палат Врачеванья; под теплыми лучами солнца его тело понемногу оживало, но на душе было тяжко, и он то и дело подходил к восточной стене. Обернувшись на зов Смотрителя, он увидел Эовин и вздрогнул от жалости — так печально было ее измученное лицо.

— Государь,— сказал Смотритель,— это ристанийская царевна Эовин. Она сражалась вместе с конунгом, была жестоко ранена и оставлена на моем попечении. Но моим попечением она недовольна и хочет говорить с Градоправителем.

— Не ошибись, государь,— сказала Эовин.— Я не жаловаться пришла. В Палатах все как нельзя лучше — для тех, кто хочет излечиться. Мне же тягостны праздность, безделье, заточение. Я искала смерти в бою и не нашла ее, но ведь война не кончилась...

По знаку Фарамира Смотритель с поклоном удалился.

— Чем я могу помочь тебе, царевна? — спросил Фарамир.— Как видишь, я тоже узник наших врачевателей.

Он снова взглянул на нее: его всегда глубоко трогала чужая скорбь, а она была прекрасна в своем горе, и прелесть ее пронзала сердце. Она подняла глаза и встретила тихий, нежный взгляд; однако же Эовин, взращенная среди воинов, увидела и поняла, что перед нею стоит витязь, равного которому не сыщешь во всей Ристании.

— Чего же ты хочешь, царевна? — повторил он.— Говори; что в моей власти, я все сделаю.

— Я бы хотела, чтоб ты велел Смотрителю отпустить меня,— сказала она, и хотя слова ее по-прежнему звучали горделиво, но голос дрогнул, и она усомнилась в себе — впервые в жизни. Она подумала, что этот высокий воин, ласковый и суровый, принимает ее за несчастного, заблудшего ребенка, и неужели же ей не хватит твердости довести безнадежное дело до конца?

— Не пристало мне указывать Смотрителю, я и сам ему повинуюсь,— отвечал Фарамир.— И в городе я пока что не хозяин. Но будь я даже полновластным наместником, по части лечения последнее слово остается за лекарем, а как же иначе?

— Но я не хочу лечиться,— сказала она.— Я хочу воевать вместе с братом, с Эомером, и погибнуть, как конунг Теоден. Он ведь погиб — и обрел вечный почет и покой.

— Если тебе это уже по силам, царевна, все равно поздно догонять наше войско,— сказал Фарамир.— Гибель в бою, наверно, ждет нас всех, волей-неволей. И ты встретишь смерть достойнее и доблестнее, до поры до времени покорившись врачеванию. Нам выпало на долю ожидать, и надо ожидать терпеливо.

Она ничего не ответила, но лицо ее немного смягчилось, будто жестокий мороз отступил перед первым слабым дуновением весны. Слеза набухла и скатилась по щеке, блеснув дождинкою. И гордая голова поникла. Потом она вполголоса промолвила, как бы и не к нему обращаясь:

— Мне велено еще целых семь дней оставаться в постели. А окно мое выходит не на восток.

Говорила она, словно обиженная девочка, и, как ни жаль ее было, Фарамир все же улыбнулся.

— Окно твое — не на восток? — повторил он.— Ну, это поправимо. Что другое, а это в моей власти: я скажу Смотрителю, он распорядится. Лечись послушно, царевна, и не оставайся в постели, а гуляй, сколько хочешь, по солнечному саду, отсюда и гляди на восток, не забрезжит ли там надежда. Да и мне будет легче, если ты иной раз поговоришь со мною или хотя бы пройдешься рядом.

Она подняла голову, снова взглянула ему в глаза, и ее бледные щеки порозовели.

— Отчего будет легче тебе, государь? — спросила она.— И разговаривать я ни с кем не хочу.

— Сказать тебе напрямик?

— Скажи.

— Так вот, Эовин, ристанийская царевна, знай, что ты прекрасна. Много дивных и ярких цветов у нас в долинах, а красавиц еще больше, но доныне не видел я в Гондоре ни цветка, ни красавицы прекрасней тебя — прекрасней и печальней. Быть может, через несколько дней нашу землю поглотит мрак, и останется лишь погибнуть как должно; но пока не угаснет солнце, мне будет отрадно видеть тебя. Ведь и ты, и я побывали в запредельной тьме, и одна и та же рука спасла нас от злой смерти.

— Увы, государь, это все не обо мне! — поспешно возразила она.— Тьма еще висит надо мной. И в целители я не гожусь. Мои загрубелые руки привычны лишь к щиту и мечу. Однако спасибо тебе и на том, что для меня открылись двери палаты. Буду с позволения наместника Гондора гулять по саду.

Она откланялась, а Фарамир долго еще бродил по саду и чаще глядел на Палаты, чем на восточную стену.

Возвратившись к себе, он призвал Смотрителя, и тот рассказал ему все, что знал о ристанийской царевне.

— Впрочем, государь,— закончил он,— ты гораздо больше узнаешь от невысоклика из соседней палаты: он был в охране конунга и, говорят, защищал царевну на поле боя.

Мерри вызвали к Фарамиру, и весь день провели они в беседе; многое узнал Фарамир, еще больше разгадал за словами, и куда понятней прежнего стали ему горечь и тоска племянницы конунга Ристании. Ясным вечером Фарамир и Мерри гуляли в саду, но Эовин из Палат не выходила.

Зато поутру Фарамир увидел ее на стене, в белоснежном одеянии. Он окликнул ее, она спустилась, и они гуляли по траве или сидели под раскидистыми деревьями — то молча, то тихо беседуя. Так было и на другой, и на третий день; и Смотритель глядел на них из окна и радовался, ибо все надежнее было их исцеленье. Время, конечно, смутное, зловещее время, но хотя бы эти двое его подопечных явно выздоравливали.

На пятый день царевна Эовин снова стояла с Фарамиром на городской стене, и оба глядели вдаль. Вестей по-прежнему не было, в городе царило уныние. Да и погода изменилась: резко похолодало, поднявшийся в ночи ветер дул с севера, метался и завывал над серыми, тусклыми просторами.

Они были тепло одеты, в плащах с подбоем; у Эовин поверх плаща — темно-синяя мантия с серебряными звездами у подола и на груди. Мантию велел принести Фарамир; он сам накинул ее на плечи Эовин и украдкой любовался прекрасной и величавой царевной. Мантию эту носила его мать, Финдуиль Амротская, которая умерла безвременно, и память младшего сына хранила ее полузабытое очарованье и свое первое жестокое горе. Он решил, что мантия под стать печальной красоте Эовин.

Но ей было холодно в звездчатой мантии, и она неотрывно глядела на север, туда, где бушевал ветер и где далеко-далеко приоткрылось бледное, чистое небо.

— Что хочешь ты разглядеть, Эовин? — спросил Фарамир.

— Черные Ворота там ведь, правда? — отозвалась она.— Наверно, он к ним подошел. Семь уже дней, как он уехал.

— Да, семь дней,— подтвердил Фарамир.— И прости меня, но я скажу тебе, что эти семь дней нежданно одарили меня радостью и болью, каких я еще не знал. Радостью — оттого что я увидел и вижу тебя, болью — потому что стократ потемнел для меня нависший сумрак. Эовин, меня

574

стала страшить грядущая гибель, я боюсь утратить то, что обрел.

— Утратить то, что ты обрел, государь? — переспросила она, строго и жалостливо взглянув на него.— Не знаю, что в наши дни удалось тебе обрести и что ты боишься потерять. Нет уж, друг мой, ни слова об этом! Давай-ка помолчим! Я стою у края пропасти, черная бездна у меня под ногами, а вспыхнет ли свет позади — не знаю, и не могу оглянуться. Я жду приговора судьбы.

— Да, мы все ждем приговора судьбы,— сказал Фарамир.

И больше не было сказано ни слова, а ветер стих, и померкло солнце, город онемел, и долина смолкла: не слышно было ни птиц, ни шелеста листьев, ни даже дыханья. Сердца их, казалось, замерли, и время застыло.

А их руки нечаянно встретились и сплелись, и они об этом не ведали. Они стояли и ждали, сами не зная чего. И вскоре почудилось им, будто за дальними гребнями вскинулся до небес в полыхании молний вал темноты, готовый поглотить весь мир, задрожала земля и содрогнулись стены Минас-Тирита. Потом весь край точно вздохнул, и обмершие их сердца снова забились.

— Совсем как в Нуменоре,— сказал Фарамир и удивился своим словам.

— В Нуменоре? — переспросила Эовин.

— Да,— отвечал Фарамир,— в Нуменоре, когда сгинула Западная империя: черная волна поднялась выше гор, захлестнула цветущие долины, смыла все на свете, и настала великая неизбывная темнота. Мне это часто снится.

— Ты, значит, думаешь, что настает великая темнота? — спросила Эовин.— Темнота неизбывная?

И она вдруг прильнула к нему.

— Нет,— сказал Фарамир, заглянув ей в лицо.— Это мне просто привиделось. А что произошло — пока не знаю. Рассудок подсказывает, что на мир обрушилось необоримое зло, что настали последние времена. Но сердце с ним не согласно: и дышится легче, и надежда вместе с радостью пробудилась вопреки рассудку. Эовин, Эовин, Белая Дева Ристании, в этот час да отступит от нас всякая тьма!

Он наклонился и поцеловал ее в лоб.

Так стояли они на стене Минас-Тирита, и порывистый ветер развевал и смешивал черные и золотые пряди. Тень уползла, открылось солнце, и брызнул свет; воды Андуина засверкали серебром, и во всех домах столицы запели от радости, сами не зная почему.

Но не успело еще полуденное солнце склониться к западу, как прилетел огромный Орел с вестями от Ополченья. А вести его были превыше всех надежд, и он возглашал:

> Пойте, ликуйте, о люди Закатной Твердыни [1]!
> Ибо Царству Саурона положен конец
> И низвергнута Вражья Крепость.
> Пойте и веселитесь, защитники стольного града!
>
> Ибо вы сберегли отчизну,
> А в пролом на месте Черных Ворот
> Вошел с победою ваш Государь,
> И меч его ярче молний.
>
> Пойте же все вы, сыны и дочери Запада!
> Ибо ваш Государь возвратился
> И пребудет впредь во владеньях своих
> На древнем своем престоле.
>
> И увядшее Древо вновь расцветет,
> И начнется времени новый отсчет
> Возле солнечной Белой Башни.
>
> Пойте же, радуйтесь, люди!

И на всех улицах и площадях люди пели и радовались.

И потянулись золотистые дни: весна и лето слились воедино, и зацвели по-летнему гондорские луга и поля. Прискакали вестники с Каир-Андроса, и столица украшалась, готовясь встречать Государя. Мерри вызвали к войску, и он уехал с обозом в Осгилиат, где ждал его корабль на Каир-Андрос. Фарамир не поехал: исцелившись, он взял в свои руки бразды правленья, пусть и не надолго, но дела не ждали, недаром же он был пока что наместник.

И Эовин осталась в Минас-Тирите, хотя брат просил ее явиться к торжествам на Кормалленском поле. Фарамир был этим слегка удивлен; впрочем, они почти не виделись, он был занят с утра до вечера, а она не покидала Палат Врачеванья, только бродила по саду,— и снова стала бледная и печальная, одна во всем городе. Смотритель Палат встревожился и доложил об этом Фарамиру.

Тогда Фарамир явился к Палатам, нашел ее — и снова стояли они рядом на городской стене. И Фарамир сказал:

---

[1] Минас-Тирит издревле назывался Минас-Анор, что значит Крепость Заходящего Солнца.

— Эовин, почему ты осталась в городе, почему не поехала на Кормаллен за Каир-Андросом, на торжества, где тебя ждут?

Она ответила:

— А ты сам не догадываешься, почему?

Он сказал:

— Могут быть две причины, только не знаю, какая из них истинная.

— Ты попроще говори,— сказала она.— Не люблю загадок!

— Ну что ж, царевна, объясню попроще, коли хочешь,— сказал он.— Либо ты не поехала потому, что всего лишь брат твой позвал тебя и тебе не хотелось видеть Арагорна, потомка и наследника Элендила, чье торжество для тебя не в радость. Либо же потому, что я туда не поехал, а ты успела привыкнуть ко мне. Может статься, от того и от этого, и сама ты не знаешь отчего. Скажи, Эовин, ты любишь меня или этой любви тебе не надо?

— Пусть бы меня лучше любил другой,— отозвалась она.— А жалости мне и вовсе ничьей не надо.

— Это я знаю,— сказал он.— Ты искала любви Государя нашего Арагорна. Да, он могуч и велик, и ты мечтала разделить его славу, вознестись вместе с ним над земным уделом. Точно юный воин, влюбилась ты в полководца. Да, высоко вознесла его судьба, и он достоин этого, как никто другой. Но когда он взамен любви предложил тебе пониманье и жалость, ты отвергла то и другое и предпочла умереть в бою. Погляди на меня, Эовин!

Долгим взглядом посмотрела Эовин на Фарамира, а тот промолвил:

— Эовин, не гнушайся жалостью, это дар благородного сердца! А мой тебе дар — иной, хоть он и сродни жалости. Ты — царевна-воительница, и слава твоя не померкнет вовеки: но ты, дорогая, прекраснее всех на свете, и даже эльфийская речь бессильна описать твою красоту. И я тебя люблю. Прежде меня тронуло твое горе, нынче же знаю: будь ты как угодно весела и беспечна, будь ты даже беспечальной княжной гондорской, все равно я любил бы тебя. Ты не любишь меня, Эовин?

   ее дрогнуло, и увиделось все по-иному, будто вдруг минула зима и разлился солнечный свет.

— Да не может быть! — сказала она.— Я стою на стене Минас-Анора, Крепости Заходящего Солнца, и нет больше душной тьмы! Я, кажется, очнулась: я не хочу состязаться с нашими конниками и петь наши песни о радости убийственной брани. Лучше я стану целительницей, буду беречь живое, лелеять все, что растет, и растет не на погибель.— Она снова взглянула на Фарамира.— И я не хочу быть княгиней,— сказала она.

И Фарамир весело рассмеялся.

— Это хорошо, что не хочешь,— сказал он,— потому что и я не князь. Однако же я возьму замуж Белую Деву Ристании, ежели будет на то ее воля. Настанут иные, счастливые дни, и мы будем жить за рекою, в Итилии, в цветущем саду. Еще бы: каким она станет садом, на радость моей царевне!

— Так что же, витязь Гондора, из-за тебя мне разлучаться с Ристанией? — спросила она.— А твои чванные гондорцы будут говорить: «Хорош у нас правитель, нечего сказать: взял себе в жены ристанийскую наездницу! Неужели не мог подыскать получше, из нуменорского рода?»

— Пусть говорят, что хотят,— сказал Фарамир. Он обнял ее и поцеловал у всех на виду — но какое им было дело до того, кто их видит? А видели многие и смотрели, как они, осиянные солнцем, спустились со стен и пошли рука об руку к Палатам Врачеванья.

И Фарамир сказал Смотрителю Палат:

— Эовин, царевна ристанийская, вполне излечилась.

— Хорошо,— сказал Смотритель,— я отпускаю царевну из Палат с напутствием: да не постигнет ее никакая иная хворь! И препоручаю наместнику Гондора, доколе не вернется брат ее, конунг.

Но Эовин сказала:

— А теперь я не хочу уходить, я останусь. Мне хорошо в этих Палатах, и я найду себе дело.

И она оставалась в Палатах до возвращения конунга Эомера.

Приготавливались к торжественной встрече, со всех концов Гондора стекался народ в Минас-Тирит, ибо весть о возвращеньи Государя разнеслась от Мин-Риммона до Пиннат-Гелина, достигнув самых отдаленных морских побережий, и все, кто мог, поспешили в столицу. Снова стало здесь много женщин и милых детей, вернувшихся домой с охапками цветов, а из Дол-Амрота явились арфисты, лучшие арфисты в стране, пришли и те, кто играл на виолах, на флейтах, на серебряных рогах, не заставили себя ждать и звонкоголосые певцы из лебеннинских долин.

Наконец наступил вечер, когда со стен стали видны

войсковые шатры на равнине, и всю ночь в городе повсюду горели огни. Никто не ложился спать, ждали рассвета. Ясным утром взошло солнце над восточными вершинами, теперь уже не омраченными, и зазвонили все колокола, взвились все флаги, трепеща на ветру. А над Белой Башней заплескалось знамя Наместников, ярко-серебряное, как снег, озаренный солнцем; не было на нем ни герба, ни девиза, и последний раз реяло оно над Гондором.

Ополчение Запада подходило к столице, и люди смотрели со стен, как движутся строй за строем, сверкая в рассветных лучах и переливаясь серебряным блеском. Войско вышло на Воротный Тракт и остановилось за семьсот футов до стен. Ворот не было, однако вход в город преграждала цепь, и ее стерегли черно-серебряные стражники с обнаженными мечами. Перед цепью стояли наместник Государя Фарамир, Гурин, Хранитель ключей, и прочие воеводы, а также ристанийская царевна Эовин со своим сенешалем Эльфхельмом и другими витязями Мустангрима; а по обе стороны разбитых Ворот толпились горожане в разноцветных одеяниях, с охапками цветов.

Образовалась широкая площадь перед стенами Минас-Тирита, ограждали ее витязи и солдаты Гондора и Мустангрима, горожане Минас-Тирита и жители ближних стран. Все стихли, когда от войска отделился строй серо-серебряных дунаданцев, во главе которых шествовал Государь Арагорн. Он был в черной кольчуге, препоясан серебряным поясом, и ниспадала с плеч его белая мантия, у горла застегнутая зеленым самоцветом, отблескивавшим издали; голова его была не покрыта, и сияла во лбу звезда в серебряном венце. С ним были Эомер Ристанийский, князь Имраиль, Гэндальф, весь белоснежный, и еще какие-то четыре малыша.

— Нет, дорогая кузина! Не мальчики это! — сказала Иорета своей родственнице из Имлот-Мелуи, которая стояла рядом с нею.— Это *перианы* из дальней страны невысокликов, они там, говорят, князья не хуже наших. Уж я-то знаю, я одного периана лечила в Палатах. Даром что они ростом не вышли, зато доблестью с кем хочешь померятся. Ты представляешь, кузина, такой коротыш со своим оруженосцем, вдвоем они пробрались в Сумрачный Край, напали на Черного Властелина, а потом взяли да и подожгли его чародейский замок, хочешь верь, хочешь не верь. Врать не стану, сама не видела, в городе говорят. Вот это, наверно, тот самый, что рядом с Государем нашим Элессаром, Эльфийским Бериллом. Говорят, они друзья неразлучные.

А наш Государь Элессар — этот вообще чудо из чудес; ну строговат, конечно, зато уж сердце золотое, и главное — врачует наложением рук, ты подумай! Это из-за меня и открылось; я говорю: «В руках,— говорю,— Государя целебная сила», ну и догадались его позвать. Митрандир мне прямо так и сказал: «Золотые,— говорит,— слова твои, Иорета, долго их будут помнить!» — а потом...

Но Иорета не успела досказать своей деревенской родственнице, что было потом: грянула труба и вся площадь смолкла. Из Ворот выступил Фарамир с Хранителем ключей Гурином, а за ними — четверо стражников цитадели в высоких шлемах и полном доспехе; они несли окованный серебром ларец черного дерева, именуемого *лебетрон*.

Сошлись посредине площади, Фарамир преклонил колена и молвил:

— Итак, последний наместник Гондора слагает с себя полномочия! — И он протянул Арагорну белый жезл; тот принял его и немедля возвратил со словами:

— Не кончено твое служение, оно вновь возлагается на тебя и на потомков твоих, доколе продлится моя династия. Исполняй свои обязанности!

Тогда Фарамир поднялся с колен и звонко возгласил:

— Народ и войско, внимайте слову наместника гондорского! Перед вами — законный наследник великокняжеского престола, пустовавшего почти тысячу лет. Он Арагорн, сын Араторна, вождь дунаданцев Арнора, предводитель Западного Ополчения, северный венценосец, владетель Перекованного Меча, побеждавший в битвах, исцелявший неизлечимых; он Эльфийский Берилл, государь Элессар из рода великого князя Арнора Валандила, сына Исилдура, сына Элендила Нуменорского. Как скажете, должно ли ему войти в наш Град и властвовать нашей страною?

И далеко раскатилось громогласное «да!».

А Иорета объяснила родственнице:

— Видишь ли, кузина, это просто такая у нас торжественная церемония, без нее нельзя, а вообще-то он уже входил в город, я же тебе рассказываю: явился в Палаты и говорит мне...— Но тут ей пришлось замолчать, потому что заговорил Фарамир:

— О народ Гондора, согласно преданиям, издревле заведено, чтобы на Государя нашего возлагал корону его отец перед своей кончиной; если же этого не случилось, то наследник должен один отправиться в Усыпальни и принять корону из рук покойного. Нынче мы принуждены отступить от обычая, и я, по праву наместника, повелел доставить сюда из Рат-Динена корону последнего из великих князей Эарнура, который правил нашими далекими предками.

Стражи приблизились, Фарамир открыл ларец и вознес в обеих руках древнюю корону. Она была похожа на шлемы стражей цитадели, только выше и не черная, а ярко-белая, с жемчужно-серебряными подобьями крыльев чаек: ведь нуменорцы приплыли из-за Моря. Венец сверкал семью алмазами, а сверху пламенел еще один, самый крупный.

Арагорн принял корону, поднял ее над головой и вымолвил:

— *Эт Эарелло Эндоренна утулиен. Синоме маруван ар Хильдиньяр тенн Амбар-метта!*

Таковы были слова Элендила, когда он примчался по морю на крыльях ветров: «Великое Море вернуло наш род в Средиземье. И здесь пребудут мои потомки до скончанья веков».

Однако, на удивленье народу, Арагорн корону не надел, а вернул ее Фарамиру, сказав:

— Дабы почтить тех, чьими трудами и доблестью возвращено мне мое исконное наследие, да поднесет мне корону Хранитель Кольца и да коронует меня Митрандир, если он на то согласен, ибо все свершилось при свете его замыслов, и это — его победа.

И Фродо выступил вперед, принял корону от Фарамира и отдал ее Гэндальфу; Арагорн преклонил колена, а Гэндальф надел корону ему на голову и молвил:

— Наступают времена Государевы, и да будет держава его благословенна, доколе властвуют над миром Валары!

Когда же Арагорн поднялся с колен, все замерли, словно впервые узрели его. Он возвышался как древний нуменорский властитель из тех, что приплыли по Морю; казалось, за плечами его несчетные годы, и все же он был в цвете лет; мудростью сияло его чело, могучи были его целительные длани, и свет снизошел на него свыше.

И Фарамир воскликнул:

— Вот он, наш Государь!

Вмиг загремели все трубы, и Великий Князь Элессар подошел к цепи, а Гурин, Хранитель ключей, откинул ее; под звуки арф, виол и флейт, под звонкое многоголосое пение Государь шествовал по улицам, устланным цветами, дошел до цитадели и вступил в нее; и расплеснулось в вышине знамя с Древом и звездами, и настало царствование Государя Элессара, о котором сложено столько песен.

И город сделался краше, чем был, по преданиям, изначально: повсюду выросли деревья и заструились фонтаны, воздвиглись заново Врата из мифрила и узорочной стали, улицы вымостили беломраморными плитами; подземные гномы украшали город, и полюбили его лесные эльфы; обветшалые дома отстроили лучше прежнего, и не стало ни слепых окон, ни пустых дворов, везде жили мужчины и женщины и звенели детские голоса; завершилась Третья Эпоха, и новое время сохранило память и свет минувшего.

Первые дни после коронования Государь восседал на троне в великокняжеском чертоге и вершил неотложные дела. Явились к нему посольства разных стран и народов с юга и с востока, от границ Лихолесья и с Дунланда, что к западу от Мглистых гор. Государь даровал прощенье вастакам, которые сдались на милость победителя: их всех отпустили; заключен был мир с хородримцами, а освобожденным рабам Мордора отдали приозерье Нурнена. Многие ратники удостоились похвалы и награды, и наконец пред Великим Князем предстал Берегонд в сопровождении начальника цитадельной стражи.

И сказано было ответчику на суде государевом:

— Берегонд, ты обагрил кровью ступени Усыпальни, а это, как ведомо тебе, тягчайшее преступление. К тому же ты покинул свой пост без позволения государя или начальника. Такие провинности издревле караются смертью. Слушай же мой приговор.

Вина твоя отпускается за доблесть в бою, но более всего за то, что ты преступил закон и устав из-за любви к государю своему Фарамиру. Однако стражем цитадели впредь тебе не быть, и должно изгнать тебя из Минас-Тирита.

Смертельно побледнел Берегонд, сердце его сжалось, и он понурил голову. И молвил Великий Князь:

— Да будет так! И ставлю тебя начальником над Белой Дружиной, охраною Фарамира, Владетеля итилийского. Живи же в почете и с миром на Эмин-Арнене, служи и дальше тому, для кого ты пожертвовал больше чем жизнью, чтобы спасти его от злой гибели.

И тогда Берегонд понял, сколь справедлив и милосерд Государь; опустившись на колени, он поцеловал ему руку и удалился, радостный и спокойный. Арагорн же, как было сказано, отдал Фарамиру в вечное владение Итилию и в придачу к ней нагорье Эмин-Арнен, невдалеке от столицы.

— **Ибо** Минас-Итил в Моргульской долине,— сказал Арагорн,— будет снесен до основанья, и когда-нибудь долина очистится, но пока что многие годы жить там нельзя.

Когда же явился к Государю Эомер Ристанийский, они обнялись, и Арагорн сказал:

— Не оскорблю тебя ни восхваленьем, ни воздаяньем: мы ведь с тобою братья. В добрый час примчался с севера Эорл, и благословен был наш союз, как никакой другой; ни единожды не отступились от него ни вы, ни мы и не отступимся вовеки. Нынче, как сами знаете, славный конунг Теоден покоится у нас в Усыпальне, и коли вы захотите, там и пребудет, среди властителей Гондора. Или же, по желанию вашему, мы перевезем тело его в Мустангрим, где он возляжет рядом с предками.

И ответствовал Эомер:

— С того дня, как возник ты предо мною в зеленой степной траве, я полюбил тебя, и полюбил навсегда. Но сейчас должно мне отвести войско в Ристанию и устроить мирную жизнь на первых порах. А за конунгом, павшим в бою, мы в свое время вернемся; пусть он дотоле покоится в гондорской Усыпальне.

И сказала Эовин Фарамиру:

— Мне надо вернуться в свою страну, еще раз взглянуть на нее и помочь брату в его трудах; когда же тот, кого я столь долго почитала отцом, обретет вечный покой близ Эдораса, я приеду к тебе.

Так и прошли дни ликования; восьмого мая конники Ристании изготовились и отъехали Северным Трактом, а с ними отбыли и сыновья Элронда. От городских ворот до стен Пеленнора по обе стороны тракта толпились люди, пришедшие проводить союзников с прощальной благодарностью. Затем жители дальних окраин Гондора отправились домой праздновать победу, а в городе всем хватало работы — возводить заново или перестраивать то, что разрушила война и запятнала Темь.

Хоббиты, а с ними Леголас и Гимли остались в Минас-Тирите: Арагорн просил Хранителей пока что держаться вместе.

— Все на свете кончается,— сказал он,— однако же немного погодите: не все еще кончилось из того, в чем мы с вами были соучастниками. Близится день, для меня давным-давно долгожданный, и, когда он настанет, я хочу, чтобы любимые друзья были рядом.

Но о том, что это за день, он не обмолвился.

Бывшие Хранители Кольца жили вместе в роскошном доме, и Гэндальф никуда не девался; а уж гуляли они, где им вздумается. И Фродо как-то сказал Гэндальфу:

— Ты-то хоть знаешь, какой такой день, о котором говорит Арагорн? А то, конечно, хорошо нам здесь и торопиться вроде бы некуда; только дни-то уходят, а Бильбо ждет, да и в Хоббитанию пора бы все-таки вернуться.

— Ну, насчет Бильбо,— сказал Гэндальф,— так он ждет того самого дня и отлично знает, отчего тебя нет. А что дни уходят, это верно, однако на дворе май, лето все еще не слишком близко; и, хотя многое на свете, кажется, изменилось с началом нового века, все же деревья и травы живут по своему счету, у них и года не прошло, как вы расстались.

— Видал, Пин,— сказал Фродо,— вот ты говорил, будто Гэндальф, мол, стал словоохотлив, не то что раньше! Да это он, я так понимаю, было дело, слегка подустал. Теперь он снова Гэндальф как Гэндальф.

А Гэндальф сказал:

— Все-то всегда хотят знать заранее, что поставят на стол; но те, кто готовят трапезу, болтать не любят: чем неожиданней, тем радостней. Арагорн, кстати сказать, и сам ждет знака.

В один прекрасный день Гэндальф как в воду канул, и хоббиты с Леголасом и Гимли только руками разводили. А Гэндальф еще ночью увел Арагорна далеко за стены, к южному подножию Миндоллуина; там отыскалась давным-давно забытая тропа, по которой некогда восходили на гору лишь Великие Князья, уединяясь для размышления и созерцания. По кручам поднялись они к возвышенному плато у самой кромки вечных снегов, стали над пропастью за Минас-Тиритом и огляделись, благо уже рассвело. Далеко внизу видны были городские башни, точно белоснежные стебли, озаренные утренним солнцем; и как сад простиралась долина Великой Реки, а Изгарные горы подернула золотистая дымка. На севере смутно серело Приречное Взгорье, и дальней звездою мерцал вспененный Рэрос; широкая серебряная лента Андуина тянулась на юг, к Пеларгиру, туда, где край небес сиял отсветом Моря.

И Гэндальф сказал:

— Вот оно, твое нынешнее царство, а станет оно несравненно больше. Третья Эпоха кончилась, наступают иные времена, и тебе суждено определить их начало, сохранив все, что можно сохранить. Многое удалось спасти — и многое уйдет безвозвратно: более не властны в Средиземье Три Эльфийских Кольца. Все земли, какие ты видишь, и те, что лежат за ними, заселят люди, ибо настал черед их владычеству, а Первенцы Времен рассеются, сгинут или уплывут.

— Это я знаю, дорогой мой друг, — сказал Арагорн, — но ты-то останешься моим советником?

— Ненадолго, — отозвался Гэндальф. — Я — из Третьей, ушедшей Эпохи. Я был главным противником Саурона, и мое дело сделано. Пора мне уходить. Теперь в ответе за Средиземье ты и твои сородичи.

— Но ведь я скоро умру, — сказал Арагорн. — Я всего лишь смертный, и хотя нам, прямым потомкам нуменорцев, обычно суждён долгий век, но и он скоротечен: когда состарятся те, кто сейчас в материнском чреве, я тоже буду стариком. Что тогда случится с Гондором и со всеми теми, для кого станет столицей Минас-Тирит? Древо в Фонтанном Дворе по-прежнему иссохшее, ни почки нет на нем. Увижу ли я верный залог обновления?

— Отведи глаза от цветущего края и взгляни на голые холодные скалы! — велел Гэндальф.

Арагорн повернулся, окинул взором кремнистый склон под снеговой шапкой и, всмотревшись, увидел посреди пустоши одинокое деревце. Он взобрался к нему: да, деревце, едва ли трехфутовое, возле оснеженной наледи. Уже распустились листочки, продолговатые, тонко выточенные, темно-зеленые с серебристым исподом; у верхушки искрилось, словно снег под солнцем, маленькое белое соцветие.

И Арагорн воскликнул:

— *Йе! утувьенес!* Я нашел его! Это же отпрыск Древнейшего Древа! Но как он здесь оказался? Он не старше семи лет!

Гэндальф подошел, взглянул и молвил:

— Воистину так: это сеянец прекрасного Нимлота, порожденного Галатилионом, отпрыском многоименного Телпериона, Древнейшего из Дерев. А как он оказался здесь в урочный час — этого нам знать не дано. Однако же именно здесь было древнее святилище, и, должно быть, семя Нимлота зарыли в землю еще до того, как прервался род Великих Князей и иссохло Белое Древо. Преданья говорят, что плодоносит оно редко, но семя его сохраняет животворную силу многие века и никому не ведомо, когда оно прорастет. Запомни мои слова: если вызреет его плод, все до единого семена должны быть посажены, чтобы Древо не вымерло. Да, тысячу лет пролежало оно, сокрытое в земле, подобно тому как потомки Элендила таились в северных краях. Но род Нимлота куда древнее твоего, Государь Элессар.

Арагорн бережно потрогал деревце, а оно на диво легко отделилось от земли, и все корни его остались в целости, и Арагорн отнес его во двор цитадели. Иссохшее древо выкопали с великим почетом и не предали огню, но отнесли покоиться на Рат-Динен. А на месте его, у фонтана, Арагорн посадил юное деревце, и оно принялось как нельзя лучше; к началу июня оно было все в цвету.

— Залог верный,— молвил Арагорн,— и, стало быть, недалек лучший день моей жизни.

И он выставил на стены дозорных.

За день до солнцеворота примчались в столицу гонцы с гор Амон-Дин и возвестили о том, что в Гондор явилась с севера конная дружина эльфов, что они уже возле стен Пеленнора. И сказал Арагорн:

— Наконец-то! Пусть город готовится к великому празднеству!

В канун солнцеворота, под вечер, когда в сапфирном небе на востоке зажигались светлые звезды, а запад еще золотил закат и веяло душистой прохладой, северные гости приблизились к воротам Минас-Тирита. Впереди ехали Элроир и Элладан с серебряным стягом, затем — Всеславур, Эрестор и все домочадцы Элронда, и следом — владыки Кветлориэна, Галадриэль и Келеборн на белых конях, во главе эльфийской свиты, облаченной в серые плащи, с самоцветами в волосах; шествие замыкал властительный Элронд, равно прославленный между людей и эльфов, и в руке у него был скипетр Ануминаса, древней столицы Арнора. А рядом с ним на сером иноходце ехала дочь его Арвен, эльфийская Вечерняя Звезда.

Алмазным блеском лучился ее венец; казалось, вечер заново озарило нежное сияние ее благоуханной прелести, и, задыхаясь от восторга, Фродо обратился к Гэндальфу:

— Наконец-то я понимаю, чего мы дожидались. И дождались. Теперь мы не только дню будем радоваться, ночь тоже станет прекрасной и благодатной. Кончились наши страхи!

Государь приветствовал своих гостей, и они спешились; Элронд отдал ему скипетр и соединил руку своей дочери с рукой Арагорна; шествие двинулось вверх по улицам, и все небо расцвело звездами. Так Арагорн, Великий Князь Элессар, обручился с Арвен Ундомиэль в великокняжеском граде накануне солнцеворота, и кончилась их долгая разлука, и сбылись их ожидания.

Глава VI

РАССТАВАНИЯ

Дни празднества миновали: пора было и честь знать, домой отправляться. Фродо пошел к Государю; они с княгиней Арвен сидели у фонтана, возле цветущего Древа, она играла на лютне и пела старинную валинорскую песню. Оба они были ему рады, оба встали навстречу, и Арагорн сказал:

— Ты, верно, домой собрался, Фродо. Что ж, всякому деревцу родная земля слаще, но ты уж помни, дорогой друг, что теперь твоя родина — весь Западный Край и везде ты желанный гость. Правда, доныне твой народ не был прославлен в величавых преданьях, зато теперь прославится больше, чем иные погибшие царства.

— Да и то сказать, тянет меня в Хоббитанию,— отозвался Фродо.— Но все же сначала надо бы в Раздол. Если кого не хватало в эти радостные дни, так это Бильбо; я очень огорчился, что его не было среди домочадцев Элронда.

— Чему тут огорчаться или удивляться, Хранитель? — спросила Арвен.— Ты же знаешь, какова страшная сила Кольца, которое ты истребил. Все, что ни сделано этой силою, все распалось. А твой родич владел Кольцом дольше, чем ты, очень долго владел. Даже по-вашему он уже древний старик и ждет тебя, а ему путешествовать больше невмочь.

— Тем скорее надо мне ехать к нему,— сказал Фродо.

— Поедешь через семь дней,— сказал Арагорн.— Мы ведь далеко тебя проводим, до самой Ристании. Дня через три вернется Эомер — за телом Теодена, и мы поедем вместе с ним: что надо, то надо. Кстати же, подтверждается тебе завет Фарамира: ты вправе быть в пределах Гондора, когда и где тебе угодно, с любыми спутниками. Хотел бы я вознаградить тебя за твои подвиги, однако же нет для тебя достойной награды, бери, что хочешь, а почести тебе в нашей земле всегда будут княжеские.

Но княгиня Арвен сказала:

— Есть для тебя награда. Недаром же я дочь Элронда. Когда он отправится в Гавань, я не пойду с ним: как и Лучиэнь, я выбрала смертную долю, и выбор мой столь же горек и столь же отраден. Ты, Хранитель, если пожелаешь, займешь мое место. Быть может, раны твои нестерпимо заноют или надавит страшным бременем память — что ж, тогда плыви на Запад, где и раны твои исцелятся, и усталость исчезнет. Вот возьми — и носи на память об Элессаре и Арвен, чью участь решила твоя судьба!

И она сняла кулон на серебряной цепочке — жемчужину, впитавшую звездный блеск,— и надела его на шею Фродо.

— Это поможет тебе,— сказала она.— Защитит от наплыва тьмы и ужаса.

Через три дня, как и было сказано, конунг Эомер Ристанийский подъехал к Вратам во главе эореда из лучших витязей Мустангрима. Его встретили с должным почетом, и за праздничной трапезой в Меретронде, Обеденном Чертоге, он был поражен красотой обеих государынь. После трапезы он не пошел отдыхать, а попросил, нельзя ли вызвать к нему гнома Гимли.

Когда же Гимли явился, Эомер ему сказал:

— Гимли, сын Глоина, секира у тебя под рукой?

— Нет, государь,— сказал Гимли,— но за нею в случае чего недолго и сходить.

— Сам рассудишь,— сказал Эомер.— Помнится, вышла у нас размолвка насчет Владычицы Златолесья, и покамест размолвка не улажена. Так вот, нынче я видел Владычицу воочию.

— Ну и что же, государь,— спросил Гимли,— что ты скажешь теперь?

— Увы! — отвечал Эомер.— Не могу признать ее первой красавицей.

— Тогда я пошел за секирой,— сказал Гимли.

— Но сперва позволь хоть немного оправдаться,— сказал Эомер.— Видел бы я ее раньше, где других никого не было, я бы сказал все твои слова и к ним бы еще добавил. Но теперь скажу иначе: первейшая красавица у нас — великая княгиня Арвен, Вечерняя Звезда, и если кто не согласен, то я сам вызываю его на бой. Так что, послать за мечом?

Гимли низко склонил голову.

— Нет, государь, со мной у тебя не будет поединка,— сказал он.— Ты выбрал закатную прелесть, меня же пленила утренняя. И сердце мое говорит, что утро — не наша участь, что мы видим утро в последний раз.

Настал наконец прощальный день; великолепный кортеж отъезжал на север. Великий князь Гондора и конунг Мустангрима спустились в Усыпальни, и из гробниц Рат-Динена вынесли на золотых носилках конунга Теодена и пронесли его к воротам притихшего города. Носилки возложили на высокую колесницу, окруженную ристанийскими конниками, и знамя Ристании реяло впереди. Оруженосец Теодена Мерри ехал на колеснице, берег доспех конунга.

Всем Хранителям подобрали коней по росту; Фродо и Сэммиум оказались по правую руку Арагорна, слева был Гэндальф на Светозаре, Пин — в отряде цитадельных стражников Гондора, а Леголас и Гимли ехали где случится, вдвоем на своем Ароде.

Были тут и княгиня Арвен, и Келеборн с Галадриэлью, а с ними вся их эльфийская свита; Элронд с сыновьями, князья Дол-Амрота и владетели итилийские; много было вельмож и воевод. Никогда еще так не провожали ристанийцев из Гондора, и с великой свитой отправился Теоден, сын Тенгела, в дом своих предков.

Неспешно и бестревожно доехали они до Анориэна, до лесистых склонов Амон-Дина, и нагорье встретило их как бы барабанным гулом, хотя на глаза никто не показывался. По велению Арагорна затрубили трубы, и глашатаи объявили:

— Внемлите слову Великого Князя Элессара! Друаданский лес отдается навечно во владение Ган-бури-Гану и его народу! Отныне без их позволенья да не ступит сюда ничья нога!

В ответ прогрохотали и стихли барабаны.

На шестнадцатый день пути колесница с останками конунга Теодена, проехав по зеленым ристанийским полям, достигла Эдораса. Золотой чертог был пышно разубран и ярко освещен, и такого пиршества, как поминальное, не бывало здесь от основания дворца. Хоронили Теодена через три дня, в гробницу его положили в полном доспехе, а при нем его оружие и множество драгоценной утвари. Над гробницей насыпали высокий курган и обложили его дерном в белых звездочках цветов-поминальников. Теперь с восточной стороны Кладбищенской дороги стало восемь курганов.

И дружинники конунга на белых конях поехали вокруг нового могильника и завели песнь о Теодене, сыне Тенгела, которую сочинил менестрель конунга Глеовин; с тех пор он песен больше не сочинял. Медленное пение словно завораживало тех, кто не знал здешнего наречия, у ристанийцев же просветлели глаза, им послышался с севера топот и громовой клич Эорла, разнесшийся над сечей в долине Келебранты. Воспевались деяния конунгов, и рог Хельма трубил в горах; но потом надвинулась Великая Тьма, и поднял войско конунг Теоден, и помчался сквозь мрак в огонь — и погиб, сражаясь, в час, когда поутру нежданное солнце прорвало затменье и озарило вершину Миндоллуина.

> Из черного сумрака он помчался навстречу рассвету
> И пел, обнажая яркий, как солнце, меч.
> Надежду воспламенил он и с надеждой погиб,
> Вознесшись над смертью, над ужасом и над судьбой,
> Он утратил бренную жизнь и обрел нетленную славу.

А Мерри стоял у подножия зеленого кургана и плакал; когда же песнь отзвучала, он горестно воскликнул:

— Конунг Теоден, о, конунг Теоден! О, как ненадолго ты заменил мне отца! Прощай!

Завершилось погребение, утих женский плач, конунга Теодена оставили в могиле вкушать вечный покой, и люди снова собрались в золотом чертоге для великого пиршества и дабы отринуть печаль, ибо Теоден сполна прожил свой земной срок и умер как герой, не посрамив царственных предков. Согласно обычаям, настал черед памятной чаши в честь всех ушедших владык Мустангрима — и тогда выступила вперед царевна ристанийская Эовин, золотая как солнце и белая словно снег; она поднесла Эомеру полную до краев чашу.

И встал менестрель, и поднялся научитель преданий: они назвали все имена мустангримских властителей в достодолжном порядке: Отрок Эорл, Брего, строитель дворца,

Алдор, брат злосчастного Бальдора, Фреа и Фреавин, Голдвин, Деор и Грам, а так о ж и Хельм, укрывшийся в Хельмовом ущелье, когда враги заполонили Ристанию; его курган был последним из девяти на западе. И воспоследовал песенный перечень конунгов, похороненных с восточной стороны: Фреалаф, племянник Хельма, Леофа, Вальда, Фолька и Фольквин; Фенгел, Тенгел и сын его Теоден. Когда же был назван последний, Эомер осушил чашу и повелел виночерпиям чаши наполнить, и поднялись все, возгласивши:

— Живи и здравствуй, Эомер, конунг Мустангрима!

Под конец встал сам Эомер, молвив:

— Пиршество наше — погребальное, мы провожаем в последний путь конунга Теодена, но да озарится оно радостной вестью, и больше всех был бы рад ей покойный конунг, ибо сестру мою Эовин он любил как родную дочь. Слушайте ж, гости, доселе здесь небывалые, пришельцы из дальних краев! Фарамир, наместник Гондора, Владетель итилийский, просит руки Эовин, царевны Ристании, и она ничуть тому не противится. Итак, оглашаю их помолвку, все будьте свидетелями.

Фарамир и Эовин выступили вперед рука об руку, и зазвенели в честь их заздравные чаши.

— Ну что ж,— сказал Эомер,— теперь союз Ристании с Гондором скреплен заново, и я этому радуюсь больше всех.

— Не поскупился же ты, Эомер,— сказал Арагорн,— отдавая Гондору драгоценнейшее, что есть в твоем царстве!

А Эовин взглянула в глаза Арагорну и сказала:

— Пожелай мне счастья, Государь мой и мой исцелитель!

А он отвечал:

— Я желал тебе счастья с тех пор, как тебя увидел. Нынче же счастье твое — великая отрада моему сердцу.

Закончилась тризна, и собрались в путь гости конунга Эомера. Уезжали Арагорн со своими витязями, эльфы Лориэна и Раздола; Фарамир и Имраиль остались в Эдорасе; осталась и Арвен, распростившись с братьями. Как прощалась она с отцом, никто не видел: они ушли в горы и долго-долго беседовали, горько было их расставанье на веки вечные.

Перед самым отъездом Эовин с Эомером пришли к Мерри, и на прощанье было ему сказано:

— Счастливого тебе пути, Мериадок из Хоббитании, Виночерпий Мустангрима! Поскорее наведайся к нам, мы будем тебе рады!

И сказал Эомер:

— Соблюдая обычаи древности, надо было бы за твои подвиги на поле у Мундбурга так нагрузить твою повозку, чтобы ее лошади с места не стронули; но ты ведь не хочешь ничего взять, кроме оружия и доспехов, которые и так твои. Что ж, будь по-твоему, ибо я и вправду не знаю даров, тебя достойных. Но сестра все же просит тебя принять хотя бы это — в память о ратнике Дернхельме и о раскатах ристанийских рогов на том незабвенном рассвете.

И Эовин протянула Мерри древний серебряный рог на зеленой перевязи, маленький, но изукрашенный искусной резьбой: вереница скачущих всадников вилась от мундштука к раструбу и загадочные руны были начертаны на серебре.

— Это наше семейное сокровище,— сказала Эовин.— Работа гномов, из того, что награбил Ската — был такой дракон. Когда же его убили, наши и гномы поссорились за добычу. Рог этот привез с севера Отрок Эорл. Он нагоняет страх на врагов и веселит сердца друзей, и друзьям всюду слышен его призыв.

Мерри принял подарок: как было отказаться? — и поцеловал руку Эовин. Все трое обнялись и расстались в надежде на встречу.

Словом, все были готовы: выпили прощальные чаши, выслушали добрые напутствия, да и сами не остались в долгу. Гости отправились к Хельмову ущелью и там отдыхали два дня. Леголас что обещал Гимли, то и исполнил — пошел с ним в Блистающие Пещеры; по возвращении эльф помалкивал, сказал только, что пусть говорит Гимли, у него слова найдутся.

— Уж в словесной-то битве никогда еще гном не побеждал эльфа, это первый раз,— добавил он.— Ну ладно, вот попадем в Фангорн, авось сравняемся!

Из Ущельного излога они выехали к Изенгарду и увидели, как поработали онты. Стены они все снесли, камни убрали, и был внутри Изенгарда пышный фруктовый сад, бежала сквозь него быстрая река, а посреди сияло

озеро, и в нем отражалась башня Ортханка в своей нерушимой чернокаменной броне.

Путники немного посидели на месте прежних изенгардских ворот; там, будто часовые, стояли два высоких дерева,
а за ними открывалась зеленая аллея к Ортханку; они
смотрели и дивились, как много можно сделать за недолгое
время, и ни живой души рядом не было. Однако же скоро
послышалось: «Кгум-кгум, кхум-кхум!» — и в аллее появился Древень, а рядом с ним Скоростень.

— Привет гостям Ортханкского Сада! — молвил он.—
Мне сказали, что вы тут неподалеку объявились, но я
работал в долине, много еще работы. Вы там, правда, как
я слышал, на юге и на востоке тоже не дремали, хорошо
поработали, очень даже хорошо.

И Древень похвалил их, обстоятельно перечислив все
происшествия: он, оказывается, обо всем знал. Наконец он
замолк и долго смотрел на Гэндальфа.

— Ну, ну,— сказал он,— говорил же я, что ты из магов
маг. Славно ты потрудился — и под конец одолел Врага.
Теперь-то куда едешь? И сюда с чем заглянул?

— Заглянул посмотреть, что ты поделываешь, друг
мой,— сказал Гэндальф,— и еще затем, чтобы вас поблаго-
дарить. Без вас бы нам не справиться.

— Кгум, ну что же, оно, пожалуй, верно,— подтвердил
Древень,— онты, и то сказать, лицом в грязь не ударили.
Насчет этого, кгум, древоубийцы, который торчал здесь
в башне,— само собой. Тут ведь еще набежали, числа им не
было, *бурарум*, эти, как их, подлоглазые-косорукие-криво-
ногие-жесткосердные-озверелые-непотребные-кровожад-
ные, *моримайте-синкахонда*, кгум, ну, вы народ торопливый,
а их длинное имя выросло за долгие годы мучений, какие
мы претерпели от этих, по-вашему, просто мерзостных
орков; так вот, пришли они из-за Реки, и с севера, и
отовсюду вокруг Лаурелиндоренана, туда-то они не могли,
слава Вышним, пробраться.

И он поклонился Владыке и Владычице Лориэна.

— Вот, значит, они, гнусь такая, очень удивились, что
мы здесь, они про нас даже и не слышали, хотя про нас
и всякий хороший народ тоже не слышал. А эти нас едва
ли запомнят, живых-то немного осталось, а какие остались,
те потонули в Реке — большей частью. Но вам-то повезло,
потому что, не будь нас здесь, степной царь-конунг недалеко бы уехал, а уехал бы — возвращаться было бы некуда.

— Что другое, а это мы знаем,— сказал Арагорн,—

и никогда не забудем этого ни в Минас-Тирите, ни в Эдорасе.

— Ну, *никогда* — это слово длинное даже для меня,— отозвался Древень.— Ты хочешь сказать — до тех пор, покуда пребудут ваши царства, но жизнь онтов куда дольше.

— Начинается новая жизнь,— сказал Гэндальф,— теперь и такое может случиться, что царства людские переживут тебя, друг мой Фангорн. Ты мне лучше вот что скажи: помнишь, о чем я тебя просил? Саруман-то что? Ортханк ему не надоел? Вряд ли ему нравится глядеть из окон, что ты тут устраиваешь.

Древень хитро посмотрел на Гэндальфа; очень уж хитро, как показалось Мерри.

— Ага! — сказал он.— Я как раз и думаю — может, ты спросишь. Не надоел ли ему Ортханк? Еще как надоел, но не столько Ортханк, сколько мой голос. Кгу-умм! Уж я его усовещивал — может, и длинно, если судить по-вашему.

— Как же он терпел? Ты, что ли, сам заходил в Ортханк? — спросил Гэндальф.

— Я-то? Кгу-ум, нет уж, я в Ортханк не заходил,— отозвался Древень.— Это он подходил к окну и слушал, откуда же ему еще было набраться новостей, хотя новости ему очень не нравились. Он их слушал в оба уха, и уж я позаботился, чтобы он все услышал. И прибавил к новостям много такого, что ему полезно послушать. Он чуть не на стену лез. Торопыга, что говорить. Оттого и сгинул.

— Я вот замечаю, друг мой Фангорн, что ты говоришь как бы невзначай в прошедшем времени: «слушал, лез, сгинул». Это как? Он что, умер?

— Да вроде бы пока что не умер,— сказал Древень.— Только вот нет его. Ну да, уже семь дней, как нет. Я его выпустил. От него мало что осталось, когда он уходил, а уж от этого его гаденыша — едва одна тень. Ты мне вот что, ты не говори мне, Гэндальф, что я, мол, обещался его стеречь. Обещал-то я обещал, но с тех пор мало ли что случилось. Он у меня до поры и сидел, чтобы чего не натворил. Ты-то лучше меня знаешь, что я пуще всего не люблю держать всякую живность взаперти, а нет надобности — так и не надо. Пускай себе змея ползает, коли в клыках у нее нет яду!

— Да, это ты, пожалуй, прав,— сказал Гэндальф,— только у этой змеи, боюсь, яд остался. Голос у него ядовитый, и ты, Древень, какой ни на есть мудрый, а поддался на его уговоры, он ведь знает, как тебе польстить. Ладно уж, нет его, с тем и пошел он к лешему. Только вот башня-то Ортханка все-таки принадлежит князю. Ну разве что она ему покамест не понадобится.

— Это мы посмотрим,— сказал Арагорн,— пусть онты и дальше здесь распоряжаются, лишь бы глядели за Ортханком: сюда никто не войдет?

— Заперта башня,— сказал Древень.— Я велел Саруману ее запереть и отдать мне ключи. Они у Скоростеня.

Скоростень склонился, точно дерево под ветром, и вручил Арагорну два черных узорчатых ключа на стальном кольце.

— Еще раз тебе спасибо,— сказал Арагорн,— и до свидания. Лес твой пусть растет мирно и пышно. А когда зарастет равнина, хватит тебе места к западу от гор, где ты, бывало, бродил.

Древень опечалился.

— Леса-то вырастут,— сказал он.— Вырастут, разрастутся. А онты — нет. Где у нас малыши?

— Зато ищи теперь за своими пределами,— сказал Арагорн.— Ведь края на востоке открыты, теперь тебе никто не мешает.

Но Древень грустно покачал головой.

— Далеконько туда идти, в незнакомые края,— сказал он.— И уж очень там много людей развелось! Заговорился я, правда, простите! Может, вы отдохнете, побудете у нас? Через Фангорн можно поехать — путь-то короче.

И он поглядел на Келеборна и Галадриэль.

Но, кроме Леголаса, все торопились домой — на юг или на запад.

— Ладно, Гимли, пошли! — сказал Леголас.— С позволенья самого Фангорна я таки навещу все здешние низины и погляжу на деревья, каких нигде больше нет в Средиземье. И ты, Гимли, никуда не денешься, уговор дороже денег: сперва напрямик через Фангорн в Лихолесье, а там и до вас рукой подать.

Гимли согласился, хотя, похоже, без всякой радости.

— Ну, вот и конец нашему содружеству Хранителей! — сказал Арагорн.— И все же надеюсь, что вы не замедлите вернуться в наши края — и вернетесь с великой подмогой.

— Вернемся, ежели нас отпустят,— сказал Гимли.— Прощайте, стало быть, милые мои хоббиты! Сделайте одолжение, возвращайтесь домой целы и невредимы, а то что же мне из-за вас беспокоиться! Будет вам весточка, будьте уверены, да еще, глядишь, и увидимся; боюсь только, не все соберемся.

Древень попрощался со всеми поочередно и трижды поклонился Келеборну и Галадриэли — неторопливо поклонился и очень уважительно.

— Давно уж, давненько мы не виделись, стволы и камни не упомнят. Да уж,— сказал он,— *а ванимар, ванималион ностари*! Оно вроде бы и грустно, что только под конец привелось свидеться. Да, весь мир нынче меняется: вода не та, земля другая да и воздух какой-то не такой. Ну ладно, повидались все-таки напоследок, а больше-то, наверно, и не увидимся.

— Пожалуй что и так, о Старейший,— отозвался Келеборн.

Но Галадриэль сказала:

— Нет, в теперешнем Средиземье мы не увидимся, пока не всплывут из морской пучины затонувшие земли Белерианда. А тогда, может статься, и встретим новую весну в ивняках Тасаринена. До нескорого свидания!

Мерри и Пин прощались со старым онтом последними, и он повеселел, глядя на них.

— Ну что, резвые мои малыши,— пророкотал он,— а не испить ли нам с вами водицы на дорожку?

— Мы с удовольствием,— в один голос сказали они, и Древень повел их в древесную сень, где стояла большая каменная корчага; он с краями наполнил три кубка, и хоббиты не спеша пили; пил и онт, не сводя с них огромных таинственных глаз.

— Вот, пожалуй, с вас и хватит,— лукаво заметил он.— Ишь ведь как выросли с прошлого-то раза!

Они рассмеялись и осушили кубки.

— Ладно, пока прощайте,— сказал Древень.— И если дойдет до вас какая молва про онтиц — пришлите мне весточку.

Он помахал всем своей ручищей и скрылся среди деревьев.

Теперь они поехали быстрее, направляясь к Вратам Ристании, и распрощались с Арагорном близ того места, где Пин сунул нос в ортханский *палантир*. Хоббиты приуныли: сколько довелось им пройти с Арагорном, из скольких бед он их выручил!

— Эх, нам бы теперь палантир, чтоб видеться и разговаривать с далекими друзьями! — вздохнул Пин.

— Для этого годится только один,— сказал Арагорн.— В Зрячем камне Минас-Тирита ты ничего не углядишь, а что увидишь — не поймешь. Ортханский же палантир нужен Государю, чтобы озирать свои владения и не терять из виду своих подданных. Ты, кстати, не забывай, Перегрин Крол, что ты — гондорский витязь. Даю тебе бессрочный отпуск, но в любой день могу снова призвать тебя в строй. И помните, дорогие мои друзья-хоббиты, что северные земли тоже мне подвластны и что раньше или позже я туда наведаюсь.

Затем Арагорн простился с Келеборном и Галадриэлью; и Владычица сказала ему:

— Эльфийский Берилл, мрак рассеялся, и все надежды твои сбылись. Живи же счастливо!

— Прощай, родич! — сказал Келеборн.— Да не постигнет тебя моя судьба, да пребудет царство твое в целости и сохранности!

Час был вечерний, и когда они, отъехав с милю, обернулись, то увидели Государя Элессара и его витязей в лучах закатного солнца: червонным золотом сверкали сбруи и пламенела белая мантия Арагорна; он воздел руку, и ярким прощальным блеском вспыхнул зеленый берилл.

Вслед за излучиной Изена они свернули на запад и выехали через Врата Ристании в Дунланд, на Сирые Равнины. Дунландцы разбегались и прятались при виде эльфов, хотя эльфы сюда забредали редко. Путники же на туземцев внимания не обращали: напасть не осмелятся, а припасов у них было вдосталь. Ехали они снова не спеша, разбивали шатры когда и где вздумается.

На шестой день после разлуки с Арагорном проезжали редколесье у западных подножий Мглистых гор. К закату выехали на опушку — и нагнали старика с посохом, в грязновато-белых, не то серых лохмотьях; за ним тащился другой нищеброд, стеная и причитая.

— Да это ты, Саруман! — сказал Гэндальф.— Куда путь держишь?

— Тебе-то что? — отозвался тот.— Хочешь, как прежде, мне указывать, не нарадовался моей беде?

— Ответы сам знаешь,— сказал Гэндальф.— И указывать тебе не хочу, и беде твоей не радуюсь. Близится конец моим заботам: нынче обо всем печется Государь. Дождался бы ты его в Ортханке — удостоверился бы в его мудрости и милосердии.

— Хорошо хоть успел уйти вовремя,— сказал Саруман,— пусть подавится своей мудростью и милосердием. Так и быть, отвечу на твой вопрос: я выбираюсь из его государства.

— И опять ты избрал неверный путь,— заметил Гэндальф.— Эдак ты никуда не выберешься. Значит, помощь нашу ты отвергаешь? Ибо она тебе предлагается.

— Помощь? Мне? — процедил Саруман.— Нет уж, чем так улыбаться, ты лучше скалься. И Владычице я не верю: она всегда ненавидела меня и строила козни тебе на пользу. Да и сейчас, наверно, повела вас этим путем, чтобы полюбоваться на мое унижение. Знал бы я, что вы за мной гонитесь, не пришлось бы вам злорадствовать.

— Саруман,— сказала Галадриэль,— есть у нас дела и заботы поважнее, чем гоняться за тобой. Тебе просто-напросто повезло: в последний раз осенила тебя удача.

— Если и точно в последний, то я этому рад,— отозвался Саруман,— больше, стало быть, не осенит, вот и спасибо. Мои удачи все позади, а ваших мне не надо. Да и так ли уж вы удачливы? — И глаза его злобно засветились.— Езжайте, езжайте! — напутствовал он.— Я недаром был книжником столько долгих веков. Вы обречены, вы своими руками погубили себя. В скитаньях я буду тешиться мыслью, что, разрушив мой дом, вы низвергли свой собственный. И что же это будет за корабль, который унесет вас в безбрежный океан? — ядовито спросил он.— Это будет серый корабль, полный призраков.— И он разразился скрипучим, зловещим смехом.— Вставай, дурак! — крикнул он своему спутнику, который съежившись сидел на земле, и ударил его посохом.— Пошевеливайся! Нам с этой знатью не по пути, придется сворачивать. Живей, а то ни корки хлеба не дам на ужин!

Сгорбленный нищий с кряхтеньем поднялся на ноги, хныча:

— Бедный, бедный старый Грима! Бьют его и ругают, ругают и бьют. Да будь он проклят! Ох, как же мне уйти от него!

— Уходи — и все тут! — сказал Гэндальф.

Но Гнилоуст вскинул на Гэндальфа выцветшие глаза, вздрогнул от ужаса и заковылял вслед за Саруманом. Возле хоббитов Саруман остановился и ненавистно поглядел на них; те глядели жалостливо.

— Ах, и мелюзга тоже явилась потешаться над нищим! — сказал он.— А может, милостыньку подадите? Вон какие вы сытенькие, разодетые, все-то у вас есть, и отменного табачку небось тоже хватает. **Знаем, знаем, откуда он у вас. Отсыпьте щепотку бедняге нищеброду, а?**

— Я бы с радостью, но у меня нет,— сказал Фродо.

— Погоди-ка,— сказал Мерри,— у меня немного осталось, возьми вот.— Он спешился, пошарил в седельной сумке и протянул Саруману кожаный кисет.— Сколько там есть, все твое. Кури на здоровье — это с развалин Изенгарда!

— Мой это, мой табак, за него уплачено с лихвой! — воскликнул Саруман, хватая кисет.— Всего лишь подачка — уж вы там, конечно, награбились всласть. Что ж, спасибо и на том: вор, как говорится, на возврат не тороват. Поделом же вам будет, когда в Южном уделе вы увидите то, что увидите! Да поразит ваши земли табачный недород на многие годы!

— Спасибо на добром слове! — сказал Мерри.— Только уж тогда изволь вернуть кисет, он не твой, я протаскал его за тридевять земель. Пересыпь зелье в свою тряпицу!

— Вор на вора наскочил,— сказал Саруман, повернулся спиной к Мерри, пнул Гнилоуста и направился в лес.

— Ничего себе! — сказал Пин.— Оказывается, мы же и воры! А что нас подстерегли, изувечили и протащили по всей Ристании — это как?

— Да-а! — заметил Сэм.— *Уплачено*, он сказал. С какой это лихвой, хотел бы я знать? И совсем уж мне не по нутру его обещанье насчет Южного удела. Ох, пора нам возвращаться.

— Еще бы не пора,— сказал Фродо.— Однако ж не раньше, чем повидаемся с Бильбо. Будь что будет, а я все-таки сперва съезжу в Раздол.

— И правильно сделаешь,— сказал Гэндальф.— Да, а Саруман, похоже, увы, уж ни на что доброе не годится: сгнил на корню. Только, боюсь, Древень ошибся: как-нибудь напакостить он еще вполне в силах.

На другой день выехали на безлюдные, пышно заросшие долины северного Дунланда. Подступил сентябрь: дни золотились, серебрились ночи, и засверкала перед ними река Лебедянь у старинной переправы к востоку от водопадов, обрушивавших поток в низины. Далеко на западе сквозь дымку виднелись заводи и островки; река вилась, вилась и сливалась с Сероструем — там, в необъятных зарослях камыша, гнездились лебединые стаи.

Они заночевали на невысоком холме; просиял рассвет, и взорам их открылась отуманенная Останна, а на востоке утреннее солнце озарило заоблачные вершины Карадраса,

Келебдора и Фануиндхола. Неподалеку были Ворота Мории.

Здесь они задержались на неделю, растягивая еще одно печальное расставание: Келеборну и Галадриэли со свитой пора было сворачивать на восток, к Багровым Воротам, Черноречному Каскаду и Серебрянке — в Лориэн. Они возвращались западным, кружным путем, чтобы наговориться с Гэндальфом и Элрондом, и казалось, не будет конца их беседе. Хоббиты видели десятый сон, а они сидели под звездным небом и вспоминали минувшие века, былые радости и невзгоды или же обсуждали грядущее. Если бы случился тут путник, он бы ничего не увидел и не услышал: разве что заметил бы серые изваянья, памятники былых времен, затерянные в необитаемой земле. Ибо они были недвижны и безмолвны, не отягощенные словами думы их сливались воедино, и глаза то излучали, то отражали тихое сиянье.

Но наконец все было сказано, и они снова расстались — до той недалекой поры, как выпадет срок Трех Эльфийских Колец. Владыки Лориэна и свита их в серых плащах поехали к горному склону, мешаясь с тенями, исчезая среди камней. Остальные же, чей путь лежал в Раздол, сидели на холме и смотрели им вслед — в густеющем тумане вспыхнула звезда, и мгла сомкнулась. Фродо понял: это Галадриэль помахала рукой им на прощанье.

Сэм отвернулся и вздохнул:

— Эх, кабы еще разок побывать в Лориэне!

Долго ли, коротко ли, но однажды вечером взъехали они не вересковое всхолмье — и вдруг, как всегда неожиданно, увидели далеко внизу, в долине, светящийся дворец Элронда. Они спустились, проехали по мосту к воротам — и дворец засиял, и зазвенели приветственные песни.

Прежде всего, не поевши, не умывшись и даже не сняв плащей, хоббиты кинулись искать Бильбо — и нашли его в собственной комнатушке, замусоренной бумажным хламом, обломками перьев и огрызками карандашей. Сам он сидел в сторонке, в кресле у пылающего камина. Он был старый-престарый, очень спокойный и сонный.

Когда они ввалились, Бильбо поднял голову и приоткрыл глаза.

— А, привет, привет! — сказал он.— Уже вернулись? Между прочим, завтра мой день рождения. Здорово вы подгадали! А знаете ли, что мне стукнет сто двадцать девять? Ежели еще годок протяну, сравняюсь со Старым Кролом. Хорошо бы обставить его, ну, поживем — увидим.

Отпраздновали день рождения, и четверо хоббитов до поры до времени остались в Раздоле. День за днем просиживали они в комнатушке Бильбо, откуда он спускался лишь ради трапезы. На этот счет он был точен как часы: сон слетал с него мгновенно. Рассевшись у камина, они по очереди повествовали ему о своих странствиях и приключениях. Сперва он притворялся, будто записывает, но то и дело начинал клевать носом, а очнувшись, говорил:

— Ну и чудеса! Даже не верится! Про что бишь вы рассказывали?

Они припоминали, на каком месте он заснул, и рассказ повторялся. Не пришлось повторять только рассказ о коронации и свадьбе Арагорна: это он выслушал, не смыкая глаз.

— Ну, меня, конечно, чуть не силком тащили на эту свадьбу,— сказал он.— И я ее давно дожидался. Но как нарочно — впору выезжать, а тут дела, дела, бросай все, поди укладывайся, нет уж.

Прошло недели две, Фродо, взглянув поутру в окошко, увидел, что ночью был мороз: паутинки осеребрились. Стало быть, время ехать, надо прощаться с Бильбо. После дивного, невиданного лета наступила тихая и ясная осень, но в октябре все равно хлынут дожди и задуют ветры. А от Раздола до Хоббитании путь не близкий. Да и не в погоде, конечно, было дело: просто он вдруг почуял, что больше медлить никак нельзя. Сэм тоже растревожился, как раз накануне он сказал:

— Вот ведь, сударь, где мы только не побывали, всякого навидались, а здесь все равно какое-то главное, что ли, место. Тут всего, понимаете, есть понемногу: и тебе Хоббитания, и Златолесье, и Гондор с княжескими дворцами, гостиницами, лугами, полями и горами — словом, чего душа пожелает. И все-таки не пора ли нам отсюда, а? По правде говоря, Жихарь мой у меня, хоть ты что, из головы нейдет.

— Да, Сэм, всего-всего здесь есть понемногу, только нет Моря,— отвечал Фродо и повторил про себя: «Только Моря нет».

В тот день Фродо переговорил с Элрондом, и решено было, что они отправятся в путь наутро. И Гэндальф сказал, им на радость:

— Поеду-ка я с вами, хотя бы до Пригорья: мне с Наркиссом надо повидаться.

На ночь глядя они пошли прощаться с Бильбо.

— Ну, раз надо, так надо,— сказал он.— Жаль, конечно: тоскливо мне будет без вас, я уж привык, что вы тут неподалеку. Но что-то меня все время в сон клонит.

И он подарил Фродо свою мифрильную кольчугу и Терн, забыв, что он их давно уж ему подарил, а потом отдал ему на придачу три книги преданий и песен, плод многолетнего труда; листы были тесно исписаны его мелким почерком, и на малиновых обложках красовались ярлыки: «Перевод с эльфийского Б.Т.». Сэму он вручил мешочек с золотом.

— Едва ли не все, что осталось из-под Смауга,— сказал он.— Коли жениться надумаешь — вот оно и кстати.

Сэм покраснел.

— А вам, голубчикам, мне подарить нечего,— обратился Бильбо к Мерри и Пину.— Примите-ка в подарок добрый совет.

Добрых советов он надавал кучу с лишним и завершил свою долгую речь по-хоббитски.

— Вы только не очень-то высовывайтесь, а то, чего доброго, получите по носу! И растете вы чересчур: больно дорого вам станет обуваться-одеваться.

— Сам-то ты решил ведь обогнать Старого Крола,— сказал Пин.— Вот и мы хотим натянуть нос Бандобрасу Быкобору.

Бильбо рассмеялся и вынул из кармана две тонко расписанные по серебру трубки с жемчужными мундштуками.

— Эльфийская работа, но я же теперь не курю,— вздохнул он.— Как затянетесь, вспоминайте обо мне! — Он отдал трубки, клюнул носом, а проснувшись, спросил: — Так мы о чем? А, ну да, мы раздаем подарки. Кстати же сказать, Фродо: помнится я тебе подарил колечко, оно как?

— Бильбо, милый, я его, прости, потерял,— сказал Фродо.— Вернее сказать, избавился от него.

— Это жалко! — сказал Бильбо.— Я бы на него, пожалуй, взглянул разок-другой. Хотя нет, что же я путаю! Ты ведь затем и пошел, чтоб от него избавиться, верно или неверно? Спутаешь тут, такая вообще каша: и тебе Арагорн со всем прочим, и Светлый Совет, Гондор, конники, хородримцы, вастаки, олифанты — да, Сэм, ты не врешь, правда одного такого видел? — пещеры, башни, золотые деревья, у кого хочешь голова пойдет кругом.

Да, видать, я как-то уж совсем прямиком вернулся.

А все Гэндальф, он мог бы мне показать то да се. Правда, ежели бы я задержался, не поспел бы к распродаже — вот бы уж натерпелся. Ну, теперь-то что: сиди да слушай вас в свое удовольствие, как вы тоже не осрамились. Камелек горит и греет, кормят очень-очень вкусно, и эльфы в случае чего тут как тут. А что мне еще надо?

> От самых от дверей ведет
> Дорога вдаль и вдаль.
> Но кто по ней куда пойдет
> И кто куда когда придет —
> Уж не моя печаль.
>
> Кто хочет, пусть выходит в путь —
> Зовет его закат.
> А мне пора с пути свернуть,
> Пора в трактире отдохнуть,
> Соснуть у камелька.

Последние слова Бильбо не то что пропел, а просто пробормотал, уронил голову на грудь и крепко заснул.

Сгущались вечерние сумерки, все ярче пылал камин; они смотрели на уснувшего Бильбо, на его спокойную улыбку. Сэм окинул взглядом комнату, поглядел, как тени пляшут по стенам, и тихо сказал:

— Ох, господин Фродо, не больно-то он много написал с тех самых пор. И нашу повесть вряд ли напишет.

Бильбо приоткрыл один глаз, будто услышал, и поудобней уселся в кресле.

— Ну так-таки клонит и клонит в сон,— сказал он.— А уж ежели писать, так писать стихи, что ли. Фродо, друг ты мой любезный, ты как, не откажешься немножко навести у меня порядок? Ну, прибери бумажки, заметки, дневник мой и, пожалуй что, возьми-ка ты все это с собой, а? У меня, понимаешь, как-то не было времени разобраться. Сэм тебе поможет, как сумеет, а ежели что получится, приезжай, я прогляжу. Придираться, честное слово, не буду.

— Конечно же! — сказал Фродо.— И, само собой, скоро вернусь: нынче это не путь, а прогулка. Государь позаботится, при нем все дороги станут безопасны.

— Вот и спасибо тебе, милый ты мой! — сказал Бильбо.— Облегчил ты мою душу.

И немедля заснул крепче прежнего.

На другой день Гэндальф и хоббиты прощались с Бильбо у него в комнате: на холод он выходить не хотел; потом попрощались с Элрондом и со всеми его домочадцами.

Когда Фродо стоял на пороге, Элронд пожелал ему счастливого пути и тихо сказал после напутствия:

— Тебе, Фродо, наверно, незачем сюда возвращаться, разве что не сегодня завтра. А в это самое время года, когда золотые листья еще не опадают, встретишь Бильбо в лесах Хоббитании. И я с ним буду.

Таковы были прощальные слова Элронда, и один Фродо их услышал и запомнил.

Глава VII

ДОМОЙ

Теперь их путь лежал прямиком на запад, через Пригорье в Хоббитанию. Им не терпелось снова увидеть родные края, но ехали поначалу медленно: Фродо занемог. У Бруиненской переправы он застыл как вкопанный, и глаза его мертвенно потускнели. За этот день он не сказал ни слова; было шестое октября.

— Плохо тебе, Фродо? — тихо спросил Гэндальф, подъехав к нему.

— Да, плоховато,— отозвался Фродо.— Раненое плечо онемело, и кругом точно смерклось. Нынче с тех пор ровно год.

— Увы, иную рану можно залечить, но не исцелить,— вздохнул Гэндальф.

— Моя, наверно, из таких,— сказал Фродо.— Боюсь, для меня нет возврата: доберусь до Хоббитании, а она совсем другая, потому что я уже не тот. Я отравлен и изувечен: клинок назгула, жало Шелоб, зубы Горлума... и меня изнурило тяжкое, неизбывное бремя. Где ж найду я покой?

Гэндальф промолчал.

А назавтра к вечеру боль унялась, тоска отступила, и Фродо стал опять весел, будто и вовсе забыл о давешнем черном удушье. Незаметно летели дни; они подолгу отдыхали в лесах, разубранных поредевшей багряно-желтой листвой, пронизанных осенним солнцем. Наконец подъехали к Заверти; вечерело, и черная тень горы, казалось, преграждала путь. Фродо попросил их поторопиться и, не взглянув на гору, проскакал сквозь тень, опустив голову и закутавшись в плащ. В эту ночь погода изменилась: налетел холодный и буйный западный ветер с дождем и желтые листья метались вокруг, как стаи встревоженных птиц. А в Четборе деревья уж почти оголились, и Пригорье заслонила мутная дождевая завеса.

Сыро и ветрено было вечером двадцать восьмого октября, когда пятеро путников взъехали по косогору к Южным Воротам Пригорья. Ворота были накрепко заперты, дождь хлестал в лицо, и хмурилось из-под плывущих туч низкое серое небо. Хоббиты слегка приуныли: все-таки не заслужили они такой уж неприветливой встречи.

Кричали, стучали — наконец вышел привратник со здоровенной дубиной. Он опасливо, подозрительно присматривался к ним; потом разглядел Гэндальфа и признал в его спутниках хоббитов — правда, каких-то диковинных. Тогда он просветлел и кинулся отпирать ворота.

— Заезжайте, заезжайте! — сказал он.— Новостей у вас, конечно, куча, у нас тоже, словом бы перекинуться, да куда там: холодно, льет, собачья, вообще, погода. Вот Лаврик — это уж само собой — приютит вас в «Гарцующем пони», там обо всем расскажете и наслушаетесь.

— А ты зайдешь туда попозже, узнаешь все скопом и кучу сверх того, так, что ли? — рассмеялся Гэндальф.— Как там у вас поживает Горри?

Привратник насупился.

— Горри у нас не поживает,— буркнул он.— Вы Лавра спросите, он вам обо всем расскажет. Словом, добрый вечер!

— Тебе того же! — пожелали они, проезжая, и заметили, что за оградою у дороги построили длинный сарай. Оттуда выходили люди — набралась целая толпа — и глазели на них из-за забора. Проехали мимо дома Бита Осинника: вся изгородь заросла и порушилась, окна заколочены.

— Ты что же, Сэм, так-таки и укокошил его тогда огрызком яблока? — поинтересовался Пин.

— Да нет, господин Перегрин, это, как бы сказать, вряд ли,— задумчиво произнес Сэм.— Небось живехонек; а вот как-то моя лошадушка, мой поник. Надо же ведь, сбежал. И как не сбежать: волки воют, а жить охота...

Подъехали к крыльцу «Гарцующего пони» — а там вроде бы все было как всегда, и светились нижние окна из-за багровых штор. Они подергали звонок, дверь приотворилась, выглянул Ноб, увидел их под фонарем и заорал:

— Господин Наркисс! Сударь! Они воротились!

— Ах, воротились? Ну, я им сейчас покажу! — Это послышался голос Наркисса, и сам он тут же появился с дубинкой в руке. Но, увидевши их, застыл, и яростная гримаса на лице его сменилась изумленным восторгом.

— Ах ты, Ноб, ах ты, дуралей шерстолапый! — крикнул он.— Ты что, старых друзей не узнаешь, не называешь? Всполошил меня без толку, олух, а сам знаешь, какие нынче времена! Батюшки, ну и ну! И откуда же вы такие? Да я уж с вами навсегда распрощался, хорошенькое дело, ушли в пустошь с Бродяжником, ай да ай, а кругом, понимаешь ли, всякие Черные рыщут. Ну как же я рад вас всех видеть, и Гэндальфа в особицу. Да заходите же, заходите! Комнаты что, те же самые? Свободны ваши комнаты; да и то сказать, все почти комнаты нынче свободны, чего уж там, сами увидите. Насчет ужина сейчас постараемся, мигом, только вот у меня с прислугой-то нынче... Эй ты, Ноб-телепень! Скажи Бобу... ну да, забыл, Боб теперь со своими ночует на всякий случай. Одним словом, Ноб, эй ты, чтобы развели лошадей по стойлам: ну да, ты-то, Гэндальф, своего сам отведешь, а то кого он послушается. Красавец, я тогда еще говорил, что какой красавец, да вы заходите! Заходите и будьте как дома!

Наркисс вроде бы и сыпал словами по-прежнему, и так же деловито суетился. Однако же постояльцев у него, может, и совсем не было, тишина несуразная; только из Общей залы доносились немногие приглушенные голоса. Лавр нес две свечи, и виднелось его лицо — увядшее и угрюмое, не то что прежде.

Они шли за ним по коридору к тем комнатам, что занимали в страшную ночь год с лишним назад. Им было грустно: старина Лавр недоговаривал, а дела-то у него, видно, шли плоховато. Но они пока что помалкивали, ждали, что будет дальше.

И дождались: господин Наркисс собственной персоной явился к ним после ужина проверить, все ли хорошо. А все было очень даже неплохо: как там дела ни шли, а пиво и съестное в «Пони» хуже не стали.

— Нынче вечером в Общую залу я вас, само собой разумеется, не буду приглашать,— сказал он.— Вы же устали, а там и народу-то сегодня совсем немного — бывает. Но коли вы мне уделили бы с полчасика перед сном, ну так, для разговору, оно бы и неплохо, да и заснется лучше.

— Вот-вот,— сказал Гэндальф,— тебя-то мы и ждали. За нас не волнуйся, мы не так чтоб уж слишком утомились, потихоньку ехали. Правда, промокли, продрогли и проголодались, но это, спасибо тебе, позади. Присаживайся! Нам бы немного трубочного зелья, мы бы тебя расцеловали.

— С чем плохо, с тем плохо,— причмокнул Наркисс.— Большая нехватка, у нас теперь только и есть, что сами растим, а это пустяк пустяком. Из Хоббитании нынче ни тебе листика. Ну, я уж покопаюсь в закромах-то, авось найдется.

Нашлась пачка неразрезанного табака, пятерым курильщикам на день-два.

— Южнолинчский,— сказал Наркисс.— Это у нас самый лучший, но куда ему до южноудельского, я и всегда так говорил, хотя вообще-то Пригорье ничуть не хуже Хоббитании, я, конечно, извиняюсь.

Его усадили в большое кресло у камина, Гэндальф сел напротив, а хоббиты между ними на табуреточках. Разговаривали они отнюдь не полчасика, и уж новостей господину Наркиссу хватило с избытком; впрочем, и он в долгу не остался. От их рассказов Лавр попросту опешил: ни о чем подобном он в жизни не слыхивал и лишь твердил как заклинание: «Да не может быть!» — на разные лады.

— Да что вы говорите, господин Торбинс — или, простите, господин Накручинс? Все-то у меня в голове перекру... перепуталось. Да вы шутить изволите, господин Гэндальф? Батюшки-светы, ушам не верю! И это в наши-то времена? Ай-яй-яй!

Наконец настал его черед: ему тоже было о чем порассказать. Оказывается, хозяйничал он с горем пополам — да что там, честно говоря, все из рук вон плохо.

— К Пригорью никто нынче и близко не подъезжает,— сказал он.— А пригоряне сидят по домам, замкнувши ворота на двойные запоры. А все почему: все из-за тех чужаков, из-за отребья, которое — может, помните? — понабежало в Пригорье Неторным Путем год назад. Потом их стало как собак нерезаных. Всякие там были, конечно, были и бедолаги обездоленные, но все больше народ опасный, ворье и головорезы. И ведь у нас в Пригорье — это у нас-то в Пригорье! — поверите ли, до драки дошло. Честное, скажу вам, слово, дрались не по-здешнему, а сколько народу убили, и убили до смерти. Да вы же мне не поверите!

— Поверю, поверю,— сказал Гэндальф.— Много ли народу погибло?

— Трое и двое,— отвечал Наркисс, разумея отдельно людей и хоббитов.— Убили беднягу Мэта Бересклета, Разли Яблочка и коротыша Тама Деловика из-за Горы, а заодно, представьте себе, Вилла Горби с дальних склонов и даже одного Накручинса с Пажитей — вот такие были мужики, очень их не хватает. А Бит Осинник и Горри Козельник, который стерег Западные Ворота,— эти переметнулись и с теми убежали: скажу вам по секрету, они-то их наверняка и впустили. В смысле когда была драка, в ту ночь. Потому что им еще раньше было сказано: давай отсюда — и пинка на прощанье, ну как то есть раньше, еще до Нового года, а драка была, точно говорю, в новом году, как раз снегу навалило.

Ну и пусть бы их, ладно, живут себе и живут с лиходеями, где там они живут — в Арчете или в северной пустоши. Прям как не сейчас, а тыщу лет назад, расскажи — не поверят. В общем, по дороге не проедешь ни туда, ни сюда, и все на всякий случай спозаранку запираются. А вдоль ограды, конечно, ходят сторожа, и возле ворот стоят заставы — это по ночам-то.

— Скажите пожалуйста, а нас никто не тронул,— удивился Пин.— И ехали мы медленно, и не остерегались. Ничего себе, а мы-то думали, что все безобразия позади.

— Ох, господин Перегрин, не позади они, а впереди,— вздохнул Наркисс,— вот ведь беда-то. Это, знаете, немудрено, что они к вам не подступились. Еще бы: тут тебе и мечи, шлемы, и щиты, и вообще. Впору бежать да прятаться: я и то малость струхнул, как вас увидел.

Так вот оно что! Дивятся-то вовсе не чудесному их возвращению, а их диковинному виду. Сами они привыкли к воинам в ратном доспехе, и невдомек им было, что из-под их плащей сверкали кольчуги, на головах были причудливые гондорские и ристанийские шлемы, щиты украшены яркими гербами и что у себя дома они выглядели опасными чужестранцами. А тут еще Гэндальф в белом облачении и шитой серебром синей мантии, с длинным мечом Яррис-том у бедра, верхом на огромном сером коне.

Гэндальф рассмеялся.

— Ну-ну,— сказал он,— если они попрятались от нас пятерых, то видывали мы врагов и пострашнее. Стало быть, нынче-то ночью можете спать спокойно.

— Да вы же сегодня здесь, а завтра там,— вздохнул Наркисс.— Чего ж бы, конечно, лучше, коли б вы у нас погостили. Мы ведь к таким делам непривычные; опять-таки, говорят, и Следопыты эти все куда-то подевались. Правду сказать, в долгу мы перед ними, зря языки чесали. Да и не только грабители нас донимают: с ними мы бы еще, может, как-нибудь управились. Волки зимой завывали у самой ограды. А в лесах завелись какие-то черные твари, привиденья не привиденья, про них и подумать-то страшно, аж зубы клацают. Короче, живем лучше некуда, извините за прямоту.

— Да, хорошего мало,— согласился Гэндальф.— В этот год в Средиземье едва ли не всем худо пришлось. Но теперь прочь унынье, Лавр! Общая беда вас лишь краем задела, и я очень рад, что не прихлопнула, а могла. Настают, однако же, иные, добрые времена — таких, может статься, ты и не упомнишь. Следопыты возвратились, мы ехали вместе с ними. Главное же, любезный мой Лавр,— Государь вернулся на трон, и он вас в обиду не даст, скоро сам увидишь. Скоро Неторный Путь станет торным, поскачут гонцы во все концы, а уж на север тем более, в Глухомани изведут нечисть, да и самой Глухомани не будет, распашут ее пришельцы.

Наркисс недоверчиво покачал головой.

— Проезжих побольше — это я не против, ежели приличный народ,— сказал он.— Только всякого там разбойного сброда с нас хватит. И вообще чужакам нечего ни в Пригорье соваться, ни возле Пригорья болтаться. Нам лишь бы жить не мешали. А то, знаете, набегут невесть какие невесть откуда, начнут — да не селиться, шляться будут, и Глухомань-то всю загадят.

— Не тревожься, Лавр, жить вам не помешают,— сказал Гэндальф.— От Изена до Сероструя, от Брендидуима до юго-западных побережий могут расселиться целые народы, и все равно ближние к вам селенья будут за несколько суток езды. И за сотню миль отсюда к северу, там, где нынче совсем заглох Неторный Путь, прежде много жило людей — и на Северном Нагорье, и на берегах Тускло-озера.

— Это где же, у Покойницкой Гати, что ли? — еще недоверчивее спросил Наркисс.— Да там, говорят, кругом привиденья. Разбойник и тот забрести туда побоится.

— Следопыты не боятся туда забредать,— сказал Гэндальф.— Покойницкая Гать, говоришь? Да, я знаю, давненько так именуются у вас тамошние развалины; а на самом деле, Лавр, это Форност-Эраин, Северн Великокняжеский. И недалек тот день, когда нынешний Государь отправится туда, чтобы воздвигнуть заново древнюю столицу Арнора. Ну и пышная же свита проедет через Пригорье!

— А что, оно, пожалуй бы, и неплохо,— заколебался господин Наркисс.— Может, и дела чуток поправятся. Если только он, этот ваш Государь, не станет наводить в Пригорье свои порядки.

— Не станет,— пообещал Гэндальф.— Ему и ваши порядки сгодятся.

— Ну да? — озадаченно усомнился Наркисс.— Хотя и то сказать, что ему наши порядки: сидит себе сотни за три миль от нас на высоком троне в огромном замке и попивает вино — из золотой небось чаши. Какое ему дело до моего «Пони» или до моего пива? Кстати скажу, пиво-то у меня хорошее, еще даже лучше прежнего, над ним Гэндальф прошлой осенью поколдовал, и с тех пор все пьют не нахвалятся. Уж такое спасибо, уж такое утешенье!

— Ишь ты, даже лучше прежнего,— заметил Сэм.— А он-то говорит, у вас пиво всегда было отличное.

— Кто говорит, Государь?

— Он самый. Бродяжник, главарь Следопытов. А до вас это разве еще не дошло?

Тут наконец дошло: на широком лице господина Наркисса изобразилось несказанное изумление — глаза округлились, рот разинулся до ушей, и он крякнул.

— Бродяжник, ну и ну! — выговорил он, когда снова обрел речь.— На троне, в короне и с золотой чашей! Батюшки, это что ж теперь будет?

— В Пригорье-то уж точно будет даже лучше, чем было,— сказал Гэндальф.

— Да вроде бы так, будем надеяться,— более или менее согласился Наркисс.— Ну что, хорошо поговорили, давным-предавно не случалось мне вести такой приятной беседы. Теперь в самый раз соснуть, тем более, прямо скажу, будто у меня от сердца чуть-чуть отлегло. Надо, конечно, головой как следует подумать, но это уж я утром, на свежую голову. Словом, кто куда, а я спать, да и вам, поди, давно уж пора на боковую. Эй, Ноб! — крикнул он, приоткрыв дверь.— Эй, ты, Ноб-телепень! Эй, Ноб! — снова крикнул он и вдруг хлопнул себя по лбу.— Что-то я вроде вспомнил, только забыл что.

— Может, снова письмо какое забыли отдать, господин Наркисс? — лукаво осведомился Мерри.

— Посовеститесь, господин Брендизайк, нашли что вспоминать! Ну вот, сбили вы меня. О чем бишь я? Ноб, на конюшню, ага! Мне чужого не надо, а что ваше, то ваше.

Помните — лошадей свели, а вы купили пони у Бита Осинника, помните? Так здесь он, ваш пони, сам собой прибежал, а уж откуда — это вы лучше моего знаете. Лохматый был, что твой бродячий пес, и тощий, как вешалка, но живехонек. Ноб его выходил.

— Ну да? Мой Билл! — закричал Сэм.— Эх и везучий же я, что там Жихарь ни говори! Раз-два, и еще одно желание исполнилось. Да где же он?

И Сэм лег спать не раньше, чем наговорился в конюшне с Биллом.

В Пригорье они на денек задержались, и уж вечером-то у господина Наркисса дела шли как нельзя лучше. Любопытство превозмогло все страхи, и в Общей зале яблоку негде было упасть. По долгу учтивости вышли туда и наши хоббиты; их, разумеется, закидали вопросами. Народ в Пригорье был памятливый, и все наперебой интересовались, написал ли Фродо обещанную книгу.

— Еще нет,— отвечал он.— Но заметок набралось уймища, вот вернусь домой, разберусь.

Он пообещал непременно описать удивительные события в Пригорье, чтоб книга была поживее, а то что там, подумаешь, какие-то дальние, маловажные, южные дела, скукота!

Потом кто-то из молодых попросил приезжих что-нибудь спеть, но тут гомон мигом стих, и на него цыкнули: мол, на этот раз уж как-нибудь обойдемся в нашей Общей зале без чародейских штук!

День прошел спокойно, ночью было тихо, и рано утром они собрались в дорогу: погода стояла по-прежнему дождливая, к ночи хорошо бы приехать в Хоббитанию, а путь лежал неблизкий.

Гостей провожали всем скопом, и впервые за год пригоряне повеселели; изумленно замирали те, кто еще не видел наших путников в походном снаряженье: Гэндальфа с пушистой длинной белой бородой, который словно светился, и синяя мантия его казалась облаком в солнечных лучах; и четырех хоббитов, похожих на витязей-странников из полузабытых сказаний. Накануне многие посмеивались, слушая байки про нового Государя, но теперь им подумалось, что, пожалуй, нет дыма без огня.

— Ну что ж, дорога, как говорится, вам скатертью, счастливо до дому добраться! — напутствовал их господин

Наркисс.— Забыл сказать, ходят слухи, будто и в Хоббитании не все ладно, чего-то там творится не разбери-пой-мешь. Знаете ведь: своя беда чужую из головы гонит. Уж не взыщите, тем более вы, с вашего позволения, вернулись совсем не такие, какими уехали, и, похоже, в случае чего сумеете за себя постоять. Вы там как пить дать порядок наведете. Еще раз доброго пути! Наезжайте почаще — здесь вам всегда будут рады!

Распрощались, поехали, миновали Западные Ворота и оказались на дороге в Хоббитанию. Пони Билл трусил с очень довольным видом возле Сэма, даром что нагружен был, как и в тот раз, изрядно.

— Что же такое стряслось в Хоббитании, на что наме-кал Наркисс? — задумчиво проговорил Фродо.

— Догадываюсь,— буркнул Сэм.— То самое небось, что я видел в колдовском Зеркале: деревья порубили, Жихаря моего из дому выгнали. Замешкались мы в дороге, вот что я вам скажу.

— В Южном уделе тоже, видать, неладно,— сказал Мерри.— Куда подевалось все трубочное зелье?

— Что бы ни стряслось,— объявил Пин,— одно ясно: заправляет всем этим делом Лотто, это уж будьте уверены.

— Лотто — он, конечно, Лотто и есть,— сказал Гэн-дальф.— Но заправляет не он, про Сарумана-то вы забыли. А он давным-давно присматривался к Хоббитании, задолго до Саурона.

— Подумаешь, ты же с нами,— сказал Мерри.— В два счета разберемся.

— Пока что я с вами, да,— подтвердил Гэндальф,— но ненадолго. В Хоббитанию я с вами не поеду. Разбирайтесь сами: вроде бы уж должны были привыкнуть. А вам что, до сих пор непонятно? Повторяю: мои времена кончились и не мое теперь дело — наводить порядок или помогать тем, кто его наводит. Кстати же, дорогие мои друзья, никакая помощь вам не нужна, сами справитесь. Вы не только подросли, но и очень выросли. Вы стали солью земли, и я больше ни за кого из вас не опасаюсь.

Словом, я вас вот-вот покину. Я хочу толком поговорить с Бомбадилом, а то за две тысячи лет как-то не удосужился. Говорят, кому на месте не сидится, тот добра не наживет. Я на месте не сидел, отдыха не знал, а он жил себе и жил в своих лесных угодьях. Вот и посмотрим, посравним: нам есть что рассказать друг другу.

Там, где год с лишним назад Бомбадил вывел их на Тракт, они остановились и огляделись, будто ожидаючи снова его увидеть: а вдруг он — мало ли — каким-нибудь чудом их встречает? Но не было Бомбадила; сырая мгла окутала Могильники, и за пологом тумана укрылся Вековечный Лес.

Фродо грустно смотрел на отуманенный юг.

— Вот бы кого хотелось повидать,— проговорил он.— Как-то он там?

— Да он как всегда, не беспокойся,— ответил Гэндальф.— Веселый и беззаботный, что́ ему наши тревоги и радости, разве про онтов порасспросил бы. Захочешь — съезди потом, навести его. А сейчас я бы на твоем месте поторопился, не то ведь, чего доброго, запрут ворота на Брендидуимском мосту.

— Никаких там ворот на мосту нет,— сказал Мерри,— и ты это не хуже моего знаешь. Вот ежели на юг, в Забрендию,— там да, есть ворота, но уж кого-кого, а меня там пропустят в любое время дня и ночи!

— Ты хочешь сказать, что на мосту ворот не было,— возразил Гэндальф.— Приедешь — посмотришь, вдруг да окажутся. И в Забрендии тоже не так все просто. Ничего, авось справитесь. Прощайте, милые мои друзья! Еще не навсегда, но надолго прощайте!

Светозар огромным прыжком перескочил с Тракта на зеленую дамбу; Гэндальф направил его, и он помчался к Могильникам быстрее северного ветра.

— Вот и пожалуйста, было нас четверо, четверо и осталось,— сказал Мерри.— Другие все поисчезали, как приснились.

— Не знаю, не знаю,— сказал Фродо.— Я, наоборот, будто снова заснул.

Глава VIII

ОСКВЕРНЕННАЯ ХОББИТАНИЯ

Уже смеркалось, когда продрогшие и усталые путники подъехали наконец к Брендидуимскому мосту. С обоих концов преграждали его высокие ворота, плотно сбитые из толстых, заостренных кольев. На том берегу реки появились неказистые двухэтажные дома с редкими, тусклыми прорезями окон; хоббиты таких отроду не строили.

Они колотили в ворота и звали хоть кого-нибудь, но

сперва никто не отзывался, а потом, к их великому изумлению, затрубил рог, и тусклые окна разом погасли. Из темноты раздался крик:

— Кто такие? Убирайтесь, а то схлопочете! Не видите, что ли, объявление: *От заката до рассвета проход строго воспрещен!*

— Как же мы увидим объявление в темноте, дурья твоя башка? — закричал в ответ Сэм.— А увидел бы я, что хоббитам нет ночью прохода домой, да еще в такую собачью погоду,— сорвал бы твое объявление, и все тут.

Хлопнул ставень, и хоббиты с фонарями гурьбой высыпали из домика слева от моста. Они отперли дальние ворота и грозно двинулись вперед, но, разглядев путников, немного оробели.

— Ну-ну, смелее,— сказал Мерри, он узнал одного из них.— Эй ты, Хоб Колоток, протри глаза! Не видишь, что ли, я Мерри Брендизайк, а ну-ка, объясняй, что у вас здесь за почесиха и чего тебя сюда занесло. Ты же, по-моему, всегда стерег Отпорную Городьбу.

— Батюшки! И вправду господин Мерри, да еще с головы до ног в железе! А как же все говорили, будто вы сгинули в Вековечном Лесу? Вот уж рад видеть вас живым-здоровым!

— А рад, так и нечего глазеть из-за ворот, давай отпирай!

— Извините, господин Мерри, отпирать не велено.

— Кто не велел?

— Не велел Генералиссимус из Торбы-на-Круче.

— Генералиссимус из Торбы? Лотто, что ли? — спросил Фродо.

— Вроде бы так, господин Фродо, только приказано называть его просто «Генералиссимус».

— Вот как! — сказал Фродо.— Ну, спасибо хоть он теперь не Торбинс. Но все же нам, его бывшей родне, придется немного понизить его в чине.

Хоббиты испуганно притихли, точно уши прижали.

— Вы не очень-то разговаривайте,— сказал один из них.— Он прознает — вам же будет хуже. Тоже расшумелись: сейчас как проснется Большой Начальник!

— Пусть просыпается, мы у него надолго отобьем охоту спать,— сказал Мерри.— Это, стало быть, ваш новоявленный Генералиссимус нанимает бандитов из Глухомани? Ну, мы, кажется, малость запоздали.

Он соскочил с пони, увидел при свете фонарей объявление, сорвал его и перебросил через ворота. Сторожа попятились от ворот подальше.

— Иди сюда, Пин! — сказал он.— Вдвоем шутя справимся.

Мерри с Пином вскарабкались на ворота, и сторожа еще отбежали. Опять затрубил рог. В доме побольше, справа от моста, распахнулись двери, и в просвете показался ражий детина.

— Это что такое! — рявкнул он, шествуя по мосту.— В ворота ломитесь? А ну, живо убирайтесь, пока я вам ручки-ножки не поотрывал!

Сверкнули обнаженные мечи, и он остановился.

— Вот что, Осинник,— сказал Мерри,— если ты мигом не отопрешь двери, ох и худо тебе придется. Я тебя крепенько пощекочу. Отпирай и уматывай без оглядки, чтоб духу твоего здесь больше не было, бандитская харя.

Бит Осинник хмуро подошел к воротам и отомкнул замок.

— Давай сюда ключ! — велел Мерри. Но Осинник швырнул ключ ему в голову и пустился бежать. Вдруг его так лягнули, что он дико взвыл, кубарем покатился в темноту и навеки исчез из памяти народа Хоббитании.

— Ай да мы,— сказал Сэм, похлопав по крупу расторопного Билла.

— Большого Начальника спровадили,— сказал Мерри.— Спроводим и Генералиссимуса, дайте срок. Сейчас нам пора ужинать и спать, а раз уж вы сдуру снесли Предмостный трактир и выстроили эти сараи, то ночевать будем у вас, показывайте где.

— Прощенья просим, господин Мерри,— залепетал Хоб,— это нынче не положено.

— Что не положено?

— Принимать гостей без разрешения, кушать сверх пайка и тому, в общем, подобное.

— Ничего не понимаю,— удивился Мерри.— Недород, что ли, у нас? Странно, такое было чудесное лето, да и весна...

— Да нет, на погоду не жалуемся,— сказал Хоб.— И урожай собрали хороший, а потом все как в воду кануло. Тут, надо думать, «учетчики» и «раздатчики» постарались: шныряли, обмеряли, взвешивали и куда-то для пущей сохранности увозили. Учета было много, а раздачи, можно сказать, никакой.

— Ой, да ну вас! — сказал Пин, зевая.— Хватит мне голову на ночь глядя морочить. Обойдемся без ваших пайков, своими припасами. Было бы где прилечь — в сарае так в сарае, и не такое видывали.

Хоббиты-караульщики мешкали и переминались: видно, страшновато им было нарушать распоряжения, да разве поспоришь с такими настойчивыми гостями? Вдобавок у всех у них длинные ножики, а двое — здоровяки невиданные. Фродо велел запереть ворота — на всякий случай, а вдруг из-за реки нагрянут бандиты. Затем все четверо пошли в хоббитскую караульню устраиваться на ночь. Нижнее, общее помещение было голо и убого, с жалким очажком, где и огонь-то как следует не разведешь. В верхних комнатках ровными двухъярусными рядами стояли узкие жесткие койки; на всех стенах — запреты и предписания, которые Пит тут же посрывал. Пива не было и в помине, пайки скудные на удивление, но гости щедро поделились с хозяевами содержимым своих котомок, так что ужин вышел отменный, а Пин нарушил Правило № 4 и извел все завтрашнее дровяное довольствие.

— Ну, теперь, может, покурим, а вы толком расскажете нам, что у вас делается? — предложил он.

— Трубочного зелья нам не положено,— сказал Хоб.— Большим Начальникам самим не хватает. Запасы, говорят, кончились, на складах пусто. Слышно было, его целыми обозами вывозили куда-то из Южного удела через Сарнский Брод, это еще прошлой осенью, вы как раз тогда уехали. Да, правду сказать, и раньше по-тихому сплавляли. Ведь у Лотто в Южном уделе...

— Придержи язык, Колоток! — наперебой загалдели его сотоварищи.— Сам знаешь, что бывает за такие разговоры. Дойдет до Генералиссимуса — и всем нам несдобровать.

— Как до него дойдет, если не через вас же? — огрызнулся Хоб.

— Ладно ладно! — сказал Сэм.— Поболтали, и будет, я уже наслушался. Встречают с дрекольем, ни тебе пива, ни курева, одни предписания да оркские разговорчики. Я-то надеялся отдохнуть в родных местах, но с вами, как погляжу, канители не оберешься. Пойдем хоть отоспимся с дороги!

Генералиссимус и вправду прознал о них быстро. От моста до Торбы-на-Круче было добрых сорок миль, но кто-то успел живенько обернуться, и Фродо с друзьями в этом скоро убедились.

Они собирались было сперва отправиться в Кроличью Балку и пожить там с неделю в свое удовольствие, но после теплой встречи на мосту и ночевки в караульне решили ехать напрямик в Норгорд. Наутро они выехали на большую дорогу и пустили лошадок рысью. Ветер улегся, серело беспросветное небо, кругом царило унылое затишье: ну что ж, первое ноября, поздняя осень. Но почему-то отовсюду несло гарью, ползли дымы, и огромное мутное облако висело над Лесным Углом.

Под вечер вдали показались Лягушатники, придорожное село за двадцать две мили от моста. Там они думали переночевать в славном трактире «Плавучее бревно», однако въезд в село преграждал шлагбаум, а к нему был прибит фанерный щит с надписью: *Проезда нет*. За шлагбаумом сгрудились десятка три ширрифов с жердями в руках и с перьями на шляпах. Глядели они сурово и испуганно.

— В чем дело? — спросил Фродо, сдерживая смех.

— Дело в том, господин Торбинс,— объявил предводитель ширрифов, у которого из шляпы торчали два пера,— что вы арестованы за Проникновение в Ворота, Срывание Предписаний, Нападение на Сторожа, Самовольный и Злонамеренный Ночлег в казенном здании и Угощение Караульных с целью подкупа оных.

— А еще за что? — осведомился Фродо.

— Для начала и этого хватит,— отрезал предводитель.

— Почему ж, я на всякий случай добавлю,— сказал Сэм.— За Обругание Генералиссимуса последними словами, за Намерение съездить ему по прыщавой роже и Называние вас, ширрифов, шутами гороховыми.

— Сударь, сударь, одумайтесь. Согласно личному приказу Генералиссимуса вы обязаны немедля и без малейшего сопротивления проследовать под нашим конвоем в Приречье, где будете сданы с рук на руки охранцам. Когда Генералиссимус вынесет приговор по вашему делу, тогда и вам, может быть, дадут слово. И если вы не хотите провести остаток жизни в Исправнорах, то мой вам совет — прикусите язык.

Фродо с друзьями так и покатились со смеху, а ширрифы растерянно переглядывались.

— Ну что ты чепуху мелешь! — сказал Фродо.— Я поеду куда мне надо и когда захочу. Надо мне пока что в Торбу-на-Круче, а если вы за мной увяжетесь — это уж ваше дело.

— Ладно, господин Торбинс,— сказал предводитель,

поднимая шлагбаум.— Вы только не забывайте, что я вас арестовал.

— Не забуду,— пообещал Фродо.— Никогда не забуду. Но простить — может быть, и прощу. А пока вот что: ночевать я буду здесь, и сделайте милость, проводите нас к «Плавучему бревну».

— Никак невозможно, господин Торбинс. Трактир навсегда закрыт. Не угодно ли переночевать в ширрифском участке, он на другом конце села.

— Почему бы и нет,— сказал Фродо.— Ведите, мы поедем за вами.

Сэм оглядывал ширрифов и наконец высмотрел знакомого.

— Эй, Пит Норочкинс, иди-ка сюда! — позвал он.— У меня к тебе разговор.

Ширриф Норочкинс опасливо обернулся на предводителя (тот глядел волком, но смолчал), поотстал и пошел рядом со спешившимся Сэмом.

— Слушай ты, Питенец! — сказал Сэм.— Ты сам норгордский, голова на плечах вроде есть, что же ты, рехнулся? Как можно, подумай хотя бы, арестовать господина Фродо? Да, кстати, а трактир почему закрыт?

— Трактиры все позакрывали,— отозвался Пит.— Генералиссимус пива не пьет и другим не велит. Будто бы по-этому. Правда, пиво-то и сейчас варят, но только для Больших Начальников. Еще он не любит, чтобы народ шлялся туда-сюда; теперь, если кому куда нужно, он сперва идет в ширрифский участок и объясняет зачем.

— Да как же тебе не стыдно таким паскудством заниматься? — укорил его Сэм.— Ты ведь, помнится, и сам был не дурак хлебнуть пивка — в какой трактир не зайди, а ты уж там, при исполнении обязанностей, стойку подпираешь.

— Я бы и сейчас подпирал, Сэм, да стоек нету. Чем ругать меня, рассуди, а что я могу поделать? Ты же знаешь, я пошел в ширрифы семь лет назад, когда обо всем таком и слуху не было. А я хотел расхаживать по нашим краям, на людей посмотреть, новости узнавать, выведывать, где пиво получше. Теперь-то — конечно...

— Ну так брось ширрифствовать, раз пошла такая трезвость,— посоветовал Сэм.

— А это не положено,— вздохнул Пит.

— Еще разок-другой услышу «не положено» — и, честное слово, рассержусь,— сказал Сэм.

618

— Вот и рассердился бы,— вполголоса проговорил Пит.— А кабы мы все разом рассердились, так, может, и толк бы вышел. Да нет, Сэм, по правде говоря, куда там: повсюду эти Большие Начальники, громилы Генералиссимуса. Чуть кто из нас заартачится — его сразу волокут в Исправноры. Первого взяли старину Пончика, Вила Тополапа, голову нашего, а за ним уж и не сочтешь, тем более с конца сентября сажают пачками. Теперь еще и бьют смертным боем.

— Как же вы с ними заодно? — сердито спросил Сэм.— Кто вас послал в Лягушатники?

— Да нас-то никто не слал. Мы здесь безотлучно в ширрифском участке, мы теперь Первый Восточноудельский Отряд. Ширрифов набрали уж сотен пять, а нужно еще вдвое — следить за исполнением Предписаний. Вербуют все больше за шиворот, но есть и доброхоты. Вот ведь даже у нас в Хоббитании нашлись любители совать нос в чужие дела и растарабарывать на пустом месте. Хуже: кое-кто и вовсе стал подлазом, ищейкой Генералиссимуса и его Больших Начальников.

— Ага! Вот, значит, как он о нас проведал!

— Ну. Почты у нас теперь нет, а Срочная почтовая служба осталась: бегуны на подставах. Один такой прибежал ночью из Белокурска с «тайным донесением», а другой — у нас — отслушал и побежал дальше. Днем получили мы распоряжение арестовать вас и доставить не сразу в Исправноры, а сперва в Приречье. Верно, Генералиссимус хочет с вами повидаться.

— Я бы на его месте не торопился повидаться с господином Фродо,— сказал Сэм.

Ширрифский участок в Лягушатниках был еще гаже Предмостной караульни. Этаж там был один, такие же щелястые окна; дом из необожженного кирпича, сложен кое-как. Внутри — сыро и мерзко; поужинали они за длинным дощатым столом, не чищенным много недель. За таким столом только и есть такую еду, какую им дали. Но как-никак ночлег. До Приречья оставалось восемнадцать миль, и тронулись они в путь к десяти утра. Они бы и раньше выехали, да уж очень было приятно позлить предводителя ширрифов, который топотал от нетерпения. Западный ветер задул на север, стало холоднее, но тучи расступились.

Довольно смешная процессия покидала село; правда,

селяне, которые вышли поглядеть на возмутителей спокойствия, не знали, можно или нельзя смеяться. Конвоировать их отрядили дюжину ширрифов; Мерри велел им идти впереди, а четверо арестантов ехали следом. Пин, Сэм и Мерри сидели вразвалочку, хохотали, галдели и распевали песни; ширрифы вышагивали с важным и строгим видом. Фродо молчал, опечаленный и задумчивый.

Возле последнего дома кряжистый старикан подстригал изгородь.

— Ого-го! — хохотнул он.— Это кто же кого арестовал?

К нему тут же метнулись два ширрифа.

— Эй ты, предводитель! — сказал Мерри.— Ну-ка, верни своих малых обратно в строй, а то я помогу!

Повинуясь окрику предводителя, хоббиты-ширрифы угрюмо поплелись назад.

— Ну а теперь ходу! — распорядился Мерри, и пони перешли на легкую рысь, так что и конвою пришлось наддать. Выглянуло солнце, и, хотя по-прежнему веял холодный ветер, разгоряченные ширрифы истекали потом.

Их, однако же, хватило лишь до Трехудельного Камня, на четырнадцать миль с передышкой в полдень. Было три часа. Ширрифы изголодались, ноги их не слушались, и бежать дальше совсем уж не было смысла.

— Пожалуйста, идите своим шагом! — сказал Мерри.— А мы поедем.

— До свидания, Питенец! — крикнул Сэм.— Встретимся у «Зеленого дракона», если ты дорогу туда не забыл. Возьми ноги в руки!

— Как себя ведете, арестованные! — укорил их предводитель ширрифов.— Порядок нарушаете: ну, потом на меня не пеняйте.

— Погоди, еще не так нарушим,— пообещал Пин,— а на тебя, уж ладно, не попеняем.

Они зарысили дальше, и солнце исчезало вдали за Светлым нагорьем, когда перед их глазами открылось Приречье, раскинулась озерная гладь. Фродо и Сэм застыли в горестном изумлении. Оба они были здешние, и, хотя навидались всякого, зрелище поругания родного края оказалось горше всего на свете. Памятные, любимые дома как смело; кое-где чернели пожарища. Старинные и уютные хоббитские жилища на северном берегу, верно, остались без хозяев, и садики, спускавшиеся к самому озеру, густо заросли сорняками. Между Озерным побережьем и Нор-гордской дорогой громоздились уродливые новостройки. Прежде там была тополевая аллея — не осталось ни деревца. А дальше, на пути к Торбе, торчала громадная кирпичная труба, изрыгавшая клубы черного дыма.

Сэма бросило в дрожь.

— Господин Фродо, позвольте, я поеду вперед! — крикнул он.— Все разведаю и узнаю, как там мой Жихарь.

— Не пори горячку, Сэм,— сказал Мерри.— Нас ведь хотели сдать в Приречье с рук на руки шайке бандитов. Надо сперва здесь у кого-нибудь толком разузнать, что почем.

Но узнавать было не у кого: Приречье встретило их запертыми воротами и темными, незрячими окнами. Непривычно это было до жути, но вскоре все разъяснилось. «Зеленый дракон» — последний дом на выезде в Норгорд — стоял заброшенный, с выбитыми стеклами, и там их поджидали охранцы. Шесть здоровенных малых, косоглазых и желтолицых, привалились к стене трактира.

— Все как на подбор вроде того приятеля Бита Осинника в Пригорье,— сказал Сэм.

— Я таких навидался в Изенгарде,— буркнул Мерри.

В руках охранцы держали дубинки, на поясе у каждого висел рог, но больше вроде бы никакого оружия у них не было. Они словно бы нехотя отошли от стены и преградили хоббитам дорогу.

— Это куда же вы намылились? — спросил самый дюжий и с виду самый злобный из них.— Слезайте, приехали. Ширрифы-то ваши драгоценные — где они?

— Поспешают не торопясь,— сказал Мерри.— Ножки у них устали. Мы их здесь обещали подождать.

— Едрена вошь, а я что говорил? — обратился главарь к своим.— Говорил же я Шаркичу: ну ее, мелюзгу, к ляду! Наши парни давно бы уже их приволокли.

— Так-таки и приволокли бы? — сказал Мерри.— Вряд ли. Раньше, правда, подонки по нашему краю не разгуливали, но и теперь вы у нас не загоститесь.

— Чего ты сказал — *подонки*? — переспросил тот.— Ну, ты даешь! Разговорчивый больно, ничего, заговоришь по-другому. Что-то, я гляжу, мелюзга у нас обнаглела. Вы не больно-то надейтесь на добродушие Вождя. Шаркич на своем посту, и Вождь сделает, как Шаркич велит.

— А как он велит? — спокойно спросил Фродо.

— Порядок надо навести, чтобы все вы себя помнили,— сказал охранец.— И уж кто-кто, а Шаркич наведет порядок: большой кровью наведет, ежели будете шебаршиться. С вами надо покруче, вам нужен другой Вождь, и будет другой — еще до Нового года. Вот тогда вы у нас попляшете, крысеняточки.

— Очень было вас интересно послушать,— вежливо заметил Фродо.— Я как раз собираюсь навестить господина Лотто, может, ему тоже будет интересно?

Охранец расхохотался.

— Лотто, говоришь? Да он все и так знает, не беспокойся. И будет слушаться Шаркича как миленький, а то его и убрать недолго. Понял? А ежели вы, мелочь пузастая, полезете за него заступаться, мы вас под землю загоним. Понял?

— Понял,— сказал Фродо.— Для начала я понял, что вы тут живете на отшибе и новостей не знаете. Ты с юга, что ли? Так на юге теперь совсем все иначе. С бандитами вроде тебя не сегодня завтра покончат. Черный Замок разрушен, в Гондоре Государь на троне, и нынче ваш хозяин — всего-навсего жалкий нищий, мы его повстречали. Изенгардские разбойники перебиты, и скоро по знакомому тебе Неторному Пути прискачут посланцы Государя.

Охранец смерил его взглядом и широко ухмыльнулся.

— Жалкий нищий! — передразнил он.— Да ну? Давай, давай, нахальничай, вшивареночек, покуда хвостик не прищемили. А мы покуда обдерем вас, жирненьких: вы на покое здорово отъелись! И на посланцев твоего Государя,— он щелкнул пальцами перед носом Фродо,— плевать я хотел! Какие еще посланцы? Вот увижу хоть одного — тогда и разберемся.

Тут Пин не выдержал. Ему припомнилось Кормалленское поле; и после всего этого какой-то косоглазый ублюдок смеет называть Хранителя Кольца вшивареночком? Он откинул плащ, выхватил меч — и блеснул черно-серебряный доспех страха цитадели Гондора.

— Я Государев посланец! — сказал он.— Перед тобой, мерзавец, друг Великого Князя, знаменитый рыцарь Западного воинства. А ты болван и негодяй. На колени — и моли о прощении, пока не постигла тебя участь убитого мной тролля!

Клинок засверкал в лучах закатного солнца. Мерри и Сэм обнажили мечи и подъехали поближе; Фродо не шевельнулся. Охранцы подались назад. Они привыкли запугивать мирных пригорян и лупцевать добродушных хоббитов, а суровые и бесстрашные воины со сверкающими мечами — такого они в жизни не видели. Да и голоса приезжих звучали вовсе не по-здешнему. Словом, было отчего струсить.

— Прочь отсюда! — сказал Мерри.— И чтобы духу вашего здесь не было, а то...

Трое хоббитов тронули пони, и охранцы пустились бежать по Норгордской дороге; на бегу они трубили.

— Да, ничего не скажешь, вовремя мы подгадали,— заметил Мерри.

— Если не запоздали. Может, уже и поздно, не спасем дурака Лотто. Олух несчастный, неужто ж ему погибать,— сказал Фродо.

— Как это — Лотто не спасем? Да ты в своем ли уме? — поразился Пин.— Скажи лучше — покончим с Лотто!

— Похоже, ты, Пин, не слишком нынешние дела понимаешь,— сказал Фродо.— Лотто не только не виновник, он даже не зачинщик всего этого безобразия. Ну, дурак он, конечно, злобный дурак, в том его и беда. А подручные взяли верх: они и отбирают, и грабят, и бесчинствуют его именем. Он заключенный, узник в Торбе-на-Круче. И наверно, перепуган до смерти. Хорошо бы его все-таки вызволить.

— Ничего себе! — сказал Пин.— Это надо же, в страшном сне не приснится — драться у нас в Хоббитании с бандитской сволочью и со всякими там оркскими ублюдками, а зачем? — чтобы вызволять Лотто Чирея!

— Драться? — повторил Фродо.— Да, пожалуй что, драки не миновать. Помните только, что хоббитов убивать нельзя, хоть они и на стороне Генералиссимуса; я не о тех, кто просто струсил, а если они даже и взаправду переметнулись, ну что поделаешь. Нет, в Хоббитании никогда друг друга не убивали, и не нам вводить такой обычай. Лучше бы вообще никого не убивать — ну, попробуйте, удержитесь!

— Это уж дудки,— возразил Мерри,— дойдет дело до драки, так не захочешь, а убьешь. И ты, дорогой мой Фродо, извини, конечно, ни аханьем, ни оханьем не спасешь ни Лотто, ни Хоббитанию.

— Н-да,— сказал Пин.— Другой раз с ними потруднее будет. Это мы их нахрапом прогнали. Не зря, поди, они трубили — небось созывали своих. Соберется десятка два — сразу так осмелеют, только держись! Нам бы где-нибудь на ночь укрыться: мы хоть и при оружии, а всего-то нас четверо.

— А вот чего,— сказал Сэм.— Поехали-ка мы на Южную околицу, к старому Тому Кроттону! Уж он труса не спразднует, и сыновья у него крепкие ребята, кстати же говоря — мои дружки.

— Нет! — покачал головой Мерри.— Укрываться на ночь не согласен. Все, я вижу, только и делают, что укрываются, хотят отсидеться, а это бандитам как раз на руку. Нагрянут целой оравой, окружат нас и возьмут измором либо выкурят. Нет, надо действовать немедля.

— Немедля — это как? — спросил Пин.

— Да поднимать мятеж! — сказал Мерри.— Поставить на ноги всю Хоббитанию! Ведь новые порядки поперек горла всем, кроме двух, ну, трех негодяев да двух десятков олухов, которые не прочь поважничать и знать не желают, чем дело пахнет. Хоббиты вообще чересчур привыкли благоденствовать, потому и растерялись. А только поднеси уголек — и вспыхнет, что твоя скирда: подручные Генералиссимуса это нутром чуют. Чтоб земля у них под ногами не загорелась, надо мигом расправиться с нами, так что времени у нас в самый обрез. Сэм, ты и правда скачи-ка к усадьбе Кроттона. Хоббит он матерый, все его уважают. Давай, давай! А я пока потрублю в ристанийский рог — ох, они здесь такой музыки в жизни своей не слыхали!

Они отъехали к сельской площади, Сэм свернул на юг и галопом помчал по проулку к дому Кроттонов. Внезапно и звонко запел рог, надрывая вечернюю тишь. Раскаты его огласили холмы и поле, и призыв был такой властный, что Сэм чуть не поскакал назад. Пони вздыбился и заржал.

— Ладно, Билли, ладно! — крикнул Сэм.— Скоро вернемся.

А Мерри тем временем затрубил иначе, и разнесся по дальней окрестности старинный трубный клич Забрендии: *ВСТАВАЙ! ВСТАВАЙ! НАПАСТЬ! ПОЖАР! ВРАГИ! ПОЖАР! ВРАГИ! ВСТАВАЙ! ВСТАВАЙ! ГОРИМ!*

Сэм заслышал позади шум, гам и хлопанье дверей. Впереди в сумерках вспыхивали окна, лаяли собаки, разносился топот. У конца проулка он чуть не наехал на фермера Кроттона и трех его сыновей: Малыша Тома, Джолли и Ника — бежали они со все ног, каждый с топором, и встали стеною.

— Не, ребята, он не из тех! — услышал Сэм.— По росту вроде бы хоббит, только одет не по-нашему. Эй! — крикнул фермер.— Ты кто, и почему такой шум подняли?

— Да я Сэм, Сэм Скромби. Я вернулся!

Старик Том Кроттон подошел и пригляделся.

— Ишь ты! — сказал он.— Голос какой был, такой остался, и мордоворот не хуже прежнего. Как есть Сэм. Но прости, уж извини, я бы тебя на улице не признал. Сразу видать, из чужих краев. А говорили, тебя и в живых нет.

— Это все вранье! — сказал Сэм.— И я живой, и господин Фродо тоже. Он здесь, неподалеку, со своими друзьями, оттого и шум. Они Хоббитанию берут за жабры. Хотим разделаться с бандитской сволочью и уж заодно с Генералиссимусом. Начали, посмотрим, как будет.

— Хорошо будет! — обрадовался фермер Кроттон.— Ну, хоть началось наконец! У меня весь год руки чесались, да народишко у нас квелый. А тут, понимаешь, жена, да еще ведь и Розочка. А этих мерзавцев станется и женщин обидеть. Ладно, ребята, бегом марш! Приречье на́чало! Уж мы-то не отстанем!

— А госпожа Кроттон и Розочка? — спросил Сэм.— Их ведь одних оставлять не годится.

— С ними Нибс остался. Ну, ты пойди помоги ему, коли время есть,— ухмыльнулся фермер Кроттон. И побежал на площадь вслед за сыновьями.

А Сэм поспешил к их дому. За широким двором на крыльце возле большой круглой двери он увидел госпожу Кроттон и Розочку, а перед ними — Нибса с вилами.

— Не пугайтесь, это я,— крикнул Сэм, подъехав к крыльцу.— Я, Сэм Скромби! И не пырни меня вилами, Нибс, все равно не проткнешь, на мне кольчуга!

Он соскочил с пони и взбежал по ступенькам. Они молча, растерянно смотрели на него.

— Добрый вечер, госпожа Кроттон! — сказал он.— Привет, Розочка!

— Привет и тебе, Сэм! — отозвалась Розочка.— Где это ты пропадал? Были слухи, что тебя и в живых нет, но я-то тебя с весны дожидаюсь. Ты, правда, не очень торопился, а?

— И то сказать,— смущенно признался Сэм.— Зато теперь очень тороплюсь. Мы тут с этими охранцами разбираемся, мне нужно обратно к господину Фродо. Я просто подумал — дай-ка заеду узнаю, как там поживает госпожа Кроттон, ну и Розочка тоже.

— Спасибо, поживаем как живется, ничего себе,— сказала госпожа Кроттон.— Ну вот только что эти, как их, откуда они только взялись, жить мешают.

— Ты давай езжай, куда собрался! — сказала Розочка.— А то: господин Фродо да господин Фродо, а как припекло, так сразу в кусты?

Этого уж Сэм вынести не мог. Тут либо объясняться целую неделю, либо смолчать. Он спустился с крыльца и сел на своего пони. Но не успел он отъехать, как Розочка спорхнула по ступеням и сказала ему:

— Сэм, ты прямо загляденье! Ну езжай, езжай, я не к тому. Только все-таки себя-то побереги, уж пожалуйста. И скорей-скорей возвращайся, как разберетесь с этими охранцами!

Когда Сэм вернулся на площадь, вся деревня была на ногах. Молодежь само собой, но кроме нее собралось больше сотни крепких, надежных хоббитов с топорами, молотами, длинными ножами и тяжелыми дубинками. У иных были и луки. Подходили с ближних хуторов.

Кому-то пришло в голову разжечь большой костер — так, для красоты, а еще потому, что это строго-настрого запретил Генералиссимус. Костер разгорался все ярче и ярче. По приказанию Мерри деревню с обех сторон перегородили. С востока не очень; оттуда явились наконец отставшие ширрифы, изумленно поглядели, что делается, чуть пораздумали, посрывали свои перья и замешались в толпу. Однако нашлись и такие, кто побежал к начальству.

Фродо, Пин и Мерри толковали с Томом Кроттоном; вокруг них стояла радостная толпа.

— Ну а дальше чего? — спрашивал старик Кроттон.

— Дальше не знаю,— говорил Фродо.— Охранцев вообще-то много или нет?

— А пес их разберет,— в сердцах сказал Кроттон.— Шляются, гадят и уходят. Полсотни их, что ли, с лишком живет в бараках у Норгорда. Эти приходят, грабят или, по-нынешнему, «реквизируют», когда им вздумается. У ихнего Вождя человек двадцать точно. Он в Торбе-на-Круче... может, и не там, не знаю, но сюда не вылезал. Неделю-другую его никто не видел, туда ведь не подступишься.

— В Норгорде они все собрались? — спросил Пин.

— То-то и оно, что нет,— сказал Кроттон.— В Длиннохвостье и возле Сарнского Брода много, я слышал, их болтается, да и в Лесном Углу тоже. И возле Главного Перекрестка ихние бараки. А около Исправнор — это у них так теперь называются наши землеройские норы — их считай — не перечтешь. Во всей Хоббитании сотни три наберется, но вряд ли больше. Возьмемся — одолеем.

— Как у них с оружием? — спросил Мерри.

— Какое ни на есть: кнуты, ножи и дубинки, этого им хватало, а другого мы покамест не видели,— отвечал фермер Кроттон.— Но ежели дойдет до настоящей драки — небось у них там и еще чего-нибудь найдется, луки-то уж точно. Двух-трех наших они подстрелили.

— Слыхал, Фродо? — повернулся к нему Мерри.— Я же говорю, драки не миновать. Но заметь: убитым они открыли счет.

— Ну, не совсем-то,— замялся старый Кроттон.— Стрелять мы первые начали, Кролы то есть. Папаша ваш, господин Перегрин, Лотто этого на дух не переносит и прямо сразу сказал, что ежели кому-нибудь зачем-нибудь нужен какой бы то ни было генералиссимус, то он у нас и так есть — законный Хоббитан, а не какой-то выскочка. Лотто послал целую ватагу Больших Начальников усмирять его, да куда там! В Зеленых Холмах глубокие норы, рядом Преогромные Смиалы; какая же Громадина полезет туда на свою голову?! Им и вообще Кролы велели убираться подобру-поздорову и носа близко не казать. Те не послушались, и Кролы троих подстрелили — за разбой и грабеж. Бандиты, конечно, озлобились и нынче в оба глаза стерегут Укролье: ни туда, ни оттуда никому ходу нет.

— Ай да Кролы! — воскликнул Пин.— Ну теперь-то надо кому-нибудь туда пробраться, и кому, как не мне, я-то Смиалы знаю как свои пять пальцев. Кто со мной в Кролы?

Он отобрал с полдюжины охотников; все верхами на пони.

— До скорого свидания! — крикнул он.— Всего-то здесь полем миль четырнадцать! Ждите к утру: приведу вам крольское ополчение.

Они скрылись в густеющих сумерках; толпа радостно голосила им вослед, а Мерри протрубил в рог.

— И все-таки,— упорно повторил Фродо,— лучше бы никого не убивать, даже охранцев, разве что придется поневоле.

— Еще бы не придется! — сказал Мерри.— Они как раз к нам, того и гляди, пожалуют из Норгорда, и боюсь, что не для переговоров. Попробуем обойтись миром, но приготовимся к худшему. У меня есть свой план.

— Вот и ладно,— сказал Фродо.— Давай распоряжайся.

В это время подбежали хоббиты-дозорные с Норгордской дороги.

— Идут! — объяснили они.— Двадцать с лишним. И еще двое побежали на запад.

— Это они к Перекрестку,— пояснил Кроттон,— за подкреплением. Ну, дотуда добрых пятнадцать миль, да и оттуда не меньше. Пока подождем огорчаться.

Мерри пошел отдавать приказы. Фермер Кроттон отправил по домам женщин, детей и прочую молодежь; остались и укрылись за плетнями только хоббиты постарше, все с оружием. Едва улица опустела, как послышались громкие голоса и тяжелая поступь. Громилы подошли гурьбою и при виде наспех поставленного хлипкого шлагбаума дружно расхохотались. Уж вдвадцатером-то они чувствовали себя полными хозяевами в этой маленькой, уютненькой стране.

Хоббиты подняли шлагбаум и расступились.

— То-то! — издевались каратели.— И живо бегите в постельки, пока вас не высекли.

Они прошли по улице, крича:

— Все гасите свет! По домам и на улицу не высовываться, а то заберем сразу полсотни заложников в Исправноры. Живее, живее! Доигрались, вывели Вождя из терпенья!

На крики их никто внимания не обращал, а за ними смыкалась и бесшумно следовала толпа. У костра на площади стоял один-одинешенек фермер Кроттон и грел руки.

— Ты кто такой и чего это ты здесь делаешь? — гаркнул главарь шайки.

Фермер Кроттон медленно поднял на него глаза.

— А я как раз тебя хотел о том же спросить,— сказал он.— Чего это вы приперлись в чужую страну? Вас сюда никто не приглашал.

— Зато мы тебя пригласим! — загоготал главарь.— Хватай его, ребята! Волоките его в Исправноры и по дороге научите вежливости!

К фермеру шагнули двое — и точно споткнулись. Толпа вдруг грозно загудела: оказалось, что Кроттон вовсе не один. Со всех сторон в темноте за отсветами пламени стояли хоббиты. Было их сотни две, и все с оружием.

Мерри выступил вперед.

— Мы сегодня с тобой уже виделись,— сказал он главарю,— и сказано было тебе: сюда больше не соваться. Не расслышал? Так слушай теперь: вы на свету, под прицелом лучников. Только пальцем кого-нибудь троньте — тут вам и конец. А ну, бросай все оружие, какое есть!

Главарь огляделся: да, их окружили. Но он не струсил — как-никак, с ним было двадцать дюжих молодцов. Плоховато он знал хоббитов, поэтому сдуру и решил, что уж назад в Норгорд они пробьются шутя.

— Бей их, ребята! — крикнул он.— Бей насмерть!

С длинным ножом в левой руке и с дубинкой в правой он кинулся на Мерри, преграждавшего им путь,— пришибить его, приколоть, а там дело пойдет! — и рухнул, пронзенный четырьмя стрелами.

Этого вполне хватило: прочие охранцы побросали оружие, были обысканы, связаны гуртом и отведены в пустой сарай, ими же в свое время построенный. Там им уже порознь связали руки и ноги, заперли сарай и поставили караул. Труп главаря оттащили на пустырь и закопали.

— Раз-два и готово, а? — сказал Кроттон.— Говорил же я, что мы их запросто одолеем: надо только начать и кончить. Да, вовремя же вы подоспели, господин Мерри.

— Начать-то мы начали, но еще далеко не кончили,— возразил Мерри.— Ежели верно, что их три сотни, то мы пока и одну десятую не уделали. Однако ж стемнело; подождем-ка мы до утра, а там уж попотчуем гостей и сами наведаемся к Генералиссимусу.

— Почему же не сейчас? — спросил Сэм.— Еще не поздно вовсе, едва за шесть! Мне невтерпеж повидаться с моим Жихарем. Вы, господин Кроттон, не знаете, как он вообще-то поживает?

— Да не то чтоб уж совсем плохо, Сэм,— сказал фермер.— Исторбинку-то срыли, и он, конечно, сильно огорчился. Теперь живет в новом доме — из тех, которые Начальники построили, пока еще чего-то делали, не только грабили и жгли; дом-то недалеко, за милю от того конца Приречья. Он и ко мне захаживает, коли выдастся случай, и я его малость подкармливаю, а то их, бедняг, держат там впроголодь. Принимать и кормить гостей, конечно, настрого запрещено, да что мне их Предписанья! Я бы и поселил его у себя, только ведь наверняка отыскали бы, и тогда нам обоим один путь — в Исправноры.

— От души вам спасибо, господин Кроттон, по гроб у вас в долгу,— сказал Сэм.— Тем более надо за ним съездить, а то этот Вождь на пару с Шаркичем еще до утра, пожалуй, что-нибудь вытворят.

— Будь по-твоему, Сэм,— сказал Кроттон.— Возьми с собой паренька-другого, езжайте и привезите его ко мне домой. Только в объезд старого Норгорда-на-Озере. Да вот мой Джолли тебя проводит.

Сэм уехал. Мерри выставил дозоры вокруг села и ночные караулы к шлагбаумам. Потом они с Фродо отправились к фермеру Кроттону; сидели со всей его семьей в теплой кухне, отвечали на учтивые расспросы о своих странствиях. Впрочем, расспрашивали не очень и слушали вполуха — еще бы, ведь куда важнее были дела хоббитанские.

— Начал все это паскудство Чирей — такое уж у него прозвище,— приступил фермер Кроттон,— и началось это, уж извините, господин Фродо, когда вы уехали гулять по чужим краям. Чирей вроде как в уме повредился: ему, видно, хотелось прибрать все на свете к рукам и стать самым-самым главным. Глядь — а он уже нахапал выше головы и подряд скупает мельницы, пивоварни, трактиры, фермы и плантации трубочного зелья; откуда только деньжищи берутся? Пескунсову-то мельницу, к слову, он откупил еще прежде, чем вы ему Торбу по дешевке продали.

Конечно, начал он не на пустом месте: папаша оставил ему большие земли в Южном уделе, и он, видать, расторговался трубочным зельем, год или два уже втихомолку сбывал на сторону лучшие сорта. А к концу прошлого года — что там зелье! — целые обозы со всякой всячиной в открытую потянулись на юг. Тут зима подошла, то да се, а мы знай себе ушами хлопаем: куда все подевалось? Потом народ малость осерчал, только ему-то хоть бы что: понаехали здоровущие повозки, а в них — Громадины, все больше бандитские рожи. Едут и едут; одни погрузятся — и обратно, другие остаются. Мы проморгаться не успели, смотрим — ан они уж везде, по всей Хоббитании рубят деревья, копают ямины, строят дома не то сараи; где хотят, там и строят. Поначалу Чирей так-сяк возмещал урон и убытки, а потом и думать забыл, куда! Их вся власть, отдавай да помалкивай, а пикнешь — последнее отберут.

Кой-никакой шумок все же случился. Голова наш, старина Вил, пошел в Торбу заявить протест, да не добрался он до Торбы. Охранцы перехватили его по дороге и доставили в землеройские Исправноры — верно, и сейчас он там сидит. Так что вскорости после Нового года головы у нас не стало, и Чирей велел называть себя Генеральным Ширрифом, а потом и просто Генералиссимусом.

И давай начальствовать; если же кто, говоря по-ихнему, «проявлял враждебность», тот живо оказывался, где и Вил Тополап. Словом, дальше — хуже. Курева никакого, только для Больших Начальников; пива Генералиссимус не велит пить никому, одни начальники его пьют, а трактиры все позакрывались; в закромах шаром покати, зато Предписаний навалом. Припрятал что-нибудь — твое счастье, да и то как сказать: бандиты через день приходят с обыском и забирают все подчистую «в целях разверстки» — это значит, чтобы им все, а нам ничего. Оставляют, правда, свалку отбросов у ширрифских участков: ешь, мол, на здоровье, авось не вытошнит. Но уж когда явился Шаркич — тут хоть ложись и помирай.

— Что еще за Шаркич? — спросил Мерри.— Нам этим Шаркичем грозил один бандит.

— Он, видно, из них, бандитов, наиглавнейший,— отвечал Кроттон.— Мы как раз отработались — ну, к концу сентября,— тут о нем слухи и поползли! Никто его в глаза не видел, знаем только, что живет он в Торбе-на-Круче и что он теперь главнее Генералиссимуса. Охранцы у него под рукой ходят, а он им: круши, жги, ломай! Теперь и убивать тоже велит. Вот уж, как говорится, хоть бы дурного толку — нет, и того незаметно, все без толку. Рубят деревья, чтоб срубить, жгут дома, абы сжечь,— и ничего, ну совсем ничего не строят.

Про Пескунса послушайте. Чирей как перебрался в Торбу, так сразу снес его мельницу. И пригнал толпу чумазых Громадин: они, дескать, построят новую, огромную, и колес там будет невповорот, и все правильно, по-чужеземному. Один дурак Тод обрадовался и теперь обтирает колеса, где его папаша был мельник и сам себе хозяин. У Чирея-то было что́ на уме: а ну, давай молоть поскорее да побольше — так он говорил. И понастроил мельниц вроде этой. Только ведь, ежели молоть, надо, чтоб зерно было, а зерна как не стало, так и нет. Ну, с тех пор как Шаркич явился, зерна и не надо. Они там только трах-бах и пых-пых: пускают вонючий дым; ночью-то в Норгорде, поди, и не уснешь. И гадят — нарочно, что ли, не понять; загадили Нижнее Озеро, а там и до Брендидуима недалеко. В общем, ежели кому надо, чтобы Хоббитания стала пустыней, то все оно правильно. Вряд ли дурак Чирей это устраивает, тут не без Шаркича.

— Верно, верно! — вставил Малыш Том.— Да чего говорить, они же забрали мамашу Чирея, старуху Любелию, которую вот уж никто не любил, только сыночек. Норгордские видели и слышали: однажды она, знаете, идет вниз по улице со своим зонтиком, а навстречу ей охранцы — пыхтят, волокут огромную телегу.

«Это вы куда же»? — она спрашивает.

«В Торбу-на-Круче»,— ей отвечают.

«Зачем?» — она говорит.

«Для Шаркича сараи строить»,— это ей-то.

«А кто ж это вам позволил?» — она удивляется.

«Шаркич велел,— ей говорят.— А ну, с дороги, старая карга!»

«Я вам покажу Шаркича, ворюги паршивые!» — это она-то, и как накинется на главного, в глаз ему норовит своим зонтиком; но не достает, он вдвое выше. Взяли ее, конечно; уволокли в Исправноры, на возраст не посмотрели. Они туда много кого уволокли получше ее, однако ничего не скажешь, в грязь лицом не ударила, не то что некоторые.

Посреди разговора вошел Сэм вместе со своим Жихарем. Старик Скромби почти не постарел, только слышать стал хуже.

— Добрый вечер, господин Торбинс! — возгласил он.— Рад вас видеть в добром здравии, приятно, что вернулись. Только извините, грубо скажу, не по делу вы уезжали. Это же надо — продать Торбу-на-Круче, и кому? Вот оно где и началось безобразие. Вы там разгуливали в чужих краях, загоняли на горы каких-то черномазых — если, конечно, верить Сэму, хотя, зачем вы их туда загоняли, я у него не допытался. А тут пока чего — набежали какие-то сукины дети, срыли нашу Исторбинку, и картошки мои пошли псу под хвост!

— Вы уж извините, что так получилось, господин Скромби,— сказал Фродо.— Но я, видите, вернулся и уж постараюсь привести что можно в порядок.

— Золотые ваши слова! — объявил Жихарь.— Сразу видно, что господин Фродо — хоббит породистый, не то что иные прочие, каким и фамилию-то эту незачем трепать, извините за простоту. Да, а что мой Сэм — вы им, стало быть, довольны, и вел он себя как следовает?

— Более чем доволен, господин Скромби,— отвечал Фродо.— Поверите ли, он теперь знаменит во всем Средиземье, и о нем слагают песни от Моря досюда и за Великой Рекой.

Сэм покраснел и благодарно взглянул на Фродо, потому что глазки Розочки сияли и лицо ее озарилось нежной улыбкой.

— Верится, что и говорить, с трудом,— сказал Жихарь,— зато сразу видно, что мотался парень невесть где. У него же вроде жилетка была — куда она подевалась?

А то ведь железа на себя сколько ни напяль — в голове не прибавится, даром что брюхо блестит.

Спозаранку чада, домочадцы и все гости фермера Кроттона были на ногах. Ночь прошла спокойно, однако впереди ничего хорошего не ожидали: тревожный будет денек.

— Возле Торбы-то охранцев вроде бы не осталось,— сказал Кроттон,— а с Перекрестка, того и гляди, все пожалуют скопом.

Позавтракали, и прискакал гонец из Укролья, веселый, радостный.

— Хоббитан у нас и тех, кто не спал, разбудил,— сказал он,— пожар, да и только. Охранцы, которые остались живы, все побежали на юг, наперехват. А все остальные, сколько их там набралось, едут в ополчении господина Перегрина.

Другая новость была похуже. Мерри, который всю ночь глаз не сомкнул, явился часам к десяти.

— Большой отряд за четыре примерно мили,— сказал он.— С Перекрестка, и по дороге поднабрали. Их сотня с лишним, идут и жгут. Вот гады!

— Да, эти уж точно не для разговора, эти идут убивать нашего брата,— заметил фермер Кроттон.— Если из Кролов не подоспеют ко времени, то лучше нам спрятаться и стрелять без лишних слов. Да, господин Фродо, хочешь не хочешь, придется подраться.

Но из Кролов подоспели ко времени. Пин уже въезжал в село во главе сотни отборных ополченцев из Укрольных Низин и с Зеленых Холмов. Теперь у Мерри хватало взрослых ратников, чтобы разделаться с охранцами. Разведчики доложили, что бегут они плотной толпой: знают небось, что округа охвачена мятежом, и хотят поскорее загасить и беспощадно вытоптать очаг мятежа в Приречье. Злобищи-то у них хватало, но в военном деле главари, видать, ничего не смыслили: ни застав у них не было, ни дозоров. Мерри быстро раскинул умом.

Охранцы протопотали по Восточному Тракту и с ходу свернули на Приречный, на склон, где по обочинам дороги высились крутые откосы с живыми изгородями поверху. За поворотом, футов за шестьсот от Тракта, пути дальше не было, его преграждали навороченные в три роста телеги. А вверху, за откосами, стеной стояли хоббиты. Позади другие хоббиты мигом нагромоздили телеги, спрятанные в поле; отступления тоже не получалось. И сверху прозвучал голос.

— Вы, простите, попали в засаду,— сказал Мерри.— Как и ваши приятели из Норгорда: один мертвый, другие сидят под стражей. А ну, бросай оружие! Потом двадцать шагов назад и сесть, не двигаться! А кто двинется — тут ему и конец!

Но на этот раз охранцев было не так-то легко испугать. Были такие, что повиновались, но их быстро призвали к порядку. Человек двадцать или около того кинулись назад, на баррикаду. Шестерых подстрелили, остальные прорвались, убили двух хоббитов и разбежались в разные стороны — должно быть, к Лесному Углу.

— Далеко не убегут,— сказал Пин.— Смертники — у нас там полным-полно стрелков.

Двое упали на бегу. Мерри затрубил в рог, и ему ответили рога со всех сторон.

А тех, кто остался на дороге, зажатых с четырех сторон, было еще человек восемьдесят, они бросались на откосы, ломились через баррикады. Многих подстрелили, многих порубили топорами. Но самые сильные и злобные рвались на запад и бились насмерть. Убили многих и едва не прорвались; но тут подоспели с восточной стороны Мерри с Пином, и Мерри зарубил главаря, огромного косоглазого ублюдка орской породы. Потом он оттянул ополченцев, и остальные охранцы стали живой мишенью широкого круга лучников.

Наконец-то все кончилось. Семьдесят или около того лежали мертвые, с дюжину взяли пленными. Полегло девятнадцать хоббитов; ранено было около тридцати. Мертвых бандитов свалили на телеги, отвезли к песчаным карьерам и там закопали — на Битвенной Свалке, как она стала потом называться. Убитых хоббитов похоронили в общей могиле на склоне холма; позднее там воздвигли надгробный камень и насадили рощу. Так завершилась битва у Приречья в 1419 году, последняя битва в Хоббитании; предыдущая была в 1147-м, в Северном Уделе, на Зеленополье. А новая битва, хоть и не очень кровопролитная, все же заняла целую главу в Алой Книге: имена всех ее участников образовали Великий Список, который заучивали наизусть летописцы Хоббитании. С тех самых пор дела у Кроттонов пошли в гору, да еще как! Но Кроттоны Кроттонами, а все Списки возглавляли имена главных полководцев: Мериадока и Перегрина.

Фродо был в гуще боя, но меча ни разу не обнажил; он

лишь уговаривал хоббитов не поддаваться гневу и щадить врагов, бросивших оружие. Когда битва кончилась и всем разъяснили, что делать дальше, они с Мерри, Пином и Сэмом вернулись к Кроттонам. Пополдничали, и Фродо сказал, вздохнув:

— Ну что ж, поедем разбираться с Генералиссимусом.

— Вот-вот, чем скорее, тем лучше,— сказал Мерри.— Только ты там не очень-то нежничай. Ведь охранцы — его подручные, и он все-таки в ответе за их дела.

Фермер Кроттон отрядил с ними две дюжины крепких молодцов.

— Оно конечно, вроде бы и не осталось охранцев в Торбе,— сказал он,— да мало ли.

Сопровождение было пешее. Фродо, Сэм, Мерри и Пин ехали впереди.

И стало им грустно, как никогда в жизни. Все выше торчала перед ними огромная труба; а подъехав к старой приозерной деревне, они увидели сараи по обе стороны дороги и новую мельницу, унылую и мерзкую: большое кирпичное строение, которое оседлало реку и извергало в нее дымные и смрадные отходы. Все деревья вдоль Приречного Тракта были срублены.

Они переехали мост, взглянули на Кручу и ахнули. Что там Сэм не увидел в Зеркале, это было хуже. Древний Амбар к западу от Тракта снесли; на его месте стояли кривобокие, измазанные дегтем сараи. Каштаны повырубили. Откосы изрыли, живые изгороди обломали. На голом, вытоптанном поле не было ни травинки, только сгрудились телеги и фургоны. Исторбинка зияла песчаным карьером; громоздились груды щебня. Торба и не видна была за черными двухэтажными бараками.

— Срубили, гады! — воскликнул Сэм.— Праздничное Дерево срубили! — Он показал туда, где восемнадцать лет назад Бильбо произнес Прощальную речь, а теперь лежал, раскинувшись, гниющий древесный труп. Это было уж слишком — и Сэм заплакал.

Но его всхлипы прервал громкий смех. На низкую мельничную ограду тяжко облокотился здоровенный хоббит, чумазый и засаленный.

— Чего, Сэмчик, не нравится? — хохотнул он.— Ну, так ты и всегда был сопливец. А я-то думал, ты отвалил куда-то там такое на корабле, плывешь и уплываешь, как ты, помнится, языком трепал. Зачем обратно-то приперся? Мы тут, в Хоббитании, работаем, понял, дело делаем.

— Оно и видно,— сказал Сэм.— Умыться некогда, надо брюхом забор обтирать. Только вы учтите, сударь Пескунс, что я вернулся сводить счеты, а будете зубы скалить — посчитаемся и с вами: ох и дорогонько это вам обойдется!

— Иди ты знаешь куда! — сплюнул через забор Тод Пескунс.— Попробуй тронь меня: мы с Вождем друзья. Вот он тебя, это да, тронет, чтоб ты тут не нахальничал.

— Да оставь ты дурака в покое, Сэм! — сказал Фродо.— Надеюсь, таких порченых, как он, раз-два и обчелся, иначе плохо наше дело. Вот он, настоящий-то вред, хуже всего остального разорения.

— Эх, Пескунс, Пескунс, мурло ты неумытое,— сказал Мерри.— А вдобавок и правда дурак дураком: протри глаза-то! Мы как раз и едем к твоему приятелю-вождю — за ушко его да на солнышко. А с Большими Начальниками ты, я вижу, забыл попрощаться.

Тод застыл с разинутым ртом, увидев, как из-за моста по знаку Мерри выступил отряд ополченцев. Он побежал на мельницу, схватил рог и громко затрубил.

— Не надрывайся! — насмешливо крикнул Мерри.— Без тебя обойдется!

Он поднял свой серебряный рог, и звонкий, повелительный призыв разнесся по круче; из землянок, сараев, нор и развалин послышались ответные крики хоббитов, и немалая толпа, шумная и радостная, повалила вслед за отрядом к Торбе.

Наверху все остановились; вперед пошли Фродо с друзьями: наконец-то они вернулись в знакомый, любимый дом. Сада не стало; на месте его выросли, теснясь у окон на запад, хибары и сараи, заслонявшие белый свет. Повсюду расползались мусорные кучи. Дверь была вся исцарапана, цепка звонка мертвенно свисала: напрасно ее дергали, понапрасну стучались. Наконец дверь толкнули, она отпахнулась. Их обдало холодной, тухлой, нежилой вонью: похоже, дом был пуст.

— Куда же подевался этот собачий Лотто? — сказал Мерри. Они обошли все комнаты: ни живой души, одни крысы с мышами.— Может, скажем, пусть обыщут все сараи?

— Да это хуже Мордора! — воскликнул Сэм.— Гораздо хуже, коли на то пошло. Говорят: каково на дому, таково и самому, и вот он, наш дом, загаженный и оскверненный, точно память обманула!

— Да-да, это нашествие Мордора,— подтвердил Фродо.— Мордорская мертвечина. Саруман плодил мертвечину, а это и была главная заповедь Властелина Мордора, хотя сам-то маг думал, что он всех перехитрил. И одураченный им Лотто исполнял ту же заповедь.

Мерри огляделся — сердито, с отвращением.

— Пойдемте отсюда! — сказал он.— Знал бы я, сколько он пакостей натворит, я бы ему свой кисет в глотку забил!

— Еще бы, еще бы! Но ведь не знал и не забил, так что позвольте приветствовать вас на дому!

В дверях стоял сам Саруман, сытый, довольный, весело и злобно сверкали его глаза.

Тут-то Фродо и осенило.

— Шаркич! — вскричал он.

Саруман расхохотался.

— Что, имечко уже прослышали? Так мои подданные, помнится, называли меня в Изенгарде. Видно, любили [1]. Но какая встреча: вы меня разве не ожидали здесь увидеть?

— Не ожидали,— сказал Фродо.— А могли бы догадаться, что здесь и увидим. Гэндальф нас предупредил, что мелкое паскудство исподтишка тебе еще по силам.

— Вполне, вполне,— сказал Саруман.— И не такое уж мелкое. Ох и забавно же было смотреть на вас, чванливых недомерков, затесавшихся в свиту новоявленных властителей мира: как же вы пыжились от самодовольства! И думали, что вышли сухими из воды, что заберетесь обратно в свои конурки и заживете как ни в чем не бывало. Подумаешь, замок Сарумана! Его можно разрушить, хозяина выгнать, а ваш дом — ваша крепость. В случае чего Гэндальф вас в обиду не даст.

И Саруман опять расхохотался.

— Это Гэндальф-то! Да вы отслужили ему — и все, какое ему теперь дело до вас? Нет, вы, треща без умолку, потащились за ним окольным путем, далеко в объезд своей странишки. Ну, я и подумал, что раз вы такое дурачье, то надо вас немного опередить и как следует проучить. Времени оказалось маловато, да и людей тоже, а то бы моего урока вам на всю жизнь хватило. Но ничего, может, и хватит, я тут у вас хорошо похозяйничал. Как утешительно мне будет вспоминать, что хоть на вас я выместил свои обиды!

— Если тебе осталось только этим утешаться, то мне

---

[1] Орокское слово «шарку» значит «старик».

тебя жаль,— сказал Фродо.— Боюсь, пустое это утешение. Уходи сейчас же и навсегда!

Хоббиты видели, как Саруман вышел из хибары; угрюмой толпой надвинулись они к дверям Торбы и отозвались на слова Фродо гневными возгласами:

— Не отпускай его! Его надо убить. Он злодей и кровопийца. Убьем его!

Саруман с усмешкой окинул взглядом враждебные лица.

— Убейте, попробуйте, храбренькие хоббитцы; вас, убийц, я вижу, много скопилось.— Он выпрямился во весь рост, и черные глаза его грозно сверкнули.— Только не думайте, что я, обездоленный, лишился всей своей колдовской силы. Кто тронет меня — умрет страшной смертью. А если кровь моя обагрит землю Хоббитании, земля ваша навеки станет бесплодной.

Хоббиты попятились. Но Фродо молвил:

— Да не верьте вы ему! Никакой колдовской силы у него нет, лишь голос его обманывает и завораживает тех, кто поддастся. Но убивать его я не позволю. Не надо мстить за месть — только зла в мире прибудет. Саруман, уходи немедля!

— Гниль! Эй ты, Гниль! — крикнул Саруман, и из ближней хибары выполз на четвереньках Гнилоуст — точь-в-точь побитый пес.— В дорогу, Гниль! — приказал Саруман.— Тут опять явились эти красавчики-господинчики, они нас выгоняют. Пошли!

Гнилоуст поплелся за Саруманом. А Саруман поравнялся с Фродо, в руке его блеснул кинжал, и он нанес страшный, молниеносный удар. Но клинок скользнул по скрытой мифрильной кольчуге и обломился. С десяток хоббитов, и первым из них Сэм, кинулись вперед и швырнули наземь незадачливого убийцу. Сэм обнажил меч.

— Нет, Сэм! — сказал Фродо.— Все равно убивать его не надо. И уж тем более нельзя убивать, когда он в черной злобе. Ведь он был когда-то велик, он из тех, на кого мы не смеем поднимать руку. Теперь он падший, однако ж не нам судить его: как знать, может, он еще возвеличится.

Саруман встал; он пристально поглядел на Фродо — с почтительным изумлением и глубокой ненавистью.

— Да, ты и вправду вырос, невысоклик,— сказал он.— Да, да, ты очень даже вырос. Ты стал мудрым — и жестоким. Теперь из-за тебя в моей мести нет утешенья, и милосердие твое мне горше всего на свете. Ненавижу тебя и твое милосердие! Что ж, я уйду и тебя больше не потревожу. Но не жди, не пожелаю тебе на прощанье ни здоровья, ни долгих лет жизни. Ни того, ни другого тебе не будет. Впрочем, тут уж не я виною. Я лишь предсказываю.

Он пошел прочь, и хоббиты расступались перед ним, побелевшими пальцами сжимая оружие. Гнилоуст помедлил и последовал за ним.

— Гнилоуст! — сказал Фродо.— У тебя, может статься, путь иной. Мне ты никакого зла не причинил. Отдохнешь, отъешься, окрепнешь — и, пожалуйста, иди своей дорогой.

Гнилоуст остановился и жалко взглянул на него, почти что готовый остаться. Саруман обернулся.

— Не причинил зла? — хихикнул он.— Какое там зло! Даже ночью он вылезает только затем, чтобы поглядеть на звезды. Тут кто-то, кажется, спрашивал, куда подевался Лотто? Ты ведь знаешь, Гниль, куда он подевался? Ну-ка, расскажи!

— Нет, нет! — съежившись, захныкал Гнилоуст.

— Да ладно, чего там,— сказал Саруман.— Это он, Гниль, прикончил вашего Генералиссимуса, вашего разлюбезненького Вождя. Что, Гниль, неправда? Правда! Заколол его, я так думаю, во сне. А потом закопал, хотя вряд ли: Гниль у нас всегда такой голодненький. Нет, ну что вы, куда вам с ним. Оставьте эту мразь мне.

Диким бешенством загорелись красные глаза Гнилоуста.

— Ты мне сказал это сделать, ты меня заставил,— прошипел он.

— А ты, Гниль, всегда делаешь, что тебе велит Шаркич, а? — расхохотался Саруман.— Так вот, Шаркич тебе говорит: за мной!

Он пнул Гнилоуста — тот все еще был на четвереньках — в лицо, повернулся и пошел. Но тут случилось нежданное: Гнилоуст вдруг вскочил, выхватил запрятанный нож, бросился, рыча, как собака, на спину Саруману, откинул ему голову, перерезал горло и с визгом побежал по улице. Фродо не успел и слова выговорить, как три стрелы пронзили Гнилоуста, и он упал замертво.

Все испугались, когда вокруг Саруманова трупа склубился серый туман и стал медленным дымом, точно от большого костра, и поднялся огромный мглистый облик, возникший над Кручей. Он заколебался, устремляясь на запад, но с запада подул холодный ветер, и облик стал смутным, а потом развеялся.

Фродо глядел на мертвое тело с жалостью и ужасом, и вдруг труп съежился, обнаружив тысячелетнюю смерть: дряблое лицо стало клочьями иссохшей плоти на оскаленном черепе. Он укрыл мертвеца его грязным изорванным плащом и отвернулся.

— Хорошенький конец,— сказал Сэм.— Да нет, конец-то плохой, и лучше бы мне его не видеть, но, как говорится, спасибо — распрощались.

— По-моему, война кончилась,— сказал Мерри.

— Надеюсь, что так,— вздохнул Фродо.— И где она кончилась — у дверей Торбы! Вот уж не думал, не гадал.

— Скажете тоже — кончилась,— проворчал Сэм.— Такого наворотили — за сто лет не разгребешь.

Глава IX

СЕРЕБРИСТАЯ ГАВАНЬ

Работы, конечно, было много, но все же не на сто лет, как опасался Сэм. На другой день после битвы Фродо поехал в Землеройск освобождать узников Исправнор. Одним из первых освободили беднягу Фредегара Боббера, теперь уж вовсе не Толстика. Его зацапали, когда охранцы душили дымом повстанческий отряд, который он перевел из Барсуковин в Скары, на скалистые холмы.

— Пошел бы с нами, Фредик, может, так бы и не похудел,— сказал Пин, когда Фредегара выносили наружу — ноги его не держали.

Тот приоткрыл один глаз и героически улыбнулся.

— Кто этот громогласный молодой великан? — прошептал он.— Уж не бывший ли малыш Пин? Где же ты теперь купишь шляпу своего размера?

Потом вызволили Любелию. Она, бедняжка, совсем одряхлела и отощала, но все равно, когда ее вывели из темной, тесной камеры, сказала, что пойдет сама, и вышла со своим зонтиком, опершись на руку Фродо. Ее встретили такие крики и восторги, что она расплакалась и уехала вся в слезах. Ей такое было непривычно: ее отродясь не жаловали. Весть об убийстве Лотто ее едва не доконала, и уехала она не в Торбу: Торбу она возвратила Фродо, а сама отправилась к родне, к Толстобрюхлам из Крепкотука.

Несчастная старуха умерла по весне — как-никак ей

перевалило за сто,— и Фродо был изумлен и тронут, узнав, что она завещала свои сбережения и все капиталы Лотто ему, на устройство бездомных хоббитов. Так что вековая распря кончилась.

Старина Вил Тополап просидел в Исправнорах дольше всех остальных, и, хотя кормили его не так уж плохо, ему надо было долго отъедаться, чтобы снова стать похожим на Голову Хоббитании; и Фродо согласился побыть Головой, покуда господин Тополап не поправится как следует. На этом начальственном посту он только и сделал, что распустил ширрифов, оставив их сколько надо и наказав им заниматься своими делами и не лезть в чужие.

Пин и Мерри взялись очистить Хоббитанию от охранцев и быстро в этом преуспели. Прослышав о битве у Приречья, бандиты шайками бежали с юга за пределы края; их подгоняли вездесущие отряды Хоббитана. Еще до Нового года последних упрямцев окружили в лесах и тех, кто сдался и уцелел, проводили к границе.

Тем временем стране возвращали хоббитский вид, и Сэм был по горло занят. Когда надо, хоббиты трудолюбивее пчел. От мала до велика все были при деле: понадобились и мягкие проворные детские ручонки, и жилистые, измозоленные старческие. К *Просечню*[1] от ширрифских участков и других строений охранцев Шаркича ни кирпичика не осталось и ни один не пропал; многие старые норы зачинили и утеплили. Обнаружились огромные склады съестного и пивных бочек — в сараях, амбарах, а больше всего — в Смиалах Землеройска и каменоломнях Скар, так что Просечень отпраздновали на славу — вот уж чего не ожидали!

В Норгорде еще не успели снести новую мельницу, а уже принялись расчищать Торбу и Кручу, возводить заново Исторбинку. Песчаный карьер заровняли, разбили на его месте садик, вырыли новые норы на южной стороне Кручи и отделали их кирпичом. Жихарь опять поселился в норе номер 3 и говаривал во всеуслышание:

— Ветер — он одно сдует, другое нанесет, это уж точно. И все хорошо, что кончается еще лучше!

Думали, как назвать новый проулок: может, Боевые Сады, а может, Главнейшие Смиалы. Хоббитский здравый

---

[1] Прилипки (2—4 июля) знаменовали у хоббитов середину лета и года; Просечень (30 декабря —1 января) — середину зимы и конец года.

смысл, как всегда, взял верх: назвали его *Новый проулок*. И только в Приречье, опасно шутя, называли его Могилой Шаркича.

Главный урон был в деревьях — их, по приказанию Шаркича, рубили где ни попадя, и теперь Сэм хватался за голову, ходил и тосковал. Это ведь сразу не исправишь: разве что праправнуки, думал он, увидят Хоббитанию, какой она была.

И вдруг однажды — за прочими-то делами у него память словно отшибло — он вспомнил о шкатулке Галадриэли. Поискал, нашел эту шкатулку и принес показать ее другим Путешественникам (их теперь только так называли) — что они посоветуют.

— А я все думал, когда-то ты о ней вспомнишь,— сказал Фродо.— Открой!

Внутри оказалась серая пыль и крохотное семечко, вроде бы орешек в серебре.

— Ну, и чего теперь делать? — спросил Сэм.

— Ты, пожалуй что, кинь все это на ветер в какой-нибудь ветреный день,— посоветовал Пин,— а там посмотрим, что будет.

— На что смотреть-то? — не понял Сэм.

— Ну, или выбери участок, высыпь там, попробуй, что получится,— сказал Мерри.

— Наверняка ведь Владычица не для меня одного это дала,— возразил Сэм,— тем более — у всех беда.

— Ты у нас садовод, Сэм,— сказал Фродо,— вот и распорядись подарком как лучше да побережливее. В этой Горсточке, наверно, каждая пылинка на вес золота.

И Сэм посадил побеги и сыпнул пыли повсюду, где истребили самые красивые и любимые деревья. Он исходил вдоль и поперек всю Хоббитанию, а первым делом, понятно, Приречье и Норгорд — но тут уж никто не обижался. Когда же мягкой серой пыли осталось совсем немного, он пошел к Трехудельному Камню, который был примерно посредине края, и рассеял остаток на все четыре стороны с благодарственным словом. Серебристый орешек он посадил на Общинном лугу, на месте бывшего Праздничного Дерева: что вырастет, то вырастет. Всю-то зиму он вел себя терпеливей некуда: хаживал, конечно, посмотреть, как оно растет, но уж совсем редко, не каждый день.

Ну а весной началось такое... Саженцы его пошли в рост, словно подгоняя время, двадцать лет за год. На Общинном лугу не выросло, а вырвалось из-под земли юное деревце дивной прелести, с серебряной корою и продолговатыми листьями; к апрелю его усыпали золотистые цветы. Да, это был *мэллорн,* и вся округа сходилась на него любоваться. Потом, в грядущие годы, когда красота его стала неописуемой, приходили издалека — шутка ли, один лишь *мэллорн* к западу от Мглистых гор и к востоку от Моря, и чуть ли не самый красивый на свете.

Был 1420 год сказочно погожий: ласково светило солнце, мягко, вовремя и щедро струились дожди, а к тому же и воздух был медвяный, и на всем лежал тихий отсвет той красоты, какой в Средиземье, где лето лишь мельком блещет, никогда не бывало. Все дети, рожденные или зачатые в тот год — а в тот год что ни день зачинали или родили,— были крепыши и красавцы на подбор, и большей частью золотоволосые, среди хоббитов невидаль. Все уродилось так обильно, что хоббитята едва не купались в клубнике со сливками, а потом сидели на лужайках под сливами и ели до отвала, складывая косточки горками, точно завоеватели черепа́, и отползали к другому дереву. Никто не хворал, все были веселы и довольны, кроме разве что косцов — уж больно пышная выросла трава.

В Южном уделе лозы увешали налитые гроздья, «трубочное зелье» насилу собрали, и зерна было столько, что амбары ломились. А на севере уродился такой ядреный ячмень, что тогдашнее пиво поминали добрым словом еще и лет через двадцать. Какой-нибудь старикан, пропустивши после многотрудного дня пинту-другую, со вздохом ставил кружку и говорил:

— Ну, пивко! Не хуже, чем в четыреста двадцатом!

Сперва Сэм жил у Кроттонов вместе с Фродо, но, когда закончили Новый проулок, он переселился к Жихарю — надо же было присматривать за уборкой и отстройкой Торбы. Это само собой, а вдобавок он разъезжал по всему краю как — хочешь не хочешь — главный лесничий. В начале марта его не было дома, и он не знал, что Фродо занемог. Фермер Кроттон тринадцатого числа между делом зашел к нему в комнату: Фродо лежал откинувшись, судорожно сжимая цепочку с жемчужиной, и был, как видно, в бреду.

— Навсегда оно сгинуло, навеки,— повторял он.— Теперь везде темно и пусто.

Однако же приступ прошел, и, когда Сэм двадцать пятого вернулся, Фродо был какой обычно и ничего ему о себе не рассказал. Между тем Торбу привели в порядок, Мерри и Пин приехали из Кроличьей Балки и привезли всю мебель и утварь, так что уютная нора выглядела почти что по-прежнему.

Когда наконец все было готово, Фродо сказал:

— А ты, Сэм, когда ко мне переберешься?

Сэм замялся.

— Да нет, спешить-то некуда,— сказал Фродо.— Но Жихарь ведь тут, рядом, да и вдова Буркот его чуть не на руках носит.

— Понимаете ли, господин Фродо...— сказал Сэм и покраснел как маков цвет.

— Нет, пока не понимаю.

— Розочка же, ну Роза Кроттон,— объяснил Сэм.— Ей, бедняжке, оказывается, вовсе не понравилось, что я с вами поехал; ну, я-то с ней тогда еще не разговаривал напрямик, вот она и промолчала. А какие же с ней разговоры, когда сперва надо было, сами знаете, дело сделать. Теперь вот я говорю ей: так, мол, и так, а она: «Да уж,— говорит,— год с лишним прошлялся, пора бы и за ум взяться». «Прошлялся? — говорю.— Ну, это уж ты слишком». Но ее тоже можно понять. И я, как говорится, прямо-таки на две части разрываюсь.

— Теперь понял,— сказал Фродо.— Ты хочешь жениться, а меня не бросать? Сэм, дорогой, все проще простого! Женись хоть завтра — и переезжайте с Розочкой в Торбу. Разводите семью: чего другого, а места хватит.

Так и порешили. Весною 1420 года Сэм Скромби женился на Розе Кроттон (в ту весну что ни день были свадьбы), и молодые поселились в Торбе. Сэм считал себя счастливчиком, а Фродо знал, что счастливчик-то он, потому что во всей Хоббитании ни за кем так заботливо не ухаживали. Когда все наладилось и всюду разобрались, он зажил тише некуда: писал, переписывал и перебирал заметки. На Вольной Ярмарке он сложил с себя полномочия Заместителя Головы; Головою снова стал старина Вил Тополап и очередные семь лет восседал во главе стола на всех празднествах.

Мерри с Пином для начала пожили в Кроличьей Балке,

то и дело наведываясь в Торбу. Они разъезжали по Хоббитании в своих невиданных нарядах, рассказывали были и небылицы, распевали песни, устраивали пирушки — и прославились повсеместно. Их называли «вельможными», но отнюдь не в укор: радовали глаз их сверкающие кольчуги и узорчатые щиты, радовали слух их песни и заливистый смех. На диво рослые и статные, в остальном они мало изменились: разве что стали еще приветливее, шутливее и веселее.

А Фродо и Сэм одевались, как прежде, и лишь в непогоду их видели в длинных и легких серых плащах, застегнутых у горла изумительными брошами, а господин Фродо всегда носил на шее цепочку с крупной жемчужиной, к которой часто притрагивался.

...Все шло как по маслу, от хорошего к лучшему; Сэм с головой погрузился в счастливые хлопоты и чуть сам себе не завидовал. Ничем бы год не омрачился, если б не смутная тревога за хозяина. Фродо как-то незаметно выпал из хоббитской жизни, и Сэм не без грусти замечал, что не очень-то его и чтут в родном краю. Почти никому не было дела до его приключений и подвигов; вот господина Мериадока и господина Перегрина — тех действительно уважали, теми не уставали восхищаться. Очень высоко ставили и Сэма, но он об этом не знал. А осенью пробежала тень былых скорбей.

Однажды вечером Сэм заглянул в кабинет к хозяину; тот, казалось, был сам не свой — бледен как смерть, и запавшие глаза устремлены в незримую даль.

— Что случилось, господин Фродо? — воскликнул Сэм.

— Я ранен, — глухо ответил Фродо, — ранен глубоко, и нет мне исцеленья.

Но и этот приступ быстро миновал; на другой день он словно и забыл о вчерашнем. Зато Сэму припомнилось, что дело-то было шестого октября: ровно два года назад ложбину у вершины Заверти затопила темень.

Время шло; настал 1421 год. В марте Фродо опять было плохо, но он перемогся тайком, чтоб не беспокоить Сэма: его первенец родился двадцать пятого. Счастливый отец торжественно записал эту дату и явился к хозяину.

— Тут такое дело, сударь, — сказал он, — я к вам за советом. Мы с Розочкой решили назвать его Фродо, с вашего позволения; а это вовсе не *он*, а *она*. Я не жалуюсь, тем более уж такая красавица — по счастью, не в меня, а в Розочку. Но вот как нам теперь быть?

— А ты следуй старому обычаю, Сэм,— сказал Фродо.— Назови именем цветка: у тебя, кстати, и жена Роза. Добрая половина хоббитанок носит цветочные имена — чего же лучше?

— Это вы, наверно, правы, сударь,— согласился Сэм.— В наших странствиях я наслышался красивых имен, но уж больно они, знаете, роскошные, нельзя их изо дня в день трепать. Жихарь, он что говорит: «Ты,— говорит,— давай подбери имя покороче, чтоб укорачивать не пришлось». Ну а ежели цветочное, тогда ладно, пусть и длинное: надо подыскать очень красивый цветок. От нее и сейчас-то глаз не оторвешь, а потом ведь она еще краше станет.

Фродо немного подумал.

— Не хочешь ли, Сэм, назвать ее *Эланор* — помнишь, такие зимние золотистые цветочки на лугах Кветлориэна?

— В самую точку, сударь! — с восторгом сказал Сэм.— Ну прямо как по мерке.

Малышке Эланор исполнилось шесть месяцев, и ранняя осень стояла во дворе, когда Фродо позвал Сэма к себе в кабинет.

— В четверг день рождения Бильбо, Сэм,— сказал он.— Всё, перегнал он Старого Крола: сто тридцать один ему стукнет.

— И правда! — сказал Сэм.— Вот молодец-то!

— Знаешь, Сэм,— сказал Фродо,— ты пойди-ка поговори с Розой — как она, не отпустит ли тебя со мной. Ненадолго, конечно, и недалеко, пусть не волнуется,— грустно прибавил он.

— Сами понимаете, сударь,— отозвался Сэм.

— Чего тут не понимать. Ладно, хоть немного проводишь. Ну все-таки отпросись у Розы недели на две и скажи ей, что вернешься цел и невредим, я ручаюсь.

— Да я бы с превеликой радостью съездил с вами в Раздол и повидал господина Бильбо,— вздохнул Сэм.— Только место ведь мое здесь, как же я? Кабы можно было надвое разорваться...

— Бедняга ты! Да, уж либо надвое, либо никак,— сказал Фродо.— Ничего, пройдет. Ты как был из одного куска, так и останешься.

За день-другой Фродо вместе с Сэмом разобрал свои бумаги, отдал ему все ключи и наконец вручил толстенную рукопись в алом кожаном переплете; страницы ее были заполнены почти до конца — сперва тонким, кудреватым почерком Бильбо, но большей частью его собственным, убористым и четким. Рукопись делилась на главы — восьмидесятая не закончена, оставалось несколько чистых листов. Заглавия вычеркивались одно за другим:

Мои записки. Мое нечаянное путешествие. Туда и потом обратно. И что случилось после.

Приключения пятерых хоббитов. Повесть о Кольце Всевластья, сочиненная Бильбо Торбинсом по личным воспоминаниям и по рассказам друзей. Война за Кольцо и наше в ней участие.

После зачеркнутого твердой рукой Фродо было написано:

ГИБЕЛЬ
ВЛАСТЕЛИНА КОЛЕЦ

и

ВОЗВРАЩЕНЬЕ ГОСУДАРЯ

(Воспоминания невысокликов Бильбо и Фродо из Хоббитании, дополненные по рассказам друзей и беседам с Премудрым из Светлого Совета)
А также выдержки из старинных эльфийских преданий, переведенные Бильбо в Раздоле

— Господин Фродо, да вы почти все дописали! — воскликнул Сэм.— Ну, вы, видать, и потрудились в этот год!

— Я все дописал, Сэм,— сказал Фродо.— Последние страницы оставлены для тебя.

Двадцать первого сентября они отправились в путь: Фродо — на пони, на котором ехал от самого Минас-Тирита и которого назвал Бродяжником, а Сэм на своем любезном Билле. Утро выдалось ясное, золотистое. Сэм не стал спрашивать, как они поедут; авось, думал он, догадаюсь по дороге.

Поехали они к Лесному Углу проселком, что вел на Заводи; пони бежали легкой рысцой. Заночевали на Зеленых Холмах и под вечер двадцать второго спускались к перелескам.

— Да вон же то самое дерево, за которым вы спрятались, когда нас нагнал Черный Всадник! — сказал Сэм, показывая налево.— Честное слово, будто все приснилось.

Смеркалось, и впереди, на востоке, мерцали звезды, когда они проехали мимо разбитого молнией дуба и углубились в заросли орешника. Сэм помалкивал: перед ним проплывали воспоминания. Но вскоре он услышал, как Фродо тихо-тихо напевает старую походную песню, только слова были какие-то другие:

> Быть может, вовсе не во сне
> Возникнет дверь в глухой стене
> И растворится предо мной,
> Приоткрывая мир иной.
> И лунный луч когда-нибудь,
> Как тайный знак, укажет путь.

И точно в ответ с низовой дороги в долине послышалось пение:

> А Элберет Гилтониэль
> Сереврен ренна мириэль
> А мэрель эглер Эленнас!
> Гилтониэль! О Элберет!
> Сиянье в синем храме!
> Мы помним твой предвечный свет
> За дальними морями! [1]

Фродо и Сэм остановились в мягкой лесной тени и молча ожидали, пока подплывет к ним по дороге перламутровое облако, превращаясь в смутный конный строй.

Стал виден Гаральд, засияли прекрасные лица эльфов, и среди них Сэм с изумленьем увидел Элронда и Галадриэль. Элронд был в серой мантии и алмазном венце; в руке он держал серебряную арфу, и на пальце его блистало золотое кольцо с крупным сапфиром — Кольцо Вилья, главнейшее из Трех Эльфийских. Галадриэль ехала на белом коне, и ее белоснежное одеяние казалось мглистой поволокой луны, излучающей тихий свет. Бриллиант в ее мифрильном кольце вспыхивал, как звезда в морозную ночь, — это было Кольцо Нэнья, властное над водáми. А следом на маленьком сером пони трусил, сонно кивая, не кто иной, как Бильбо Торбинс.

Величаво и ласково приветствовал их Элронд, а Галадриэль улыбнулась им.

— Ну что же, Сэммиум, — сказала она, — я прослышала и теперь сама вѝжу, что подарком моим ты распорядился отлично. Теперь Хоббитания станет еще чудесней — а может статься, даже любимей, чем прежде.

---

[1] Перевод А. Кистяковского.

Сэм низко поклонился ей, но слов не нашел. Он как-то забыл, что Владычица прекраснее всех на земле.

Тут Бильбо проснулся и разлепил глаза.

— А, Фродо! — сказал он.— Ну вот, нынче и перегнал я Старого Крола. Это, стало быть, решено. А теперь можно и в дальний путь. Ты что, с нами?

— Да, и я с вами,— сказал Фродо.— Нынче уходят все, сопричастные Кольцам.

— Да вы куда же, хозяин? — воскликнул Сэм, наконец понимая, что происходит.

— В Гавань, Сэм,— отозвался Фродо.

— И меня бросаете.

— Нет, Сэм, не бросаю. Проводи меня до Гавани. Ты ведь тоже носил Кольцо, хоть и недолго. Придет, наверно, и твой черед. Ты не очень печалься, Сэм. Хватит тебе разрываться надвое. Много еще лет ты будешь крепче крепкого, твердыней из твердынь. Поживешь, порадуешься — да и поработаешь на славу.

— Да ведь это что же,— сказал Сэм со слезами на глазах.— Я-то думал, вы тоже будете многие годы радоваться. И Хоббитания расцветет, а вы же ради нее...

— Я вроде бы и сам так думал. Но понимаешь, Сэм, я страшно, глубоко ранен. Я хотел спасти Хоббитанию — и вот она спасена, только не для меня. Кто-то ведь должен погибнуть, чтоб не погибли все: не утратив, не сохранишь. Ты останешься за меня: я завещаю тебе свою несбывшуюся жизнь на придачу к твоей собственной. Есть у тебя Роза и Эланор, будут Фродо и Розочка, Мериадок, Лютик и Перегрин; будут, наверно, и еще, но этих я словно вижу. Руки твои и твой здравый смысл будут нужны везде. Тебя, конечно, будут выбирать Головой Хоббитании, покуда тебе это вконец не надоест; ты станешь знаменитейшим садоводом, будешь читать хоббитам Алую Книгу, хранить память о былых временах и напоминать о том, как едва не стряслась Великая Беда,— пусть еще больше любят наш милый край. Ты проживешь долгий и счастливый век, исполняя то, что предначертано тебе в нашей Повести.

А пока что поехали со мной!

Уплывали за Море Элронд и Галадриэль, ибо кончилась Третья Эпоха и с нею могущество древних Колец, стихли песни, иссякли сказания трех тысячелетий. Вышние эльфы покидали Средиземье, и среди них, окруженные радостным почетом, ехали Сэм, Фродо и Бильбо, пока лишь печалясь, еще не тоскуя.

Вечером и ночью ехали они по Хоббитании, и никто их не видел, кроме диких зверей; случайный путник замечал проблеск между деревьев, тени, скользнувшие по траве, а луна плыла и плыла на запад. Кончилась Хоббитания; мимо южных отрогов Светлого нагорья они выехали к западным холмам и к Башням, увидели безбрежную морскую гладь, и показался Митлонд — Серебристая Гавань в узком заливе Люн.

У ворот Гавани встретил их Корабел Сэрдан — высокий, длиннобородый и седой как лунь; глаза его струили звездный свет. Он окинул их взглядом, поклонился и молвил:

— К отплытию все готово.

Сэрдан повел их к Морю, к огромному кораблю; а на набережной, у причала, стоял высокий серебристый конь и рядом с ним кто-то, весь в белом. Он обернулся, шагнул навстречу — и Фродо увидел, что Гэндальф больше не скрывает Третье Эльфийское Кольцо Нарья, сверкавшее рубиновым блеском. И все обрадовались: это значило, что Гэндальф поплывет вместе с ними.

Но горестно стало на сердце у Сэма: он подумал, что, как ни скорбно расставание, стократ печальнее будет долгий и одинокий обратный путь. Он стоял и смотрел, как эльфы всходили на борт белого корабля; вдруг послышался цокот копыт — и Мерри с Пином остановили возле причала взмыленных коней. И Пин рассмеялся сквозь слезы:

— Опять ты хотел удрать от нас, Фродо, и опять у тебя не вышло,— сказал он.— Чуть-чуть бы еще — и все, но ведь чуть-чуть не считается. На этот раз выдал тебя не Сэм, а сам Гэндальф.

— Да,— подтвердил Гэндальф,— потому что лучше вам ехать назад втроем. Ну что же, дорогие мои, здесь, на морском берегу, настал конец нашему земному содружеству. Мир с вами! Не говорю: не плачьте, бывают и отрадные слезы.

Фродо расцеловался с Мерри и Пином, потом — с Сэмом и взошел на борт. Подняли паруса, дунул ветер; корабль медленно двинулся по длинному заливу. Ясный свет фиала Галадриэли, который Фродо держал в поднятой руке, стал слабым мерцанием и потерялся во мгле. Корабль вышел в открытое море, ушел на запад, и в сырой, дождливой ночи Фродо почуял нежное благоухание и услышал песенный отзвук за громадами вод. И точно во сне, виденном в доме Бомбадила, серый полог дождя превратился в серебряный занавес; занавес раздвинулся, и он увидел светлый берег и дальний зеленый край, осиянный зарею.

Но для Сэма, который стоял на берегу, тьма не разомкнулась; он глядел, как серые волны далеко на западе смывают легкую тень корабля. Простоял он далеко за полночь, слушал вздохи и ропот прибоя, уныло вторило его сердце этому мерному шуму. Рядом с ним в молчанье стояли Мерри и Пин.

Наконец все трое повернулись и, уже не оглядываясь, медленно поехали назад; ни слова не было сказано по дороге в Хоббитанию, но все же не так уж труден оказался дальний путь втроем.

Наконец они спустились с холмов и выехали на Восточный Тракт; оттуда Мерри и Пин свернули к Забрендии — и вскоре издалека послышалось их веселое пение. А Сэм взял путь на Приречье и подъехал к Круче, когда закат уже угасал. Прощальные бледно-золотистые лучи озарили Торбу, светившуюся изнутри; его ожидали, и ужин был готов. Роза встретила его, подвинула кресло к камину и усадила ему на колени малышку Эланор. Он глубоко вздохнул.

— Ну, вот я и вернулся,— сказал он.

СОДЕРЖАНИЕ

ДВЕ ТВЕРДЫНИ

Книга 3

Глава I.	Отплытие Боромира	6
Глава II.	Конники Ристании	14
Глава III.	Урукхай	39
Глава IV.	Древень	57
Глава V.	Белый всадник	86
Глава VI.	Конунг в золотом чертоге	106
Глава VII.	Хельмово ущелье	127
Глава VIII.	Дорога на Изенгард	145
Глава IX.	Хлам и крошево	163
Глава X.	Красноречие Сарумана	180
Глава IX.	Палантир	193

Книга 4

Глава I.	Приручение Смеагорла	208
Глава II.	Тропа через топи	226
Глава III.	У запертых ворот	244
Глава IV.	Кролик, тушенный с приправами	256
Глава V.	Закатное окно	272
Глава VI.	Запретный пруд	293
Глава VII.	К Развилку дорог	306
Глава VIII.	Близ Кирит-Унгола	314
Глава IX.	Логово Шелоб	328
Глава X.	Выбор Сэммиума Скромби	338

ВОЗВРАЩЕНИЕ ГОСУДАРЯ

Книга 5

Глава I.	Минас-Тирит	356
Глава II.	Шествие Серой Дружины	384
Глава III.	Войсковой сбор	403

Глава IV.	Нашествие на Гондор	417
Глава V.	Поход мустангримцев	443
Глава VI.	Битва на Пеленнорской равнине	452
Глава VII.	Погребальный костер	464
Глава VIII.	Палаты Врачеванья	472
Глава IX.	На последнем совете	487
Глава X.	Ворота отворяются	498

Книга 6

Глава I.	Башня на перевале	509
Глава II.	В сумрачном краю	528
Глава III.	Роковая Гора	544
Глава IV.	На Кормалленском поле	559
Глава V.	Наместник и государь	570
Глава VI.	Расставания	587
Глава VII.	Домой	604
Глава VIII.	Оскверненная Хоббитания	613
Глава IX.	Серебристая Гавань	640

Художник А. В. КОВАЛЬ

Джон Р. Р. Толкиен

ДВЕ ТВЕРДЫНИ

Сдано в набор 03.03.93. Подписано в печать 12.10.93. Формат 84×108$^1/_{32}$. Бумага типогр. № 2. Гарнитура Тип Таймс. Печать высокая. Усл. печ. л. 34,44. Усл. кр.-отт. 36,96. Зак. 3—527.

Концерн «Олимп». 370000, Баку, ул. Ази Асланова, 78.

Головное предприятие республиканского производственного объединения «Полиграфкнига». 252057, Киев, ул. Довженко, 3.

Уважаемый читатель!

Часть средств от реализации книг концерн «Олимп» перечисляет в фонд помощи беженцам из Армении и Нагорного Карабаха, которых за годы необъявленной войны на территории Азербайджана уже насчитывается более 400 тыс. человек.

Концерн «Олимп» взял на свое обеспечение все детские дома и интернаты г. Баку.

Заранее Вам благодарны, если в наше тяжелое время, когда сострадание и милосердие забыто, Вы сочтете нужным оказать посильную помощь этим людям.

Просим Ваши пожертвования перечислять на р/с 161404 в банке «Азжелдорбанк» г. Баку МФО 501736.